Wilde Gefährten

Astrid Frank

WILDE GEFÄHRTEN

2 Romane in einem Band

THIENEMANN

Astrid Frank wurde 1966 in Düsseldorf als Tochter des Schriftstellers Karlhans Frank geboren, wodurch sie sich schon in frühester Kindheit mit dem Verlagswesen konfrontiert sah. Trotzdem führte sie ihr Weg bereits während ihres Studiums der Germanistik, Biologie und Pädagogik in die gleiche Richtung: Sie war als Lektorin und Rezensentin in mehreren und für mehrere deutsche Verlage tätig und machte außerdem eine Ausbildung zur »Zoobegleiterin des Kölner Zoos«. Nach dem Studium arbeitete sie für ein halbes Jahr in einer Buchhandlung und beleuchtete das Medium Buch damit von einer weiteren Seite. Seit 1996 ist sie freie Lektorin und Übersetzerin, seit 1998 schreibt sie Geschichten. Astrid Frank lebt mit Mann, zwei Söhnen und Hund Aimee in Köln.

Weitere Titel von Astrid Frank:
Schneller als der Wind – 2 Romane in einem Band
Gefährten des Windes – 2 Romane in einem Band
Der dunkle Geist des Palio (E-Book)

Mehr über unsere Bücher, Autoren und Illustratoren auf:
www.thienemann.de

Astrid Frank

AMAL

Tochter des Windes

Thienemann

Für J. H.

Der Ausdruck ihrer Augen gleicht dem einer liebenden Frau,
ihr Gang dem eines schönen Weibes,
ihre Brust ist wie die eines Löwen,
ihre Flanke wie die der Gazelle.
Sie ist die Trinkerin des Windes,
sie trottet wie ein Wolf und galoppiert wie ein Fuchs,
ihr Fell ist wie ein Spiegel,
ihr Haar so dicht wie die Federn auf Adlers Schwingen,
und ihr Huf so hart wie Stein,
von dem man Feuer schlagen kann,
und gerade so weit,
dass eine Maus darin ihr Nest bauen könnte.
Sie ist sanft wie ein Lamm,
aber wie ein Panther im Zorn,
wenn sie geschlagen oder gereizt wird.
Ihre Nüstern sind geöffnet wie Blütenblätter einer Rose.
Ihre Schultern verwandeln sich in Flügel, wenn sie rennt.
Ihre Beine sind stark wie die eines wilden Straußes
und voller Muskeln wie jene des Kamels.
Ihre Augenwimpern sind lang wie Gerstenähren
und die Ohren wie zwei Halbedelsteine eines Speerkopfes.
NACH DEM KORAN

Prolog

Liebe Jule,

jeden Moment kommt der Bus, der uns zum Flughafen bringt, und bald sehen wir uns endlich wieder! Ich kann es kaum erwarten, dir alles zu erzählen: von dem Geheimnis, das ich hier entdeckt habe, von dem süßesten Jungen, dem ich je begegnet bin, und von den aufregendsten Momenten in meinem Leben, die ich hier erlebt habe. Diesen Urlaub werde ich nie mehr vergessen. Es ging um Leben und Tod. Und wir haben gleichzeitig gewonnen und verloren.
Aber noch musst du dich etwas gedulden, bis ich wieder bei dir bin und dir berichten kann von Amal, der Hoffnung, und allem anderen.

Deine Mia

Um das Pferd zu schaffen, sprach Gott zum Südwind: »Ich will aus dir ein neues Wesen schaffen, das den Guten Glück bringt und Unglück den Bösen. Das Gute sei gebunden an seine Stirnhaare, die Beute an seinen Rücken und Freude und Glück an seinen Besitzer.«
ARABISCHE ERZÄHLUNG

Mia drückte die Kappe fest auf den Stift, nachdem sie die Postkarte zu Ende geschrieben hatte, und kniff die Augen zu. Sie hätte sich gerne eingebildet, dass es die blendende Sonne war, die sie dazu brachte, ihre Augen zu schließen. Doch sie wusste, dass das nicht der Wahrheit entsprach. Es waren die Tränen, die sie zurückzuhalten versuchte. Tränen des Leids über die schmerzlichen Verluste, die sie erlitten hatte, und Tränen des Glücks über das, was sie hier gewonnen hatte.

Ihre Ferien waren im Grunde vorbei. Sie saß auf einer Bank, neben sich das Gepäck, und wartete darauf, dass der Shuttlebus kam, der sie und ihre Eltern zum Flughafen bringen sollte.

Wenn Mia jetzt daran zurückdachte, wie alles angefangen hatte, kam es ihr so vor, als müssten Monate oder wenigstens Wochen seitdem vergangen sein. Dabei war es heute gerade mal zehn Tage her – oder, in einer anderen Zeitrechnung, drei Briefe an Jule –, dass sie Tarek und seinen atemberaubend schönen Pferden zum ersten Mal in ihrem Leben begegnet war.

Nach dem ersten Schock am Ankunftstag über die Hotelanlage, die die Herzen sämtlicher Urlauber außer dem Mias höher schlagen ließ, hielt der zweite Urlaubstag wenigstens eine Überraschung für sie bereit.

»Ist das nicht bezaubernd?« Der Ausruf ihrer Mutter beim Anblick des halben Dutzends Araberpferde, die auf einer Koppel weideten, klang Mia jetzt noch in den Ohren.

Die gleiche Begeisterung hatten die sogenannte kleine Familiensuite, der Hotelpark mit Poollandschaft, das Restaurant, die Bar, der Tennisplatz, die Kamele, aber vor allem der Wellnessbereich, der sich über mehr als 1500 Quadratmeter erstreckte, bei ihrer Mutter ausgelöst. Bei Mia löste das alles nichts weiter als Magenschmerzen aus. Wo sie hinsah, erblickte sie dicke, rotgesichtige Touristen in Shorts und mit weißen Tennisstrümpfen in den Sandalen. Wenn man sie darauf anspräche, in welchem Land sie eigentlich gerade ihren Urlaub verbrachten, müssten sie vermutlich erst einmal nachdenken. Falls es ihnen überhaupt einfiel!

Letztes Jahr war Mia mit ihren Eltern in der Türkei gewesen und soweit sie sich erinnern konnte, war es dort nicht sehr viel anders gewesen. Zumindest das, was Mia gesehen hatte: nämlich das Hotel und außerdem noch das Hotel. Ach ja, und natürlich das Hotel. Und vor zwei Jahren hatten sie auf einer der kanarischen Inseln ihre Ferien verbracht. Mia konnte sich nicht mehr erinnern, auf welcher. Und es war ja auch egal. Denn von der Insel hatte sie ohnehin nichts gesehen. Wenn sie ehrlich war, hatte sie das bislang auch nicht sonderlich gestört. Hauptsache, der Pool war gut und es gab ein paar andere Kinder in ihrem Alter. Aber irgendetwas war in der letzten Zeit mit ihr geschehen. Jetzt, mit vierzehn, konnte sie diese Dekadenz um sich herum nur noch schwer ertragen. Und tagaus, tagein auf engstem Raum mit ihren Eltern zusammen sein zu müssen, war auch kein Vergnügen.

»Ist das nicht bezaubernd?«, hatte ihre Mutter also ausgerufen und Mia dabei aufmunternd angesehen.

Bei diesem Begeisterungsausbruch regte sich zum ersten Mal nicht sofort Mias Widerspruchsgeist. In der Tat war der Anblick, der sich ihr hier bot, faszinierend. Ein halbes Dutzend Pferde standen in kleinen Zweier- oder Dreiergruppen friedlich beieinander. Die Sonne ließ ihr Fell seidig glänzen und das entspannte Spiel ihrer Ohren fesselte Mias Blick. In diesem Augenblick hob einer der zwei Füchse den Kopf, sah Mia unvermittelt an und wieherte laut. Dabei reckte er den Hals und einen Sekundenbruchteil später preschte er in stolzem Galopp vom einen Ende der Koppel zum anderen. Als er dort angekommen war, stoppte er abrupt, wandte den Kopf erneut in Mias Richtung und sah sie herausfordernd an, als wollte er sagen: »Na, findest du mich nicht schön?«

Mia musste unwillkürlich lächeln und antwortete im Stillen mit einem »Ja!«.

Der Junge, der eins der zierlichen Pferde striegelte, blickte zu Mia und ihrer Mutter hinüber und lächelte, als könne er Mias Gedanken lesen. Dabei zeigte sich an seiner linken Wange ein tiefes Grübchen. Er legte das Putzzeug zur Seite und kam in schlenderndem Gang an den Zaun, wobei er seine Hände lässig in die Taschen seiner ausgeleierten Jeans steckte.

Zunächst war Mia einfach nur erstaunt. So lange und

dichte Wimpern hatte sie noch bei keinem Jungen gesehen. Sie konnte den Blick kaum von diesen strahlenden Augen abwenden.

»Möchtest du reiten?«, fragte er und Mia spürte, wie sich ihr Herzschlag beschleunigte.

Noch bevor Mia etwas entgegnen konnte, hatte ihre Mutter bereits für sie geantwortet: »Bestimmt möchte sie das, nicht wahr, Mia? Du reitest doch so gerne!«

Mia brachte ihre Mutter mit einem vernichtenden Blick zum Schweigen. Sie kam sich vor wie ein fünfjähriges, dummes, kleines Kind. Als könnte sie nicht für sich allein sprechen! Noch vor einer Sekunde hatte sie tatsächlich den Wunsch verspürt, auf dem Rücken eines dieser wundervollen Pferde zu sitzen. Doch jetzt drehte sie sich um und ging ohne ein Wort fort, ließ ihre Mutter und den Jungen am Zaun stehen.

Das war ihre erste Begegnung mit Tarek gewesen, und wenn nicht diese langen, dichten Wimpern und das Grübchen gewesen wären und wenn nicht dieser außergewöhnliche Fuchs ihr seine Freundschaft angeboten hätte, dann wäre es vermutlich auch die einzige geblieben.

Noch am gleichen Nachmittag begannen die Wellnessbehandlungen für Mias Mutter. Sie startete mit einer entspannenden Lavendelpackung und einer einstündigen Rückenmassage gegen Verspannungen. Mias Vater hatte in der Zwischenzeit Tennisstunden gebucht.

Wenn es nach Mia gegangen wäre, dann hätten weder Wellnessbehandlungen noch Tennisstunden jemals wieder aufzuhören brauchen – jedenfalls nicht bis zum

Ende des Urlaubs. Endlich konnte sie in Ruhe die Hotelanlage durchstreifen. Vielleicht gab es ja irgendwo noch einen vernünftigen Menschen in ihrem Alter? Aber wie es schien, war sie das einzige weibliche Wesen unter dreißig. Wenn man mal von dem schreienden Säugling im Kinderwagen absah, dessen Mutter immer wieder »Ist ja gut, Lenchen, ist ja alles gut« vor sich hin murmelte, während sie den Kinderwagen so schüttelte, dass Mia allein vom Zusehen schlecht wurde. Kein Wunder, dass Lenchen schrie!

Im Nachhinein glaubte Mia, dass es vielleicht doch kein Versehen gewesen war, als sie sich plötzlich am Rand der Koppel wiederfand, die sie bereits am Morgen gemeinsam mit ihrer Mutter entdeckt hatte. An diesem Nachmittag jedoch war sie völlig überrascht gewesen, als sie dem Jungen mit den langen schwarzen Wimpern erneut gegenüberstanden hatte. Und sicher hätte sie sich augenblicklich wieder umgedreht und wäre davongelaufen, wenn der Junge sie nicht sofort bemerkt hätte.

»Hast du es dir anders überlegt?«, fragte er, diesmal ohne die Kardätsche zur Seite zu legen.

Stumm schüttelte Mia den Kopf.

»Reitest du nicht gern?«

Mia zuckte mit den Schultern.

Der Junge sah sie einen Moment lang schweigend an und wandte sich dann wieder dem Pferd zu.

Mia beobachtete, wie er die Kardätsche mit gleichmäßigem Druck über den Rücken des Pferdes gleiten ließ und anschließend in einer fließenden Bewegung am Striegel abstrich. Das Pferd, ein Fuchs, schien die Berührungen hingebungsvoll zu genießen. Es hatte die Augen geschlossen und die Ohren standen entspannt still.

Mia war sich sicher, dass dies nicht der Fuchs war, der ihre Aufmerksamkeit beim ersten Treffen auf sich gezogen hatte. Trotz gleicher Fellfärbung und vergleichbarer Statur und Größe konnte sie die Tiere bereits beim zweiten Mal eindeutig auseinander halten. Was für ausgeprägte Charaktere diese Pferde doch waren! Mia ließ den Blick auf der Suche nach »ihrem« Fuchs über die kleine Herde wandern. Da stand er, mit dem Rücken zu ihr gewandt, und graste. Beim Anblick der sechs zierlichen und auffallend hübschen Tiere, keins von ihnen größer als knapp einen Meter fünfzig, dachte Mia unwillkürlich an Pirat, das Pferd, das ihre Freundin Jule zu Hause oft ritt. Pirat flößte ihr regelmäßig Angst ein, wenn er sich unmittelbar vor ihr zu seiner vollen Größe aufbaute, den riesigen Kopf stolz erhoben, und aus seiner majestätischen Höhe auf sie hinabblickte.

Jule hatte gelacht, als Mia ihr einmal ihre Furcht beichtete. Sie selbst, obwohl sie gut einen Kopf kleiner war als Mia, kannte keine Angst im Umgang mit Pferden. Sie saß auf Pirat wie eine Königin auf ihrem Thron.

Mia schüttelte sich unwillkürlich. Nein, diese kleinen und freundlich wirkenden Pferde hier waren ihr deutlich lieber. Obwohl auch sie eine gehörige Portion Stolz und Selbstbewusstsein ausstrahlten. Aber sie strahlten noch etwas anderes aus: Friedfertigkeit und ein grundsätzliches Interesse an Menschen.

Da Mia nichts einfiel, was sie hätte sagen können, wollte sie sich gerade abwenden, als der Junge fortfuhr: »Kannst du nicht sprechen oder willst du nicht?«

Mia zuckte überrascht zusammen. Erst jetzt wurde ihr klar, dass der Fremde ihr stilles Beobachten als Ablehnung auffassen musste, und sie spürte, wie ihre Wangen rot wurden. »Natürlich kann ich sprechen«, beeilte sie sich zu sagen.

»Und?«, fragte der Junge.

Mia musste einen Augenblick nachdenken, was dieses »Und?« zu bedeuten hatte. Dann lächelte sie. »Und ich will auch«, ergänzte sie dann. Sie gab sich einen Ruck. »Ich heiße Mia, Mia Mauritz.«

Jetzt grinste der Junge. »Hallo, Mia«, sagte er. »Ich bin Tarek Abdelamid.«

Wieder merkte Mia, dass sie rot wurde. O wie sie das hasste! »Woher kannst du so gut Deutsch?« Mia versuchte, ihre Unsicherheit zu überspielen.

»Das haben mir meine wechselnden deutschen Freundinnen beigebracht, die hier im Sommer ihren Urlaub verbringen«, antwortete Tarek mit verrucht klingender Stimme. Als er Mias entsetzten Gesichtsausdruck sah, begann er zu lachen. »Das war ein Scherz«, sagte er. »Meine Mutter stammt aus Deutschland. Sie hat mit mir von klein auf in ihrer Muttersprache gesprochen, weil sie wollte, dass ich zweisprachig aufwachse. Sie arbeitet hier im Hotel am Empfang.«

Mia nickte und versuchte zu lächeln. Sie wurde nicht schlau aus Tarek und wenn sie ehrlich war, bestand genau darin seine Anziehungskraft. Darin und in seinen strahlenden Augen.

»Magst du Pferde nicht?«, fragte Tarek.

»Doch«, antwortete Mia. »Sehr sogar.«

»Und warum willst du dann nicht reiten?«

»Ich kann es nicht besonders gut. Ich hatte zwar einige Reitstunden, aber …«

»Du kannst es lernen.« Tarek sah zu Mia hinüber. »Oder hast du Angst?«

»Nein, natürlich nicht … oder … vielleicht ein bisschen«, gab sie zu. Es war nicht nur der Respekt vor den Pferden, sondern mindestens ebenso sehr die Angst davor, sich vor dem Jungen zu blamieren.

Zu Hause, in Deutschland, war sie einige Male mit Jule zusammen geritten. Ihre Freundin war eine passionierte Reiterin, die zwei Pflegepferde in einem Reitstall betreute. Mia machte das Reiten Spaß, aber sie wusste, dass sie keine gute Figur auf dem Rücken eines Pferdes abgab. Sie begnügte sich meistens mit der Zuschauerrolle.

Darin war sie gut: Mensch und Tier genau zu beobachten. Auf Partys saß sie oft den ganzen Abend still in einer Ecke und sah dem Treiben der anderen zu. Sie war kein Mauerblümchen, weiß Gott nicht, aber sie stand nicht gerne im Mittelpunkt. Mia wusste, dass ihre zurückhaltende Art ihr den Ruf eingebracht hatte, arrogant zu sein. Sie galt als unnahbar, was offenbar auf viele Jungen einen nicht näher bestimmbaren Reiz ausübte. An Angeboten mangelte es ihr jedenfalls nicht. Doch in der Regel hatte Mia kein Interesse an Verabredungen. So etwas wie bei Tarek, dass sie sich auf Anhieb von jemandem angezogen fühlte, hatte sie noch nie erlebt. Und diese neue Erfahrung verunsicherte sie.

Tarek schien ihre Unsicherheit zu spüren. Auch das war etwas, das neu für Mia war. Sonst merkte nie jemand, dass die Mauer, die sie gerne um sich herum aufbaute, zum Selbstschutz da war und nichts mit Überheblichkeit zu tun hatte.

»Wir haben sechs Pferde, alles Araber, die den Hotelgästen für Ausritte zur Verfügung stehen«, begann Tarek.

Mia hatte das Gefühl, dass er diese Erklärung nicht zum ersten Mal herunterleierte. Doch sie war ihm trotzdem dankbar, dass er nicht weiter auf ihr Bekenntnis, sich ein wenig vor den majestätischen Tieren zu fürchten, einging. Und ihr war schnell klar, dass er mit seinen Worten versuchte, ihr die Unsicherheit zu nehmen.

»Das hier ist Freiha, ein *al ashqar.*« Er deutete auf die fuchsfarbene Stute, die er soeben striegelte. »Ein arabisches Sprichwort sagt: ›Wenn man dir erzählt, ein *ashqar*-Pferd sei geflogen, so glaub es.‹ Die Araber behaupten nämlich, unter den Füchsen seien die schnellsten Pferde zu finden. Rot ist die Farbe des Vollmonds, der Göttin der Liebe und des Sommers.«

Er sah Mia tief in die Augen und ihr Herz schlug für einen Moment schneller. Hatte sie diese Anspielung richtig verstanden? Warum sah er ihr auf diese Weise in die Augen, wenn er von der Göttin der Liebe sprach?

»Aber Rot ist auch die Farbe des Krieges und der Schlacht«, fuhr er fort.

Und Mias Herzschlag normalisierte sich wieder.

Tarek trat einen Schritt zur Seite und streckte die Hand nach dem zweiten zierlichen und ebenfalls fuchsfarbenen Wallach aus, der sofort neugierig herankam und mit seinen Nüstern über Tareks offene Hand glitt. »Das hier ist Sultan. Ihn können die Araber nicht gemeint haben, denn er ist nur dann der Schnellste, wenn's ums Fressen geht.«

Mia lachte schallend und strich Sultan zärtlich über die Stirn. Der Fuchs stieß seinen Kopf mehrmals mit sanftem Druck gegen ihre Hand, als wollte er sie auf diese Weise begrüßen.

Tarek schnalzte mit der Zunge und sofort sahen auch die übrigen vier Pferde, die ein wenig entfernt standen und grasten, aufmerksam zu ihm herüber.

»Die Rappstute dort heißt Zahara«, stellte Tarek weiter vor. »Schwarz ist die Farbe des abnehmenden Mondes, der Göttin des Todes. Es symbolisiert den Herbst. Der Prophet soll gesagt haben: ›Glück liegt im *al adham al akhrah*‹, im reinen, sauberen Schwarz.«

»Der Prophet?«, fragte Mia.

»Mohammed«, erklärte Tarek, als wäre mit diesem Namen alles Nennenswerte gesagt.

Mia traute sich nicht weiter nachzufragen und es war sicher auch nicht so wichtig, denn Tarek fuhr bereits fort: »Malik ist der Name des Schecken.«

Mia war schon gespannt, ob Tarek ihr auch zu dieser Fellfärbung etwas erzählen würde, und sie sollte nicht enttäuscht werden.

»Die Schecken wurden von den Arabern nicht besonders geschätzt. Sie galten als Wesen von gemischtem Charakter. ›Fliehe sie wie die Pest, denn sie sind die Brüder der Kuh‹«, zitierte Tarek und Mia konnte ein Lächeln nicht unterdrücken.

»Kismet ist der Braune dort drüben am Zaun. Ein Sprichwort sagt: ›Vernimmst du, dass ein braunes Pferd vom höchsten Berg gefallen und unversehrt geblieben ist, so glaub es.‹ Die Araber rühmten die Energie, Ausdauer und Stärke der Pferde mit dieser Fellfärbung.«

Mia konnte den Blick nicht mehr von Tarek abwenden. Diese braunen Augen mit den langen Wimpern wurden immer ausdrucksstärker und strahlten zunehmend intensiver – wenn das überhaupt noch ging –, je länger der Junge über seine Pferde sprach. Wie alt mochte Tarek sein? Fünfzehn? Sechzehn?

»Und Asisa, der Schimmel dahinten, ist unser edelstes Pferd, abgesehen von …« Tarek stockte.

»Abgesehen von …?«, fragte Mia. Warum sprach Tarek nicht weiter? Wurde er jetzt rot? Oder bildete sich Mia das bloß ein?

»Ach, nichts, sie stammt in direkter Linie von Abayyah ab, einer der fünf Stuten des Propheten.«

Mia nickte, obwohl sie in Wahrheit überhaupt nichts verstand. Die fünf Stuten des Propheten? Was sollte das sein? »Es sind wunderschöne Tiere«, sagte sie.

»Die schönsten«, bestätigte Tarek. Dabei sah er Mia an, als gälten diese Worte ihr, als wäre sie in seinen Augen die Schönste.

Wieder spürte Mia, wie sich ihr Herzschlag beschleunigte. Sie konnte das Klopfen buchstäblich hören und es klang in ihren Ohren, als würde eine Herde Wildpferde über die Steppe galoppieren.

»Ich … ich muss jetzt gehen«, stotterte Mia. Obwohl das nicht stimmte. Niemand erwartete sie. Ihre Eltern waren sicher noch beschäftigt. Aber sie konnte ihre eigenen verwirrenden Gefühle nicht länger ertragen. Mia musste erst Klarheit darüber gewinnen.

»Schade«, sagte Tarek und Mia sah an seinem Gesichtsausdruck, dass er es ernst meinte. »Kommst du noch mal wieder?«

Mia nickte stumm, als hätte sie nun tatsächlich ihre Sprache verloren. Dann hob sie schweigend die Hand zum Gruß, drehte sich auf dem Absatz um und unterdrückte mühsam den Impuls zu laufen. Sie spürte Tareks Blick auf ihrem Rücken.

Mia lag mit unter dem Kopf verschränkten Armen auf ihrem Hotelbett, starrte die Decke an, die von einigen Mückenleichen verunstaltet war, und versuchte ihre Gefühle unter Kontrolle zu bringen. Es war durchaus nichts Neues für sie, wenn ein Junge ihr Komplimente machte. Und normalerweise brachte sie das nicht so aus der Fassung, dass sie Hals über Kopf davonrannte. Aber Tarek machte ihr ja noch nicht einmal Komplimente! Es war die Art, wie er mit ihr sprach und wie er sie dabei ansah. Als hätte alles, was er sagte, eine tiefere Bedeutung.

War es Zufall, dass Tarek ausgerechnet Freiha, die fuchsfarbene Stute, gestriegelt hatte, als sie gekommen war? Oder gab es so etwas wie Bestimmung? Was hatte Tarek gesagt? Rot ist die Farbe der Göttin der Liebe oder so ähnlich. Und sie wäre am liebsten in seinen Augen versunken. Dass Tarek auch gesagt hatte, Rot sei die Farbe des Krieges und der Schlacht, daran erinnerte sich Mia in diesem Augenblick nicht. Aber selbst wenn, so hätte das an dem, was in den nächsten Tagen geschehen sollte, sicher nichts geändert.

Das schnellste Pferd ist der Fuchs,
Das ausdauerndste der Braune,
Das feurigste der Rappe,
Und das seligste hat eine weiße Stirn.
EMIR ABD-EL-KADER

Liebe Jule,
wie findest du den Namen Tarek? Klingt er nicht wunderschön? Nein, wahrscheinlich klingt er nur wunderschön, wenn man in die dazugehörenden braunen Augen mit den dichten, langen Wimpern blickt und das Grübchen auf der linken Wange (oder ist es die rechte?) zum Vorschein kommt. Auf jeden Fall hat er nicht nur die schönsten Augen, sondern auch die schönsten Hände, die ich jemals gesehen habe. Schade, dass ich sie dir nicht zeigen kann. Ich muss unbedingt ein Foto von ihm machen, das ich dir mitbringen kann. Vergiss alles, was ich im letzten Brief geschrieben habe – hier ist es wunderbar!
Verwirrte, aber glückliche Grüße
von deiner
Mia

Wahrscheinlich hielt Jule sie für verrückt, aber das war Mia egal. Sie würde ihr alles haarklein berichten, sobald sie nach Hause kam.

Nach Hause? Bei diesem Gedanken legte sich eine Eisenzwinge um Mias Herz und drückte unerbittlich zu.

Daran hatte sie ja noch gar nicht gedacht! Das würde ja bedeuten, dass sie Tarek nie wiedersah!

Auf jeden Fall bedeutete es, dass sie nicht viel Zeit hatte. Entschlossen klebte sie das Kuvert zu und schrieb Jule Grebes Adresse auf die Vorderseite. Ihre Mutter und ihr Vater waren noch nicht zurück. Also konnte sie vor dem Abendessen noch einmal los.

Mia versuchte, sich eine Haarsträhne aus der Stirn zu streichen. Doch sie klebte fest. Ebenso wie ihre Hosenbeine und alles andere. Kein Wunder, bei zweiunddreißig Grad im Schatten. Eigentlich war es eine angenehme, trockene Hitze – vorausgesetzt, man lag dicht am Pool und bewegte sich nicht allzu viel. Höchstens um die Hand nach einem mit Eiswürfeln gekühlten Drink auszustrecken zum Beispiel. Aber der Pool und die Eiswürfel lagen hinter Mia. Einige hundert Meter entfernt. Und zwischen Mia und dem Pool standen Dutzende, wenn nicht Hunderte Kakteen und Palmen. Der sorgfältig geharkte Fußweg, der durch den Park führte, staubte bei Mias Schritten. Die Luft flirrte über dem Boden und Mia hätte sich nicht allzu sehr gewundert eine Fata Morgana zu sehen. Stattdessen hörte sie das Zwitschern der Vögel und das Zirpen der Grillen.

Merkwürdig aussehende Insekten kreuzten ihren Weg und Mia hielt die Augen offen, um nicht aus Versehen auf eine Schlange zu treten oder was es sonst noch alles hier gab. Sie sog den herb-süßen Duft nach frisch gemähtem Gras und exotischen Blüten ein, in den sich allmählich der unverwechselbare Geruch von Pferden mischte.

Die sechs Araber standen auf der Weide und sahen

ihr erwartungsvoll entgegen. Als sie bemerkten, dass sie nicht die Person war, auf die sie warteten, wandten sie sich nacheinander wieder ab und setzten ihre unterschiedlichen Tätigkeiten fort. Auch Sultan machte diesmal keine Ausnahme. Fast hatte Mia den Eindruck, die Tiere wären enttäuscht. Aber vielleicht lag das auch nur an ihrer eigenen Enttäuschung, denn sosehr Mia nach ihm Ausschau hielt, sie konnte Tarek nirgends entdecken. Sie lehnte sich gegen das Gatter und beobachtete die Pferde. Nur schwer konnte sie die aufkeimende Niedergeschlagenheit verdrängen. Da hatte sie es sich fest vorgenommen, ihren Schutzwall niederzureißen, und nun war er nicht da!

Die Pferde schienen Tarek auch zu vermissen. Hatte Mia die Tiere bei ihren bisherigen Besuchen auf der Koppel als eine einheitliche Gruppe empfunden, so stand jetzt jedes Tier für sich, abgegrenzt von den anderen. Als wäre es allein Tareks Anwesenheit, die aus den sechs einzelnen Tieren eine Herde machte.

Was sollte Mia tun, wenn sie Tarek nie mehr wiedersah? Wenn er heute nur ausnahmsweise bei den Pferden gewesen war? Diesen Gedanken versuchte sie lieber zu verdrängen. Morgen würde sie erneut hier vorbeigehen und dann war er gewiss wieder da. Und wenn nicht, dann hatte sie immer noch Zeit, sich für ihr dummes Verhalten von vorhin zu verfluchen.

Nun hob einer der beiden Füchse den Kopf und sah zu Mia herüber. Er schien zu überlegen. Langsam setzte sich das Pferd in Bewegung und kam auf Mia zu. Unmittelbar vor ihr blieb es stehen und streckte den Kopf über den Zaun, um sie zu beschnuppern.

»Sultan?«

Mia hatte leise gesprochen. Dennoch spitzte der Wallach die Ohren, als er seinen Namen hörte, und schnaubte.

»Wieder auf der Suche nach was Fressbarem?« Mia erinnerte sich an Tareks Worte, mit denen er ihr den Wallach vorgestellt hatte. Sie streckte die Hand nach ihm aus und ließ Sultan ihren Geruch aufnehmen. Seine Ohren waren genau auf sie gerichtet, als lauschte er ihren Worten. Mia hob die Hand, rieb dem Fuchs sanft die Stirn und glitt mit ihren Fingern über seine Nase. Das Fell war seidenweich und schimmerte im Sonnenlicht. Sultan legte den Kopf schief und lehnte sich gegen Mias Hand. Es war offensichtlich, dass er die Streicheleinheiten genoss und mehr forderte. Mia lächelte, während sie dem Wunsch des Pferdes nachkam und seinen Hals unter der seidigen Mähne mit ihren Fingern bearbeitete. Sie fühlte, wie sie ruhiger wurde und die Zuneigung des Tieres in sich aufsog. Sie hätte stundenlang so stehen bleiben und Zärtlichkeiten austauschen können.

Und dem menschenfreundlichen Sultan schien es nicht anders zu gehen. Er schloss die Augen und lehnte sich so stark gegen Mias Hand, dass das Mädchen Schwierigkeiten hatte, dem Druck standzuhalten.

Es muss wunderschön sein, ein solches Pferd zu reiten, dachte Mia und erinnerte sich an einen ihrer Kindheitsträume: auf dem Rücken eines Pferdes über einen Strand zu galoppieren. Wie oft hatte sie sich gewünscht, das einmal zu erleben! Was für ein erhebendes Gefühl musste es sein, wenn die Hufe des Pferdes den Sand aufwirbelten und die Gischt des Meeres bis zum Reiter hochspritzte. Vorausgesetzt, man konnte reiten und saß nicht ausgerechnet auf einem armen, geschundenen Schulpferd.

Am liebsten hätte Mia Sultan umarmt und ihren Kopf an seinen warmen, weichen Hals gelehnt. Doch nicht nur der Zaun war im Weg, auch ein letzter Rest Skepsis hielt Mia davon ab.

Sultan schien für den Augenblick genügend Streicheleinheiten bekommen zu haben. Er wandte sich ab und kehrte in die Mitte der Weide zurück.

Mia sah ihm hinterher, ganz erfüllt von diesem Erlebnis. Noch nie zuvor hatte sie sich einem Pferd so nah und vertraut gefühlt, es ohne die geringste Scheu angefasst.

Mia war zufrieden mit ihrem Besuch auf der Koppel, auch wenn der eigentliche Zweck, Tarek zu sehen, unerreicht geblieben war. Soeben wollte sie sich mit einem Lächeln im Gesicht umdrehen, als sie eine Gestalt bemerkte, die hinter dem Offenstall hervortrat. Im ersten Moment dachte sie, es sei Tarek. Doch dann erkannte sie, dass dieser Mann viel älter war. Er trug einen Oberlippenbart und rauchte.

Ihr erster Impuls war, so zu tun, als hätte sie den Fremden nicht bemerkt, und sich einfach umzudrehen und fortzugehen. Der Mann war ihr auf Anhieb nicht sonderlich sympathisch. Irgendetwas Musterndes lag in seinem Blick. Er schien sie regelrecht zu taxieren. Doch es war zu spät dafür, ohne ein Wort das Weite zu suchen, wenn sie nicht unhöflich erscheinen wollte. Und vielleicht konnte er ihr verraten, wo sie Tarek fand?

»Deutsche?« Die Stimme des Mannes ließ Mia augenblicklich an Micky Maus denken. Sie passte überhaupt nicht zu seinem betont männlichen Aussehen.

Mia nickte stumm.

Der Mann grinste selbstgefällig. »Das hab ich mir gedacht«, sagte er und kam auf Mia zu. »In neunzig Prozent der Fälle liege ich richtig.«

Ist ja toll, dachte Mia, angewidert von der eitlen Art des Mannes. Dennoch lächelte sie freundlich.

»Gestatten«, der Mann streckte ihr über den Zaun hinweg die Hand entgegen und Mia ergriff sie widerwillig. »Ben Belisar. Ich bin für die Pferde zuständig.« Er machte eine Kopfbewegung zu den weidenden Tieren, ließ Mia dabei aber nicht den Bruchteil einer Sekunde aus den Augen und erst recht nicht gab er ihre Hand frei.

»Ich dachte, Tarek kümmert sich um sie.« Mia schaute überrascht und versuchte, ihre Hand zu befreien. Als es ihr endlich gelang, wischte sie sie unauffällig an der Seite ihrer Hose ab.

»Tarek?« Der Mann lächelte, aber es war ein aufgesetztes Lächeln. »Nun, er ist mein Angestellter«, erklärte er. »Genauer gesagt, angestellt vom Hotel, aber er arbeitet für mich.« Er zwinkerte Mia zu. »Und womit kann ich der hübschen jungen Dame eine Freude machen? Ich bin nämlich Experte in den Belangen von Frauen.« Er zwinkerte wieder.

Hatte der Mann ein Augenleiden? Mia musste sich zwingen, nicht genervt aufzustöhnen. Dieser Belisar hatte eine schleimige Art, die ihr überhaupt nicht gefiel. Er betrachtete sie lüstern, sein Blick glitt immer wieder über ihre Figur und er stank nach Zigarettenqualm und irgendeinem aufdringlichen Rasierwasser. Eine Mischung, die Mia schon immer gehasst hatte. Zugegebenermaßen sprach er perfekt Deutsch. Lediglich seine Aussprache verriet, dass es nicht seine Muttersprache war. Und obwohl viele Tunesier, die im Hotel arbeiteten, ein paar Brocken Englisch und Deutsch beherrschten, fielen seine Sprachkenntnisse positiv auf.

»Vielleicht können Sie mir sagen, wo ich Tarek finde?«

Der Mann zog an seiner Zigarette. »Das wüsste ich selbst gern«, sagte er, während er den Rauch ausblies. Mitten in Mias Gesicht.

Mia hielt die Luft an.

»Aber es gibt nichts, was ich nicht mindestens genauso gut wie Tarek für eine so attraktive junge Frau tun könnte«, fuhr Belisar fort.

Mia fühlte sich zunehmend unwohl. Es war nicht zu übersehen, dass der Mann sie umwarb. Es gab Männer, die einem jungen Mädchen wie Mia Komplimente machten und dabei dennoch die Regeln des Anstands wahrten, und andere, zu denen zweifelsohne Ben Belisar gehörte, die ihre Opfer bedrängten, ohne sie auch nur einmal anzufassen.

»Danke«, antwortete Mia, »aber es handelt sich um etwas Persönliches.«

Belisar zog die Augenbrauen hoch. »Tja, dann …« Er sprach nicht weiter, sondern starrte Mia gierig an.

»Tja.« Mia lächelte verlegen und ärgerte sich über sich selbst, weil sie sich von diesem Mann derart verunsichern ließ. »Auf Wiedersehen«, sagte sie, wandte sich ab und kehrte ihm und den Pferden den Rücken zu. Sie fühlte sich gedemütigt und gleichzeitig wütend. Was bildete sich dieser Kerl eigentlich ein? Glaubte er ernsthaft, einer wie er könnte Mia gefallen? Aber irgendwie hatte er es geschafft, dass Mia sich klein und benutzt vorkam. Mia spürte Übelkeit in sich aufsteigen.

Mias Mutter lobte die entspannende Wirkung der Lavendelpackung und der Rückenmassage über den grünen Klee. Für den nächsten Tag stand ein Friseurbesuch auf dem Programm und darüber hinaus hatte sich Frau Mauritz eine Fangobehandlung aufschwatzen lassen.

Aufschwatzen war das Wort gewesen, das Mias Vater gewählt hatte. Er hatte sich dafür einen vernichtenden Blick seiner Gattin eingeheimst. Er seinerseits hatte verkündet, dass er die kommenden Tage am Pool verbringen würde. Die Tennisstunden waren nicht ganz nach seinem Geschmack gewesen. Er hielt nicht viel von Sport, wie man an seinem wachsenden Bauchansatz sah. Sich im Urlaub sportlich zu betätigen, war die Idee seiner Frau gewesen. Nun hatte er der Pflicht Genüge getan und wollte den Rest der Ferien nach seinem eigenen Gusto verbringen.

»Und was möchtest *du* morgen machen, Liebes?« Ihre Mutter sah Mia über den Rand ihres Salattellers hinweg an. Etwas anderes als Salat aß Frau Mauritz nie zum Abendessen, um *ihre schlanke Linie zu halten,* wie sie es formulierte.

Mia machte sich keine Gedanken über Diäten und *schlanke Linien.* Sie aß, wonach ihr gerade der Sinn stand.

Im Augenblick waren das gegrillte Meeresfrüchte mit in Öl schwimmenden Kartoffelspalten aus dem Backofen. Und auf dem Dessertbüfett hatte sie bereits eine köstlich aussehende Torte ins Auge gefasst. Direkt neben der Mousse au Chocolat, für die sich sicher auch noch ein Plätzchen im Magen finden ließ.

Obwohl Mia gerne und viel aß – ein Freund, der seitdem ein Exfreund war, hatte mal gesagt, sie äße mehr als zwei Männer und würde bestimmt irgendwann mal dick werden –, war sie schlank. Nicht gerade der hagere Typ mit hervorstehenden Knochen, aber trotzdem schlank. Sportlich konnte man wohl auch sagen, obwohl sie bei Weitem nicht so sportlich war, wie sie aussah. Sonst hätte sie vielleicht auch nicht solche Hemmungen gehabt, zu reiten.

»Was hast du für morgen geplant, Mia?« Ihr Vater wiederholte die Frage, die immer noch unbeantwortet im Raum stand, während ihre Mutter an ihrem Mineralwasser nippte.

Mia zuckte mit den Schultern. »Keine Ahnung, vielleicht gehe ich reiten.«

Auf Frau Mauritz' Gesicht zeigte sich ein entzücktes Lächeln. »Das finde ich prima«, sagte sie begeistert. »Siehst du, vielleicht ist es hier doch gar nicht so schlecht, wie du zuerst gedacht hast!«

»Ja, vielleicht«, antwortete Mia und schob sich eine volle Gabel Gambas in den Mund.

Tarek sattelte soeben zwei Pferde, als Mia am nächsten Vormittag am Rand der Koppel auftauchte. Erleichtert stellte sie fest, dass von diesem widerlichen Ben Belisar weit und breit nichts zu sehen war. Sie konnte gut darauf verzichten, diesem Mann noch einmal in ihrem Leben zu begegnen und sich von ihm begutachten zu lassen.

Ein Touristenpaar, eine Frau und ein Mann mit rheinländischem Dialekt, wartete darauf, dass Tarek mit dem Auftrensen fertig wurde, und unterhielt sich in der Zwischenzeit angeregt über die einfache Landbevölkerung Tunesiens, der es an Bildungsmöglichkeiten fehle. Mia wunderte sich über die Unhöflichkeit, denn es war nicht zu übersehen, dass sie Tarek in ihre Überlegungen mit einschlossen. Erst als sie feststellte, dass Tarek kein Wort mit den beiden wechselte, wurde ihr bewusst, dass sie nicht ahnten, dass der Junge jedes ihrer Worte verstand. Und er schien auch nicht vorzuhaben, sie über ihren Irrtum aufzuklären. Im Gegenteil, er hatte offensichtlich großen Spaß daran, den *einfachen tunesischen Jungen* zu spielen. Mia allerdings ärgerte sich über die Arroganz ihrer Landsleute. Ob sie auch nur ein Wort Arabisch sprachen? Sicher nicht!

Tarek drückte den beiden die Zügel in die Hand und nahm das Trinkgeld, das sie ihm in einer gönnerischen Geste reichten, mit einer leichten Verbeugung zu seinen ausgetretenen weißen Turnschuhen entgegen. »Schukran jasilan«, sagte er und selbst ohne Arabischkenntnisse war klar, dass er sich bedankt hatte.

Die beiden Touristen hatten es nicht nötig, sich ebenfalls zu bedanken, sie nickten lediglich großmütig und hievten sich umständlich und mit Tareks Hilfe auf die Pferderücken.

Es waren Sultan und Malik, die Tarek gesattelt

hatte. Der Fuchs und der Schecke sahen eindeutig nicht glücklich aus. Die Ohren nach hinten geklappt kauten sie unzufrieden auf ihren Gebissen herum. Sie wären offensichtlich viel lieber auf der Weide geblieben anstatt dickleibige, ungeschickte Reiter durch die Gegend zu tragen. Missmutig setzten sich die beiden Pferde in Bewegung.

Tarek lehnte am Zaun und sah ihnen hinterher. »Auf dem Rückweg geht es immer schneller«, bemerkte er grinsend und ohne den Blick von den Reitern abzuwenden, die ihre liebe Mühe hatten, die zwei Pferde zum nächsten Schritt zu überreden.

»Ich dachte, so störrisch wären nur Schulpferde«, sagte Mia.

Tarek lächelte. »O nein«, antwortete er. »Alle Pferde haben gute Antennen für die Fähigkeiten ihres Reiters. Und wenn sie mit ihm nicht einverstanden sind ...« Er brauchte nicht weiterzusprechen.

Mia konnte auch so gut nachvollziehen, was er meinte, denn Malik und Sultan zeigten eindeutig, was sie von den beiden Menschen auf ihren Rücken hielten: nämlich nichts.

Mia sah Tarek von der Seite an und ihr Blick blieb an dem Grübchen hängen. Es war auf der ihr zugewandten linken Seite. Diesmal würde sie es nicht wieder vergessen.

Tarek drehte den Kopf und schaute ihr direkt in die Augen.

Mia stockte der Atem. Erst jetzt wurde ihr bewusst, dass sich ihre Schultern beinahe berührten. Ihre Gesichter waren nahe beieinander. So nah, dass sie sich hätten küssen können, wenn sie sich nur noch ein klein wenig weiter vorbeugten.

Doch das taten sie nicht.

Mia wandte sich ab und strich sich mit zittrigen Fingern eine Haarsträhne aus dem Gesicht.

»Es ist schön, dich zu sehen«, sagte Tarek mit sanfter Stimme.

»Ich war gestern Abend noch einmal hier«, antwortete Mia. »Aber ich konnte dich nicht finden.«

Tarek lächelte, sagte jedoch nichts.

Sein Schweigen machte Mia nervös. Sie war nicht besonders gut darin, einfach draufloszuplaudern. Zumindest dann nicht, wenn es ihr wichtig war, was ihr Gegenüber von ihr dachte. Ihre Freundin Jule war da ganz anders. Ihr fiel immer etwas ein und sie traf dabei auch den richtigen Ton zwischen Ernsthaftigkeit und Leichtigkeit. Wie oft hatte sich Mia schon gewünscht, so wie Jule zu sein!

Während Mia noch verzweifelt nach dem nächsten Satz suchte, kam eine junge Frau auf sie und Tarek zu. Und selbst wenn Mia in diesem Augenblick etwas eingefallen wäre, so hätte sie es spätestens jetzt wieder vergessen. Die Frau war auffallend hübsch. Anfang zwanzig, dunkelblondes, gelocktes, schulterlanges Haar, grüne Katzenaugen, eine umwerfende Figur, hohe Wangenknochen, eine schmale und unglaublich gerade Nase, ebenmäßige weiße Zähne in einem etwas zu großen Mund, der aber nur ihre sinnliche Ausstrahlung unterstrich, als sie Tarek jetzt anlächelte. Mia schien sie gar nicht zu bemerken.

»Hallo«, sagte sie und in diesem einen Wort kam

deutlich ihr Erstaunen darüber zum Ausdruck, an diesem Ort einem so hübschen jungen Mann wie Tarek zu begegnen.

Mia hätte sich am liebsten in Luft aufgelöst. Eben noch hatte sie das Gefühl gehabt, sie könnte Tarek vielleicht auch gefallen. Doch nun kam sie sich schlagartig wieder wie ein kleines Mädchen vor, das bei einem Gespräch zwischen Erwachsenen fehl am Platz ist.

Tarek erwiderte die Begrüßung und die Frau streckte ihm die Hand mit ihren frisch manikürten Fingernägeln entgegen. Selbstverständlich trug sie weißen Nagellack, der ebenso wie ihr übriges Äußeres lediglich ihre Natürlichkeit unterstrich, für die sie morgens sicher nicht länger als höchstens anderthalb Stunden brauchte, wie Mia im Stillen dachte.

Bei Tarek dagegen schien die aufwändig gestylte Natürlichkeit gut anzukommen. Mia entging es nämlich nicht, dass der Handschlag der beiden länger dauerte, als es nötig gewesen wäre. Und auf jeden Fall deutlich länger, als es Mia lieb war. Sie war neidisch auf die Frau, die ihr jetzt schon etwas voraushatte: Sie hatte Tarek berührt, seine schönen braunen Hände angefasst.

Schweigend lauschte Mia dem Gespräch. Die junge Frau, ihr Name war Elena, suchte ein Reitpferd. Und selbstverständlich war sie eine versierte Reiterin.

Tarek empfahl ihr Freiha, die fuchsfarbene Stute, und er erzählte ihr ebenso wie Mia am Tag zuvor, was die Araber über diese Fellfärbung sagten. Argwöhnisch versuchte Mia abzuschätzen, ob sein Blick in Elenas Katzenaugen bei der Erwähnung der Göttin der Liebe genauso lang gedauert hatte wie bei ihr, kam aber zu keinem Ergebnis. Sie schluckte die Enttäuschung darüber hinunter, dass ihr Gespräch am vergangenen Tag für Tarek augenscheinlich nichts Besonderes gewesen war und er die gleichen Worte für jede x-beliebige Person herunterrasselte, und wandte sich wortlos ab. Denn sie befürchtete ihre Niedergeschlagenheit nicht länger verbergen zu können.

Hätte sie sich noch einmal umgedreht, als sie zu dem Hotelkomplex zurückging, wäre ihr vielleicht aufgefallen, dass Tarek ihr nachdenklich und ein wenig traurig hinterherblickte, während Elena auf ihn einredete, ohne von ihm beachtet zu werden. Aber Mia tat es nicht. Und so konnte sie auch nicht sehen, mit welchem Anmut Freiha kurz darauf mit ihrer Reiterin davonpreschte. Etwas Gegensätzlicheres als den missmutigen Abgang von Malik und Sultan und Freihas schwungvollen Galopp, die sich offensichtlich auf den Ausritt freute, gab es wohl kaum.

Nach zwei Stunden Mückenleichenzählen auf ihrem Hotelbett hatte sich Mia wieder einigermaßen im Griff. Natürlich, Tarek war freundlich zu Elena gewesen, aber das musste er ja schließlich auch sein, oder? Außerdem war die Frau zwar attraktiv, aber dennoch viel zu alt für Tarek, der sicher nicht älter als sechzehn sein konnte. Obwohl er, wie Mia festgestellt hatte, durchaus schon eine ausgeprägte Muskulatur und leichten Bartwuchs hatte.

Mia setzte sich im Bett auf und warf einen prüfenden Blick auf ihre Figur, die ebenfalls keineswegs mehr kindlich war. Sie trug zwar keinen BH, aber sie hätte einen tragen können und, wenn es nach dem Willen ihrer Mutter gegangen wäre, auch tragen sollen.

Aber konnte sie mit einer gestandenen Frau wie Elena konkurrieren?

»Ich werde mich nicht so schnell geschlagen geben«, murmelte Mia vor sich hin. »Das wollen wir doch mal sehen!«

Und (er erschuf) die Pferde ...
auf dass ihr auf ihnen reitet
und euch mit ihnen schmückt.
KORAN, 16. SURE

Mia hoffte sehr, Tarek würde nicht merken, wie nervös sie war, als sie am nächsten Vormittag erneut am Rand der Koppel auftauchte. Doch schnell wurde ihr klar, dass ihre Sorge unbegründet war: Tarek schien nichts von ihrer Aufregung zu spüren. Er schien sie, um genau zu sein, überhaupt nicht zu bemerken. Und das, obwohl sie mit etwas Make-up versucht hatte, sich attraktiver zu machen. Er sah nicht einmal auf, als sie sich an den Weidezaun lehnte, sondern fuhr verbissen damit fort, Asisas Schweif auszukämmen.

»Was ist los?«, fragte Mia und versuchte unbekümmert zu wirken. »Ist was passiert?«

Tarek sah zu ihr hinüber, aber das Strahlen seiner Augen fehlte heute. Mia erschrak ein wenig. Tareks Augen wirkten wie verdunkelt. Als hätte sich ein Schatten über sie gelegt. Als sei die Sonne hinter einer Gewitterwolke verschwunden, dachte Mia und ihre selbst auferlegte Selbstsicherheit schwand.

»Möchtest du heute reiten?«, fragte Tarek, seine Stimme klang anders als sonst. Geschäftsmäßig, distanziert.

»Vielleicht«, antwortete Mia, weil sie das Gefühl hatte, dies sei ihre einzige Chance, das Gespräch in Gang zu bringen. »Wenn du mit mir kommst.«

»Ich kann nicht«, erwiderte Tarek und in seiner Stimme schwang nicht der Hauch eines Bedauerns mit. »Ich muss bei den Pferden bleiben.«

Mia fühlte sich, als hätte ihr Tarek eine schallende Ohrfeige verpasst. Hatte sie sich denn wirklich alles nur eingebildet? Das Strahlen seiner Augen? Das Grübchen an seiner Wange? Wo war die Göttin der Liebe? Mia hatte mit allem gerechnet, nur damit nicht. »Tja«, sagte sie. »Dann geh ich mal wieder.«

Tarek nickte wortlos und wandte sich erneut Asisa zu.

Mia blieb noch eine Weile stehen und beobachtete Tarek, musterte sein ärmelloses dunkles T-Shirt, die ausgeleierte und etwas verschmutzte Jeans sowie die weißen Turnschuhe, die er jeden Tag trug. Doch er kümmerte sich ausschließlich um das Pferd. Ohne ein Wort des Abschieds drehte sich Mia schließlich um und ging davon. Die ersten Tränen der Enttäuschung rannen ihr bereits über die Wangen, bevor sie das Ende der Koppel erreicht hatte. Sie konnte sich gerade noch hinter die nächste Ecke auf eine Parkbank retten, dann schluchzte sie laut auf.

Nach dem ersten Entsetzen verwandelte sich Mias Niedergeschlagenheit in Wut. Was bildete dieser Kerl sich eigentlich ein? Woher nahm er das Recht, so mit ihren Gefühlen zu spielen? Steckte womöglich doch diese Elena dahinter? Hatte Tarek sie zugunsten der Älteren fallen gelassen, bei der er leichteres Spiel hatte? Elenas Avancen waren schließlich mehr als deutlich gewesen. Wahrscheinlich turteln sie jetzt miteinander und machen sich über meine Dummheit lustig!, dachte Mia und wischte sich die Tränen mit dem Handrücken aus dem Gesicht. Schwarze Schlieren auf der Haut verrieten ihr, dass die Wimperntusche, mit der sie sich für Tarek hatte hübsch machen wollen, dabei war, sich aufzulösen. Und natürlich hatte sie nicht einmal ein Taschentuch bei sich.

Gerade wollte sie aufstehen, um sich im Schutz ihres Hotelzimmers die Reste des Make-ups aus dem Gesicht zu waschen, als sie erstarrte. Ob vor Überraschung oder vor Schreck, war schwer zu sagen.

Die Person, die raschen Schrittes die Weggabelung kreuzte, vier oder höchstens fünf Meter von der Bank entfernt, auf der Mia saß, kam ihr merkwürdig vertraut vor. Kurzes braunes Haar, ein ärmelloses dunkles T-Shirt, ausgeleierte Jeans und weiße Turnschuhe.

Unwillkürlich verharrte Mia regungslos. Um nichts in der Welt sollte Tarek sie so sehen! Aber die Gefahr bestand auch nicht. So schnell, wie der Junge aufgetaucht war, verschwand er auch wieder aus Mias Blickfeld.

So, so, dachte Mia, er muss also bei den Pferden bleiben! Dann muss es ja etwas sehr Wichtiges sein, was ihn jetzt von seinen Pflichten abhält.

Sie schnaufte verächtlich. Ohne näher darüber nachzudenken, was sie sich davon erhoffte, stand Mia auf und folgte Tarek.

Es war nicht schwierig, unentdeckt zu bleiben. Erstens schien Tarek nicht zu befürchten, dass ihm jemand nachkam, und zweitens bot der großräumig angelegte Hotelpark mit seiner üppigen Vegetation ausreichend Verstecke. Doch Tarek entfernte sich immer weiter von dem Hotelgebäude und Mia hatte Mühe, ihm zu folgen, so schnell bahnte sich der Junge seinen Weg auf immer schmaler werdenden Pfaden.

Allmählich veränderte sich das Bild der Parkanlage. Links und rechts wucherte Gestrüpp, an einer Stelle türmte sich sogar mannshoch ein Müllberg auf. Mia erkannte im Vorübereilen alte Matratzen, Bettgestelle, kaputte Stühle, riesige, zerbeulte Konservendosen und allerlei anderen Unrat. Ein mulmiges Gefühl beschlich Mia. Was hatte Tarek vor? Wohin folgte sie ihm? Sie warf einen Blick über die Schulter zurück, doch das Hotel war so weit entfernt, dass sie es nur noch erahnen konnte. Würde sie den Weg zurück finden? So viel zumindest war klar: Dieser Teil des Grundstücks war nicht für Urlauber gedacht. Hier hatten Touristen wie sie nichts zu suchen.

Mia überlegte soeben, ob sie nicht lieber umkehren sollte, als Tarek vor einem baufälligen Schuppen stehen blieb, der wie aus dem Nichts auftauchte. Die Tür hing schief in den Angeln und selbst aus einigen Metern Entfernung konnte Mia sehen, dass das Dach löchrig war. Tarek blickte sich um und Mia konnte gerade noch hinter einem Dornengestrüpp in Deckung gehen. Sie unterdrückte einen Schmerzensschrei, als sich ein Stachel durch die dünne Leinenhose in ihre Wade bohrte.

Der Junge öffnete die quietschende Tür und verschwand im Dunkel des kleinen Holzhüttchens.

Mia verzog das Gesicht und untersuchte ihre Wade.

Ihre neue Hose war zerrissen und ein Blutfleck breitete sich auf dem hellen Beige beunruhigend schnell aus. Doch Mia hielt sich nicht lange damit auf.

Was hatte das alles zu bedeuten? Warum erzählte Tarek ihr, er müsse bei den Pferden bleiben, und verschwand dann kurze Zeit später von der Koppel, nur um hierher zu eilen? Was für ein Geheimnis verbarg sich hinter den windschiefen Wänden des Schuppens?

»Hast du Mia gesehen?« Frau Mauritz ließ sich neben ihrem Mann auf einer Liege am Pool nieder.

Jochen Mauritz schüttelte den Kopf und sah nicht einmal von der Zeitung auf, die er gerade las.

»Ich kann sie nirgends finden.« Ursula Mauritz schlüpfte aus ihrem Bademantel und zog ihre wohlgeformten, schlanken Beine auf die Liege. Ihr ganzer Stolz bestand in diesen Beinen, die jeder Siebzehnjährigen Ehre gemacht hätten.

Herr Mauritz ließ die Zeitung auf seinen Kugelbauch sinken. »Hat sie nicht gesagt, sie will heute reiten?«

»Ach ja, richtig.« Mias Mutter griff nach der Sonnenbrille in ihrem Haar und setzte sie sich auf. Sie hob ihr Buch vom Boden auf und begann zu lesen.

Ihr Mann betrachtete sie eine Weile. Dann grunzte er und vertiefte sich erneut in seine Zeitung.

Mia blickte immer noch unschlüssig zu der alten Scheune hinüber. Etwas in ihr mahnte sie umzukehren und zum Hotel zurückzugehen. Doch sie wäre nicht Mia Mauritz, wenn sie sich so leicht ins Bockshorn jagen lassen würde! Ihre Neugierde war geweckt und sie wollte unbedingt wissen, was mit Tarek los war. Warum ließ er sie plötzlich so eiskalt abblitzen? Und vor allem was verbarg sich hinter diesem Holzverschlag?

Das Häuschen hatte kein Fenster zur Vorderseite hinaus. Solange Tarek also die Hütte nicht wieder verließ, konnte sie sich gefahrlos anschleichen.

Leicht humpelnd verließ Mia ihr Versteck hinter dem Dornengebüsch und ging langsam auf den Holzverschlag zu, in dem Tarek verschwunden war. Jede Sekunde rechnete sie damit, dass sich die Tür vor ihr öffnete und sie sich mit einem Hechtsprung zur Seite in Sicherheit bringen musste. Doch ihre Sorge war unbegründet.

Als Mia das Haus erreichte, hörte sie leise Stimmen durch die dünne Holzwand dringen. Tarek sprach mit jemandem. Mit einem anderen Mann. Sie konnte Tareks Stimme deutlich von der tieferen und raueren des anderen unterscheiden. Natürlich verstand sie kein Wort, selbst als sie das Ohr an die Wand presste. Tarek sprach Arabisch oder was auch immer, auf jeden Fall nicht Deutsch.

In gebückter Haltung und an die Wand gedrängt schlich Mia um die Ecke. Irgendwo musste es doch ein Fenster oder wenigstens ein Astloch geben, durch das sie ins Innere blicken konnte!

Sie konzentrierte sich so sehr darauf, sich nicht durch ein unbedachtes Geräusch zu verraten, dass sie erst bemerkte, dass jemand vor ihr stand, als sie direkt auf die weißen Turnschuhe blickte. Langsam hob Mia den Kopf und sah geradewegs in Tareks braune Augen, die sie mit einer Mischung aus Zorn, Erstaunen und Amüsement anstarrten. »Was machst du hier?«

Mia richtete sich auf und merkte an Tareks Blick, dass irgendetwas in ihrem Gesicht nicht stimmte. Schlagartig fiel ihr die verschmierte Wimperntusche wieder ein, derentwegen sie eigentlich Zuflucht im Hotelzimmer hatte nehmen wollen, als sie unverhofft Tarek begegnet war. Unauffällig versuchte sie, die schlimmsten Flecken von ihren Wangen zu entfernen.

»Men huneke?« Die Stimme, die durch die geöffnete Hintertür zu ihnen herausdrang, klang bedrohlich. Nicht nur, weil Mia kein Wort verstand.

»Innehe buneyetun.«

Mia sah Tarek irritiert an. Auch seine Stimme veränderte sich, wenn er in seiner Landessprache sprach. Sie verlor etwas von der Vertrautheit, klang auf einmal drohend. Aber vielleicht lag es nur daran, dass sie nicht verstand, was gesprochen wurde?

»Metha turiduhu hune?«

»Was willst du hier?«, übersetzte Tarek.

»Ich bin dir gefolgt«, gab Mia zu.

»Innehe tebiatni.«

Das faltige Gesicht eines alten Mannes mit erstaunlich dichtem weißen Haar und ebensolchem Schnauzbart erschien am Türrahmen. Der Alte stützte sich auf einen Gehstock, sah Mia an und bedeutete ihr und Tarek mit einer Kopfbewegung hereinzukommen.

Es dauerte eine Weile, bis sich Mias Augen an das Dämmerlicht gewöhnt hatten. Dann konnte sie deutlich die Stute sehen, die mit einem unglaublich dicken Bauch und schwer atmend auf einer Schicht aus Stroh lag. Sie röchelte und hustete so stark, dass Mia bei dem Geräusch automatisch an das Tuten eines Ozeandampfers denken musste. Aus der Nase und dem Maul des Pferdes kam zäher Schleim.

Tarek folgte ihrem Blick und bemerkte ihr Erstaunen.

»Das ist Amal. Amal bedeutet in deiner Sprache Hoffnung. Sie erwartet ein Fohlen.«

Mia betrachtete den Schimmel mit dem typischen Gesicht eines reinrassigen Arabers, den ausdrucksstarken Augen mit den langen schwarzen Wimpern, den weit geöffneten Nüstern, den kleinen, spitzen Ohren und der konkaven Nase. Die Nüstern bebten unter den Anstrengungen der Stute.

»Ein schönes Tier«, sagte Mia.

»Ja, sie ist …« Tarek stockte. »Sie war der edelste unserer Araber, bis …« Der Junge verstummte.

»Bis?«, forderte Mia ihn auf weiterzusprechen.

Tarek seufzte. »Bis sie diesen schrecklichen Husten bekam und der neue Oberstallmeister beschloss, sie töten zu lassen.«

»Töten? Aber … aber ich denke, sie kriegt ein Fohlen?«

»Genau.« Tareks Augen funkelten vor Zorn. Das konnte Mia selbst in dem Dämmerlicht erkennen.

»Das verstehe ich nicht.«

»Inne tekelifu elmohru bahithetun hatte yekbura, feme beluke yaiime el ummi.«

Mia sah zu dem alten Mann hinüber, der neben Tarek stand. Es war offensichtlich, dass er genug Deutsch verstand, um ihrem Gespräch zu folgen. Aber augenscheinlich war er nicht in der Lage, so zu antworten, dass auch Mia ihn verstehen konnte – oder er wollte nicht.

»Mein Großvater sagt, Geld ist der Grund dafür, dass

diese Stute sterben soll, bevor sie ihr Fohlen geboren hat«, übersetzte Tarek die Worte des Alten.

Mia fühlte sich unsicher. Dieser unheimliche, dunkle Schuppen, das vor Schmerzen stöhnende Pferd und die beiden Männer, zwei Fremde, von denen sie nicht das Geringste wusste, wie ihr in diesem Augenblick erschreckend klar wurde, machten ihr Angst. Und niemand ahnte auch nur, wo sie sich befand!

Jetzt sprach Tarek mit seinem Großvater und Mias Angst wuchs ins Unermessliche. Worüber sprachen die beiden? Wenn sie doch wenigstens ein Wort verstehen würde! Noch nie in ihrem Leben hatte sich Mia so hilflos und ausgeliefert gefühlt. »Was habt ihr mit mir ... äh, ich meine, mit ihr vor?«

»Wir versuchen, sie bis zur Geburt ihres Fohlens am Leben zu erhalten«, antwortete Tarek. »Viel können wir zwar nicht für sie tun, aber es ist wichtig, dass nach Möglichkeit immer jemand hier ist, falls sie einen Erstickungsanfall bekommt oder es ihr sonst irgendwie plötzlich schlechter geht. Und natürlich müssen wir sie so gut, wie es nur geht, versorgen. Das A und O aber ist, dass wir ihr helfen, wenn das Fohlen kommt. Amal würde die Geburt allein keinesfalls überstehen und vermutlich würde dann auch ihr Fohlen dabei sterben. Wenn niemand rechtzeitig die Nabelschnur durchtrennt und so.«

»Aber der Oberstallmeister?«, fragte Mia. »Weiß er denn, dass die Stute hier ist?« Augenblicklich hatte Mia wieder Ben Belisars Gesicht vor Augen, sein überhebliches Grinsen und den lüsternen Blick, mit dem er sie betrachtet hatte.

Tarek wurde rot. »Nein«, presste er zwischen zusammengekniffenen Lippen hervor. »Und er darf es auch nicht erfahren.«

»Und wenn er es doch erfährt?«

»Willst du es ihm verraten?« Tarek klang aufgebracht, seine Stimme drohend.

»Nein, natürlich nicht«, beteuerte Mia, die sich missverstanden fühlte. »Ich möchte nur wissen, was geschehen würde, wenn jemand davon erfährt.«

»Dann würden nicht nur die Stute und ihr Fohlen sterben ...«, antwortete Tarek und aus seiner Stimme sprach jetzt die pure Verzweiflung.

Mia betrachtete schweigend die Stute, die vor Schmerzen mit dem Kopf ausschlug.

Amal, Hoffnung ...

»Wenn jemand erfährt, dass Amal hier ist, dann werden sie kommen und meinen Großvater holen. Sie werden ihn in ein Heim stecken, ihm dreimal am Tag eine Haferschleimsuppe kochen, in der Kakerlaken als Fleischbeilage schwimmen, und ihn mit Medikamenten voll stopfen, damit er möglichst wenig Arbeit macht und still im Bett liegen bleibt«, fuhr Tarek fort. »Und ich ...« Er atmete tief ein. »Ich werde mir dann wohl eine andere Arbeit suchen müssen. Eine Arbeit, die mich zwingt von hier fortzugehen und meine Familie zu verlassen.«

Mia wandte den Blick vom Pferd ab und Tarek zu. »Wenn das stimmt, was du sagst«, begann sie, »warum geht ihr, du und dein Großvater, dann ein so großes Risiko ein?«

Tarek seufzte und sah Mia mit einem undurchdringlichen Blick an. »Allah nahm eine Hand voll Südwind und erschuf daraus das Pferd. Das Pferd aber wollte nicht zu

Fleisch werden und es wollte auch nicht den Menschen dienen. Da versprach Allah, dass das Pferd nach seinem Tod wieder zu Wind werden und fortan in Freiheit leben würde. Und Allah hat sein Versprechen gehalten.«

Mia begegnete Tareks Blick und da war es wieder, dieses Funkeln in den Augen, das sie nicht mehr vergessen konnte, seit sie es das erste Mal gesehen hatte. Sie nickte zwar, es ging also um irgendein Versprechen, aber wenn sie ehrlich war, hatte sie immer noch nichts verstanden.

Tarek schien zu spüren, dass er sie mit seinen Worten nicht hatte überzeugen können. Und nicht nur er. Mia zuckte zunächst zusammen, als der alte Mann nach ihrer Hand griff und ihr mit einer Geste bedeutete, auf dem Stroh neben Amal Platz zu nehmen.

Ihre Gefühle befanden sich in einem Widerstreit: Einerseits genoss sie die Nähe zu dem Pferd, das zufrieden schnaubte, sobald sie ihre Hand sanft auf seinen Hals legte und es streichelte. Sie genoss auch Tareks Anwesenheit und das wohlige Kribbeln des Abenteuers, das sich in ihrem Bauch breit machte. Andererseits war es aber auch genau dieses Kribbeln, das ihr Unbehagen bereitete. Immer noch fühlte sie sich der Situation und den zwei fremden Männern, deren Sprache und Gebaren sie verunsicherten, schutzlos ausgeliefert.

Mit einem Kopfnicken forderte der Alte Tarek auf, sich neben Mia zu setzen und das Kribbeln im Bauch des Mädchens nahm ungeahnte Formen an, als sie Tareks Schulter und sein Bein dicht neben sich spürte. Es hätte sie nicht gewundert, wenn Tarek nun ihre Hand genommen und sie festgehalten hätte.

Aber er tat es nicht.

»Aasche fi kadimi esemeni rajulun ismuhu Abu 'l-Kasim Muhammad ibn 'Abd Allah bi medineti Mekka.« Mia kam es so vor, als hätte sich die Stimme des Alten plötzlich verändert. Sie klang nun nicht länger drohend und unheimlich, sondern hatte einen fast schon beruhigenden Tonfall.

Der Mann machte eine Pause und lediglich das Zucken einer seiner Augenbrauen reichte Tarek als Zeichen, dass er nun gefordert war.

»Einst lebte ein Mann namens Abu 'l-Kasim Muhammad ibn 'Abd Allah in der Stadt Mekka«, übersetzte er die Worte seines Großvaters. »Er entstammte einer angesehenen, aber verarmten Kaufmannsfamilie ...«

Kaum hatte Tarek fertig übersetzt, ergriff der Alte wieder das Wort. Es fiel Mia nicht schwer, sich darauf zu konzentrieren, was Tarek sagte. Die sonore Stimme des alten Mannes und Tareks Übersetzung verschmolzen miteinander und wurden eins. In Mias Kopf entspann sich eine lebendige Geschichte.

Liebe die Pferde
und kümmre dich um sie,
denn sie verdienen die Fürsorge,
behandle sie wie deine Kinder.
OMAR, BEGLEITER DES PROPHETEN

Einst lebte ein Mann namens Abu 'l-Kasim Muhammad ibn 'Abd Allah in der Stadt Mekka. Er entstammte einer angesehenen, aber verarmten Kaufmannsfamilie. Sein Vater Abd-Allah und seine Mutter Amina gehörten dem Geschlecht der Hashim an, einem Zweig der herrschenden Kuraish. Seinen Vater lernte Mohammed – mit diesem Namen sollte er Geschichte schreiben – jedoch nie kennen, denn er starb bereits vor der Geburt seines Sohnes auf einer seiner Handelsreisen. Als Mohammed gerade sechs Jahre alt war, verstarb auch seine Mutter und der Junge lebte fortan bei seinem Großvater. Doch auch dieser verschied kurz darauf und Mohammed wurde von seinem Oheim Abu Talib aufgenommen.

Mohammed war ein kluger Junge und so lernte er auf den Handelsreisen, auf denen er seinen Oheim begleitete, viel. Unter anderem lesen und schreiben, was für die damalige Zeit nicht selbstverständlich war.

Mit fünfundzwanzig Jahren eroberte er durch sein einnehmendes Wesen und seinen wachen Geist das Herz der fünfzehn Jahre älteren Chadidscha, einer reichen Kaufmannswitwe, in deren Diensten er sich befand. So wurde er vom Rang eines Angestellten in den Stand des Ehemanns erhoben. Chadidscha war eine kluge und umsichtige Frau und Mohammed zutiefst ergeben. Sie liebte ihren jungen Gatten, so wie es sich jeder Mann nur wünschen kann, und die beiden führten eine glückliche Ehe.

Es war kurz nach seinem vierzigsten Geburtstag, Mohammed war ein Mann in den besten Jahren, als er einen besonderen Traum hatte. In der *Nacht des Schicksals* schlief Mohammed in einer Höhle am Fuße des Berges Hira, die er hin und wieder aufsuchte, um mit sich und seinen Gedanken allein zu sein, als ihm ein Geist erschien. Der Geist hielt in seiner Hand eine mit Zeichen bedeckte Schriftrolle. Es war ein Bote Allahs und er forderte Mohammed auf, die Schriftrolle zu lesen. »Lies!«, sagte er. »Im Namen deines Herrn, der alles erschaffen hat! Du bist der Erwählte Allahs und ich bin Gabriel, sein Bote.«

Nach seiner Rückkehr am nächsten Morgen erzählte Mohammed seiner Gattin von diesem Erlebnis. Er war zutiefst verstört, doch Chadidscha bestärkte ihn in seinem Glauben. Sie sah in dem Geschehen die Bestätigung dessen, was sie schon immer gewusst hatte: dass ihr über alles geliebter Mann etwas Besonderes war.

So wurde Mohammeds Frau Chadidscha seine erste Anhängerin.

Doch die Gemeinde um Mohammed, den Gepriesenen, wurde schnell größer. Zunächst war es nur ein kleiner Kreis, der sich um den charismatischen Mann scharte, unter ihnen vor allem die Armen und Schwachen, für die Mohammeds Herz schlug. Er verkündete, Allah wolle Gerechtigkeit für die Witwen und Waisen, eine würdige Behandlung der Frauen, eine Speisung der Armen und ein Ende der Stammesfehden. Und seine Anhänger jubelten ihm zu.

Vielleicht lag es am Leuchten seiner Augen oder an der Wärme seines Herzens, auf jeden Fall konnten ihm seine Widersacher nichts anhaben und seine Anhängerschar wuchs.

Amal schnaubte und Mia zuckte zusammen, als sie so unvermittelt eine Zeitreise über mehrere Jahrhunderte hinweg ins Hier und Jetzt antreten musste. Ihre Hand ruhte immer noch auf Amals seidenweichem Fell. Verstohlen warf sie einen Blick zur Seite auf Tarek, der sich ihr ebenfalls zuwandte. Sie konnte Chadidscha in ihrer bedingungslosen Liebe zu Mohammed gut verstehen, wenn Mohammed auch nur annähernd so strahlende Augen wie Tarek gehabt hatte. Auch sie fühlte sich in diesem Moment dazu bereit, Tarek in allem zu unterstützen, was ihm zu seinem Glück verhalf. Umso härter trafen Mia Tareks nächsten Worte.

Doch das Glück ist etwas, das man nicht festhalten kann. Es kommt und geht, wie es ihm passt. Und so starb Chadidscha und ließ Mohammed in tiefer Trauer zurück, denn seine Liebe zu der älteren Frau war tief und ehrlich gewesen.

Mohammed hatte kaum die Gelegenheit, sich von diesem Schicksalsschlag zu erholen. Kurz darauf starb auch sein Ziehvater, der Oheim Abu Talib, und Mohammed blieb allein und ohne den Schutz seiner einflussreichen Verwandten zurück.

Es muss in dieser Zeit begonnen haben, dass das sanfte Funkeln in Mohammeds Augen immer häufiger zu einem Furcht erregenden Glühen wurde, das seine Feinde erzittern und seine Anhänger den Blick senken ließ. Mohammed hatte sich verändert. Aber auch nach Chadidschas Tod stand er zu der Aufgabe, die Allah ihm aufgetragen hatte. Mit der Zahl seiner Anhänger stieg auch die Zahl seiner Widersacher und der Feinde der Kuraish, die um ihre Macht fürchteten, je einflussreicher Mohammed wurde.

Und so entschied sich Mohammed zur Hidschra, zur Auswanderung nach Jathrib, wo er mit seinen Offenbarungen willkommen war. Schließlich hielt ihn in Mekka nichts mehr zurück.

Die Reise nach Jathrib war beschwerlich. Mohammed und seine Anhänger waren bereits seit Tagen auf ihren Kamelen und Pferden unterwegs. Jede Nacht schlugen sie ihre Zelte an einer neuen Stelle auf. Erst wenn alle Tiere versorgt waren, erlaubten sich die Reiter eine kurze Ruhepause.

Doch die Nächte waren kurz. Bereits im Morgengrauen musste das Lager jedes Mal wieder abgebaut und alles für die Weiterreise vorbereitet werden. Jede Nacht hielt ein anderer Mann Wache, um die Pferde vor Faris, Pferdedieben, zu schützen. Der Diebstahl kostbarer Pferde war nichts Anrüchiges. Es war vielmehr eine Art Sport und Pferdediebe wurden durchaus geachtet. Schließlich offenbarte es Mut und Geschick, in ein fremdes Lager einzudringen und sich ein Pferd des Feindes zu nehmen.

Eines Tages schlug das Wetter um. Bislang hatte Allah Mohammed und seine Männer auf ihrer Reise begleitet und ihnen den Weg geebnet. Doch nun schien er ihnen zu zürnen und sandte einen Sturm.

Vielleicht lag es an dem Jungen, der eine verirrte Stute, halb verhungert und verdurstet, aufgenommen hatte und gesund zu pflegen versuchte. Sie hatten die Stadtmauern Mekkas noch nicht weit hinter sich gelassen, als ihnen das unglückliche Geschöpf begegnet war. Wie es die Ehre gebot, kümmerte sich keiner der Reisenden um das ausgemergelte Pferd. Denn wenn auch der Diebstahl einer kostbaren Stute etwas durchaus Heldenhaftes war, so bedeutete es die tiefste Schande, sich eines Tieres anzunehmen, das einem Fremden gehörte und das ohne den Einsatz von Mut und Geschick erworben wurde. Doch die Stute folgte der Gruppe über Tage. Sie wurde von keinem außer dem Jungen eines Blickes gewürdigt. Rasteten Mohammed und seine Männer, so hielt sich die Stute abseits, beobachtete aber das Lager aus der Ferne. Es war ein kleines, zierliches Tier mit struppigem Fell und verknoteter Mähne.

Der Junge, nehmen wir an, sein Name war Ibrahim, konnte das Leid des Tieres, das zunehmend kraftloser wurde, nicht länger mit ansehen. So sparte er sich von seiner Ration Kamelmilch etwas vom Munde ab, versorgte die Stute heimlich damit und erhielt sie auf diese Weise am Leben.

Eines Tages beobachtete man ihn, während er die Stute tränkte, und er musste sich für sein Handeln rechtfertigen. Er berief sich auf die Güte Allahs und sprach zum Propheten: »Herr, habe ich euch nicht sagen hören: ›So viele Körner Gerste du deinem Pferd gibst, so viele Sünden seien dir vergeben.‹«

Mohammed lächelte über diese geschickte Antwort und erließ dem Jungen die Strafe.

Am nächsten Tag reiste die Karawane weiter. Die Vorräte waren bereits aufgebraucht und Mensch und Tier benötigten dringend Wasser. Die nächste Wasserquelle jedoch war noch einen halben Tagesritt entfernt. Der Himmel verdunkelte sich und der zunächst leichte Wind wurde stärker und stärker. Ein Sandsturm drohte!

Mohammed hieß seine Begleiter absitzen. Mittlerweile war der Wind so stark, dass die Männer sich kaum auf den Beinen halten konnten. Teile der Ausrüstung wirbelten umher und verletzten Pferde und Reiter, während die Männer versuchten, ein Lager zu errichten, das sie und ihre kostbaren Pferde und Kamele vor dem Sturm schützen sollte. Schon drang Sand in ihre ausgetrockneten Kehlen und die gellenden Schreie der Menschen und Tiere zeugten von Todesangst. Stunde um Stunde tobte der Sturm und es gab kein Entrinnen, nichts, was den Reisenden und ihren Tieren Schutz bieten konnte.

Als sich der Sturm endlich legte, sah es in dem Lager aus wie auf einem Schlachtfeld. Es gab kaum jemanden, der unverletzt geblieben war. Einige hatten sogar mit dem Leben bezahlt.

Um Mohammed wurden Stimmen laut, die Ibrahim und der Stute die Schuld für den Sturm gaben, den Allah ihnen geschickt hatte. Doch der Prophet nahm den Jungen, der die Katastrophe ebenso wie seine Stute nahezu unversehrt überstanden hatte, in Schutz: »Hätte Allah ihn strafen wollen, warum hat er ihn dann am Leben gelassen?«

Erst nach Einbruch der Dämmerung erreichte die Karawane die ersehnte Wasserquelle. Die Tiere wurden unruhig, sobald sie das kostbare Nass riechen konnten, und drängten voran. Mohammed versuchte, sie zurückzurufen, doch die erschöpften und vor Durst fast wahnsinnigen Pferde reagierten nicht. Sie stürmten ungeachtet seiner Stimme weiter.

Auch Mias Hals war trocken geworden, während sie der Erzählung des Alten gebannt lauschte. Fast war ihr, als befände sie sich selbst in der heißen Wüstenluft, und sie sah die davonpreschenden Pferde vor ihrem inneren Auge.

Amal neben ihr ächzte. Ein Zucken durchfuhr den Körper der Stute, die schwer nach Luft rang. Mia blickte den Schimmel besorgt an. Es war nicht zu übersehen, dass das Tier Schmerzen litt. Automatisch sah sich Mia auf der Suche nach etwas um, das Amal Erleichterung verschaffen könnte, und ihr Blick fiel auf eine Schüssel Wasser, in der ein Lappen schwamm. Es war eine alte, rostige Metallschüssel, aber das Wasser darin war trotz der drückenden Schwüle überraschend kühl. Mia griff nach dem Lappen, wrang ihn aus und tupfte der Stute damit sanft die Stirn und den Hals ab. Sie hatte, ohne nachzudenken, gehandelt und erst als sie die erstaunten Blicke Tareks und des Großvaters auf sich ruhen sah, wurde sie sich ihres Tuns bewusst. Doch Amal schien das kühlende Nass an diesem heißen und stickigen Sommertag durchaus zu genießen und ihre Atmung wurde merklich ruhiger.

Der Großvater nickte zufrieden und lächelte Mia einen Augenblick lang zustimmend zu, bevor er seine Erzählung fortsetzte.

Nur fünf Stuten gehorchten dem Befehl des Propheten. Sie stoppten aus vollem Lauf, dass der Sand unter ihren Hufen aufwirbelte. Eine Weile schienen sie zu überlegen und die Möglichkeiten gegeneinander abzuwägen. Ihre Blicke wanderten zwischen den anderen Pferden, die ihre Hufe bereits in dem Wasserloch kühlten und mit gierigen Schlucken tranken, und ihrem Herrn hin und her. Dann kehrten sie um und folgten dem Ruf ihres Herrn.

Mohammed legte jeder dieser fünf Stuten seinen Daumen in den Nacken, wo sich daraufhin kleine Haarwirbel bildeten. Auf diese Weise segnete er Abayyah, Saqlawiyah, Kuhaylah, Hamdaniyah und Hadbah. Sie wurden Khamsa al-Rasul Alla, *die Fünf des Propheten Allahs* genannt, und mit ihnen begründete Mohammed die Zucht des reinen, des asilen Arabers.

Mias Hand glitt über Amals Fell. Die Stute lag jetzt wieder ruhig atmend neben ihr, den Kopf dicht neben den Beinen des Mädchens. Mias Finger verharrten an der Stelle, wo der Hals in den Nacken übergeht. Mit ihrem Daumen tastete sie den kleinen Haarwirbel in dem weißen Fell ab.

»Diesen Wirbel nennt man bis zum heutigen Tag *Daumenzeichen des Propheten«*, erklärte Tarek, der sie beobachtete. »Pferde, die es besitzen, gelten als besonders edel.«

Mia sah Tarek aufmerksam an. Sie wünschte sich, er würde weitersprechen, ihr noch mehr erzählen. Und als hätte er ihre Gedanken gelesen, fuhr Tarek fort: »Außerdem sind die Blutlinien der edelsten Araberpferde auch heute noch auf diese fünf Stuten zurückzuführen. Nur sie dürfen sich asil, also *reinen Blutes*, nennen.«

Mia merkte, dass Tarek nicht länger die Worte des Alten übersetzte, der seinen Enkel schweigend betrachtete und zu dem Gesagten wohlwollend nickte.

»Also stammt Amal von einer dieser Stuten ab?« Mia räusperte sich. Die aufwallenden Gefühle hatten sich als Kloß in ihrem Hals festgesetzt und das lange Schweigen tat ein Übriges.

»Jeder reinrassige Araber ist ein Nachkömmling der Khamsa al-Rasul Alla«, erklärte Tarek. »Amal ist reinrassig. Und ihr Fohlen wird ebenso die besonderen Eigenschaften der arabischen Rasse in sich tragen.« Tarek machte eine Pause. »Vorausgesetzt, es darf leben.«

Mia schluckte. Doch der Kloß in ihrem Hals ließ sich nicht so einfach loswerden. »Ich verstehe«, sagte sie leise.

Das Schweigen, das sich anschließend in dem alten Schuppen ausbreitete, war nicht unangenehm. Jeder lauschte auf Amals gleichmäßige Atemzüge und hing dabei seinen eigenen Gedanken nach. Mia kannte bislang nur einen Menschen, mit dem sie so gut schweigen konnte, und das war ihre Freundin Jule. Nach ihr sehnte sie sich in diesem Moment ganz besonders. Jule, die Pferdeexpertin, hätte vielleicht einen Rat gewusst. Aber sie, Mia, was sollte sie schon dazu beitragen, Amal zu retten oder zumindest am Leben zu erhalten, bis ihr Fohlen bereit war, auf die Welt zu kommen? Sie selbst hatte nicht genug Ahnung von Pferden, um eine wirkliche Hilfe zu sein, obwohl sie sicher durch Jule das eine oder andere wusste. Und vor allem vergaß sie in der Regel nichts, was sie einmal gelernt hatte. Vielleicht kam das daher, weil sie so eine aufmerksame Zuhörerin war?

Während Mia über all das nachdachte, musterte Tarek sie schweigend. In seinem Blick lag Interesse und Zuneigung, aber auch die unsichere Frage, ob es ihm gelungen war, Mia auf seine Seite zu ziehen. Denn schließlich waren sie Mia gewissermaßen ausgeliefert. Sie mussten sich auf ihre Verschwiegenheit verlassen können.

Tarek stand auf, stellte sich vor Mia und streckte die Hand aus, die Mia ergriff. Dann zog er sie zu sich hoch. Als sie vor ihm stand, ließ er ihre Hand nicht los, sondern hielt sie fest, während er sie aus dem Schuppen in die Sonne führte. Er setzte sich, den Rücken gegen die Holzwand gelehnt, und sah zu Mia hoch, die Hand zum Schutz gegen das Sonnenlicht über den Augen.

Mias Herz raste noch von der unverhofften, plötzlichen Berührung und sie bedauerte, dass Tarek ihre Hand wieder losgelassen hatte. Fast meinte sie den sanften Druck seiner Finger noch auf ihrem Handrücken fühlen zu können.

»Amal ist nicht irgendein Pferd«, begann Tarek und blickte nun vor sich auf den Boden.

Mia begriff, dass Tarek ihr etwas erzählten wollte, und sie setzte sich neben ihn auf den von der Sonne erwärmten Boden. Am liebsten hätte sie sich ganz dicht an ihn geschmiegt, um weiter die Wärme seines Körpers zu spüren, aber das traute sie sich nicht.

»Ich habe noch nie jemandem von diesem Erlebnis erzählt«, sagte Tarek, »aber ich bin Amal etwas schuldig.«

Ihr Leib ist ein Schatz
Und ihr Rücken ein Ehrenplatz.
PROPHET MOHAMMED

Alles ist so unwirklich, dachte Mia, während sie durch die Parkanlage den Weg zurück zum Hotel suchte. Sie ging langsam, als weigerten sich ihre Füße ins »echte« Leben zurückzukehren.

Tareks Großvater hatte sich herzlich von ihr verabschiedet, nachdem sie verkündet hatte, dass sie gehen müsse, weil man sonst nach ihr suchen würde. Und wenn man nach ihr suchte, dann bestand die Gefahr, dass man am Ende nicht nur sie fand.

Der alte Mann hatte gelächelt und lange ihre Hand festgehalten. Und auch ohne Worte hatten sie sich verstanden. Jetzt fühlte sich Mia nicht länger bedroht. Im Gegenteil. Sie war ein Teil des Bündnisses geworden, das Amals Wohlergehen sichern sollte, bis sie ihrem Fohlen das Leben schenken konnte. Und stillschweigend hatte Mia ihr Einverständnis gegeben, das Geheimnis zu hüten.

Das dreistöckige Hotelgebäude tauchte hinter einer Reihe Palmen auf und Mia seufzte, als sie die ersten Stimmen der Touristen vernahm, die sich in der Abendsonne am Pool ausruhten, ihre Cocktails tranken und sich dabei unbedeutende Dinge aus ihrem Leben erzählten, als gäbe es nichts Wichtigeres auf der Welt als ihre eigenen kleinen Erlebnisse.

Gleich drängeln sich wieder alle vor dem Büfett, als hätten sie seit Tagen gehungert, dachte Mia. Und plötzlich wurde ihr der Gegensatz zwischen Tareks und ihrem Leben so deutlich bewusst, dass es fast schmerzte. Dabei war es noch nicht einmal das Leben selbst, das so unterschiedlich verlief, es war die Geschichte der jeweiligen Kultur, in die sie hineingeboren worden waren.

Mia bog um die nächste Ecke und sah nun auch die sonnenverbrannten, kreisrunden Gesichter, die zu den Stimmen gehörten. Da zerplatzten ihre letzten Tagträume, in denen sie an Tareks Seite auf dem Rücken eines zierlichen Schimmels eine unwirtliche Steppe auf der Suche nach lebensnotwendigem Wasser durchquerte, wie Seifenblasen, die den Boden berühren.

»Um Himmels willen, wo warst du bloß?« Frau Mauritz stand vor dem Spiegel im Bad des Hotelappartements und kämmte sich das frisch frisierte Haar. »Dein Vater und ich haben uns schon Sorgen gemacht!«

Mia lehnte sich gegen den Türrahmen und betrachtete ihre Mutter. Schweigend.

Frau Mauritz suchte einen passenden Lippenstift aus ihrem Schminktäschchen. Erst nachdem sie ihre Lippen in ein schimmerndes Rot getaucht hatte, wandte sie sich zu ihrer Tochter um. »Mein Gott, wie siehst du denn aus?«

Unwillkürlich strich sich Mia mit einer Hand über die

Wange. Hatte sie etwa immer noch Wimperntusche im Gesicht?

Frau Mauritz' Blick wanderte vom Gesicht ihrer Tochter hinab zu ihren Beinen. »Und was ist mit deiner Hose passiert?«

Mias Blick folgte dem ihrer Mutter und blieb ebenfalls an dem Riss im Leinenstoff hängen. »Ach, das ... das war ein Kaktus.«

»Ist das Blut oder Schmutz?«, wollte Ursula Mauritz wissen und kniff die Augen zusammen, um besser sehen zu können.

»Das ist nichts«, antwortete Mia und wandte sich ab.

Ihre Mutter seufzte. »Zieh dich bitte um, wir wollen zum Abendessen«, sagte sie und blickte dabei bereits wieder in den Spiegel, um ihre Perlenohrringe anzulegen.

Die Schlange vor dem Eingang zum Restaurant war immer noch mindestens zwanzig Meter lang, obwohl es bereits halb sieben war, als Familie Mauritz sich dort einreihte. Hinter der Glastür stand eine lächelnde junge Frau im Dress der Hotelbediensteten. Sie begrüßte jeden Gast freundlich, bevor sie seine Karte, die zugleich als Zimmerschlüssel diente, durch das Lesegerät des Computers zog.

Frau Mauritz stöhnte. »Warum ist es hier bloß immer so voll?«, fragte sie genervt. »Müssen denn alle um Punkt sechs zum Essen?«

»Wahrscheinlich haben die Leute Angst, dass es später nichts mehr gibt«, murmelte Mias Vater.

So wie wir, dachte Mia, sagte aber nichts.

Endlich waren sie an der Reihe. Erst jetzt begann Frau Mauritz umständlich in ihrer Handtasche nach der Karte zu suchen, die sie als Hotelgäste auswies.

Mia verdrehte die Augen und wäre am liebsten im Erdboden versunken. Das war wieder typisch! Vor lauter Nörgelei über die anderen war ihre Mutter nicht auf die Idee gekommen, die Karte rechtzeitig hervorzuholen. Nun hielt sie den gesamten Verkehr noch mehr auf und ein älterer Herr hinter Mia stöhnte bereits.

Mia wandte sich um und schaute ihn böse an. Schließlich hatte längst nicht jeder das Recht, über ihre Mutter zu schimpfen!

»Jochen, hast du vielleicht die Karte eingesteckt?«, fragte Frau Mauritz ohne eine Spur der Verlegenheit.

Die junge Frau hinter dem Computer lächelte immer noch freundlich.

Profi, dachte Mia.

Jochen Mauritz tastete seine Jackentasche ab und schüttelte den Kopf.

»Ach, hier habe ich sie«, sagte Frau Mauritz in diesem Augenblick und reichte der Bediensteten die Karte.

Der Mann hinter Mia seufzte erleichtert.

Mia drängelte sich hinter ihren Eltern durch das Gewühl an einen freien Tisch. Links und rechts auf den anderen Tischen standen halb volle, verwaiste Teller.

Ein Leben im Überfluss, dachte Mia. Wieso mussten die Leute grundsätzlich mehr nehmen, als sie essen konnten? Sie dachte wieder an die Erzählung von Tareks Großvater. Er hatte so eindringlich gesprochen, dass Mia den Durst und die Qualen der Entbehrung der damaligen Zeit am eigenen Leib zu spüren geglaubt hatte.

In was für einen krassen Widerspruch das zu dem stand, was sie hier sah!

Selbst als Mia an diesem Abend im Bett lag, wurde sie die Gedanken an Mohammed und seine Frau Chadidscha nicht los. Dieser Mohammed, das hatte sie nun verstanden, war der Begründer der islamischen Religion gewesen. Was hatte er für ein Leben geführt? Sogar zu dieser Zeit, im 7. Jahrhundert nach Christus, wie Tarek auf ihre Frage hin erklärt hatte, war es sicher nicht normal, als kleines Kind nacheinander in kürzester Zeit alle wichtigen Bezugspersonen zu verlieren. Bestimmt war dies eine prägende Erfahrung gewesen. Und prägend war auch, was Tarek in seinen ersten Lebensjahren mit Amal erlebt hatte. Kein Wunder, dass Amal für Tarek mehr war als irgendein Pferd, für dessen Wohlergehen er sich verantwortlich fühlte. Vor allem an eine Geschichte, die Tarek ihr an diesem Nachmittag im Sonnenschein vor der Holzhütte erzählt hatte, erinnerte sich Mia besonders deutlich.

Es war vor drei Jahren passiert. Tarek war damals zwölf und sein kleiner Bruder Salem fast vier Jahre alt gewesen. Salem hatte Tarek den ganzen Tag geärgert, weil er wollte, dass sein großer Bruder, der auf ihn aufpassen sollte, während die Erwachsenen arbeiteten, mit ihm spielte. Tarek aber las lieber in seinem neuen Buch über arabische Pferde, das seine Tante, die Schwester seiner Mutter, ihm aus Deutschland geschickt hatte.

Tarek hatte das Zimmer nur kurz verlassen, um sich etwas zu trinken aus der Küche zu holen, und als er wiederkam, hatte Salem jede einzelne Seite aus dem neuen Buch herausgerissen. Tarek war außer sich vor Wut. Er beschimpfte seinen kleinen Bruder, schlug ihn gar und warf zornig das einzige Schmusetier Salems auf die Straße vor dem Haus in den Schmutz.

Salem weinte und lief hinaus, um sein Stofftier wieder hereinzuholen. Tarek versuchte währenddessen, von dem Buch zu retten, was zu retten war, und kümmerte sich nicht mehr um Salem.

Erst beim gemeinsamen Abendessen, als Mutter, Vater und Großvater, der damals noch für die Pferde des Hotels verantwortlich war, zu Hause waren, fiel auf, dass der Dreijährige fehlte. Tarek hatte ein schlechtes Gewissen und half den Eltern bei der Suche nach dem kleinen Bruder, ohne ihnen von dem Streit zu erzählen. Doch Salem blieb verschwunden.

Tarek sah sogar auf der Koppel nach, ob sich Salem hier irgendwo versteckte. Beim Anblick Amals und der anderen Pferde kam dem Zwölfjährigen eine Idee. Es würde schneller gehen, wenn er auf dem Rücken eines Pferdes nach Salem suchte. Natürlich wählte er Amal, die schon zu diesem Zeitpunkt sein Lieblingspferd war. Und auch Amal schien den gleichaltrigen Tarek ganz besonders in ihr Herz geschlossen zu haben.

Es dämmerte bereits, als Tarek mit Amal am Strand entlangritt. Die Nähe zum Meer, die für Mia lediglich Urlaub und Erholung bedeutete, war für Tarek in diesem Moment die größte Bedrohung. Denn natürlich bestand die Gefahr, dass der kleine Junge aus Unachtsamkeit in die Fluten lief und ertrank.

Tarek hatte sich fest vorgenommen, nicht ohne Salem nach Hause zurückzukehren. Er fühlte sich schuldig, dass sein kleiner Bruder verschwunden war, und wollte seinen Eltern nicht mehr unter die Augen treten, wenn dem Dreijährigen seinetwegen etwas zugestoßen sein sollte. Er ritt die ganze Nacht. Kreuz und quer, stets auf der Suche nach Salem. Und Amal trug ihn auf ihrem Rücken, ohne sich seinem Willen auch nur ein einziges Mal zu widersetzen.

Der Morgen graute bereits und Tarek war mittlerweile so müde, dass er sich kaum noch im Sattel halten konnte, doch Amal setzte immer noch unbeirrt einen Huf vor den anderen. Der Zwölfjährige hatte mittlerweile die Hoffnung aufgegeben, Salem zu finden, und überlegte, ob er es wagen konnte, ohne seinen Bruder nach Hause zurückzukehren. Vielleicht war der Vermisste inzwischen von alleine wieder heimgekehrt?

Doch in dem Augenblick, in dem Tarek darüber nachdachte, nach Hause zu reiten, fiel ihm auf, dass er gar nicht mehr wusste, wo er sich eigentlich befand! Er war die ganze Nacht durchgeritten, ohne in der Finsternis etwas zu erkennen, und vermutlich hatte ihn auch das eine oder andere Mal der Sekundenschlaf übermannt, sodass er die Orientierung verloren hatte. Nun befand er sich in einer menschenleeren Gegend, die er noch nie zuvor in seinem Leben gesehen hatte, am Rande einer Hügelkette. Der Weg war voller Geröll und Amals Hufe fanden wenig Halt auf dem steinigen Boden.

Ein dumpfes Grollen ließ Tarek aufhorchen. Auch Amal reagierte mit Unruhe auf das ungewöhnliche Geräusch. Sie schnaubte, tänzelte nervös, schlug mit dem Kopf aus und begann sogar zu steigen. Nur mit Mühe konnte Tarek Amal zurückhalten.

Eindringlich hatte Tarek Mia erzählt, wie er immer verzweifelter nach einer Erklärung für dieses Phänomen gesucht hatte, während das Grollen stetig lauter wurde und schließlich die Erde unter Amals Hufen zu vibrieren begann. Erst in diesem Augenblick wurde Tarek bewusst, dass es sich um ein Erdbeben handelte! So etwas hatte er noch nie erlebt und er wusste nicht, wie er sich verhalten sollte. Hektisch blickte sich Tarek nach einem Unterschlupf um. Wenn sie hier am Fuße der Berge stehen blieben, würden sie innerhalb weniger Minuten von den herabstürzenden Geröllmassen erschlagen werden, sobald das Beben richtig losbrach!

Tarek entdeckte einen Felsvorsprung, eine Art natürliche Höhle. Er wendete Amal und steuerte auf den Unterschlupf zu, der Sicherheit zu versprechen schien. Doch ruckartig blieb Amal stehen und weigerte sich auch nur einen Huf in diese Richtung zu setzen. Tarek stieß der Stute die Fersen in die Flanken, doch das sonst so gehorsame Pferd blieb stur. Tarek war verwirrt. Ein solches Verhalten kannte er nicht von Amal. Was war bloß mit ihr los? War sie nach dem zwölfstündigen Ritt erschöpft? Doch daran konnte es nicht liegen, denn auf einmal fiel Amal in einen Galopp, dass Tarek hören und sehen verging. Er hatte noch nicht ganz begriffen, was geschehen war, als er hinter sich ohrenbetäubenden Lärm vernahm. Ein Donnern und Brodeln, das anschwoll und immer gewaltiger wurde. Als er sich umdrehte, sah er medizinballgroße Felsbrocken herabstürzen. Gerade dort, wo sie eben noch gestanden hatten, türmten sich nun mehrere kiloschwere Steine übereinander und von der Höhle, in der er hatte Unterschlupf finden wollen, war nichts mehr zu erkennen. Sie war verschüttet.

Amal hatte ihnen durch ihre Gehorsamsverweigerung das Leben gerettet! Im Gegensatz zu ihrem Reiter hatte sie die richtige Entscheidung getroffen, indem sie sich, so schnell es ihr möglich war, von den Felsen entfernt hatte.

Als Tarek Stunden später völlig erschöpft nach Hause zurückkehrte – Amal hatte den richtigen Heimweg gefunden –, wartete Salem gemeinsam mit seinen Eltern bereits auf ihn. Der Kleine hatte sich ganz in der Nähe des Elternhauses versteckt. Nun hatte aber die Sorge um Tarek die Eltern und den Großvater die ganze Nacht wach gehalten, zumal das Erdbeben auch hier Spuren der Zerstörung hinterlassen hatte.

Der Zwölfjährige ließ sich von Mutter und Vater in die Arme nehmen und genoss ihre Liebkosungen. Aber niemals erzählte er ihnen, wie Amal ihm und sich selbst an diesem Tag durch ihren Ungehorsam das Leben gerettet hatte.

Mia schlug die Augen auf und starrte in die Dunkelheit, während sie sich daran erinnerte, mit welcher Inbrunst Tarek ihr von diesem Erlebnis berichtet hatte. Mehrfach hatte er gegen die in ihm aufsteigenden Gefühle ankämpfen müssen, als er ihr von seiner Beziehung zu Amal erzählte und Mia vorschwärmte, was für ein außergewöhnliches Pferd sie war.

Amal war im gleichen Jahr geboren wie er und sie war das erste Pferd, auf dem der kleine Tarek jemals gesessen hatte. Sein Großvater hatte ihn von klein auf mit zur

Arbeit genommen und Tarek hatte bereits auf Amals Rücken gesessen, als er noch Windeln trug und kaum laufen konnte. Damals war auch Amal noch nicht ausgewachsen gewesen. Sie war ein ungestümes, zweijähriges Pferd, das erstaunlicherweise nur dann stillstand, wenn Tarek auf ihrem Rücken saß.

Als Mia endlich Schlaf fand, träumte sie von Tarek, der in ein langes Gewand gehüllt und mit einem Turban auf dem Kopf um ihre Hand anhielt. Sie selbst trug im Traum ein Kleid, das Scheherezade sicher auch gut gestanden hätte, als sie dem König, ihrem Ehemann, nächtelang ein Märchen nach dem anderen erzählte, um ihren Kopf zu retten. Selbst im Traum war Mia klar, dass hier einiges durcheinander geriet: Gemeinsam mit ihrem frisch angetrauten Ehemann ritt sie auf einem prächtigen Schimmel, bis das Pferd plötzlich unter der Last zusammenbrach und tot liegen blieb. Dann stand ihre Mutter neben ihr, im teuren Chanel-Kostüm und mit Schmuck behangen, und klagte: »Kein Wunder, das arme Tier hat ja auch nichts zu fressen«. Sie hielt Mia zwei halb leere Teller entgegen, auf denen, unschwer zu erkennen, Reste eines luxuriösen Büfetts lagen.

Da wachte Mia schweißgebadet auf.

Am Vormittag saß Mia auf dem Balkon vor dem Hotelzimmer und blickte gedankenverloren in die Ferne. Bei allem Widerwillen, den sie gegen das Hotel empfand, musste sie zugeben, dass das Panorama atemberaubend war: Das Meer schimmerte wie an jedem Tag, seit sie hier waren, in Türkisblau, unterbrochen von tiefdunkelblauen Stellen, die besonders geheimnisumwittert wirkten. Der Sandstrand war so weiß, dass sein Anblick den Betrachter beinahe blendete. Davor breitete sich der Park aus. Saftig grüne Palmen und meterhohe, blühende Kakteen, die in der sonst so kargen Gegend beinahe künstlich anmuteten. Und mitten in dieser von Menschenhand geschaffenen Oase lag der Pool. Nein, Pool ist nicht richtig, dachte Mia. Eine Poollandschaft. Mehrere runde und ovale Becken auf verschiedenen Ebenen, die ineinander übergingen, mit Wasserfontänen, kleinen Inseln in der Mitte und kunstvoll in Mosaiken gelegten Kacheln ringsum.

Mia seufzte. Eine Kunstwelt, dachte sie und wendete die Postkarte, die vor ihr auf dem kleinen Tischchen lag, bestimmt zum zwanzigsten Mal, betrachtete das Motiv auf der Rückseite. Ein weiß getünchtes, dreistöckiges Gebäude mit den für Tunesien üblichen Verzierungen an Fenstern und Giebeln, die dem Bauwerk etwas von einem Märchenpalast aus Tausendundeiner Nacht verliehen. *Club Adonis* war in dicken roten Lettern am oberen Rand des Fotos zu lesen. Es war dieser geschmacklose Schriftzug, der das paradiesische Bild zerstörte, und dem ansonsten so edel wirkenden Motiv einen billigen Anstrich gab. So wie auch diesem Hotel trotz seines Glamours etwas Billiges anhaftete.

Wir lesen Ihnen Ihre Wünsche von den Augen ab!, stand in kleinen schwarzen Buchstaben am unteren Rand des Bildes.

»Pah«, machte Mia. Der Wahrheit entsprach dieser Satz auch nicht. Ihre Wünsche jedenfalls wurden hier nicht im Geringsten erfüllt. Genau genommen schien sich hier niemand überhaupt für ihre Wünsche zu interessieren. Nicht einmal ihre Eltern.

Das Rufen des Imam, der die Gläubigen zum Vormittagsgebet aufforderte, riss sie aus ihren Gedanken. Bevor sie nun endgültig in Selbstmitleid zerfloss, griff Mia nach dem Stift, kaute darauf herum, überlegte, und begann schließlich zu schreiben.

Liebe Jule,

du kannst dir gar nicht vorstellen, wie sehr ich dich vermisse! Ich habe ein Geheimnis gelüftet, das spannend und schrecklich zugleich ist. Leider kann ich im Augenblick noch nicht darüber sprechen oder schreiben. Es wäre viel zu gefährlich. Und zwar nicht nur für mich.
Einerseits möchte ich gern so schnell wie möglich hier weg. Dieses Hotel und die Leute hier sind wirklich das Letzte. Andererseits will ich um jeden Preis hier bleiben, um zu erfahren, wie alles ausgehen wird.
Ach, könnte ich dir doch nur davon berichten und dich um deinen Rat bitten! Oder noch besser: Wärst du doch hier bei mir! Dann wäre alles nur halb so schlimm …

Sehnsuchtsvolle und verzweifelte Grüße von
deiner Mia

Mia legte den Stift zur Seite, schüttelte ihre rechte Hand aus, die vom Schreiben verkrampft war, und las, was sie geschrieben hatte, noch einmal durch. Obwohl es ihre eigene Schrift war, musste sie sich sehr anstrengen, den Text zu entziffern. Sie hatte sehr klein geschrieben, damit alles auf die eine Postkarte passte.

Wahrscheinlich ist es ganz gut so, dachte sie. Das hält allzu neugierige Mütter vielleicht davon ab, etwas zu lesen, das sie nichts angeht!

Vorsichtshalber steckte sie die Postkarte trotzdem in ein Briefkuvert und adressierte es an Jule Grebe, ihre beste Freundin, die sicher schon darauf brannte, jede einzelne Einzelheit von ihr zu erfahren, sobald Mia nur endlich wieder daheim war.

Frau Mauritz lag noch in der gleichen Position auf der Liege wie vor einer Stunde, als Mia sie allein gelassen hatte, um ihrer Freundin zu schreiben. Nur der Fruchtcocktail auf dem Beistelltischchen neben der Teakholzliege schien in der Zwischenzeit von einem der Kellner erneuert worden zu sein.

Mia ließ sich neben ihrer Mutter auf einer Liege nieder. Selbst die Liegen in diesem Hotel für die Upper Class waren nicht aus dem billigen weißen Kunststoff wie sonst üblich in Hotels, sondern aus echtem Teakholz. Ungeachtet des ökologischen Schadens, den das Abholzen der wertvollen Bäume verursachte. Wen interessierte so etwas in diesem Umfeld schon?

Der Kellner, der für sie zuständig war, näherte sich Mia und zwinkerte ihr verschwörerisch zu.

Mia verzog das Gesicht und schickte ihn mit einer Geste weiter. Sie wollte nichts. Weder eins der zweifelhaften Komplimente über ihren Gegenwert in Kamelen noch etwas zu trinken. Der Kellner zuckte mit den Schultern und lächelte weiterhin sein unbeirrbares

Lächeln, während er durch die Reihen zog und nach willigeren Opfern Ausschau hielt. Auf seinem Tablett standen farbenfrohe Cocktails neben einfachem Bier – allerdings mit perfekter Schaumkrone. Mia fragte sich, wieso das Bier bei dieser Hitze nicht innerhalb weniger Sekunden so abgestanden aussah wie trübes Tümpelwasser.

Der Kellner brauchte nicht lange zu suchen, wie Mia feststellte, als sie ihm hinterherblickte. Eine rotgesichtige ältere Frau mit eingefallenen Wangen lächelte dem jungen Mann zu und winkte ihn zu sich heran.

Wahrscheinlich trägt sie ein Gebiss, vermutete Mia.

Drei bis vier Gäste pro Kellner höchstens, schätzte sie. Mehr hatten die jungen Männer und Frauen, die sich um die Gäste kümmerten, nicht zu tun. Niemand hier sollte lange auf die Erfüllung seiner Wünsche warten müssen. Niemand, außer Mia, deren Wünsche einfach nicht von einem Kellner erfüllt werden konnten. Sei er auch noch so jung und attraktiv.

Stattdessen wandte sie sich an ihre Mutter. »Hast du eine Briefmarke?«

»Hmm?« Frau Mauritz schob die Chanel-Sonnenbrille ein Stück nach oben und musterte ihre Tochter skeptisch aus einem Auge.

»Ob du eine Briefmarke hast«, wiederholte Mia.

»Natürlich nicht«, antwortete ihre Mutter und überprüfte währenddessen die Bräune ihres Dekolletees. »Hast du den Brief an Jutta fertig?«

»An *Jule*«, korrigierte Mia ohne Hoffnung, dass sich ihre Mutter diesmal den Namen ihrer besten Freundin merken würde. Schließlich hatte sie es in den letzten vier Schuljahren nicht geschafft, warum sollte sie es jetzt plötzlich tun?

»Ach ja, richtig, Jule«, sagte ihre Mutter. »Gib ihn doch einfach an der Rezeption ab. Die kümmern sich darum.«

Also war es wohl doch einer der Angestellten des Hotels, der für die Erfüllung ihrer Wünsche zuständig war, erkannte Mia. Sie seufzte, stand auf und wedelte sich mit dem Briefumschlag etwas Luft zu. Mit den letzten Briefen an Jule war es nicht anders gelaufen. Dennoch war es Mia jedes Mal unangenehm, einem fremden Menschen ihre Briefe zu überlassen, ohne die Gewissheit zu haben, was anschließend mit ihnen geschah. Woher wollte sie wissen, dass der Brief nicht einfach im nächsten Mülleimer statt im Briefkasten landete?

»Bitte schön?« Die zierliche Frau hinter dem Empfangstresen in der Eingangshalle des Hotels kam lächelnd auf Mia zu.

»Ich habe hier noch einmal einen Brief«, erklärte Mia und konnte nicht verhindern, dass ihr Tonfall entschuldigend klang. Entschuldigend für die Mühe, die sie bereitete. Sie hatte einmal im Fernsehen eine Reportage über die Unterschiede zwischen männlichen und weiblichen Chefs und ihre typischen Allüren gesehen. Die Reporterin machte sich über Männer lustig, die nicht in der Lage waren, selbst eine Telefonnummer einzugeben, sondern ihre Sekretärinnen damit beauftragten, eine bestimmte Verbindung für sie herzustellen. An diesen Bericht fühlte sich Mia im Augenblick erinnert. Andererseits hätte sie wirklich nicht gewusst, wie sie an Briefmarken kommen sollte. Das Hotel war mehrere Kilometer von der nächsten Ortschaft entfernt und selbst wenn die Strecke nicht das Problem war, so war es die fremde Sprache.

Die Frau blickte kurz auf das Kuvert. Dann hob sie den Blick wieder und sah Mia an. »Du heißt doch Mia, oder?«, fragte sie.

Mia spürte, wie ihr das Blut in den Kopf schoss. Spätestens seit dem Blick aufs Namensschild, das die Frau als Anja Abdelamid auswies, wusste sie natürlich, wer diese Frau war. Aber es überraschte sie zu erfahren, dass sie für ihr Gegenüber ebenfalls kein unbeschriebenes Blatt darstellte. »Woher wissen Sie das?«

Das Lächeln der Frau wurde intensiver. »Tarek hat mir von dir erzählt«, sagte sie.

Mia schloss für einen Moment die Augen. Sie hatte das Gefühl, dass ihr gesamter Blutvorrat – etwa fünf Liter, wenn sie sich nicht irrte – in ihren Kopf stieg, unmittelbar danach in ihre Beine absackte und ihr Gehirn blutleer zurückließ.

Tarek hatte seiner Mutter von ihr erzählt! Hieß das etwa, dass die Bekanntschaft mit ihr ihm mehr bedeutete als seine anderen ungezählten Abenteuer mit naiven Touristinnen? Von denen sie zumindest annahm, dass es sie gab.

»Ich stamme auch aus Deutschland«, fuhr Tareks Mutter fort. »Aus Bayern.«

»Ich weiß«, antwortete Mia. »Das wiederum hat Tarek mir erzählt«, fuhr sie fort und brachte sogar so etwas Ähnliches wie ein Lächeln zustande.

In diesem Augenblick begann eins der Telefone an der Rezeption zu klingeln und zeitgleich baute sich eine platinblonde, korpulente Frau in den Fünfzigern neben Mia auf und sah die Frau hinter dem Tresen auffordernd an.

»Ich kümmere mich um den Brief«, versprach Frau Abdelamid.

Mia nickte. »Danke«, sagte sie und drehte sich um. Was hatte Tarek doch für ein Glück! Er hatte eine Mutter, die ihm zuhörte! Eine Mutter, die sich sogar den Namen eines Mädchens merkte, das nicht länger als drei Wochen lang für ihren Sohn wichtig sein konnte. Denn danach war es für immer und ewig aus seinem Leben verschwunden. Mehr als eintausendachthundert Kilometer entfernt auf einem anderen Kontinent. Und ihre eigene Mutter? Die glaubte nach vier Jahren immer noch, die beste Freundin ihrer einzigen Tochter hieße Jutta.

Mia unterdrückte die aufsteigenden Tränen. Wobei sie nicht einmal hätte sagen können, was sie zum Heulen veranlasste: der Zorn auf ihre teilnahmslose Mutter, die Trauer über den unausweichlichen Abschied von Tarek oder die Sorge um ihr Geheimnis, über das sie mit niemandem sprechen durfte.

Die Sonne hatte auch an diesem Tag nichts von ihrer Kraft eingebüßt und brannte auf Mias Haut, als sie den mittlerweile vertrauten Weg durch den Hotelpark zur Koppel zurücklegte. Es kostete jedes Mal ein wenig Überwindung, einen Fuß vor den anderen zu setzen, und so hatte Mia genug Zeit, über ihre Mutter nachzudenken. Mit ihren bald vierzig Jahren sah Frau Mauritz immer noch sehr gut aus und es kam häufig vor, dass sich wildfremde Männer auf der Straße nach ihr umdrehten.

Natürlich war Mia stolz auf ihre attraktive Mutter, aber war ihre Oberflächlichkeit in zwischenmenschlichen Dingen ein akzeptabler Preis dafür? Nein, entschied Mia, das war es nicht.

Als sie Tarek und die Pferde von Weitem erblickte, fiel ein Teil ihrer Schwermut von ihr ab. Unwillkürlich musste sie lächeln, als sie den Jungen sah, der mit einem Eimer in der Hand über die Weide schlenderte, verfolgt von sechs Pferden, die ihm hinterherliefen wie Entenküken ihrer Mutter. Nur dass ihr Fell nicht flauschig und gelb war, sondern glatt und glänzend. Selbst aus der Ferne konnte Mia das Spiel der Muskeln an Brust und Hals der Tiere erkennen.

Mia tastete mit der Hand nach dem Päckchen in ihrer Hosentasche. Sie hatte die Dekoration vom Frühstücksbüfett mitgehen lassen. Denn sie hatte sich an eine Unterhaltung erinnert, die mindestens ein Jahr zurücklag. Aber so war das eben mit ihrem Gedächtnis: Es speicherte die merkwürdigsten Dinge. Und in diesem Fall hatte es eben ein Gespräch mit einem Jungen aus Jules Reitstall gespeichert, der Mia und Jule erzählt hatte, dass er sein Pferd, das an Husten litt, seit vier Jahren erfolgreich mit einem einfachen Lebensmittel behandelte. Obwohl Jule die Pferdeexpertin war, hätte Mia geschworen, dass ihre Freundin das Gespräch längst vergessen hatte. Doch ihr war es an diesem Morgen wieder eingefallen, als sie das weißliche Zeugs auf dem Käseteller gesehen und gleichzeitig an Amal gedacht hatte. Nun hatte sie die Gelegenheit, auszuprobieren, ob das stimmte, was Bastian damals erzählt hatte. Mia war gespannt, wie Amal darauf reagieren würde – falls Tarek und sein Großvater einverstanden waren, es damit zu versuchen.

Als Tarek sie in diesem Augenblick bemerkte, winkte er ihr zu und näherte sich dem Zaun – die Araber wie folgsame Hunde im Schlepptau.

»Konrad Lorenz hätte seine helle Freude an dir gehabt!«, rief Mia ihm entgegen und lachte.

»Was meinst du?«, fragte Tarek. Er erwiderte das Lachen, sah dabei aber ein wenig verständnislos aus.

»Konrad Lorenz«, wiederholte Mia. »Ein Verhaltensforscher und Nobelpreisträger.« Sie musterte Tarek, dessen Verwirrung immer größer statt kleiner zu werden schien. »Ich glaube, er war Österreicher«, setzte sie hinterher, hatte jedoch das Gefühl, ihre Erklärungsversuche wären vergebens und jedes weitere Wort wäre eins zu viel.

Tarek lächelte zwar und nickte, aber es war mehr als offensichtlich, dass er überhaupt nichts verstand. Ob es nun an dem Wort *Verhaltensforscher, Nobelpreisträger* oder *Österreicher* lag, konnte Mia nicht beurteilen. Vielleicht auch an allen dreien? Oder an zweien? Aber an welchen?

Sie standen sich am Zaun gegenüber, jeder auf einer Seite, getrennt von den schulterhohen Brettern, und verstummten. Auf einmal war ihre Ungleichheit mit Händen greifbar. Mia fühlte sich unwohl. Und Tarek schien es nicht besser zu ergehen. Sultan, der fuchsfarbene Wallach, stupste Tarek immer wieder von hinten an und Tarek schob ihn mit einer Hand von sich. Doch so schnell gab Sultan nicht auf. Er verlangte weiter nach Aufmerksamkeit.

Jetzt reckte er den Kopf und betrachtete Mia interessiert aus seinen glänzenden, dunklen Augen. Er schnupperte mit geöffneten Nüstern, bis die Adern an seinen Wangen deutlich hervortraten, und Mia fiel zum ersten Mal die wunderschön geformte Wangenpartie des Pferdes auf. Dann kam Sultan auf Mia zu, stieß sie mit seinem Maul an und versuchte, an den Inhalt ihrer Hosentasche heranzukommen. Noch bevor Mia reagieren konnte, schimpfte Tarek mit Sultan und der Wallach zog sichtlich beleidigt mit wehender Mähne davon.

»Wie geht es Amal?«, fragte Mia im Flüsterton und war froh, nach dieser kleinen Unterbrechung das Thema wechseln zu können.

Tarek blickte sie ernst an. »Etwas besser als gestern«, antwortete er. »Aber es wird Zeit, dass das Fohlen kommt«, fuhr er fort. »Lange kann Amal nicht mehr durchhalten.«

Die Hoffnung stirbt zuletzt, dachte Mia unvermittelt und fragte sich, wieso ihr dieser Satz jetzt in den Sinn kam. War das ein Filmtitel? Oder nur die Schlagzeile einer Tageszeitung über den Ausgang eines Fußballspiels? Bei dem Gedanken daran, dass dieses wunderbare Pferd bereits dem Tode geweiht war, verkrampfte sich ihr Herz.

»Ich mag gar nicht daran denken, wie mein Großvater es aufnimmt, wenn Amal ihn Lügen straft.«

Mia runzelte die Stirn. Diese Formulierung kam ihr merkwürdig vor. Sicher, auch ihr war nicht entgangen, mit welchem Einsatz sich Tareks Großvater um die Stute bemühte, und sie konnte sich lebhaft vorstellen, wie sehr er leiden würde, wenn sich herausstellte, dass seine Mühen vergebens waren. Aber wieso sollte Amal ihn *Lügen strafen,* wenn sie vor der Geburt ihres Fohlens starb?

Tarek entging Mias Ratlosigkeit nicht. Vielleicht sah er sich genötigt es ihr begreifbar zu machen, vielleicht war es ihm ein Bedürfnis. Auf jeden Fall brauchte Mia nicht nachzufragen, denn Tarek begann in diesem Augenblick von selbst mit einer Erklärung: »Früher war es mein Großvater, der sich um die Pferde für die Hotelgäste gekümmert hat. Über zwanzig Jahre lang. Er kennt Zahara, Asisa, Sultan, Malik und Amal vom Fohlenalter an. Nur Freiha und Kismet sind später dazugekommen.«

Als Sultan, der inzwischen wieder dicht hinter Tarek stand, seinen Namen hörte, hob er den Kopf und sah zu dem Jungen herüber. Er schien ihm einen Moment zu lauschen, dann graste er weiter.

»Alles, was ich über Pferde weiß«, fuhr Tarek fort, »weiß ich von ihm. Doch dann hat die Hotelleitung meinem Großvater einen neuen Pferdepfleger vor die Nase gesetzt, weil er angeblich zu alt und nicht mehr zurechnungsfähig ist. Großvater sollte fortan nur noch Handlangerdienste übernehmen. Doch das wollte er nicht. Also ging er ganz.«

»Nicht mehr zurechnungsfähig?«, fragte Mia nach. »Was heißt das?«

»Ach«, sagte Tarek und machte eine abwehrende Handbewegung. »Das war nichts. Das hätte jedem anderen auch passieren können.«

»Was denn?«

»Ist nicht so wichtig«, lenkte Tarek ab und Mia musste einsehen, dass sich ihr dieses Geheimnis heute nicht offenbaren würde. »Auf jeden Fall wollte der Neue alles anders machen und«, Tarek senkte die Stimme, »er hält sich für den Größten, verstehst du?«

Mia nickte. Und tatsächlich verstand sie auf einmal, was der wahre Beweggrund für Tarek und seinen Großvater war, Amal am Leben zu erhalten, bis ihr Fohlen geboren werden konnte: Sie wollten dem *Neuen* beweisen, dass sie besser waren als er, dass ihr Pferdeverstand größer war als seiner. Es ging gar nicht um Amal oder das Fohlen. Oder zumindest ging es nicht nur um sie. Vor allem ging es um die verletzte Eitelkeit eines alten Mannes, der sich ungerecht behandelt fühlte. »Ihr wollt ihm also bloß zeigen, dass er sich geirrt hat, als er gesagt hat, Amal würde es nicht schaffen?«

Tarek war sensibel genug, um die Ablehnung in Mias Stimme zu bemerken. Er sah sie einen Moment lang schweigend an, als überlegte er, was er antworten wollte. »In erster Linie geht es um Amal«, sagte er schließlich. »Aber in zweiter Linie um meinen Großvater, ja«, gab er zu. Er blickte nach links und nach rechts, als würde er jemanden suchen. Dann sah er Mia wieder unverwandt an. »Siehst du hier jemanden außer uns?«, fragte er. »Oder hast du hier bei einem deiner Besuche jemals jemand anderen gesehen als mich?«

Mia schüttelte den Kopf. »Doch, einmal«, fiel es ihr dann wieder ein. Einmal hatte sie einen fremden Mann hier gesehen, als sie Tarek besuchen wollte. Und sie wunderte sich nicht, dass sie diese Begegnung so gründlich verdrängt hatte, dass sie ihr erst im zweiten Augenblick wieder einfiel.

»Da hast du großes Glück gehabt«, sagte Tarek mit

unverhohlenem Sarkasmus. »Mir wird die Freude, meinen Vorgesetzten zu sehen, nur selten zuteil.«

Mia konnte ein Grinsen nur schwer unterdrücken. Ob es eine Freude war, Ben Belisar zu sehen? Für sie jedenfalls nicht. Dennoch hatte sie keine Lust, sich länger Tareks Schimpftiraden anzuhören, denn schließlich konnte sie die Angelegenheit nicht wirklich beurteilen. »Und wann siehst du das nächste Mal Amal?«, wechselte Mia das Thema.

»Gleich«, antwortete Tarek. »Ich muss nur die Pferde hier versorgen, dann gehe ich rüber.«

Mia nickte und sah Tarek erwartungsvoll an.

»Willst du mitkommen?«

Mia lächelte. Sie hatte gehofft, dass Tarek das fragen würde. »Ich warte auf dich«, sagte sie und lehnte sich an den Zaun.

Es stampft auf den Boden
und ist freudig mit Kraft und zieht aus,
den Geharnischten entgegen.
Es spottet der Furcht und erschrickt nicht
und flieht vor dem Schwert nicht.
HIOB 39,21–22

Mia sah zu, wie Tarek die Tränke reinigte und mit frischem Wasser auffüllte, Heu in die Krippe im Stall hängte und die Wiese von den Hinterlassenschaften der Pferde reinigte. Zwischendurch warf er ihr immer wieder einen Blick zu. Als nun Sultan zu ihr an den Zaun kam, um Hallo zu sagen, empfand sich Mia als Teil eines Ganzen, obwohl ihr klar war, dass Sultans Interesse in erster Linie dem Inhalt ihrer Hosentasche galt, den sie hütete wie einen geheimen Schatz. Dennoch war ihr, als gehörte sie dazu, was sie zu Hause mit Jule im Stall nie gespürt hatte. Ihre Augen weideten sich an dem friedlichen Anblick der glänzenden Pferdeleiber auf der Koppel. Sie beobachtete das Mienenspiel der Tiere. Noch nie war ihr aufgefallen, wie unterschiedlich der Gesichtsausdruck eines Pferdes sein konnte. Je nachdem, ob es Kontakt aufnehmen oder von den anderen in Ruhe gelassen werden wollte, ob es zum Spielen aufgelegt war und Sprints über die Wiese vollführte oder ob es schlaftrunken, einen Huf zur Entlastung angezogen und mit halb geschlossenen Augenlidern, etwas abseits von den anderen stand.

Mia sog bewusst die Luft durch die Nase ein, schloss für einen Moment ihre Augen und genoss den Duft nach frischem Gras und den unverwechselbaren Geruch der Pferde. Und sie dachte daran, dass manche Dinge stets gleich blieben, egal wie viele Jahrhunderte über ein Land hinwegzogen. Dieser Geruch etwa hatte sich sicherlich nicht verändert. Er war seit der Zeit, in der die Geschichte von Tareks Großvater gespielt hatte, immer gleich geblieben. Und vielleicht hatte auch der Prophet Mohammed einmal am Rand einer Wiese gestanden, auf der eine Herde Pferde friedlich graste, die Augen geschlossen und den Geruch in sich aufgenommen, ebenso wie sie es jetzt tat.

Als Tarek endlich fertig war und zu ihr an den Zaun zurückkehrte, war er von der anstrengenden Arbeit in der Hitze schweißüberströmt. Er wischte sich mit dem Handrücken über die Stirn und Mias Blick blieb an der glänzenden Haut seiner Unterarme hängen. Zu ihrer Überraschung stellte sie fest, dass es ihr nicht unangenehm war, als Tarek sie aus Versehen kurz streifte. Normalerweise gehörte es nicht gerade zu ihren Leidenschaften, mit dem Schweiß eines anderen in Berührung zu kommen.

Tarek lachte. »Ich glaube, ich brauche noch eine kurze Erfrischung, bevor wir loskönnen«, sagte er. Er ging zu einer Ecke des Offenstalls, an der über einem Haken ein altersschwach aussehender Gartenschlauch hing, drehte den Hahn auf und hielt sich den Wasserstrahl über den Kopf. Er schüttelte sich wie ein nasser Hund und strich anschließend seine feuchten Haare mit beiden Händen nach hinten. »So, jetzt können wir«, sagte er, als er zu Mia zurückkam.

Mia musste sich fast schon gewaltsam von Tareks Anblick losreißen, dem jetzt Wasser- statt Schweißtropfen in den langen Wimpern hingen. »Die Geschichte, die dein Großvater gestern erzählte«, begann Mia, während sie neben Tarek den Weg entlangging, auf dem sie ihn noch am Tag zuvor heimlich verfolgt hatte, »von diesem Mohammed, die hat mich sehr bewegt.«

Tarek sah sie von der Seite an und lächelte. »Ja, im Geschichtenerzählen ist Großvater gut«, sagte er. »Er hat sein ganzes Leben mit Pferden verbracht und weiß einfach alles über sie. Ich bin mit seinen Geschichten aufgewachsen und ich glaube, daher kommt auch meine Liebe zu den Pferden. Aber ...«, er blieb stehen und blickte Mia an, »... es sind Geschichten, Legenden. Nicht alles an ihnen ist wahr. Meistens steckt nur ein Körnchen Wahrheit dahinter und alles andere wurde über die Jahrhunderte hinweg von Erzähler zu Erzähler weitergesponnen.«

»Aber diesen Mohammed gab es doch wirklich? Ich meine, wenn ich das richtig verstanden habe, war er der Begründer der islamischen Religion, oder?«

Tarek nickte. »Für uns Mohammedaner beginnt die neue Zeitrechnung mit dem Einzug des Propheten in Jathrib. Das war im Jahre 622, also im 7. Jahrhundert nach Christus nach deiner Zeitrechnung. Für den Islam ist das aber der Zeitpunkt null.«

»Und dieser Mohammed«, Mia kramte in ihre Gedächtnis, »war er nicht auch ein furchtbarer Kriegsherr?«

»Er hat sich für die Armen und Unterdrückten eingesetzt«, widersprach Tarek. »Er hat dafür gesorgt, dass neugeborene Mädchen nicht länger als lästige Esser getötet werden durften, und er hat die Beute, die er bei seinen Kriegszügen machte, regelmäßig unter den Bedürftigen verteilt.«

»Aber er hat Kriege geführt«, beharrte Mia.

Tarek rang sichtlich nach Worten. Er konnte Mias Frage offenbar nicht mit einem einfachen Ja oder Nein beantworten. »So einfach ist das nicht«, sagte er auch tatsächlich und Mia, die allmählich merkte, dass die gute Stimmung kippte, war froh, als jetzt der Schuppen vor ihnen auftauchte, Tareks Großvater ihnen entgegenkam und ihr Streitgespräch damit unterbrach.

Tareks Großvater lächelte, als er Mia sah, und sie hatte das Gefühl, dass er sich ehrlich freute, sie zu sehen. Auch Amal hieß die Besucher heute anders willkommen. Sie stand in einer Ecke des Schuppens und obwohl sie immer noch schwach wirkte, nickte sie aufgeregt mit dem Kopf, als sie Tarek erkannte, und wieherte sogar Mia zu.

Während der Junge die Stute begrüßte, ihr sanft über die Nüstern strich, schmeichelnde Worte in das aufmerksam gespitzte Ohr flüsterte und es sichtlich genoss, dass sie ihren schweren Kopf auf seine Schultern legte und wohlig schnaubte, zog sein Großvater Mia zur Seite und bot ihr auf einem Teller frische Datteln an. »Abdulkader«, stellte er sich vor und tippte dabei auf seine Brust. Dann forderte er sie mit einer Geste auf, sich zu setzen.

Mia sah sich nach einem Platz suchend um. Schließlich setzte sie sich an den Rand der mit Stroh ausgekleideten

Ecke des Stalls und lehnte sich vorsichtig mit dem Rücken gegen die Wand, als hätte sie Angst, das morsche Holz könnte unter ihrem Gewicht nachgeben. Sobald Tarek neben ihr Platz genommen hatte, ließ sich Amal schwerfällig nieder und legte sich wie ein Schoßhündchen zu Tareks Füßen.

Mia betrachtete die Stute. Es kam ihr so vor, als sei Amal, seit sie sie das erste Mal gesehen hatte, noch dicker geworden. Der Bauch hing regelrecht hinunter. Zumindest wenn Amal stand. Jetzt, als sie lag, wölbte er sich wie ein gigantischer Berg in die Höhe und die Kruppe des Pferdes stand umso deutlicher hervor.

Mia zog die Knie an. Dabei spürte sie den Druck an ihrem Hüftknochen und schlagartig fiel ihr ein, dass sie etwas für Amal mitgebracht hatte. Tarek und Abdulkader beobachteten Mia, als sie die zusammengeknotete Papierserviette aus ihrer Hosentasche zog und sie entfaltete. Sofort breitete sich ein ungewöhnlicher Duft in dem Schuppen aus, der selbst Amals Aufmerksamkeit erregte. Die Stute hob den Kopf und reckte ihn Mia entgegen.

»Ich habe was mitgebracht«, erklärte Mia schüchtern. Sie hatte plötzlich Angst, dass Tarek und sein Großvater ihr Handeln als unangemessene Einmischung empfinden könnten.

Doch Tareks Neugier war offensichtlich geweckt. »Was ist das?«, wollte er wissen.

»Frischer Meerrettich«, erklärte Mia und fügte grinsend hinzu: »Hab ich vom Frühstücksbüfett im Hotel mitgehen lassen.«

»Meerrettich?«

Mia nickte. »Ja«, sagte sie. »Soll gut sein gegen Husten bei Pferden …«

»Davon habe ich noch nie was gehört«, gestand Tarek und sein Großvater schüttelte ebenfalls den Kopf. »Wir behandeln Amal mit einer Kräutermischung und mit ätherischen Ölen, vor allem Schwarzkümmel.«

»Schwarzkümmel?« Mia horchte auf. Das wiederum war ihr neu. Aber sie war ja auch alles andere als eine Expertin.

Jetzt nickte Tarek. »Schwarzkümmel ist ein Heilmittel, mit dem man in Ägypten seit Hunderten von Jahren Pferde behandelt. Aber Meerrettich?« Er sah seinen Großvater forschend an.

Abdulkader zog zum Zeichen seiner Unwissenheit die Schultern hoch.

»Sollen wir es denn mal ausprobieren?«, fragte Mia. »Schaden kann es nichts. Es soll schleimlösend und antibakteriell wirken.«

»Meinetwegen«, sagte Tarek, nachdem er sich durch stumme Blicke mit seinem Großvater verständigt hatte. Er deutete mit dem Kopf auf die Stute. »Amal scheint es jedenfalls kaum erwarten zu können.« Und tatsächlich blickte der Schimmel gespannt und mit gespitzten Ohren auf die weißen, rundlichen Scheiben in Mias Hand.

»Gut«, sagte Mia und versuchte sich ihre Erleichterung nicht anmerken zu lassen. »Normalerweise gibt man es gerieben unter das Futter, aber ich nehme an, ihr habt keine Reibe?«

Wortlos zückte Tarek ein kleines Taschenmesser aus seiner Jeanstasche. »Ab morgen haben wir eine. Heute muss es reichen, wenn wir es fein schneiden.«

Mia reichte Tarek die Scheiben. »Man braucht zehn bis zwölf Gramm pro hundert Kilo Körpermasse. Ich schätze, das sind ungefähr fünfunddreißig Gramm?«

Tarek nickte. Er schnitt die Scheiben unter Amals aufmerksamer Kontrolle in dünne Streifen und streute sie anschließend unter eine Hand voll von Amals Futter. Die Wirkung war verblüffend: Amal quälte sich auf die Beine und zögerte keine Sekunde, die angereicherte Getreidemischung aufzufressen.

Mia strahlte zufrieden.

»Nun«, sagte Tarek erstaunt, »zumindest scheint es ihren Appetit anzuregen und zu schmecken.«

Auch der Großvater lächelte zufrieden und nickte Mia anerkennend zu. Danke schienen seine Augen zu sagen, obwohl er schwieg.

»Wenn es morgen wieder Meerrettich gibt, bringe ich noch mal welchen mit«, versprach Mia und spürte, wie ihre Wangen vor Stolz, dass sie offenbar eine gute Idee gehabt hatte, zu glühen begannen.

Der Großvater deutete auf den Teller mit Datteln und forderte Mia wortlos auf, sich zu bedienen. Und während Mia dem süßen Geschmack der Dattel auf ihrer Zunge nachspürte, setzte der Großvater seine Erzählung vom letzten Mal fort.

Es war der 20. September 622, als Mohammed sein Ziel erreichte und mit seinem Gefolge in Jathrib einritt, wo er mit offenen Armen empfangen wurde.

Jathrib, das bald nur noch Medinat an Nabi genannt wurde, die Stadt des Propheten, war zu dieser Zeit ein unbedeutender, kleiner Wüstenort, der allenfalls für die Süße seiner Datteln bekannt war.

Mia lächelte, während sie ein weiteres Mal nach den süßen Früchten auf dem Teller griff, den Tareks Großvater in ihrer Reichweite abgestellt hatte. Der alte Mann schien nichts dem Zufall zu überlassen und mit Akribie dafür zu sorgen, dass Mia ganz in seine Geschichten eintauchen konnte. Während sie die nächste Dattel auf ihrer Zunge zergehen ließ – so süße hatte sie nie zuvor gegessen –, setzte Abdulkader seine Geschichte fort, die Tarek Wort für Wort übersetzte.

Aus Medinat an Nabi, der Stadt des Propheten, entwickelte sich im Laufe der Zeit der Name Medina, wie die Stadt auch heute noch genannt wird.

Mohammed kümmerte sich dort um die Bedürftigen, Frauen und Kinder und er sorgte für Gerechtigkeit. Die Reichtümer, die er bei seinen Schlachten erbeutete, ließ er stets unter den Armen verteilen. Sich selbst nahm er nichts davon. Im Gegenteil, er lebte in fast ärmlichen Verhältnissen und demonstrierte seinen Anhängern auf diese Weise, was für ihn wirklich von Bedeutung war.

Im Jahre 630 schließlich zog Mohammed auf einem weißen Kamel nach Mekka und nahm die Stadt nach vielen vorausgegangenen kriegerischen Auseinandersetzungen friedlich ein.

Mia warf Tarek einen triumphierenden Blick zu. Also hatte sie doch recht gehabt: Mohammed war ein Kriegsherr gewesen, der seinen Glauben mit Waffengewalt und auf Kosten von Menschenleben verbreitet oder zumindest verteidigt hatte. Doch Tarek war so auf die Worte seines Großvaters konzentriert und damit beschäftigt, sie für Mia zu übersetzen, dass er ihren Blick gar nicht bemerkte.

Die letzten Lebensjahre des Propheten waren von Kriegen geprägt. Bis zu seinem Tod im Juni 632 hatte sich die islamische Welt von Jerusalem im Norden bis Aden im Süden ausgeweitet. Doch auch nach Mohammeds Tod gingen die Feldzüge der muslimischen Heere weiter. Sie eroberten Damaskus, Ägypten, Persien, Teile Afrikas und Spaniens.

All diese Kriege wurden auf den Rücken der ausdauernden und an Entbehrungen gewöhnten arabischen Pferde geführt. Ihr Ruf als ausgezeichnete Kampfpferde verbreitete sich auf diese Weise nach und nach über die ganze Welt. Es wurde berichtet, dass sie nicht nur einen erwachsenen Mann und dessen Kleidung zum Wechseln, Nahrung für Pferd und Reiter sowie die Fahne tragen könnten, sondern dass sie, wenn nötig, auch die Leiche ihres Herrn trügen und den ganzen Tag ohne Futter und Wasser galoppierten. Durch diese Eigenschaften, Ausdauer und die besondere Verbundenheit zum Menschen, die sie von anderen Pferden unterschieden, wurden sie zur begehrtesten Kriegsbeute.

Auch die Türken, die mit dem von Arabien besiegten Ägypten in Verbindung standen, erfuhren auf diese Weise von den Wunderpferden arabischen Ursprungs.

Ein türkischer Kavalleriegeneral, der ebenfalls von der Härte, der Ausdauer, der Anspruchslosigkeit, der Schnelligkeit und der absoluten Ergebenheit dieser Pferde gehört hatte, kam auf die Idee, seine eigene Zucht mit solch einem Tier zu veredeln.

Also entsandte er eine Truppe, die bei den züchtenden Beduinenstämmen nach einer geeigneten Stute für ihn suchen sollte. Doch Monate vergingen, in denen die Männer stets erfolglos zurückkehrten. Entweder fanden sie nicht, wonach sie suchten, oder sie stießen auf den Widerwillen der Beduinen, die keins ihrer Tiere an sie verkaufen wollten.

Endlich, es war beinahe ein Jahr vergangen, erklärte sich das Oberhaupt eines Beduinenstammes nach zähen Verhandlungen bereit, eine seiner Stuten für die unsagbare Summe von zweitausend Talern, dem zigfachen des damals üblichen Preises für ein gutes Pferd, zu veräußern. Es handelte sich um einen jungen Fuchs, eine Tochter der Lieblingsstute des Scheichs, die alle Merkmale des asilen Arabers auf harmonischste Weise in sich vereinte. Ihr Name lautete Karama und wie es sich für ein Pferd der Beduinen gehört, war sie gleichermaßen temperamentvoll und sanftmütig und ihrem Herrn zutiefst ergeben.

Das Stammesoberhaupt ließ es sich daher nicht nehmen, sein Tier eigenhändig dem Kavalleriegeneral zu überreichen. Und so schwang er sich im Morgengrauen auf den Rücken der dreijährigen Stute und begab sich auf die Reise.

Am dritten Tage erreichte er den Hof des Generals.

Karama, die Stute, und er selbst waren erschöpft. Dennoch hielten beide den Kopf stolz erhoben.

Der General, ein machtgewohnter Mann, dem man

seine Vorliebe für gutes Essen und Wein ansah, schreckte beim Anblick des Beduinen und des schmächtigen Pferdes, für das er ein Vermögen bezahlen sollte, zurück. Dieses Klappergestell von einem Pferd, das kaum in der Lage sein würde, ihn zu tragen, sollte so viel kosten wie zehn andere Pferde? Der General fürchtete, einem Schwindler aufgesessen zu sein.

»Für dieses jämmerliche Geschöpf verlangst du zweitausend Taler?«, richtete er sein Wort an den Scheich. Dabei umrundete er das Tier und betrachtete es kritisch. »Schau es dir an! Es ist kleinwüchsig, hat eine krumme Nase und die Nüstern sind beinahe entstellend groß!«

Der Scheich schwieg. Seine versteinerte Miene verriet nicht die geringste Rührung. Und auch das Pferd schien den Türken zu ignorieren und schaute ihn mit seinen großen, dunklen, ausdrucksstarken Augen von oben herab an, als wäre es sich seiner Worte bewusst und eine Reaktion auf sie unter seiner Würde.

Der Blick des Pferdes erschien dem General geradezu unheimlich. Es strahlte einen Stolz aus, wie er es bei einem Tier nicht für möglich gehalten hatte, und dem Käufer kam in den Sinn, was er von diesen Pferden ebenfalls gehört hatte: Man behauptete, sie würden stets wissen, wem sie gehörten. Erst wenn ein Handel besiegelt sei, wären sie willens, sich ihrem neuen Herrn anzuschließen, als würden sie genau verstehen, was mit ihnen geschähe. Noch einmal versuchte der General den Preis zu drücken. »Das Geschirr scheint mir noch das Wertvollste an dem Kauf«, sagte er, während er das aufwändig in Gold und Blau bestickte Zaumzeug betrachtete.

Doch der Beduine erwiderte stolz, dass er den Preis nicht um einen Taler herabsenken werde, sosehr der General auch feilsche. Entweder wolle der Türke die Stute zu dem ausgehandelten Preis oder er nehme sie wieder mit.

Lauthals über den ungehörigen Preis schimpfend warf der General dem Scheich schließlich den schweren Beutel mit Münzen vor die Füße. Am liebsten wäre er wohl von dem Kauf zurückgetreten, doch das getraute er sich nicht, da er genau wusste, dass dies seine letzte Chance sein würde, ein solches Pferd zu erwerben.

Trotz der offensichtlichen Demütigung blickte der Beduine den Türken schweigend an. In seinen Augen funkelte es. Dann bückte er sich, immer noch schweigend, um den Beutel aufzuheben, und band das Geld ruhig an seinen weißen Mantel. Doch anstatt nun einfach zu gehen, wie der General es erwartet hatte, nahm der Beduine Abschied von seinem Tier. Der Türke runzelte die Stirn, während er verwundert beobachtete, wie der Scheich dem Pferd über Stirn, Augen und Nüstern strich, die Beine und Hufe untersuchte und bedächtig und musternd rings um das Pferd schritt, als wollte er sich sein Bild für immer einprägen. Er zweifelte an dem Verstand des Mannes, als er sah, wie der Scheich Kopf an Kopf mit dem Pferd stehen blieb und ihm etwas ins Ohr flüsterte. Doch sosehr er sich auch anstrengte, er konnte keinen einzigen Laut verstehen.

»Nur derjenige ist es wert, dich zu besitzen«, flüsterte der Scheich, »der deine Vortrefflichkeit erkennt. Wir werden ihm eine einzige Chance geben, sie zu erkennen.«

Das Pferd schnaubte zustimmend, als hätte es jedes einzelne Wort verstanden.

Der Türke wunderte sich immer noch über die merkwürdige Zeremonie, als sich der Beduine mit einem Mal und ohne die geringste Vorwarnung auf den nackten Rücken des Pferdes schwang und mit ihm augenblicklich zum Hofe hinauspreschte.

Der General schnappte nach Luft. Fassungslos sah er, wie der Araber mit seinem Geld und dem Pferd davonflog. »Dieser Sohn einer läufigen Hündin!«, fluchte er lautstark. Doch dann besann er sich und rief nach seinen Männern, die sich auf ihre allzeit gesattelten Pferde schwangen und dem Betrüger hinterhergaloppierten.

Karama war ebenso wie ihr Reiter von der langen Reise erschöpft. Dennoch wirbelten ihre unbeschlagenen Hufe über das ungewohnte Steinpflaster, als ginge es um Leben und Tod. Und so war es auch! Wenn die Männer des Generals den Scheich einholten, dann wäre es um sein Leben geschehen.

Jede Sekunde drohte die Stute den festen Halt unter den Hufen zu verlieren. Und die Verfolger kamen immer näher!

Jetzt trennten sie nur noch wenige Meter! Doch immer wieder konnte sich der Scheich rechtzeitig hinter der nächsten Ecke in Sicherheit bringen. Doch wie lange noch? Wie lange noch würden Karamas Kräfte für diese Verfolgungsjagd reichen?

Die beschlagenen Hufe der Pferde der türkischen Kavalleristen trommelten über das Kopfsteinpflaster. Sie waren den harten Untergrund gewohnt und die Eisen schützten ihre empfindlichen Hufe und gaben ihnen

Halt. Es war nur noch eine Frage von Minuten, bis sie den Flüchtenden erreichen würden. Der Abstand zum Scheich, der sein Leben verwirkt hatte, wenn man ihn einholte, verringerte sich zusehends. Am Ausgang des Ortes waren die Männer des Generals ihm so dicht auf den Fersen, dass sie beinahe die wehenden Schweifhaare seines Pferdes fassen konnten.

Jetzt aber waren sie in der sandigen Ebene angelangt. Hier war die arabische Stute in ihrem Element und nichts hemmte mehr ihren Lauf. Hatte es Sekunden zuvor noch so ausgesehen, als wäre die Jagd längst entschieden, so vergrößerte sich nun der Abstand zwischen Verfolgten und Verfolgern wieder. Nun schien es, als würde der Beduine mit den Türken spielen: Er ließ seine Verfolger stets nur so nah herankommen, dass sie ihm nicht gefährlich werden konnten. Wurden sie schneller, so wurde er es auch. Verlangsamten sie dagegen ihr Tempo, tat er es ihnen nach.

Karama, die Stute, reagierte auf die kleinsten Zeichen ihres Herrn. Schaum tropfte aus ihrem Maul und die Flanken glänzten vor Schweiß, doch ihr Schweif ragte immer noch stolz in die Luft, während sie ihre Hufe in den weichen Sand schlug.

Stunde um Stunde dauerte die Jagd an, bis sich die Sonne dem Horizont näherte und bald dahinter verschwinden würde. Jetzt erst lehnte sich der Beduine vor und stieß die Fersen in die Flanken seines Pferdes. Mit einem lauten »Jallah!« galoppierte er davon. Und kurz darauf zeigte nur noch eine Staubwolke den Verfolgern die Richtung an, in die der Araber entkommen war.

Zunächst versuchten die Türken noch, den Stempeln

im Sand zu folgen. Doch als die Dunkelheit schlagartig hereinbrach, mussten sie ihr Unterfangen aufgeben. Sie befanden sich – ohne Lebensmittel oder Wasser für sich und ihre Pferde – fast einen Tagesritt von ihrem Heimatort entfernt in einer ihnen völlig unbekannten Gegend.

Es dauerte schließlich sogar drei Tage und drei Nächte, bis sie, halb verdurstet und verhungert, den Rückweg gefunden hatten, um demütig vor ihren Herrn zu treten und von ihrer Niederlage zu berichten. Der General konnte sein Unglück kaum fassen. Er stützte den Kopf in die Hände und fragte sich, wie so etwas möglich war. Dieses zartgliedrige Pferd, das bereits einen mehrtägigen Ritt durch die Wüste hinter sich gehabt hatte, ließ seine besten Männer stehen, als säßen sie auf Mauleseln statt auf Pferden. Nun erkannte er, dass der verlangte Preis für dieses Pferd nicht zu hoch gewesen war. Wenn es so viel kostete wie zehn andere Pferde, dann nur deshalb, weil es mindestens so viel wert war!

Doch es war zu spät für diese Einsicht.

Wütend wälzte sich der General in der kommenden Nacht schlaflos hin und her. Selbst der schwere Wein, dem er am Abend besonders reichlich zugesprochen hatte, half ihm nicht, seine Niederlage zu verschmerzen.

Als der Imam am folgenden Morgen in der Frühe zum Gebet rief, vernahm der Kavalleriegeneral den Hufschlag eines Pferdes direkt unter seinem Fenster. Neugierig trat er heran und blickte in den Hof hinaus, um zu sehen, wer ihn zu dieser frühen Stunde aufsuchte.

Da sah er den Scheich auf der Stute, der in diesem

Augenblick zu ihm hinaufschaute und rief: »Sidi! Herr! Willst du nun dein Geld oder mein Pferd?«

Tarek und sein Großvater verstummten und Mia hatte Mühe, so plötzlich aus der Geschichte herauszufinden, die derart abrupt und überraschend geendet hatte.

»Wer einmal für ein arabisches Vollblut gesorgt hat, der kennt seinen Wert«, beendete Tarek das plötzliche Schweigen. »Und wer nicht begreift, wie einzigartig sie sind, der ist es nicht wert, ein solches Pferd zu besitzen. Diese Pferde sind an Entbehrungen gewöhnt. Nur die Stärksten überstanden das harte Leben in der Wüste mit den enormen Temperaturunterschieden zwischen Tag und Nacht. Nur sie konnten ihre Eigenschaften an ihre Nachkommen weitergeben. Über Jahrhunderte hinweg entwickelten sie so ihre Widerstandskraft und Ausdauer. Sie blieben im Wuchs zwar klein, wurden dafür aber besonders zäh.«

Mia betrachtete Amal, während sie Tarek zuhörte. Und sie gab ihm im Stillen recht: Gerade die zierliche Amal bewies eindrucksvoll, wozu arabische Pferde in der Lage waren.

»In den Wüsten gibt es wenig Weideflächen«, fuhr Tarek fort, »und so gut wie kein Wasser. Ebenso wie die Menschen mussten die Pferde mit dem Wenigen auskommen, das die Natur ihnen gab. Eine Schüssel *mereesy*, getrocknete und wieder in Wasser gelöste Milch, zweimal am Tag, nämlich morgens und abends, ein wenig Wasser und eine Hand voll Gerste, frische Kamelmilch und, wenn vorhanden, Datteln.« Tarek wies mit dem Kopf auf den leeren Teller, der neben Mia stand. »Das war alles«, fuhr er fort. »Dafür wurden sie wie Familienmitglieder behandelt, lebten teilweise sogar mit in den Zelten. Schließlich hing von ihnen das Überleben ab und ihr Wohlergehen stand deshalb an erster Stelle. Die in den Wüsten lebenden Araber, heutzutage nennt man sie Beduinen, glaubten, dass ein böser Geist niemals Zutritt zu einem Zelt hat, in dem sich ein edles Pferd befindet.«

Amal stieß ein wohliges Schnauben aus. Fast klang es wie Zustimmung zu Tareks Worten. Oder auch, als wollte sie einen Schlusspunkt unter die Erklärungen setzen.

Mia brach in ein erleichtertes Lachen aus. Wie weit war sie von der Zeit entfernt, in der die Geschichten, die Tareks Großvater erzählte, spielten! Und wie nah war sie ihr, wenn sie Amal betrachtete …

Der Teller mit den Datteln war leer. Mia hatte sie, ohne es zu merken, aufgegessen. »Ich glaube, ich sollte jetzt besser gehen«, sagte sie. »Bevor meine Eltern sich Sorgen machen.« Falls sie überhaupt gemerkt haben, dass ich weg bin, setzte sie in Gedanken hinzu.

Tarek nickte zustimmend. »Morgen ist in der Stadt Bazar. Ich muss hin, um einige Erledigungen zu machen. Willst du mitkommen?«

Mia zögerte. Was sollte sie ihren Eltern sagen? Würden sie ihr erlauben, mit einem fremden Jungen das Hotelgelände zu verlassen? Noch dazu allein?

»Ich meine, es ist für dich vielleicht eine gute Gelegenheit, mal aus dem Hotel rauszukommen und was von der Umgebung zu sehen«, fuhr Tarek fort.

Mia schwieg immer noch.

»Du kannst es dir ja überlegen. Wenn du mitkommen willst, dann treffen wir uns um neun an der Koppel.«

Mia nickte. »Okay«, antwortete sie und wusste in diesem Augenblick selbst nicht, wozu sie soeben ihre Zustimmung gegeben hatte: zum Ausflug auf den Bazar oder dass sie über die Einladung, Tarek zu begleiten, nachdenken würde.

Geh und wasch die Hufe deiner Stute
und trinke vom Wasser.
BEDUINISCHES SPRICHWORT

Überall drängten sich Menschen an Mia vorbei und sie hatte Mühe, Tarek nicht aus den Augen zu verlieren. Dicke, kleine Frauen mit schwarzen Kopftüchern, schwer beladen mit drei, vier vollen Plastiktüten in jeder Hand, schwankten wie beladene Schiffe, stießen Mia an und verschwanden im Getümmel. Hoch gewachsene, schlanke junge Frauen in westlicher Kleidung, zum Teil geschminkt, warfen Tarek vielsagende Blicke zu, die Mia mit hochgezogenen Augenbrauen registrierte. Bei ihrem Anblick wurde sie unweigerlich an Elena erinnert, von der sie zum Glück nichts mehr gehört und gesehen hatte. Und wenn es nach ihr ging, konnte das auch so bleiben!

Dann gab es Kinder, zum Teil mit zerlumpten Hosen und T-Shirts, die die Touristen anbettelten. Vor allem die, die in geführten Gruppen unterwegs waren, irgendeinem Wimpelträger folgten und sichtlich Angst hatten, den Anschluss an ihre Leute zu verlieren. Die Kinder stellten sich ihnen in den Weg, lachten und streckten ihnen ihre schmutzigen, kleinen braunen Händchen entgegen.

Straßenhändler boten ihre Ware feil und benahmen sich dabei nicht weniger aufdringlich als die bettelnden Kinder. Nicht selten berührten sie ihre Opfer, die unwilligen Käufer, am Arm oder zerrten an ihrer Kleidung.

Die Touristen jedoch waren am auffälligsten. Von der Sonne verbrannte Beine und Arme, denen man ansah, dass sie sonst das ganze Jahr über unter Stoff verborgen blieben, als wäre es zu Hause unangebracht, so viel Haut zu zeigen, und nur im Urlaub in fernen Ländern erlaubt. Aufgedunsene Gesichter über grellen T-Shirts mit irgendwelchen aufgedruckten Sprüchen, die sich über den voluminösen Bäuchen spannten. Shorts und weiße Tennisstrümpfe in Sandalen rundeten das Bild nach unten hin ab. Ihre Landsleute empfand Mia als peinlich. Und sie war froh, dass sie durch Tareks Begleitung eine Art Schutz genoss: Niemand bettelte oder bot ihr Ware zum Kauf an. Kaum jemand schien sie überhaupt auf Anhieb als Touristin wahrzunehmen.

Jetzt griff Tarek nach ihrer Hand und zog sie in eine schmale Seitengasse. Hier war es etwas ruhiger. An einer Hauswand saß eine zierliche Tigerkatze. Mia wurde vom Mitgefühl für das halb verhungerte Tier erfasst. Doch sie wusste, dass sie ihr nicht würde helfen können.

Nach wenigen Metern öffnete sich die Gasse auf einen großen Platz, in dessen Mitte eine imposante Moschee stand. Von hier aus forderte der Imam alle Gläubigen zum Gebet auf. Und je nachdem, wie der Wind stand, konnte man sein melodisches Rufen bis zum Hotel hören.

Mia legte den Kopf in den Nacken, um zu dem Minarett hinaufzuschauen, den der Imam zur Verrichtung seiner Arbeit mehrmals täglich erklimmen musste. Die goldene Kuppel des Gebetshauses glänzte in der Sonne und Mia wunderte sich über dieses Zeichen des Reichtums angesichts der Armut, die sie ringsum sah. Doch andererseits, fiel ihr ein, würde man die Prunkstücke verkaufen, die es in einer katholischen Kirche gab, könnte man davon ebenfalls Hunderte hungernder Kinder über Jahre hinweg ernähren.

Autos, die nicht gerade den Eindruck erweckten, als hätten sie in Mias Heimat auch nur die geringste Chance auf eine der vorgeschriebenen TÜV-Plaketten, hupten und stanken um die Wette. Sie bahnten sich auf mindestens vier Spuren in jeder Richtung ihren Weg, wo eigentlich nur zwei vorgesehen waren.

Am Straßenrand gab es einige Cafés, in denen es sich etliche einheimische ältere Männer mit Mokkatässchen oder Gläsern mit frischem Pfefferminztee bequem gemacht hatten. Zwischen ihnen saßen vereinzelt Touristenpärchen mit Cola- oder Wassergläsern auf den Tischen.

Ein Junge trieb einen Esel mit Stockschlägen vor sich her auf einen Reisebus zu, aus dem soeben weitere Menschenmassen in Shorts und bunten T-Shirts ausgeladen wurden. Ein anderer Junge stand bereits mit seinem Esel auf dem Busparkplatz und bot den Touristen an, gegen Geld ein Foto von ihm und seinem Tier zu machen. Ein Angebot, das, wie Mia überrascht feststellte, tatsächlich ein paar Urlauber annahmen.

»Da drüben ist die Markthalle«, sagte Tarek und deutete auf einen Bau, bei dessen Anblick Mia der Mund offen stehen blieb. Es war nichts weiter als ein riesiges Dach, das mindestens zweitausend Quadratmeter überspannte und auf imposanten Säulen ruhte. Die Halle selbst war von jeder Himmelsrichtung aus frei zugänglich.

Wenn Mia bisher geglaubt hatte, die Straßen wären voller Menschen, dann wurde ihr spätestens jetzt klar, wie sehr sie sich geirrt hatte: Hunderte Einkaufswillige quetschten sich wie eine zusammenhängende homogene Masse an Ständen mit exotischem Obst, Gewürzen, Fisch und Fleisch vorbei. Von den vielen Gerüchen und Farben wurde Mia ganz schwindelig. Noch nie in ihrem Leben hatte sie solche Lebensmittelberge gesehen! Körbe voller Gewürze, leuchtend gelber Curry, dunkelroter und hellroter Paprika, brauner Kardamom, getrocknete Pfefferminzblätter und zig Kräuter, die Mia nicht kannte. Daneben stapelten sich mannshoch Melonen, die einen betörend süßen Duft verbreiteten, der sich nicht nur mit dem Geruch der Gewürze vermischte, sondern auch mit dem des Fischs, der im Nebengang angeboten wurde, und dem des Fleischs, das es nur wenige Meter weiter zu kaufen gab.

Etwa fünfzig gerupfte Hühner hingen kopfüber baumelnd an einer langen Schnur aufgereiht nebeneinander. Mia erschrak bei dem Anblick. Wenn sie mit ihrer Mutter zu Hause auf dem Markt ein Hühnchen kaufte, dann sah das ganz anders aus. Hier war noch alles dran! Alles, außer den Federn! Der Kopf mit Schnabel, die Füße mit Krallen. Und diese Mengen! Denn unter den fünf Dutzend Hühnern lag weiteres Federvieh zu wahren Bergen aufgestapelt.

Als es plötzlich blitzte, zuckte Mia erschrocken zusammen. Dann wandte sie sich um. Ein rothaariger Tourist mit einem Fotoapparat, der ihm um den Hals baumelte, sah sie eine Sekunde lang an, dann hielt er sich die Kamera wieder vors Gesicht und drückte erneut auf den Auslöser. Er hatte eine ältere tunesische Frau im Visier, die auf dem Boden vor dem von ihr angebotenen Gemüse saß. Sobald sie seine Absicht erkannte, sie zu fotografieren, zog sie ihr Kopftuch tiefer in die Stirn und wandte ihm hastig den Rücken zu.

Mia erinnerte sich, einmal gehört zu haben, dass die Menschen früher glaubten, Kameras würden die Seelen der Fotografierten aussaugen. Doch als sie Tarek fragte, ob das der Grund für das Verhalten der alten Frau gewesen sein könnte, zuckte er mit den Schultern. »Vielleicht«, sagte er, »aber vielleicht ist sie auch einfach nur genervt jeden Tag mehrmals von irgendwelchen wildfremden Menschen fotografiert zu werden.«

Mia nickte schweigend. Daran hatte sie gar nicht gedacht. Aber wenn sie sich nun vorstellte, sie würde zu Hause täglich von fremd aussehenden Menschen bei ihrer ganz normalen Arbeit fotografiert werden, dann wollte sie gerne glauben, dass die Frau davon die Nase gestrichen voll hatte!

An einem Stand mit Schmuck und allerlei Zubehör für die Herstellung von Ketten, Armbändern und Ähnlichem blieb Mia stehen. Körbeweise glitzernde Perlen und Anhänger hatten ihre Aufmerksamkeit erregt. Die Frau an dem Stand lächelte Mia freundlich an und entblößte dabei ein zahnloses Gebiss, während sie kleine blaue Perlen durch ihre Finger rieseln ließ. »Yahmikum min elaain elhasud.«

Mia sah Tarek Hilfe suchend an.

Tarek lächelte. »Sie sagt, diese blauen Perlen schützen dich vor dem *hasad,* dem bösen Blick.«

Jetzt lächelte auch Mia. »Bei uns hat die Farbe Blau auch eine besondere Bedeutung«, antwortete sie. »Eine Frau muss am Tag ihrer Hochzeit etwas Blaues bei sich tragen, dann bleibt der Mann ihr treu.«

Während Tarek ihre Worte für die Frau übersetzte, beobachtete Mia ihn. Wurde er tatsächlich ein bisschen rot?

Als Tarek geendet hatte, lächelte die Frau noch herzlicher und reichte Mia eine Kette. Eine einzelne flache blaue Glasperle mit einem Loch in der Mitte, durch das ein dünnes Lederband geführt worden war.

»Die ist sehr schön«, sagte Mia bewundernd und wendete das Schmuckstück in ihren Händen. Es sah fast aus wie ein Auge.

Die Frau sagte wieder etwas, das Mia nicht verstand.

»Sie möchte dir die Kette schenken«, übersetzte Tarek.

Mia sah überrascht zwischen Tarek und der Frau hin und her. »Aber … aber warum? Das kann ich doch nicht annehmen«, stotterte sie.

»Nimm es ruhig«, sagte Tarek. »Es ist ehrlich gemeint.«

Mia spürte, dass nun sie es war, die rot wurde. »Danke«, murmelte sie und beugte ihren Kopf, damit die Frau die Kette darüber streifen konnte. »Vielen Dank.«

Die Frau redete weiter auf Tarek ein, ohne dass Mia auch nur die geringste Ahnung hatte, wovon gesprochen wurde. Dabei wackelte sie einmal drohend mit ihrem Zeigefinger, der vom letzten Haarefärben noch hennarot war.

Tarek lächelte und nickte. Dann hob er die Hand zum Gruß, sagte »Ilellika« und zog Mia mit sich fort, die sich noch einmal lächelnd zu der Frau umdrehte und ihr zum Abschied winkte.

»Warum hat die Frau das getan?«, fragte Mia Tarek, der anscheinend nicht schnell genug fortkommen konnte.

»Sie sagte, *masallah,* du wärst nicht nur jung, sondern auch wunderschön und man sähe dir deine Klugheit an. Das macht dich ihrer Meinung nach besonders gefährdet für den bösen Blick.« Er wurde wieder rot, als er jetzt eine Pause machte. »Außerdem hat ihr gefallen, was du von der Bedeutung der Farbe Blau in deinem Land erzählt hast.« Er grinste. »Deshalb musste ich mir jetzt noch eine Predigt darüber anhören, dass ich mich dir gegenüber anständig verhalten soll.«

Mia verzog das Gesicht zu einem Lächeln. »Sehr nette Frau«, sagte sie und sah Tarek herausfordernd an. »Wirklich.« Sie stockte. »Und was bedeutet dieses *masallah?* Das hat sie doch auch gesagt, oder?«

»Wenn man jemandem ein Kompliment macht, dann setzt man das Wort *masallah* voran, um den bösen Blick durch Neid und Missgunst zu verhindern. Übersetzt bedeutet es so viel wie *wunderschön.«*

Mia schwieg nachdenklich und mehrmals war sie so in ihre Gedanken versunken, dass sie Tarek beinahe im Gedränge der vielen Menschen verlor. Wie anders war diese Welt außerhalb des Hotelgeländes: die passende Kulisse für die Geschichten von Tareks Großvater über eine längst vergangene Zeit. Hier wurde sie in Ansätzen wieder lebendig. In diesen schmalen Gassen konnte sie die fuchsfarbene Stute des Beduinenscheichs auf der Flucht vor den türkischen Verfolgern förmlich vor sich sehen, wie sie mit wehender Mähne, wehendem Schweif und einem in Weiß gekleideten Mann auf dem Rücken davongejagt war. Auch wenn sich das Ganze natürlich nicht hier abgespielt hatte. Und auch wenn ihr klar war, dass vieles von dem, was Tareks Großvater erzählte, nichts weiter als erfundene Geschichten waren, die höchstens ein Körnchen Wahrheit enthielten, so war dieses Körnchen doch vielleicht so etwas wie die Perle einer Auster: die Essenz aus einer Zeit, in der Ehre und Moral eine völlig andere Bedeutung hatten und in der das Leben ganz andere Anforderungen an Mensch und Tier stellte.

Fast meinte sie in diesem Augenblick den Hufschlag der galoppierenden Kavalleriepferde zu hören, die den Scheich und seine Stute verfolgten. Sie hörte sogar die gellenden Schreie der Männer: »Intebeh! Ibtaid!«

»MIA!«

Sofort machte Mia einen Satz zur Seite und presste sich dicht an die Häuserwand. Gerade noch rechtzeitig! Der Mann auf dem Kutschbock warf ihr einen zornigen Blick zu, während er den Zweispänner an ihr vorbeilenkte.

»Das war knapp«, sagte Tarek und legte ihr beschützend und beruhigend eine Hand auf die Schulter. »Du hast wohl geträumt?«

Instinktiv griff Mia nach ihrer neuen Kette. Vielleicht beschützte die sie vor dem bösen Blick, doch auf ihr Leben und ihre Gesundheit schien Mia weiterhin selbst achten zu müssen.

Mia hatte ihrer Mutter versprochen mittags zurück zu sein. Natürlich hatte Mia ihr nicht verraten, wohin sie gehen würde. Eine Andeutung darüber, dass sie mit Tarek verabredet sei, dem Jungen, der sich um die Pferde des Hotels kümmerte, hatte genügt, um ihrer Mutter ein verschwörerisches Lächeln aufs Gesicht zu zaubern und ihr die Ermahnung zu entlocken, dass ihre Tochter auf sich achtgeben sollte.

Als Tarek und sie jetzt an der Haltestelle vor dem Hotel aus dem klapprigen, alten Bus stiegen und die Gesellschaft der etwa sechzig weiteren Fahrgäste – von denen manche mehr als zwei Beine hatten – verließen, war es bereits kurz vor drei.

»Kommst du noch mit zu Amal?«, fragte Tarek, nachdem der Bus sie in einer Wolke aus Staub und Abgasen am Straßenrand zurückgelassen hatte.

Mia zögerte. Nur zu gern hätte sie Tarek begleitet und sich nach Amals Wohlbefinden erkundigt. Und vielleicht würde Tareks Großvater sogar eine weitere seiner Geschichten erzählen. Doch erst einmal musste sie ihre Eltern beruhigen, die sich gewiss schon Sorgen machten, wo ihre Tochter steckte. Das Zirpen der Grillen ließ ihr Schweigen und die Stille, die sich über sie senkte, nachdem das Dröhnen des Busmotors in der Ferne verklungen war, nur noch deutlicher werden. »Ich glaube, ich muss erst zu meinen Eltern«, antwortete Mia endlich. »Wenn ich es schaffe, komme ich später nach«, versprach sie.

Tarek nickte und lächelte. »Ist gut«, sagte er und stand ein wenig unschlüssig vor Mia, als wüsste er nicht recht, wie er sich von ihr verabschieden sollte.

Auch Mia fühlte sich unsicher. Auf der einen Seite fühlte sie sich Tarek vertraut, als würden sie sich schon seit Jahren kennen, auf der anderen Seite – und insbesondere wenn es darum ging, einander zu berühren – machte er sie schrecklich nervös. Sollten sie sich jetzt zum Abschied küssen? Oder die Hand reichen? Oder war es besser, zu winken? Was waren Tarek und sie? Freunde? Ein Paar? Beides? Oder nichts von alldem?

Sie streckten gleichzeitig die Hände nacheinander aus und ihre Fingerspitzen berührten sich. Die Berührung durchzuckte Mia und ihr Herzschlag beschleunigte sich augenblicklich. Als hätte sie sich an Tareks Haut verbrannt, zog sie ihre Hand ruckartig zurück.

Tarek konnte seine Enttäuschung nicht ganz verbergen. Ein bemühtes, aber trauriges Lächeln spielte um seinen Mund, als er jetzt die Hand zum Gruß hob, bevor er sich umdrehte und Mia allein vor dem Eingang zum Hotel zurückließ.

Mia sah ihm noch eine Weile hinterher. Aber Tarek wandte sich nicht mehr zu ihr um. Er ging mit eiligen Schritten am Zaun entlang, der das Hotelgelände umgab, bis er hinter der nächsten Ecke verschwand.

Mia seufzte. Bevor sie durch das geöffnete Tor über den Kiesweg auf das Hotelgebäude zuging, ließ sie ihren

Blick über die Landschaft schweifen. Zumindest jetzt, Anfang August, war es eine alles andere als ansprechende Einöde: Überall Sand, hin und wieder etwas von der Hitze verbranntes Gras, Disteln und Kakteen. Das war alles, was der trockene Boden ohne Bewässerung hergab. Ganz in der Ferne, hinter Mias Rücken, erhoben sich die Häuser des nächsten Orts, die in der flimmernden Hitze mehr zu ahnen als zu sehen waren. Und auf der anderen Seite, abgeschirmt durch das Hotel, breitete sich das Meer aus.

Wer wird um mich trauern nach meinem Tode?
Mein Schwert, meine Lanze
und mein schlanker, hochbeiniger Fuchs,
der mit auf dem Boden schleifenden Zügeln zum Brunnen geht.
Der Tod hat ihm seinen Reiter genommen.
ARABISCHER POET

Ihre Mutter und ihr Vater lagen am Pool, als Mia auf der Suche nach ihnen das Hotel durchstreifte. Zuvor hatte sie sich in ihrem Zimmer vom Staub und Schweiß des Vormittags befreit.

»Um Gottes willen, Kind, wo warst du?« Frau Mauritz unterstrich die Ernsthaftigkeit ihrer Frage, indem sie sich auf der Liege aufrichtete und ihre Sonnenbrille ins frisch gefärbte Haar schob.

»Ich hab dir doch gesagt, dass ich mit Tarek verabredet bin«, erwiderte Mia.

»Lüg mich nicht an, Mia«, sagte ihre Mutter streng.

»Ich lüge dich nicht an«, antwortete Mia und die Überzeugung, die Wahrheit zu sagen, schwang in ihrer Stimme mit. Sie hatte schließlich nicht gelogen, denn sie war mit Tarek verabredet gewesen. Sie hatte lediglich einen Teil verschwiegen.

»Ich war an der Koppel«, erwiderte ihre Mutter mit eisiger Stimme und überließ es ihrer Tochter, die nötigen Rückschlüsse aus dieser Aussage zu ziehen.

Einen Augenblick überlegte Mia, ob sie behaupten

sollte, Tarek und sie seien ausgeritten, deshalb habe ihre Mutter sie nicht gesehen. Doch dann hatte sie das untrügliche Gefühl, ihren Kopf durch weitere Unwahrheiten nur noch tiefer in die Schlinge zu stecken, und schwieg.

Mias Vater hatte die Arme hinter dem Kopf verschränkt, blinzelte in die Sonne und sah dem Schlagabtausch zwischen seiner Frau und seiner Tochter stumm zu. Nur selten mischte er sich in solche Diskussionen ein. Zu Mias Leidwesen, denn die Ansichten ihres Vaters erschienen ihr meistens erheblich vernünftiger als die ihrer Mutter.

»Mia«, sagte ihre Mutter jetzt und ihre Stimme klang etwas versöhnlicher. »Dein Vater und ich machen uns Sorgen um dich, wenn wir nicht wissen, wo du bist.«

»Ich bin vierzehn Jahre alt«, antwortete Mia. »Ihr müsst nicht mehr in jeder Sekunde wissen, wo ich bin.«

»Wenn ich wüsste, dass ich mich auf meine große Tochter verlassen kann«, fuhr Frau Mauritz fort, »aber solange du dich mit diesem tunesischen Bauernjungen herumtreibst ... «

Mia schoss die Zornesröte ins Gesicht. »Lass Tarek aus dem Spiel«, sagte sie. »Er hat nichts damit zu tun.«

»Aber natürlich hat er das, Liebes«, widersprach ihre Mutter. »Du weißt doch gar nicht, worauf du dich einlässt! Diese Menschen leben in einer anderen Kultur, sie sind anders als wir ... «

Mia drehte sich der Magen um. Das war doch nicht zu fassen! Wie konnte jemand nur so überheblich sein? »Allerdings sind sie das!«, brüllte sie. »Sie sind anders als ihr! Und das ist genau das, was ich an ihnen mag!« Ohne ein weiteres Wort drehte Mia sich um und stampfte wutentbrannt zurück zum Hotel. Die Rufe ihrer Eltern und die zum Teil empörten, zum Teil belustigten Blicke der anderen Hotelgäste beachtete sie einfach nicht.

Mit Amals Wohlbefinden ging es ähnlich auf und ab wie mit Mias Stimmung. Heute fehlte der Stute wieder die Kraft, auf ihren eigenen Beinen zu stehen. Sie lag ausgestreckt auf dem Stroh und atmete keuchend. Tarek kniete gerade vor dem Schimmel und rieb ihm mit einer stark riechenden Tinktur die Brust ein, die vor Schweiß unnatürlich glänzte, als sich Mia neben ihn hockte.

Trotz ihrer Schmerzen begrüßte Amal Mia mit einem Schnauben und blickte das Mädchen aus ihren traurigen Augen an.

»Wie geht es ihr?«

Tarek wandte Mia im Zeitlupentempo den Kopf zu. Seine Augen schimmerten verräterisch und er musste sich räuspern, bevor er antworten konnte. »Nicht gut.«

Mia streichelte Amals Stirn. Das Pferd genoss sichtlich die Berührung. »Welche Krankheit hat sie eigentlich? Ich meine, was ist die Ursache für ihren Husten?«

Tarek atmete fast genauso schwer wie die Stute. Er zuckte mit den Schultern. »So genau weiß das keiner. Zuerst hustete sie nur ab und zu«, erklärte er und schluckte hörbar. »Dann fiel mir auf, dass sie bei Ausritten stärker schwitzte und ungewöhnlich lange brauchte, um sich nach Anstrengungen zu erholen. Der Tierarzt sagte, sie hätte Bronchitis.« Er stand auf und rieb sich die Hände, um die Reste der Tinktur zu verteilen.

Amal öffnete die Augen, hob den Kopf und sah Tarek

an, doch dann schien ihr selbst diese Bewegung zu viel und sie ließ den Kopf mit einem tiefen Seufzer wieder fallen.

»Den Husten hat sie immer noch und dieses rasselnde Geräusch beim Atmen«, fuhr Tarek fort. »Ihr Zustand wurde schnell schlechter und der Tierarzt sagte, sie schaffe es nicht. Daraufhin hat der Stallmeister beschlossen, sie ... «, Tareks Stimme versagte, »... sie ... töten zu lassen. Er gab mir den Befehl, Youssef zu holen. Youssef kümmert sich hier um so etwas, beseitigt Tierkadaver und so. Aber Amal trug schon das Fohlen unter ihrem Herzen und ich ... ich habe sie mithilfe meines Großvaters hierher gebracht.«

»Und der Stallmeister?«, fragte Mia.

»Er denkt, Youssef hätte Amal abgeholt.«

»Wird er nicht misstrauisch werden?«

»Er ist es schon«, sagte Tarek. »Aber er ist zu faul, um sich selbst um etwas zu kümmern. Er hat mich beauftragt, bei Youssef nachzufragen, was mit Amal ist.«

»Wie lange wird das noch gut gehen?«, fragte Mia.

»Nicht mehr lange«, antwortete Tarek. »Aber lange wird es auch nicht mehr dauern«, fügte er hinzu. »Entweder das Fohlen kommt bald oder ... «

Er brauchte nicht weiterzusprechen. Mia wusste auch so, was er hatte sagen wollen. Entweder das Fohlen kam bald oder Amal würde vorher sterben. Und mit ihr das ungeborene Fohlen.

Nun war schon fast eine Stunde vergangen, seit Mia leise an die windschiefe Tür des Schuppens geklopft hatte. Doch die wenigen Sätze über Amals Krankheit, die sie mit Tarek gewechselt hatte, waren die einzigen gewesen, die für eine kurze Weile das Rasseln und Keuchen von Amals schwerem Atmen übertönten. Seitdem saßen die drei so unterschiedlichen Menschen in drei verschiedenen Winkeln der düsteren Scheune, in die nur durch ein winziges Fenster und die Spalten zwischen den Holzplanken etwas Licht hereinfiel. Jeder hing seinen eigenen Gedanken nach, die jedoch aus unterschiedlichen Blickwinkeln alle um das gleiche Thema kreisten: Amal und ihr ungeborenes Kind. Sie hielten Krankenwache – und vielleicht bald Totenwache.

Welche Krankheit die Stute nun eigentlich hatte, konnte offenbar noch nicht einmal der Tierarzt sagen. Mia musste an ihren alten Hund denken. Sie war erst acht gewesen, als er gestorben war. Sie hatte tagelang nichts gegessen und nur geweint.

Aber sie konnte sich noch genau erinnern, wie seine Krankheit hieß: Herzinsuffizienz. Sein Herz war nicht mehr stark genug gewesen, um das Blut durch den Körper zu pumpen. Schließlich hatte er nur noch gehustet und geröchelt, weil er Wasser in der Lunge hatte. An dieses Geräusch fühlte sie sich jetzt erinnert, wenn sie Amal lauschte, die ebenfalls hustete und röchelte. War es möglich, dass Amal ebenfalls an einem kranken Herzen litt? Aber wieso hatte der Tierarzt das dann nicht erkannt? Andererseits konnte sie sich noch genau an die aufwendigen Untersuchungen erinnern, die Max, so hatte ihr Hund geheißen, über sich ergehen lassen musste, und sie konnte sich gut vorstellen, dass ein EKG, ein Elektrokardiogramm, mit dem man die Funktionstüchtigkeit des Herzens überprüft, bei einem Pferd ebenfalls nicht so einfach war. Außerdem tat sie sicher niemandem unrecht, wenn sie unterstellte, dass die Veterinärmedizin in Tunesien auf einem anderen Anwendungsstand war als in Deutschland.

»Ist ihr Herz untersucht worden?«, brach Mia schließlich das Schweigen, als sich ihre Gedanken zum hundertsten Mal im Kreis drehten.

Tarek zuckte zusammen. Gedankenversunken hatte er neben Amal gesessen und sie gestreichelt. Jetzt blickte er zu Mia hinüber, als hätte er geträumt. »Was hast du gesagt?«

»Ob ihr Herz untersucht wurde.«

Tarek zuckte mit den Schultern. »Abgehört, ja. Aber Herzkrankheiten bei Pferden sind selten und selbst wenn, welche Behandlungsmöglichkeiten gäbe es?«

Jetzt zuckte Mia mit den Schultern. Sie hatte keine Ahnung. Ihr Hund hatte Tabletten bekommen. Aber gerettet hatten die ihn schließlich auch nicht.

»Ist sie vielleicht dämpfig?« Sie wusste selbst nicht genau, was das hieß, aber sie hatte diesen Ausdruck einmal von Jule aufgeschnappt und brachte ihn jetzt wieder mit einer Pferdekrankheit in Verbindung. Dämpfigkeit konnte wohl aus einer chronischen Bronchitis entstehen und hatte irgendwas mit den Lungenbläschen zu tun. Das hatte Jule ihr mal erklärt, als sie sie in den Stall zu einem kranken Pferd begleitet hatte. Das Pferd war kurz darauf gestorben, wie sich Mia in diesem Moment mit Erschrecken erinnerte.

Tarek zuckte erneut nur mit den Schultern. »Das Wort habe ich noch nie gehört«, antwortete er und verfiel wieder in Schweigen.

»Lem tuchlak elkhuyulu elarabiatu lilhurubi bel min ejlihe kamet elhurubu.« Es war das Erste, was Tareks Großvater an diesem Tag sagte. Bis jetzt hatte er stumm und mit abweisendem Gesichtsausdruck in seiner Ecke der Holzhütte gesessen. Auch jetzt blickte er weder seinen Enkel noch Mia an, sondern starrte weiter mit halb geschlossenen Lidern an die Wand des Schuppens, als sähe er dort, was er zu sagen hätte.

Mia und Tarek warfen sich fragende Blicke zu, als Tareks Großvater so unvermittelt zu reden begann. Mia hatte natürlich kein Wort verstanden, aber an dem Tonfall des alten Mannes konnte sie erkennen, dass es der Beginn einer neuen Geschichte war, die um die arabischen Pferde kreiste. Augenblicklich setzte sie sich aufrecht hin und konnte ihre Neugierde kaum verbergen. Und auch Tarek, der seinem Großvater bislang den Rücken zugekehrt hatte, veränderte seine Position und blickte zu Abdulkader hinüber. Der aber schwieg immer noch und erweckte nicht den Eindruck, daran in Kürze etwas ändern zu wollen.

Es dauerte einige Sekunden, bis Tarek begriff, dass der Alte darauf wartete, dass er das Gesagte für Mia übersetzte, bevor er weitersprach.

»Die arabischen Pferde kamen nicht nur als Kriegsrosse zu Ehren, um ihretwillen wurden auch mörderischste Kriege geführt«, übersetzte Tarek und kaum hatte er den Satz beendet, sprach sein Großvater weiter, jedoch ohne den verträumten Blick von der Holzwand zu lösen.

Mia schloss die Augen und konzentrierte sich auf Tareks Übersetzung, die von der gleichförmigen Erzählung des alten Mannes untermalt wurde, als handle es sich um Hintergrundmusik.

Eine arabische Legende erzählt, dass im Frühling die Austern an die Oberfläche des Meeres steigen und wenn es regnet, öffnen sie sich und trinken ein paar Tropfen Wasser, die sie dann in Perlen verwandeln. So wie diese Juwelen der Tiefe sind auch die edelsten arabischen Reitpferde Perlen von unschätzbarem Wert. Um ihren Besitz wurden unzählige Verbrechen begangen und Kriege geführt.

Einer der Männer, dessen Liebe zu diesen Pferden so übermächtig war, dass er vor nichts zurückschreckte, um sie zu besitzen, hieß Mohammed Ali. Als er 1769 in Cavalla, einer kleinen Hafenstadt Mazedoniens, geboren wurde, ahnte niemand, dass er vier Jahrzehnte später über Ägypten herrschen würde.

Beinahe jedoch wäre alles anders gekommen, denn während der Schlacht von Abukir im Jahre 1799, in der Napoleon die Türken besiegte, wurde Mohammed Ali über Bord eines türkischen Kriegsschiffes geschwemmt. Fast hätte er dabei sein Leben verloren, wäre er nicht von britischen Matrosen aus den Fluten gefischt worden.

Mohammed Ali war ein machthungriger Mann, der vor keiner List zurückschreckte, um seine Interessen durchzusetzen und die edelsten Pferde in seinen Besitz zu bringen. Einmal dachte er sich einen besonders gemeinen Plan aus. Er ließ verkünden, er wolle zu Ehren seines Sohnes Tussun ein Fest abhalten, bei dem die besten Reiter des Landes in verschiedenen Spielen und

Wettkämpfen ihre Fertigkeiten und Künste unter Beweis stellen sollten. Eines dieser Spiele war *tahtib*, ein Fechtkampf, der mit einem Stock vom Rücken eines Pferdes aus geführt wird. Nur besondere Pferde sind dazu geeignet. Sie werden bereits als Fohlen geprüft und ausgewählt. Ebenso wie die tanzenden Pferde. Eine Darbietung, die bei festlichen ägyptischen Anlässen gleichfalls nie fehlen durfte.

Die Gelegenheit, das eigene Können und das seines Pferdes unter Beweis zu stellen, wollte sich natürlich kein Krieger entgehen lassen.

Und als es so weit war, hallte das Getrappel unzähliger Pferdehufe von den Mauern des Palastes Mohammed Alis wider. Jeder, der etwas auf sich, sein Pferd und sein Können hielt, hatte der Einladung Folge geleistet. Hunderte erstklassiger Pferde standen dicht gedrängt auf dem gepflasterten Innenhof. Schimmel, Füchse, Braune und Rappen, ein Tier edler als das andere. Es brummte wie in einem Bienenstock, doch als Mohammed Ali auf seinem Balkon erschien und die Gäste höflich willkommen hieß, verstummte das Brummen schlagartig.

Mohammed Ali forderte die Teilnehmer auf, sich zu einer Parade zu Ehren seines Sohnes zu formieren. Folgsam ritten die Gäste in Dreierreihen auf ihren Pferden hinter den Männern Mohammed Alis her, die die Führung übernommen hatten. Keiner von ihnen wurde misstrauisch, als sich der Weg zunehmend verengte. Links und rechts von den Reitern ragten Felsen auf, die ein Ausbrechen zur Seite unmöglich machten. Schließlich wurde ihnen auch nach vorne der Weg versperrt und sie saßen in einer Falle. Mohammed Alis Männer verriegelten die Tore hinter den Gefangenen. Noch bevor die in die Irre geführten Gäste bemerkten, was mit ihnen geschah, wurden sie von den Felsen und Zinnen herab erschossen.

Nur ein einziger Mann soll dieses Massaker überlebt haben, indem er sein Pferd über die Brustwehr springen ließ. Das Pferd bezahlte die Flucht mit dem Leben, sein Herr jedoch hatte seines gerettet und entkam aus dem Hinterhalt.

Doch Mohammed Ali war nicht nur ein gefürchteter Kriegsherr, dem keine List zu gewissenlos war – er war auch ein hervorragender Pferdekenner. Und so dauerte es nicht lange, bis er von der Leidenschaft für das arabische Pferd gepackt wurde. Wie es seinem Charakter entsprach, riskierte er alles, um in den Besitz dieser edlen Tiere zu kommen. Er nutzte seine Stellung, um Freunden wie Feinden gleichermaßen ihre Pferde auf erpresserische Weise abzuringen. Für die erbeuteten Tiere ließ er palastartige Stallungen bauen und Zaumzeug mit Gold und Silber beschlagen. Er gab verschwenderische Summen für seine Pferde aus.

Von immer größerem Machthunger getrieben und auf der stetigen Suche nach den edelsten arabischen Pferden, sandte er schließlich seinen erst sechzehnjährigen Sohn Tussun nach Arabien. Nicht mehr als ein Knabe war er, dem der erste Wangenflaum spross.

Dennoch gelang es Tussun 1812, mit seinen Truppen Mekka und Medina zu besetzen. Jedoch blieb es ihm versagt, die kostbaren Pferde der Beduinenstämme zu erbeuten, wie es sein Vater gewünscht hatte, denn die

Beduinen zogen sich in die Berge zurück, wo sie vor Angriffen weitestgehend sicher waren.

Es war das Schicksal, das Tussun schließlich seinen größten Trumpf zuspielte: Sein Kriegsgegner Emir Sa'ud starb und Abdullah, sein Sohn, der nicht mit dem kriegerischen Geschick des Vaters gesegnet war, bat seine Feinde um einen Waffenstillstand. Natürlich hoffte Abdullah, er könnte den Waffenstillstand in einem günstigen Moment brechen, um so das Blatt des Schicksals wieder zu seinen Gunsten zu wenden. Doch ob es jemals so weit kommen sollte?

Mohammed Ali, von seinem Sohn über die Geschehnisse informiert, sah sich der Erfüllung seiner Wünsche so nah wie nie zuvor. Er willigte in den Waffenstillstand ein, verlangte hierfür aber als Preis, ihm mehr als zweihundert der kostbarsten Pferde, die er namentlich aufführte, zu übergeben. Diese Forderung traf das arabische Volk an den Wurzeln seines Selbstbewusstseins. Abdullah jedoch sah keine andere Möglichkeit und gab der Bedingung nach.

Wie die Not zu jeder Zeit und überall auf der Welt diejenigen zusammenführt, die sich sonst feindlich gesinnt gegenüberstehen, so führte dieser Schicksalsschlag auch Abdullah und seinen ärgsten Widersacher Emir Faisal Ibn Dauisch zusammen. Faisal hatte ebenfalls von der Forderung des Kriegsgegners gehört und er entsandte eine seiner kostbarsten Stuten zu Abdullah, damit er die trächtige Dschellabije Mohammed im Tausch gegen fünf Stuten aus seiner eigenen Zucht anbieten sollte. Es war allgemein bekannt und kein Geheimnis, dass Mohammed Ali die Dschellabije-Zucht am höchsten schätzte.

Er hatte schon mehrfach versucht, Stuten und Hengstfohlen dieser aussterbenden Rasse in seinen Besitz zu bringen. Doch bislang stets vergeblich.

Abdullah zierte sich zunächst dieses Angebot seines Feindes anzunehmen. Doch Faisal bestand darauf und betonte, dies sei die einzige Möglichkeit, den Erhalt der kostbaren Araberzucht mit allen Rassen im eigenen Land zu gewährleisten und nicht ausschließlich dem Feind zu überlassen. Abdullah beugte sich schließlich diesem Argument und willigte ein, nachdem er das Einverständnis Mohammed Alis eingeholt hatte. Mohammed Ali zeigte sich, wie Faisal es vorausgesagt hatte, über diese unerwartete Entwicklung hocherfreut.

Der Tag der Übergabe nahte. Und nicht nur Faisal bewies hellseherische Kräfte. Als es endlich so weit war und Abdullah Tussuns Stallmeister die Führleine mit der Dschellabije in die Hand drücken wollte, wurde Abdullah von einer Vision heimgesucht. Er prophezeite, Tussuns Sohn würde der Herr dieser kostbaren Stute sein, noch bevor diese ihr Fohlen, das sie im Leibe trug, von der Milch entwöhnt hätte.

Doch der Stallmeister lachte Abdullah schallend aus. Vielleicht hätte er die Prophezeiung ernster genommen, wenn er von Abdullahs Fähigkeiten, in die Zukunft zu blicken, Kenntnis gehabt hätte. Aber er wusste davon nichts. Und so antwortete er, Tussuns Sohn sei ein Knirps von gerade mal zwei Jahren, also zu klein, um die Stute zu reiten, bevor ihr Fohlen von der Milch entwöhnt sei.

Doch Abdullah bestand darauf und sagte voraus, dass es Tussuns Tod bedeutete, wenn die Stute aus Arabien, wo sie hingehöre, fortgebracht werde.

Der Stallmeister, zu Beginn noch amüsiert, bezichtigte Abdullah daraufhin des Verrats und unterstellte ihm, er wollte mit seinen Reden nur verhindern, dass die Stute die Landesgrenzen verließ. Doch er schwor, diese Tücke würde Abdullah nicht gelingen! Er persönlich werde das Tier auf seiner Reise nach Ägypten begleiten!

Tareks Großvater unterbrach seine Erzählung und wartete, bis sein Enkel jedes Wort für Mia übersetzt hatte, als wollte er sich ihrer Aufmerksamkeit für die Fortsetzung der Geschichte hundertprozentig sicher sein. Und seine Rechnung ging auf. Gebannt wartete Mia auf die folgenden Sätze und der Ausdruck ihres Gesichts zeigte deutlich ihre Überraschung und ihr Entsetzen, als Tarek schließlich fortfuhr, die Worte seines Großvaters zu übersetzen.

Ein Vierteljahr später war Tussun tot. Der erste Teil von Abdullahs Weissagung hatte sich erfüllt. Der gerade mal zwanzigjährige Tussun hinterließ nicht nur eine junge Witwe und seinen Sohn Abbas, sondern ebenso in der Armee seines Vaters eine klaffende Lücke. Mohammed Ali benötigte einen neuen Oberbefehlshaber.

Also rief er alle bedeutenden Staatsmänner zu einer Zusammenkunft in Kairo zusammen und erklärte ihnen die Situation. Um den geeigneten Mann für Tussuns Nachfolge zu bestimmen, ließ er in die Mitte eines großen Teppichs einen Apfel legen und verkündete, derjenige solle Tussuns Nachfolger werden, dem es gelänge, den Apfel aufzuheben, ohne auch nur einen Fuß auf den Teppich zu setzen.

Es war Ibrahim, Mohammed Alis ältester Sohn, der Bruder des verstorbenen Tussun, dem dieses Kunststück gelang, nachdem viele andere vor ihm an der Aufgabe gescheitert waren: Er rollte den Teppich von der Seite auf und wurde auf diese Weise zu Tussuns Nachfolger in der Armee des Vaters.

Bevor er jedoch nach Arabien zog, um den Kampf seines toten Bruders fortzusetzen, wollte er sich von der jungen Witwe und seinem kleinen Neffen Abbas verabschieden und ihnen zusichern, dass Tussun nicht umsonst gestorben sein sollte. Der kleine Abbas hing mit großer Liebe an seinem Oheim und als dieser auf dem Rücken der besagten Dschellabije und in Gefolgschaft ihres wenige Monate alten Fohlens vor dem Hause der Schwägerin eintraf, sprang der inzwischen Dreijährige auf ihn zu und bedrängte ihn mit dem kindlichen Wunsch, den Onkel auf seinem Feldzug begleiten zu dürfen.

Die fast schwarzen Augen des Jungen leuchteten in dem kleinen Gesicht und es fiel schwer, ihm eine Bitte abzuschlagen. Doch natürlich konnte Ibrahim dem Wunsch des Jungen nicht nachgeben. Er erlaubte ihm aber, zum Trost einmal auf dem Rücken der kostbaren Stute zu reiten – dabei ahnte er nicht, was Abdullah seinerzeit prophezeit hatte und dass er selbst es war, der in diesem Augenblick für die Erfüllung der Weissagung sorgte. Allerdings hätte er den Worten des Gegners wohl auch keine Bedeutung beigemessen, wenn er sie gekannt hätte.

Mit einem strahlenden Lächeln und stolz saß der Junge auf dem Rücken der Stute. Er fühlte sich ganz als ihr Herr, während sein Oheim das Tier am Halfter führte. Der Junge durfte auf der Stute reiten, als Ibrahim, angefeuert und bejubelt von den Menschenmassen, aus der Stadt auszog – bis sich dem Trupp auf einmal ein Mann in den Weg stellte und dringend darum bat, gehört zu werden. Er erhielt die Erlaubnis und gab sich daraufhin als ehemaliger Stallmeister Tussuns zu erkennen.

»Herr«, sprach er Ibrahim an, »ist dies nicht die Dschellabije-Stute, die Abdullah eurem ehrenwerten verstorbenen Bruder Tussun überließ?« Als Ibrahim dies bestätigte, fuhr der Mann fort: »Ich habe sie damals für euren Bruder in Empfang genommen und sie hierher gebracht. Doch hört, was für eine Prophezeiung Abdullah, der sie mir persönlich überreichte, damals machte ...« Und er gab Abdullahs Vision wortgetreu wieder und endete: »Damals habe ich gelacht und den Mann einen Narren genannt, doch nun sehe ich, dass sich seine Weissagung erfüllt hat: Tussun ist tot und sein Sohn der Herr dieser Stute, deren Fohlen noch nicht von der Milch entwöhnt ist!« Er deutete auf das Fohlen, das nervös neben seiner Mutter tänzelte. »Ich flehe euch an, Herr, im Namen Allahs, lasst mich diese Stute für euch töten, um euch und eure Familie von ihrem Fluch zu befreien!«

»Ich glaube, Allah hat dich um den Verstand gebracht!«, zeterte Ibrahim Pascha, der nicht glauben konnte, was er da hörte.

»Opfert sie, o Pascha«, drang der Stallmeister weiter in ihn ein, »opfert sie und ihr Fohlen, um das Kind eures Bruders zu retten!«

Ibrahim Pascha konnte kaum an sich halten vor Zorn und Entrüstung. Wütend stieß er den Mann zur Seite: »Geh mir aus den Augen, Elender!«, herrschte er ihn an.

Doch der ehemalige Stallmeister hatte bereits eine Pistole aus seinem Gürtel gezogen und noch bevor ihm jemand Einhalt gebieten konnte, erschoss er die Stute und ihr Fohlen aus nächster Nähe.

Das schmerzvolle Wiehern der Tiere verschmolz mit den Schreien der Umstehenden, die entsetzt einige Meter zurückwichen, als die Stute und das Fohlen tödlich getroffen zusammenbrachen. Der kleine Abbas Pascha wurde von dem Rücken der sterbenden Stute geschleudert und blieb regungslos und mit verzerrtem Gesicht liegen. Niemand konnte wissen, ob das Kind den Sturz überlebt hatte oder nicht.

Erst jetzt löste sich Ibrahim aus dem lähmenden Entsetzen, das von ihm Besitz ergriffen hatte. Er sah sich nach der sterbenden Stute um und als er seinen Neffen regungslos auf dem Boden liegen sah, streckte er den Mann, der soeben die kostbare Stute und ihr Fohlen niedergemetzelt hatte, mit einem einzigen Stoß seines Dolches nieder.

Blutend schleppte sich die Stute zu ihrem Kind hinüber, das bereits leblos im Staube lag, und hauchte neben ihm ihren letzten Atem aus. Und auch der ehemalige Stallmeister war tot, noch bevor sein Körper auf den Boden aufschlug.

Abbas Pascha war wie durch ein Wunder unversehrt geblieben, jedoch für immer gezeichnet von dem Erlebten.

Srur, ein dunkelhäutiger Sklave, der, wie es üblich

war, von Emir Faisal Ibn Dauisch gemeinsam mit der Stute an Abdullah übergeben worden war, um für sie und ihr Fohlen zu sorgen, beugte sich als Erster über das Kind. Vorsichtig hob er es auf und versuchte es zu trösten, indem er eine Locke von der Stirn der getöteten Dschellabije schnitt, sie in ein Amulett legte und dieses dem Kleinen um den Hals band. »Dies soll dich stets an die heilige Stute und ihr Fohlen erinnern, die für dich ihr Leben ließen«, sagte er zu ihm. »Eines Tages wirst du der Gebieter über so viele edle Pferde Ismaels sein, dass die ganze Welt deinen Namen kennt!«

Er konnte ebenso wenig wie die Umstehenden ahnen, wie recht er mit diesen Worten behalten sollte.

Mehr oder weniger verstohlen wischte sich Mia ein paar Tränen aus den Augen. Sie spürte eine Gänsehaut auf dem Rücken, den Armen und der Kopfhaut bei dem Gedanken daran, dass sich die Weissagung Abdullahs auf so grauenvolle Weise erfüllt hatte. Der Großvater und Tarek hatten so eindringlich gesprochen, dass Mia meinte, das schmerzvolle Wiehern der in ihrem Blut hingestreckten Stute zu hören, die voller Verzweiflung nach ihrem sterbenden Fohlen rief.

Mia ergriff blankes Entsetzen, als ihr in dieser Sekunde bewusst wurde, dass es Amal war, die den durchaus realen Schmerzenslaut ausgestoßen hatte.

Tarek sprang sofort auf die Beine. Auch ihn hatte der Schrei seiner Stute offensichtlich aus seinen Gedanken gerissen. Er kniete vor Amal nieder, sprach beruhigend auf sie ein – in Worten, die Mia nicht verstand – und strich ihr die Stirnhaare aus dem Gesicht. Mehr konnte er nicht für sie tun. Amal beruhigte sich langsam wieder und schloss leise stöhnend die Augen.

Was für eine makabere Parallele bildete diese Szene zu der schrecklichen Geschichte: zwei Stuten, die um ihre Fohlen weinten!

Mia erfasste das lähmende Gefühl der Hilflosigkeit. Doch ihr Mitgefühl galt nicht nur den Pferden. Ebenso wie es für Tarek nur schwer zu ertragen war, seine Stute so leiden zu sehen, musste es auch für den dreijährigen Abbas der wahre Albtraum gewesen sein: gerade noch hoch zu Ross, bejubelt von Hunderten fremder Menschen, und dann der unerwartete Tod des geliebten und bewunderten Pferdes. Ganz zu schweigen von der damit verbundenen Lebensgefahr für das Kind selbst. Und als wäre das nicht mehr als genug, musste der Kleine auch noch Zeuge eines kaltblütigen Mordes an einem Menschen werden.

Was für grausame Sitten und Gebräuche zu dieser Zeit geherrscht haben!, dachte Mia. Auf das Töten eines Tiers folgte die Todesstrafe. Unmittelbar verhängt, ohne irgendeine Art von Prozess. Aus Mias Sicht etwas Unvorstellbares. Aber nichtsdestoweniger real.

Immerhin gab es die Todesstrafe in Tunesien immer noch, auch wenn sie das letzte Mal 1991 verhängt worden war, wie Mia in einem Bericht über ihr Urlaubsland gelesen hatte.

Im selben Artikel hatte sie auch gelesen, dass man eine junge Nigerianerin zum Tode verurteilt hatte, weil sie unverheiratet schwanger geworden war. Der vermeintliche Vater des ungeborenen Kindes wurde jedoch aus

Mangel an Beweisen freigesprochen. Er hatte behauptet, die Frau überhaupt nicht zu kennen.

Bei der Erinnerung daran schüttelte Mia jetzt noch unwillkürlich den Kopf. Einen Freispruch für den vermeintlichen Vater, noch bevor überhaupt die Möglichkeit eines Vaterschaftstests gegeben war, und eine Verurteilung für die Mutter. Unglaublich! Vielleicht hatte ihre Mutter doch nicht so unrecht gehabt, als sie sagte, die Kultur der Afrikaner unterscheide sich von jener der Deutschen? Ein Gedanke, der Mia zwar nicht gefiel, den sie aber nicht von der Hand weisen konnte. Sosehr sie es sich auch wünschte.

Ebenso unvorstellbar war die Geschichte von dem Hund, der 1998 in Tansania, einem anderen afrikanischen Land, zum Tode verurteilt worden war, weil er *Immigration,* also Einwanderung, hieß. Das Gericht sah den Tatbestand der Beleidigung hinreichend erfüllt: Der Hund wurde erschossen und sein Besitzer kam für sechs Monate ins Gefängnis. Auch daran fühlte sich Mia jetzt erinnert.

Leider hatte ihre Mutter ihr anschließend die Zeitschrift weggenommen, in der Mia all diese Informationen über Afrika gelesen hatte, und behauptet, das sei nichts für sie. Mia könne sich ebenso gut mithilfe eines normalen Reiseführers auf den Urlaub vorbereiten.

Was wohl aus diesem Abbas Pascha geworden war? Ob er sich jemals von diesem schrecklichen Erlebnis erholt hatte? Oder war er womöglich nie mehr auf den Rücken eines Pferdes gestiegen? Mia war sich jedenfalls sicher, dass ihr ein solches Erlebnis die Freude am Reiten nachhaltig verhagelt hätte.

Nachdem Amal sich beruhigt und Tarek wieder seinen alten Platz eingenommen hatte, sprach der Großvater weiter. Mia stellte mit einem Blick auf Amal fest, dass sich selbst die Stute beim Klang der angenehm tiefen Stimme des alten Mannes, der betont ruhig und gleichmäßig sprach, entspannte.

Nach seiner Ankunft in Arabien bewies Ibrahim, dass sein Kriegsgeschick dem seines Bruders in nichts nachstand. Binnen kürzester Zeit hatte er Abdullah Ibn Sa'ud endgültig besiegt. Und auch Ibrahim wurde während seines Aufenthalts in dem fremden Land zum Liebhaber und Sammler der Beduinenpferde, die er von Stammesfürsten zum Geschenk erhielt oder käuflich erwarb.

Srur, den ehemaligen Sklaven, hatte er aus Dankbarkeit für dessen selbstlose Fürsorge gegenüber dem kleinen Abbas bei dem schrecklichen Tod der Dschellabije aus dem Sklavenstand befreit und zu seinem Stallmeister gemacht. Und Srur zeigte sich seiner neuen Position würdig. Ihm verdankte Ibrahim nicht nur das Bündnis mit Emir Fai- sal Ibn Dauisch, dem Widersacher Abdullahs, von dem die Dschellabije-Stute und der Sklave ursprünglich stammten. Mit seiner Unterstützung eroberte Ibrahim auch die letzte Feste des Feindes in Nedschd und übernahm damit das größte und bedeutendste Arabergestüt. Der Sieg über Arabien schien perfekt. Jetzt galt es nur noch, die Pferde ans Rote Meer zu schaffen. Und an dieser vergleichsweise kleinen Aufgabe sollte Ibrahim schließlich scheitern. Einer von Allah gesandten Dürreperiode fielen nämlich nicht nur etliche

Krieger, sondern vor allem sämtliche kostbaren Pferde zum Opfer. Ein Verlust, von dem sich die Araberzucht bis heute nicht mehr erholen konnte.

So gingen die Jahre ins Land. Und während Ibrahim Pascha ein Leben als Kriegsherr führte, wuchs Abbas, sein Neffe, zu einem jungen Mann heran. Endlich konnte er den Kindheitswunsch, seinen geliebten Oheim bei den Feldzügen zu begleiten, in die Tat umsetzen.

Doch Abbas erfuhr, was viele schmerzlich erfahren müssen: Wunsch und Wirklichkeit stimmen nicht immer überein. Schnell erkannte er, dass er für das Soldatenleben nicht geschaffen war, und kehrte in seine Heimatstadt Kairo zurück.

Eines jedoch hatte sich seit Abbas' Kindheit nicht verändert: seine Liebe zu Pferden. Sie war durch das Erlebnis mit der Dschellabije nicht kleiner, sondern größer geworden. Immer noch trug er das Amulett mit der Locke der Stute, das Srur ihm damals um den Hals gehängt hatte, und immer noch meinte er manchmal die Worte des einstigen Sklaven zu hören: »Eines Tages wirst du der Gebieter über viele edle Pferde Ismaels sein!«

Während aus dem schutzbedürftigen Dreijährigen nun ein großer, starker Mann geworden war, verließen den alternden Mohammed Ali allmählich die Kräfte. Seine Bedeutung als mächtiger Vizekönig hatte er bereits verloren und wie ein Sinnbild seines eigenen Verfalls ging es auch mit dem einst so ruhmreichen Gestüt des ehemaligen Herrschers bergab. Irgendwann konnte Abbas Pascha den Anblick der leidenden Pferde, um die sich niemand so recht kümmerte, seit Mohammed Alis Macht erloschen war, nicht länger ertragen und erwarb nach und nach dessen Zuchttiere. Erst unter Abbas Paschas Obhut gelangte das arabische Pferd zu dem Weltruhm, der es auch heute noch umweht, und sein Gestüt erlangte größte Berühmtheit. Srurs Worte wurden Wirklichkeit.

Nicht nur porträtierten Künstler aus aller Welt seine Stuten und Hengste, es gab auch kaum einen Herrscher, der nicht versuchte, an eins der kostbaren Tiere zu kommen. Auch wenn sie oft ein Vermögen dafür aufbringen mussten. Von Hügel, ein deutscher Baron, gesandt von König Wilhelm I. von Württemberg, war nur einer von ihnen. Er erhielt von Abbas Pascha einen braunen Hengst namens Hedban sogar zum Geschenk.

Doch so großherzig sich Abbas Pascha im Umgang mit Pferden zeigte – er hatte auch eine dunkle Seite: Er, der die Tiere so sehr liebte, war ein regelrechter Menschenverachter, der niemandem sein Vertrauen schenkte. Einmal ließ er einen kostbaren Schatz vergraben und die Männer, die diese Aufgabe für ihn erledigten, anschließend töten. So wollte er sichergehen, dass sie niemandem verrieten, wo sich der Schatz befand.

Und so verwundert es nicht, dass es kein gutes Ende mit ihm nahm: Zwei seiner Diener sollen ihn ermordet haben, als er das zweiundvierzigste Lebensjahr noch nicht vollendet hatte. Sie waren seiner Grausamkeiten wohl überdrüssig geworden.

> Wenn ich auch glaube, dass es Ihnen gelungen,
> wirklich edle arabische Pferde sich zu verschaffen,
> so dürfen Sie deshalb doch nicht glauben,
> dass Sie arabische Pferde von ihnen züchten,
> denn das arabische Pferd ist nur so lange ein arabisches,
> als es die Luft der Wüste einatmet.
> ABBAS PASCHA ZU BARON VON HÜGEL, 1852

Ein bisschen hatte Mia ein schlechtes Gewissen. Ihre Eltern saßen vor dem Fernseher in der kleinen Suite, als Mia reumütig an die Zimmertür klopfte und ihr Vater schweigend öffnete.

Mias Mutter blickte nur kurz zu ihr herüber, ohne ein Wort zu sagen, dann wandte sie sich wieder dem Fernsehprogramm zu. Sie sah etwas blass aus, fand Mia. Hatte sie sich vielleicht ernsthaft Sorgen gemacht? Gut, immerhin war es inzwischen neun Uhr abends. Mehr als fünf Stunden hatte Mia ihre Eltern im Ungewissen gelassen, wo sie war, nachdem sie sich im Streit von ihnen getrennt hatte.

Die Kraft der Sonne hatte inzwischen erheblich nachgelassen. Auf dem Rückweg zum Hotel hatte Mia in ihrem Spaghettiträger-Shirt, dem knielangen Rock und den Riemchensandalen ganz schön gefroren. Während sie am Vormittag auf dem Bazar eine langärmelige Bluse, feste Jeans und Turnschuhe getragen hatte, um nicht als unsensible Touristin aufzufallen, war sie ehrlich gesagt froh gewesen, als sie im Schutz des fest in deutschenglischer Hand befindlichen Hotels etwas Dünneres anziehen konnte. Jetzt wäre sie glücklich gewesen, sie hätte Jeans und Bluse anbehalten.

Immer noch war es hell draußen, doch das Licht hatte sich bereits verändert und die Landschaft in wärmere Farben getaucht.

»Es tut mir leid«, sagte Mia und senkte schuldbewusst den Blick. »Ich habe vergessen, auf die Uhr zu sehen.« Und das hatte sie wirklich. Während Tareks Großvater erzählte, spielten Raum und Zeit keine Rolle mehr. Alles, was dann noch zählte, waren die Schicksale der Figuren aus den Geschichten, die Mia auch noch zu denken gaben, wenn Abdulkader längst verstummt war.

Zuerst sah es so aus, als hörte Mias Mutter die Entschuldigung ihrer Tochter nicht. Sie starrte weiter geradeaus auf den Fernsehbildschirm, auf dem gerade ein berühmter deutscher Talkmaster mit schulterlangem blond gelocktem Haar, der bedeutend älter war, als er sich den Anschein gab, einen international bekannten Gast empfing und zum Sofa führte. Den Ton hatte Frau Mauritz ausgestellt und so konnte Mia die lachenden Zuschauer nur sehen, aber nicht hören. Vermutlich hatte der Talkmaster soeben wieder einen seiner trockenen Witze gemacht, für die er bekannt war.

Dann drehte Frau Mauritz ihr Gesicht zu ihrer Tochter und Mia erkannte Tränen in den Augenwinkeln ihrer Mutter.

»Es tut mir wirklich leid«, wiederholte sie. »Ich wollte nicht, dass ihr euch Sorgen macht.«

In Frau Mauritz' Gesicht spiegelten sich die widersprüchlichsten Gefühle: Wut, Enttäuschung, Trauer, Angst, aber auch Erleichterung und Liebe. Und ebenso wenig schien sie zu wissen, wie sie auf die Entschuldigung ihrer Tochter reagieren sollte: mit Tadel und Zurechtweisung oder mit Vergeben und Vergessen. Schließlich siegte aber die Erleichterung darüber, dass Mia nichts zugestoßen war, und die Liebe zu ihrer Tochter.

»Du hast uns wirklich einen Schreck eingejagt«, sagte Frau Mauritz und Mia konnte sehen, wie ihre Mutter gegen die Tränen ankämpfte. »Wir haben die ganze Zeit hier gesessen und auf dich gewartet.«

»Wart ihr nicht beim Abendbüfett?«, fragte Mia, die in diesem Augenblick erst merkte, wie hungrig sie eigentlich war. Kein Wunder, sie hatte seit heute Morgen nichts mehr gegessen!

Ihre Eltern schüttelten gleichzeitig den Kopf.

»Wir hatten keinen Hunger«, sagte Mias Vater.

»Ich habe Hunger wie ein Bär«, bekannte Mia kleinlaut.

Ihre Mutter schaltete den Fernseher aus, legte die Fernbedienung auf den kleinen Couchtisch und stand auf. »Was haltet ihr davon, wenn wir eine Kleinigkeit in der Hotelbar essen«, sagte sie. »Wenn ich mich nicht irre, gibt es da bis 22 Uhr kleine Gerichte.«

Mia konnte ihre Erleichterung kaum verbergen. Erleichterung darüber, dass sie noch etwas zu essen bekam, aber auch Erleichterung darüber, dass ihre Mutter ihr offenbar nicht mehr böse war. Und da ihr Vater in Erziehungsangelegenheiten fast immer das tat, was seine Frau für richtig hielt – wenn auch nicht immer zu

Mias Freude –, brauchte sie sich über ihn keine Gedanken zu machen.

»Ich halte das für eine sehr gute Idee«, sagte Mia lächelnd. Sie blieb stehen, als ihre Mutter auf sie zukam, sie in die Arme schloss und fest an sich drückte.

Dann ergriff ihre Mutter sie an den Schultern und sah sie mit einer Armlänge Abstand an. Inzwischen war Mia fast genauso groß wie ihre Mutter, ein Meter fünfundsechzig, nur noch vier Zentimeter trennten sie. Frau Mauritz atmete schwer und Mia konnte immer noch die Angst in ihren Augen erkennen, die sie um ihre Tochter ausgestanden hatte. »Du ziehst dir besser noch was Warmes über«, sagte Frau Mauritz.

Mia unterdrückte die Antwort, die ihr auf der Zunge lag, dass sie das schon selbst entscheiden konnte, und nickte stattdessen.

Etwa eine Stunde später lehnte sich Mia mit einem zufriedenen Seufzer auf ihrem Stuhl zurück und strich sich mit der rechten Hand über den Bauch. »Gleich platze ich«, sagte sie. Zum ersten Mal seit langer Zeit fühlte sie sich in der Gegenwart ihrer Eltern wirklich wohl. Vielleicht waren es die Geschichten von Tareks Großvater, in denen Gewalt, Leid und Not oft eine tragende Rolle spielten, sodass sie nun den Wohlstand und die Sicherheit, in der sie lebte, mehr zu schätzen wusste. Vielleicht war es auch einfach nur das gute Essen und die entspannte Atmosphäre. Auf jeden Fall drohte noch etwas anderes aus ihr hervorzuplatzen.

Sie spürte die besorgten und fragenden Blicke ihrer Eltern auf sich ruhen, denn natürlich hatte sie ihnen immer noch nicht erzählt, wo und mit wem sie den heutigen Tag verbracht hatte. Wie auch? Schließlich durfte niemand etwas von Amal erfahren! Dennoch spürte sie zu ihrer eigenen Überraschung das dringende Verlangen, sich ihren Eltern anzuvertrauen und ihnen zumindest einen Teil ihrer Sorgen um ihr geliebtes Kind abzunehmen.

Mia sah, wie schwer es ihrer Mutter fiel, sie nicht mit Fragen zu überhäufen. Aber offensichtlich waren Herr und Frau Mauritz zu dem pädagogischen Entschluss gekommen, die Sache auf sich beruhen zu lassen, solange Mia von sich aus nichts erzählen wollte. Und das verkniff sich Mia lieber!

Später lag Mia auf ihrem Bett und lauschte in die Dunkelheit. Durch das geöffnete Fenster drangen die Stimmen der Urlauber, die auf dem Weg zur Hotelbar waren oder den Rückweg von dort zu ihren Zimmern antraten. Die Letztgenannten waren eindeutig lauter. Aber Mia hörte auch die Stimmen ihrer Eltern, die sich hinter der geschlossenen Tür im angrenzenden Wohn- und Schlafzimmer der kleinen Suite gedämpft unterhielten. Ein bläulicher Lichtstreifen am unteren Rand der Tür verriet, dass der Fernseher mit Stummschaltung lief. Wenn sie sich darauf konzentrierte, konnte sie verstehen, was ihre Mutter und ihr Vater sagten.

»Ich mache mir einfach Sorgen«, zischte ihre Mutter. »Ich weiß nicht, ob Mia das alles richtig einschätzen kann, wenn sie mit diesem Jungen zusammen ist.«

»Mia ist vierzehn«, sagte ihr Vater.

»Ja, eben«, antwortete ihre Mutter. »Sie ist kein Kind

mehr. Aber sie ist auch noch nicht erwachsen. Und sie hat keine Ahnung von den Menschen hier.«

»Pfff«, machte Mia im Bett. Aber du hast Ahnung, oder was!, dachte sie und spürte, wie erneut Wut auf ihre Mutter in ihr hochstieg, die sich den ganzen Tag nur um ihr Äußeres kümmerte, so wie sie sich sowieso nur um Äußerlichkeiten kümmerte. Was interessierte es sie, wie die Menschen in Tunesien wirklich waren, solange nur das Essen im Hotel gut war und das Wasser im Pool die richtige Temperatur hatte? Hatte sie auch nur die geringste Vorstellung davon, was Tarek und seinen Großvater bewegte? Wie ihr tägliches Leben aussah? Die Bilder des Marktes, den sie heute mit Tarek besucht hatte, stiegen wieder in ihr hoch. Die Freundlichkeit der Menschen, die Farbenvielfalt, aber auch die zum Teil auffällige Armut und die für deutsche Verhältnisse katastrophalen hygienischen Zustände. Überall lag Müll auf den Straßen und jeder – Tourist wie Einheimischer – entledigte sich seines Abfalls, wo er gerade stand.

»Du musst lernen ihr mehr zu vertrauen«, hörte Mia ihren Vater sagen und schlagartig wandelte sich ihre Wut in Scham.

Hatte sie Vertrauen verdient? So wie sie sich heute benommen hatte? Was wäre gewesen, wenn ihr tatsächlich etwas passiert wäre? Wenn der Kutscher in der engen Gasse sie wirklich über den Haufen gefahren hätte?

Mittlerweile hatten sich Mias Augen etwas an die Dunkelheit gewöhnt und sie tastete im Dämmerlicht mit einer Hand nach der Kette, die die Marktfrau ihr geschenkt hatte und die nun auf dem Nachttisch neben dem Doppelbett lag, in dem Mia ganz allein schlafen durfte, während sich ihre Eltern die Schlafcouch im Nebenraum teilten.

Und mit der Kette in der Hand schlief Mia ein.

Mias Mutter sah ihre Tochter erstaunt an, die beim Anblick des Meerrettichs auf dem Rand der Käseplatte beim Frühstücksbüfett am nächsten Morgen leise jauchzte. Ohne zu zögern, häufte Mia sich gleich etliche Scheiben davon auf den Teller. »Seit wann magst du Meerrettich?«, fragte Frau Mauritz.

Mia suchte angestrengt nach einer Antwort. Die Wahrheit, dass der Meerrettich für eine sterbende Stute bestimmt war, die in einem einsam gelegenen Schuppen versteckt gehalten wurde, konnte sie ihrer Mutter schließlich nicht verraten. »Keine Ahnung«, antwortete sie deshalb ausweichend. »Vielleicht liegt es an der Hitze hier, dass ich Lust auf was Scharfes habe.«

Frau Mauritz zog die Augenbrauen hoch, sodass sich ihre Stirn in tiefe Falten legte, sagte aber nichts mehr. Vermutlich hatte sie sich inzwischen daran gewöhnt, dass ihre Tochter in einem Alter war, in dem sich Vorlieben und Abneigungen von einem Tag auf den anderen ins jeweilige Gegenteil verkehren konnten. Sie versuchte auch den Mund zu halten, als sie anschließend am Tisch beobachtete, wie Mia den Meerrettich mit größtmöglicher Sorgfalt in eine Serviette einwickelte.

Als Mia die skeptischen Blicke ihrer Mutter bemerkte, erklärte sie: »Ich esse ihn später.«

Frau Mauritz nickte nur stumm und widmete ihre Aufmerksamkeit dem Klecks Rührei auf ihrem Teller.

Tarek winkte Mia bereits zu, als sie nicht einmal eine Stunde später am Rand der Koppel auftauchte. Sie ging leichtfüßig, ein wenig hüpfend, und konnte ihre Vorfreude kaum verbergen. Es war nicht nur das Wiedersehen mit Tarek, das Mia in Hochstimmung versetzte, es war auch die Begegnung mit den Pferden, auf die sich Mia von Tag zu Tag mehr freute. Und diese Zuneigung schien auf Gegenseitigkeit zu beruhen.

Sultan stieß ein heiseres Wiehern aus, als er Mia sah, und kam im Paradetrab, mit in die Höhe gerecktem Kopf und Schweif, an den Zaun.

»Hallo, alter Freund«, sagte Mia, als ihr bewusst wurde, dass es genau das war, was Sultan ihr vermittelte: die Freude, plötzlich auf einen guten Freund zu treffen. Tatsächlich hatte Sultan – abgesehen von Amal, die, soweit es ihre körperliche Verfassung zuließ, Mia stets freudig begrüßte – ganz offensichtlich den größten Narren an dem Mädchen gefressen. Und das sicher nicht nur, weil Mia in diesem Augenblick ein Stück Apfel aus ihrer Tasche zauberte und es dem Wallach hinhielt.

Tarek beobachtete die Liebesbekundungen des ungleichen Paares mit einem amüsierten Lächeln. Erst als Mia den Kopf an Sultans Hals lehnte und ihre Augen schloss, während sie den Duft des Pferdes einatmete, sagte Tarek: »He, langsam werde ich eifersüchtig!«

»Auf wen?«, wollte Mia wissen. »Auf mich oder auf Sultan?«

Tarek lachte. »Das weiß ich selbst nicht so genau«, antwortete er. »Vermutlich auf euch beide.« Er nahm Mias Hand und zog sie mit sich fort an den Rand der Wiese, wo er sie aufforderte, sich neben ihn ins duftende Gras zu setzen. Sultan folgte den beiden wie ein gehorsames Hündchen.

Eine Weile saßen sie stumm nebeneinander und genossen die friedliche Stille, die nur vom Aufeinanderreiben von Sultans mächtigen Mahlzähnen durchbrochen wurde, der hinter ihren Rücken graste. Ab und zu streckte er seinen Kopf über Mias Schulter, bis ihr wieder einfiel, dass sie immer noch den Meerrettich in der Hosentasche hatte.

»Ach so«, sagte sie lachend, zog ihn heraus und reichte ihn Tarek. »Und ich dachte schon, Sultans Aufmerksamkeiten würden mir gelten!«

Tarek musste ebenfalls lachen, als er den in eine Serviette gewickelten Meerrettich in Empfang nahm. Er stand auf, verbarg den Meerrettich unter der strengen Aufsicht des verfressenen Wallachs außerhalb von Sultans Reichweite auf einer Ablage im Offenstall und kam mit leeren Händen zurück.

»Erinnerst du dich an die Khamsa al-Rasul Alla?«, fragte Tarek, als er sich wieder neben Mia niederließ.

»Die fünf Stuten des Propheten?« Mia nickte, während sie wie Tarek einen Grashalm zwischen ihren Fingern zerpflückte.

»Ja, genau«, erwiderte Tarek und wackelte mit seiner rechten Schulter, damit der anhängliche Sultan, der immer noch auf der Suche nach etwas Fressbarem war, das besser schmeckte als gewöhnliches Gras, ihn in Ruhe ließ. Doch der Wallach war nicht so leicht von der Überzeugung abzubringen, dass die Grashalme in den Händen der beiden Menschen die schmackhaftesten auf der ganzen Wiese sein mussten. »Auch zu ihnen gibt es Geschichten«, fuhr Tarek unbeirrt fort.

Mia ließ den Blick über die Weide schweifen, auf der die fünf Pferde des Tarek Abdelamid friedlich grasten. Fünf, weil das sechste außerhalb ihres Blickfelds hinter ihrem Rücken stand und nach wie vor seinen nicht gerade kleinen Kopf über sie beugte. »Was denn für Geschichten?«, fragte Mia.

»Zum Beispiel die von der Kuhaylah-Stute, die eine so lange Mähne hatte, dass sie ihre gesamte Vorderhand bedeckte. Auf Arabisch heißt das *hadbah salifa*. Und *hadbah* heißt demzufolge der Stamm.«

Mia runzelte die Stirn. »Das versteh ich nicht«, sagte sie. »Von welchem Stamm sprichst du denn nun? Vom Kuhaylah oder von Hadbah? Sind das nicht zwei verschiedene? Oder hat sich der Hadbah-Stamm aus dem Kuhaylah-Stamm entwickelt?«

Tarek lachte. »Da wirfst du was durcheinander«, sagte er. »Es gibt zwar auch einen Stamm, der Kuhaylah heißt, aber in diesem Fall ist der Arabertyp gemeint, nicht der Stamm.«

Mia verdrehte die Augen. »Das soll noch einer verstehen!«, schimpfte sie.

»Pferde des Kuhaylahtyps sind kräftige, männlich wirkende Tiere mit besonders hoher Ausdauer«, erklärte Tarek und schob Sultan mit der flachen Hand zur Seite. Dabei ächzte er vor Anstrengung. »So wie Sultan hier: Kräftig und besonders ausdauernd darin, einem auf die Nerven zu gehen!«

Mia lachte.

Sultan schnaubte beleidigt, als hätte er jedes einzelne

Wort verstanden, und zog sich tatsächlich ein paar Meter zurück. Während er nun in geringem Abstand zu ihnen mit der anstrengenden Arbeit des Graspflückens selbst weitermachte, warf er immer wieder einen neugierigen Blick zu Mia und Tarek hinüber, den beiden Menschen, an denen sein Herz – und sein Magen – hing.

Tarek zog den nächsten Grashalm aus dem Boden. »Eine andere Geschichte erklärt den Namen des Saqlawiyah-Stammes«, fuhr er fort, ohne näher auf Mias Frage einzugehen. »Nach einer Legende war eine der fünf Stuten des Propheten dafür bekannt, dass sie beim Galoppieren auskeilte. Deshalb war ihr Name Saqla, was *auskeilen* bedeutet. Daraus leitet sich der Stammesname Saqlawiyah ab. Abbas Pascha schätzte die Pferde dieses Stammes angeblich besonders wegen ihres Temperaments.«

»Und was hat es mit den drei anderen Stämmen auf sich?«, wollte Mia wissen.

»Ich kenne nur noch eine Geschichte«, erwiderte Tarek. »Die der Abeyyah. Aber die gefällt mir auch am besten. Wie du inzwischen weißt, waren die Beduinen durchaus ein kriegerisches Volk. Eine Legende erzählt, dass sich ein Beduinenkrieger einmal mitten in einem Kampf gegen einen feindlichen Stamm seinen Abeyyah, seinen Umhang, ausziehen wollte. Der behinderte ihn nämlich nicht nur beim Kämpfen, sondern bedeutete auch ein zusätzliches und unnötiges Gewicht für seine Stute. Der Kampf dauerte bereits lange, Reiter und Stute waren erschöpft, sodass alles, was nur die kleinste Erleichterung versprach, dankbar wahrgenommen wurde. Der Krieger knöpfte also während des Ritts seinen Umhang auf und schleuderte ihn weg. Dann stellte er sich mit neuem Kampfeswillen dem Feind. Noch viele Stunden verbrachte der Mann auf dem Rücken seines Pferdes. Er kämpfte, bis die Sonne hinter dem Horizont verschwand und der Feind in die Flucht geschlagen war. Erst jetzt ließ er sich vom Rücken seiner tapferen Stute gleiten – und erstarrte. Auf dem hocherhobenen, stolz in die Luft gereckten Schweif des Tiers lag sein Abeyyah. Die Stute hatte den Umhang die ganze Zeit getragen!«

Mia lächelte. Dieses Bild konnte sie sich gut vorstellen. Bereits bei ihrem ersten Besuch auf der Koppel war ihr aufgefallen, dass die Araberpferde alle ihren Schweif auffallend hochhielten, wodurch sie besonders stolz wirkten. Und Tarek hatte ihren Eindruck bestätigt, dass es sich dabei um ein typisches Rassemerkmal handelte. »Es sind stolze Tiere«, hatte er gesagt und dabei selbst stolz geklungen.

Mia blickte immer noch lächelnd zu Tarek hinüber, der dicht neben ihr saß. Als sich ihre Blicke begegneten, meinte Mia, ihr Herz bliebe stehen. Etwas lag in Tareks Blick, das ihr deutlicher als jemals zuvor zeigte, was er für sie empfand. In diesem Moment schien die Welt um sie herum stillzustehen. Die Grillen hörten auf zu zirpen, die Pferde verharrten, selbst die Wölkchen, die heute am Himmel entlangzogen und schlechteres Wetter ankündigten, rührten sich nicht mehr von der Stelle. Nicht das leiseste Geräusch drang an Mias Ohr, nicht einmal das Zwitschern eines Vogels. Als sei die Welt hinter einer Schallschutzmauer verschwunden.

Es war keine bewusste Bewegung, als sich ihre Köpfe einander annäherten, ihre Münder aufeinander zustrebten. Mia konnte bereits den warmen Hauch von Tareks Atem an ihrer Wange spüren. Sie schloss erwartungsvoll die Augen. Ihr Herz raste.

»Mia, Schatz!«

Mia riss die Augen auf und fuhr zurück. Tarek stellte den Weltrekord im Schnell-Aufstehen auf. Selbst Sultan zuckte zusammen, als hätte sich Tareks Schreck auf ihn übertragen. Er sprang mit allen vier Beinen gleichzeitig in die Luft, riss den Kopf hoch und preschte über die Wiese davon, als jagte ein Raubtier hinter ihm her.

»Hallo, Frau Mauritz.« Tarek räusperte sich und grinste verlegen.

Mias Mutter stand am Weidezaun und tat so, als hätte sie nicht bemerkt, wie unpassend der Augenblick ihres Erscheinens war. Vielleicht erschien ihr der Augenblick auch gar nicht unpassend, sondern gerade recht.

»Was willst du?« Mia gab sich keine Mühe, ihre Gereiztheit zu verbergen.

»Nichts«, antwortete Frau Mauritz aufrichtig. »Ich wollte nur mal sehen, wie es dir geht.«

»Mir geht es gut, danke«, sagte Mia. »Gibt's noch was?«

»Dein Vater und ich wollten an den Strand. Heute ist es nicht ganz so heiß wie sonst. Willst du vielleicht mitkommen?«

Mia schüttelte stumm den Kopf.

Ihre Mutter blieb schweigend stehen, während Tarek nicht wusste, was er mit seinen Händen anfangen sollte. Immer wieder strich er sich Haare aus dem Gesicht, die nicht da waren, und vergrub seine Hände schließlich in seinen Jeanstaschen.

Frau Mauritz warf ihm einen schwer zu deutenden Blick zu. Niemand sagte etwas. Allmählich wurde die Stille unangenehm. »Also gut«, brach Frau Mauritz das Schweigen. »Aber ich erwarte, dass du heute Abend um sechs mit uns zum Essen gehst.« Ihr Tonfall war streng geworden.

»Du kannst dich auf mich verlassen«, antwortete Mia und meinte es ausnahmsweise ernst. Sie hatte das schlechte Gewissen, mit dem sie gestern eingeschlafen war, nicht vergessen.

Frau Mauritz zog eine Augenbraue hoch. Dann ließ sie ihre Chanel-Sonnenbrille aus den Haaren auf den Nasenrücken gleiten. »Das hoffe ich«, sagte sie und es war mehr als deutlich, dass sie nicht nur das familiäre Abendessen meinte.

Mia und Tarek blickten Frau Mauritz schweigend hinterher, bis sie um die nächste Ecke verschwunden war. Doch die romantische Stimmung war verflogen. Die Grillen hatten ihr Zirpen wieder aufgenommen, die Wolken zogen mit deutlich sichtbarer Geschwindigkeit über den blauen Himmel und die Vögel veranstalteten ein regelrechtes Konzert.

Tarek wich Mias Blick aus und beide waren erleichtert, dass Sultan in diesem Moment die Aufmerksamkeit auf sich zog, als er herantrabte und Tarek anstupste, als wollte er sich bei ihm vergewissern, dass alles in Ordnung sei.

»Weißt du, wie spät es ist?«, fragte Tarek, ohne Mia anzusehen.

Mia blickte auf ihre Armbanduhr. »Gleich halb eins«, antwortete sie.

»Dann muss ich los«, sagte Tarek.

Mia stutzte. Was hatte Tarek zu erledigen? »Willst du zu Amal?«, erkundigte sie sich.

Tarek schüttelte den Kopf. »Nein, ich muss nach Hause«, erklärte er. »Mein kleiner Bruder kommt gleich aus der Schule und ich muss ihm das Mittagessen warm machen, weil meine Mutter heute erst um zwei freihat.«

Mia nickte. Sie hatte Frau Abdelamid vorhin an der Rezeption des Hotels gesehen. Sie musterte Tarek aufmerksam. Irgendetwas stimmte nicht mit ihm. »Ist alles in Ordnung?«

Tarek, der Sultans Hals gestreichelt hatte, riss sich von dem Wallach los und schaute Mia unverwandt an. »Natürlich«, sagte er ein bisschen zu schnell. »Was sollte denn nicht in Ordnung sein?«

»Ich weiß nicht.« Mia erhob sich und klopfte Sand und Gras von ihrer Hose.

Wieder verbarg Tarek seine Hände in den Hosentaschen. »Willst du … ich meine … vielleicht möchtest du mitkommen? Es ist nicht weit.«

Mia wusste vor Überraschung nicht, was sie antworten sollte. Nur zu gerne hätte sie gewusst, wie Tarek lebte, wie sein Zimmer aussah. Andererseits war ihr klar, dass ihre Mutter genau das gemeint hatte, als sie sagte, sie hoffe, sich auf Mia verlassen zu können. Niemals hätten ihre Eltern erlaubt, dass sie diesen fremden tunesischen Jungen nach Hause begleitete. Niemals!

»Gerne«, antwortete Mia. »Ich komme gerne mit.«

Der Ausdruck eines Pferdeauges ist
wie ein Segen
für das Haus eines guten Menschen.
PROPHET MOHAMMED

Es war wirklich nicht weit. Tarek blieb vor einem kleinen, ehemals weiß getünchten, jetzt aber grauen Haus stehen, von dessen Holztür die Farbe in dicken Placken abfiel. Schon von außen konnte man sehen, dass es im Inneren sehr dunkel sein musste. Kleine Fenster ließen wenig Licht in die Wohnräume ein. Mia wusste, dass die Häuser im Süden alle kleine Fenster hatten, denn mit dem Licht fanden auch Sonne und Hitze ungehinderten Zugang. Und nur in den Villen der Reichen, oft Ausländer, die ihren Urlaub im Mittelmeerraum verbrachten, gab es Klimaanlagen, um die Temperatur angenehm niedrig zu halten.

Tarek schloss auf. Der schmale Flur wurde nur von dem Licht erhellt, das durch die offen stehende Haustür einfiel. Der Junge streifte seine Turnschuhe von den Füßen, indem er mit den Zehen des einen Fußes in die Hacke des anderen trat. Mia tat es ihm nach und schlüpfte mit derselben Methode aus ihren Sandalen. Dann folgte sie Tarek in das angrenzende Zimmer, das erwartungsgemäß dunkel war. Die Dunkelheit wurde durch einen schweren Teppich, dunkle Möbel und die Enge des voll stehenden Raumes noch gesteigert. Eine zum Bett ausklappbare Sitzgarnitur, ein Esstisch, ein Fernseher, ein Wohnzimmerschrank und ein Kachelofen waren die Einrichtungsgegenstände. Von diesem Raum führte eine Tür in einen weiteren kleinen Raum, der, so schätzte Mia, höchstens zehn Quadratmeter hatte. Mia erschrak, als sie auf dem schmalen Bett im Nachbarzimmer eine Gestalt liegen sah. Doch dann erkannte sie den Mann: Es war Abdulkader, Tareks Großvater.

Tarek schien seinen Großvater noch nicht bemerkt zu haben und er rechnete offenbar auch nicht damit, ihn hier zu sehen. Er lächelte Mia etwas unsicher an, als wüsste er nicht, wie er sich ihr gegenüber verhalten sollte, und als hätte er Angst, sie könnte ihn plötzlich mit anderen Augen sehen, wenn sie sein Zuhause kennen lernte. »In diesem Raum schlafen meine Eltern, seit mein Großvater bei uns wohnt«, erklärte er. »Vorher hatten sie nebenan ihr Schlafzimmer.« Er wies mit dem Daumen über die Schulter auf den kleinen Raum, ohne sich umzudrehen, und bedeutete Mia, sie solle ihm folgen.

Es ging zurück in die Diele. Erst jetzt bemerkte Mia, dass zwei weitere Türen von dem Flur wegführten, die sie vorher nicht wahrgenommen hatte. Vermutlich hatten sich ihre Augen erst an das Dämmerlicht gewöhnen müssen.

Tarek öffnete eine der beiden Türen und Mia blickte in ein ebenfalls nicht gerade großes Zimmer von vielleicht vierzehn Quadratmetern, in dem zwei schmale Betten und ein riesiger Kleiderschrank an den Wänden standen. Unter dem Fenster befand sich ein Stuhl, über einem der Betten hingen ein kleines Regal, voll gestopft mit zum Teil deutschsprachigen Pferdebüchern, und daneben prangte ein Pferdeposter.

Mia musste unwillkürlich lächeln. Sie hatte noch nie einen Jungen kennengelernt, der sein Zimmer mit Pferdepostern schmückte! Aber es gefiel ihr, dass Tarek sich über falsche Rollenbilder hinwegsetzte und dazu stand, wofür er sich am meisten interessierte: nämlich Pferde. Außerdem musste sie zugeben, dass dieses Poster wirklich wunderschön war: das Porträt einer vollkommenen Araberschönheit, die den Betrachter mit einem sanftmütigen Blick aus ihren schimmernden braunen Augen bedachte. Die Mähne wehte im Wind, das silbrig weiße Fell glänzte, die Nüstern waren geweitet und die zierlichen Ohren dem Fotografen interessiert zugewandt. Mia fühlte sich an Amal erinnert. So ähnlich musste Amal ausgesehen haben, als sie noch gesund gewesen war. Und Mia war sich sicher, dass diese Ähnlichkeit mit Tareks Lieblingspferd der Grund dafür war, dass der Junge dieses Poster aufgehängt hatte.

»Hier wohnen mein Bruder und ich«, erklärte Tarek.

»Du hast mit deinem Bruder zusammen ein Zimmer?« Mia konnte ihre Überraschung kaum verbergen. Aus Tareks Erzählung von dem Erdbeben vor drei Jahren erinnerte sie sich, dass der Altersunterschied zwischen den beiden Brüdern sehr groß war. Acht Jahre, wenn sie sich nicht irrte. Und Mia irrte sich fast nie! Meinte Tarek tatsächlich diesen kleinen Bruder? Oder gab es noch einen älteren, von dem er bislang nicht gesprochen hatte? »Wie alt ist denn dein Bruder?«, fragte Mia. Vielleicht hatte sie ja dieses eine Mal doch nicht richtig zugehört?

Doch Tareks Antwort zeigte ihr, dass sie sich auf ihr Gedächtnis verlassen konnte: »Er wird bald acht.«

Mia merkte, dass Tarek ihr Erstaunen gar nicht wahrnahm. Für ihn schien es völlig selbstverständlich zu sein, dass sich ein Fünfzehnjähriger und ein Siebenjähriger ein Zimmer teilten. Sie dachte an ihr eigenes Zimmer, das sie zu Hause für sich allein hatte. Es war knapp zwanzig Quadratmeter groß und von bodentiefen Fenstern lichtdurchflutet. Dort standen ihr Bett, ihr Computer, ihre Stereoanlage, ihr Schreibtisch und ein ausklappbarer Futon, falls eine ihrer Freundinnen bei ihr und nicht im Gästezimmer des Hauses übernachten wollte. Ihre Kleider bewahrte sie zusammen mit den Kleidern ihrer Mutter und ihres Vaters im Ankleidezimmer neben dem oberen Bad auf, sodass sie keinen sperrigen Schrank im Zimmer haben musste. Lediglich ihre Bücher, CDs und ein paar Kuscheltiere aus früheren Tagen füllten die Bretter des Regals, das neben ihrem Schreibtisch an der Wand stand.

Tarek schloss die Tür wieder und führte Mia in die Küche. Auch diese war klein, aber Mia war nach allem, was sie bislang gesehen hatte, überrascht, wie modern sie eingerichtet war. Tarek holte einen tiefen Teller aus einem der Oberschränke, nahm den Deckel von dem auf dem Herd stehenden großen Topf ab und füllte mit einer Suppenkelle Eintopf in den Teller, den er anschließend in die Mikrowelle schob. Während er Brot von einem Laib schnitt, fragte er Mia, ohne sie anzusehen:

»Möchtest du auch einen Teller? Es gibt Bohnen mit Hammelfleisch.«

»Es riecht gut«, gab Mia zu, »aber ich habe keinen Hunger. Danke.«

Ein gewaltiger Rums ließ Tarek zusammenfahren. Erschreckt drehte er sich zu Mia um. »Was war das?«

Mia zuckte mit den Schultern. Das Geräusch war aus dem Wohnzimmer gekommen. Vielleicht auch aus dem Raum des Großvaters.

Mia hatte bereits eine Vermutung, was geschehen sein könnte, während Tarek, der sich mit Mia allein glaubte, völlig ahnungslos das Messer zur Seite legte. Dann besann er sich aber eines Besseren und nahm es wieder auf, um anschließend zaghaft den Kopf aus der Küchentür in den Flur zu strecken.

In diesem Moment wurde der Flur von einem Lichtstrahl erhellt.

Mia konnte die Quelle des Lichts von ihrer Position aus nicht erkennen und spürte, wie sich die feinen Haare an ihren Unterarmen aufstellten. War der Grund für das Geräusch vielleicht doch ein anderer, als sie zunächst angenommen hatte?

Tarek sagte irgendetwas auf Arabisch zu jemandem, den Mia nicht sehen konnte, und sie fühlte sich mehr als unbehaglich. Dann erschien das Gesicht eines kleinen Jungen im Türrahmen und Mia musste unwillkürlich lächeln, als sie in die gleichen strahlenden Augen mit den auffallend langen Wimpern blickte, die sie bereits bei Tarek derart fasziniert hatten.

Der kleine Junge starrte Mia mit offenem Mund an. Doch Mia hatte keine Zeit, ihn zu begrüßen. Denn in diesem Augenblick humpelte, stöhnend und sich den Kopf reibend, der Großvater in den Flur. Er war nur mit einem Nachthemd bekleidet, wie Mia es aus alten Filmen kannte.

Tarek ließ das Messer sinken und atmete erleichtert aus.

Mia fühlte sich wie ein unfreiwilliger Darsteller in einem Sketch. Tarek redete wild auf seinen Großvater ein, packte ihn am Arm und schob ihn mit sanfter Gewalt zurück ins Wohnzimmer. Sein kleiner Bruder stand währenddessen immer noch wie zur Salzsäule erstarrt vor Mia und schaute sie weiterhin an, als hätte er soeben das achte Weltwunder entdeckt. Dann drehte er sich mit einem Mal um, als bemerkte er erst in diesem Moment, dass er mit der unheimlichen Fremden allein war, und folgte eilig seinem großen Bruder und dem Großvater.

Mia blieb in der Küche zurück. Sie wusste nicht, was sie tun sollte. Es war ihr unangenehm, Zeugin dieser intimen familiären Situation geworden zu sein und sie wünschte, sie wäre nicht mit Tarek hierher gekommen. Andererseits hatte ihr dieses Erlebnis die Augen geöffnet. Jetzt wusste sie, warum der Großvater seine Stelle im Hotel verloren hatte. Tatsächlich war wohl jemand, der zeitweise derart orientierungslos war, nicht mehr in der Lage, einer geregelten Arbeit nachzugehen.

Mia überlegte, ob sie den anderen ins Wohnzimmer folgen sollte oder nicht. Sie konnte immer noch Tareks aufgeregte Stimme hören, der offenbar schimpfend auf den Großvater einredete. Nein, es war wohl besser, nicht auch noch dabei daneben zu stehen. Sie griff nach dem

Messer, das Tarek auf die geflieste Küchentheke gelegt hatte, bevor er seinen Großvater ins Wohnzimmer brachte, und wollte soeben mehr Brot abschneiden.

Da kehrte Tarek zu ihr zurück. Er schüttelte den Kopf. »Es tut mir leid«, sagte er leise zu ihr. »Ich habe nicht gewusst, dass er hier ist.« Er schüttelte wieder den Kopf und strich sich, wie immer, wenn er nervös war, einige Haarsträhnen aus der Stirn. Er senkte die Stimme zu einem Flüstern. »Er sollte eigentlich bei Amal sein.«

»Ist er krank?«, erkundigte sich Mia.

»Nein«, antwortete Tarek. »Er ist einfach alt. Immerhin wird er noch dieses Jahr neunundsiebzig!«

Mia formte die Lippen zu einem überraschten stillen *Oh*. Das hatte sie nicht erwartet. Ehrlich gesagt hatte sie sich bis jetzt überhaupt keine Gedanken darüber gemacht, wie alt Abdulkader wohl sein mochte. Er wirkte immer sehr fidel. Wenn sie jetzt so darüber nachdachte, dann hätte sie ihn auf Ende sechzig geschätzt, keinesfalls zehn Jahre älter!

»An manchen Tagen hat er Probleme mit dem Kreislauf«, fuhr Tarek fort, »und kippt einfach um. So wie gerade, als er aus dem Bett aufstehen wollte. Dann pumpt das Herz das Blut nicht mehr schnell genug nach oben ins Gehirn und er verliert im schlimmsten Fall für kurze Zeit das Bewusstsein.«

»Und deshalb hat er seine Stelle verloren, stimmt's?«

Tarek nickte. »Ja, er ist bei den Pferden zweimal einfach umgekippt und Touristen, die ausreiten wollten, haben ihn gefunden.«

Mia konnte verstehen, dass die Hotelleitung dieses Risiko vermeiden wollte. Insbesondere wenn man Abdulkaders Alter bedachte. Aber sie wollte Tarek nicht weiter aufregen und schwieg. Über Tareks Schulter hinweg konnte sie seinen kleinen Bruder sehen, der am Türrahmen in der Küche lehnte und sie beobachtete. Sie räusperte sich.

Tarek drehte sich um. »Oh, Salem«, sagte er. »Das ist mein kleiner Bruder Salem«, stellte er den Jungen Mia vor. »Und das ist Mia«, fuhr er fort. »Eine Freundin.«

»Hallo, Salem«, sagte Mia lächelnd.

Salem verzog keine Miene. Er starrte Mia finster an, dann wandte er sich schweigend um und ging ins Wohnzimmer zurück.

Mia sah Tarek fragend an. »Spricht er kein Deutsch?«

»Doch«, antwortete Tarek. »Normalerweise schon.«

Mia hätte nicht geglaubt, dass es noch schlimmer werden könnte, aber sie hatte sich geirrt. Zu dritt saßen sie um den Esstisch im Wohnzimmer und der Großvater lag – hin und wieder vor sich hin stöhnend – auf der Couch. Eins seiner mit Krampfadern übersäten Beine schaute unter der Decke hervor, die Tarek ihm gebracht hatte.

Schweigend führte Salem einen Löffel Suppe nach dem anderen zum Mund, ohne dabei den Blick auch nur einmal von Mia abzuwenden, die ihm gegenübersaß und sich so unwohl fühlte wie noch nie zuvor in ihrem Leben. Im Blick des Jungen lag Misstrauen, aber auch unverhohlene Neugierde.

»Kafa ala ennathari fiha!« Tarek sah seinen kleinen Bruder drohend an.

Salem wurde rot und senkte den Kopf über seine Suppe.

»Was hast du zu ihm gesagt?«, wollte Mia wissen.

»Ich habe ihm gesagt, er soll seine Suppe essen«, übersetzte Tarek. »Sie wird sonst kalt.«

Salem wurde noch röter. »Das hast du nicht gesagt«, murmelte er.

Mia stellte fest, dass Salem offensichtlich nicht so geübt darin war, Deutsch zu sprechen, wie sein großer Bruder. Er schien die Worte mehr suchen zu müssen und bewusster auszusprechen. Vermutlich hatte er nicht so oft Gelegenheit, sich in seiner zweiten Muttersprache zu üben, wie Tarek.

»Was hat er denn gesagt?«, fragte Mia überrascht.

»Er hat gesagt, ich soll dich nicht anstarren«, antwortete Salem.

Und nun war es Tarek, der rot wurde.

Mia hätte Salem gerne gefragt, ob sie das erste deutsche Mädchen war, das sein Bruder mitbrachte, aber sie traute sich nicht. Doch so fasziniert, wie der Kleine von ihr war, lag der Verdacht nahe, dass die Antwort ganz nach ihrem Geschmack ausfallen würde. Das änderte allerdings nichts daran, dass sich Mia ein bisschen wie ein Tier im Zoo vorkam. Und sie begann die Sekunden zu zählen, bis sie endlich gehen konnte.

Sind uns unsere Pferde nicht
von unseren Vätern gegeben worden
und sollen wir sie nicht wiederum
unseren Söhnen vermachen?
ROBIA EL-KHEYL

Nach Abbas Paschas Tod erbte sein ältester Sohn al-Hami das Gestüt des Vaters. Er aber war nicht von der allumfassenden Liebe zum arabischen Pferd erfüllt und so verschenkte er viele der kostbaren Tiere an Freunde und solche, die er dafür hielt. Als er 1860 völlig verarmt starb, wurde das, was von dem weltberühmten Gestüt Abbas Paschas noch übrig war, versteigert.

Mia musterte den Großvater, der die Augen während seines Berichts geschlossen hatte. Sie konnte kaum glauben, in was für einem erbarmungswürdigen Zustand sie den alten Mann gestern gesehen hatte und wie kraftvoll er heute wieder wirkte.

Ebenso schwankten ihre Gefühle für Tarek. Nachdem sie sich ihm gestern so fremd gefühlt hatte, konnte sie nun kaum den Blick von ihm abwenden. Als sie heute Morgen an die Koppel gekommen war, hatte er schon auf sie gewartet. Er hatte ihre Hände gehalten und ihr tief in die Augen geblickt. »Amal geht es sehr schlecht«, hatte er ihr zugeflüstert. »Es kann sein, dass sie den Tag nicht übersteht.«

Spätestens in diesem Augenblick war Mia klar geworden, wie sehr sie inzwischen an der kleinen weißen Stute hing und sich wünschte, dass ihr Fohlen gesund zur Welt kam, damit etwas von ihr weiterleben würde.

Jetzt fiel ihr Blick auf Amal, die schwer atmend auf dem Stroh lag. Hin und wieder durchfuhr ein Zittern ihren Körper. Dann riss der Schimmel die Augen weit auf und schnappte sichtlich nach Luft. Tarek strich der Stute beruhigend über das Fell – mehr konnte er nicht für sie tun.

Als sich Amal ein wenig beruhigt hatte und ihre Atemzüge wieder regelmäßiger wurden, setzte der Großvater seine Erzählung fort.

Und so fiel das Schicksal der arabischen Pferde in die Hände eines gut aussehenden jungen Mannes, der aus den besten Kreisen stammte. Sein Name war Ali Pascha Sherif. Er erwarb die meisten und kostbarsten Pferde aus dem Nachlass Abbas Paschas und wurde damit der einflussreichste Züchter arabischer Pferde in Ägypten.

Einige der Tiere wurden auch nach Frankreich, Österreich, Italien und Deutschland verkauft und schrieben die Geschichte der Araberzucht in Europa fort. Vor allem in England gewannen diese Pferde an Bedeutung. Und dies war das Verdienst einer ganz besonderen Frau.

Lady Anne Blunt war wohl die erste und einzige Frau, die die Wüste auf der Suche nach den besten arabischen Zuchtstuten und -hengsten durchquerte. Auf dem Rücken eines Pferdes und in Begleitung ihres Mannes Wilfried Blunt bereiste sie mehrfach den Orient und verhandelte auf eigene Faust mit Beduinen, deren Sprache sie sich selbst beigebracht hatte. In England gründete sie das Gestüt Crabbet Park. Nachkommen ihrer Zucht sind auch heute noch fast überall auf der Welt zu finden. Zunächst war es lediglich ihr Ziel gewesen, ihre englischen Vollblüter mit einigen ausgewählten anderen Blutlinien aufzubessern. Doch dann erkannte sie wie viele vor ihr den wahren Wert der arabischen Pferde und beschloss eine reine Araberzucht in England aufzubauen.

Ein Name muss in diesem Zusammenhang genannt werden: der des Hengstes Mesaoud, ein Fuchs mit vier weißen Beinen. Mit ihm begründeten die Blunts den weltweiten Ruhm ihres Gestüts. Von Ali Pascha Sherif gezüchtet, wurde er 1889 von den Blunts für ihre Tochter Judith gekauft und gelangte zunächst nach Sheykh Obeyd, dem Gestüt der Blunts in Ägypten. Nichts wurde versäumt, um am Tage seiner Ankunft den bösen Blick von dem Pferd abzuwenden. Sogar ein Lamm wurde geopfert und sein Blut auf die Stirn des Pferdes gespritzt, wie es der Sitte entsprach.

Bevor Mesaoud nach England gebracht wurde, sollte er auf der Rennbahn von Gezira sein Können unter Beweis stellen. Es war der 1. September 1890. Geschmückt mit den gelben und grünen Farben der Familie Blunt nahm Mesaoud am Start Aufstellung. Über anderthalb Meilen ging das Rennen. Zuversichtlich sah die Familie Blunt zu, davon überzeugt, dass ihr

Pferd die Rennbahn als Sieger verlassen würde. Doch Mesaoud hatte einen schlechten Start und lief über eine weite Strecke hinter seinen Mitstreitern her. Erst auf den letzten Metern konnte er aufholen und ließ ein Pferd nach dem anderen hinter sich zurück. Eine atemberaubende Aufholjagd begann, in der der Hengst zeigte, was in ihm steckte.

Aber es reichte nicht zum Sieg.

Dennoch bewies er damit, dass er ein echter Araber war, der nicht zum Sprint taugte, jedoch auf langen Strecken unschlagbar war. Denn darin liegt die Stärke dieser Pferde. Sie sind ausdauernder als alle anderen. Hätte das Rennen auf zwei oder gar drei Meilen stattgefunden – niemand hätte gegen Mesaoud auch nur den Hauch einer Chance gehabt. Er war ein Saklawi und machte seinem Stamm alle Ehre. »Ein Saklawi wird für seinen Herrn kämpfen. Im Angriff erschreckt ihn nichts; er wird ein Gewehr, einen Löwen und sogar eine Lokomotive angreifen, wenn er dazu aufgefordert wird«, so sprach Prinz Mohammed Ali über die Pferde dieses Stammes. Und keiner, der einmal ein Saklawi besessen hat, wird es wagen, ihm zu widersprechen. Es sind die mutigsten Pferde, die man sich vorstellen kann!

Mia schloss Mesaoud nach dieser Erzählung direkt in ihr Herz. Ohnehin hatte sie ein Faible für Füchse mit Abzeichen. Und weiße Beine, die aussahen, als trüge das Pferd Gamaschen, hatten es ihr schon immer angetan.

Drei weiße Füße, wobei das vordere rechte dunkel sein soll, gelten unter den Mohammedanern als Zeichen für Glück. Mesaoud hatte vier weiße Füße und trotzdem war er unter einem Glücksstern geboren. Auch der Familie Blunt fiel auf, dass einige der Araber mit den besten Stammbäumen die auffälligsten Abzeichen trugen.

Wie sehr Lady Anne Blunt an Ägypten, an seinen Pferden und Menschen hing, zeigte sich nicht zuletzt darin, dass sie sich in ihren letzten Lebensjahren auf ihre ägyptische Farm Sheykh Obeyd im Nildelta zurückzog, wo sie bis zu ihrem Tode täglich Ausritte unternahm.

Mesaoud wurde 1904 nach Russland verkauft. Und ebenso wie seine Entdeckerin Lady Anne Blunt, deren sterbliche Überreste in Ägypten der Erde zurückgegeben wurden, sollte er unvergesslich werden.

»Keme kurtu leke«, der Großvater befühlte nachdenklich seinen Bart, »innehe kenet imraatun kemilatu el ausafi.«

Tarek nickte zustimmend zu diesen Worten.

Mia schaute zwischen den beiden hin und her und wartete auf Tareks Übersetzung. Die aber kam nicht. Schließlich hielt sie es nicht mehr aus. »Was hat er gesagt?« Sie beugte sich zu Tarek hinüber und flüsterte.

»Er sagte, Lady Anne Blunt war eine bemerkenswerte Frau«, erklärte Tarek.

Mia setzte sich wieder gerade hin und dachte nach. Wie war es wohl als Frau im 19. Jahrhundert, sich in dieser von Männern geprägten Welt zu behaupten? Das anstrengende Leben in der Wüste, die kaum hergab, was zum blanken Überleben nötig war? Ja, es musste sich tatsächlich um eine bemerkenswerte Frau gehandelt haben, die all diese Mühen aus Liebe zu den arabischen Pferden auf sich nahm.

Im ausgehenden 19. Jahrhundert, also vor mehr als hundert Jahren, durch die Wüste zu reiten und mit Männern zu verhandeln, die ihr ganz offensichtlich eine gehörige Portion Respekt entgegenbrachten, während ihre eigenen Frauen noch nicht einmal die Zelte mit ihnen teilen durften. Das war schon eine Leistung. Ebenso wie der Entschluss, die eigene Heimat zu verlassen und in ein Land zu gehen, in dem ganz andere Wert- und Moralvorstellungen galten. Ein Land, in dem Pferdediebe geachtete Persönlichkeiten waren und man zuverlässige Wachen brauchte, um nachts einigermaßen ruhig schlafen zu können.

Mia spürte mehr und mehr Abenteuerlust in sich aufsteigen. Wie wäre es wohl, aus dem bürgerlichen, gut behüteten Elternhaus auszubrechen und auf eigene Faust in ferne Länder zu reisen? So zu leben, wie Lady Anne Blunt gelebt hatte?

Warum fiel ihr ausgerechnet jetzt dieses Streitgespräch mit ihrer Mutter wieder ein, das sie vor nicht allzu langer Zeit geführt hatten? Es war nur eins von vielen, in denen es um Mias »respektloses Verhalten« ging, wie ihre Mutter sich ausdrückte. Und sie, Mia, hatte ihrer Mutter im Gegenzug vorgeworfen, dass sie sich nur für die Farben der Blumen in ihrem Vorgarten interessiere und sie ihr dafür kaum Respekt entgegenbringen könne. Ihre Mutter hatte geantwortet, dass Mia noch viel lernen müsse, wenn sie glaube, sie allein habe Wünsche und Träume, die an der Realität scheiterten.

Was sollte das heißen?, überlegte Mia jetzt. Konnte es sein, dass ihre Mutter auch einmal von einem völlig anderen Leben geträumt hatte als dem, das sie jetzt führte? Es erschien ihr kaum vorstellbar, dass Ursula Mauritz einmal eine Abenteurernatur gehabt haben sollte.

Amal wurde wieder unruhig. Ihr Schnauben riss Mia aus den Gedanken. Die Stute versuchte sich aufzurichten, war jedoch zu schwach, um auf die Beine zu kommen. Ihre Augen weiteten sich vor Anstrengung und Schleim tropfte aus ihrem Maul.

»Leidet sie nicht?«, wollte Mia wissen und kannte selbst die Antwort auf ihre Frage.

»Doch, sie leidet«, antwortete Tarek, während er Amal zärtlich mit einem feuchten Tuch über die Stirn, die Augen, die Nüstern und das Maul strich.

Mia konnte sehen, wie ihn diese Tatsache bedrückte. »Aber wäre es dann nicht besser, sie zu erlösen?« Mia traute sich kaum diesen Gedanken laut auszusprechen. Andererseits quälte sie diese Frage schon so lange, dass sie es fast nicht mehr aushielt.

»Wenn du ein Kind unter deinem Herzen hättest«, antwortete Tarek mit einer Gegenfrage, »würdest du dann wollen, dass es lebt?« Er wandte sich von Amal ab und Mia zu.

»Natürlich!«

»Und wärst du bereit, dafür Schmerzen auf dich zu nehmen?«

Mia sah Tarek schweigend an. Die Erkenntnis, dass Tarek recht hatte, traf sie mit voller Wucht. »Ja«, sagte sie leise. Aber den Bruchteil einer Sekunde später meldeten sich wieder Zweifel: »Bist du denn sicher, dass Amal ... also, dass ein Pferd weiß, wenn es ein Kind bekommt?«

Jetzt war es Tarek, der sie schweigend musterte. »Was glaubst du?«

Mia betrachtete Amal. Was wusste die Stute von ihrer Situation? Begriff sie, worum es ging? Spürte sie das Leben in sich wachsen?

Amal erwiderte ihren Blick.

Und auf einmal hatte Mia überhaupt keine Zweifel mehr.

»Ich freue mich zwar, wenn du im Urlaub Freunde findest und etwas mit ihnen unternimmst ...«

»Aber?« Mia starrte ihre Mutter feindselig an.

Frau Mauritz seufzte. »Aber ich würde mir wünschen, dass du uns, deinen Vater und mich, etwas mehr an dem teilhaben lässt, was dich bewegt. Und dass du etwas mehr Zeit mit uns verbringst. Schließlich machen wir hier einen Familienurlaub ...«

»Familienurlaub?« Mia lachte höhnisch. »Womit soll ich denn meine Zeit mit euch verbringen? Sollen wir zwei gemeinsam im Schlammbad plantschen und uns unter der Trockenhaube beim Friseur über die Klatschblätter austauschen, die wir vorher gelesen haben?« Sie presste die Lippen aufeinander. »Oder soll ich meinem Vater am Pool beim Schnarchen zuhören und ihm die Zeitung vom Bierbauch nehmen, damit er auch ja gleichmäßig braun wird?« Ohne es zu merken, war Mia lauter geworden.

»Mia!«, rief ihre Mutter sie zur Ordnung, während Herr Mauritz zuerst nach Luft schnappte, dann aber ein Grinsen zu verbergen suchte.

»Ach, und bevor ich es vergesse«, fuhr Mia fort, »nächstes Jahr braucht ihr euch nicht mehr nach meinen Wünschen zu richten, denn dann werde ich ganz bestimmt nicht mit euch in Urlaub fahren. Dann könnt ihr euren Cluburlaub ohne mich planen!«

»Mia!«, sagte ihre Mutter wieder.

»Es interessiert euch ja sowieso nicht, wie ich mir einen Familienurlaub vorstelle! Euch interessiert überhaupt nichts von dem, was mich interessiert!« Mia hatte sich in Rage geredet. Ihre Wangen glühten rot vor Aufregung. Und bei dem Gedanken daran, mit was für Sorgen sie sich zurzeit herumquälen musste, kam ihr die Welt ihrer Eltern noch kleiner und unwichtiger vor. Was wussten ihre Mutter und ihr Vater schon? Sie wandte sich um und öffnete bereits die Tür der kleinen Familiensuite. Doch dann drehte sie sich noch einmal zu ihrer Mutter um. »Und noch was: Meine beste Freundin heißt Jule, nicht Jutta. Jule! J, U, L, E«, buchstabierte sie und ließ die Tür hinter sich ins Schloss knallen.

Frau Mauritz starrte noch einen Augenblick auf die Tür, dann sah sie ihren Mann verstört an. »Verstehst du das?«, fragte sie ihn. »Was hat denn jetzt Jutta damit zu tun?«

Herr Mauritz stieß heftig die Luft aus und legte seine Stirn in tiefe Falten. »Jule«, sagte er tonlos. »Das Mädchen heißt Jule.«

Mia rannte. Sie rannte, so schnell sie konnte. Sie rannte nicht, um möglichst schnell anzukommen, sie rannte, um möglichst schnell wegzukommen. Doch so schnell sie ihre Beine auch bewegte – das, wovor sie davonlief, blieb ihr im Nacken sitzen und ließ sich nicht abschütteln.

Der Streit mit ihrer Mutter machte ihr mehr aus, als sie zugeben wollte. Sie hatte ihr an den Kopf geworfen, dass sich niemand in der Familie dafür interessierte, wie Mia sich einen gemeinsamen Urlaub vorstellte. Aber das traf eigentlich nicht den springenden Punkt. Was sie so wütend machte, war, dass sich ihre Eltern nicht für sie interessierten, für Mia, für den Menschen Mia mit seinen Gedanken und Gefühlen. Und dass ihre Mutter sich nicht einmal den Namen ihrer besten Freundin merken konnte, war das beste Indiz dafür!

Mia achtete nicht auf den Weg. Mittlerweile rannte sie nicht mehr. Sie stapfte den Fußpfad entlang.

Eigentlich war Mia voll warmherziger Gefühle für ihre Mutter ins Hotel zurückgekehrt, nachdem sie sich von Amal, Tarek und dem Großvater verabschiedet hatte.

»Amal braucht Ruhe«, hatte Tarek gesagt.

Auch ihre Mutter hatte sie neun Monate unter dem Herzen getragen. Auch sie hatte die Strapazen der Geburt auf sich genommen, um ihr, Mia, das Leben zu schenken. Natürlich liebte sie Mia. Liebten Mütter ihre Kinder nicht immer? Und waren sie nicht immer bereit alles für sie zu tun? Sich selbst aufzuopfern? Aber warum nur spürte Mia so wenig davon?

Als Mia Tarek auf der Koppel erblickte, der soeben

Zahara, der Rappstute, den Sattel auflegte, atmete sie erst einmal tief durch.

Er strahlte, als er sie schneller als erwartet wiedersah, und winkte ihr entgegen. Doch dann bemerkte er ihren verstörten Gesichtsausdruck und sein Lächeln verschwand. »Was ist los?«, fragte er. »Gab's Ärger?« Er zurrte den Gurt fest und löste die Steigbügel.

»Glaubst du, jede Mutter liebt ihr Kind?«, fragte Mia statt einer Antwort.

Tarek runzelte die Stirn. »Eigentlich schon«, sagte er nachdenklich und überprüfte, ob der Sattel fest saß.

»Ja, natürlich glaubst du das«, antwortete Mia, aber es klang so, als spräche sie zu sich selbst. »Deine Mutter interessiert sich ja auch für das, was du machst.«

»Interessiert sich deine Mutter nicht für dich?«

»Pah«, machte Mia. »Die will nur wissen, wann ihre nächste Beauty-Behandlung stattfindet.«

»Ihr hattet Krach?« Es klang wie eine Frage, war aber eine Feststellung.

Mia nickte stumm. »Ich soll sie mehr teilhaben lassen«, wiederholte sie einen der Vorwürfe ihrer Mutter.

»Aber das heißt doch, dass sie sich für das interessiert, was du machst«, gab Tarek zu bedenken.

Mia runzelte nachdenklich die Stirn. Dann zuckte sie mit den Schultern. »Aber erstens kann ich sie nicht teilhaben lassen, denn das würde bedeuten, dass ich ihr von Amal erzählen muss, und zweitens hat sie das ja auch gar nicht so gemeint. Sie will sich ja nicht mit mir, mit meinen Wünschen und Gedanken, auseinander setzen, sie will, dass ich so bin wie sie und mich für das interessiere, wofür sie sich interessiert: Fangopackungen, Schminke und ...« Mia stockte in ihrem Redeschwall und betrachtete Tarek, der zwischen Verwirrung und Belustigung zu schwanken schien. »Habe ich mich irgendwie unklar ausgedrückt?«, fragte sie.

Tarek zog in gespielter Ahnungslosigkeit die Schultern hoch, atmete ein und schüttelte dabei den Kopf.

»Also gut. Ich habe mich unklar ausgedrückt.«

Zahara stand fertig gesattelt und aufgezäumt neben Tarek und sah zu Mia hinüber, als wollte sie sagen: *Geht's jetzt los?*

»Irgendwie habe ich das Gefühl, die Stute will was von mir«, meinte Mia.

»Die Pferde brauchen Bewegung«, erklärte Tarek. »Bei dem heißen Wetter will keiner reiten. Die Urlauber liegen alle am Strand oder am Pool.«

Mia nickte verstehend. »Ach so, du wolltest gerade ausreiten.«

»Und ich habe eine prima Idee!« Tarek hielt Mia die Zügel entgegen. »Eins der besten Mittel gegen Unklarheiten in allen Lebenslagen.«

Mia zögerte.

»Außerdem würdest du mir einen Riesengefallen tun«, fuhr Tarek fort. »Wenn du Zahara reitest, kann ich Kismet nehmen und Malik am Führzügel mitnehmen.«

Mia grinste. Tarek hatte den richtigen Hebel umgelegt, als er an ihre Hilfsbereitschaft appellierte. Sie griff nach den Zügeln und sagte: »Drei auf einen Streich?«

Tarek sah sie verständnislos an. Deutsche Märchen waren offenbar nicht Bestandteil des Sprachunterrichts seiner Mutter gewesen.

Macht nichts, dachte Mia und strich Zahara sanft über die Nüstern, damit das Pferd ihren Geruch einatmen konnte.

Und sie ist mir wirklich immer
ein wertvoller Besitz gewesen,
geboren und aufgewachsen
in unseren Zelten.
YAZID, ARABISCHER DICHTER UND KRIEGER,
BEGLEITER MOHAMMEDS

Beim Aufsitzen bereute Mia ihre Bereitschaft, Tarek zu helfen, schon wieder. Zahara war zwar wie alle Araber nicht besonders groß, dennoch bereitete es Mia Mühe, auf den Rücken des Pferdes zu kommen.

Tarek hatte ihr versichert, dass die Pferde es gewohnt waren, von Menschen geritten zu werden, die sich alle Jubeljahre mal auf einen Pferderücken schwangen oder sogar noch nie geritten waren. Und Mia hatte Reiterfahrung. Jedoch weit weniger, als ihr in diesem Augenblick lieb war, denn sie wollte sich vor Tarek nicht blamieren.

Zahara blieb mehr oder weniger geduldig stehen, drehte sich lediglich langsam im Kreis, während Mia auf einem Bein hüpfte, den linken Fuß bereits im Steigbügel, um genug Schwung zu bekommen, sich auf den Rücken der Stute hinaufzuwuchten. Beim dritten Anlauf schaffte Mia es endlich und ließ sich langsam in den Sattel gleiten. Zahara schnaubte zufrieden und schlug ungeduldig mit dem Kopf.

Sultan, der die Gruppe mit einigem Abstand beobachtete, zeigte deutlich sein Missfallen darüber, dass man ihn übergangen hatte. Er wieherte lautstark, stieg, schlug aus und gebärdete sich, als sei er vom Teufel besessen. Aber Tarek hatte Mia bereits vorgewarnt, dass sie ihn nicht beachten sollte, denn das würde alles nur noch schlimmer machen.

Tarek strahlte Mia an und Mia rang sich ein Lächeln ab, um ihn nicht zu enttäuschen. Auch wenn es in ihr drin ganz anders aussah: Ihr Herz schlug so heftig, dass sie meinte, Tarek müsse ihre Halsschlagader pochen sehen.

Nun schnalzte Tarek mit der Zunge, spannte einmal die Wadenmuskulatur an und schon setzte sich Kismet in Bewegung. Malik folgte an der Leine und Mia überlegte gerade, wie sie Zahara dazu bringen könnte, einen Fuß vor den anderen zu setzen, als sich der Rappe schon seinen beiden Freunden anschloss und lostrabte.

Mia dachte an die Schulpferde, die sie bislang geritten hatte und die mitunter zu Salzsäulen erstarrten, wenn sie ihren Stall verlassen sollten. Doch sobald der Wendepunkt des Ausritts erreicht war, konnte es ihnen oft nicht schnell genug gehen. So mancher Reiter, der nicht mehr darauf gefasst war, dass sein Pferd noch eine weitere Gangart außer gemächlichem Schritt kannte, kam dann ganz schön ins Schwitzen.

Nach und nach fiel die Unsicherheit von Mia ab. Zahara war keins dieser Schulpferde – zumindest nicht, solange Tarek dabei war – und die Stute freute sich sichtlich über die Abwechslung. Mia ließ die Zügel locker und traute sich endlich auch einmal einen Blick nach links oder rechts zu werfen. Das Umland des Hotels war karg und man konnte bereits die nicht weit entfernte

Wüste erahnen. Sand, Steine, distelartiges Gestrüpp und immer wieder meterhohe Kakteen der unterschiedlichsten Arten und Formen prägten die Umgebung. Am faszinierendsten fand Mia die Kakteen mit den tellergroßen, fleischigen Blättern, zwischen denen Zahara sie sicher hindurchführte. Mia hätte nur die Arme ausstrecken müssen, um sie zu berühren. Die Hitze ließ die Luft flirren und verzerrte alles, was mehr als fünfzig Meter vor ihnen lag.

Zahara begann aufgeregt zu tänzeln und sofort verspannte sich Mia wieder.

Tarek drehte sich zu ihr um und lachte. »Bleib ruhig, sie freut sich doch nur! Am liebsten wäre sie wohl ein tanzendes Pferd!«

Und als hätte Zahara ihn verstanden, verfiel sie wieder in einen ruhigen Schritt.

»Was ist das eigentlich – tanzende Pferde?« Mia erinnerte sich, dass Tareks Großvater diesen Begriff in einer seiner Geschichten benutzt hatte. Und schon damals hatte Mia Tarek danach fragen wollen, es jedoch vergessen.

»Tanzende Pferde?« Tarek ließ Kismet zurückfallen, bis er neben Mia reiten konnte. »Nun, das ist eine Dressurausbildung, so eine Art Ballett für Pferde. Nicht jedes Pferd kann ein tanzendes Pferd werden. Es muss besonders temperamentvoll und neugierig sein. Tanzende Pferde werden oft schon im Fohlenalter ausgewählt. Aber sie müssen nicht nur besonders lebhaft sein, sondern auch sehr robust, denn die Ausbildung ist hart und anstrengend. Ein tanzendes Pferd braucht kräftige Muskeln. Deshalb beginnt die eigentliche Ausbildung erst, wenn das Tier etwa drei Jahre alt, also ausgewachsen, ist, und dauert mindestens ein Jahr. Absoluter Gehorsam ist eine Grundvoraussetzung. Alles ist auf die bestmögliche Präsentation des Pferdes ausgelegt. Also lernt das Pferd als Erstes den Gruß. Dabei muss es ein Vorderbein nach dem anderen anheben. Viele Elemente ähneln denen der Hohen Schule. Die Hohe Schule ist dir doch ein Begriff, oder?«

Mia nickte. Ja, sie wusste, dass die Pferde der Hohen Schule bestimmte Schrittfolgen und Figuren zeigen müssen. Zum Beispiel die Kapriole, bei der das Pferd waagerecht in die Luft steigt, um am höchsten Punkt mit den Hinterbeinen kräftig nach hinten auszuschlagen, oder die Levade, die oft bei Reiterstandbildern zu sehen ist und bei der sich das Pferd in einem bestimmten Winkel auf die Hinterhand erhebt und in dieser Stellung verharrt. Ein weiterer Begriff aus der Hohen Schule fiel ihr in diesem Augenblick ein: die Piaffe, bei der das Pferd auf der Stelle trabt. »Du meinst Piaffe und so was?«, fragte sie.

»Ja, genau!« Tarek schien regelrecht begeistert von ihrer Antwort. »Die Piaffe ist eins der Elemente, die auch bei den tanzenden Pferden vorkommen. Die Morabaa ist eine Phasenfolge des Trabs, ein Tanz auf der Stelle zum Rhythmus der Musik. Die besten tanzenden Pferde entwickeln mit der Zeit ein echtes musikalisches Gehör. Sie fangen an zu zittern oder zu tänzeln, wenn sie nur die entsprechende Musik hören! Es ist schon faszinierend!« Tarek hatte wieder diese leuchtenden Augen, die Mia an ihm so gefielen. Es war ganz offensichtlich, dass die tanzenden Pferde ihn sehr beeindruckten. »Es ist einfach toll, diesen geschmückten Tieren zuzusehen. Das Herausputzen der Pferde ist fast genauso wichtig wie der Sport selbst, weißt du? Die Pferde tragen funkelnde Geschirre, die von ihren Besitzern selbst verziert wurden. Ornamente mit Glasperlen …«

»Blauen Glasperlen, nehme ich an«, unterbrach ihn Mia mit einem Lachen.

»Selbstverständlich«, erwiderte Tarek ebenfalls lächelnd. »Und daneben gibt es auch kleine Muscheln und Spiegelstückchen, silberne Halbmonde, die herabbaumeln, kleine Glöckchen, die bei den rhythmischen Bewegungen des Tiers aneinanderstoßen und bimmeln …« Tarek sah Mia von der Seite an. »Diese Pferde sind der Inbegriff von Stolz und Schönheit«, schwärmte er. »Sie haben eine natürliche Eleganz. Beeindruckend und anziehend. Den Kopf hoch erhoben, den Schweif gestreckt. Irgendwie scheinen sie zu wissen, dass sie bewundert und geliebt werden.« Wieder hatte Tarek diesen Blick, der zu sagen schien: *So wie du.* Als würde sich diese Liebeserklärung an die tanzenden Pferde auch auf sie beziehen.

Mia errötete, senkte den Kopf und starrte angestrengt auf ihren Sattelknauf. Aber der half ihr auch nicht weiter.

»Obwohl nicht alle der Tiere dem typischen Bild des Arabers entsprechen, weil sie oft zu groß und zu schwer sind, so hat doch jedes von ihnen Araberblut in sich und zeigt die wichtigsten Eigenschaften dieser alles übertreffenden Rasse.«

»Und wo kann man tanzende Pferde sehen?«, fragte Mia.

»In Ägypten gehören sie beinahe zu jedem festlichen Anlass«, erklärte Tarek. »Sei es eine Hochzeit, ein Dorffest oder etwas anderes. Außerdem gibt es natürlich richtige Wettbewerbe, bei denen die besten tanzenden Pferde prämiert werden.«

»Und sonst nirgends?«, wollte Mia wissen.

»O doch«, antwortete Tarek. »Die Spanier kennen ebenfalls tanzende Pferde. Und auch in Deutschland gibt es Shows, in denen tanzende Pferde auftreten. Aber das ist halt alles ein bisschen anders.«

Mia nickte. Gerne wäre sie einmal bei einem solchen Fest dabei gewesen. Tarek hatte ihr alles in so schillernden Farben beschrieben, dass sie richtig neugierig geworden war. Doch jetzt wurde ihre Aufmerksamkeit von etwas anderem gefesselt. Bislang waren sie durch eine karge und von Trockenheit gezeichnete Gegend geritten. Nun aber breitete sich vor Mias Augen hinter einem hügeligen Abschnitt mit bräunlichem Gras das blaue Meer aus. Zahara konnte das Wasser schon riechen und beschleunigte ihren Gang.

Schlagartig wurde Mia bewusst, dass sie nun am Strand entlangreiten würden. Und es gab nichts, was sie sich in diesem Augenblick mehr wünschte. Was konnte es Schöneres geben, als auf einem Pferd durch den Sand zu galoppieren? Einer ihrer Kindheitsträume war dicht davor, endlich erfüllt zu werden …

Tarek musterte Mia von der Seite und ein zufriedenes Lächeln zeigte sich auf seinen Lippen. Er sah ihrem Gesichtsausdruck an, dass er die richtige Idee gehabt hatte.

Sie waren ein gutes Stück vom Hotel entfernt und

der Strand war an dieser Stelle menschenleer. Kaum jemand – und erst recht kein Urlauber – nahm die Strapazen auf sich, um hierherzugelangen. Denn dieser Strandabschnitt war nur zu Fuß – seien es die eigenen Füße oder die eines Pferdes – zu erreichen. Keine Straße führte hierhin und selbst der luxuriöseste Mietwagen konnte niemanden hierherfahren.

Tarek stieß einen Schrei aus und Kismet die Fersen in die Flanken. Doch der Wallach brauchte keine Aufforderung. Er sprudelte beinahe über vor Energie und dem Willen, zu galoppieren. Mia konnte sich gerade noch rechtzeitig am Sattelknauf festhalten, bevor Zahara Kismet und Malik hinterherpreschte. Die Zügel baumelten links und rechts hinab und Mia hatte jede Hoffnung, ihr Pferd irgendwie zu dirigieren oder gar zu stoppen, aufgegeben.

Zahara rannte. Ihre Hufe donnerten über den Sand, wirbelten ihn auf und der leichte Wind trug ihn fort. Das Schlagen der Hufe und Mias Herzschlag wurden eins, verschmolzen miteinander. Erst hatte Mia noch Angst, Zahara könne auf die Idee kommen, eine eigene Richtung zu wählen, und sie, Mia, hätte keine Chance, das Pferd daran zu hindern. Doch mit einem Mal fielen auch diese letzten Bedenken von Mia ab und sie fühlte sich frei, erhaben und voller Kraft. Wie oft schon hatte sie sich gewünscht, einmal auf dem Rücken eines Pferdes über den Strand zu galoppieren? Und immer hatte sie sich dabei gefragt, ob es wirklich ein so erhebendes Gefühl war, wie sie es sich vorstellte. Und das war es tatsächlich!

Zahara folgte Kismet und Malik. Tarek ließ Kismet

in das seichte Wasser laufen und der Wallach machte vor Freude ein paar Luftsprünge. Mit hocherhobenem Schweif und wehender Mähne preschten die drei Pferde durch die Wellen. Mia spürte Wassertropfen auf ihren Beinen, ihren Armen und im Gesicht. Es war herrlich! Sie hätte schreien mögen vor Freude!

Tarek schien sich genauso zu fühlen. Er lachte laut auf und spornte Kismet an, noch schneller zu laufen.

Mia umklammerte den Sattelknauf. Hatte sie sich bis jetzt gefühlt, als müsse sie vor Glück platzen, beschlich sie nun ein leises Unwohlsein. Zahara wurde schneller und schneller. Ihre Beine wirbelten durch die Luft. Ihre schwarz glänzende Mähne wehte in Mias Gesicht. Das Mädchen beugte sich auf dem Rücken des Pferdes nach vorne bei dem verzweifelten Versuch, das Gleichgewicht zu halten. Mia hatte keine Augen mehr für die Schönheit des Meeres und des feinkörnigen weißen Sandes, sie kämpfte gegen den Impuls an, die Augen fest zu schließen, aus Angst vor dem, was unweigerlich kommen würde. Sie wusste es. Sie wusste es ganz genau, lange bevor es dann wirklich geschah.

Zahara galoppierte durch die Brandung, dass die Gischt nur so spritzte. Ihre Lust an der Bewegung, ihre Freude an der eigenen Schnelligkeit waren übermächtig. Mia konnte spüren, wie sich Zaharas Muskeln anspannten, als die Stute in diesem Augenblick alles gab und noch einmal schneller wurde. Sie dachte an das, was Tarek und sein Großvater über die Araber gesagt hatten: Sie sind Ausdauerläufer, für den Sprint nicht zu gebrauchen, aber auf langen Strecken unschlagbar. Jetzt konnte sich Mia selbst davon überzeugen: Zahara zeigte keine Spur von Erschöpfung. Im Gegenteil, sie kam jetzt erst richtig in Fahrt.

Als Zahara auf gleicher Höhe mit Kismet war, wirkte Tarek zunächst überrascht. Dann wollte er Mia zulächeln, beeindruckt von ihrer Reitkunst, doch das Lächeln gefror in seinem Gesicht, als er Mia sah, die schief im Sattel hing, die Augenlider fest aufeinander gepresst und die Miene vor Angst verzerrt.

Er begriff sofort: Mia würde sich nicht mehr lange halten können. Und Zahara galoppierte immer weiter!

Zur gleichen Zeit stand Tareks Chef auf der Koppel und machte sich Gedanken über seinen jungen Helfer. Zahara, Kismet und Malik waren nicht da und auch zwei Sättel fehlten. Also war Tarek vermutlich mit einem Touristen ausgeritten. Das war so weit kein Grund zur Beunruhigung. Es kam öfter vor, dass unerfahrene Reiter Tarek um Begleitung baten, und es gehörte mit zu seinen Aufgaben, solche Wünsche zu erfüllen.

Nein, es war etwas anderes, was Ben Belisar beunruhigte. Er hatte Tarek als pflichtbewussten und anständigen Pferdepfleger kennengelernt, auf den er sich allzeit verlassen konnte. Doch seit einigen Tagen wich der Junge ihm aus. Zweimal hatte er ihn schon darum gebeten, sich bei Youssef zu erkundigen, ob mit Amal alles in Ordnung gegangen war. Er wunderte sich, dass er von Youssef noch nichts gehört hatte. Das sah dem Mann gar nicht ähnlich.

Belisar wusste, dass es Tarek schwergefallen war, einzusehen, dass sie sich von Amal trennen mussten. Die kranke Stute hätte ohnehin nicht bis zur Geburt des

Fohlens durchgehalten. Um ihr und dem ungeborenen Kind einen qualvollen Tod zu ersparen – und natürlich der Hotelleitung untragbare Kosten –, hatte es eben nur einen möglichen Weg gegeben.

Doch jetzt war Amal irgendwie verschwunden. Das Letzte, was Belisar von ihr erfahren hatte, war, dass Tarek Youssef gebeten hatte, sie zum Schlachten abzuholen und das Fleisch anschließend wie üblich zu verkaufen. Aber das war jetzt schon einige Zeit her!

»Tebben!« Belisar fluchte. Wenn er sich doch nur erinnern könnte, wie lange es genau her war. Vielleicht musste er sich doch wieder etwas mehr selbst um alles kümmern und Tarek nicht so viel alleine machen lassen. Aber bislang hatte er nie einen Grund gehabt, daran zu zweifeln, dass Tarek seinen Job ordentlich ausführte.

Während Belisar noch dastand und nachdenklich an der trockenen Nagelhaut seiner Finger knabberte, sah er eine Frau, zweifelsohne eine Touristin, die sich der Koppel mit zielstrebigen Schritten näherte. Sie war außerordentlich attraktiv, eine gepflegte Erscheinung, zierlich und schlank, obwohl sie die dreißig sicher schon einige Zeit hinter sich hatte. Allerdings schien sie irgendwie beunruhigt zu sein. Sie blickte sich mehrfach um, als würde sie nach jemandem suchen.

Deutsche, dachte Belisar. Ich wette, sie ist Deutsche. Er warf sich in Pose und wartete, bis die Frau ihn erreicht hatte. Mal sehen, ob er ihr nicht irgendwie behilflich sein konnte. Er war bereit, einiges zu tun, um die verzweifelt wirkende Frau zu trösten und aufzurichten.

»Zahara! Le! Tewakif!« Tarek schrie, so laut er konnte. Doch der Wind trug seine Worte fort. Er ließ die Zügel locker und spornte Kismet an, noch schneller zu laufen. Er musste Zahara einholen, damit er sie stoppen konnte!

Kismet entging nicht, dass die Stimmung seines Reiters umgeschlagen war. Die heitere Gelassenheit und die Freude an der Geschwindigkeit waren verschwunden und hatten einer deutlich spürbaren Anspannung Platz gemacht. Der Wallach fühlte den Druck der Waden an seinem weichen Bauch, der ihn aufforderte, schneller zu werden. Und Kismet wurde schneller.

»Zahara! Temehil!«, rief Tarek noch einmal, als Kismet die Stute beinahe eingeholt hatte.

Und diesmal hörte Zahara ihn.

Ein wenig missmutig, aber trotzdem folgsam gehorchte sie und verlangsamte ihr Tempo.

Ein großes Schiff braucht drei Kilometer, um zu stoppen. Bei Zahara, der Vollblutaraberstute, ging dies um einiges schneller.

Zu schnell für Mia, die bei dem plötzlichen Tempowechsel den kläglichen Rest ihres Gleichgewichts einbüßte. Sie rutschte nun auch noch mit dem linken Fuß aus dem Steigbügel – den Halt im rechten hatte sie schon vor geraumer Zeit verloren – und schrie auf, als sie merkte, dass sie sich nun nicht länger im Sattel halten konnte.

Während sie durch die Luft flog, stellte sie erstaunt fest, dass sie erleichtert war. Erleichtert darüber, dass es bald vorbei sein würde, dass der unglückselige Ritt endlich den unausweichlichen Abschluss fand. Bereits auf Zaharas Rücken hatte sie geahnt, dass sie auf diese ganz bestimmte Weise »absteigen« würde. Und die Angst davor war schlimmer gewesen als die jetzige Gewissheit, dass es so war. Sie wartete auf den Aufprall und nahm sich vor, nicht mit dem Kopf voraus zu landen.

Bloß nicht auf den Kopf fallen!, dachte sie.

Das war allerdings nicht so einfach. Denn wo war oben? Sie meinte zwar, in den hellblauen Himmel zu blicken, doch wenn das der Himmel war, was machten dann ihre Füße dort?

Der Schmerz war unbeschreiblich. Er durchfuhr ihren gesamten Körper von der Kopfhaut bis zu den Zehen. Dann sah Mia ein helles Blitzen und danach nichts mehr. Dunkelheit senkte sich über sie.

So war dies Pferd
einem gewöhnlichen Pferd überlegen
in Körperbau, Mut, Farbe,
Schnelligkeit und Knochenstärke.
WILLIAM SHAKESPEARE

Tarek sah Mia durch die Luft fliegen. Er riss am Zügel, damit Kismet das Mädchen nicht überrannte. Der Wallach stemmte die Vorderhufe in den Sand und beinahe wäre Tarek nach vorne aus dem Sattel gestürzt. Er hatte es so eilig, zu Mia zu kommen, die regungslos im Sand lag, dass er beim Absteigen mit einem Fuß im Steigbügel hängen blieb. Fluchend und mit zittrigen Händen befreite er seinen Fuß.

Zahara war einige Meter weitergetrabt und stand jetzt völlig unbeteiligt am Rand der Dünen, als hätte sie mit diesen beiden Menschen und den zwei anderen Pferden nicht das Geringste zu tun. Nur das Spiel ihrer nach hinten gerichteten Ohren verriet, dass es anders war. Malik gesellte sich zu ihr, während Kismet bei Tarek und Mia stehen blieb.

Nervös beugte sich Tarek über seine Freundin. Mia hatte die Augen geschlossen, aber Tarek konnte auf den ersten Blick keine gravierenden Verletzungen feststellen. Keine verrenkten Gliedmaßen, nirgends Blut … Doch das hieß noch lange nichts! Immerhin hatte sie das

Bewusstsein verloren und innere Verletzungen waren bei einem solchen Sturz ebenfalls nicht auszuschließen.

»Mia!« Tarek schüttelte sanft ihre Schulter. »Mia!«, wiederholte er und in seinem Kopf erörterte er bereits die Frage, wie er jetzt am schnellsten Hilfe herbeiholen konnte, ohne Mia hier allein lassen zu müssen.

Weit war er in seinen Überlegungen noch nicht gekommen, als Mia die Augen aufschlug und ihn ansah. Zuerst schien sie durch ihn hindurchzublicken, doch dann fokussierte sich ihr Blick und blieb an ihm hängen.

»Mia«, sagte Tarek zum dritten Mal. »Geht es dir gut?«

Mia schüttelte stumm den Kopf. Nein, gut ging es ihr nicht. Das konnte man wirklich nicht behaupten. Ihr Steißbein schmerzte, dass sie keine Worte dafür fand.

»Tut dir was weh?«

Mia nickte.

»Wo?«

Mia holte tief Luft, um zu antworten, verzog dabei vor Schmerzen das Gesicht und schwieg lieber erst einmal.

»Kannst du dich bewegen?«

Mia probierte als Erstes ihre Hände und Arme aus. Da das funktionierte, waren anschließend die Füße dran. Das Zehenwackeln klappte. Sie zog die Knie an. Es tat zwar so weh, dass sie dabei die Augen schließen musste, aber es ging. Sie nickte wieder. Ja, sie konnte sich bewegen.

»Hast du Kopfschmerzen? Ist dir übel?«, setzte Tarek seine Untersuchung fort.

Mia fiel es schwer, etwas anderes als den unbeschreiblichen Schmerz an ihrem Steißbein festzustellen. Aber soweit sie das beurteilen konnte, tat ihr nichts anderes weh. Also schüttelte sie den Kopf.

»Was ist bloß in Zahara gefahren?«, murmelte sie, immer noch nach Luft schnappend, die ihr bei dem Sturz aus den Lungenflügeln gepresst worden war.

Erschöpft ließ sich Tarek neben Mia in den Sand sinken. »Vermutlich Oskoubs Geist«, sagte er und starrte in den Himmel. Dann bemerkte er Mias verständnislose Miene. »Oskoub hieß das Leibpferd des Propheten«, erklärte er. »Und Oskoub bedeutet in deiner Sprache: *der reißende Strom.*« Er wandte den Kopf zur Seite und sah Mia an. »Du hast mir vielleicht einen Schreck eingejagt«, gab er unvermittelt zu.

Mia wandte ihm ebenfalls den Kopf zu. Sie grinste. »Gehört zu einem meiner besten Stunts.«

Tarek schüttelte den Kopf, musste aber trotzdem lachen.

Das war für Kismet das Zeichen, sich zu rühren. Er ließ seinen riesigen Kopf über Tarek baumeln und pustete ihm aus den Nüstern warme Luft ins Gesicht.

»Hasanan, je musinne«, sagte Tarek und setzte sich wieder aufrecht hin, um den Liebesbezeugungen des Wallachs zu entkommen.

Mia versuchte nun ebenfalls sich aufzurichten, doch sobald sie auch nur ansatzweise eine Pobacke belastete, wurde der Schmerz unerträglich.

»Komm, ich helfe dir«, bot Tarek an. Er stand auf, umfasste Mias Oberarm mit festem Griff und zog.

Mia schrie auf. Kaum saß sie, ließ sie sich so schnell wie möglich wieder sinken. »Was meinst du?«, fragte sie. »Kann man sich den Hintern brechen?«

Tarek konnte nicht anders, er musste einfach lachen. »Ich fürchte«, antwortete er, »du siehst bald von hinten so blau aus wie meine Jeans in ihren besten Tagen.«

Mia schwankte zwischen Weinen und Lachen. Tarek setzte sich wieder neben Mia in den Sand und sah aufs Meer hinaus. Die Wellen schlugen in regelmäßigen Abständen an den Strand und ihr Rhythmus hatte etwas Beruhigendes.

»Wo sind die Pferde?« Mia versuchte sich umzudrehen, um einen Blick auf Zahara, Kismet und Malik zu erhaschen. Doch jede Bewegung tat ihr so weh, dass sie den Versuch schnell wieder aufgab.

»Sie sind an den Dünen«, antwortete Tarek, ohne den Blick vom Meer abzuwenden.

»Machst du dir keine Sorgen, dass sie weglaufen?«

Tarek schüttelte den Kopf. »Nein, die drei nicht. Sie wissen, dass sie zu mir gehören. Ich bin ihr Leittier. Sie wollen da sein, wo ich bin.« Er sah Mia an. »Die Beduinen banden ihren Pferden und den Rennkamelen nachts die Vorderbeine zusammen, damit die Tiere zwar frei herumlaufen und grasen, aber nicht wegrennen konnten. Sehr effektiv, aber auch ein wenig grausam, findest du nicht?«

Mia dachte über diese Methode nach, während sie sich schwerfällig wie ein Walross an Land auf die Seite drehte. Sie gab Tarek in Gedanken recht: effektiv, aber ein bisschen grausam. »Es ist wunderschön hier«, sagte sie dann und ließ ebenfalls ihren Blick über das Wasser schweifen.

»O ja«, bestätigte Tarek, ohne sie anzusehen. »Dieses intensive Blau überall …«

Mia stutzte. Dann wandte sie sich ihm zu. »Du …« Aber ihr fiel nichts Passendes ein, was sie sagen konnte. Sie wollte die Stimmung zwischen ihnen nicht durch einen dummen Satz zerstören.

Tarek grinste und sein Grübchen an der linken, der Mia zugewandten Wange wurde sichtbar.

Und dann ging alles so schnell, dass Mia gar keine Zeit blieb, um nervös zu werden. Sie hatte so lange darüber nachgedacht, ob es einmal so weit kommen konnte und wie es dann sein würde, dass es ihr jetzt, als es endlich so weit war, wie eine Selbstverständlichkeit erschien.

Tarek beugte sich zu ihr hinunter und strich ihr zärtlich einige Sandkörner von der Wange. Er zeichnete mit seinem Zeigefinger ihre Lippen nach und als sich sein Mund dem ihren näherte, schloss Mia die Augen und gab sich ganz ihrem Gefühl hin. Der Schmerz ließ augenblicklich nach und in ihrem Bauch breitete sich Wärme aus.

Mia wusste nicht, wie lange sie sich geküsst hatten, aber irgendwann setzte ihr Verstand wieder ein und meldete, dass ihre Eltern anfangen würden, sich Sorgen zu machen. »Wir müssen langsam zurück«, sagte sie und blickte sich nach den Pferden um, die zu dritt am Rand der Dünen standen und an dem spärlichen Gras zupften, das sie dort fanden. Bei der Vorstellung, sich jetzt noch einmal in den harten Sattel hieven zu müssen, tat ihr auf einmal wieder alles weh. Aber es war die einzige Möglichkeit, von hier wegzukommen. Eine andere gab es nicht.

Tarek nickte. Auch er würde sich verantworten müssen, wenn er zu lange von der Koppel fernblieb – vorausgesetzt, es fiel seinem Chef überhaupt auf. Der hatte sich zwar seit Tagen nicht mehr blicken lassen, doch umso größer war die Wahrscheinlichkeit, dass er irgendwann mal wieder auftauchte, um sich aufzuspielen. *Nach dem Rechten zu sehen,* wie er sich ausdrückte.

Mia biss die Zähne zusammen, als Tarek ihr beim Aufstehen half und sie stützte, als sie über den breiten Sandstrand zu den Pferden humpelte. Jeder Schritt bereitete ihr Höllenqualen und erst jetzt spürte sie das Brennen an ihrem rechten Unterarm. Sie blieb stehen und betrachtete die schmerzende Stelle. Fast fünf Zentimeter lang und drei Zentimeter breit war die Schürfwunde, auf der sich bereits dunkelroter Schorf bildete.

Auch Tarek war der Schreck über diese zweite Verletzung deutlich anzusehen. »Was werden deine Eltern sagen, wenn sie dich so sehen?«, fragte er und sprach damit genau das aus, was sich Mia in diesem Augenblick selbst gefragt hatte.

Aber sie zuckte nur mit den Schultern. »Mir doch egal«, behauptete sie. »Komm, lass es uns hinter uns bringen.«

Mia hatte nicht geahnt, wie leidensfähig sie war. Allein in den Sattel zu kommen glich einer Folter.

Zahara schien fast ein wenig schuldbewusst. Auf jeden Fall blieb sie diesmal wirklich regungslos stehen, bis Mia mit Tareks Hilfe die Füße sicher in die Steigbügel gestellt hatte. Aber vielleicht war sie jetzt nur so ruhig, weil sie ihrem Bewegungsdrang ausgiebig Rechnung getragen hatte. Ob Pferde zu Gefühlen wie Schuld oder Scham fähig sind?, überlegte Mia, kam aber zu keinem Ergebnis.

Als sich Zahara in Bewegung setzte, meinte Mia, sie

müsse sterben. Niemals würde sie diese Schmerzen den ganzen Rückweg aushalten, davon war sie überzeugt. Doch nach den ersten Kilometern war ihr Hintern entweder taub oder sie hatte sich einfach ans Leiden gewöhnt.

Zumindest an das körperliche Leid, schränkte Mia ein, als sie eine Dreiviertelstunde später die Heimatweide von Kismet, Zahara und Malik erreichten. Beim Anblick ihrer Mutter, die mit Ben Belisar ins Gespräch vertieft war, wurde ihr beinahe übel. Ihre Mutter lachte dabei hin und wieder kokett und warf ihren Kopf in den Nacken, als spielte sie die weibliche Hauptrolle in einem schlechten Hollywoodstreifen. Wie konnte ihre Mutter nur auf das schleimige Gesülze dieses Mannes hereinfallen? Sie selbst bekam immer noch eine Gänsehaut, wenn sie an ihre Begegnung mit dem unsympathischen Mann zurückdachte.

Tarek ging es offenbar ähnlich, denn er grunzte missmutig, als er den Mann und die Frau sah, die gegen den Zaun gelehnt dastanden und sich bestens zu unterhalten schienen.

Ben Belisar entdeckte Mia und Tarek als Erster. Wie ein kleiner Junge, der bei etwas Verbotenem überrascht wird, zog er den Fuß, den er lässig aufs unterste Brett des Holzzauns gestellt hatte, zurück und sein eben noch lachendes Gesicht wurde ernst.

Auch Frau Mauritz' Gesichtsausdruck änderte sich innerhalb von Sekundenbruchteilen: von einer unbeschwerten Femme fatale zu einer von Sorgen geplagten Mutter.

Tarek sprang vom Pferd und hielt Zahara an den Zügeln fest, während er Mia beim Absteigen half.

Mit vor Schmerzen verzogenem Gesicht ließ sich Mia aus dem Sattel gleiten.

»Eyne kunte?« – »O mein Gott, Mia, was ist passiert?« Ben Belisar und Frau Mauritz redeten gleichzeitig.

Frau Mauritz stürzte auf Mia zu und ergriff ihren Ellenbogen, um das Mädchen zu stützen. Leider erwischte sie den rechten und entlockte ihrer Tochter damit einen Schmerzensschrei, der sie erschrocken zusammenfahren ließ.

»Ich bin vom Pferd gefallen«, sagte Mia und registrierte den strafenden Blick, den Belisar Tarek zuwarf, als hätte er Mia höchstpersönlich aus dem Sattel geschubst. »Tarek kann nichts dafür«, fuhr sie deshalb fort. »Im Gegenteil, ohne ihn wäre sicher alles viel schlimmer ausgegangen.«

»Komm, mein Schatz, du solltest dich hinlegen«, ergriff Frau Mauritz das Wort. Sämtliche Strafpredigten, die sie sich zurechtgelegt hatte, waren vergessen. »Sollen wir einen Arzt kommen lassen?« Ohne sich weiter um Tarek oder seinen Chef zu kümmern, dessen Komplimente sie bis vor wenigen Sekunden noch in sich aufgesaugt hatte wie ein trockener Schwamm Wasser, führte Frau Mauritz ihre humpelnde Tochter den Fußweg durch den Park zurück zum Hotel.

»Nein, ich brauche keinen Arzt«, sagte Mia und sah Tarek zum Abschied an.

Er zwinkerte ihr zu und obwohl sie das bei jedem anderen gehasst hätte, empfand sie es bei ihm als Geste der Verbundenheit und des gegenseitigen Vertrauens.

»Es sollte auf jeden Fall mal jemand anschauen, meinst du nicht?« Frau Mauritz sprach weiter, als hätte sie die Antwort ihrer Tochter nicht gehört.

Ein wenig überrascht stellte Mia fest, dass sie die mütterliche Fürsorge in diesem Augenblick sogar genoss. Mitfühlend blickte sie zurück zu Tarek. Er schien nervös zu sein und sie ahnte, dass ihn nun unausweichlich die Rüge erwartete, die auf ihrem Stundenplan offenbar verschoben worden war.

Nur der arabische Hengst ist in der Lage,
jede Pferderasse auf dieser Welt zu veredeln,
so wie er der Erhalter seiner eigenen arabischen Rasse,
der ursprünglichen Rasse, bleibt.
CARLO GUARMANI, NORTHERN NEJD.
JOURNEY FROM JERUSALEM TO ANAIZA IN KASIM

Es ist ein Wettlauf gegen die Zeit. Und ich fürchte, er ist fast nicht mehr zu gewinnen.« Tarek starrte finster geradeaus.

Mia war zum Heulen zumute. Nicht nur wegen Tareks Vorhersage, dass Ben Belisar sich nicht mehr lange vertrösten lassen würde und endlich Aufschluss über Amals Verbleib verlangte, sondern fast ebenso sehr wegen ihrer Schmerzen. Es gab nur eine Sitzposition, die einigermaßen erträglich war. Dazu musste sie sich hinknien und den Po vorsichtig zwischen ihre Füße bugsieren, sodass er wenige Zentimeter über dem Boden in der Luft hing. Natürlich schliefen ihr dabei wegen der unterbundenen Blutzufuhr nach kürzester Zeit die Unterschenkel und Füße ein und das Kribbeln und Stechen der Gliedmaßen waren schier zum Verzweifeln.

»Er hat gesagt, bis Ende der Woche will er Bescheid wissen, sonst wird er andere Maßnahmen ergreifen. Was auch immer das heißen mag.« Tarek atmete schwer und verscheuchte in einer automatisierten Bewegung eine Fliege von Amals Fell, bevor er weitersprach. »Aber zum

Glück glaubt er bis jetzt noch, dass der Fehler bei Youssef liegt, und natürlich ist es unter seiner Würde, selbst bei ihm nachzufragen. Oder er ist einfach mal wieder zu faul. Was weiß ich.«

Mia schwieg. Was hätte sie auch sagen sollen? Bis Ende der Woche, das waren nur noch zwei Tage! Und in zwei Tagen würde auch ihr Urlaub zu Ende gehen. Dann waren die elf Tage zum Preis von zehn Tagen – ein Sonderangebot des Reiseveranstalters – vorbei. Am Samstag würde ihre Maschine starten, die sie zurück nach Hause brachte. Zurück zu Jule, zurück zu ihrem eigenen Zimmer mit ihren eigenen Sachen und zurück zu ihren Freunden. Nur Tarek würde nicht da sein. Tarek, Amal und Abdulkader würden hier bleiben.

Mia fühlte sich zerrissen. Es schien keine rundum zufrieden stellende Lösung zu geben. Jule oder Tarek? Schule oder Urlaub? Heimat oder Fremde? Sie konnte sich nicht entscheiden, weil es nichts zu entscheiden gab.

Tareks Großvater saß in der anderen Ecke des provisorischen Stalls, seinem Enkel und Mia gegenüber, und schwieg ebenfalls. Er hatte die Augen geschlossen, wippte langsam vor und zurück und erweckte den Eindruck, zu beten oder auf andere Weise in ein Zwiegespräch mit irgendeiner höheren Macht vertieft zu sein.

An Amals Zustand hatte sich nicht viel geändert. Sie atmete schwer und blickte starr geradeaus, als wäre sie bereits am Übergang zu einer anderen Welt.

»Leysa Mesaoud elkheil elhraisi elwahid yestehiku en yebka fi thekirati ennesi.«

Der Großvater begann so plötzlich zu sprechen, dass nicht nur Mia zusammenzuckte. Auch Tarek schien dieses Mal überrascht worden zu sein und sogar Amal spitzte die Ohren.

»Mesaoud ist nicht das einzige arabische Pferd, das es verdient, den Menschen in aller Zeit im Gedächtnis zu bleiben«, übersetzte Tarek für seinen Großvater.

Mia hatte das Gefühl, dass er sich nur allzu bereitwillig durch eine weitere Geschichte von seinen trüben Gedanken ablenken ließ. Und auch sie hatte nichts dagegen, vielleicht auf diese Weise eine Zeit lang ihre Schmerzen und den bevorstehenden Abschied von ihren neu gewonnenen Freunden zu verdrängen.

Nicht nur bedeutende Menschen wie Mohammed Ali, Abbas Pascha oder Lady Anne Blunt haben sich um die Araberzucht verdient gemacht. Keinesfalls darf man über ihre Geschichten das Wesentliche vergessen: die Araberstuten und -hengste, um die es ging und immer noch geht.

Byerley Turk, Darley Arabian und Godolphin Arabian – von mindestens einem dieser drei Ausnahmehengste stammen alle englischen Vollblutrennpferde ab. Und jeder von ihnen führte arabisches Blut in sich!

Byerley Turk wurde 1683 von Captain Robert Byerley im Kampf gegen die Türken bei Wien erbeutet. Daher stammt sein Name. In Wahrheit jedoch war er ein Araberpferd, das schließlich auf den englischen Gestüten Middrige Grange und Goldsborough Hall sein Blut an viele Nachkommen weitergab, darunter so berühmte Rennpferde wie Herod.

Darley Arabian entsprang der Zucht eines Beduinenstammes in der syrischen Wüste. Dort entdeckte ihn der britische Konsul Thomas Darley. Das war im Jahre 1703. Beim Anblick des Junghengstes wurde er unmittelbar von dem Wunsch getrieben, ihn zu erwerben, und bot seinem Besitzer Scheich Mirza dreihundert Sovereigns für das Tier. Der Scheich ließ sich auf den Handel ein. Doch während Darley noch im Lager der Beduinen auf das Geld wartete, das ihm aus Aleppo geliefert werden sollte, besann sich der Scheich eines Besseren und wollte von dem Abschluss des Geschäftes plötzlich nichts mehr wissen. Er drohte dem Konsul sogar mit dem Tode, sollte er es wagen, das Tier gegen seinen Willen aus dem Lager zu bringen.

Doch Thomas Darley war zu sehr von dem braunen Hengst angetan, um sich von Drohungen beeindrucken zu lassen. Und er ersann einen Plan, wie er sich des Tieres bemächtigen konnte, das er längst als sein Eigentum betrachtete. Obwohl der Scheich dem Konsul zutiefst misstraute, wurde er als Gast der Beduinen höflich und zuvorkommend behandelt. Es hätte allen Regeln der Gastfreundschaft widersprochen, ihn des Lagers zu verweisen.

Wie Thomas Darley es genau anstellte, den Hengst zu entführen, bleibt unserer Fantasie überlassen. Auf jeden Fall muss es mitten in der Nacht gewesen sein. Die wertvollen Pferde und Rennkamele der Beduinen standen, an den Vorderfüßen gefesselt, damit sie nicht weglaufen konnten, unweit der Zelte auf dem Weideland. Die Pferde und Rennkamele sind der größte Besitz der Beduinen und werden dementsprechend gut bewacht. Ein junger Beduine hatte in dieser Nacht Dienst, aber er versah seine Aufgabe anscheinend nicht gewissenhaft genug. Ob er mit dem Konsul unter einer Decke steckte oder ob er sich einfach nur seinen Träumen überließ, werden wir nie erfahren. Auf jeden Fall gelang es dem Konsul in dieser Nacht, mit Darley Arabian zu fliehen.

Es muss eine abenteuerliche Flucht gewesen sein, denn hätte man den Engländer erwischt, so wäre ihm eine harte Strafe sicher gewesen. Während Pferdediebe, Faris, in vielen Gegenden der Wüste hoch geachtet wurden, galten in Syrien strengere Gesetze.

Doch Darley Arabian wurde weder von einem der anderen Pferde noch von einem der schnellen Rennkamele des Scheich eingeholt. Und das grenzte fast an ein Wunder, denn kein Pferd der Welt kann über lange Strecken mit einem Rennkamel mithalten.

Thomas Darley ließ seinen Hengst auf dem Seeweg nach England bringen. Auch diese Passage muss ihn einige Nerven gekostet haben, denn die Gewässer waren zu jener Zeit alles andere als sicher. Piraterie war an der Tagesordnung! Doch Darley Arabian kam unversehrt in England an, wo er von Richard Darley, dem Bruder des Konsuls, in Empfang genommen wurde.

Der Hengst, der sowohl mütterlicher- als auch väterlicherseits bestes arabisches Blut in sich führte, das er an viele, viele Nachkommen weitergab, starb 1730 im Alter von etwa dreißig Jahren.

Es war der 1. April 1764, als einer dieser Nachkommen das Licht der Welt erblickte. Obwohl es zu Anfang nicht viel Licht gab. Eine Sonnenfinsternis zum Zeitpunkt der Geburt verlieh dem Fohlen seinen Namen, der bis zum heutigen Tag unvergessen bleiben sollte: Eclipse. Fast könnte man den Eindruck gewinnen, als wären sich selbst die Himmelskörper einig gewesen über die Bedeutung, die dieses Wunderpferd erlangen würde.

Zunächst jedoch begann es nicht gut für den kräftigen Fuchs mit der hübschen Blesse und dem weißen rechten Hinterbein. Er war ein ungestümer und kaum zu bändigender Jährling, mit dem niemand zurechtkommen wollte. Das laute, eigensinnige Pferd mit dem starken Temperament schien zu nichts Besonderem zu taugen. Er ließ sich nicht reiten und biss, wo er nur konnte, seine Artgenossen und die Menschen, die sich um ihn kümmerten. Und so verwundert es nicht, dass sich Eclipse in seinen ersten Lebensjahren nicht viele Freunde machte.

Sein Besitzer, der Fleisch- und Viehhändler William Wildman, der Eclipse auf einer Auktion ersteigert hatte, überlegte deshalb bereits den Hengst zu legen.

Mia, die verträumt vor sich hin geblickt hatte, während sie dem Großvater zuhörte, runzelte die Stirn und warf Tarek einen fragenden Blick zu.

»Ihn zum Wallach zu machen«, erklärte Tarek und fuhr unmittelbar mit seiner Übersetzung fort, denn der Großvater hatte unterdessen weitergesprochen, als hätte er gar keine Zuhörer, sondern würde die Geschichte einzig und allein sich selbst erzählen.

Doch Wildman muss wohl einen Mann mit einer gehörigen Portion Pferdeverstand und einer starken Hand unter seinen Angestellten gehabt haben, der sich darauf verstand, aus dem ungestümen Wildfang ein reitbares Pferd zu machen. Allerdings munkelte man, dass dieser Mann Eclipse auch zur nächtlichen Wilderei benutzte. Doch wie dem auch sei, Eclipse wurde auf jeden Fall endlich so stark gefordert, dass er lernte, seine unbändige Energie zu zügeln und in gelenkte Bahnen zu bringen. Auch wenn er zeit seines Lebens dafür bekannt blieb, dass er seine Kontrahenten hin und wieder gerne biss.

Vermutlich aus diesem Grund ging er erst als Fünfjähriger zum ersten Mal auf die Rennbahn. Vorher hatte ihn niemand in den Griff bekommen. Zu diesem Zeitpunkt waren Pferderennen in England bereits sehr beliebt und fanden regen Zuspruch.

Colonel Dennis O'Kelly, ein gebürtiger Ire, sah Eclipse bei seinem ersten Rennen 1769 in Epson. Er war von dem Pferd restlos begeistert, das alle Mitstreiter mit mehreren Längen Abstand hinter sich ließ und dabei nicht die geringste Anstrengung zu erkennen gab. Der Colonel war ein Mann, der sich mit Pferdeverstand, Einsatz und Risikobereitschaft aus bitterster Armut hochgekämpft hatte und nun selbst einige kleine Stallungen besaß. Dieser Pferdeverstand und die Lust am Spiel ließen ihn eine gewagte Wette anzetteln.

»Ich wette«, ließ er vernehmen, »Eclipse schlägt im zweiten Lauf erneut alle anderen Teilnehmer.«

Die anwesenden Ehrenmänner lachten höhnisch. Obwohl sie alle Zeuge von Eclipses Leistung im ersten Lauf geworden waren, wollte keiner von ihnen glauben, dass dieses Pferd gegen frische Gegner noch einmal den Hauch einer Chance haben würde.

»Ich biete Ihnen fünf zu eins«, sagte einer der Gentlemen.

Die anderen klopften ihm anerkennend auf die Schulter und dachten bei sich: ein gutes Geschäft.

Doch der Ire ging noch weiter: »Ich wette nicht nur, dass Eclipse erneut als Sieger aus diesem Rennen hervorgeht, ich behaupte auch voraussagen zu können, auf welchen Plätzen die anderen Pferde durchs Ziel gehen werden.«

Der Gentleman, der dem Iren die Wette angeboten hatte, zog fragend eine Augenbraue hoch. »Sie sind sehr mutig, mein Herr«, sagte er. »Nun, in diesem Fall ist mir die Wette das Doppelte wert. Sagen wir zehn zu eins, wenn sie alle Plätze richtig benennen.« Im Stillen freute er sich schon auf seinen Gewinn, denn wie sollte es möglich sein, jeden einzelnen Platz exakt vorherzusagen? Diese Fähigkeit besaß niemand! Das würde an Zauberei grenzen!

Ein Raunen ging durch die Menge. Eine Quote von zehn zu eins – das war gewagt. Doch tatsächlich konnte sich keiner der Herren vorstellen, dass dieser verrückte Ire die Wette gewinnen würde.

»Ich bin einverstanden«, sagte O'Kelly. »Ist Ihnen ein Einsatz von zehntausend Pfund recht?«

Der andere Gentleman nickte und grinste bereits in Vorfreude auf dieses leicht verdiente Geld.

»Dann sage ich: Eclipse überschreitet die Ziellinie als Erster und der Rest gar nicht.«

War das ein Tosen und Toben unter den wetteifrigen Herren! Kaum einer wollte glauben, was er da hörte.

»Sie wollen also sagen«, ergriff der Gentleman das Wort, der soeben hunderttausend Pfund gesetzt hatte, »dass Eclipse bei seinem zweiten Rennen die Ziellinie passiert, bevor alle anderen Pferde noch nicht einmal den Distanzpfosten erreicht haben?«

Ein halbes Dutzend Köpfe wandten sich zeitgleich zur Rennstrecke um und musterten den Distanzpfosten in etwa einhundert Yard Entfernung zur Ziellinie. Pferde, die diese Markierung nicht erreicht hatten, wenn das erste Pferd durchs Ziel ging, wurden bei der Platzierung nicht berücksichtigt. Aber wann sollte es das schon einmal gegeben haben, dass ein Pferd alle anderen um so viele Längen schlug? Nie! Noch niemals zuvor war so etwas geschehen! Und dazu noch in einem zweiten Lauf? Nein, das war vollkommen ausgeschlossen. Darin waren sich alle einig.

Die wetteifrigen Männer hielten den Iren für vollkommen verrückt und schickten sich bereits an, ihrem Kollegen zum Gewinn der Wette zu gratulieren, bevor sich die Pferde für das zweite Rennen überhaupt aufgestellt hatten.

Doch Eclipse, der Fuchs mit der Blesse und dem weißen rechten Hinterbein, rannte tatsächlich allen anderen Pferden davon. Er war so schnell, dass es aussah, als überhole er stehende Pferde. Er keuchte und schnaufte dabei wie eine alte Dampfmaschine und manche machten sich bei späteren Rennen über ihn lustig, indem sie behaupteten, sie würden Eclipse hören, noch bevor sie ihn sähen.

»Eclipse the first – the rest nowhere!« Selbst der Stimme des Kampfrichters konnte man die Überraschung über den Ausgang dieses zweiten Rennens anhören. Und O'Kelly hatte den Richterspruch wortgetreu vorweggenommen: »Eclipse ist Erster – der Rest nirgendwo!«

Alle anderen Pferde, die an dem Rennen teilgenommen hatten, wurden disqualifiziert.

Doch dies war erst der Beginn der Karriere des Ausnahmepferds. Eclipse blieb in jedem seiner achtzehn Rennen ungeschlagen. Und trotz seiner Eigenart, lautstark zu schnaufen, musste er sich für diese Leistung nicht ein einziges Mal verausgaben.

Sein letztes Rennen lief er 1771 – nur zwei Jahre nach seinem Debüt in Epson. Danach konnte man den kräftigen Fuchs nie wieder auf einer Rennbahn sehen. Aber er war nicht etwa krank, nein, es wollte einfach niemand mehr auf ihn wetten! Die Quoten für dieses Weltwunder waren so niedrig, dass sich der Einsatz nicht lohnte. Und sobald bekannt wurde, dass Eclipse in einem Rennen genannt worden war, wollte niemand anderes sein Pferd starten lassen.

Also setzte man Eclipse zur Zucht ein und spätestens jetzt wurde deutlich, welche Katastrophe es bedeutet hätte, ihn seiner Männlichkeit zu berauben: Eclipse zeugte 344 siegreiche Rennpferde, vier von ihnen wurden sogar Derbysieger, bevor Eclipse 1789 im Alter von fünfundzwanzig Jahren an den Folgen einer Kolik starb. Und es wird behauptet, dass über neunzig Prozent aller Vollblüter in ihrem Stammbaum irgendwo den Namen *Eclipse* stehen haben.

So wurde der am 1. April 1764 während einer Sonnenfinsternis geborene Hengst bereits zu Lebzeiten zu einer Legende. Und keinen Kenner der arabischen Pferde wird es verwundern, dass in seinem Stammbaum nicht nur der Name *Darley Arabian* auftaucht, sondern dass Eclipse darüber hinaus auch ein Nachkomme des legendären

Godolphin Arabian war. Dass er die Ausdauer und den Siegeswillen seiner orientalischen Vorfahren aufs Beste in sich vereinte, hat er mehr als deutlich bewiesen.

Und noch ein weiterer Meilenstein in der Geschichte der weltweiten Pferdezucht wird durch Eclipse markiert: Nach ihm hörte das Einzüchten arabischen Bluts in die Vollblutzucht auf. Der Vollblüter, wie er heute auf den Rennbahnen der westlichen Welt anzutreffen ist, galt als nicht mehr zu verbessern. Die Engländer hatten ihren eigenen Pferden durch die Veredlung mit arabischem Blut die nötige Ausdauer und Widerstandskraft gegeben, die ihnen bis dahin fehlte.

Mia hatte der Geschichte des Großvaters mit offenem Mund gelauscht. Den Namen Eclipse hatte sie hin und wieder schon gehört, aber jetzt erst begriff sie, was es mit diesem Wunderpferd auf sich hatte. Und sie begriff außerdem, welche Hoffnungen und Wünsche Tarek und sein Großvater mit der Geburt von Amals Fohlen verbanden.

Bei diesem Gedanken fiel ihr Blick auf die Stute, die den Eindruck erweckte, tief und fest zu schlafen. Sie hatte die Augen geschlossen, die Muskeln waren entspannt, die Unterlippe des Pferdes war im Schlaf leicht geöffnet und hing hinunter. Einen Augenblick lang spürte Mia Angst in sich aufsteigen, Amal könnte gestorben sein und sie hätten es einfach nicht bemerkt. Doch dann sah sie, wie sich Amals Brustkorb hob und wieder senkte, und hörte das unabwendbare Rasseln, das jeden Atemzug des Schimmels begleitete. Mia entspannte sich wieder und ihre Gedanken glitten zurück zu Eclipse.

Vielleicht war es überhaupt das, was Züchter auf der ganzen Welt bei jeder Geburt eines Fohlens hofften: dass sie einmal einem Wunderpferd wie Eclipse die ersten Schritte in die Welt ermöglichten.

Eintausend Pferde, die Wilden, die Freien,
Wie Wellen, die auf dem Meer gedeihen.
LORD BYRON, MAZEPPA

Heute werden in vielen europäischen Ländern Araber gezüchtet«, sagte Tarek.

Mia schlenderte neben ihm her, ihre linke Hand in seiner rechten, die Finger ineinander verhakt. Sie waren auf dem Weg zurück zur Pferdekoppel.

»Und nicht nur in Europa, auch in den USA und in Russland gibt es bedeutende Gestüte«, fuhr Tarek fort.

»In Deutschland doch auch, oder?«, fragte Mia nach.

Tarek nickte. »Ja. Deutschland ist sogar der größte Araberzüchter in Europa. Das Gestüt Weil war das erste. Bairactar hieß der Hengst, der 1817 aus Arabien nach Deutschland kam und dort unter König Wilhelm I. von Württemberg zum Linienbegründer der Zucht wurde. Er war ein Silberschimmel. Als der König 1864 starb, standen mehr als dreihundert Pferde auf dem Gestüt. Doch mit seinem Tod gab es niemanden mehr, der sich um das Gestüt kümmerte, und so wurde es schließlich dem Staat übereignet. Anfang der dreißiger Jahre wurden dann die ersten Pferde aus Weil in das Gestüt Marbach umgesiedelt.«

»Marbach?« Den Namen hatte Mia schon einmal gehört.

»Ja, das Gestüt besitzt die ältesten eingetragenen asilen Blutlinien der Welt und eine ganze Reihe außergewöhnlicher Pferde lebten dort. Eines von ihnen war Hadban Enzahi. Der legendäre Hengst kam 1955 aus Ägypten nach Deutschland und heute gibt es Nachkommen von ihm in aller Welt. Der Schimmel muss ein ganz besonderes Pferd gewesen sein. Nicht nur seine Schönheit und seine Fähigkeiten als Vererber werden immer wieder gerühmt. Auch sein Charakter muss außergewöhnlich gewesen sein. Er war ein extrem menschenfreundliches Tier und überaus intelligent. Wer ihm einmal begegnen durfte, vergaß dies nie wieder. Er soll zugleich Sanftmut, Stolz und Gelassenheit ausgestrahlt haben. Als wüsste er, dass er etwas ganz Besonderes ist. Und das, obwohl er wie ein ganz normales Reitpferd im Marbacher Schulstall untergebracht war, bei Wind und Wetter ins Gelände ging und sogar vor die Kutsche gespannt wurde.«

»Aber war das nicht viel zu gefährlich?«, unterbrach Mia den Jungen an ihrer Seite. »Ich meine, wenn er sich verletzt hätte, dann wäre das doch ein großer Verlust gewesen.«

»Mag sein«, gab Tarek zu. »Aber nichts ist für einen Araber schlimmer als Langeweile. Diese Pferde brauchen eine Aufgabe. Gerade weil sie so intelligent und menschenbezogen sind. Sonst werden sie krank.«

Mia sah Tarek bewundernd an. Ein wandelndes Lexikon der Geschichte der Araber an seiner Seite zu haben – davon würde sicher so manches Mädchen träumen. Doch Tareks Besessenheit von Pferden hatte auch eine dunkle Seite. Manchmal hatte Tarek fast etwas Verbissenes an sich, das Mia gar nicht gefiel. Für Amal war er bereit, alles aufs Spiel zu setzen, obwohl er doch wusste, dass es keine Rettung für sie gab.

Ab und zu keimte in Mia noch einmal Zuversicht auf, Amal würde ihre Krankheit doch noch überstehen, dass es eine Heilung für sie gab. Vielleicht in Form von geriebenem frischen Meerrettich, der Amal zumindest ein wenig Erleichterung verschaffte, da er den Schleim in ihren Bronchien löste. Und gleich darauf schalt sie sich für ihre Naivität. Als ob sie, die vierzehnjährige Mia aus Deutschland, dazu bestimmt sei, diesem dem Tode geweihten Pferd das Leben zurückzugeben. Lächerlich!

Wieder und wieder ertappte sie sich bei dem Gedanken, dass Tarek vielleicht ebenfalls von dieser unsinnigen Zuversicht getrieben wurde. Dann würde sie sein Verhalten wenigstens besser verstehen. Aber jedes Mal, wenn sie Tarek darauf ansprach, ob er noch an die Möglichkeit glaube, Amal könne genesen, schüttelte er traurig den Kopf. »Nur wenn ein Wunder geschieht«, antwortete er stets. »Glaubst du an Wunder?« Und wenn Mia daraufhin den Kopf schüttelte, lächelte er und sagte: »Ich auch nicht.«

»Der Hengst aus einer deutschen Zucht, der zurzeit am meisten von sich reden macht, heißt FS Bengali«, fuhr Tarek jetzt fort und riss Mia aus ihren Gedanken. »Ich glaube, im Augenblick ist er von seinem deutschen Züchter nach Amerika verliehen und räumt da an Auszeichnungen so ziemlich alles ab, was es abzuräumen gibt.«

Mia lächelte. Kannte Tarek wirklich den Namen eines jeden Pferdes, das jemals irgendetwas Bedeutendes getan hatte oder in Zukunft eventuell tun würde? Vielleicht konnte Tarek ihrer Mutter ein paar Tipps geben, wie man sich Namen gut merken konnte.

»Weitere bedeutende Gestüte gibt es unter anderem in Ungarn, in Spanien, Polen und Russland.«

»Also praktisch überall«, ergänzte Mia.

Jetzt war es Tarek, der lächelte. »Ja, wirklich«, sagte er. »In Spanien gab es schon sehr früh Araberpferde. Der Seeweg zwischen dem afrikanischen und dem europäischen Kontinent ist ja nicht weit.«

»Bei Gibraltar meinst du?«

Tarek nickte. »Genau. Unter den Spaniern gab es einige schillernde Persönlichkeiten, die sich der Araberzucht verschrieben hatten. Zum Beispiel den Herzog von Veragua, ein Nachfahre von Christoph Columbus.«

Noch einer mit Abenteurerblut in den Adern, dachte Mia. Irgendwie schien dies eine Grundvoraussetzung für die Araberzucht zu sein. Hatte Tarek auch Abenteurerblut in den Adern?

»Zuerst züchtete der Herzog Kampfstiere, aber dann gefielen ihm die Araber wohl besser. Jedenfalls gründete er 1926 ein Gestüt bei Toledo. Er holte sich einige Hengste und Stuten aus der englischen Crabbet-Zucht.«

Da waren sie wieder, Lady Anne Blunt und ihre Pferde!

»Aber schließlich kam der Spanische Bürgerkrieg und Veragua wurde von einem ehemaligen Diener ermordet, nachdem der ihn gezwungen hatte, ihm sein Gestüt zu überschreiben. Das war natürlich das Ende des Erfolgs.«

Mia zog entsetzt die Augenbrauen hoch. Anscheinend lebte man als Araberzüchter auf der ganzen Welt gefährlich!

»In Russland ist es vor allem das Gestüt Tersk, das weltweit Ruhm für seine Araberzucht einheimst. Obwohl es schon früher Gestüte dort gegeben hat, die aber alle den Ersten Weltkrieg nicht überdauerten.«

»Seit wann gibt es Tersk? Wurde das später gegründet?«

»Ja. Ein Mann namens Stroganov gründete Tersk 1921. Die Auslese in Russland gilt nach wie vor als besonders streng. Die Fohlen werden zum ersten Mal nach dem Absetzen beurteilt und dann jedes Jahr aufs Neue. Schafft es eine Stute, zur Zucht zugelassen zu werden, dann hat sie ganz genau vier Chancen, ein Fohlen zu bekommen, das besser ist als sie selbst. Wenn sie das nicht schafft, ist ihre Zukunft als privilegierte Zuchtstute beendet.«

Harte Sitten, dachte Mia und zuckte kurz zusammen, als eine aufgescheuchte Eidechse vor ihren Füßen über den sandigen Weg lief. Sie sah dem Tier nach, das auf der anderen Wegseite in einem dornigen Gebüsch verschwand.

»Mammona, so heißt eine der russischen Zuchtstuten, die es geschafft hat. Mammona bedeutet in deiner Sprache übrigens *Schatz.*« Tarek sah zu Mia hinüber und grinste.

Mia grinste zurück. »Und in deiner Sprache?«, wollte sie wissen.

»Azizati«, antwortete Tarek und sein Grinsen wurde noch breiter. »Mammona wird auch als die *Perle von Tersk* bezeichnet. Sie wurde 1939, also zu Beginn des Zweiten Weltkriegs, im Gestüt Janow Podlaski geboren, das etwa tausend Meilen von Tersk entfernt liegt. Sie war noch nicht von der Milch entwöhnt, als sie diese Strecke gemeinsam mit ihrer Mutter zurücklegen musste.«

»Du meinst zu Huf?«, fragte Mia und wollte sich im gleichen Augenblick für ihren dummen Scherz selbst ohrfeigen. Warum nur konnte ihr nie etwas wirklich Witziges einfallen? So wie Jule?

Aber Tarek lächelte immerhin und nickte. »In Tersk konnte sie genau einen Monat bleiben. Dann wurden die Tiere evakuiert, damit sie nicht in die Hände der Deutschen fielen, und mussten weitere zweitausend Meilen weit laufen.« Er sah Mia an. »Zu Huf.«

Mia grinste gequält. Musste Tarek jetzt darauf herumreiten? »Eine ganz beachtliche Leistung für so ein junges Pferd, oder?«

»Ja«, sagte Tarek. »Aber sie war ja auch ein Araber. Achtzehn Jahre lang bekam sie jedes Jahr ein Fohlen. Und heute steht sie in fast jedem Pedigree russischer Araber.«

Mia begann der Kopf zu schwirren. Wie konnte sich Tarek all das bloß merken? Obwohl sie zugeben musste, dass es gerade durch den Bezug zu einzelnen Pferden, den Tarek immer wieder herstellte, leichter wurde, den Überblick zu behalten. Doch trotz ihrer eigenen Fähigkeit, sich an vieles zu erinnern, das sie einmal gehört hatte, musste sie kapitulieren, sobald es um Jahreszahlen ging. Sehr zum Verdruss ihrer Geschichtslehrerin.

»Die Ungarn wiederum züchten einen Araber, der etwas größer, kräftiger und kompakter ist als die anderen, den Shagya-Araber, der inzwischen als eigenständige Rasse anerkannt wurde. Namensgeber dieser Rasse war ein Honigschimmel aus Damaskus. Das Gestüt

Bábolna, das bereits seit 1789 existiert, gilt heute als die bedeutendste ungarische Zuchtstätte.«

Tarek war augenscheinlich ganz der Enkel seines Großvaters, denn obwohl das Dämmerlicht in der Scheune und die arabische Erzählstimme Abdulkaders fehlten, tauchte Mia ganz in die Geschichte ein.

Oberst Brudermann war einer der Männer, der Bábolna zu seinem Ruhm verhalf. Er brachte von einer Expedition in den Orient Mitte des 19. Jahrhunderts zahlreiche der erlesensten Vollblutaraber mit. Mit viel Geschick und großem finanziellen Aufwand hatte er diese Tiere Beduinen abgerungen. Denn die Pferde aus der Wüste waren, wenn nicht gar unverkäuflich, um etliches teurer als ihre Brüder und Schwestern aus den Städten. Sie galten nämlich als wesentlich leistungsstärker. Dem Oberst folgte damals auch ein kleiner Beduinenjunge namens Nagle nach Ungarn.

Nagle weigerte sich nämlich die Pferde seines Vaters zu verlassen. Und so verließ stattdessen der Junge seine Heimat und begleitete »seine« Pferde in das fremde Land. Einer der Soldaten, mit denen sich der Beduinenjunge auf der langen Überfahrt anfreundete, schenkte Nagle seinen Säbel. Und als der Kaiser die Pferde nach deren Ankunft begutachtete, hatte sich der Beduinenjunge selbstverständlich noch keinen Meter von seinen geliebten Tieren entfernt. Der Kaiser legte ohne jede böse Absicht die Hand auf den Säbel des Jungen, denn er konnte ja nicht wissen, dass er damit den Beduinen in seiner Ehre verletzte. Das Berühren der Waffe eines Fremden gilt in der Wüste als Frevel. Nagle ließ sich nicht von der Stellung des Kaisers einschüchtern und wies den höchsten Mann im Staate harsch zurück.

Der Kaiser wiederum war von dem Stolz und dem Mut dieses Kindes derart beeindruckt, dass er sich seiner annahm und für Nagles Ausbildung sorgte. Und Nagle bewies, dass er nicht nur Mut und Stolz besaß, sondern auch Verstand und Geschick. Er wurde schließlich Gestütskommandant in Bábolna. Dank Nagle wurde das Gestüt zum besten seines Landes, denn er war es, der später für die Auswahl von Araberpferden zuständig war. Nach seinem Tod wurde er in seiner selbst gewählten Heimat Bábolna beerdigt, wohin er fast siebzig Jahre zuvor als Kind aus Liebe zu den Pferden seines Vaters gekommen war.

Mia blieb stehen, um ein kleines Steinchen aus ihrer Sandale zu schütteln, während sie darüber nachdachte, woher ein kleiner Junge so viel Mut nehmen konnte. Oder hatte es weniger mit Mut als mit bedingungsloser Liebe zu tun? Liebe zu diesen außergewöhnlichen Pferden? Aus Liebe war man sicherlich zu einigem fähig. Wäre sie dazu fähig, ihre Heimat aus Liebe zu verlassen? Sie schluckte schwer bei der Vorstellung, wie einsam sich dieser Nagle gefühlt haben musste. Um wie viel anders musste ihm dieses Ungarn im Vergleich zu seiner Heimat, der Wüste, vorgekommen sein? Wie hilflos musste er sich anfangs angesichts all der fremden Regeln, Sitten und Gebräuche gefühlt haben? Ohne einen einzigen vertrauten Menschen an seiner Seite.

Nein, entschied Mia, sie selbst würde diesen Mut wohl nicht aufbringen können. Egal, wie sehr sie einen anderen Menschen liebte. Und sie sah Tarek an, der sie anlächelte, als ahnte er ihre Gedanken, und dabei das Grübchen an seiner linken Wange zeigte.

»Du siehst«, fuhr Tarek fort, »die Araber sind aus fast keinem Land der Welt mehr wegzudenken und ihr Einfluss geht sogar noch weiter. Denn nicht nur die geplante Zucht durch Menschen wurde von ihnen beeinflusst, nein, ihr Blut fließt selbst in den Adern der wild lebenden Pferde dieser Erde!«

»Wie meinst du das?«, fragte Mia, schon wieder neugierig geworden.

»Nehmen wir nur zum Beispiel mal Frankreich. Als die Mauren 730 in Südfrankreich einfielen, taten sie das natürlich auf dem Rücken ihrer Pferde. Und diese Pferde waren arabischen Ursprungs. Es ist anzunehmen, dass der eine oder andere Hengst dem Ruf einer rossigen und wild lebenden Stute folgte. Seine Gene vermischten sich dann mit denen der Stute. So geschehen in Les Landes, wo die Landais zu Hause sind, und ebenso in der Camargue, deren weiße Pferde weltberühmt sind. Ja, sogar bis auf die Insel Korsika haben die Araberpferde es irgendwie geschafft. Dort haben sie so starken Einfluss auf die wild lebenden Pferde erlangt, dass diese auch als *korsische Anglo-Araber* bezeichnet werden.«

Mia war sprachlos. »Mensch, woher weißt du das alles?«

Tarek zuckte mit den Schultern. »Vieles habe ich gelesen, anderes hat mir mein Großvater erzählt.«

»Die Pferde bedeuten dir alles, nicht wahr?« Mia sah Tarek aufmerksam an. Ihre Bewunderung für ihn wurde immer größer und bei dem Gedanken daran, dass sie ihn in wenigen Tagen, beinahe schon Stunden, verlassen musste und vermutlich niemals wiedersehen würde, zog sich ihr Herz zu einem einzigen schmerzenden Muskel zusammen. Sie hätte nicht geglaubt, dass Liebeskummer solche körperlichen Auswirkungen haben konnte.

Tarek erwiderte ihren Blick und in seinen Augen meinte Mia einen ähnlichen Schmerz zu sehen. »Nicht alles«, sagte er leise und Mia wusste, dass er in diesem Augenblick ebenso wie sie an den bevorstehenden Abschied dachte.

Sechs Pferdeköpfe drehten sich zu ihnen um, als sie kurz darauf die Koppel erreichten. Sultan wieherte Tarek und Mia einen Willkommensgruß zu. Die anderen fünf Pferde reagierten etwas gelassener auf das Erscheinen ihres Pflegers und des Mädchens. Doch wie bei ihrem ersten Besuch hier war Mia von dem Anblick der kleinen Herde gerührt, die außerhalb von Raum und Zeit zu existieren schien. Jahrhunderte der Zucht hatten bei dieser Rasse nur dafür gesorgt, ihre Ursprünglichkeit zu bewahren und sie vor Veränderung zu schützen. So sahen die reinblütigen Araber heute genauso aus wie zu Mohammeds, Ali Paschas und Anne Blunts Zeiten. Und in dieser Umgebung, fernab vom Hotel, konnte sich Mia immer besonders gut vorstellen, wie es damals gewesen sein musste.

»Wann sehe ich dich das nächste Mal?« Tarek umarmte Mia und sie legte den Kopf in den Nacken, um ihm in die Augen sehen zu können.

Mia überlegte, wann ihre Eltern sie wohl wieder gehen lassen würden. Die Atmosphäre war nach wie vor gespannt. Und das konnte entweder bedeuten, dass ihre Eltern besonders streng waren, oder, dass sie die Wir-geben-dir-doch-deinen-Freiraum-Tour bevorzugten. Das war schwer zu sagen. »Wann gehst du denn wieder zu Amal?«, fragte Mia. Das wollte sie auf keinen Fall verpassen und dafür war sie auch bereit, einen Streit mit ihren Eltern zu riskieren.

»Heute Abend.«

»Schon?«

Tarek nickte. »Großvater meint, es kann nicht mehr lange dauern. So oder so. Ab jetzt muss immer einer von uns bei ihr bleiben.«

Mia schluckte. »Aber wie soll das gehen? Du musst tagsüber arbeiten und dein Großvater ist alt! Er hat nicht mehr die Kraft ... «

»Es wird schon irgendwie gehen«, unterbrach Tarek sie.

»Ich möchte euch gerne helfen«, sagte Mia. »Ich kann doch auch bei ihr bleiben.«

»Und was machst du, wenn das Fohlen kommt? Oder wenn Amal stirbt?«

Mia schwieg. »Dann hole ich dich?«

Tarek lächelte. Mia konnte ihm ansehen, dass er von ihrer Hilfsbereitschaft gerührt war. Aber sie musste zugeben, dass er recht hatte: Allein konnte sie nicht viel bewirken.

In jeder Rasse sucht der Mensch das Beste,
und so suchten sie unter den Guten,
aber wer könnte besser bestehen diesen Test
als die Nachkommen der Wüstenstuten.
WILL OGILVIE, DER ARABISCHE TEST

Mia war es heiß. Der Schweiß lief in Strömen über ihr Gesicht. Ihre Kleider klebten an ihrem Körper. Sie rang nach Luft. Plötzlich sah sie einen Schatten an der Wand aus Stoff. Eine Gestalt näherte sich dem Zelteingang. Das Tuch wurde zurückgeschlagen und Tarek erschien.

Mia wusste, dass es Tarek sein musste, auch wenn er anders aussah, als sie ihn in Erinnerung hatte. Er trug die typische Kleidung der Beduinen, ein weißes, bodenlanges Gewand, und auf dem Kopf hatte er einen Turban gebunden.

»Wach auf«, rief Tarek und rüttelte sanft an Mias Schulter. »Wach auf! Deine Mutter liegt im Sterben.«

Von einer Sekunde auf die andere war Mia hellwach. Sie setzte sich auf und öffnete die Augen. Tatsächlich klebte ihr Schlaf-T-Shirt auf ihrer Haut. Allerdings lag sie nicht in einem Zelt, sondern auf dem Bett im Hotelzimmer. Durch die geschlossene Tür drangen das zufriedene Schnarchen ihres Vaters und das dünne Pfeifen, das ihre Mutter beim Schlafen verursachte.

Mia schlug die dünne Bettdecke zurück und atmete tief durch. Ihr Herz raste. Natürlich war ihr sofort klar, was sie im Traum durcheinander gebracht hatte. Nicht ihre Mutter, sondern Amal war es, die im Sterben lag. Doch sie hatte die Sorge um die Stute auf ihre Mutter übertragen. Der Streit mit den Eltern ging ihr wohl doch tiefer unter die Haut, als sie im wachen Zustand zuzugeben bereit war.

Niemand hatte ihr einen Vorwurf gemacht, als sie in das Hotel zurückgekehrt war. Als sie noch in der Tür zur Familiensuite stand, hatte sie bereits gemerkt, dass es die Wir-geben-dir-doch-deinen-Freiraum-Tour war, für die sich ihre Eltern entschieden hatten.

Mia setzte sich auf die Bettkante und stellte die nackten Füße auf den kühlen Fliesenboden. Kühl zumindest im Vergleich zum Rest. Warum hatte sie geträumt, dass Tarek sie rief? Brauchte er sie vielleicht wirklich?

Sie stellte sich vor, wie er jetzt allein bei Amal Wache hielt, und meinte fast, sein trauriges Gesicht zu sehen. Es erschien ihr unerträglich, weiter im Bett zu liegen, während Tarek sie möglicherweise brauchte. Doch wie sollte sie an ihren schlafenden Eltern vorbei aus dem Zimmer kommen? Die Suite lag im ersten Stock des Hotels. Vom Balkon aus hatte man einen atemberaubenden Blick über die Parkanlage und das Meer. Ganz so, wie ihre Eltern es gebucht hatten. Mit einem ordentlichen Aufschlag für den eigens bestellten Meerblick.

Mia klaubte ihre Sachen zusammen, die sie abends über die Stuhllehne geworfen hatte, und schlich, ihre Sandalen in der Hand, auf blanken Füßen am Bett ihrer Eltern vorbei ins Bad. Ihr Vater grunzte und das Pfeifen ihrer Mutter ließ kurz nach, als sie am Fußende des Bettes stand. Mia hielt die Luft an. Doch schon hatte sie die Badezimmertür erreicht und knipste leise das Licht an. Wenn ihre Mutter oder ihr Vater jetzt wach wurden, konnte sie immer noch sagen, dass sie nur auf Toilette musste.

Sie versuchte, nicht das geringste Geräusch zu machen. Und nach kurzer Zeit ertönten wieder das gleichmäßige Schnarchen des Vaters und das Pfeifen ihrer Mutter.

Mia kleidete sich an, schlich aus dem Badezimmer, zog die Keycard aus dem Schlitz neben der Eingangstür und schlüpfte in den Flur hinaus. Sie kniff die Augen zusammen, als die Tür mit einem leisen Klicken ins Schloss zurückfiel. Das Pfeifen der Mutter war nicht mehr zu hören. Das Schnarchen des Vaters klang gedämpft, aber regelmäßig. Mia zog ihre Schuhe an und eilte zum Treppenhaus.

Der Pool lag einsam und verlassen da. Angestrahlt von mehreren Leuchten unter- und oberhalb des intensiv hellblau schimmernden Wassers. Im Vorübereilen dachte Mia, dass der Pool in der Dunkelheit sehr viel einladender aussah als bei Tageslicht. Zumal sich jetzt kein einziger Urlauber am Rand drängelte. Eben noch wäre ihr die Vorstellung, in das kühle Nass zu springen, herrlich vorgekommen, doch inzwischen fröstelte sie.

Das Licht um den Pool herum reichte aus, um das erste Stück des schmalen Fußwegs zu erhellen, der sich durch den Park schlängelte. Doch bereits nach einigen Metern umfing sie Dunkelheit. Eigentlich war Mia kein ängstlicher Mensch. Und noch vor wenigen

Minuten hätte sie sich nicht gescheut zu behaupten, dass sie den Weg zum Holzhäuschen mit verbundenen Augen finden könnte. Aber jetzt war sie sich da gar nicht mehr so sicher. Alles sah anders aus als bei Tag. Mia dachte an die Eidechse, die ihr am Nachmittag über die Füße gehuscht war. Hoffentlich begegnete sie jetzt weder Mensch noch Tier!

Hatte sie die Gabelung schon verpasst? Der Weg kam ihr im Dunkeln länger vor. Hätte es nicht längst eine Abzweigung nach links geben müssen? Sonst würde sie gleich an der Pferdekoppel herauskommen.

Mia lauschte in die Finsternis. Es sah nicht nur alles anders aus als tagsüber, es hörte sich auch anders an! Jetzt konnte man sogar das Meeresrauschen hören, wenn die Brandung an den Strand schlug. Hier und da zischelte es leise. Ein Vogel, aufgeschreckt durch den nächtlichen Besucher, begann zu zirpen.

Mia riss die Augen weit auf, als könnte sie dadurch besser sehen. Da war schon der große Müllberg. Also war sie doch richtig! Jetzt erschien ihr der Weg plötzlich kürzer. Oder war sie nur so schnell gelaufen?

War er das wirklich? War das wirklich der Müllberg? Im Sonnenlicht sah er lediglich eklig und hässlich aus, der Schein des Mondes verlieh ihm dagegen ein unheimliches Aussehen. Mia meinte Augen zu sehen, die sie anstarrten. Sie schimpfte mit sich selbst, nicht so ängstlich zu sein. Wer sollte sich schon um diese Uhrzeit ausgerechnet an einem Müllberg aufhalten?

Aber waren das nicht wirklich Augen?

Mia blieb stehen.

Natürlich waren das Augen!

Mia überlegte. Sollte sie umkehren? Oder weitergehen und so tun, als ob nichts wäre? Rennen? Um Hilfe schreien?

Mit einem drohenden Knurren sprang das Wesen von dem Müllberg herunter und rannte genau auf Mia zu. Mia zuckte vor Schreck zusammen.

Das Tier knurrte noch einmal, dann verschwand es in der Dunkelheit und ließ Mia verstört zurück.

Eine so große Katze hatte sie noch nie gesehen! Und das war in dieser Gegend, wo vor allem die Tiere nur das Nötigste zum Überleben bekamen, besonders verwunderlich. Alle anderen Katzen und die streunenden Hunde, die sie bei ihrem Marktbesuch mit Tarek gesehen hatte, waren ausgemergelt und auffallend klein gewesen. Und diese Katze hatte irgendetwas im Maul gehabt, das aussah wie eine überdimensionale Maus – Mia wollte lieber gar nicht so genau wissen, was für ein Tier das gewesen sein mochte, das dem Jagdtrieb des Raubtiers zum Opfer gefallen war.

Eigentlich hätte sich Mia nun erleichtert fühlen müssen, dass es nur eine Katze gewesen war. Doch von Erleichterung war nichts zu spüren. Im Gegenteil. Mias Herz raste. Die letzten Meter zum Schuppen rannte sie.

Erwartungsvoll stieß sie die Tür auf. Jetzt würde sie gleich in Tareks tröstende Augen schauen und sich sofort geborgen fühlen. Ihre Hoffnungen wurden jedoch enttäuscht. Nichts in dem Schuppen eignete sich dazu, ihr ein Gefühl der Sicherheit zu vermitteln. Im Gegenteil. Von Tarek oder seinem Großvater fehlte jede Spur – wenn man einmal von der brennenden Petroleumlampe absah, die ihren warmen Schein über Amals Körper warf. Und Amals Anblick war es schließlich, der Mia völlig aus der Bahn warf.

Die Brust der Stute hob und senkte sich wie ein Blasebalg, ihre Augen wirkten glasig und waren vor Angst geweitet. Mia konnte sogar das Weiße darin sehen. Amal sog die Luft ein und machte dabei ein Geräusch, das Mia in Panik versetzte. Es war ein heller, fiepender Ton, der alles zu durchdringen schien.

Langsam setzte in Mia die Erkenntnis ein, dass die Stute soeben dabei war, zu ersticken. Mia sah sich um. Wonach, wusste sie selbst nicht. Doch irgendetwas musste sie schließlich tun, um dem Pferd zu helfen! Sie konnte doch nicht einfach dastehen und mit ansehen, wie Amal um ihr Leben kämpfte!

Mia hockte sich vor Amal hin und strich ihr besänftigend über die Stirn. »Amal«, flüsterte sie. »Ganz ruhig.«

Zuerst schien die Stute sie gar nicht wahrzunehmen, doch dann fokussierte sich ihr Blick und sie sah Mia an.

»Ruhig«, sprach Mia auf die Stute ein. »Du musst ruhig werden.« Sie stützte sich mit einer Hand am Boden ab und dabei stießen ihre Finger gegen das Fläschchen mit der Tinktur, die Tarek benutzte, um Amals Brust einzureiben. Inzwischen wusste Mia, dass die Tinktur aus einer Mischung von verschiedenen ätherischen Ölen bestand. Hauptsächlich Schwarzkümmel, aber auch Huflattich, Anis, Thymian und einige andere Kräuter. Mia öffnete den Verschluss und goss etwas von der Mixtur in ihre hohle Hand. Sofort verbreitete sich der typische Geruch im Stall. Mia verteilte die Flüssigkeit in ihren Handflächen und rieb Amals Brust damit ein.

Amal stöhnte. Sie schloss die Augen und ihre Atemgeschwindigkeit verringerte sich ein wenig.

»So ist es gut«, flüsterte Mia. »Das machst du prima.«

»Mia!«

Die Stimme ließ Mia herumfahren.

Tarek stand im Türrahmen und sah sie überrascht an. »Was ist passiert?«, fragte er und kniete dicht neben Mia und Amal nieder.

»Ich ... «, begann Mia und brach dann ab. »Amal hatte einen Anfall«, machte sie einen neuen Anfang. »Ich dachte schon, sie würde ersticken.«

Tareks Blick fiel auf die Flasche mit der Lösung ätherischer Öle. »Hast du sie damit eingerieben?«

Mia nickte stumm.

»Danke«, sagte Tarek. Er klang erschrocken. »Ich war nur mal für ein paar Minuten draußen frische Luft schnappen. Als ich gegangen bin, war mit ihr alles in Ordnung. Sonst wäre ich doch niemals ... « Er beendete seinen Satz nicht. »Danke«, sagte er noch einmal.

Amals Atmung hatte sich – soweit es ihre Erkrankung zuließ – normalisiert. Sie schnaufte ruhiger und hatte die Augen nun geschlossen.

»Vermutlich ist sie in Panik geraten, als sie allein war«, überlegte Tarek laut und strich seiner Stute zärtlich über den Hals.

Mia richtete sich auf. Sie spürte, dass sie nun kurz davor war, das letzte bisschen Selbstbeherrschung zu verlieren, das ihr geblieben war. Die Angst um Amal, die Trauer über das bevorstehende Urlaubsende und den damit verbundenen Abschied, der Konflikt mit den Eltern, der Schrecken des Albtraums und die unheimliche Nachtwanderung – all das wirkte plötzlich so übermächtig auf sie, dass sie mit den Tränen kämpfte. Ihr Körper schien auf einmal ein Eigenleben zu führen: Ihre Muskeln zitterten, ohne dass sie Einfluss darauf nehmen konnte. Alles, was sie seit Tagen mit sich herumschleppte und das sich in ihren Träumen widerspiegelte, kam nun an die Oberfläche.

Tarek bemerkte ihre Erregung. Er blickte in dem Moment zu ihr auf, als die ersten Tränen über Mias Wangen liefen. Sofort war er bei ihr und nahm sie in die Arme. Nun war er es, der ihr Trost spendete, so wie sie zuvor Amal Trost gespendet hatte. In diesem Augenblick spielten Unterschiede zwischen ihnen nicht die geringste Rolle. Es zählte nicht, in welchem Umfeld und mit welchen kulturellen Werten sie herangewachsen waren. Manche Dinge, allen voran Gefühle wie Liebe oder Aufrichtigkeit, Ehrlichkeit und Vertrauen, waren eben doch auf jedem Kontinent gleich.

Als Mia einige Minuten später die Augen wieder öffnete, fiel ihr Blick auf ein merkwürdiges Gebilde, das von der Decke herabbaumelte und das ihr bislang gar nicht aufgefallen war. Eine massive Holzstange war unterhalb der Decke zwischen zwei gegenüberliegende Wände festgemacht und daran wiederum war mithilfe von zwei dicken Seilen ein Tuch befestigt, das nun wie eine Hängematte herunterhing. Während Mia die Konstruktion betrachtete, überlegte sie, wann sie Amal das letzte Mal stehend gesehen hatte. Aber es fiel ihr nicht mehr ein. Sie schüttelte den Kopf, weil sie das Gefühl hatte, ihre Gedanken machten unkontrollierte Sprünge.

»Amal bekommt im Liegen nicht genug Luft«, erklärte

Tarek, der Mias fragende Blicke bemerkt hatte, »aber sie wird immer schwächer und kann kaum noch aus eigener Kraft stehen. Deshalb habe ich ihr diese Stütze gebaut.«

Er deutete mit einer Kopfbewegung auf die Konstruktion, die Mia für eine Hängematte gehalten hatte. Jetzt begriff sie, dass ihre Gedanken gar nicht so abwegig gewesen waren, wie sie zunächst geglaubt hatte: Das Tuch sollte Amal helfen, ihr eigenes Gewicht zu tragen, während sie stand.

»Aber ich kann Amal nicht dazu bringen aufzustehen. Und wie soll ich sie allein da hineinbugsieren?«

»Ich helfe dir«, entfuhr es Mia spontan, »du musst mir nur sagen, was ich tun soll.«

Tarek lächelte. »Wenn ich das wüsste! Aber wir können es versuchen ... «

Amal schnaubte aufgeregt, als Tarek und Mia sie mit vereinten Kräften vorsichtig hin- und herrollten, um das ausrangierte Segeltuch unter ihrem Körper hindurchzuziehen. Mia fürchtete schon, dass sie einen neuen Erstickungsanfall bekommen könnte. Doch schließlich hatten sie es geschafft. Tarek brauchte drei Versuche, um das Seil über den Holzbalken zu werfen. Endlich glückte auch das. Während Mia Amal gut zuredete und die Stute animierte, auf die Hufe zu kommen, hielt Tarek das Seilende in den Händen und zog daran, sobald Amal sich mühevoll aufzurichten versuchte. Sein Gesicht war hochrot vor Anstrengung, aber er konnte Amal die Unterstützung geben, die sie benötigte, und endlich stand die Stute auf ihren eigenen vier Beinen!

Tarek befestigte das Seil an der vorbereiteten Stelle an der Wand und ließ sich erschöpft auf den Boden sinken.

Amal wirkte zunächst etwas irritiert. Sie betrachtete skeptisch die Seile, die zur Decke hochführten. Doch schon nach wenigen Minuten schien es ihr besser zu gehen und sie atmete deutlich tiefer ein.

»Hoffentlich bekommt das Fohlen jetzt wieder mehr Sauerstoff«, sagte Tarek mit einem stolzen Blick auf die tapfere Stute.

»Hatte es denn zu wenig?« Mia hockte sich neben Tarek auf den Boden. Dabei vergaß sie einen Augenblick auf ihre Verletzung zu achten. Der dumpfe Schmerz erinnerte sie jedoch sofort wieder daran und sie setzte sich möglichst vorsichtig hin, sodass ihr Hintern keinen direkten Bodenkontakt hatte.

Tarek zuckte mit den Schultern. »Großvater sagt, es sei schwächer geworden. Seine Bewegungen haben deutlich nachgelassen und er konnte den Herzschlag nicht mehr hören.«

»Konnte er den Herzschlag denn vorher hören?«

Tarek zuckte mit den Schultern. »Das ist eigentlich fast unmöglich«, sagte er. »Dazu muss der Bauch des Fohlens direkt am Bauch der Mutter liegen und selbst dann ... « Er sah Mia mit einer Mimik an, die all seine Skepsis zum Ausdruck brachte. »Aber er behauptet es nun mal.«

»Innehu keihelike.« Der Großvater stand so plötzlich mitten im Schuppen, dass Tarek und Mia ihn mit offenen Mündern anstarrten.

»Methe tefaalu hune?« Tarek stand so schnell auf, als wäre er bei irgendetwas Verbotenem erwischt worden.

Mia, die kein Wort verstand, folgte hastig Tareks Beispiel. Ob der Großvater sie jetzt zurück zu ihren Eltern schicken würde? Er sah sie auf jeden Fall streng an. Und jetzt deutete er mit dem Kopf auf sie, während er weiter mit seinem Enkel sprach. Es war offensichtlich, dass das Gespräch um sie und um ihre Anwesenheit kreiste. Mia schaute verlegen auf den Boden.

»Setz dich.« Es war das erste Mal, dass Tareks Großvater das Wort direkt an sie richtete. Und dass er zugab, ihre Sprache nicht nur zu verstehen, sondern ebenso zu sprechen. Auch wenn seine Aussprache ein wenig unbeholfen klang.

Mia gehorchte ohne die Spur eines Zögerns. Es kam ihr nicht einmal den Bruchteil einer Sekunde lang in den Sinn, dass es auch die Möglichkeit gäbe, nicht zu gehorchen. Nie zuvor in ihrem Leben war sie einem Menschen mit so einer natürlichen Autorität begegnet. Um genau zu sein, wurde ihr eigentlich erst in dieser Sekunde klar, was das Wort genau bedeutete! Der Großvater hatte nicht streng gesprochen. Im Gegenteil, seine Stimme klang ausgesprochen freundlich. Und es wäre auch falsch gewesen, zu behaupten, der Tonfall hätte keinen Widerspruch geduldet. Es war eher so, dass es überhaupt keinen Widerstand geben konnte. Die Möglichkeit des Widerstands bestand erst gar nicht. Völlig ausgeschlossen.

Unwillkürlich dachte Mia an ihren eigenen Großvater, den sie nie kennengelernt hatte, weil er bereits vor ihrer Geburt gestorben war. Aber ihre Mutter hatte ihn ihr einmal so beschrieben: »Wenn dein Opa gesagt hat, der Schnee ist schwarz, dann war der Schnee schwarz.« Vielleicht hatte also ihr eigener Großvater auch diese natürliche Autorität besessen?

Tareks Großvater stellte sich vor Amal und betrachtete sie eingehend. Tastend strich er ihr über die Nüstern und begutachtete die Schleimhäute ihrer Augen und des Mauls. Dann betastete er ihren Bauch und strich über das pralle Euter, das selbst für Mias ungeübten Blick eine deutliche Verwandlung durchgemacht hatte. Anschließend rieb er seine Finger aneinander und schnupperte daran. Er schien mit dem, was er sah, einigermaßen zufrieden, denn er nickte stumm und setzte sich Mia und Tarek gegenüber.

Mia spürte eine angenehme Müdigkeit. Der Geruch nach Stroh und Pferd, die Wärme von Tareks Körper dicht neben ihrem und der flackernde Schein der Petroleumlampe schläferten sie beinahe ein.

»Eclipse kene afdhalu kheil engilisi.«

Tarek schien es ähnlich zu gehen wie Mia, denn er gähnte, bevor er die Worte des alten Mannes übersetzte. Doch bereits nach dem ersten Satz schwand Mias Müdigkeit. Sie war gespannt, mit welcher Geschichte der Großvater ihnen nun die Zeit verkürzen würde, die sie hier gemeinsam zubrachten, in der Hoffnung, dass Amals Fohlen zur Welt kam, bevor die Stute ihre letzten Kräfte verließen.

Eclipse war das nicht mehr zu verbessernde Endprodukt in der englischen Pferdezucht. Doch auch weiterhin war die Geschichte des arabischen Pferdes, das seinen Siegeszug über die gesamte Welt antrat, angefüllt mit Kuriosem und außergewöhnlichen Zufällen. Wenn man von dem Wunderhengst Aladdinn erzählt, muss man irgendwo in Polen weit vor seiner

Geburt beginnen. Dort arbeitete, vor dem Pflug eines armen Bauern, die Araberstute Lafirynda. Der sechs Jahre alte Schimmel fristete ein bedauernswertes Dasein.

Dem Bauern und seiner Familie blieb trotz der täglichen harten Arbeit auf dem Feld und in den Ställen kaum etwas zum Leben und ebenso, wie sie häufig Not litten, war auch das Leben der Arbeitstiere auf dem Hof von Entbehrungen und Mühsal geprägt. Die zierliche Stute zog tagein, tagaus den schweren Pflug des Bauern über das Feld. Dafür bekam sie täglich eine Hand voll Hafer und einen im Winter mit wenig Stroh ausgekleideten Stall. Zu mehr reichte es nicht.

Arbeit und Fressen standen in einem solchen Ungleichgewicht zueinander, dass Lafiryndas Zustand zusehends schlechter wurde. Sie wurde krank vor Hunger und Überanstrengung.

Zwar sahen der Bauer und seine Frau, dass ihr Pferd Hunger litt, doch sie standen dem machtlos gegenüber. Was hätten sie tun sollen? Es reichte für sie selbst kaum zum Überleben!

Der Winter im Jahre 1960 war besonders hart und kalt. Die Arbeit auf dem Feld lag brach, die Vorräte waren allmählich aufgebraucht und so fielen auch die Rationen für die Tiere von Tag zu Tag kleiner aus. Lafiryndas Fell war struppig, ihre Haut übersät mit Ekzemen. Die Rippen und die Kruppe der Stute standen so deutlich hervor, dass es ganz danach aussah, als würde sie den kommenden Frühling nicht mehr begrüßen können.

Ursula Mauritz schlug die Decke zurück. Ihr war unerträglich warm. Hatte sie vielleicht am Abend vergessen, die Tür zum Balkon zu öffnen? Sie blickte zur Fensterfront. Nein, die Schiebetüre stand einen Spaltbreit auf.

Sie drehte sich zur Seite, zog die Decke über die Ohren, um die Schnarchgeräusche ihres Mannes zu dämpfen. Doch es nutzte nichts. Mit einem Seufzer schlug sie die Decke wieder zurück, stand auf und warf einen Blick auf den Reisewecker. Halb drei. Die Uhrzeit, zu der sie auch zu Hause regelmäßig wach wurde.

Im Dunkeln tappte sie um das Bett herum zum Badezimmer. Sie tastete mit der linken Hand nach dem Lichtschalter an der Wand und drückte darauf.

Nichts.

Zur Sicherheit drückte sie noch einmal.

Wieder nichts.

Ob die Birne kaputt war?

In Gedanken vor sich hin fluchend bahnte sich Frau Mauritz ihren Weg durch die Finsternis. Sie stieß eine Verwünschung aus, als sie mit den ungeschützten Zehen gegen etwas Hartes stieß.

Während sie auf der Klobrille saß, überlegte sie weiter, was der Grund für den Lichtausfall sein konnte. Vielleicht hatten ihr Mann oder Mia die Keycard nicht fest genug in den Schlitz neben der Tür gesteckt? Nur wenn die Keycard richtig saß, war der Stromkreislauf geschlossen und die Elektrizität in der Suite funktionierte.

Frau Mauritz betätigte die Klospülung. Inzwischen hatten sich ihre Augen an die Dunkelheit gewöhnt und sie konnte die Umrisse der einzelnen Möbel besser erkennen. Als sie das Badezimmer verließ, fiel ihr Blick automatisch auf die Vorrichtung an der Wand neben der Eingangstür, in der die Keycard stecken sollte.

Lag es doch an der Dunkelheit, dass sie sie nicht sehen konnte? Frau Mauritz trat näher heran, streckte sogar die Finger aus, um den Schlüssel im Scheckkartenformat zu ertasten. Doch da war nichts. Sie runzelte unwillkürlich die Stirn. Wieso war die Karte nicht da, wo sie sein sollte? Von einem neuen Müdigkeitsanfall überrascht, beschloss Frau Mauritz das Problem auf morgen zu verschieben.

Es war nur eine Frage der Gewohnheit, nicht des Misstrauens, dass Ursula Mauritz, bevor sie wieder ins Bett kroch, nach Mia sehen wollte. Seit Mia noch ein kleines Baby gewesen war, vergewisserte Frau Mauritz sich immer, dass es ihrer Tochter an nichts mangelte. Sie sorgte dafür, dass Mia anständig zugedeckt war und schaltete bei Bedarf den CD-Spieler aus, denn Mia hörte oft abends zum Einschlafen Musik. Natürlich nur zu Hause, nicht im Urlaub.

Vorsichtig öffnete sie die Tür zum angrenzenden Schlafzimmer und lugte hinein. Sie kniff die Augen zusammen. Dann stieß sie die Tür ganz auf. Mit einem leisen Aufschrei betätigte Frau Mauritz den Lichtschalter.

Doch nichts geschah.

Ach ja, die fehlende Keycard.

Frau Mauritz ging zum Bett und klopfte leicht mit der flachen Hand auf die Bettdecke, als vermutete sie, ihre Augen würden ihr einen Streich spielen und sie könnte ihre Tochter wenigstens spüren, wenn sie sie schon nicht sah. Doch es blieb dabei: Das Bett war tatsächlich leer. »Jochen!«

Ein lautes Schnarchen war die Antwort.

»Jochen!«

Herr Mauritz murmelte irgendetwas vor sich hin und schnarchte weiter.

Frau Mauritz überlegte. Natürlich wusste sie, wo Mia war. Und sie hatte auch eine Ahnung, was sie dort machte. Ben Belisar hatte behauptet, Tarek sei ein anständiger Junge. Sie müsse sich keine Sorgen um ihre Tochter machen. Aber, verdammt noch mal, Ursula Mauritz machte sich Sorgen! Große Sorgen sogar. »Jochen! Wach auf!« Sie rüttelte an der Schulter ihres Mannes.

»Was?« Herr Mauritz richtete sich schlaftrunken auf. »Hab ich geschnarcht?«

»Das auch«, antwortete seine Frau. »Aber vor allem ist Mia weg.«

Herr Mauritz ließ sich mit einem Seufzen zurück ins Kissen plumpsen. »Was soll das heißen, Mia ist weg?«, fragte er. Doch mit einem Mal saß er aufrecht auf der Schlafcouch. »Mia ist weg?« Er riss die Decke zurück und sprang mit einem Satz aus dem Bett.

»Wo willst du hin?«, fragte Frau Mauritz. Allmählich wurde ihr doch etwas kalt.

»Wo ist dieser Dreckskerl!«

»Welcher Dreckskerl?«

Herr Mauritz rannte aufgeregt hin und her auf der Suche nach seiner Kleidung. Er wollte das Licht anmachen, doch nichts geschah, als er auf den Schalter an der Wand drückte.

»Das Licht geht nicht«, erklärte Frau Mauritz. »Mia hat die Keycard mitgenommen.«

Herr Mauritz wurde immer nervöser. Er fluchte vor

sich hin, als er in der Innentasche seines Jacketts nach der zweiten Keycard suchte.

Während Frau Mauritz ihren Mann beobachtete, der immer hektischer wurde, spürte sie eine merkwürdige Veränderung mit sich vorgehen: Je aufgeregter Jochen reagierte, desto gelassener und ruhiger wurde sie selbst. Was sollten sie schon tun? Im Dunkeln über das Hotelgelände streifen und nach Mia suchen? Das war lächerlich. Sie konnte überall sein. Frau Mauritz überlegte, wo sie selbst als junge Frau hingegangen wäre, wenn sie mit einem Mann hätte ungestört sein wollen. Vielleicht irgendwo an den Strand? »Beruhige dich doch, Jochen«, sagte sie.

Ihr Mann schleuderte die Jacke auf den Boden. »Wie soll ich mich beruhigen, wenn irgend so ein dahergelaufener Casanova meine Tochter verführt? Mein Gott, sie ist erst vierzehn!«

»Sie wird in vier Wochen fünfzehn«, sagte Frau Mauritz. »Und der Junge ist kein dahergelaufener Casanova. Er ist ein anständiger Kerl.«

»Ach ja?« Herr Mauritz stemmte die Hände in seine nicht vorhandene Taille. Seine Boxershorts, in denen er immer schlief, schlabberte auf seinen Hüften. »Woher willst du das wissen?«

»Weil ich mich lange mit seinem Chef unterhalten habe«, antwortete Frau Mauritz und genoss die Gelassenheit, die sie auf einmal empfand.

»Aha.« Herr Mauritz spürte einen plötzlichen Stich in der Brust. Nicht nur seine Tochter, auch seine Frau machte also Urlaubsbekanntschaften mit fremden Männern. »Na gut, bitte …« Herr Mauritz klang zynisch.

»Wenn du gerne mit neununddreißig Oma werden willst …«

»Mia weiß, was sie tut«, antwortete Frau Mauritz. »Sie ist schließlich aufgeklärt. Wie alt warst du denn bei deinem ersten Mal?«

»Jedenfalls älter als vierzehn!« Herr Mauritz ließ sich zurück aufs Bett fallen.

»Heute sind die Jugendlichen eben früher so weit.«

»Ja, und sie kriegen auch früher Geschlechtskrankheiten«, sagte Herr Mauritz immer noch zynisch.

»Mia weiß auch, wie sie sich davor schützen kann«, antwortete Frau Mauritz und hoffte inständig, dass sie recht hatte. »Sagst du nicht immer, wir sollen ihr vertrauen? Sie sei schließlich kein Kind mehr?«

»Ja, das sage ich, wenn die Sonne scheint und ich einen Blick auf meine Tochter habe. Oder zumindest genau weiß, wo und bei wem sie ist.« Herr Mauritz zog sich die Decke bis ans Kinn hoch.

Frau Mauritz musste lächeln. Das war wenigstens eine ehrliche Antwort. Beinahe war sie von dem Eifersuchtsanfall ihres Mannes gerührt. Jetzt musste er wohl begreifen, dass er nicht mehr der einzige Mann im Leben seiner Tochter war. Und vor allem nicht mehr der wichtigste!

Gerade als Frau Mauritz ihrem Mann das sagen wollte, drang das zunächst noch zaghafte Schnarchen an ihr Ohr. Zuerst glaubte sie, es wäre eine Halluzination, doch dann wurde das Schnarchen lauter.

Das gibt's doch gar nicht!, dachte Frau Mauritz. Vor einer Minute noch war ihr Gatte im Zimmer herumgesprungen wie Rumpelstilzchen, kurz davor, sich selbst vor Wut in zwei Hälften zu zerreißen, und nun schlief er selig wie ein Baby!

Frau Mauritz legte sich auf ihre Bettseite und starrte aus dem Fenster. Es war eine klare Nacht und der Himmel übersät mit funkelnden Sternen. Frau Mauritz wusste, dass sie nicht würde schlafen können, bevor Mia zurück war. Und so begann sie nach Sternbildern zu suchen. Da war der Große Wagen und dort, war das nicht der Kleine Bär? Oder hieß der gar nicht so …

Trocken ist ihr Haupt und hager,
die Ohren ganz gespitzt,
ihr Schopf ist ein Netz,
ihre Stirn ein leuchtendes Licht,
das den Stamm erhellt,
ihr Hals gebogen wie ein Palmenzweig ...
ABU-ZEYD, THE STEALING OF THE MARE

Auf den ersten Blick machte Lafirynda den Eindruck einer alten Stute, dabei hatte sie gerade einmal sechs Sommer erlebt, als die Engländerin Patricia Lindsay sie durch puren Zufall entdeckte.

Lady Lindsay reiste auf der Suche nach dem perfekten Araberhengst durch Polen. Vielleicht logierte sie im Gasthof des kleinen Ortes, in dem die Bauernfamilie heimisch war? Und vielleicht sah sie einfach am Morgen während des Frühstücks aus dem Fenster, als Lafirynda auf dem Weg zur Arbeit an dem Gasthof vorbeigeführt wurde, eingespannt vor einen Karren, aber zu schwach, um ihn zu bewegen?

Stellen wir uns vor, Patricia Lindsay wollte soeben einen Löffel ihres Frühstückseis zum Munde führen. Doch der Löffel verharrte in der Luft und die englische Lady starrte mit geöffneten Lippen durch die Butzenscheiben des Fensters. Dort, auf der staubigen Dorfstraße, stand ein unscheinbares graues Pferd, bis auf die Knochen abgemagert, mit Schaum vor dem Mund. Es zitterte vor Anstrengung, während es versuchte, den schweren Karren hinter sich durch ein Schlagloch zu ziehen.

Vergebens.

Ein Mann, der die besten Jahre seines Lebens hinter sich zu haben schien, lief neben dem Pferd her und bemühte sich immer wieder, mal aufmunternd, mal streng, den Schimmel dazu zu bringen, einen Huf vor den anderen zu setzen.

»Siehst du das?«, hat vielleicht Lady Lindsay in diesem Moment zu ihrem Begleiter und Dolmetscher gesagt, der ihr auf der Reise durch das fremde Land zur Seite stand. »Das arme Pferd ist völlig erschöpft. Es kann keinen Schritt mehr tun.«

Und der junge Mann nickte zustimmend.

»Es könnte ein Araber sein«, fuhr Patricia Lindsay fort. »Schwer zu sagen, in dem Zustand, in dem es sich befindet. Aber sieh dir den Kopf an: das leicht konkave Profil, die kleinen Ohren, die breite Stirn und die großen Augen.«

»Du hast recht«, stimmte ihr Begleiter zu. »Auch die Nüstern erscheinen mir auffallend groß.«

Lady Lindsay nickte. »Ja, und der Hals ist gebogen wie ein Palmenzweig. Überhaupt ist das Pferd ziemlich klein. Was meinst du?«

»Ich meine«, antwortete der junge Pole, »dass dieses Pferd höchstwahrscheinlich ein Araber ist, aber auf jeden Fall ist es eine Stute, kein Hengst. Wir aber suchen einen Hengst.«

»Du hast recht«, gab die Engländerin zu, »doch wenn es ein Araber ist – und dessen bin ich mir sicher, denn ein Pferd jeder anderen Rasse wäre unter diesen Bedingungen bereits zusammengebrochen –, dürfen wir es dann seinem sicheren Tod überlassen?«

Ihr Begleiter schwieg. Er wusste, dass die Frau, die ihm gegenübersaß, ihr Leben und Wirken in den Dienst des Erhalts der reinen arabischen Rasse gestellt hatte. Und er wusste, wenn sie so sprach, dann war ihre Entscheidung längst gefallen. Und tatsächlich erhob sich Patricia Lindsay in diesem Augenblick und eilte aus dem Frühstücksraum des Gasthofs auf die Straße. Mit einem ergebenen Seufzen stand der junge Mann auf und folgte der Frau.

»Entschuldigen Sie«, sprach die Engländerin den polnischen Bauern an.

Der blickte nur verwundert, da er kein Wort verstanden hatte.

Aber jetzt hatte der Dolmetscher die beiden erreicht und übersetzte die Worte der Engländerin in seine Muttersprache.

Aus der Nähe betrachtet wunderte sich Lady Lindsay, dass sie auch nur einen Augenblick lang daran gezweifelt hatte, dass diese Stute ein reiner Araber war. Trotz des erbärmlichen Zustandes war die edle Abstammung des Pferdes unverkennbar: Die klugen, aufmerksamen Augen, die deutlich die Intelligenz des Tieres zeigten, und der kurze Rücken, der den Pferden das gewünschte quadratische Format verleiht, waren unwiderlegbare Beweise.

Der Bauer mag sich über das Interesse dieser Ausländerin an seinem Arbeitspferd sehr gewundert haben, jedoch war Lafirynda nicht deshalb in schlechter Verfassung, weil ihr Herr ein böser Mensch war – vielmehr hatte er einfach nicht die Mittel, ihr ein besseres Leben zu bieten. Und so dürften die Verhandlungen nicht lange gedauert haben. Der erbarmungswürdige Zustand der Stute rührte so an Lady Lindsays Herz, dass sie dem Bauern anbot, Lafirynda zu kaufen. Es war ein Akt der Liebe, Lady Lindsay dachte in diesem Augenblick nicht im Mindesten daran, dass dieses bedauernswerte Geschöpf eines Tages die Geschichte der Araberzucht entscheidend mitbestimmen würde.

Auch der Bauer zögerte nicht lange. Er wusste, dass Lafiryndas Tage ohne die Hilfe dieser fremden Frau gezählt waren. Und so willigte er in den Handel ein, der ihm zudem genug Geld einbrachte, um die nächsten Monate zu überstehen.

Lafirynda wurde 1961 nach England gebracht. Unter der Obhut und Pflege, die ihr dort zuteil wurde, erholte sich die Stute zusehends. Sie war nicht länger das struppige und halb verhungerte Geschöpf, das Lady Lindsays Mitleid erregt hatte. Zwei Jahre später schenkte sie einem Stutfohlen das Leben: Lalage von Gerwazy erblickte 1963 das Licht der Welt. Doch auch mit ihr sollte diese Geschichte noch nicht zu Ende sein.

Eines Tages besuchte der Züchter Erik Erlandsson England und erwarb Lafiryndas Tochter Lalage für sein Gestüt in der kleinen schwedischen Gemeinde Tomelilla. Dort wartete ein junger Hengst namens Nureddin auf Lalage. Er war der Sohn eines ehemaligen Zirkuspferdes namens Witraz. Aber das ist eine andere Geschichte.

Lalage war trächtig, als ein junges norwegisches Ehepaar im Herbst 1974 bei Erlandsson vorsprach, um sich eine Stute zu kaufen. Erlandsson bot ihnen die etwas klein und schmächtig geratene Lalage sowie die hübsche Estramadura zum Verkauf an. Auch Estramadura trug zu diesem Zeitpunkt ein Fohlen unter ihrem Herzen. Zwischen diesen beiden Pferden durfte das Ehepaar wählen. Es entschied sich für die braune Estramadura und die etwas unscheinbare, graue Lalage verblieb auf Erlandssons Gestüt.

Wie oft muss Erlandsson Gott für diese Entscheidung der Norweger gedankt haben! Denn das Hengstfohlen, das Lalage zu diesem Zeitpunkt unter ihrem Herzen trug und dem sie 1975 das Leben schenkte, war kein Geringerer als der Wunderhengst Aladdinn, der seinem Züchter fast zwei Millionen Dollar einbrachte und ein weltberühmter Vererber wurde.

Und so ging Lafirynda, die einst beinahe eines grausamen Hungertodes gestorben wäre, in die Historie ein als Großmutter eines der größten und bedeutendsten arabischen Zuchthengste aller Zeiten!

Mia wünschte, sie könnte sich endlich einmal angewöhnen, Taschentücher einzustecken. Eigentlich war es ja auch nicht ihre Art, stets und ständig loszuheulen. Das schien sich jedoch in diesem Urlaub geändert zu haben. Amals reales Leid hatte sie offenbar für das Leid anderer, und sei es fiktiv, sensibilisiert. Die Geschichte von Lafirynda, die nur knapp dem Tod entronnen war und dann wider Erwarten zu solchem Ruhm gelangte, hatte sie zu Tränen gerührt. Und nun versuchte sie vergeblich, ihre Wangen mit dem Handrücken zu trocknen.

Tarek streichelte ihr beschwichtigend über den Arm,

bevor er sich erhob und nach Amal sah. Die Stute atmete zwar besser, jedoch trat sie allmählich unruhig von einem Vorderhuf auf den anderen. Vermutlich wurde ihr das Stehen nun doch zu anstrengend. Der Junge wechselte einen Blick mit seinem Großvater und der nickte stumm. Daraufhin löste Tarek das Seil und ließ Amal mit der Hilfe des alten Mannes vorsichtig zurück auf den Boden gleiten.

Bei Amals Anblick erschien Mia Lafiryndas Leid umso deutlicher spürbar. Die Leidensfähigkeit, aber ebenso die Kraft dieser ganz besonderen Rasse zeichnete sie aus. Was hatte der Großvater noch gesagt?

Die klugen, aufmerksamen Augen, die deutlich die Intelligenz des Tieres zeigten, und der kurze Rücken waren unwiderlegbare Beweise für Lafiryndas edle Abstammung. Ja, so in etwa hatte er es formuliert.

Und tatsächlich, wenn Mia jetzt darüber nachdachte, fiel ihr auf, dass Amal, aber auch die sechs anderen Araberpferde auf der Weide des Hotels wirklich auffallend kurze Rücken und eine nahezu quadratische Form hatten. »Wieso haben Araber eigentlich so einen kurzen Rücken?«

Tarek ließ sich soeben wieder neben Mia auf den Boden sinken. Er rieb sich die Hände, denn jetzt, in den frühen Morgenstunden, wurde es in dem windschiefen Schuppen auffallend kühl. Die dünnen Holzwände waren kaum geeignet, die Wärme drinnen und die Kälte draußen zu halten.

»Manche behaupten, sie hätten weniger Wirbel als andere Pferderassen«, erklärte Tarek und hauchte auf seine Finger. »Angeblich haben gewöhnliche Pferde neunzehn Rippenpaare, ein Vollblut achtzehn und ein Araber nur siebzehn.«

Mia war fasziniert. »Und du glaubst das nicht?«

»Ich weiß es nicht«, sagte Tarek. »Aber im Museum des Gestüts Marbach in Deutschland steht das Skelett des legendären Araberhengstes Bairactar, eines der Linienbegründer der Zucht. Und der jedenfalls hat wohl nachweislich achtzehn Wirbel. Obwohl ich zugeben muss, dass ich noch nicht da war, um eigenhändig nachzuzählen ... « Er lachte verschmitzt, bevor er fortfuhr: »Vielleicht kannst du mal hinfahren und mir anschließend schreiben, wie viele es nun sind?«

Mia lächelte, denn sie erkannte die versteckte Aufforderung, den Kontakt nach dem Ende ihres Urlaubs nicht abreißen zu lassen.

»Aber in einem anderen Punkt sind sich alle Experten einig.«

»Und welcher Punkt ist das?«

»Dass Araber intelligenter sind als Pferde anderer Rassen.« Tarek sah so stolz aus, als ginge es um seine eigene überragende Intelligenz, die von übergeordneter Stelle bescheinigt worden sei. »Denn guck dir die breite Stirn der Araberpferde an. Dahinter verbirgt sich ein besonders großes Gehirn.« Er blickte Mia auf eine Art an, die sie schwer deuten konnte.

»Du meinst also, das ist der Beweis dafür, dass sie intelligenter sind als andere Pferde? Weil sie ein größeres Gehirn haben?«

»Glaubst du das nicht?«, konterte Tarek und um seine Lippen spielte ein provozierendes Lächeln.

Mia schwieg nachdenklich.

Tarek stupste sie an. »Glaubst du nicht, dass ein Lebewesen mit einem größeren Gehirn klüger ist als eins mit einem kleineren?«

Mia sah Tarek eine Weile schweigend an. »Ich glaube jedenfalls nicht, dass Intelligenz allein von der Größe des Gehirns abhängt«, antwortete sie schließlich. Erst kurz vor den Sommerferien hatte ihre Biologielehrerin ihrer Klasse erzählt, dass man früher als Argument gegen die Gleichberechtigung von Mann und Frau angeführt hatte, dass Frauen kleinere Gehirne hätten als Männer. Bis die Herren der Schöpfung auf die Idee kamen, die Masse des Gehirns in Relation zur geringeren Körpermasse der Frauen zu stellen. Und siehe da: Proportional besitzen Frauen die größeren Gehirne! Aber auf einmal war keine Rede mehr davon, dass Quantität gleichbedeutend ist mit Qualität. Die Lehrerin hatte ihnen anschließend erklärt, dass es nicht auf die Größe des Gehirns allein ankommt, sondern vielmehr auf die Anzahl der Verknüpfungen im Gehirn, die in frühester Kindheit angelegt werden würden.

»Siehst du«, fuhr Tarek fort, »und mit dieser Meinung stehst du nicht allein da. Während nämlich die einen behaupten, der Hechtkopf des Arabers komme davon, dass die Pferde eine größere Gehirnmasse hätten, die mehr Platz braucht, sagen die anderen, diese Kopfform sei einzig und allein Folge der Zuchtauslese. Aber egal, auch die Vertreter der Zuchttheorie glauben an die besondere Intelligenz der Araber! Sie begründen sie nur anders.«

»Und wie?« Jetzt war Mia wirklich neugierig.

»Sie sagen, die Intelligenz dieser Pferde stamme davon,

wie sie aufgewachsen sind. Die Beduinen hatten ja ein ganz besonders enges Verhältnis zu ihren Pferden. Die Tiere waren Freunde, Familienmitglieder, die zum Teil sogar mit in den Zelten lebten. Im Gegensatz zu anderen Pferden, die in Ställen und auf Koppeln groß werden, wurden die Araberfohlen über Jahrhunderte hinweg sozusagen gemeinsam mit dem menschlichen Nachwuchs aufgezogen. Und bekamen dadurch natürlich besonders viele Anregungen und eine komplett andere soziale Prägung.«

»Dann kommt ihre Anhänglichkeit davon, dass sie schon immer besonders eng mit Menschen zusammenlebten?« Mia musste an Sultan denken, der von Anfang an auf sie zugegangen war und sein Interesse für sie bekundet hatte.

»Ja, genau, deswegen sind die Araberpferde so menschenbezogen.«

Mia nickte, denn im Großen und Ganzen entsprach das dem, was sie im Biologieunterricht gelernt hatte: Intelligenz bildet sich in den ersten Lebensjahren aus. Ob bei Tier oder Mensch schien also egal zu sein.

Tarek gähnte, lehnte den Kopf an die Holzwand und schloss die Augen.

Mia blickte aus dem kleinen Fenster und erschrak, als sie die Morgenröte am Horizont bemerkte. Bald würde die Sonne aufgehen, ihre Eltern würden aufstehen und nach ihr schauen und was sie dabei sehen oder besser gesagt nicht sehen würden, würde sie gewiss nicht freuen!

Mia eilte durch den Park. Einige Angestellte des Hotels waren bereits bei der Arbeit, sammelten Müll ein, fegten

Wege, reinigten Sonnenliegen und füllten die Kühlschränke der Poolbar für den Ansturm der durstigen Urlauber auf. Niemand schien sich über Mias Anblick zu wundern. Zumindest ließ es sich keiner anmerken. Sie alle grüßten das Mädchen mit einem freundlichen Lächeln.

In Mias Kopf überschlugen sich die Gedanken: Würde Amal durchhalten, bis ihr Fohlen kam? Was empfand Tarek wirklich für sie? Hatten ihre Eltern ihr Fehlen bemerkt? Was würde Jule zu all dem sagen, wenn sie es ihr erzählte? Und überhaupt, was hätte Jule zu Tarek gesagt?

Bei dem Gedanken an ihre beste Freundin blieb Mia hängen. Jule war bekannt für ihre Schlagfertigkeit und ihre spitzen, aber immer treffenden Bemerkungen. Von den einen wurde sie dafür bewundert, von den anderen gehasst und von so ziemlich allen um diese Fähigkeit beneidet. Mia war zwar auf der einen Seite traurig, dass Jule Tarek nicht kennenlernen konnte, auf der anderen Seite jedoch auch wieder froh. Denn sie hätte nicht gewusst, wie sie mit einem ablehnenden Urteil zurechtgekommen wäre. Obwohl sie sich kaum vorstellen konnte, dass Jule irgendetwas an Tarek auszusetzen gehabt hätte!

Mia hatte die Tür zur Suite erreicht, in der sie mit ihren Eltern wohnte. Jetzt musste sie sich darauf konzentrieren, kein Geräusch zu verursachen. Leise wie ein Einbrecher zog sie die Keycard durch den Schlitz, nachdem sie ihre Schuhe ausgezogen hatte. Die Tür öffnete sich mit einem leisen Klick.

Die ersten Sonnenstrahlen fielen durch die schlampig

zugezogene Gardine und zauberten Flecken und Muster auf den gefliesten Fußboden.

Im Dämmerlicht konnte Mia das Gesicht ihres Vaters, der zur Tür gewandt schlief, gut erkennen. Er hatte die Augen fest geschlossen und atmete ruhig und gleichmäßig.

Ihre Mutter schlief mit dem Gesicht zum Balkon. Rücken an Rücken mit ihrem Mann. Der Ausdruck *jemandem die kalte Schulter zeigen* kam Mia in den Sinn. Auch ihre Mutter hatte die Augen fest geschlossen. Fast wie zusammengekniffen. Sie sah unglücklich aus im Traum, bemerkte Mia, bevor sie auf Zehenspitzen zur Schlafzimmertür schlich und sie vorsichtig öffnete. Sie knallte ihre Kleider auf den Boden, schlüpfte unter die Decke und schlief schon, bevor ihr Kopf das Kopfkissen berührte.

Ursula Mauritz öffnete die Augen und blickte nachdenklich durch den Spalt in der Gardine in den Morgenhimmel. Dann stieß sie einen erleichterten Seufzer aus, schloss die Augen und glitt endlich hinüber in einen ruhigen Schlaf.

Die drei wertvollsten Besitztümer
sind eine Stute und ihre Tochter,
die tragend ist mit einem Stutfohlen.
ARABISCHES SPRICHWORT

Die Sonne stand bereits hoch am Himmel, als Mia die Augen aufschlug. Sie blickte in das Gesicht ihrer Mutter, die an ihrem Bettrand saß und sie aufmerksam musterte. Sofort fiel Mia die vergangene Nacht ein. In einer Mischung aus schlechtem Gewissen und Angst vor Entdeckung drehte sie ihrer Mutter den Rücken zu, als würden ihr die Erlebnisse ins Gesicht geschrieben stehen.

»Du solltest langsam aufstehen, Liebes«, sagte ihre Mutter mit so sanfter Stimme, dass Mia sich traute sie anzusehen. »Es ist bald Mittag.«

»Wie spät ist es denn?« Mia erkannte ihre eigene Stimme kaum wieder.

»Gleich halb eins.«

Mia stöhnte.

»Oder bist du krank?«

Mia schüttelte stumm den Kopf. Sie wunderte sich, dass ihre Mutter nicht nach dem Grund für ihr langes Schlafen forschte. Aber ihr sollte es nur recht sein, sich nicht irgendeine Ausrede aus den Fingern saugen zu müssen.

Nachdem ihre Mutter sie allein gelassen hatte, quälte sich Mia aus dem Bett. Knapp sechs Stunden Schlaf waren eindeutig zu wenig!

Als Mia aus dem Badezimmer kam, hatte ihre Mutter Tee, süße Brötchen und frisches Obst auf dem kleinen Esstisch vor der Küchenzeile, die aus zwei Kochplatten, einem Kühlschrank und einem winzigen Spülbecken bestand, bereitgestellt.

Mia setzte sich. »Danke«, murmelte sie und griff bereits nach einem der Brötchen. Erst jetzt merkte sie, wie ausgehungert sie war.

»Lass es dir schmecken, du hast bestimmt Hunger.«

Mia musterte ihre Mutter misstrauisch. Sie benahm sich so rücksichtsvoll, als wüsste sie irgendetwas oder ahnte es zumindest. Wieso wunderte sie sich nicht darüber, wenn ihre Tochter bis mittags schlief?

Aber Frau Mauritz machte keine Anstalten, Mia deshalb auszuhorchen. Sie saß ihrer Tochter stumm gegenüber, nippte an ihrem Tee und lächelte, als Mia sie ansah.

»Wo ist Papa?«

Frau Mauritz zuckte gleichgültig mit den Schultern. »Keine Ahnung. Ich nehme an, am Pool.«

Irgendwie beruhigte Mia diese Antwort. Es schien sich doch nicht über Nacht alles geändert zu haben. Ihr Vater jedenfalls verhielt sich wie immer, er war nicht da, und ihrer Mutter war es auch immer noch egal, was er machte, wo und mit wem. Also war wohl die Weltordnung, wie Mia sie von klein auf kannte, doch nicht über Nacht aus den Fugen geraten. Mia biss in ihr Brötchen.

»Darf's noch etwas sein?«

Mia öffnete die Augen und blinzelte in die Sonne. Vor ihr stand der Kellner mit ihrem leeren Fruchtcocktailglas in der Hand und lächelte sie auffordernd an. Der junge Mann sah wirklich gut aus, aber auf eine schmierige Art und Weise, die ihr nicht gefiel. Wie einer dieser Seifenoperndarsteller, die allabendlich über den Fernsehbildschirm liefen und liebten und die dann auch noch ihre eigene CD mit schnulzigen Liebesliedern herausbrachten. »Nein danke«, antwortete Mia aus tiefstem Herzen. Sie war froh die Augen wieder schließen und sich ihren Tagträumen widmen zu können.

Diese Teakholzliegen waren wirklich bequem, das musste sie zugeben. Und es tat gut, einfach mal in der Sonne zu liegen und nichts anderes zu tun, als hin und wieder eine kleine Abkühlung im Pool zu suchen. Auch wenn sie sich immer noch nicht vorstellen konnte, das elf Tage hintereinander auszuhalten – wie ihr Vater, der auf der Liege neben ihr vor sich hin schnarchte, als wäre er es, der die ganze Nacht durchgemacht hatte.

Doch morgen war der Urlaub ja bereits zu Ende. Die Koffer mussten gepackt werden und der Shuttleservice würde sie dann am Nachmittag zum Flughafen fahren, wo der Flieger bereitstand, der sie nach Hause brachte. Nach Hause zu Jule.

Apropos Jule! Mia spürte das schlechte Gewissen in sich aufsteigen. Sie hatte ihrer besten Freundin tägliche Berichterstattung versprochen. Und zunächst hatte sie ihr Versprechen ja auch ernst genommen und jeden Tag geschrieben. Bis sich die Ereignisse so überstürzten, dass Mia nicht mehr in der Lage war, Jule auf dem Laufenden zu halten. Und worüber auch? Mit Tarek verband sie ein Geheimnis, das auf keiner Postkarte Platz fand. Nein, das musste warten, bis sie Jule von Angesicht zu Angesicht gegenüberstand.

Ach, Tarek!

Irgendwie hatte er es schon wieder geschafft, sich in Mias Gedanken zu drängen. Obwohl sie sich fest vorgenommen hatte, ihn da draußen zu lassen. Zumindest solange sie dieses merkwürdige Gefühl hatte, dass etwas mit ihren Eltern nicht in Ordnung war. Die Friede-Freude-Eierkuchen-Stimmung erschien ihr irgendwie sehr zerbrechlich. Und sie wollte die Fassade nicht zum Einsturz bringen.

Zum wiederholten Mal fragte sich Mia, ob ihre Eltern womöglich doch etwas von ihrem nächtlichen Ausflug mitbekommen hatten. Aber sie konnte sich beim besten Willen nicht vorstellen, dass ihre Mutter es schaffte, so zu tun, als wäre nichts, wenn sie wusste, dass Mia die vergangene Nacht nicht in ihrem Bett verbracht hatte.

Vielleicht hatte sie ja vor dem Abendessen noch einmal die Gelegenheit, sich für kurze Zeit unbemerkt davonzuschleichen und Tarek zu besuchen.

Mia öffnete wieder die Augen, weil sie spürte, dass irgendjemand vor ihrer Liege stand.

Es war ihre Mutter. »Ich war gerade an der Rezeption«, sagte Frau Mauritz, als Mia sie anblickte. »Der Shuttlebus holt uns morgen Nachmittag um halb vier ab. Vielleicht solltest du heute Abend schon mal deine Sachen zusammenpacken, damit wir morgen keine Hektik haben.«

Hektik! Augenblicklich beschleunigte sich Mias Herzschlag. Sie konnte doch unmöglich morgen nach Hause fliegen und Tarek hier zurücklassen, ohne wenigstens zu wissen, wie die Sache mit Amal ausging! »Hmm«, machte Mia und hoffte, dass es möglichst gelangweilt klang, während sie bereits wieder die Augen schloss, um dem forschenden Blick ihrer Mutter dadurch zu entgehen.

Frau Mauritz betrachtete ihre Tochter noch eine Weile nachdenklich, doch als Mia standhaft die Augen geschlossen hielt, breitete sie ihr Handtuch auf der Liege neben ihrem Mann aus und legte sich ebenfalls hin. Es dauerte keine fünf Minuten, bis sie fest eingeschlafen war.

»Fertig!« Mia drückte fest auf ihren Koffer, bis das Schloss einrastete.

»Prima«, lobte Jochen Mauritz. »Dann können wir ja zum Abendessen gehen. Deine Mutter wartet unten schon auf uns.« Er schlug die Zeitung zu und hievte sich aus dem Sessel.

»Einverstanden.« Mia lächelte gezwungen. Sie fühlte sich wie ein eingesperrtes wildes Tier. Ständig auf der Suche nach einer Möglichkeit, sich heimlich aus dem Staub zu machen. Aber ihre Eltern ließen sie keine Sekunde aus den Augen.

Den Nachmittag am Pool hatte Mia zunächst genossen. Doch irgendwann hielt sie es einfach nicht mehr aus. Sie wollte zu Tarek. Ihre Eltern schienen fest zu schlafen und Mia glaubte, die Gelegenheit sei günstig. Doch kaum hatte sie sich aufgerichtet und ihre Flipflops angezogen, da öffnete ihr Vater ein Auge und fragte sie, wo sie hinwolle.

»Ein Eis holen«, log Mia.

Und ihr Vater, der sich noch nie im Leben etwas aus Eis gemacht hatte, geriet schier aus dem Häuschen. »Das ist eine super Idee«, sagte er, richtete sich ebenfalls auf und tastete mit den Füßen nach seinen Badelatschen. »Ich komme mit!«

»Du magst doch gar kein Eis«, stellte Mia erstaunt fest.

»Wer sagt das denn?«

»Du.«

»Na ja, heute mag ich jedenfalls eins«, antwortete Herr Mauritz wenig überzeugend und Mia, die sich selbst wenig aus Eis machte, fügte sich in ihr Schicksal.

Jetzt gähnte Mia, während sie an die Eistüte zurückdachte, die ihre Einstellung zu dieser Süßspeise nicht im Geringsten verändert hatte.

»Bist du müde?«, fragte Herr Mauritz, während er sie unterhakte und aus der Suite führte.

Mia nickte.

»O ja, ausreichend Schlaf ist sehr wichtig«, bemerkte Herr Mauritz und sah Mia dabei vielsagend an.

»Na, du musst ja wissen, wovon du sprichst«, antwortete Mia.

»Wieso?«

»Du hast schließlich die letzten Tage nichts anderes gemacht«, sagte Mia.

»Jetzt werd mal nicht frech!« Herr Mauritz ließ den Arm seiner Tochter los.

»War nicht so gemeint«, entschuldigte sich Mia.

Während des Abendbüfetts war Mia so müde, dass sie Angst hatte, kopfüber in den Salatteller zu fallen.

Ihre Eltern sagten immer wieder, dass sie diesen letzten Urlaubsabend so richtig genießen wollten. Mia befürchtete das Schlimmste, und zwar zu Recht: Ihre Mutter ließ nicht locker, bis Herr Mauritz und Mia sich bereit erklärten, nach dem Essen noch einen Digestif in der Hotelbar zu sich zu nehmen.

Mia nippte an ihrem Glas alkoholfreier Piña Colada und ging dabei im Kopf alle Möglichkeiten durch, der Aufsicht ihrer Eltern zu entkommen. Doch allmählich keimte in ihr der Verdacht, dass es nur eine einzige Chance gab. Und die war zudem noch überaus gefährlich.

Mia kämpfte gegen die Müdigkeit. Immer wieder wollten ihr die Augen zufallen. Von nebenan drang der dröhnende Ton des Fernsehgerätes durch die geschlossene Tür. Wollten ihre Eltern denn nie schlafen? Sollte sie tatsächlich nach Deutschland zurückkehren müssen, ohne sich wenigstens von Tarek, Amal und dem Großvater verabschiedet zu haben?

Mia hatte sich noch nie in ihrem Leben gleichzeitig so wach und so müde gefühlt. Ab und zu glitt sie hinüber in einen leichten Schlaf, aus dem sie nur Minuten später erwachte.

Als sie nach dem nächsten Nickerchen die Augen erneut öffnete, war irgendetwas anders. Mia starrte in die Dunkelheit und versuchte auszumachen, was es war. Erstaunt stellte sie fest, dass selbst ein Zehnminutenschlaf zur Erholung taugte. Sie fühlte sich längst nicht mehr so müde. Sie hatte sogar etwas geträumt. Auch wenn sie auf den Traum durchaus gerne verzichtet hätte, denn er hatte von Tarek und von dieser Frau mit den Katzenaugen gehandelt, die so selbstbewusst mit Tarek geflirtet hatte, dass ihr Mia zunächst widerstandslos das Feld geräumt hatte. Wenn sie jetzt darüber nachdachte, konnte sie der Frau eigentlich dankbar sein. Ohne sie hätte Mia weder heulend auf der Parkbank gesessen noch wäre sie Tarek gefolgt, als er sie zum ersten Mal zu Amal geführt hatte. Und wer weiß – vielleicht wäre alles ganz anders gekommen, wenn sie das Geheimnis im Schuppen nicht entdeckt hätte? Was war eigentlich aus dieser Frau geworden? Mia hatte sie nie wieder getroffen und auch Tarek hatte sie mit keinem Wort erwähnt.

Umso besser, dachte Mia und konzentrierte sich wieder darauf, die Dunkelheit mit allen Sinnen zu erforschen. Es fiel gerade genug Licht ins Zimmer, um die Umrisse der Möbel zu erkennen. Ohnehin sind die menschlichen Augen nicht das Sinnesorgan der ersten Wahl, wenn es dunkel ist, überlegte Mia, sondern die Ohren. Jeder Mensch spitzt automatisch die Ohren, wenn er sich auf seine Augen nicht mehr verlassen kann. Und dass Blinde viel genauer hören als Sehende ist ja allgemein bekannt. Viele Krimis spielen mit diesem Phänomen, dass ein Blinder einen Täter an der Stimme identifiziert oder dass jemand mit verbundenen Augen nur aufgrund von Geräuschen einen Ort wiedererkennt. Doch so sorgfältig Mia auch lauschte, sie konnte einfach nichts hören.

Das ist es!, dachte sie plötzlich. Ich kann nichts hören! Sie setzte sich aufrecht hin und versuchte, an dem unteren Türspalt zu erkennen, ob der Fernseher nebenan noch lief. Doch das kalte blaue Licht war nicht da. Der Fernseher war aus.

Mia sah auf die Uhr am hoteleigenen Radiowecker. Zwanzig vor eins. »Mist!«, fluchte Mia und erschrak vor ihrer eigenen Stimme. Von wegen Zehnminutenschlaf! Hastig stand sie auf und sammelte ihre Kleidungsstücke ein. Es war einmal gut gegangen, also würde es auch ein zweites Mal gut gehen.

Keine Viertelstunde später zog Mia leise die Türe hinter sich ins Schloss und das regelmäßige Schnarchen ihres Vaters war auf dem Hotelflur kaum noch zu hören.

»Sie hat es tatsächlich getan.« Frau Mauritz suchte mit zittrigen Händen nach der Visitenkarte in ihrer Handtasche.

Ihr Mann saß auf der Bettkante, strich sich schnaufend über die Bartstoppeln und dachte darüber nach, warum er jetzt mit diesem Kratzen im Hals bestraft wurde, nachdem er das Schnarchen für seine Tochter vorgetäuscht hatte. Sonst klagte er morgens nie über Halsschmerzen, obwohl er doch nach den Worten seiner Frau nachts unentwegt ganze Wälder abholzte.

»Herr Belisar? Ja, Frau Mauritz.« Ursula Mauritz presste den Telefonhörer ans Ohr. »Ja, sie ist gerade aus der Tür.«

Herr Mauritz beobachtete seine Frau missmutig. Und zwar nicht nur deshalb, weil er sich um seinen kostbaren Schlaf gebracht fühlte, sondern auch weil ihm der Gedanke nicht gefiel, dass *seine* Ehefrau mitten in der Nacht mit wildfremden Männern telefonierte. Ganz und gar nicht gefiel. Welches Interesse hatte dieser Belisar daran, ihnen zu helfen? Wieso ließ er sich freiwillig mitten in der Nacht aus dem Bett holen?

»Ja, ist gut. In zwanzig Minuten an der Koppel. Das schaffen wir.« Frau Mauritz nickte. »Ja, mein Mann kommt mit.«

Das kannst du wohl glauben!, dachte Herr Mauritz grimmig. Er grunzte und ergab sich in sein Schicksal.

In ihrer letzten Urlaubsnacht hatte Mia weder einen Blick für den einladend aussehenden Pool übrig noch für den unheimlichen Müllberg. Und sie zweifelte auch nicht eine Sekunde lang daran, dass sie den richtigen Weg finden würde. In ihren Gedanken war sie ohnehin schon in dem provisorischen Stall angekommen.

Würde Tarek überhaupt da sein? Sie hatte schließlich nichts mit ihm vereinbart! Und würde er sich freuen sie zu sehen? In welchem Zustand würde sie Amal antreffen? – Fragen über Fragen, die ihr keine Zeit ließen, an etwas anderes zu denken.

Sobald sie atemlos die Tür zum Schuppen aufgestoßen hatte, spürte sie, dass etwas anders war als sonst. Sie hätte nicht gewusst, woran sie dieses Gefühl festmachen sollte. Eigentlich sah alles aus wie immer: Amal lag keuchend und bei jedem Atemzug rasselnd auf ihrem Strohlager, Tarek lehnte an der Holzwand, die Füße angezogen und die Unterarme auf die Knie gestützt, und der Großvater saß auf einem dreibeinigen, kleinen Höckerchen, der Mia an einen Melkschemel erinnerte, obwohl sie noch nie einen in natura gesehen hatte. Der Alte starrte versonnen vor sich hin und schien wie immer mit seinen Gedanken weit weg zu sein.

Was also war es bloß, was anders war? Als Tarek den Blick hob und sie ansah, meinte Mia, Tränen in seinen Augen zu sehen. Auf jeden Fall waren sie rot, als hätte Tarek geweint. Aber vielleicht war er auch einfach nur müde.

Tarek lächelte und der Großvater nickte ihr zu. Augenblicklich fühlte sich Mia willkommen. Als sie den Großvater gesehen hatte, hatte sie eine Sekunde lang befürchtet, er könnte sie nach Hause schicken, ihr nicht eine weitere Nacht erlauben mit Wache zu halten. Doch das Gegenteil schien der Fall zu sein. Er vermittelte ihr das Gefühl, sie erwartet zu haben. Als gehöre sie dazu und als sei es von Bedeutung, dass sie dabei war.

Mia lächelte schüchtern und ließ sich schweigend dicht neben Tarek nieder. Dabei war sie sehr vorsichtig und nahm diesmal Rücksicht auf ihre Blessuren, während sie eine einigermaßen komfortable Sitzposition suchte.

Natürlich küssten sie sich nicht – nicht einmal zur Begrüßung –, wenn der Großvater anwesend war. Nicht nur, dass es ihnen beiden peinlich gewesen wäre, sie spürten auch, dass der alte Mann dies wohl kaum stillschweigend geduldet hätte. Auch das war ein Teil seiner natürlichen Autorität. Aber Tarek griff nach Mias Hand, drückte sie sacht und legte sie einen Moment auf sein Knie.

Der Großvater verschloss großzügig die Augen.

»Danke, dass du gekommen bist«, sagte Tarek und sein Tonfall war für Mia der Beweis, dass sie sich nicht geirrt hatte. Es war etwas anders als sonst. Und in diesem Augenblick wusste sie auch, was: Es war die Nacht der

Entscheidung. Entweder gebar Amal ihr Fohlen innerhalb der nächsten Stunden oder es war zu spät. Die Stute war am Schlusspunkt ihres Lebens angekommen. Die Hoffnung starb.

Gesegnet seid ihr,
o Töchter des Windes.
PROPHET MOHAMMED

Jochen Mauritz beeilte sich, um mit seiner Frau Schritt zu halten. Dies war wieder einer der Momente, in denen der Mittvierziger sich fest vornahm, mehr für seine Kondition zu tun.

»Da vorne ist es«, sagte Ursula Mauritz zu ihrem Mann und drehte sich zu ihm um. »Und Herr Belisar ist auch schon da.«

Herr Mauritz brachte gerade noch ein Nicken zustande. Jetzt würde er dem Nebenbuhler mit vor Anstrengung gerötetem Gesicht und atemlos keuchend gegenübertreten. Kein angenehmer Gedanke.

Ben Belisar lächelte, als er das Ehepaar Mauritz sah. Er wirkte wie aus dem Ei gepellt, als ginge er auf eine Geschäftsbesprechung, statt mitten in der Nacht nach einem vermissten Angestellten zu fahnden, der soeben dabei war, eine jungfräuliche Urlauberin zu verführen. Er duftete sogar nach Rasierwasser!

Jochen Mauritz dagegen hatte sich schnellstmöglich in eine legere Freizeithose gezwängt, die an den Knien und am Hintern bereits ausgebeult war. Seine Bartstoppeln juckten und das T-Shirt, das er trug, hatte nicht nur auf der Brust einen Fleck vom Abendessen, sondern müffelte bereits, wie er in diesem Moment feststellte. Komisch, vorher war ihm das gar nicht aufgefallen.

Ben Belisar streckte ihm freundlich die Hand entgegen und deutete sogar eine kleine Verbeugung an, doch Jochen Mauritz entging der abschätzende Blick nicht, den der Tunesier ihm dabei zuwarf. Argwöhnisch beobachtete er, wie seine Frau und Herr Belisar sich ebenfalls mit Handschlag begrüßten.

»Und was machen wir jetzt?« Herrn Mauritz' Stimme klang gereizt.

»Herr Belisar wird uns helfen die beiden Ausreißer zu finden«, erklärte Frau Mauritz ihrem Mann und ihrem Tonfall hörte man an, dass sie das nicht zum ersten Mal tat. »Immerhin kennt er sich hier aus und hat eher als wir eine Vorstellung, wohin sich ein Pärchen zurückziehen konnte, das ungestört sein will.«

Herr Belisar nickte zu den Erklärungen. »Seien sie unbesorgt«, sagte er. »Wir werden die zwei schon aufspüren.«

»Daran zweifle ich nicht«, sagte Herr Mauritz und unterdrückte die Versuchung, seiner Überraschung über das zarte Stimmchen des Mannes Ausdruck zu verleihen. »Aber ich frage mich, ob es nicht längst zu spät ist!«

»Dann sollten wir vielleicht keine weitere Zeit mehr verschwenden?«, fragte Herr Belisar auffordernd und wies mit ausgestrecktem Arm auf einen der Wege, die durch das Labyrinth des finsteren Parks führten.

Ein Labyrinth – zumindest in Herrn Mauritz' Augen.

»Eine Frage noch.« Jochen Mauritz ignorierte seine Frau, die entnervt die Augen verdrehte. »Welches Interesse haben Sie eigentlich an der Sache? Ich meine, es ist ja sehr nett, dass Sie uns helfen, aber ich verstehe nicht ganz, warum.«

»Nun«, begann Herr Belisar, »Tarek ist ein mir untergebener Angestellter des Hotels. Und natürlich fühle ich mich für sein Benehmen verantwortlich.«

Frau Mauritz nickte und lächelte.

»Er ist halt jung, ungestüm und muss noch viel lernen. Und außerdem ... « Der gut gekleidete Tunesier stockte.

»Außerdem?«, versuchte Herr Mauritz den Redefluss wieder in Gang zu setzen.

Herr Belisar atmete laut hörbar aus. »Außerdem habe ich da so einen Verdacht, was eine unserer Stuten angeht. Aber bitte verstehen Sie, dass ich dazu noch nichts sagen möchte, solange ich nicht mit Gewissheit weiß, dass ich recht habe.«

Herr Mauritz nickte zustimmend, obwohl gerade der letzte Satz ihn alles andere als beruhigt hatte. Was um alles in der Welt hatte dieser Kerl, der gerade dabei war, seine Tochter zu verführen, mit dieser Stute angestellt? Was für ein Typ war dieser Tarek? Ein Kleinkrimineller, der Pferde stahl und verhökerte? Und das womöglich gemeinsam mit seiner Tochter? So gesehen bekam das bekannte Sprichwort vom Freund, mit dem man Pferde stehlen kann, eine ganz neue Dimension.

Endlich setzte sich der Suchtrupp in Bewegung. Herr Mauritz ging dicht hinter seiner Frau und Herrn Belisar und bohrte böse Blicke in dessen Rücken, die den Tunesier aber nicht weiter zu kümmern schienen. Das

Wiehern, das hinter ihnen erklang, als sie sich von der Koppel entfernten, kam Herrn Mauritz wie Hohngelächter vor.

»Alkuduraatu allati tamtäsu biha al chujulu al arabiatu lam tuktaschafu fi kulli makan wa mina albidäja.«

Mia sah Tarek an. Zum ersten Mal schien er nicht in der Stimmung zu sein, die Worte seines Großvaters für sie zu übersetzen. Sein sorgenvoller Blick ruhte auf Amal, die ihre Augen geschlossen hielt und sichtlich mit Schmerzen zu kämpfen hatte. Doch auch sein Enkel kam gegen die natürliche Autorität seines Großvaters nicht an. Der alte Mann wartete. Weder wiederholte er seinen Satz noch drängte er Tarek – er strahlte einfach mit jeder Faser seines Körpers die Gewissheit aus, dass Tarek letzten Endes tun würde, was er von ihm verlangte. Und Tarek entsprach der Erwartung, die an ihn gestellt wurde, ohne Widerspruch. Vielleicht wusste er im tiefsten Innern, dass der Großvater recht hatte, wenn er meinte, ihnen mit einer Geschichte, die sie in längst vergangene Zeiten entführte, das Warten zu erleichtern.

Nicht überall und nicht von Beginn an wurde den arabischen Pferden die Anerkennung zuteil, die ihnen zusteht. Die Amerikaner etwa hatten zunächst eine tiefe Abneigung gegen Schimmel und kein Pferd dieser Farbe wurde zur Zucht eingesetzt, bis Shahwan kam, der sämtliche Zweifel hinwegfegte wie ein Kamsin. Der weiße Hengst aus der Zucht Ali Pascha Sherifs musste echte Überzeugungsarbeit leisten, als er gegen Ende des 19. Jahrhunderts nach Amerika reiste. Niemand wollte ihn als Deckhengst haben, und das einzig und allein wegen seiner Farbe!

Und so war der Anfang der Araberzucht in vielen Teilen der Welt zunächst von Missverständnissen und Vorurteilen gegenüber den zierlichen Pferden geprägt.

Godolphin Arabian hieß das Pferd, das für uns Tunesier von besonderer Bedeutung ist und dessen alles übertreffende Vorzüglichkeit viele, viele Jahre unerkannt blieb.

Mia erinnerte sich, dass der Großvater diesen Hengst mit dem Namen *Godolphin Arabian* bereits in einem anderen Zusammenhang erwähnt hatte. Welcher war das noch?, überlegte sie und dann fiel es ihr wieder ein: Richtig, Godolphin Arabian, Darley Arabian und Byerley Turk, die drei Vollblutaraber, die die englische Vollblutzucht so entscheidend veränderten! Und über Godolphin Arabian hatte Abdulkader bisher noch keine Geschichte erzählt.

Mia legte den Kopf schief und konzentrierte sich ganz und gar auf die Worte des Großvaters.

Eine dunkle Nacht im Jahr 1724. Eine Stute liegt auf einem Lager aus Stroh in einem Stall. Immer wieder wird sie von Schmerzen geschüttelt. Ihre Flanken vibrieren. Schweiß lässt ihr Fell im Schein einer einzelnen Fackel glänzen. Ein letztes Aufbäumen.

Das Fohlen gleitet auf den Boden. Noch ist es von der Fruchthülle umschlossen. Doch schon ist die Mutter zur Stelle und befreit ihr Kind.

Der kleine Hengst hebt unbeholfen den Kopf. Er scheint viel zu schwer, wackelt auf dem Hals hin und her. Das Fell ist noch feucht, als das kleine Pferd schon versucht, auf die Beine zu kommen. Mit enormer Willenskraft schafft das Fohlen es schließlich, einige Minuten zu stehen, bevor es das Gleichgewicht verliert und wieder umfällt. Doch schon steht es erneut auf.

Obwohl ihm keine Gefahr droht, ist der kleine Hengst als Fluchttier seit Jahrtausenden darauf geprägt, sofort nach der Geburt aufzustehen, damit er mit seiner Herde vor eventuellen Räubern fliehen kann. Es ist überlebenswichtig, auf die Beine zu kommen! Alles andere bedeutet in der Wildnis den sicheren Tod.

Ob der kleine braune Hengst mit der dunklen Mähne, dem dunklen Schweif und der weißen Fessel hinten rechts schon zu diesem Zeitpunkt Hängeohren, einen zu kräftigen Hals und eine abfallende Kruppe hatte? Oder traten diese Schönheitsmakel, die ihm ein so schweres Leben bescheren sollten, erst später zutage?

Maler, die ihn porträtierten, malten ihn oft mit zu tief angesetztem Schweif, einem überdimensional kräftigen Hals und angelegten Ohren. Auf manchen Bildern erscheint er fast so dunkel wie ein Rappe. Was sie auf den Gemälden nicht einfangen konnten, war sein Charakter: extrem willensstark und kaum zu bändigen.

Alles in allem war er wohl keine typische arabische Pferdeschönheit und vielleicht wurde ihm sein unattraktives Äußeres zum Verhängnis, vielleicht war es aber auch sein Temperament oder beides. Seine wahren Qualitäten jedenfalls waren nicht auf den ersten Blick zu erkennen. Auch nicht, als der kleine Hengst größer wurde und im Alter von drei Jahren bereits zeigen durfte, was in ihm steckte. Er machte seiner Rasse alle Ehre und war schnell wie der Wind und ausdauernd wie ein Kamel.

Wahrscheinlich wegen dieser Fähigkeiten wählte ihn der Bey von Tunis trotz seiner Schönheitsfehler zusammen mit drei weiteren edlen Orientalen als Geschenk für König Ludwig XV. von Frankreich aus und verschickte ihn auf dem Seeweg nach Europa.

Die strapaziöse Reise ist dem zierlichen Hengst nicht gut bekommen und er traf in einem bemitleidenswerten Zustand in Frankreich ein: Abgemagert bis auf die Knochen und mit struppigem Fell müssen die Schönheitsmakel Shams, wie der Hengst vorerst genannt wurde, besonders deutlich zutage getreten sein. Ebenso wenig dürften die Anstrengungen der Reise seiner Stimmung zuträglich gewesen sein und so kam zu seinem wenig ansprechenden Äußeren auch noch die Launenhaftigkeit des mittlerweile Vierjährigen hinzu, sodass er auf dem französischen Hof keinerlei Sympathien erwerben konnte. Im Gegenteil. Bei seinem Anblick soll der französische König zunächst gelacht und dann gewütet haben: Eine so abgrundtief hässliche Kreatur könne er in seinem Marstall nicht dulden und er befahl, ihm Sham außer Sichtweite zu schaffen, da sein Anblick sein Auge beleidige.

Als hätte der Hengst die ablehnenden Worte verstanden, bäumte er sich auf, wieherte und schlug mit den Vorderläufen aus. Dieser Temperamentsausbruch besiegelte sein Urteil endgültig.

Abgelehnt und verkannt fristete Sham im königlichen Stall ein bedauernswertes Dasein. Während die übrigen Tiere Ludwigs XV. aufs Beste gehegt und gepflegt wurden, sorgte niemand für den Araberhengst. Und so verkümmerte er zusehends, bis man ihn schließlich für einen lächerlichen Preis an einen Pariser Händler verkaufte.

Ein schwieriger Charakter, den der Hengst zweifelsohne hatte, wird oft begleitet von einer auffallend hohen Intelligenz. Und die hatte auch Sham. Er muss furchtbar gelitten haben, als man ihn vor den Karren spannte, mit dem man Kohle, Wasser oder Abfall transportierte. Sham war zu diesem Zeitpunkt nur noch ein Schatten seiner selbst. Das edle Reitpferd, dafür geboren, schnell wie der Wind und ausdauernd wie ein Kamel, möglichst lange Strecken zu überwinden, war als Karrenpferd denkbar ungeeignet. Und ein solches Dasein war auch weit unter seiner Würde. Sham muss das irgendwie gespürt haben. Er, dem die Welt zu Füßen liegen sollte, wurde von ihr mit Füßen getreten. Dennoch gab er sich nicht auf und kämpfte. Er kämpfte jeden Tag gegen die Demütigungen, die ihm widerfuhren, wenn er den schweren Wagen durch die Pariser Straßen zog, durch Schlaglöcher, bis der Schlamm hochspritzte, und die Menschen über ihn lachten oder ihn gar malträtierten.

Vielleicht war es der ungebrochene Stolz Shams, den er nach wie vor ausstrahlte, den der Engländer Edward Coke bemerkte. Vielleicht hatte er aber auch einfach nur Mitleid mit der gepeinigten Kreatur. Auf jeden Fall erwarb er den Hengst und brachte ihn in seine Heimat.

Doch auch in England erging es Sham zunächst nicht besser und sein starker Wille, der ihm letztendlich zum Glück verhelfen sollte, wurde auch hier vorerst nicht besonders geschätzt. Immer noch wurde dem lebhaften Hengst nicht die Anerkennung zuteil, die ihm aufgrund seiner Fähigkeiten eigentlich zustand. Und so verwundert es nicht, dass Sham von Hand zu Hand weitergereicht wurde. Niemand schien mit ihm fertig zu werden. Auch nicht der Earl von Godolphin, auf dessen Gestüt Sham schließlich landete, wo er in Godolphin Arabian umbenannt wurde.

Von nun an bestand die Aufgabe des Hengstes darin, die Bereitschaft der gräflichen Stuten zum Deckakt zu testen. Selbst zu decken dagegen blieb ihm verwehrt. Niemand hätte ein Fohlen von diesem hässlichen und aufmüpfigen Hengst gewollt. Und niemand glaubte, dass er in der Lage wäre, herausragende Nachkommen zu zeugen. Als Probierhengst musste er so manchen bösen Biss und Tritt einstecken. Sein ohnehin nicht attraktives Äußeres wurde nach und nach von den vielen Bisswunden, die nur unzureichend behandelt wurden und deshalb oft vernarbten, weiter entstellt. Und zeigte sich eine Zuchtstute zur Paarung bereit, so musste Godolphin Arabian das Feld räumen für den eigentlichen Deckhengst. Was für eine frustrierende Aufgabe für das temperamentvolle Tier, die ihn immer unzufriedener und störrischer werden ließ! Kein Wunder, dass er kaum noch jemanden an sich heranließ und im Gegenzug von den Stallburschen gequält und misshandelt wurde, wo sich nur die Gelegenheit bot. Die Spirale wurde immer enger und enger.

Sein einziger Freund, den er zu dieser Zeit gewann, war ein Kater, mit dem er seinen Stall teilte. Während ihm sonst kein Lebewesen zu nah kommen durfte, ohne Gefahr zu laufen, dass der Hengst ihn attackierte, durfte die Katze mit dem Namen Grimalkin sogar auf seinem Rücken sitzen. Lag Godolphin Arabian am Boden, dann schmiegte Grimalkin sich an ihn und schnurrte laut in eins seiner Ohren, die dem armen Kerl so viel Unglück eingebracht hatten, weil sie nicht so geformt waren, wie es die Menschen gern gesehen hätten. Seine Freundschaft mit der Katze brachte Godolphin Arabian weiteren Hohn ein. Aber er war inzwischen ohnehin zum Einzelgänger geworden.

Hobgoblin hieß der Hauptbeschäler des Gestüts, der die schöne Stute Roxanna decken sollte. Und natürlich musste zuvor Godolphin Arabian probieren, ob Roxanna in der richtigen Stimmung war. Und sie war.

Was für eine Enttäuschung für Godolphin Arabian, als er nun wieder von der Stute weggerissen wurde und weggebracht werden sollte, während Hobgoblin schon bereitstand, um die Früchte zu ernten, die Godolphin Arabian gesät hatte. Doch dieses Mal sollte alles anders kommen: Godolphin Arabian wehrte sich. Er stieg, bäumte sich auf, keilte aus und riss sich schließlich los. Wutentbrannt stürzte er sich auf den Kontrahenten, der die schöne Roxanna bereits bezirzte. Es muss ein ungleicher Kampf gewesen sein. Hobgoblin war ein kräftiger und großer Hengst, gegen den der zierliche Godolphin Arabian ausgesehen haben muss wie ein Spielzeugpferd. Doch Godolphins Temperament, seine Willenskraft und Durchsetzungsstärke sollten Hobgoblin das Fürchten lehren. Zum Schluss suchte der Deckhengst das Weite und noch bevor jemand eingreifen konnte, hatte Godolphin Arabian zum Abschluss gebracht, was ihm eigentlich verwehrt bleiben sollte.

Nun hatte sich Godolphin Arabian jedoch erst recht seiner Daseinsberechtigung beraubt. Wer wollte schon einen Probierhengst, der sich so gebärdete und die Zucht gefährdete?

Während Godolphins weiteres Schicksal noch ungewiss war, trug Roxanna das gemeinsame Fohlen unter dem Herzen. Als es 355 Tage später das Licht der Welt erblickte, taufte man den kleinen Hengst auf den Namen Lath. Und Lath war es, der das Schicksal seines Vaters zum Guten wendete. Denn schnell wurde klar, dass Lath ein Ausnahmepferd war, eins, auf das jeder Züchter hofft. Er machte sich einen Namen als schnellstes Rennpferd seiner Zeit und ebnete seinem Vater Godolphin Arabian den Weg zum anerkannten Vererber. Und so hatte sich der zähe Wille, der bereits den jungen Sham auszeichnete, ausgezahlt.

Godolphin Arabian starb tief betrauert und hoch gerühmt im Alter von fast dreißig Jahren am 24. Dezember 1753. Bis zu seinem Tod teilte er seinen Stall mit seinem Freund, dem Kater. Und auch heute noch wird ihm als einem der drei Stammväter der englischen Vollblutzucht die Ehre zuteil, dass unter seinen Nachfahren die bedeutendsten und erfolgreichsten Rennpferde zu finden sind. Zum Beispiel der legendäre Eclipse, dessen Urgroßvater er ist.

Amals Flanken vibrierten. Schweiß ließ ihr Fell im Schein der Petroleumleuchte glänzen. Die Stute stöhnte so unvermittelt laut auf, dass Mia erschrocken zusammenzuckte.

»Es ist so weit.« Tareks Stimme klang gefasst. Beinahe erleichtert nach den Tagen und Wochen des Wartens, Bangens und Hoffens.

Mia wurde von einer Aufregung erfasst, die sie so noch nie erlebt hatte. Wie sollte man das Gefühl in Worte fassen, das man empfand, wenn man wusste, dass ein geliebtes Wesen sterben würde und zugleich der Beginn eines neuen Lebens Hoffnung gab?

Hoffnung! Schon wieder dieses Wort! Mia wusste, dass sie es ihr Leben lang nicht mehr verwenden würde, ohne dabei an Amal zu denken.

Der Großvater erhob sich betont langsam von seinem dreibeinigen Hocker, als wollte er Flüchtigkeitsfehler vermeiden.

Amal stöhnte und wälzte sich umher. Sie versuchte aufzustehen, doch dazu fehlte der geschwächten Stute die Kraft.

»Was ist los?«, fragte Mia. »Hat sie eine Kolik?« Sie war einmal mit Jule im Stall gewesen, als eins ihrer Pflegepferde eine Kolik hatte. Daran fühlte sie sich jetzt erinnert.

Tarek lächelte milde. »Nein«, sagte er und stand auf. »Die Geburt beginnt.«

Der Großvater machte Tarek ein Zeichen und sagte irgendetwas auf Arabisch zu ihm. Das Einzige, was Mia verstand, war das Wort *Amal.*

Wieder versuchte die Stute aufzustehen. Aber die Anstrengung war offensichtlich zu viel für sie. Sie schnappte nach Luft wie ein Fisch außerhalb des Wassers.

»Hilf mir«, sagte Tarek.

Mia, die sich bislang nicht getraut hatte, sich zu bewegen, stand auf. »Was kann ich tun?«

»Wir helfen Amal beim Aufstehen«, erklärte Tarek. »Sie muss sich bewegen, damit die Wehen wirkungsvoller sind. Pferde wissen das instinktiv und verhalten sich entsprechend. Und damit sie besser Luft bekommt, soll sie stehen.«

Mia schluckte und nickte. Sie erinnerte sich daran, wie Tarek ihr gesagt hatte, dass sie nur deswegen im Stall bleiben durfte, weil Amal sie offensichtlich mochte und akzeptierte. Wenn der Großvater auch nur geringste Anzeichen bei der Stute entdeckt hätte, dass die Anwesenheit des Mädchens sie verwirrte, dann hätte er Mia fortgeschickt. Doch das Gegenteil war der Fall gewesen. Nicht erst, seit Mia Amal Meerrettich beschafft hatte, war zwischen ihr und dem Pferd eine Freundschaft gewachsen. Auch vorher schon hatte Amal deutlich gezeigt, dass Mias Besuche sie erfreuten.

Und jetzt sollte sie sich also bewähren. Mia hoffte, dass Amals Zuneigung zu ihr auch so weit ging, dass sie sie bei der Geburt ihres Kindes dabeihaben wollte. Jule hatte ihr einmal erzählt, dass Stuten die Geburt über Tage hinauszögern können, wenn sie sich nicht sicher fühlen. Ein Überbleibsel aus dem Leben als wilde Herdentiere.

Aber Amal schien nichts hinauszögern zu wollen. Und sie schien auch nichts dagegen zu haben, als Mia ihr nun mit Tarek zusammen half, auf die Beine zu kommen.

Mia sah in Tareks Gesicht, das vor Anstrengung gerötet war. Ebenso wie ihres. Kein Wunder. Selbst ein zierlicher Araber wie Amal brachte mal eben dreihundertfünfzig Kilo auf die Waage. Und das Fohlen selbst wog sicher auch noch einmal mindestens dreißig Kilo.

Während Mia und Tarek, jeder auf einer Seite, Amal stützten, die bedenklich hin und her schwankte, holte der Großvater alle möglichen Utensilien aus einer Kiste hervor, die Mia bislang gar nicht aufgefallen war, da sie hinter dem Melkschemel gestanden hatte. Abdulkader bewegte sich im Zeitlupentempo, als hätte er alle Zeit der Welt. Mia entdeckte einen Eimer, mehrere Fläschchen undefinierbaren Inhalts, Schere und Bindfaden und einige Tücher. Der Großvater tunkte eins der Tücher in den Eimer, der mit Wasser und irgendeiner bräunlichen Tinktur gefüllt war – wahrscheinlich ein Desinfektionsmittel, vermutete Mia –, wusch damit Amals Euter und band ihren Schweif zusammen.

Amal atmete schnell und stoßweise. Ihre Augen traten vor Anstrengung hervor und sie legte die Ohren an. Etwas Milch tropfte bereits aus einer der Zitzen auf den mit Stroh gepolsterten Boden. Plötzlich knickte die Stute mit den Hinterläufen ein.

»Sie will sich wieder hinlegen«, ächzte Tarek.

Tarek und Mia stützten die Stute.

Als die Stute eine ihr angenehme Position gefunden hatte, war Mia froh, dass sie sich nun für ein paar Minuten ausruhen konnte. Jetzt wusste sie, warum Tarek und Abdulkader sich gefreut hatten, sie zu sehen: Sie konnte ihnen tatsächlich Unterstützung bieten.

Amal atmete mit geöffnetem Maul. Bei jedem Atemzug hörten sie das rasselnde Geräusch, das immer lauter geworden zu sein schien. Die Nüstern des Pferdes waren unnatürlich geweitet und bebten. Ihr Bauch hob und senkte sich, als hätte er ein Eigenleben. Und das hatte er ja auch!

Plötzlich riss Mia die Augen auf. Zwischen Amals Hinterläufen wölbte sich eine bläulich schimmernde Blase hervor – und verschwand wieder.

»Tarek!«, zischte Mia, als die Blase kurz darauf ein zweites Mal erschien.

Doch Tarek nickte beruhigend. »Das ist die Fruchtblase«, erklärte er. »Die Austreibungsphase hat begonnen.« Er hatte den Satz noch nicht zu Ende gesprochen, als sich hellgelbes, klares Fruchtwasser schwallartig über den Boden ergoss.

Amal stöhnte wieder.

Sofort war Abdulkader zur Stelle. Er entfernte das nasse Stroh, so gut es ging, und legte trockenes nach. Er hatte gerade die letzte Handvoll erneuert, als wieder eine Blase erschien. Diesmal war sie eher milchig weiß und Mia meinte, den kleinen Huf eines Fohlens unter der Hülle zu sehen. Jetzt rutschte die Blase nicht wieder zurück. Im Gegenteil, sie wuchs regelrecht aus Amal heraus. Und Mia konnte an Amals Bauch sehen, wie die Stute presste. Da war der zweite Huf! Er lag auf dem Fesselgelenk des ersten.

Amal hustete. Dabei rutschte das Fohlen weiter heraus. Jetzt konnte Mia schon die Vorderknie sehen. Und was war das? War das etwa die Nase?

»Aber kann es denn so atmen?«, fragte Mia leise, um Amal nicht zu stören, die jedoch von den Menschen um sich herum nicht viel mitzubekommen schien. Aber Mia ahnte, dass dieser Eindruck täuschte. Amal war hellwach und registrierte alles, was in ihrer Umgebung geschah. Und vielleicht spürte sie auch, dass sie die Hilfe der Menschen brauchte?

Tarek lächelte wieder. »Noch wird das Fohlen über die Nabelschnur versorgt«, erklärte er. Und wie zur Bestätigung seiner Worte verschwand die Nase wieder, nur um einige Augenblicke danach bei der nächsten Wehe erneut zum Vorschein zu kommen. Und diesmal blieb sie draußen. Gefolgt vom Rest des Fohlens.

Mia starrte fasziniert auf das kleine Wesen, das schemenhaft unter der Eihülle zu erkennen war. »Es bewegt sich nicht«, flüsterte sie entsetzt. »Muss es sich jetzt nicht bewegen?«

»Warte«, sagte Tarek, aber er wirkte nun selbst etwas beunruhigt.

Auch Abdulkader schaute gebannt zu, was als Nächstes geschah.

Doch es geschah nichts.

Das Fohlen bewegte sich nicht.

»Es muss sich jetzt eigentlich strecken«, flüsterte Tarek, »und mit seinen Bewegungen die Fruchtblase zerreißen, damit es atmen kann.«

Abdulkader sah nach Amal. Doch die Stute war von den Anstrengungen so erschöpft, dass sie ebenfalls regungslos dalag. Ihre Atmung war Besorgnis erregend flach. Normalerweise wäre die Stute jetzt schon aufgestanden. Oder hätte sich zumindest nach ihrem Fohlen umgedreht. Aber dafür fehlte der kranken Amal die Kraft.

»Nun mach schon.« Tarek murmelte vor sich hin. Es klang wie eine Beschwörung. »Beweg dich. Bitte!«

Doch nichts geschah.

Mia spürte blanke Verzweiflung in sich aufsteigen.

Wenn du ins Paradies kommst,
findest du ein rubinrotes, geflügeltes Pferd,
das du besteigen und mit dem du fliegen kannst,
wohin auch immer du willst.
AL-DAMIRI

Ich Idiot!« Ben Belisar schlug sich so fest gegen die Stirn, dass dort eine rote Stelle zurückblieb. »Warum habe ich nicht sofort daran gedacht?«

Jochen Mauritz konnte dem Mann nur recht geben. Obwohl er noch nicht wusste, was für ein Einfall ihn zu dieser Selbsterkenntnis gebracht hatte. Aber nach drei Stunden nächtlichem Fußmarsch über matschigen Sand und Geröll, nach Kletteraktionen an Felsformationen und nach unzähligen piksenden Disteln, in die er getreten war, stand für ihn eindeutig fest, dass dieser Mann niemals sein Freund werden würde.

Einen Augenblick lang hatten sie in den Dünen geglaubt, ihre Suche wäre erfolgreich beendet. Doch es war ein anderes Liebespärchen, das überrascht und erschreckt auffuhr, als sich die drei Fremden ihnen näherten.

»Woran haben Sie nicht gleich gedacht?«, fragte Frau Mauritz. Ein neuer Funke Hoffnung blitzte in ihren Augen auf.

»Der Schuppen«, sagte Ben Belisar. »Auf dem Hotelgelände gibt es einen alten Schuppen. Er ist nicht gerade romantisch, bis unters Dach voll mit altem Schund. Aber es ist noch eine Möglichkeit.«

»Dann lassen Sie uns keine Zeit mehr verlieren«, drängte Frau Mauritz. »Zeigen Sie uns den Schuppen.«

»Gut, hier entlang«, sagte Herr Belisar und ging mit eiligen Schritten voraus, dicht gefolgt von Frau Mauritz, die nach wie vor kräftig ausschritt und keinerlei Ermüdungserscheinungen zeigte.

Jochen Mauritz stöhnte und humpelte langsam hinterher.

Amal spürte offensichtlich, dass mit dem Fohlen etwas nicht stimmte. In einem gewaltigen Kraftakt hob sie den Kopf und drehte sich zu ihrem Kind um.

Der Großvater schob Tarek zur Seite. Er kniete sich vor das Fohlen und zerriss vorsichtig die Fruchtblase, sodass die Nase des Pferdes frei wurde.

Mia war sich nicht sicher. Hatte sich das Fohlen gerade ein wenig bewegt? Oder war es nur die Erschütterung durch Abdulkaders Berührung?

Der alte Mann entfernte die Hülle. Schwarz glänzend lag das Miniaturpferd da. Zart und zerbrechlich sah es aus. Der Großvater griff nach einem Handtuch und massierte den kleinen Körper mit gleichmäßig kräftigem Druck.

Gebannt starrte Mia auf das Fohlen, während sie auf irgendeine Bewegung wartete, die ihr verriet, ob das Tier lebte.

Da! Ein Zucken ging durch den Pferdekörper.

Der Großvater wich zurück.

Mia musste an die Wackeldackel denken, die manche Leute auf der Hutablage ihres Autos spazieren fuhren und die bei jeder Erschütterung mit dem Kopf wackelten. Genauso sah es aus, als das Fohlen jetzt versuchte den Kopf zu heben.

Der Großvater sagte wieder etwas zu Tarek, der sofort aufstand und Sekunden später mit einer Schere und einem Bindfaden zurückkehrte. Abdulkader nahm beides stumm entgegen.

Mia wich zurück, um nicht im Weg zu sein, als der Alte jetzt die Nabelschnur sorgfältig abband und sie anschließend durchtrennte.

Amal, die bislang alles mit Argusaugen verfolgt hatte, ließ den Kopf mit einem erschöpften Stöhnen zurück auf den Boden sinken.

»Normalerweise reißt die Nabelschnur von selbst, wenn die Stute aufsteht«, erklärte Tarek mit leiser Stimme. »Aber … «, er stockte, »… Amal ist zu schwach, um aufzustehen.«

Während allmählich Leben in das Fohlen kam, das versuchte auf die Beine zu kommen, beobachteten Mia, Tarek und der Großvater, wie Amal zusehends schwächer wurde. Ihr Atem ging immer flacher und ihr Bauch hob und senkte sich kaum noch.

Nicht nur Tarek kämpfte sichtlich mit den Tränen, auch Abdulkader sah ziemlich mitgenommen aus. Der Alte presste die Lippen fest aufeinander, aber dennoch konnte Mia sehen, wie die Muskeln in seinem faltigen Gesicht zuckten.

Das Fohlen hatte endlich Erfolg. Als es x-beinig dastand, hob Abdulkader es vorsichtig hoch und setzte es vor Amals Nüstern wieder ab. Die Schimmelstute hob mühsam den Kopf und beschnupperte ihr Neugeborenes. Sie fuhr zärtlich mit der Zunge über seinen Hals und sein Gesicht.

Als Amals schöner Kopf nun zum letzten Mal zurück auf den Boden sank und alles Leben mit einem Seufzer aus ihrem Körper wich, konnte Mia nicht mehr an sich halten. Die Tränen rannen über ihre Wangen und die drei Menschen sahen einander an, die Gesichter von Tränen überströmt, und fielen sich gleichzeitig Trost suchend und Trost spendend in die Arme. Sie hatten es geschafft. Amal hatte es geschafft. Sie hatte einer Tochter des Windes, einem Kind der Wüste, das Leben geschenkt!

Minuten verstrichen, während sich Mia, Tarek und Abdulkader in den Armen lagen und versuchten, ihrer Gefühle Herr zu werden, die zwischen Euphorie und Verzweiflung schwankten.

Mias Gedanken verselbstständigten sich: In einem anderen Land hätte Amal vielleicht eine Chance gehabt, zu überleben. Nicht, dass es in Afrika keine hervorragenden Tierärzte und Ärzte gab – doch mehr noch als woanders war es hier eine Frage des Geldes, die beste medizinische Versorgung zu erhalten. Und kaum jemand konnte sich das in diesem Land, in dem so viele unterhalb der Armutsgrenze lebten, leisten. Und das Schlimmste daran war, dass es bei den Menschen, die hier lebten, nicht anders war. Auch sie starben an Krankheiten, die in anderen Teilen der Welt ausgerottet oder mit geringstem Einsatz zu behandeln waren.

Abdulkader war der Erste, der sich aus der Umarmung löste. Seine Stimme klang belegt, aber dennoch fest, als er Tarek nun aufforderte, ihm die bereitgelegte Milchflasche für das Fohlen zu holen.

Natürlich verstand Mia wieder kein Wort, aber sie verfolgte Tarek mit Blicken, der zu der Kiste hinter dem Hocker ging und mit einer Saugflasche voll Milch zurückkehrte. »Woher habt ihr das?«, wollte sie wissen.

»Das ist Kolostralmilch«, erklärte Tarek. »Großvater hat sie vorsorglich bereits vor einiger Zeit besorgt. Er ist dafür über zwanzig Kilometer bis in den Nachbarort gelaufen, wo ein Pferdezüchter sein Anwesen hat, den er von früher kennt.«

»Kolostralmilch?« Mia runzelte verständnislos die Stirn, während ihre Bewunderung für Abdulkader noch einmal wuchs, der ungeachtet seines Alters keine Mühen gescheut hatte, um Amals Fohlen zu retten.

Tarek nickte. »Das ist die erste Milch, die das Fohlen trinkt. Sie ist lebenswichtig, denn Pferde werden ohne Immunstoffe geboren und müssen innerhalb der ersten Stunden diese Milch trinken.«

»Aber Milch wird doch schlecht, oder?«

Tarek schüttelte den Kopf. »Sie wird in kleinen Portionen tiefgefroren. So kann man sie ein paar Monate lang aufbewahren.«

Das Fohlen suchte mittlerweile aufgeregt nach einer Nahrungsquelle. Doch Amal, seine Mutter, hatte ihm nichts mehr zu geben.

Tarek kniete sich vor das Fohlen und hielt ihm die Flasche hin.

Das kleine Pferd wusste damit allerdings nichts anzufangen. Immer noch wackelte sein viel zu großer Kopf hin und her und es suchte an Amals Körper nach den Milch gebenden Zitzen.

»Trink schon«, flüsterte Tarek.

Mia beobachtete die vergeblichen Versuche ihres Freundes, das Fohlen zum Trinken zu bringen. Es war ein makaberer Anblick: Da lag die tote Mutterstute und das arme verwaiste Fohlen versuchte verzweifelt ihr etwas Lebendiges zu entlocken. Mia spürte die nächsten Tränen in sich aufsteigen. Sie schüttelte sich, um sie zu vertreiben.

»Ich habe eine Idee«, sagte sie leise. Sie wusste nicht, ob es klappen würde, doch einen Versuch war es allemal wert. Sie nahm Tarek die Flasche aus der Hand und hielt sie dicht an Amals Bauch, dorthin, wo das Fohlen bereits nach den Zitzen suchte.

Das Fohlen berührte den Sauger, wich aber davor zurück. Es spürte, dass er aus Gummi und nicht aus Fleisch und Blut war.

Mia tröpfelte etwas von der Milch auf ihren Finger und hielt ihn dem Fohlen hin.

Als das Fohlen mit dem Maul dagegen stieß und den Geschmack der Milch auf seinen Lippen spürte, öffnete es den Mund und begann an Mias Finger zu saugen.

Mia war überrascht, wie kräftig dieses kleine Wesen bereits saugen konnte, das zunächst sogar zu schwach gewesen war, um selbstständig zu atmen. Der Sog an ihrem Finger war enorm. Sobald das Fohlen aber merkte, dass keine Milch mehr aus dem Finger kam, hörte es auf und wandte sich wieder Amals reglosem Körper zu.

Mia wiederholte die Prozedur und als das Fohlen soeben zum dritten Mal die Lippen aufmachte, um Mias Finger abzulecken, steckte sie ihm schnell den Sauger in das geöffnete Maul. Das Fohlen zuckte zunächst zurück, doch da hatte es bereits gemerkt, dass diese Milchquelle wesentlich ergiebiger war als alles andere, was es bislang ausprobiert hatte. Auf einmal war das Gefühl, etwas Unnatürliches im Maul zu haben, zweitrangig.

Mia strahlte triumphierend und lächelte Tarek und Abdulkader glücklich zu. Sie konnte sich nicht erinnern, schon einmal in ihrem Leben so überzeugt davon gewesen zu sein, dass sie etwas wirklich Wichtiges erreicht hatte.

Ihr Lächeln gefror schlagartig, als in diesem Augenblick die Tür zum Schuppen geöffnet wurde und sich Ursula Mauritz hinter Ben Belisar in den Raum drängte. Mia konnte beobachten, wie sich der Gesichtsausdruck ihrer Mutter innerhalb von Sekundenbruchteilen von Ärger in Überraschung verwandelte. Das, was sie hier vor sich sah, hatte sie offensichtlich nicht erwartet!

Ganz anders dagegen reagierte Ben Belisar. Tarek sprang auf, als er seinen Chef erkannte. Abdulkader senkte den Blick.

»Das hätte ich mir doch denken können«, sagte Herr Belisar. Er ging auf Amal und das Fohlen zu, das immer noch an der Flasche nuckelte, die Mia in der Hand hielt, und stellte mit einem Blick fest, dass Amal tot war. »Ein weißer Stern auf der Stirn und die Füße vom vielen Waschen weiß«, murmelte er, während er das Fohlen betrachtete.

Mia ließ ebenfalls den Blick über die Zeichnung des

Fohlens wandern. Der Mann hatte recht: Es hatte einen weißen Fleck auf der Stirn und vier deutlich hellere Fesseln.

»Innähu machluku allah, innaha iradatuhu, annahu yäischu.« Abdulkader hatte gesprochen, ohne jemanden dabei anzusehen. Jetzt erst hob er den Kopf und blickte Ben Belisar unverwandt in die Augen.

Tarek stand immer noch schweigend mitten im Raum. Sein Blick glitt hektisch zwischen seinem Großvater, seinem Chef und den Eltern seiner Freundin hin und her. Ihm war klar, dass ihn eine dieser Personen auf jeden Fall gleich zur Rechenschaft ziehen würde. Nun wartete er angespannt darauf, wer von ihnen als Erster das Wort ergriff.

Mia hätte zu gerne gewusst, was Abdulkader zu Ben Belisar gesagt hatte, aber sie traute sich nicht Tarek um eine Übersetzung zu bitten.

»Ich hätte nicht geglaubt, dass Amal das schafft«, fuhr Ben Belisar fort. Er wandte sich an den Alten. »Du hattest recht, Abdulkader«, sagte er. »Dieses Fohlen ist ein Geschöpf Allahs. Und wenn es lebt, dann ist dies sein Wille.«

Jetzt wusste Mia, was der Großvater zuvor auf Arabisch gesagt hatte. Mit Tränen in den Augen sah sie zu ihrer Mutter hinüber. Würden ihre Eltern auch verstehen können, warum sie sie hintergangen hatte?

Ben Belisar sah Tarek streng an. »Ich hoffe, dir ist klar, dass es nun deine Aufgabe sein wird, Tag und Nacht dafür zu sorgen, dass es weiterlebt«, fuhr er fort. »Einen Milchvorrat scheint ihr ja bereits besorgt zu haben.«

»Das ist nur die Biestmilch«, sagte Tarek. Mia spürte,

wie ein Teil seiner Anspannung von ihm wich. »Aber wir können einen Milchaustauscher herstellen.«

Ben Belisar nickte stumm. Glücklich sah er nicht aus, aber er schien sich mit der Situation arrangieren zu wollen.

Mia und ihre Mutter blickten sich stumm an. Frau Mauritz sah die Tränen in den Augen ihrer Tochter. Sie öffnete die Arme und Mia stand auf und ging auf ihre Mutter zu. Als ihre Mutter sie an sich drückte, spürte Mia die Erleichterung, die sich in ihr ausbreitete und sie wärmte. Es würde alles wieder gut werden. Das wusste sie jetzt. Die Anspannung der letzten Stunden fiel in diesem Augenblick von ihr ab und sie begann vor Erschöpfung zu zittern.

Mias Mutter versuchte ihre Tochter zu trösten. »Zu Hause wartet Jule auf dich«, flüsterte sie in Mias Ohr und strich ihr zärtlich eine Haarsträhne aus dem Gesicht.

Zuerst nickte Mia nur, den Kopf an Frau Mauritz' Schulter gelehnt. Ja, ihre Mutter hatte recht. Das war der einzige Lichtblick, dass sie bald wieder bei ihrer Freundin sein konnte.

Erst einen Augenblick später wurde ihr klar, was ihre Mutter soeben gesagt hatte: Sie hatte Jule gesagt.

Jule! Nicht Jutta.

Epilog

Der Shuttlebus hielt vor der Rezeption des Hotels und der Fahrer öffnete die Türen. Mia steckte die vierte und letzte Postkarte, die sie in diesem Urlaub an Jule geschrieben hatte, in ihre Tasche – sie würde sie am Flughafen einwerfen – und griff nach ihrem Koffer.

Als sie den Koffer in den geräumigen Bauch des Busses schob, überlegte sie, ob ihre Briefe nun demnächst mit *Lieber Tarek* anfangen würden. Und ob sie nun zeit ihres Lebens mit diesem Gefühl des Zerrissenseins weiterleben müsste. Hier war es Jule gewesen, die ihr fehlte – würde es fortan Tarek sein, den sie vermisste?

Mia suchte sich einen Platz hinter ihren Eltern und sah aus dem Fenster, während der Fahrer wieder seinen Sitz bestieg und sich die Türen mit dem typischen zischenden Geräusch entweichender Luft schlossen. Der Bus setzte sich in Bewegung und Mia verrenkte den Kopf, um das Hotel so lange wie möglich sehen zu können.

In Gedanken formulierte sie bereits die Sätze ihres ersten Briefs an ihren tunesischen Freund, der mit den Worten *Lieber Tarek* begann.

Register

Abayyah 21, 57
Abbas Pascha 128, 131, 133ff., 145, 159f., 195
Abdullah Ibn Sa'ud 132
Abeyyah 145f.
Abzeichen 162
Ägypten 89, 92, 120, 125, 160ff., 177, 206
al-Hami 159
Aladdinn 227, 239
Ali Pascha Sherif 160f., 261
Allah 47, 44–56, 127, 132, 205
Arabien 92, 122, 124, 126, 132,180
Ashqar 19
asil 57f., 93, 206
Bábolna 211f.
Beduinen 93f., 100, 109, 122f., 132, 145, 161, 187, 195f., 211, 216
Bey von Tunis 264
Blunt, Lady Anne 160, 163f., 195, 208, 214
Brudermann 211
Byerley Turk 195, 262
Camargue 213
Chadidscha 51ff., 65
Christoph Columbus 208
Coke, Edward 265
Crabbet Park 161
Darley Arabian 195, 197, 202, 262
Daumenzeichen des Propheten 58
Deckhengst 262, 266, 268
Deutschland 17f., 65, 76, 118, 160, 177, 205ff., 241, 252
Dressur 174
Dschellabije 123f., 126f., 129, 132f.
Eclipse 197–204, 227, 268
England 160f., 197, 199, 238, 266
englische Vollblutzucht 262
Erlandsson, Erik 238
Estramadura 239
Europa 160, 205, 264
Faisal Ibn Dauisch 123, 129
Faris 53, 197
Fechtkampf → Tahtib 121
Frankreich 160, 213, 264
FS Bengali 207
Fuchs → Ashqar 7, 13f., 19, 20, 23, 26, 93, 113, 161, 198, 201f.
Fünf des Propheten Allahs 57
Gezira 161
Godolphin Arabian 195, 203, 262–268
Hadbah 57, 144
Hadban Enzahi 206
Hamdaniyah 57
Hashim 50
Hauptbeschäler 267
Hedban 134
Herzog von Veragua 208
Hidschra 53
Hira 51
Hobgoblin 267f.
Hohe Schule 175
Islam 65, 86, 92
Italien 160
Janow Podlaski 209
Jathrib → Medina 53, 86, 90
Kairo 125, 133
Kapriole 175
Khamsa al-Rasul Alla → Fünf des Propheten Allahs 57f., 143
Korsika 213
korsische Anglo-Araber 213
Kuhaylah 57, 144
Kuraish 50, 53
Lafirynda 228, 235–239
Lalage von Gerwazy 238
Landais 213
Lath 268

Les Landes 213
Levade 175
Lindsay, Patricia 235–238
Lorenz, Konrad 79
Ludwig XV. 264
Mammona 209
Marbach 205f., 241
Medina → Medinat an Nabi 90f., 122
Medinat an Nabi 90f.
Mekka 49f., 53f., 91, 122
Mereesy 99
Mesaoud 161ff., 194
Mohammed 20, 50–57, 61, 65, 85f., 90ff., 123, 150, 163, 214, 258
Mohammed Ali 120–126, 133, 162, 195
Morabaa 175
Nagle 211f.
Nedschd 132
O'Kelly, Dennis 199–201
Oskoub 186
Österreich 160
Pferdediebe → Faris 53, 164, 197
Piaffe 175
Polen 208, 227, 235
Probierhengst 266, 268
Prophet → Mohammed 20, 50–57, 61, 85f., 90ff., 143, 145, 150, 186, 258
Roxanna 267f.
Russland 163, 205, 208f.
Saklawi 162
Saqlawiyah 57, 145
Shagya 210
Shahwan 261
Sham → Godolphin Arabian 264ff., 268
Sheykh Obeyd 161, 163
Spanien 92, 208
Stadt des Propheten → Medina 91
Tahtib 121
tanzende Pferde 174, 176
Tersk 209f.
Tomelilla 238
Tunesien 32, 71, 118, 130, 140
Ungarn 208, 210f.
USA 205
Weil 205
Wilde Pferde 213
Wilhelm I. von Württemberg 134, 205
Witraz 238

Verwendete Literatur

Amirsadeghi, Hossein, *Das Arabische Pferd.* Mythen und Legenden, München 1999

Binder, Sibylle Luise/Kärcher, Gabriele, *Wilde Pferde,* Cham 2003

Forbis, Judith, *Das klassische arabische Pferd,* Berlin/Hamburg 1980

Raswan, Carl R., *Söhne der Wüste,* Hildesheim 1992

Raswan, Carl R., *Trinker der Lüfte,* Zürich 1902

Schiele, Erika, *Arabiens Pferde,* München 1972

Spottke, Susanne, *Arabische Pferde.* Pferde der Welt, Cham 2000

Für die Übersetzungen ins Arabische danke ich
Taoufik Zouari.

Astrid Frank

ARCHER

Legende des roten Landes

Thienemann

Das Rennpferd galoppiert mit seiner Lunge,
es kämpft mit seinem Herzen,
aber es gewinnt mit seinem Charakter!

Federico Tesio, 1869–1954, italienischer Pferdezüchter

In der Traumzeit lag die ganze Erde im Schlaf.
Nichts wuchs. Nichts bewegte sich.
Alles war ruhig und still.
Oodgeroo

PROLOG

RAY strich Emily unbeholfen über die blonden Locken. Er traute sich kaum, sie anzuschauen. Als fürchtete er sich vor ihren Tränen.

»Du wirst sehen«, sagte er und versuchte, Zuversicht und Gelassenheit in seine Stimme zu legen, »es dauert nicht lange und wir können wieder zusammen sein.«

Emily bemühte sich tapfer zu nicken, aber das machte es für Ray nur noch schwerer. Der kleine Engel versuchte seinetwegen stark zu sein. Emily wollte es ihm leicht machen! Und zeigte ihm dabei nur noch deutlicher, wie alleingelassen sie sich fühlte.

»Es ist bestimmt toll in Melbourne«, fuhr Ray fort. »Du wirst sehen …« Er merkte, dass er sich wiederholte. »Ich komme dich bei Tante Amy besuchen, sobald ich kann.«

Jetzt bohrte Emily ihre großen runden blauen Augen in seine und zog lautstark die Nase hoch. »Versprichst du es?«

Ray versuchte zu lächeln. »Ich verspreche es.«

»Und wo wirst du wohnen?«

Ray zog die Schultern hoch. Ja, wo würde er wohnen? Jedenfalls nicht bei Tante Amy, die nur Platz für 8-jährige blond gelockte Engel hatte, aber nicht für 16-jährige mit erstem Bartwuchs. Auch dann nicht, wenn beide Kinder ihrer verstorbenen Schwester waren. Oder vielleicht gerade deswegen nicht. Tante Amy machte wenigstens keinen Hehl daraus, dass sie Ray seine Ähnlichkeit mit seiner Mutter vorwarf. Warum das allerdings so war, darüber konnte Ray nur spekulieren. Er ahnte aber, dass sich Tante Amy als Kind immer zurückgesetzt gefühlt hatte, dass sie davon überzeugt gewesen war, weniger geliebt zu werden als ihre kleine Schwester. Und da Emily mehr dem Vater mit seinem sanften Wesen ähnelte als der Mutter, die immer dickköpfig gewesen war, hatte er jetzt die schlechteren Karten.

»Ich werde schon etwas finden«, antwortete er schließlich. »Mach dir meinetwegen keine Sorgen.«

In diesem Augenblick trat Tante Amy aus dem Haus, Emilys kleinen Koffer in der rechten Hand, der alles enthielt, was das Mädchen besaß. Hinter ihr zog der Reverend Father Smith die Haustür ins Schloss und verriegelte sie anschließend sorgfältig. Er drückte mehrfach gegen das morsche Holz, um sich zu vergewissern, dass sie auch wirklich verschlossen war. Schließlich würde das Haus jetzt voraussichtlich für einige Zeit leer stehen und sollte nicht zum Ziel für Randalierer oder Obdachlose werden.

Ray widerstand dem Impuls, sich auf den Reverend zu stürzen und ihm den Schlüssel aus der Hand zu reißen. Den Schlüssel zu seinem Zuhause. Er würde es nie wieder betreten. Andere Menschen würden kommen und in dem kleinen Haus wohnen. Eine Mutter, ein Vater, zwei Kinder vielleicht. Ein Junge und ein Mädchen. So wie es früher auch bei ihnen gewesen war.

»Emily, mein Schatz.« Tante Amy beugte sich ein wenig zu dem Mädchen hinunter. »Es wird Zeit. Du musst jetzt in die Kutsche steigen.« Sie versuchte, Emily am Ärmel ihres dünnen Kleidchens mit sich zu ziehen, doch Emily entwand sich ihrem Griff und schlang ihre Ärmchen um Ray.

Ray spürte ihre Tränen an seiner Schulter, als er Emily in die Luft hob und fest an sich drückte. Er schloss die Augen, um Tante Amys Blicken zu entgehen, die ihn mit hochgezogenen Augenbrauen musterte, als täte er etwas Verbotenes. »Mach's gut, mein kleiner Engel«, flüsterte er seiner Schwester ins Ohr.

»Kommst du bald und holst mich nach Hause?«

Ray räusperte sich, um die Tränen zurückzuhalten. »Ja, ich komme bald«, antwortete er endlich und ignorierte absichtlich den zweiten Teil von Emilys Frage. Wie gern hätte er ihr gesagt, dass er sie bald, ganz bald nach Hause holte. Aber es gab kein Zuhause mehr. Er wusste ja nicht einmal, wohin er selbst gehen sollte. Das Haus, in dem sie bislang gewohnt hatten, gehörte ihnen nicht. Nicht mehr. Es würde verkauft werden, um die Schulden zu bezahlen, die Rays und Emilys Vater angesammelt hatte. Falls jemand es haben wollte, denn es war nicht gerade in allerbestem Zustand.

Das Kutschpferd schnaubte und Tante Amy stieß ungehalten die Luft aus. »Jetzt wird es wirklich Zeit, Liebes«, sagte sie und zupfte an Emilys Arm.

Ray setzte seine kleine Schwester auf den Boden und

sah zu, wie sie sich von Tante Amy widerwillig und stolpernd zur Kutsche zerren ließ, den Blick unverwandt zurück auf ihn gerichtet. Er versuchte zu lächeln, obwohl ihm nicht im Geringsten danach zumute war. Viel lieber hätte er Tante Amy zur Seite geschubst, Emily geschnappt und wäre mit ihr davongelaufen.

Aber wohin?

Der Reverend hob Emily in die Kutsche und half anschließend Tante Amy hinauf, die sich dicht neben das Mädchen setzte und den Arm um es legte. Es sah nach einer beschützenden Geste aus und doch diente sie wohl mehr dem Zweck, Emily am Fortlaufen zu hindern.

Der Kutscher schnalzte mit der Zunge und das Kaltblut setzte sich langsam in Bewegung, während der Reverend neben Ray trat und ihm tröstend eine Hand auf die Schulter legte.

Ray sah der Kutsche hinterher, bis sie in einer Staubwolke hinter der nächsten Wegbiegung verschwunden war. Erst dann wurde ihm bewusst, dass sich Tante Amy noch nicht einmal von ihm verabschiedet hatte.

Dann erwachte eines Tages die Regenbogenschlange …
und drängte sich durch die Erdkruste …
Oodgeroo

RAY scharrte mit den Füßen im Sand. Den Kopf hielt er gesenkt, nachdem die beiden chinesischen Mädchen, die ihn zuvor aus sicherem Abstand beobachtet hatten, verschwunden waren. Die größere der beiden war etwa in Rays Alter gewesen und Ray hatte sie trotz ihrer Andersartigkeit – oder womöglich auch gerade deswegen – sehr hübsch gefunden. Die zweite hatte ihn an Emily denken lassen, denn sie war wie seine kleine Schwester ungefähr acht oder neun Jahre alt gewesen und hatte die ganze Zeit albern gekichert. Dann hatte die Kleinere plötzlich die Hand der Größeren ergriffen und sie mit sich davongezogen, bevor Ray Gelegenheit gehabt hätte, sie anzusprechen. Allerdings hätte er sich das ohnehin nicht getraut. Vielleicht waren die zwei auch Geschwister gewesen? So wie er und Emily?

Neben ihm auf dem staubigen Boden stand sein Koffer, in dem alles Platz gefunden hatte, was ihm geblieben war. Viel war es nicht. Zwei Unterhosen, zwei Paar mehrfach gestopfte Strümpfe, ein Unterhemd, das bereits löchrig war, sein gutes Hemd und eine Ersatzhose. Die verblasste Fotografie, die Mum, Dad, ihn und Emily als Baby zeigte, hatte er seiner Schwester mitgegeben. Als Erinnerung.

Er hob kurz den Kopf und blickte zu den zwei Männern, die einige Meter entfernt von ihm standen und sich leise unterhielten. Ab und zu schaute einer von ihnen zu Ray hinüber.

Der Reverend stand mit dem Rücken zu ihm. Ray konnte am Zucken seiner Schultern sehen, dass er wild mit den Händen gestikulierte, während er auf den anderen Mann einredete. Der andere hingegen rührte sich kaum. Ab und zu hob er seine Hand, um sich am Kinn oder am Hals zu kratzen. Ansonsten stand er stocksteif da und hörte sich scheinbar geduldig an, was der Reverend ihm zu sagen hatte.

Das Klappern von Hufen ließ Ray aufhorchen. Er wendete den Kopf und blickte dem jungen Mann hinterher, der einen großrahmigen rotbraunen Hengst mit schwarzer Mähne und Schweif und schwarzen Fesseln an ihm vorbeiführte. Ray lächelte dem anderen freundlich zu – er schien ungefähr in seinem Alter zu sein –, doch der Fremde verzog nicht eine Miene. Vielmehr beeilte er sich nun noch mehr, an Ray vorbeizukommen.

Wenn es dem Reverend nicht gelang, Mr de Mestre zu überreden, Ray als Stallburschen aufzunehmen, dann würde er sich Gedanken darüber machen müssen, was weiter mit ihm geschehen sollte. Vielleicht konnte er sein Glück auf den Goldfeldern suchen?

»… guter Junge … wird fleißig arbeiten.« Der Wind trug die Wortfetzen zu Ray hinüber. Aber er wusste ohnehin, was der Reverend sagte: dass Ray kein Zuhause mehr hatte. Dass nach dem Tod der Mutter vor vielen Jahren nun auch der Vater verstorben war. Dass die Tante in Melbourne nur über Platz für Rays kleine Schwester Emily verfügte. Dass Ray nicht wusste, wo er hinsollte, wenn Mr de Mestre ihn nicht bei sich aufnahm …

Ray fühlte sich wie ein Bittsteller. Dabei wollte er doch nur eine Arbeit, die ihm ein Dach über dem Kopf und eine warme Mahlzeit am Tag verschaffte. Er wandte sich ab, als er merkte, dass Mr de Mestre ihn musterte. Die Blicke des Mannes waren ihm unangenehm. Als fürchtete er, einer Prüfung nicht standhalten zu können.

Mr de Mestre betrachtete den jungen Mann eingehend, den der Reverend ihm in den höchsten Tönen anpries. Und was er sah, gefiel ihm nicht. Der Junge war schmächtig, seine Kleider schlackerten um seinen unterernährten Körper. Und war er für einen 16-Jährigen nicht viel zu klein? Das Gesicht wirkte blass unter den lockigen dunklen Haaren und die ebenfalls dunklen Augen in dem ausgemergelten Gesicht mit den viel zu deutlich hervortretenden Wangenknochen erschienen ihm wie große tiefe Teiche.

»Was ich suche, ist ein Stallbursche«, sagte er. »Jemand, der kräftig anpacken kann und körperliche Arbeit nicht scheut.«

»Ray kann arbeiten«, entgegnete der Reverend. »Und er hat ein Händchen für Pferde.«

Mr de Mestre schwieg, während seine Augen auf Ray ruhten. Er war in Nöten, seit zwei seiner Stallburschen gemeinsam zu den Goldminen abgewandert waren, in der Hoffnung auf schnellen Reichtum. Doch er bezweifelte, dass dieser hagere Kerl genügend Kraft hatte, den ganzen Tag lang Ställe auszumisten, Schubkarren zum Misthaufen zu fahren und dort zu entleeren, die Stallgasse zu säubern, die Pferde zu striegeln, ihre Hufe auszukratzen und sie auf die Weide zu bringen, Heu für die Pferde heranzuschaffen, die Weidezäune auszubessern und was sonst noch alles anfiel.

»Geben Sie ihm eine Chance«, sprach der Reverend weiter. »Ich versichere Ihnen, dass Ray Sie nicht enttäuscht.« Er seufzte. »Mr de Mestre. Alles, was Ray braucht, ist ein Dach über dem Kopf und etwas zu essen. Einen Ort, an den er gehört. Der Junge hat alles verloren, was er zu verlieren hatte. Seine Mutter, seinen Vater, seine Schwester … sein Zuhause. Er hat nichts und niemanden mehr. Was haben Sie schon zu verlieren? Für einen Teller Suppe am Tag und einen Platz im Stroh bekommen Sie eine Arbeitskraft!«

Mr de Mestre schwieg immer noch.

»Ich mache Ihnen einen Vorschlag«, fuhr Reverend Smith fort. »Nehmen Sie ihn für 14 Tage bei sich auf. Und wenn Sie danach immer noch glauben, er eigne sich nicht als Stallbursche, komme ich zurück und hole ihn ab.«

»Und wohin bringen Sie ihn dann?«

Der Reverend zuckte mit den Schultern und schüttelte gleichzeitig den Kopf. »Ich weiß es nicht«, antwortete er.

Mr de Mestre strich sich die Haare aus dem Gesicht. Die Vorstellung, dass der Junge niemanden hatte, an den er sich wenden konnte, gefiel ihm nicht. Mit 16 war man vielleicht kein Kind mehr, aber man war weiß

Gott auch noch nicht alt genug, um sich mutterseelenallein durchs Leben zu schlagen. Jedenfalls sah er das so. »Also gut«, sagte er schließlich. »14 Tage. Danach sehen wir weiter.«

Der Reverend nickte und streckte Etienne de Mestre die Hand entgegen. »Abgemacht«, sagte er. »In 14 Tagen komme ich wieder.«

Mr de Mestre grunzte mürrisch, während er die Vereinbarung mit einem Handschlag besiegelte.

Der Reverend wandte sich zu Ray um und winkte ihn herbei.

Ray hob seinen Koffer hoch und beeilte sich, zu den zwei Männern hinüberzugehen. Sein Herz schlug ihm bis zum Hals. Wie hatte sich Mr de Mestre entschieden? Würde er ihm eine Chance geben zu beweisen, was er konnte? Durfte er bleiben? Wenn nicht, musste er wohl oder übel auf der Straße übernachten. Nun, zumindest besaß er nichts, was man ihm stehlen konnte.

»Ray, das ist Mr de Mestre«, sagte der Reverend, sobald Ray neben ihm stand. »Er hat eingewilligt, dich zur Probe zu nehmen. Du kannst vorerst hierbleiben.«

Ein Lächeln huschte über Rays Gesicht. »Ich danke Ihnen, Sir«, sprudelte es aus ihm hervor. »Ich danke Ihnen.«

»Danke nicht mir«, antwortete Mr de Mestre, »danke lieber dem Reverend. Er hat sich ganz schön für dich ins Zeug gelegt. Wenn auch nur die Hälfte von dem stimmt, was er gesagt hat, dann bist du so etwas wie ein Fleisch gewordener Engel.«

Der Reverend lachte und Ray spürte, wie ihm das Blut in den Kopf stieg und seine Wangen rötete.

»Auf jeden Fall werde ich mich bemühen, Sie nicht zu enttäuschen«, erwiderte er leise und mit gesenktem Kopf.

»Schön, schön«, antwortete Mr de Mestre zerstreut und winkte den Jungen herbei, der kurz zuvor bereits Rays Weg gekreuzt hatte und nun ohne den rotbraunen Hengst auf dem Rückweg zu den Weiden war, um ein weiteres Pferd zu holen und in den Stall zu führen. »Nick, komm doch mal her!«, rief er ihm zu.

»Sir?«, sagte Nick, sobald er bei ihnen war. Ray würdigte er dabei keines Blickes, doch dem Reverend nickte er zum Gruß wortlos zu.

»Das hier ist …«

»Ray, Sir, mein Name ist Ray.«

»Also, das hier ist Ray. Zeig ihm doch bitte den Schlafboden und nimm ihn anschließend mit in den Stall, um ihm alles zu erklären.«

»Aber …«

»Ja?«

»Soll das heißen …«

»Ray wird Antonys Platz einnehmen. Er arbeitet ab jetzt hier.«

Nick verzog das Gesicht zu einer Grimasse.

»Hast du damit irgendein Problem?«

»Nein, Sir, natürlich nicht«, erwiderte Nick und wies Ray mit einer knappen Kopfbewegung an, ihm zu folgen.

Ray stieg die schmale Leiter hinauf und stellte seinen zerschlissenen Koffer in der Ecke auf dem Heuboden ab, die der andere ihm wortlos wies. Der Boden war so niedrig, dass er sich bücken musste, wenn er nicht mit dem Kopf gegen einen der vielen Holzbalken stoßen wollte. Auf dem Weg zum Schlafboden hatte er versucht, mit Nick ins Gespräch zu kommen, doch der hatte sich nicht einmal die Mühe gemacht, ihm zu antworten. Jetzt stand er auf einer der obersten Stufen der Leiter und beobachtete Ray aus zusammengekniffenen Augen.

»Was willst du hier?«, fragte er, als sich Ray zu ihm umwandte.

»Arbeit«, antwortete Ray. »Was sonst?«

»Bild dir ja nicht ein, du könntest dich bei Mr de Mestre einschleimen, klar?« Nick funkelte den Neuen wütend an. »Hier im Stall habe ich das Sagen und sonst keiner, klar?«

Ray zog überrascht die Augenbrauen hoch.

»Du tust, was ich dir sage, klar?«

»Klar«, antwortete Ray und wich unwillkürlich einen Schritt zurück. »Keine Bange, ich will hier niemandem was wegnehmen.«

»Das kannst du auch gar nicht. So wie du aussiehst, schaffst du es ja nicht mal, einen Futtersack hochzuheben. Geschweige denn, ein Pferd zu reiten.«

Ray antwortete nicht, um den anderen nicht weiter zu erzürnen. Es wäre vermessen gewesen zu behaupten, dass er ein guter Reiter war. Denn weder hatte er viel Erfahrung vorzuweisen noch jemals die Gelegenheit gehabt, sich mit anderen zu messen. Aber ganz gewiss gab es nichts auf der Welt, was er lieber tat.

Schon als 5-Jähriger hatte er auf dem Pferd seiner Mutter gesessen. Und wenn er sich zurückerinnerte, dann kam es ihm manchmal so vor, als wären die Ausritte auf dem Apfelschimmel die glücklichsten Momente seiner Kindheit gewesen. Mit acht hatte er sich zum ersten Mal allein auf den Weg gemacht. Er hatte Applepie gesattelt und war mit ihr querfeldein geritten. Die Strafpredigt seines Vaters, die er sich nach seiner Rückkehr am Abend anhören durfte, würde er sein Leben lang nicht mehr vergessen. Er hatte nicht daran gedacht, jemandem Bescheid zu sagen, und seine Eltern waren in heller Aufruhr gewesen, weil sie ihn nirgends finden konnten.

Als seine Mutter vor vier Jahren gestorben war, hatte Rays Vater Applepie verkauft. Sie konnten es sich nicht leisten, ein Pferd zu ernähren, das nicht gebraucht wurde. Und nach Mums Tod brauchte es niemand mehr.

Sich von Applepie zu trennen, war Ray unglaublich schwergefallen. Erst der Verlust des Pferdes schien dem damals 12-Jährigen die Tragweite des Todes seiner Mutter begreiflich zu machen. Tagelang hatte er seinen Vater angefleht, Applepie behalten zu dürfen. Behielte er sie, war es fast so, als wäre ein Teil seiner Mutter noch bei ihm. Aber sein Dad hatte immer nur traurig den Kopf geschüttelt und wieder und wieder beteuert, dass sie es sich nicht leisten konnten, die Stute zu behalten – jetzt, nachdem Mutter tot war und die Kosten für den Unterhalt des Pferdes nicht mehr mit ihrer Arbeit erwirtschaftete.

Rays Mutter Lilly war Hebamme gewesen. Umso makaberer erschien es Ray, dass sie während der Geburt ihres eigenen dritten Kindes gestorben war. Der Junge war zu früh gekommen. Viel zu früh. Weder er noch Lilly hatten es überlebt. Seine Mutter war verblutet, weil es niemanden gab, der ihre Blutung stoppen konnte.

Die Nachbarn hatten hinter vorgehaltenen Händen gemunkelt, dies sei Gottes Strafe gewesen, weil Lilly noch während der Schwangerschaft zu ihren Patientinnen geritten war. Und zwar nicht im Damensitz, wie es sich ihrer Meinung nach gehörte, sondern breitbeinig wie ein Mann.

Aber Lilly hatte immer beteuert, dass es ihr unmöglich sei, im Seitsitz zu galoppieren, ohne vom Pferd zu fallen. Und sie war geritten wie der Teufel persönlich. Ray musste schmunzeln, als er jetzt daran zurückdachte.

»Bist du fertig? Dann zeige ich dir den Stall und die Pferde.« Ohne eine Antwort abzuwarten, stieg Nick die steile Leiter wieder hinab und Ray beeilte sich ihm zu folgen.

Während Nick mit weit ausholenden Schritten voraneilte, ruhte Rays Blick auf seinem Rücken. Der Stalljunge strahlte von der äußersten Haarspitze bis zu den Zehen Ablehnung aus und Ray hätte gerne gewusst, woran das lag. Er schien zu fürchten, der Neue wolle ihm irgendetwas streitig machen. Aber Ray hatte nicht die geringste Ahnung, was das sein sollte.

In der Boxengasse herrschte angenehmes Dämmerlicht. Rays Augen brauchten eine Weile, um sich daran zu gewöhnen, doch Nick schien nicht die Absicht zu haben, ihm diese Zeit zu gewähren.

»Das ist Blueberry«, sagte er, während er an der ersten Box vorbeieilte. Weder hielt er an, um Ray die Chance zu geben, das Pferd näher zu betrachten, das ihm gezeigt worden war, noch schien er Ray Gelegenheit geben zu wollen, ihm irgendeine Frage zu dem Rappen zu stellen. Stattdessen lief er bereits an der nächsten Box vorbei. »Hier steht normalerweise Sunny, die ist aber noch auf der Weide, das hier ist Boxer, der Fuchs dort heißt Fox. Er ist das beste Pferd im Stall. Und daneben steht Cloudy …«

Ray blieb vor Cloudy stehen und betrachtete die Stute, die ihn entfernt an Applepie erinnerte. Auch Cloudy war ein Apfelschimmel, aber Ray erkannte auf Anhieb, dass erheblich mehr Vollblut durch ihre Adern floss.

»… diese Box gehört Misery, die ist noch mit Sunny auf der Weide, und das hier ist Vagabond.« Nick wandte sich zu Ray um, der stehen geblieben war und sich nun beeilte, zu dem anderen aufzuschließen. Kaum hatte er ihn erreicht, rannte Nick auch schon wieder los, während Ray den kastanienbraunen Hengst vor sich musterte. »Das ist Archer, die Dampflok, und der letzte in dieser Reihe ist Rainbow.«

Ray versuchte sich seine Verwirrung nicht anmerken zu lassen. Nick hatte ihm die Pferde so schnell vorgestellt, dass er Mühe hatte, sich alle Namen zu merken. Jetzt blieb er vor der Box des rotbraunen Hengstes stehen und betrachtete ihn. Das Pferd war recht groß und hatte eine auffallend kräftige Nacken- und Halspartie und eine muskulöse Brust.

»Den hier hast du eben an mir vorbeigeführt, stimmt's?« Ray wandte sich zu Nick um, der einige Schritte entfernt lässig an der Wand lehnte und ihn mit vor der Brust verschränkten Armen musterte. Jetzt nickte er schwerfällig, als gäbe er Ray nur ungern recht.

»Und wieso nennst du ihn Dampflok?«

»Das wirst du schon merken, wenn du ihn das erste Mal rennen siehst.«

Ray wandte sich wieder zu dem Junghengst um und strich ihm behutsam mit einer Hand über die Blesse an seiner Stirn. »Hallo, Archer«, sagte er, »mein Name ist Ray.«

Das Pferd stieß ein wohliges Schnauben aus und rieb seine Nüstern an Rays Hand.

»Wenn ihr mit eurer gegenseitigen Vorstellung fertig seid«, ertönte Nicks sarkastische Stimme aus dem Hintergrund, »dann kannst du schon mal anfangen, die Boxen auszumisten.« Und er warf Ray ohne Vorwarnung eine Mistgabel zu, die dieser in letzter Sekunde auffing, bevor sie mit den spitzen Zinken voran auf seinen Füßen landete.

Ray begann mit Sunnys und Miserys Boxen, solange die zwei Stuten noch auf der Weide waren. Sorgfältig hob er die Einstreu mit der Heugabel hoch, schüttelte die trockenen Anteile heraus und sammelte den Dung auf der bereitgestellten Schubkarre. Der beißende Geruch des Pferdeurins stieg ihm in die Nase, doch er beachtete ihn nicht. Er war froh, dass Mr de Mestre ihm eine Chance gab, und er wollte alles dafür tun, um hierbleiben zu können. Wenn er nur fleißig genug arbeitete und ein wenig Geld verdienen konnte, dann würde er es vielleicht auch eines Tages schaffen, Emily zurück nach Hause zu holen. Natürlich musste er dafür erst einmal eine Bleibe für sie beide finden, die er bezahlen konnte, und Emily musste ein wenig älter sein, damit sich die Nachbarn nicht ihre Münder darüber zerrissen, dass so ein kleines Mädchen nicht in die alleinige Obhut ihres Bruders gehörte. So wie sie es bis jetzt getan hatten. Aber vielleicht in zwei oder drei Jahren …

Die eintönige Arbeit gab Ray die Möglichkeit, seinen Gedanken nachzuhängen. Und er hatte viel, worüber er nachdenken konnte. Heute war es genau eine Woche her, dass sein Vater beerdigt worden war. Reverend Smith hatte eine schöne Grabrede gehalten: Robert Grayfield hatte ein achtbares und gottesfürchtiges Leben geführt und war seinen beiden Kindern Raymond und Emily ein liebender und treu sorgender Vater gewesen. Erst recht nach dem viel zu frühen Tod seiner ehrbaren Gattin Lilly, mit der er nun in Gottes Reich wieder vereint war. Und so weiter und so weiter.

Emily hatte mit versteinertem Gesicht neben Ray gestanden und irgendein Kinderlied vor sich hin gesummt. Als wollte sie um jeden Preis verhindern, etwas von dem mitzubekommen, was der Reverend erzählte. Einige Nachbarinnen, die an der Zeremonie teilnahmen, schüttelten darüber missbilligend den Kopf. Doch Ray legte seiner kleinen Schwester demonstrativ den Arm um die Schultern und funkelte die gehässigen Frauen giftig an. Sollte es ja eine wagen, etwas Böses zu Emily zu sagen! Dann würde sie es mit ihm zu tun bekommen. Wenn Emily ein Lied summen wollte, um ihre Trauer zu bewältigen, dann war das ihr gutes Recht! Und er – Ray – würde dafür sorgen, dass die 8-Jährige auf ihre eigene Weise damit fertig wurde, nach der Mutter nun auch noch den Vater verloren zu haben.

Zehn Tage, dachte Ray. Vor zehn Tagen war sein Vater während des gemeinsamen Frühstücks einfach von seinem Stuhl gekippt und tot auf dem Fußboden liegen geblieben. Ohne jede Vorwarnung. Ohne jedes Anzeichen. Und mit einem Mal, von einer Sekunde auf die andere, war alles anders. War sein bisheriges Leben vorbei. Ausgelöscht.

Ray stützte sich auf die Forke und wischte sich den Schweiß von der Stirn, bevor er in seine Augen rinnen konnte. Die Arbeit war anstrengend. Das überraschte ihn zwar nicht, dennoch fühlte er sich über alle Maßen erschöpft. Seine Hände zitterten und sein Herz raste. Er wusste, dass er etwas zu essen und zu trinken gebraucht hätte, aber selbstverständlich konnte er niemanden darum bitten. Er konnte sich Nicks hämisches Gesicht gut vorstellen, wenn er bereits nach dem Ausmisten von zwei Boxen eine Pause einlegen würde, obwohl er noch sieben Boxen vor sich hatte. Nein, diese Genugtuung würde er dem anderen nicht gönnen. Und auch Mr de Mestre sollte nicht glauben, Ray wäre zu schwach für diesen Job. Er musste auf die Zähne beißen. Um jeden Preis.

Ray schob die bereits gut gefüllte Schubkarre aus der gesäuberten Box und band Blueberry an einem Haken auf der Boxengasse fest, um sich an das nächste Stallabteil zu machen.

Es war nicht so, dass er Probleme mit körperlicher Arbeit hatte. Im Gegenteil. Oft hatte er seinem Vater geholfen, der als Schnitter bei der Getreideernte arbeitete oder zur Schafschur angestellt wurde und auch sonst jeden Job annahm, den man ihm anbot, um die Schulden nicht ins Unermessliche wachsen zu lassen. Was aber im Lauf der Zeit trotzdem geschehen war. Meistens waren diese Jobs mit harter körperlicher Arbeit verbunden gewesen. Aber in den letzten Tagen hatte Ray nicht nur zu wenig Schlaf abbekommen, auch seine Mahlzeiten waren äußerst unregelmäßig gewesen. Nachts wälzte er sich in seinem Bett hin und her, von Albträumen geplagt, und tagsüber fand er vor lauter Sorgen um seine und Emilys Zukunft nicht die nötige Ruhe zum Essen. Außerdem hatte er stets das Bild seines tot auf dem Boden liegenden Vaters vor Augen und hörte wieder und wieder Emilys entsetzten Aufschrei.

»Hi!«

Ray zuckte zusammen, als er die Stimme hinter seinem Rücken vernahm. Er hatte niemanden kommen hören und als er sich jetzt umwandte und sich einem jungen Mann gegenübersah, brauchte er eine Weile, um sich zu sammeln.

»Ich bin Tom«, sagte der Fremde und streckte Ray eine kräftige, große Pranke entgegen, der man ansah, dass sie zupacken konnte.

»O ... hi.« Ray ergriff die ihm dargebotene Hand und schüttelte sie. »Mein Name ist Ray.«

»Hi, Ray, was machst du hier?«

»Ich ... äh ... ich arbeite hier. Mr de Mestre hat mich als Stalljungen angestellt.«

»Das ist gut«, antwortete Tom. »Wir können jede helfende Hand gebrauchen.«

Ray musterte den anderen. Er schien etwas älter zu sein als er selbst. Ray schätzte ihn auf Mitte zwanzig. Tom war groß und auf eine sonderbare Weise gut aussehend. Sein Gesicht war kantig und die viel zu große Nase stach schief daraus hervor. Auf seinem Kinn zeigte sich der Schatten eines Bartes, als hätte Tom heute Morgen vergessen sich zu rasieren, und verlieh ihm einen verwegenen Ausdruck. Aber vor allem war er freundlich. »Arbeitest du auch hier?«

Tom nickte. Dann fiel sein Blick auf die Schubkarre, auf der sich der Mist bereits gefährlich hoch türmte. »Ich bring dir mal die Schubkarre weg, okay? Vor Archers Box steht noch eine kleinere. Nimm die solange.«

»Danke«, sagte Ray und fühlte sich augenblicklich besser. Endlich traf er jemanden, der freundlich zu ihm war. Er hatte schon Sorge gehabt, dass er sich alleine mit Nick herumschlagen musste, aber Toms Anwesenheit gab ihm neuen Mut, was die Zukunft betraf. Vielleicht würde es hier doch nicht so schlimm werden, wie er zunächst befürchtet hatte.

Es war keineswegs so, dass Ray an Luxus gewöhnt gewesen wäre. Und doch wälzte er sich trotz seiner Erschöpfung am Abend auf seinem Heulager hin und her und fand keine Position, in der ihm ein Einschlafen möglich schien. Zu viel Neues war an diesem Tag auf ihn eingeströmt und auch jetzt noch dachte er an die freundliche dicke Köchin, die ihm beim Abendessen mit einem Augenzwinkern einen zweiten Teller aufgefüllt hatte, nachdem er den ersten in weniger als einer Minute geleert hatte. Auf jeden Fall hatte der Eintopf köstlich geschmeckt und er durfte so viel davon essen, wie er wollte!

Jetzt schickte der Mond seine silbernen Strahlen durch das kleine Dachfenster mitten in sein Gesicht und erhellte den Scheunenboden gerade so weit, dass

Ray Nicks Silhouette am anderen Ende wahrnehmen konnte.

Auch Nick schien nicht zur Ruhe zu kommen. Vielleicht war es Rays Anwesenheit, an die er sich erst gewöhnen musste?

»Wo schläft eigentlich Tom?« Ray traute sich die Frage zu stellen, nachdem er bemerkt hatte, dass Nick ebenfalls mit offenen Augen auf die Holzdecke über sich starrte.

»Tom? Der hat schon Frau und Kind. Sie wohnen hinten am kleinen Fluss in einer der Hütten.«

»Und außer ihm und uns hat Mr de Mestre keine weiteren Stallburschen?«

»Anthony und George haben sich aus dem Staub gemacht, um auf den Goldfeldern zu arbeiten. Sie glauben, dass man dort schneller reich werden kann.«

Ray hatte schon davon gehört, dass einige der Diggers, wie man die Goldsucher nannte, binnen kürzester Zeit ein Vermögen gemacht hatten. Und hätte Mr de Mestre ihn nicht bei sich aufgenommen, so hätte er wohl ebenfalls sein Glück in Braidwood oder Victoria gesucht.

Noch immer trafen regelmäßig Schiffe mit Männern aus Großbritannien, Amerika oder China im Hafen von Sydney ein, die von den großen Goldvorkommen gehört hatten. Auch wenn es längst nicht mehr so viele waren wie noch vor einigen Jahren, als täglich mehrere Schiffe an den Küsten vor Anker gingen. Vor allem die Chinesen erwiesen sich als äußerst erfolgreich. Sie arbeiteten in großen Gruppen zusammen oder waren sogar im Auftrag von Unternehmen nach Australien geschickt worden, um dort nach Gold zu schürfen.

Ray dachte an die beiden Mädchen, denen er am Vormittag auf der Straße begegnet war, als Reverend Smith ihn hierher gebracht hatte. Vermutlich kamen sie aus einer dieser Goldsucherfamilien, die sich in und um Braidwood, auch hier in Jembaicumbene, niedergelassen hatten. Und wenn dem so war, dann bestand vielleicht die Chance, sie wiederzusehen. Er wusste, dass die Chinesen meistens unter sich blieben. Sie hatten regelrechte Siedlungen erbaut, in denen sie lebten, ihre eigenen Tempel aufsuchten, um darin zu beten, und sich zum Teil sogar ihre eigenen Gärten angelegt, die die Australier immer wieder in Staunen versetzten. Es waren Gärten ohne Rasen, in denen Brücken über Wasserläufe führten, kleine rot gestrichene Häuser mit spitzen Dächern standen und Steine zu kunstvollen Gebilden formiert wurden.

Die Einheimischen beobachteten die Neuankömmlinge mit zunehmendem Misstrauen. Je mehr von ihnen auftauchten, desto kritischer wurden sie begutachtet. Überfälle auf chinesische Ansiedlungen, Brandstiftung oder gewalttätige Attacken gegen Einzelne gehörten mittlerweile fast zur Tagesordnung. Und das war nur einer der Gründe, warum Ray froh war, unter seinesgleichen bleiben zu können. Er hätte nicht gewusst, was ihn auf den Goldfeldern erwartete. Freundlich und friedlich war die Stimmung dort jedenfalls nicht.

»Wenn Mr de Mestre mich nicht aufgenommen hätte, wäre ich wohl auch unter die Diggers gegangen«, sagte Ray jetzt.

Nick schnaubte. »Und wenn schon. Hier hätte dich keiner vermisst, klar?«

Ray drehte Nick den Rücken zu. Friedlich und freundlich war die Stimmung hier allerdings auch nicht gerade. So viel war ihm tatsächlich klar.

Als Nick am nächsten Morgen an seinen Schultern rüttelte, damit er aufwachte, fühlte sich Ray, als hätte er kein Auge zugetan. Um ihn herum war es noch stockfinster und Ray spürte nach der Nacht auf dem harten Untergrund jeden Knochen seines Körpers. Er nahm sich vor, möglichst bald seine Heumatratze aufzufüllen.

»Wie spät ist es denn?«, wollte er von Nick wissen.

»Zeit zum Aufstehen, klar?«

Ray stöhnte. Aber nur so leise, dass Nick es nicht hören konnte. Er wollte sich nicht mit ihm anlegen, denn er brauchte diesen Job. Und zwar um jeden Preis. Also stand er auf und folgte Nick schweigend zu den Stallungen.

Rays Müdigkeit war in der kalten Morgenluft bereits verflogen, als Nick die Tür zur Boxengasse aufstieß. Das freudige Schnauben der Pferde, die auf ihr Frühstück warteten, steigerte Rays Laune augenblicklich. Er liebte den Geruch der Pferdehaut, der sich über Nacht besonders intensiv ausgebreitet hatte.

»Ausmisten, klar?« Nick drückte Ray die Mistgabel in die Hand. »Wir fangen heute bei Rainbow an.« Er schritt schnurstracks durch die Stallgasse bis zur letzten Box.

Kaum hatte er die Tür zum Stallabteil geöffnet, drängte sich der lebhafte Hengst bereits an ihm vorbei. Nick musste sich mit seinem ganzen Gewicht gegen die Brust des Pferdes stemmen, um es zu stoppen, dann streifte er ihm mit geübten Händen ein Halfter über und band ihn am Putzhaken fest.

»Was stehst du da noch rum? Die Box ist frei, du kannst anfangen, klar?«, schnauzte er Ray an, der am anderen Ende der Stallgasse gewartet und Nick beobachtet hatte.

Ray nahm sich eine der beiden Schubkarren, legte die Mistgabel quer darüber und schob beides zum letzten Stallabteil. In der Zwischenzeit hatte Nick bereits Archer aus seiner Box geholt und band ihn gerade am zweiten Putzhaken fest.

»Und beeil dich diesmal ein bisschen, klar? Wir haben nicht den ganzen Tag Zeit.«

Ray ignorierte das Knurren seines Magens, der lautstark nach Frühstück verlangte, und hievte eine Forke voll Mist nach der anderen auf die Schubkarre. Bevor er sich an Archers Box machte, füllte er frisches Stroh in Rainbows Stallabteil, damit Nick den Hengst im Anschluss an das Striegeln und Auskratzen der Hufe sofort wieder in seine Box zurückführen konnte.

Mit einer gewissen Befriedigung stellte Ray nach der vierten Box fest, dass sie gut Hand in Hand arbeiteten. Wenn Nick mit dem Säubern eines Pferdes fertig war, führte er es in die Box zurück und band schon einmal das nächste Pferd an den Putzhaken, damit Ray ein Stallabteil nach dem anderen ausmisten konnte, ohne warten zu müssen.

Als sie fertig waren und alle Pferde zufrieden ihr erstes Frühstück zwischen den Zähnen zermalmten, stand die Sonne bereits am Himmel und Nick konnte nicht umhin, Ray anerkennend zuzunicken. »Alles klar«, sagte er. Und zum ersten Mal klang das *klar* nicht nach einer Drohung. »Mal sehen, was Elizabeth heute zum Frühstück gemacht hat.«

Sie wuschen sich die Hände und das Gesicht mit einem Eimer kalten Wassers und begaben sich anschließend auf den Weg zur großen Küche des Gestüts, wo die Köchin bereits mit dampfenden Töpfen auf sie wartete.

Ray schaufelte drei Portionen Porridge mit Bananen und Nüssen in sich hinein, bevor er sich den Teller mit Rührei und saftigem Schinken volllud und einen Kanten frischen Brots dazu aß.

Eins musste man Mr de Mestre lassen: Bei ihm musste niemand hungern. Und nach der schweren körperlichen Arbeit noch vor Sonnenaufgang wusste Ray ein solches Frühstück besonders zu schätzen. Erst als beim besten Willen kein Brotkrümel mehr in seinem Magen Platz gefunden hätte, schob Ray seinen Teller in die Mitte des Tisches und lehnte sich auf seinem Stuhl zurück.

Elizabeth lächelte den schmächtigen Jungen, der sich ihr Essen so gut hatte schmecken lassen, zufrieden an. »Wird auch Zeit, dass du was auf die Rippen kriegst«, sagte sie und stellte Rays Teller auf die Spüle.

Nick sah argwöhnisch zwischen Ray und Elizabeth hin und her, machte es Ray dann nach und schob seinen Teller von sich.

»Wie wäre es, wenn der junge Herr sich bequemen würde, sein Geschirr wegzuräumen?« Elizabeth stemmte die Fäuste in ihre runden Hüften und funkelte Nick von oben herab böse an.

Ray wäre es am liebsten gewesen, der Boden hätte

sich unter ihm aufgetan und ihn verschlungen, als er Nicks Blicke auf sich spürte. Es hatte ihm gerade noch gefehlt, dass Nick Zündstoff für seinen Hass auf ihn, den Neuen, bekam!

Zum Glück polterte es in diesem Augenblick vor der Tür und Tom betrat, mit seinem charmanten schiefen Lächeln im Gesicht, ohne anzuklopfen die Küche.

»Elizabeth!«, rief er, als wäre es die erste große Freude seines Tages, der dicken Köchin zu begegnen, und Ray meinte, einen leichten roten Schimmer auf den Wangen der Frau zu sehen. »Hey, Nick, Ray«, fuhr Tom fort, »hab ich mir doch gedacht, dass ich euch hier finde.« Er ging wie selbstverständlich zur großen eisernen Kaffeekanne, die auf dem Kohleofen stand, und goss sich eine Tasse ein.

Elizabeth schien diese Selbstbedienung nichts auszumachen. Im Gegenteil, sie strahlte Tom an und fragte: »Möchtest du noch etwas Porridge?«

Tom winkte ab, während er in seinen heißen Kaffee pustete. »Ich würde gerne, aber leider hat der Boss mich beauftragt, diese beiden Nichtsnutze hier zu holen. Er will mit dem Training anfangen.«

Elizabeth wirkte regelrecht enttäuscht, stellte Ray fest. Offensichtlich hätte sie Tom gerne noch länger um sich gehabt. Eilfertig sprang er auf. Er konnte es kaum erwarten, dem Training der Rennpferde zuzusehen. Welche Aufgaben Mr de Mestre wohl für ihn hatte?

Ray griff nach seiner eigenen Kaffeetasse, um sie am Spülbecken abzustellen, doch Elizabeth nahm sie ihm aus der Hand und sagte: »Ist schon gut, mein Junge, ich kümmere mich darum.«

»Danke, das ist sehr freundlich.«

Nick sah zwischen Ray, der bereits an der Tür stand und wartete, und Tom, der soeben den letzten Schluck Kaffee getrunken hatte und nun Elizabeth seine leere Tasse reichte, hin und her. Dann stand er ebenfalls auf, griff nach seinem Becher und hielt ihn Elizabeth hin, die ihn jedoch nur verständnislos anblickte. Nick wartete einen Augenblick, doch als Elizabeth immer noch keine Anstalten machte, ihm den Becher aus der Hand zu nehmen, murrte er leise und stellte ihn selbst geräuschvoll im Spülbecken ab.

»Wir sollen Archer und Fox holen«, erteilte Tom seine Anweisungen, sobald sie vor den Stallungen standen, »und zur Trainingsbahn bringen. Mr de Mestre erwartet uns dort.«

Ray war aufgeregt. Er heftete sich an Toms Fersen und sah aufmerksam zu, wie er Archer fertig machte.

Zunächst führte Tom den Hengst aus der Box und band ihn am Putzhaken an, bevor er die Satteldecke auf seinen Rücken legte und ordentlich glatt strich. Dann nahm er den Sattel, den Ray ihm anreichte, legte ihn vorsichtig kurz vor dem Widerrist auf Archers Rücken und schob ihn etwas nach hinten, wobei er darauf achtete, dass die Satteldecke keine Falten warf, die dem Pferd Druckschmerzen verursachen konnten. Anschließend holte er den Gurt unter Archers Bauch hervor, führte ihn durch die Schlaufe und zurrte ihn fest. Erst jetzt griff Tom nach dem Zaumzeug, streifte Archer den Zügel über den Kopf, umfasste mit einem vorsichtigen Griff seiner gigantischen Pranken den

Kopf des Pferdes, schob ihm sacht das Gebiss ins Maul, zog zugleich das Genickstück über sein rechtes Ohr und anschließend über das linke. Zum Schluss schloss er Kehl- und Nasenriemen.

Ray bewunderte Toms Geschicklichkeit. Er arbeitete schnell und effizient, ohne Archer dabei in irgendeiner Weise zu bedrängen. Zum Dank dafür machte Archer bereitwillig mit, ließ sich ohne Murren das Gebiss einlegen und stand die ganze Zeit über still.

»Möchtest du ihn rüberbringen?«, wandte sich Tom an Ray, als er fertig war, und hielt ihm die Zügel hin.

Ray nickte eifrig und freute sich, als der große Hengst ihm vertrauensvoll folgte. Es fühlte sich großartig an, dieses prachtvolle Tier zu führen. Er wusste nicht, woran es lag. Vielleicht hatte es nur damit zu tun, dass er Archer als erstes Pferd des Gestüts gesehen hatte, während der Reverend noch mit Mr de Mestre über ihn sprach. Vielleicht war es aber auch Archers Ausstrahlung. An dem 5-jährigen Hengst war äußerlich eigentlich nichts Besonderes. Mit seinem Stockmaß von 1,70 Meter war er zwar schon recht groß und außerdem sehr muskulös, aber das unterschied ihn nicht wesentlich von Mr de Mestres anderen Pferden im Stall. Der rote Fox war größer als Archer und Boxer muskulöser. Der Rappe Blueberry war mit seinem glänzenden schwarzen Fell schöner und Vagabond temperamentvoller. Und dennoch gefiel Archer Ray am besten. Der Braune strahlte Ruhe und Selbstsicherheit aus. Und außerdem schien er seinerseits auch Gefallen an Ray gefunden zu haben, denn er folgte ihm wie ein artiges Hündchen. Und als Ray einmal stehen blieb, um einen Stein aus seinem

Schuh zu schütteln, schnupperte er mit seinen großen Nüstern an Rays Haar, bis der lachen musste, weil die warme Atemluft und die feinen Härchen des Pferdes ihn im Nacken kitzelten.

Mr de Mestre stand bereits am Rand der Rennstrecke und wartete auf die zwei Hengste. Er unterdrückte ein Lächeln, als er Ray mit Archer im Gefolge auf sich zukommen sah. Neben dem großen Hengst sah der Junge noch schmächtiger aus. Und doch schienen die beiden gut miteinander zurechtzukommen. Ray sah nicht gerade so aus, wie sich Mr de Mestre den perfekten Stallburschen vorstellte. Vielmehr drängte sich ihm bei dem Anblick der beiden der Gedanke auf, dass Ray – zumindest, was seine Statur betraf – einen guten Jockey abgeben würde.

Als Ray Archer laufen sah, wusste er nicht, ob er lachen oder weinen sollte. Der große Hengst warf seine Beine während des Galoppierens in einem so hohen Bogen von sich, dass es aussah, als würde sein massiger Körper von Rädern getragen. Ray musste bei diesem Anblick tatsächlich an eine große Dampflokomotive denken und auch das Schnaufen des Pferdes erinnerte ihn an dieses Transportmittel. Ausnahmsweise hatte Nick mit seiner Beschreibung einmal recht gehabt. Am beängstigendsten war jedoch, dass Archers Zunge beim Galoppieren aus seinem Maul hing, und Ray fragte sich insgeheim, ob das Tier eventuell an einem Herzfehler litt.

Mr de Mestre musterte den Jungen, der neben ihm am Zaun lehnte und mit unverhohlener Freude das Rennen der beiden Hengste verfolgte. Er sah die Begeisterung in Rays Gesicht, seine leuchtenden Augen und das glückliche Lächeln auf seinen Lippen.

»Hast du die Pferde schon kennengelernt?«

Ray zuckte zusammen, als sein Arbeitgeber so unvermittelt das Wort an ihn richtete. »Ja, Sir«, antwortete er. »Nick hat sie mir gezeigt.«

Mr de Mestre nickte. »Und weißt du schon, welches dir am besten gefällt?«

»O ja, Sir! Ich mag Archer und Cloudy.«

Mr de Mestre zog überrascht die Augenbrauen hoch.

Ray bemerkte die Verwunderung seines Arbeitgebers und befürchtete, er könnte eine falsche Antwort gegeben haben. Hatte er sich soeben bis auf die Knochen blamiert? Waren vielleicht ausgerechnet diese zwei Pferde die letzten Ackergäule?

»Und warum gerade diese beiden?«

Womöglich erwartete Mr de Mestre, dass er nun fachkundig Auskunft über die diversen Vorteile der einzelnen Tiere geben könnte. Aber das konnte er nicht. Er verließ sich bei dieser Beurteilung einfach auf sein Bauchgefühl, denn er hätte nicht zu sagen gewusst, was ein gutes Rennpferd ausmachte.

»Nun …«, begann er, »… Cloudy erinnert mich an mein eigenes Pferd, das ich früher geritten habe, und Archer …« Er zog hilflos die Schultern hoch.

Mr de Mestre musterte Ray neugierig. Die Antwort des Jungen hatte ihn zugegebenermaßen überrascht. Insgeheim setzte auch er große Erwartungen in Archer. Obwohl der Junghengst sicherlich noch nicht so weit war wie zum Beispiel Fox, der bereits bei einigen größeren Rennen gezeigt hatte, dass er siegen konnte.

Aber in ein oder zwei Jahren konnte aus Archer vielleicht etwas werden.

Mr de Mestre erinnerte sich an die ersten beiden Rennen des ungewöhnlich großen Dreijährigen. Archer hatte die Ziellinie beide Male unplatziert überschritten und dabei eine eher schlechte Figur gemacht. Aber im Frühjahr vergangenen Jahres hatte er beim *Randwick Plate*, bei einigen kleineren Rennen und schließlich beim *Stewards Purse* seine ersten Siege errungen und Mr de Mestre war sicher, dass noch weitere folgen würden.

»Dir gefällt Archer also, ohne dass du sagen kannst, warum?«

Ray nickte stumm. »Ich mag ihn einfach. Er strahlt eine unbändige Kraft aus, als könnte ihn nichts und niemand stoppen.«

In diesem Augenblick donnerten die beiden Hengste an Ray und Etienne de Mestre vorbei. Fox führte zwar mit zwei Längen Vorsprung vor Archer, doch Ray hatte das Gefühl, dass Archer den Abstand in der nächsten Runde verringern würde.

Doch dazu sollte es nicht mehr kommen, denn Mr de Mestre rief jetzt: »Das reicht für heute!« Und augenblicklich ließen die beiden Jockeys ihre Pferde auslaufen. Dann wandte sich der Trainer erneut zu Ray um: »Du kannst Archer trocken reiten.« Er hob die Stimme, als er nach seinem zweiten Stalljungen rief, der ein wenig abseits gestanden und den Trainingslauf ebenfalls beobachtet hatte. »Nick?«

»Sir?« Nick kam diensteifrig auf seinen Boss zu.

»Du kümmerst dich um Fox.«

»Ja, Sir.«

»Und schick mir Tom vorbei. Ich brauche ihn.«

»Ja, Sir.«

Der Jockey, der Archer geritten hatte, kam auf Ray zu und drückte ihm die Zügel in die Hand. Ray stand da wie vom Donner gerührt. Wortlos nahm er die Zügel entgegen. Er sah Archer ins Gesicht, der seinen Blick neugierig und entspannt erwiderte. Von der Anstrengung des Trainings war ihm nicht das Geringste anzusehen.

Ray beobachtete, wie sich Nick in den Sattel schwang, um Fox zurück zum Trabring zu reiten. Die zwei Jockeys, die Mr de Mestre beschäftigte, setzten sich währenddessen bereits auf die Pferde des nächsten Lots, das der Trainer zusammengestellt hatte: Blueberry und Vagabond. Zumindest so viel wusste Ray bereits über Rennpferde: dass stets zwei in etwa gleichstarke Tiere gemeinsam trainiert werden.

Niemand achtete auf Ray. Die Jockeys führten ihre Pferde in gemächlichem Trab zurück auf die Trainingsstrecke und Mr de Mestre sah ihnen aufmerksam hinterher. Archer hingegen schien sich allmählich zu fragen, was mit diesem merkwürdigen Zweibeiner los war, und stupste ihn ungeduldig mit dem Maul an. Doch Ray hatte Angst. Auf einem Pferd wie Archer hatte er noch nie gesessen. Würde er überhaupt in der Lage sein, ihn zu reiten? Und was würde geschehen, wenn er Archer nicht halten konnte?

Applepie war ein gutmütiges kleines Pferd mit mäßigem Temperament gewesen. Es bedurfte schon großer Überredungskunst, sie von einem längeren Galopp zu überzeugen. Seine Ausritte auf der Stute waren dementsprechend in der Regel sehr gemütlich verlaufen.

Archer hingegen war zum Rennpferd geboren. Trotz der – zugegeben kurzen – Trainingsrunde schwitzte er kaum und schien gerade mal warmgelaufen zu sein. Doch Ray wusste, dass er nicht bis in alle Ewigkeit hier stehen bleiben konnte. Wenn Mr de Mestre merkte, dass sein neuer Gehilfe nicht einmal in der Lage war, ein Pferd im Schritt zurück in den Stall zu bringen, dann konnte er sich genauso gut augenblicklich auf den Weg zu den Goldfeldern machen. Von Nicks hämischen Bemerkungen ganz zu schweigen. Hatte Nick nicht sogar behauptet, Ray könne gar nicht reiten?

Ray versuchte, seinen Herzschlag unter Kontrolle zu bringen. Das Pferd hatte seine Nervosität sicher längst gespürt und Ray wusste, dass manche Pferde die Unsicherheit ihres Reiters gerne ausnutzten.

Vorsichtig setzte er den linken Fuß in den Bügel. Archer drehte sich ein wenig von ihm weg, als wolle er sagen: »Und was machst du jetzt? Zeig mal, was du kanns …« Ray hüpfte auf einem Bein hinterher. Das fing ja schon gut an! Verstohlen warf Ray einen Blick zu Mr de Mestre hinüber, der allerdings konzentriert das Rennen von Blueberry und Vagabond verfolgte und seine Schwierigkeiten nicht zu bemerken schien.

Endlich bekam Ray genügend Schwung, zog das rechte Bein über Archers Kruppe und landete im Sattel. Vorbildliches Aufsitzen sah zugegebenermaßen anders aus, aber es war eben auch nicht so leicht, sich auf den Rücken eines so großen Pferdes zu schwingen, wenn man gerade einmal einen Meter sechzig groß war.

Doch kaum saß er auf dem Pferderücken, fiel sämtliche Anspannung von ihm ab. Da war es wieder, das

Gefühl, das er so lange Zeit vermisst hatte. Er strich Archer zärtlich über den Hals. Archer schlug zweimal unwillig mit dem Kopf, doch dann hatte er sich ebenfalls beruhigt. Und als Ray nun mit der Zunge schnalzte und Archer mit leichtem Wadendruck zu verstehen gab, dass er losgehen konnte, unterschied sich nichts mehr von Rays Erfahrungen mit Applepie. Ein Gefühl des Glücks und der Gelassenheit durchströmte seinen Körper, wie er es zuletzt vor mehreren Jahren empfunden hatte. Und er wunderte sich, wie er noch Minuten zuvor hatte glauben können, er wäre nicht in der Lage, Archer zu reiten!

Mr de Mestre drehte sich um. Er lächelte zufrieden, als er Ray auf Archer davonreiten sah. Einen Augenblick lang hatte er schon befürchtet, er müsse Reverend Smith bereits vor Ablauf der vereinbarten Frist bitten, Ray wieder abzuholen. Denn was sollte er mit einem Stallknecht anfangen, der ein Pferd noch nicht mal 100 Meter weit im Schritt reiten konnte? Er schüttelte den Kopf, als er sich wieder an das Bild des auf einem Bein hinter dem Pferd herhüpfenden Ray erinnerte. Für einen Moment war ihm bei diesem Anblick beinahe das Herz stehen geblieben. Aber nun schienen Ross und Reiter doch zueinandergefunden zu haben. Beruhigt wandte sich de Mestre wieder dem Training zu.

Als Ray an diesem Abend auf seiner piksenden Heumatratze lag, die nichts weiter war als ein mit Stroh gefüllter Stoffsack, fühlte er sich so glücklich wie seit Langem nicht mehr. Er schämte sich fast, das zuzugeben. Natürlich war er zutiefst traurig über den Tod seines Vaters. Und er vermisste Emily so sehr, dass es ihn beinahe körperlich schmerzte. Und dennoch empfand er zum ersten Mal seit elf Tagen eine gewisse Leichtigkeit.

Als der Reverend ihn gefragt hatte, ob er sich für ihn bei Mr de Mestre starkmachen sollte, hatte Ray sofort Ja gesagt. Die Aussicht auf eine Arbeit, bei der er mit Pferden zu tun haben würde, erfüllte sein Herz mit Zufriedenheit. Mit Menschen hatte er sich stets ein wenig schwerer getan. Er war schüchtern, traute sich zum Beispiel nie, ein Mädchen anzusprechen. Und solange er sich zurückerinnern konnte, hatte Ray niemals einen gleichaltrigen Jungen gekannt, den er als Freund bezeichnet hätte. Obwohl er sich sehnlich einen wünschte.

Er wusste nicht, woran es lag. Vielleicht hatte er immer nur Pech gehabt und war in seinem Leben einfach zu vielen Nicks begegnet, die ihn nicht an sich heranließen. Vielleicht waren seine Vorstellungen von Freundschaft zu anspruchsvoll. Oder vielleicht war er im Umgang schwieriger, als er von sich selbst glaubte. Auf jeden Fall hatte er immer nur auf Applepies Rücken Zufriedenheit und Gelassenheit empfunden. Er erinnerte sich an ein Gespräch, das er vor vielen Jahren mit seiner Mutter geführt hatte und in dem sie festgestellt hatten, dass sie beide das gleiche Gefühl beim Reiten liebten. Wenn er reiten konnte, war ihm die Einsamkeit egal. Und heute hatte er nach mehr als vier Jahren zum ersten Mal wieder auf einem Pferd gesessen. Augenblicklich war alles wie damals gewesen. Wenn es nach ihm gegangen wäre, dann hätte die Runde auf der Rasenbahn niemals enden müssen.

Irgendetwas an seinem Bein kitzelte und Ray zappelte mit dem Fuß. Doch das Kitzeln ließ nicht nach. Es hatte am Knöchel begonnen und nun breitete es sich allmählich nach oben aus. Jetzt war es schon an seinem Schienbein. Ray tastete mit der Hand an seinem Bein entlang, um sich zu kratzen – und schrie, als er etwas Haariges, Pelziges fühlte. Augenblicklich bekam er eine Gänsehaut. Er richtete sich ruckartig auf und schrie erneut, als er den kleinen, schwarzen Körper mit acht Beinen daran entdeckte, der vom Mondlicht beschienen wurde.

Die Spinne war nicht einmal besonders groß, auf jeden Fall war es keine giftige Trichternetzspinne, wie sie hier ab und zu vorkam, aber augenblicklich meinte Ray, ihm würde schwarz vor Augen. Eine Spinne! Er *hasste* Spinnen! Sein ganzer Körper schüttelte sich vor Ekel, wenn er eine Spinne auch nur anschauen musste! Und dieses ekelhafte haarige Exemplar saß auf seinem Bein!

Ray schrie zum dritten Mal und sprang mit einem Satz auf die Füße. Dabei knallte er mit dem Kopf gegen den Holzbalken über seiner Schlafstätte und jetzt wurde ihm tatsächlich schwarz vor Augen. Die Spinne landete im Stroh und machte, dass sie davonkam. Mit eiligen kleinen Schritten ihrer acht Beine flüchtete sie – und lief dabei genau auf Ray zu!

Ray hüpfte von einem Fuß auf den anderen, vor Angst, die Spinne könnte ihn noch einmal berühren. Er stolperte und landete mit dem Gesicht genau vor Nick, der sich bereits bei Rays erstem Schrei aufgesetzt hatte und ihn kopfschüttelnd beobachtete. Ray hatte Angstschweiß auf der Stirn und atmete laut und schnell.

Nick grinste von einem Ohr bis zum anderen. »Alles klar mit dir?«, fragte er.

Ray antwortete nicht.

»Ist die Mörderspinne weg?«

Ray seufzte, während er sich mühsam aufrappelte und mit immer noch zitternden Beinen zurück zu seinem Schlafplatz schlich. Er ahnte, dass er Nick mit dem Wissen um seine panische Angst vor Spinnen eine ungeheure Macht in die Hand gegeben hatte. Und das war nur einer der Gründe, warum er auch in dieser Nacht wenig Schlaf finden sollte.

Er drehte die auf einen Stock gespießte Schlange über dem Feuer. Sie wurde allmählich knusprig, aber er hoffte, dass er sie zuvor lange genug gekocht hatte, damit das Fleisch nicht zäh war.

Yalla beobachtete jeden seiner Handgriffe. Er warf ihr ein Stück Fleisch zu, das sie gierig aus der Luft aufschnappte und verschlang, obwohl es noch heiß war.

Als er den Ngurakin *das erste Mal gesehen hatte, war das Tier aus Angst vor ihm schnell davongelaufen. Mit eingeklemmtem Schwanz rannte die Hündin um ihr Leben. Aber sie war nicht weit gekommen, denn sie hatte sich einen ihrer Hinterläufe in einer Falle verletzt und humpelte stark. Er hatte sie mitgenommen und gesund gepflegt. Ohne seine Hilfe wäre die Hündin schon bald verhungert, denn mit dem verletzten Bein konnte sie nicht jagen. Sie war bereits stark abgemagert, als er sie fand, und es hatte Wochen gedauert, sie ein wenig aufzupäppeln. Er hatte sie Yalla genannt. Die, die schnell wegläuft.*

Nun war es sein *Hund, kein* Ngurakin *mehr, kein wilder*

Dingo, sondern ein Walaku. *So hatte das Volk seiner Mutter die Dingos genannt, die mit ihnen lebten.*

Er war froh, dass Yalla bei ihm war. Durch sie fühlte er sich nicht so allein. Seine Mutter hatte ihm, als er kleiner gewesen war, Geschichten über die Ngurakin *erzählt. Dass sie Übernatürliches sehen und Menschen vor bösen Mächten warnen und beschützen können. Dass es Dingomenschen gibt, die ihre Gestalt wandeln. Aber auch, dass manche* Ngurakin *Menschen töten und fressen. Mamu etwa, der den Geist jedes Kindes fängt und frisst, das sich vom Lagerfeuer entfernt. Von Mamu hatte ihm seine Mutter erzählt, nachdem er einmal davongelaufen war. Er musste lächeln, als er jetzt daran zurückdachte.*

Er riss ein Stück Fleisch ab und probierte. Es war knusprig, so wie er es mochte, und schmeckte nach Hühnchen.

Yalla winselte und er fütterte sie ebenfalls mit der Schlange. Morgen wollte er mit ihr auf die Jagd gehen. Vielleicht konnten sie ein Känguru erwischen, das ihnen für mehrere Tage Fleisch geben würde. Und wenn nicht, dann musste er sich eben auf die Suche nach Nüssen und Beeren machen. Oder nach Holzbohrer-Maden Ausschau halten, wie seine Mutter es ihm beigebracht hatte.

… sie zog sodann durch das Land, ging in alle Richtungen.
Sie wanderte überall hin, und wenn sie müde wurde,
rollte sie sich zusammen und schlief.

Oodgeroo

DER Gedanke, dass von nun an jeder Morgen gleich beginnen würde, hatte für Ray nichts Erschreckendes. Im Gegenteil. Er liebte bereits jetzt, nach wenigen Tagen, seine morgendliche Routine. Vor Sonnenaufgang aufstehen, ein paar Handvoll kaltes Wasser ins Gesicht und die Ställe ausmisten. Er hätte auch gerne einmal mit Nick getauscht und die Pferde gestriegelt, aber er wusste, dass der ältere Stalljunge dieses Privileg für sich beanspruchte. Umso mehr genoss er jede Minute, die er im direkten Kontakt mit den Tieren verbringen durfte: die Pferde auf die Weide führen, satteln, fürs Training aufwärmen … Und er war froh, dass Archer nicht zu Nicks Lieblingen gehörte und er den kräftigen, jungen Hengst unter seine Fittiche nehmen konnte. Wann immer sich die Gelegenheit bot, kümmerte er sich um ihn, führte ihn Runde für Runde um das Gestüt, spritzte ihn nach dem Training ab oder brachte ihm heimlich ein Stück Apfel als besonderen Leckerbissen.

»Was findest du nur an Archer?«, fragte ihn Nick einmal.

Ray zuckte mit den Achseln. »Er ist ein gutes Pferd.«

»Ja, das sind die anderen Pferde hier im Stall auch«, entgegnete Nick. »Aber du scheinst nur Augen und Ohren für Archer zu haben …«

Ray lächelte. Es stimmte, er hatte irgendwie einen Narren an Archer gefressen, hätte aber nicht zu sagen vermocht, woran das eigentlich lag. Der Hengst hatte irgendwie einen richtigen Charakter. Er war ruhig und lieb, aber er hatte auch seinen eigenen Kopf. Und das gefiel Ray. Der Braune war anders als die anderen Pferde. Jedenfalls empfand Ray das so. Wenn er morgens mit Nick zusammen den Stall betrat, war es, als beachte das Pferd nur ihn. Vielleicht war es ja sogar so, dass Archer ihn ausgewählt hatte?

Auf jeden Fall freute Ray sich morgens, nach getaner Arbeit, wenn die Pferde bereits genüsslich ihr erstes Kraftfutter zwischen den Zähnen zermalmten, auf sein eigenes kräftiges Frühstück, das die dicke Köchin Elizabeth für sie zubereitete: Eier mit Speck, Porridge, frisches Brot und Kaffee, der so heiß war, dass man sich die Zunge daran verbrannte.

Ray wusste inzwischen, dass Tom immer erst zum Frühstück erschien und er bis dahin allein mit Nick zurechtkommen musste. Aber das störte ihn nicht. Er dachte einfach an Emily, überlegte, ob sie sich bei Tante Amy in Melbourne mittlerweile heimisch fühlte oder ob sie ihn vielleicht noch vermisste. Er jedenfalls vermisste seine kleine Schwester sehr, die sich immer über ihn lustig gemacht hatte, wenn er wieder einmal seine panische Angst vor Spinnen zeigte. Ihr Kichern, wenn er entsetzt aufsprang, ihre Art, ihn aufzuziehen, indem sie die Spinne einfach an einem ihrer acht langen Beine in die Höhe hielt und vor seinem Gesicht zappeln ließ, wobei sie sein aufgeregtes Geschrei nachmachte. Sicher, auch darüber hatte er sich geärgert, aber dennoch war es etwas anderes als Nicks gehässige Art, sich über ihn und seine Spinnenangst lustig zu machen. Mehrmals bereits hatte er, als er sich abends auf seine Heumatratze legen wollte, eine unangenehme Begegnung mit einer toten Spinne unter seiner Bettdecke gehabt. Und er konnte sich an zwei Fingern ausrechnen, wie es dazu kam, dass die Spinnen immer ausgerechnet auf seinem Schlaflager verendeten.

Als er an diesem Morgen hinter Nick die große Küche betrat, stellte er überrascht fest, dass Tom bereits da war. Er saß der dicken alten Köchin gegenüber an dem großen Holztisch und hielt den *Sydney Herald* aufgeschlagen in den Händen.

»Da würde ich ja zu gern mal dabei sein«, sagte Tom gerade zu Elizabeth, die sich ihre Hände an einem schon etwas schmutzigen Küchentuch abrieb, während sie über die Schulter des jungen Mannes ebenfalls einen Blick in die Zeitung warf.

»Wo würdest du gerne mal dabei sein?«, fragte Nick und setzte sich an den Küchentisch.

Ray lächelte Elizabeth stumm zu und nahm ebenfalls Platz.

»Es gibt ein neues großes Rennen in Melbourne«, erklärte Tom. »Es geht über zwei Meilen und der Sieger erhält 710 Gold Sovereigns und eine goldene Armbanduhr.«

»Nicht schlecht«, sagte Nick und schob sich eine Gabel Rührei in den Mund.

»Veranstalter ist der *Victorian Turf Club*. ›Wir werden die Geschichte Australiens neu schreiben‹, steht hier. Na, die haben ja Selbstbewusstsein.« Tom nahm einen Schluck Kaffee aus seinem Becher. Dann prustete er plötzlich los. »Hört mal, was sie hier schreiben: ›Laut Robert Bagot soll Frauen am Renntag freier Eintritt gewährt werden. Wo Frauen sind, werden Männer folgen, ließ sich der Vorsitzende des *Victorian Turf Clubs* vernehmen. Und er fügte hinzu: Dieses Rennen wird das bedeutendste in der Historie des Rennsports. Die ganze Welt wird auf Melbourne blicken. Ich erwarte Tausende Zuschauer!‹«

»Na toll, Frauen und Pferde, wohin das Auge blickt, und wir kriegen hier nichts von alldem mit!«

»Wird Mr de Mestre denn keins seiner Pferde hinschicken?« Ray rührte nachdenklich sein Porridge um.

»Würde er vielleicht schon, wenn er früh genug davon erfahren hätte, aber das Rennen findet bereits in vier Wochen statt.«

»Ja und?«

Nick schnaubte, als wäre er fassungslos über Rays Begriffsstutzigkeit. »Wie willst du denn in nur vier Wochen ein Pferd von Jembaicumbene nach Melbourne kriegen?«

Ray zuckte mit den Schultern. »Mit dem Schiff?«

»Dafür müsstest du aber erst einmal nach Sydney kommen, das sind 180 Meilen! Und wie willst du die bewältigen? Zu Fuß?« Nick lachte.

»Warum nicht?«

»Für die Strecke bräuchtest du bestimmt eine ganze Woche!« Nick schaute Ray an, als hätte der nicht mehr alle Tassen im Schrank.

»Nick hat recht«, meinte auch Tom. »Wenn wir früher von dem Rennen erfahren hätten, dann hätte Mr de Mestre bestimmt ein oder zwei Pferde hingeschickt. Aber jetzt ist die Zeit zu knapp. Den Trainingsrückstand, den die Pferde während der Schiffspassage erleiden würden, könnten wir in Melbourne nicht mehr rechtzeitig aufholen.«

»Genau«, sagte Nick. »Wir müssten mindestens vier Wochen vorher da sein, um die Pferde vor Ort trainieren zu können. Eine knappe Woche unter Deck eines Schiffes ist eine enorme Strapaze für die Tiere. Die Muskeln bauen sich ab und die gesamte Konstitution leidet.« Er schüttelte entschieden den Kopf. »Da merkt man doch, dass du keine Ahnung hast.«

Aber Ray war immer noch nicht überzeugt. »Und wenn man direkt zu Fuß nach Melbourne ginge? Dann könnte man das Pferd unterwegs trainieren. Ich meine, was anderes machen wir hier schließlich auch nicht.«

Sogar Tom lächelte. »Wer wäre schon so verrückt, mit einem Pferd 500 Meilen weit quer durch Australien zu laufen? Noch dazu über die Berge! Vermutlich liegt da sogar noch Schnee!«

Nick verschluckte sich vor Lachen beinahe an seinem Brot. »Etwas Verrückteres habe ich wirklich noch nie gehört«, sagte er. »Den Idiot, der so etwas macht, möchte ich gerne mal kennenlernen!«

»Und was ist mit Burke und Wills?«, meinte Ray. »Die durchqueren schließlich auch Australien. Noch dazu von Süden nach Norden, mitten durchs Zentrum, über eine Strecke von 2000 Meilen! Sind das etwa auch Idioten?«

»Die sind jedenfalls nicht alleine unterwegs, sondern haben eine ganze Expedition dabei: Pferde, Kamele, Männer …« Nick kicherte. »Aber verrückt sind sie wahrscheinlich schon.«

»Und außerdem verschwunden. Niemand weiß, ob sie überhaupt noch leben«, fügte Tom hinzu.

Doch Ray war auf einmal sehr nachdenklich geworden.

»Das ist völlig abwegig. Schlag dir das aus dem Kopf!«

»Aber warum? Ich könnte Archer unterwegs trainieren, indem ich ihn abwechselnd ein Stück führe, reite und hin und wieder einen Kanter einlege … Was spricht dagegen?«

Mr de Mestre blieb so ruckartig stehen, dass Ray, der ihm dicht auf den Fersen war, beinahe in ihn hineingelaufen wäre. »Hast du auch nur einen Gedanken daran verschwendet, welche Gefahren auf so einer weiten Strecke auf dich lauern können? Buschräuber, Aborigines, giftige Schlangen und Spinnen … Was ist, wenn sich Archer unterwegs verletzt? Ist dir klar, welche Risiken auch für ihn mit so einem Vorhaben verbunden sind?«

Ray schwieg. Natürlich hatte er über all das nachgedacht. Aber das Ziel erschien ihm so verlockend, dass er bereit war, ein gewisses Risiko einzugehen.

»Zugegeben, Archer ist in einer ausgezeichneten Verfassung«, fuhr Mr de Mestre fort und es klang, als dächte er ernsthaft über diese Möglichkeit nach. »Wenn eins unserer Pferde die nötige Konstitution für so ein Unternehmen besitzt, dann er … Fox ist zwar das schnellere Pferd, aber er ist gesundheitlich doch auch immer sehr anfällig.«

Ray horchte auf. Würde er etwa doch die Chance bekommen zu beweisen, dass Archer das beste Pferd im Stall war? Und würde er vielleicht Gelegenheit bekommen, Emily wiederzusehen?

»Aber es wäre unverantwortlich von mir, einen jungen, unerfahrenen Burschen wie dich mit einem kostbaren Rennpferd alleine loszuschicken.« Er sah Ray ins Gesicht, der bereits den Mund öffnete, um weitere Argumente vorzubringen, doch Mr de Mestre ließ ihn gar nicht erst zu Wort kommen: »Nein!«, sagte er bestimmt. »Und meine Entscheidung ist unwiderruflich: Nein!«

Ray ließ den Kopf sinken.

Mr de Mestre legte ihm tröstend eine Hand auf die Schulter. »Nächstes Jahr werden wir rechtzeitig Bescheid wissen. Dann buchen wir eine Schiffspassage und du kommst als Archers Stallbursche mit. Einverstanden?«

Ray nickte.

Zum ersten Mal hatte Mr de Mestre ihm gegenüber angedeutet, dass er zufrieden mit ihm war und ihn behalten wollte. Schließlich hatte er vom kommenden Jahr gesprochen! Also hatte er auch dem Reverend wahrscheinlich bereits gesagt, dass Ray bleiben durfte.

Trotzdem war Ray zutiefst enttäuscht und versuchte seine Gefühle zu verbergen. Zwar hatte er ohnehin nicht ernsthaft damit gerechnet, dass Mr de Mestre ihn mit Begeisterung losziehen lassen würde, doch das endgültige Aus seiner Pläne war nichtsdestoweniger schmerzlich.

Mr de Mestre sah Ray hinterher, der mit gesenktem Kopf an seine Arbeit zurückkehrte. Er hätte dem Jungen nur zu gerne seinen Wunsch erfüllt – zumal es auch sein eigener Traum war, mit einem der Pferde, die er trainierte, das große neue Rennen in Melbourne zu dominieren. Was für eine Publicity das für ihn bedeuten würde! Und natürlich wäre die Aufmerksamkeit der Öffentlichkeit bei diesem erstmalig ausgetragenen Rennen am größten, aber ... Mr de Mestre seufzte. Er durfte davon träumen, ja, aber es war seine Pflicht, auf dem Boden der Tatsachen zu bleiben. Und Tatsache war, dass er hier, 500 Meilen von Melbourne entfernt, zu spät von dem Rennen erfahren hatte. Vermutlich wollten die Rennstallbesitzer Victorias diesen Wettstreit unter sich ausmachen und legten nicht den geringsten Wert auf die Konkurrenz aus New South Wales. Mr de Mestre merkte, wie er bei diesem Gedanken ärgerlich wurde. Aber es ließ sich nun einmal nicht ändern.

»Was hast du denn geglaubt?« Nick grinste hämisch. »Dass Mr de Mestre dir, einem dahergelaufenen, vollkommen unerfahrenen Stallburschen sein bestes Pferd überlässt, damit du mit ihm deine Schwester in Melbourne besuchen kannst?«

»Ich dachte, du hältst Blueberry für das beste Pferd im Stall?«, antwortete Ray, ohne aufzublicken.

»Nein«, entgegnete Nick, »tue ich nicht. Ich denke,

dass Fox besser ist als Archer. Er hat auch bereits mehr Preise eingeheimst. Wenn ich ein Pferd zu diesem Rennen nach Melbourne schicken würde, dann wäre es Fox.«

»Auf langen Strecken ist Archer besser als Fox«, widersprach Ray. »Und das Rennen in Melbourne soll über zwei Meilen gehen. Fox ist zwar ein guter Starter, er kann ein kurzes Rennen von vorne machen, aber er hat keine Kondition. Nach eineinhalb Meilen würde er einbrechen. Und das ist die Distanz, nach der Archer erst richtig loslegt.«

»Ohhh«, machte Nick und zog scheinbar überrascht die Augenbrauen hoch. »Hört euch den Fachmann an«, spottete er. »Gerade mal zwei Wochen da und schon weiß er besser Bescheid als alle anderen zusammen.«

Ray schüttelte stumm den Kopf. Er hatte nicht die Absicht, sich mit Nick zu streiten. Er wusste einfach, dass er recht hatte. Archer wurde fast immer mit Fox zusammen trainiert. Es stimmte zwar, dass Fox aus den Trainingsläufen stets als Sieger hervorging, doch die Strecke, die die beiden Hengste im Training absolvierten, war auch nur eineinviertel Meilen lang. Und Ray hatte sowohl Archer als auch Fox nach den Rennen gesehen: Während Fox meistens einen angestrengten Eindruck machte, verschwitzt war und die Adern unter seiner Haut deutlich hervortraten, wirkte Archer entspannt. Er schien nach einer Meile gerade mal warmgelaufen zu sein.

»Weißt du«, fuhr Nick fort und betrachtete dabei nachdenklich den Striegel in seiner Hand, mit dem er soeben Blueberry bürstete, »ich würde nur zu gerne mit dir wetten und dir beweisen, dass du unrecht hast. Fox ist immer schneller als Archer. Selbst wenn das Rennen über drei Meilen ginge …«

»Warum nicht über zwei?«

Die Frage kam unvermittelt und überraschend. Nick zuckte zusammen und drehte sich ruckartig um, als er die tiefe Stimme seines Boss' hörte. Und Ray, der in Blueberrys Box stand und gerade eine Schaufel Mist auf die Schubkarre hieven wollte, ließ vor Schreck beinahe die Forke fallen.

Mr de Mestre schmunzelte. »Eine interessante Wette, die du da vorgeschlagen hast, Nick«, sagte er. »Ich denke, wir sollten sie in die Tat umsetzen.«

»Sir?«

»Ja, warum nicht«, fuhr Mr de Mestre fort. »Und das Beste daran wird sein, dass ihr, du und Ray, die Pferde eurer Wahl reitet. Morgen früh. Statt des regulären Trainings.«

»Aber Sir!«

Nick wollte widersprechen, doch Mr de Mestre schnitt ihm das Wort ab. »Wir sehen uns pünktlich wie immer auf der Trainingsbahn.«

Bevor sich Etienne de Mestre abwandte, warf er einen Blick auf Ray, der bis jetzt noch keinen Ton von sich gegeben hatte. Er sah das glückliche Lächeln auf den Lippen seines Stallburschen und nickte zufrieden.

Rays Vorfreude war so groß, dass er wieder einmal keinen Schlaf fand. Ein richtiges Rennen, bei dem er endlich zeigen konnte, was in ihm steckte, und vor allem, was in Archer steckte! Er konnte den nächsten Morgen kaum erwarten.

Während Nick die ganze Zeit über Mr de Mestre geschimpft hatte, wie verantwortungslos der Trainer mit den ihm anvertrauten Pferden umging, hatte Ray geschwiegen. Er bewunderte Mr de Mestre für seine ungewöhnliche Handlungsweise und den Mut, den er damit bewies.

Er war nun seit etwas mehr als zwei Wochen hier und er hätte blind sein müssen, um nicht zu bemerken, dass Nick jedem mit seiner schroffen und oft überheblichen Art auf die Nerven ging. Vermutlich war Mr de Mestre nicht zuletzt daran gelegen, Nick einen Denkzettel zu verpassen und ihn in seine Schranken zu weisen. Zumindest, wenn er, wie Ray annahm, ebenfalls davon ausging, dass Archer gute Chancen hatte, gegen Fox zu gewinnen. Aber wenn es so war, warum war er dann noch nicht selbst auf die Idee gekommen, die Trainingsstrecke für Archer zu verlängern?

Es war Elizabeth, die Köchin, die Nick schließlich dazu gebracht hatte zu schweigen. »Wenn du jetzt nicht endlich die Klappe hältst und aufhörst, über den Boss herzuziehen, dann bekommst du von mir in Zukunft nur noch Wasser und Brot!«, hatte sie ihm während des Abendessens gedroht. Und seit diesem Augenblick hatte Nick nicht ein einziges Mal mehr den Mund aufgemacht.

Ray glaubte nicht, dass Elizabeths Drohung Nick tatsächlich eingeschüchtert hatte. Der junge Mann gefiel sich vielmehr in der Rolle des missverstandenen Märtyrers. Auch jetzt lag er schmollend auf seiner Matratze und wandte Ray den Rücken zu.

Morgen wird er ausgiebig Gelegenheit haben, meinen Rücken zu betrachten, während er auf Fox hinter mir herrennt, dachte Ray. Und mit diesem Gedanken schlief er endlich zufrieden ein.

Auch Etienne de Mestre fand nur schwer in den Schlaf. Den ganzen Abend über hatte er sein Kartenmaterial gesichtet, war im Geiste alle Optionen durchgegangen, die sich ihm boten, und war zu dem Schluss gekommen, dass es funktionieren konnte. Er horchte in sich hinein, um festzustellen, welches Gefühl überwog: das schlechte Gewissen, das er empfand, oder die positive Aufregung über die unerwartete Chance, die sich ihm bot.

Als er schließlich die Karten zusammenlegte, hatte er einen Entschluss gefasst. Und er war gespannt darauf, wie sich der nächste Morgen gestalten würde. Denn davon hing alles ab. Er freute sich bereits auf Rays Gesicht, wenn er ihm seinen Plan erläuterte.

Der Junge hatte ihn überrascht. Seine Ansicht über Archers Qualitäten als Langstreckenläufer verriet sein gutes Auge für Pferde. Auch ihm war aufgefallen, dass Archer die relativ kurze Trainingsstrecke, die er regelmäßig absolvierte, erstaunlich leichtfiel. Und er hatte die gleichen Rückschlüsse daraus gezogen wie Ray, nämlich dass Archer in Rennen, die über zwei Meilen oder mehr gingen, ein aussichtsreicher Kandidat für den Sieg war. Bisher hatte sich ihm keine Gelegenheit geboten, diese Hypothese zu untermauern, aber das konnte sich bald ändern. Vielleicht sogar schon sehr bald.

Es war ein herrlicher Morgen. Noch war die Luft kühl und erfrischend. Ein leichter Wind ließ die Blätter an den Bäumen rascheln. Selbst die dicke Köchin Elizabeth hatte ihren Platz am Herd verlassen und stand neben dem Boss am Rand der Rennbahn.

Mr de Mestre musterte seine Ersatzjockeys, die beide bereits auf ihren Pferden saßen. Ray hatte mit seinen 16 Jahren tatsächlich die Statur eines Jockeys. Er war klein, etwa einen Meter sechzig, und obwohl er dank Elizabeths gutem Essen mittlerweile nicht mehr ganz so ausgemergelt aussah wie vor etwa zwei Wochen, als der Trainer ihn zum ersten Mal an der Seite des Reverends gesehen hatte, war er auffallend dünn. Mr de Mestre schätzte ihn auf höchstens 48 Kilo. Auch Nick war nicht gerade groß – eher entsprach er dem Durchschnitt – und bis vor eineinhalb Jahren hatte er selbst noch geglaubt, dass eine Karriere als Jockey für ihn möglich sei. Doch dann hatte der letzte Wachstumsschub seinen Traum platzen lassen. Nun war er mit seinen 18 Jahren etwa 1,70 groß und wog dabei 62 Kilo. Zu viel, um als Jockey Erfolg zu haben.

»So«, sagte Mr de Mestre und rieb sich erwartungsvoll die Hände. »Die Strecke ist euch vertraut, trotzdem wird Tom am Start- und Zielpunkt stehen und euch Zeichen geben.«

Ray nickte eifrig. Er konnte seine Vorfreude kaum verbergen und auch Archer schlug bereits ungeduldig mit dem Kopf, während Nick missmutig seufzte und seine schlechte Stimmung auf Fox zu übertragen schien.

»Aber das ist noch nicht alles«, fuhr Mr de Mestre fort, als er merkte, dass sich Nick bereits abwenden wollte. »Ich will, dass ihr beide euer Bestes gebt, und habe mir deshalb einen besonderen Anreiz ausgedacht.« Er machte eine Pause und genoss die erwartungsvollen Gesichter der beiden jungen Männer. »Nick hat eine Wette vorgeschlagen. Er wollte beweisen, dass Fox schneller ist als Archer. Ray ist anderer Ansicht.« Wieder schwieg der Trainer. Es waren nur einige Sekunden, doch Ray kam es vor, als wären es Stunden, die er warten musste, bis de Mestre endlich weitersprach: »Bei einer Wette geht es immer um einen Gewinn. Das gilt natürlich ebenso für Pferdewetten. Ray wettet auf Archer«, er nickte dem Jungen zu, »und Nick auf Fox.« Ray erwartete fast, dass der Trainer nun wieder eine bedeutungsvolle Pause einlegen würde, aber er fuhr unvermittelt fort: »Wenn Archer gewinnt, wird er mit Ray nach Melbourne gehen. Wenn Fox gewinnt, bleiben sie hier, denn das ist es, was Nick sich wünscht.«

Es dauerte eine Weile, bis Ray die Bedeutung der Worte verstanden hatte. Er starrte Mr de Mestre mit offenem Mund an und erst, als Elizabeth sich zu ihrem Arbeitgeber umwandte und ihn mit unverhohlenem Entsetzen betrachtete, begriff er, worum es bei diesem Rennen gehen sollte. Wenn er gewann, erhielt er von Mr de Mestre tatsächlich die Erlaubnis, die Reise nach Melbourne, 500 Meilen quer durch New South Wales und Victoria, anzutreten.

»Aber Sir!« Nick riss fassungslos die Augen auf und Fox begann augenblicklich zu tänzeln, als sich die Erregung seines Reiters auf ihn übertrug, doch Mr de Mestre schnitt Nick mit einer einzigen Handbewegung das Wort ab.

»Alles Weitere besprechen wir nach dem Rennen«,

sagte er und sein Tonfall duldete keinen Widerspruch. Er gab Archer und Fox einen Klaps auf die Kruppe und Nick hatte keine andere Wahl, als sein Pferd zu wenden und es hinter Ray her zur Startlinie zu führen, an der Tom bereits auf sie wartete. Weder er noch Ray sahen, wie Elizabeth missbilligend den Kopf schüttelte. Und sie hörten auch nicht ihr gezischtes: »Ich hoffe, Sie wissen, was Sie da tun, *Sir.*«

Ray spürte, wie schnell sein Herz klopfte. Er konnte kaum glauben, dass Mr de Mestre es ernst meinte. Aber der Boss würde wohl kaum ein falsches Spiel mit ihnen spielen. Oder doch?

Nick murmelte leise irgendwelche Schimpfwörter vor sich hin und Tom musste ihn zweimal ermahnen, auf sein Zeichen zu achten, damit er den Start nicht verpasste. Aber da hätte er sich keine Sorgen zu machen brauchen. Kaum bewegte Tom die Startfahne nach unten, stieß Nick seinem Hengst die Hacken in die Flanken und Fox preschte davon.

Ray ärgerte sich, denn er selbst war aufgrund des vorangegangenen Gezeters unaufmerksam gewesen und hatte einen guten Start verpasst. Fox hatte bereits drei Längen Vorsprung, als sich Archer endlich schwerfällig wie eine Dampflok in Bewegung setzte. Er schien regelrecht anzurollen und Ray befürchtete, der misslungene Start würde sie den Sieg kosten. Dennoch war es ein atemberaubendes Gefühl. Er nahm nichts anderes mehr wahr, als das rhythmische Schlagen von Archers Hufen auf dem Untergrund und Nick dicht vor ihm, der mit einer kurzen Reitgerte auf Fox eindrosch, als hinge sein Leben davon ab. Alles andere, Mr de Mestre, der ihnen mit vor der Brust verschränkten Armen zusah, Elizabeth und Tom, die sie mit Rufen anfeuerten, drang nicht bis in sein Bewusstsein vor.

Jetzt näherten sie sich bereits der Wendemarke und obwohl Archer die Distanz zu dem anderen Pferd ein wenig verringert hatte, trennten sie immer noch etliche Fuß.

Ray lehnte sich im Sattel weit nach vorne und ließ die Zügel locker. Er spürte Archers Wunsch zu laufen, seine Freude an der Bewegung und der eigenen Kraft. Nun waren sie dicht hinter Fox. Nick drehte sich um und sah seine Verfolger aufrücken. Noch einmal schlug er mit der Gerte auf Fox' Kruppe ein und stieß dem Fuchs die Fersen fester in die Flanken. Doch es nutzte nichts. Archer hing an ihm wie ein Eisenbahnwaggon am anderen.

Jetzt tauchte die Wendemarke in Rays Blickfeld auf. Er versuchte Archer an Fox vorbeizulenken. Doch ausgerechnet in der engen Kurve führte Nick Fox ruckartig nach innen und der Fuchs rempelte seinen Kontrahenten im vollen Lauf an.

Archer geriet ins Straucheln und verlor den Takt, der Abstand zu Fox vergrößerte sich wieder. Ray sah Nicks schadenfrohes Grinsen, als er sich erneut zu ihnen umwandte. Doch noch trennte sie eine halbe Meile vom Zielpunkt.

»Lauf, Archer, lauf«, flüsterte Ray dem Hengst ins Ohr und der Braune schien ihn zu verstehen, denn augenblicklich beschleunigte er noch einmal und fand in seinen alten Takt zurück. Gleichmäßig und kraftvoll schlugen die Hufe auf den festen Untergrund. Meter für Meter kämpfte sich der große braune Hengst an den Führenden heran. Und während Fox allmählich die Kräfte verließen, hatte Archer nun endgültig seinen Rhythmus gefunden. Ray brauchte nichts weiter zu tun, als Archer genügend Zügelfreiheit zu lassen.

Mr de Mestre nickte zufrieden, während er das Rennen der beiden Pferde stumm beobachtete. Es war genauso, wie Ray gesagt hatte. Nach eineinhalb Meilen brach Fox ein und Archer holte den Rückstand in Sekundenschnelle auf. Kurz vor der Ziellinie war er mit Fox gleichauf und sosehr Nick auch auf seinen Hengst einschlug – gegen Archers Ausdauer und Kraft blieb er chancenlos. Mit einer halben Länge Vorsprung galoppierte Archer über die Ziellinie.

Tom schwenkte die Zielfahne und die dicke Elizabeth sprang vor Freude auf und ab. Einen winzigen Augenblick lang fürchtete Mr de Mestre sogar, seine Köchin würde ihm aus lauter Überschwang um den Hals fallen, doch dann räusperte sie sich verlegen und zog ihre Schürze glatt.

Ray klopfte Archer auf die Schulter. Er fühlte sich, als hätte er soeben den ersten Platz im *Queens Plate* gewonnen. Tom strahlte ihn an und half ihm aus dem Sattel, Elizabeth stürzte so schnell sie ihre kurzen Beine trugen auf ihn zu und sogar Mr de Mestre löste sich vom Zaun und betrat gemächlichen Schrittes die Rennbahn.

Nick stand mit zornesrotem Gesicht neben Fox, dessen Brust schweißnass glänzte und der vor Anstrengung regelrecht zitterte, und starrte vor sich auf den Boden. Es war nicht zu übersehen, dass er die Lobeshymnen auf den Sieger nur schwer ertrug und sich beherrschen musste, um nicht vorzeitig den Platz zu verlassen.

Mr de Mestre stellte sich vor Fox und klopfte ihm lobend auf den Hals. »Gut gemacht, Junge«, sagte er und sein Blick glitt vom Pferd weg zu Nick hinüber. »Du auch«, fuhr er fort, »ihr habt euch achtbar geschlagen.« Er kratzte sich an der Wange. »Apropos schlagen … das nächste Mal möchte ich etwas weniger Einsatz der Reitgerte sehen.«

»Ja, Sir«, quetschte Nick zwischen zusammengepressten Lippen hervor.

»Und es ist die erste Pflicht eines Jockeys, sein Pferd nach dem Rennen für seine Leistung zu loben. Unabhängig davon, ob es gewonnen hat oder nicht.«

»Ja, Sir.«

Dann wandte sich Mr de Mestre an Ray, der mit einem strahlenden Lächeln im Gesicht vor ihm stand, und nickte stumm. »Gut«, sagte er lediglich. »Wir haben einiges zu besprechen. Ich erwarte dich heute Abend nach dem Essen bei mir.«

»Ja, Sir.«

Mr de Mestre wandte sich ab und überließ Ray Tom und Elizabeth, die ihn weiter bestürmten und ihm unablässig auf die Schultern klopften, bis sich Ray einige Zentimeter kleiner fühlte.

Rays Herz raste, als er in der hereinbrechenden Abenddämmerung an Mr de Mestres Tür klopfte. Nick war ihm den ganzen Tag über aus dem Weg gegangen. Dafür hatten alle anderen an seinem Rockzipfel gehangen und ihn mit mehr oder weniger erwünschten, aber in jedem Fall gut gemeinten Warnungen nervös gemacht. Aborigines, giftige Schlangen, Skorpione und Spinnen, wilde Dingos, Buschbrände, mordlustige Strauchdiebe und Wegelagerer … Es gab keine Gefahr, auf die er nicht nachdrücklich aufmerksam gemacht worden war.

Es war das erste Mal, dass er die privaten Räume seines Arbeitgebers betreten sollte. Er zupfte sich soeben die Jacke gerade, als die Türe vor ihm geöffnet wurde.

»Komm rein, es gibt noch manches zu klären, bevor du deine Sachen packst«, sagte der Boss, wandte sich um und ging durch einen langen, schmalen Flur voraus.

Ray schloss die Tür hinter sich und folgte Mr de Mestre. Der Flur war dunkel und Ray fühlte sich unbehaglich. Was konnte den Trainer dazu bewogen haben, seine Meinung zu ändern und ihm nun doch zu gestatten, mit Archer die lange beschwerliche Reise anzutreten? Bisher hatte Ray nicht den Eindruck gehabt, dass Mr de Mestre in seinen Ansichten wankelmütig war. Und doch hatte er ihm noch gestern versichert, dass seine Entscheidung, ihn nicht nach Melbourne zu schicken, unumstößlich wäre.

De Mestre bog am Ende des Flures nach links ab und Ray folgte ihm in ein kleines, spärlich beleuchtetes Arbeitszimmer. Auf einem großen, massiven Schreibtisch lagen etliche Karten ausgebreitet, über die sich der Mann jetzt beugte. »Du hast dich sicherlich schon gefragt, warum ich meine Meinung, dich nach Melbourne reisen zu lassen, geändert habe.« Er blickte auf und dem Jungen, der schüchtern vor seinem Schreibtisch stehen geblieben war, unverwandt ins Gesicht.

»Ja, Sir«, antwortete Ray mit Verzögerung. »Das habe ich mich tatsächlich gefragt.«

»Ich erkläre es dir«, sagte Mr de Mestre und winkte Ray zu sich heran, sodass jetzt beide nebeneinander an dem Schreibtisch standen und ihre Köpfe über die ausgebreiteten Karten beugten. »Ich habe den gestrigen Abend und den heutigen Tag damit zugebracht, über eine mögliche Reiseroute nachzudenken. Und hier ist das Ergebnis.«

Ray betrachtete das aufgeschlagene Kartenmaterial. De Mestre hatte darauf eine Strecke markiert, die von Jembaicumbene nach Melbourne führte. Hier und da waren Punkte in dem Streckenverlauf eingetragen.

»Was sind das für Punkte, Sir?«

Mr de Mestre strahlte Ray an, als hätte er ihm soeben ein überraschendes Geschenk bereitet. »Ich habe die Strecke so gewählt, dass du erstens die Berge ein wenig umgehen kannst und zweitens nach den meisten Etappen bei einem befreundeten Gestüt oder bei Bekannten von mir Unterschlupf findest. Dadurch wird der Weg zwar ein wenig länger, aber du kannst dich unterwegs ausruhen, deine Vorräte auffüllen und erhältst Hilfe, wenn du sie brauchst. Ich gebe dir einen Brief mit, der dich ausweist und dafür sorgen wird, dass man dich in allem unterstützt.«

»Das ist sehr freundlich von Ihnen, Sir.«

»Auf diese Weise werde ich auch regelmäßig Nachricht von deiner Reise erhalten und wissen, wie du vorankommst.«

Ray nickte. Jetzt wusste er, warum Mr de Mestre seine Meinung geändert hatte. Er hatte einen Weg gefunden, die Risiken für ihn und Archer so gering wie möglich zu halten.

»Du wirst einen Umweg von etwa 60 Meilen machen müssen. Aber dafür brauchst du nicht über die Snowy Mountains. Das wird dir wiederum mindestens einen Tag Zeitersparnis bringen, sodass du nicht länger unterwegs sein dürftest als ohne diesen Umweg.«

Ray nickte erneut. Er konnte es jetzt kaum noch erwarten aufzubrechen. Tatsächlich hatte ihm die Vorstellung, die Snowy Mountains zusammen mit Archer überqueren zu müssen, Magenschmerzen bereitet. Nicht nur ihre enorme Höhe von weit über 6.000 Fuß, vor allem die Aussicht auf Schnee, der um diese Jahreszeit dort nicht ausgeschlossen war, hatte ihm Bauchschmerzen bereitet.

Mr de Mestre öffnete die oberste Schublade seines Schreibtischs und zog ein Dokument daraus hervor. »Hier habe ich dir eine Adresse in Melbourne notiert. Melde dich sofort nach deiner Ankunft dort. Ich werde dein Erscheinen ankündigen und dafür sorgen, dass du Archer da unterstellen kannst. Außerdem soll man dir bei der Suche nach einem geeigneten Jockey behilflich sein. Ich werde natürlich auch von hier aus sehen, was ich tun kann, aber oftmals ist es besser, vor Ort zu sein.«

»Ach ja«, murmelte Ray, dem in diesem Moment auffiel, dass sein Auftrag nicht damit beendet sein würde, Archer nach Melbourne gebracht zu haben. Vor lauter Aufregung hatte er das Ziel der Reise, die

Teilnahme am ersten *Melbourne Cup*, ganz aus den Augen verloren.

Er hatte kein Känguru erwischen können. Stattdessen hatte er die Nüsse des Palmfarns geerntet, die er nun drei bis fünf Tage wässern musste, um das Gift aus ihnen herauszuschwemmen. Anderenfalls würde er qualvoll sterben, wenn er mit ihnen eine Speise zubereitete.

Yalla lag zu seinen Füßen und schlief. Im Traum zuckten ihre Pfoten und sie winselte leise. Ob sie immer noch von der Jagd träumte? Dabei hatten sie nicht einmal ein Känguru zu Gesicht bekommen und entsprechend karg war ihre Abendmahlzeit ausgefallen. Zum Glück hatte er noch einige wenige Vorräte: gedörrtes Obst, Nüsse und den Rest eines Fladens, den er aus dem Mehl von Grassamen gebacken hatte. Es war eine mühsame Prozedur, die Samen von ihren Hülsen zu befreien und mithilfe von Steinen zu verreiben, bevor er sie mit Wasser vermischt über dem Feuer backen konnte. Aber was blieb ihm anderes übrig?

Kurz überlegte er, ob er sich im Mondlicht auf den Weg machen sollte, um eventuell ein Possum zu erbeuten. Doch nach dem heutigen Tag fühlte er sich zu erschöpft. Vielleicht morgen, dachte er und schnitzte weiter mit Bedacht an der hölzernen Figur, an der er zurzeit arbeitete. Dabei summte er die Melodie eines Liedes vor sich hin. Denn wer das richtige Lied am richtigen Ort zur richtigen Zeit sang, der trat in die Tjukurpa, *die Traumzeit, ein.*

Und schon die Wesen der Tjukurpa *hatten die Welt ins Leben gesungen. Gesungen und gelacht. So wie die Regenbogenschlange die Bäuche der Frösche gekitzelt hatte. Und als die Frösche lachten, lief das Wasser aus ihren Bäuchen und über die ganze Erde, füllte die Spuren, die die Regenbogenschlange auf ihren Streifzügen hinterlassen hatte, und bildete so die Seen und die Flüsse. Lieder können heilen, Regen bringen, Liebe erwecken, Feinde töten – und eine erfolgreiche Jagd vorbereiten.*

Und so sang Keira.

Auf der Erde hinterließ sie gewundene Spuren
und den Abdruck ihres schlafenden Körpers.
Oodgeroo

NICK wandte ihm demonstrativ den Rücken zu, als Ray die schmale Leiter zum Schlafboden emporstieg. Er tat so, als schliefe er bereits. Dabei hatte Ray das flackernde Licht der Petroleumlampe noch gesehen, als er die Scheune betreten hatte. Jetzt allerdings hatte Nick die Lampe gelöscht. Aber mit einem Mal war Ray die abweisende Haltung seines Arbeitskameraden völlig gleichgültig. Er würde sich nicht länger davon die Laune verderben lassen müssen. Denn morgen früh, bevor die Sonne noch richtig aufgegangen war, würde er bereits unterwegs sein.

Im Licht des Mondes, der durch das kleine Dachfenster genau auf seinen Schlafplatz schien, überprüfte Ray noch einmal den Inhalt seiner Packtasche: Das Kartenmaterial, das Mr de Mestre ihm gegeben hatte, zusammen mit den Adressen und Namen der Gestüte und Privatpersonen, bei denen er während seiner Reise logieren sollte, die Anschrift eines gewissen Mr Baker in Melbourne, dem Ziel seiner Reise, das Dokument, mit dem er sich ausweisen konnte und das ihn dazu befugte, mit

Archer zu reisen, und der lederne Beutel mit den Sovereigns, den Mr de Mestre ihm gegeben hatte. Alles war an seinem Platz. Während er sich auf der Heumatratze ausstreckte, behielt er eine Hand auf der Tasche, als fürchtete er, sie könnte ihm abhandenkommen, wenn er nicht sorgfältig genug auf sie achtete.

Als sich Nick kurze Zeit später mit hellwachen Augen zu ihm umdrehte, schlief Ray bereits und träumte von dem hübschen chinesischen Mädchen. In seinem Traum war es ganz einfach, mit ihr zu reden und zu lachen. Seine Hand ruhte auf ihrer Schulter. Doch dann schüttelte das Mädchen sie lachend ab und rannte davon.

Rays Hand war von der Packtasche heruntergerutscht.

Die Sonne bahnte sich ihren Weg an dem wolkenlosen Himmel. Es versprach ein schöner Tag zu werden. Elizabeth schnäuzte zum zwanzigsten Mal ihre Nase und tupfte sich heimlich einige Tränen aus den Augenwinkeln. Nick stand mit vor der Brust verschränkten Armen reglos neben ihr.

Ray zurrte den Sattelgurt noch einmal fest, nachdem er seine beiden Packtaschen befestigt hatte – eine mit den Papieren, die er am Abend zuvor noch einmal auf ihre Vollständigkeit überprüft hatte, und die andere gefüllt mit Lebensmitteln, die Elizabeth ihm mitgegeben hatte, und den Utensilien, die er für Archer benötigte. Anschließend regulierte er die Länge der Steigbügel, während Mr de Mestre unmittelbar neben ihm stand und ihm jetzt eine Hand auf die Schulter legte.

»Gib auf dich acht, Junge«, ermahnte er ihn väterlich, »du brauchst nicht den Helden zu spielen. Niemand wird dir einen Vorwurf machen, wenn du durch irgendetwas unterwegs gezwungen wirst aufzugeben.«

»Ja, Sir.« Ray nickte ernst und versuchte Nicks süffisantes Grinsen, das er aus dem Augenwinkel wahrnehmen konnte, zu ignorieren. Er wunderte sich allerdings, dass Nick einen Grund zum Lachen fand, obwohl er doch mitansehen musste, wie Ray seinen Willen bekam.

»Hast du alles?«

Ray deutete auf die Satteltaschen. »Ja, Sir, ich habe gestern Abend vor dem Schlafengehen noch einmal alles überprüft.«

Mr de Mestre lächelte zufrieden. »Gute Reise, Ray«, sagte er und umfasste mit festem Griff seine Oberarme.

»Danke, Sir.«

Jetzt trat Elizabeth auf Ray zu, sah ihm tief in die Augen, seufzte und drückte ihn fest an sich. »Du bist verrückt, das weißt du, aber ich wünsche dir viel Glück.«

Ray lächelte. Er musste zugeben, dass ihn die Fürsorge der Köchin, die ihn doch erst so kurze Zeit kannte, rührte.

»Und sieh ja zu, dass du gesund wiederkommst! Alles andere würde ich Mr de Mestre niemals verzeihen und dann müsste er sich eine neue Köchin suchen und ich mir einen neuen Job.«

»Ich passe auf mich auf, versprochen.«

Ray sah sich suchend um. Tom hatte versprochen, ihm ebenfalls Lebewohl zu sagen, doch offensichtlich hatte der junge Familienvater es nicht rechtzeitig geschafft.

Nick stand immer noch regungslos an seinem Platz. Er schien nicht die Absicht zu hegen, ihm ebenfalls eine gute Reise zu wünschen.

Ray seufzte und schwang sich auf Archers Rücken. Er schnalzte mit der Zunge und augenblicklich setzte sich der kräftige Hengst in Bewegung. Vor ihm schlängelte sich der staubige Feldweg, die Araluen Road, durch die Landschaft. Er spürte die Blicke der anderen in seinem Rücken.

Archer schnaubte, als unerwartet am Straßenrand die Gestalten von zwei Mädchen auftauchten. Sie sahen zu Ray hoch, der an ihnen vorbeiritt, und das größere der beiden lächelte zaghaft.

Ray spürte seine Wangen heiß werden, während er eine Hand hob und der Chinesin schüchtern zuwinkte. Er dachte an den Traum von ihr, den er vergangene Nacht gehabt hatte.

Das Mädchen winkte zurück, dann stieß die kleinere ihrer Schwester in die Seite und begann zu kichern.

Einen Augenblick lang dachte Ray darüber nach, ob er anhalten sollte, um endlich das zu tun, was er sich schon lange vorgenommen hatte: das größere der beiden Mädchen, das ihm so gut gefiel, anzusprechen. Aber dann überlegte er es sich anders. Vielleicht auch nur, weil er immer noch die Blicke der anderen in seinem Rücken spürte. Der bloße Gedanke an Nicks gehässiges Grinsen, wenn er beobachtete, wie Ray mit einem Mädchen anbändelte – noch dazu mit einer Chinesin –, hielt ihn davon ab. Nein. Das musste Zeit haben, bis er wieder nach Hause kam. *Falls* er jemals wieder nach Hause kam.

Ray zog überrascht die Augenbrauen hoch, als ihm auffiel, dass er davon sprach, nach Hause zurückzukehren. Es war das erste Mal, dass er dieses Wort – Zuhause – für das Gestüt verwendete. Dann verstärkte er den Druck seiner Waden an Archers Flanken und der Braune verfiel in leichten Trab. Auf Rays Lippen lag ein zufriedenes Lächeln, während er Jembaicumbene hinter sich zurückließ.

Für die erste Etappe hatte Ray sich viel vorgenommen. Mehr als 30 Meilen wollte er heute hinter sich bringen, denn er wusste, es würden noch weit anstrengendere Tage auf ihn zukommen. Die Gegend um Braidwood war flach und so würde er auf den ersten Meilen gut vorankommen.

Auch Archer schien ihre Reise zu genießen. Jedoch wusste er im Gegensatz zu seinem Reiter nicht, welche Strecke sie erwartete, und so war er voller Ungeduld. Ray spürte Archers Wunsch zu galoppieren, aber er war sich nicht sicher, ob er ihm nachgeben sollte. Auf keinen Fall wollte er das Pferd vorzeitig ermüden! Doch Archer gab keine Ruhe. Immer und immer wieder wollte er angaloppieren. Ray nahm die Zügel auf, ließ sie anschließend gleich wieder sinken und versuchte Archer durchzuparieren. Archer reagierte zwar augenblicklich, doch keine Viertelstunde später probierte er erneut mit solcher Entschlossenheit, in den Galopp zu kommen, dass es sich für Ray so anfühlte, als würde sein Pferd steigen. »Also schön«, sagte er schließlich. Er verstärkte den Schenkeldruck und gab Zügel nach.

Sofort preschte Archer vor. Ray lehnte sich im Sattel nach vorne, versuchte sich für Archer leichter zu machen und ließ die Zügel locker. Der Wind trieb ihm die Tränen in die Augen und zerzauste sein Haar. Ray hätte am liebsten laut geschrien vor Freude. Er fühlte sich unglaublich glücklich und zum ersten Mal seit Wochen dachte er an nichts anderes. Er ließ alles hinter sich: Nick, der ihm das Leben in den letzten Tagen manchmal zur Hölle gemacht hatte, das Gefühl der Einsamkeit, das ihm seit dem Tod seines Vaters und Emilys Weggang ein steter Begleiter gewesen war, die ständige Sorge um seine Zukunft. Er genoss das Gefühl, mit Archer eine Einheit zu bilden. Nichts würde sie aufhalten, niemand ihnen etwas anhaben können. All die Hirngespinste von Gefahren, die unterwegs auf sie lauerten, waren wie weggeblasen. Er genoss Archers Freude an der Geschwindigkeit ebenso wie seine eigene, während er auf den Horizont zuraste.

Das Donnern von Archers Hufen auf dem festen Boden war so laut, dass Ray nichts anderes hören konnte. Und so erschien ihm die Kutsche, die unvermittelt vor ihnen den Weg kreuzte, wie eine Geisterkutsche, die sich völlig lautlos näherte und mit einem Mal wie aus dem Nichts auftauchte.

Ray riss erschrocken an Archers Zügeln und der Hengst stoppte aus vollem Lauf. Wiehernd stieg er auf die Hinterläufe und Ray wäre beinahe aus dem Sattel gerutscht.

Der Mann auf dem Kutschbock sah nicht weniger erschrocken aus und das kleine dunkelhäutige Mädchen auf dem Schoß seiner Mutter, die neben ihrem Gatten saß, fing an zu weinen.

Rays Herz raste. Es hätte nicht viel gefehlt und Archer wäre ungebremst mit der Kutsche zusammengeprallt. Er schämte sich für seinen Leichtsinn und seine Unvernunft. Was würde Mr de Mestre wohl sagen, wenn er erfuhr, dass Ray Archers Unversehrtheit bereits wenige Meilen von Jembaicumbene entfernt derart leichtfertig aufs Spiel gesetzt hatte? Darüber wollte er lieber gar nicht erst nachdenken.

»Verzeihen Sie, Sir«, sagte er hastig und lenkte Archer an dem verbliebenen schmalen Stück des Weges an der Kutsche vorbei.

Der Mann lächelte freundlich und nickte eifrig, Worte in einer Sprache ausstoßend, die Ray nicht verstand. Dann schnalzte er mit der Zunge und das Kutschpferd zog an.

Ray warf ihnen über die Schulter hinweg einen Blick hinterher. Ob die kleine chinesische Familie in Jembaicumbene ihr Glück finden würde?

Archer war nun ruhiger. Und als sie ihr Weg kurz darauf an ein Flussufer führte, waren beide froh über die Gelegenheit, eine Verschnaufpause einzulegen.

Während Archer, von der Last des Sattels befreit, zufrieden graste, holte Ray die Sandwichs aus der Tasche, die Elizabeth ihm vor seiner Abreise zugesteckt hatte. Er lächelte bereits ein wenig wehmütig, als er nun an die dicke, kleine Köchin dachte. Zwar hatte er auf Mr de Mestres Gestüt keinen Freund gefunden und doch hatte man ihn dort gut aufgenommen: Elizabeth, die sich wie eine Mutter um ihn sorgte, Mr de Mestre, der sich zwar streng, aber doch wohlwollend um ihn kümmerte, Tom, der ihn wie ein großer Bruder unter seine

Fittiche genommen und ihm alles gezeigt hatte. Auf gewisse Weise waren diese Menschen zu seiner Familie geworden. Und Nick? Beim Gedanken an Nick schüttelte Ray unwillkürlich den Kopf. Warum nur schaffte er es nicht, sich Nick zum Freund zu machen? Was fürchtete der andere? Wieso hatte er solche Angst davor, Ray könnte ihm irgendetwas streitig machen? Auf der anderen Seite hatte er ihm ja bereits etwas weggenommen, und zwar das Wohlwollen Mr de Mestres. Aber war Nick nicht selbst schuld daran? Mit seiner unfreundlichen Art ging er allen auf die Nerven. Irgendetwas schien ihn von Grund auf unglücklich zu machen. Aber was? War es der zerplatzte Traum von einem Leben als Jockey? Und trotzdem waren sie alle wie eine kleine Familie. Mit ihren guten und ihren schlechten Seiten.

Ray steckte den Rest des Sandwichs zurück in die Satteltasche und zog das Kartenmaterial heraus, das Mr de Mestre ihm mitgegeben hatte. Er war gut vorangekommen und hatte bereits mehr als die Hälfte der Strecke, die es heute zu bewältigen galt, hinter sich. In etwa 12 Meilen müsste er an die Herberge kommen, die Mr de Mestre ihm als erstes Etappenziel herausgesucht hatte.

Ray faltete die Karte wieder zusammen und steckte sie zurück. Noch kannte er sich einigermaßen aus, denn mit seinem Vater zusammen hatte er oft auf den Feldern in der Umgebung von Braidwood und Jembaicumbene als Schnitter gearbeitet. Doch bald schon würde er durch Landschaften reiten, die er noch nie zuvor gesehen hatte. Er freute sich darauf, spürte aber zugleich auch ein leichtes Unbehagen.

Archer schien zu merken, dass Ray sich in Gedanken bereits mit ihrem Aufbruch beschäftigte, denn er kam zu ihm hinüber und stupste ihn mit seinem weichen Maul an, als wollte er ihn überreden, nicht länger hier herumzusitzen, sondern die Sache anzugehen, vor der er sich fürchtete. Ray lachte und strich Archer über die Blesse an seiner Stirn. Der Hengst schloss die Augen und genoss die zärtliche Berührung.

»Komm, Dicker«, sagte Ray und erhob sich. »Wir sollten uns auf den Weg machen.« Er warf einen prüfenden Blick auf den Stand der Sonne. Er wollte die Herberge unbedingt vor Einbruch der Dämmerung erreichen. Aber das sollte kein Problem sein. Wenn sie weiterhin so schnell vorankamen wie bisher, dann würden sie in drei Stunden dort sein.

Ray sattelte Archer und befestigte sorgfältig die Taschen.

Der Weg war staubig und steinig und führte steil bergab. Ray wollte kein Risiko eingehen und führte Archer am Zügel neben sich her.

So kamen sie nur langsam voran und allmählich machte Ray sich Sorgen, ob sie ihr Ziel tatsächlich vor Einbruch der Dunkelheit erreichen würden.

Nachdem es Archer am Anfang nicht schnell genug hatte gehen können, wirkte er nun erschöpft. Ray warf einen prüfenden Blick zur Seite auf sein Pferd und runzelte die Stirn. Irgendetwas stimmte nicht mit Archers Vorderlauf. Er belastete ihn kaum, setzte den Huf nur kurz auf und fast schien es Ray, als verzöge das Pferd dabei das Gesicht.

Er ließ Archer anhalten, klemmte den Vorderfuß zwischen seine Beine und betrachtete den Huf. Ein großer Stein klemmte genau zwischen den beiden Enden des Hufeisens. Er rüttelte daran, zog, drückte. Doch der Stein saß so fest, dass er sich nicht entfernen ließ. Ray fluchte und holte den Hufkratzer aus der Satteltasche, den er vorsorglich eingesteckt hatte, und versuchte vorsichtig den Fremdkörper herauszuhebeln. Doch auch diese Anstrengung erwies sich als vergeblich. Schließlich suchte Ray den Boden nach einem Hilfsmittel ab, mit dem er den Stein herausklopfen konnte. Er wog mehrere schwere Brocken in der Hand ab, bis er sich endlich für einen entschied und mit rhythmischen Schlägen den festklemmenden Stein bearbeitete. Schweiß perlte von seiner Stirn. Doch endlich hatte er es geschafft und hielt den Übeltäter in der Hand, betrachtete ihn. Er hatte sich genau mit seiner spitzen Seite in die Strahlgrube von Archers Huf gebohrt und dem Pferd bei jedem Schritt Schmerzen bereitet. Zum Schluss untersuchte Ray Archers Huf, konnte aber keine Verletzung erkennen.

Nachdem Ray den Hufkratzer verstaut hatte und den Blick wieder auf die Umgebung richtete, stellte er fest, dass sich das Licht bereits veränderte und die Sonne bald untergehen würde. Er wusste nicht, wie lange er dafür gebraucht hatte, Archers Huf von dem Stein zu befreien, aber es hatte viel Zeit gekostet. Zu viel Zeit. Und immer noch waren sie mindestens eine Stunde Wegstrecke von der Herberge entfernt.

Archer schien nun müde. Nachdem er Ray bisher wie ein artiger, etwas zu groß geratener Hund gefolgt war, musste Ray ihn nun mehrmals bestimmt auffordern, den Weg fortzusetzen. Immer und immer wieder drehte sich Archer um, als wollte er fragen, wann es endlich zurück nach Hause in den heimatlichen Stall ginge, wo seine Abendmahlzeit auf ihn wartete. Und Ray konnte ihn gut verstehen. Er fühlte sich selbst so erschöpft, dass er zum ersten Mal, seit ihm der Gedanke gekommen war, mit Archer nach Melbourne zu ziehen, an seinem Plan zweifelte. War die Entscheidung wirklich die richtige gewesen? Oder hatten all die Unkenrufer am Ende recht und er hatte sich zu viel vorgenommen? Diese erste Etappe sollte die leichteste sein und Ray hätte nicht gedacht, dass sie ihn derartig anstrengen würde.

Endlich erkannte er in der Ferne die graue Steinmauer der Herberge und der Anblick gab ihm noch einmal Auftrieb. Alles in allem, so dachte er, hatten sie den ersten Tag doch gut hinter sich gebracht und waren ihrem Ziel bedeutend näher gekommen. Nun würden sie sich für den nächsten Tag ausruhen können und dann sah alles schon wieder viel einfacher aus.

Vor dem Gebäude, das – wie Ray sich eingestand – mit seinen kleinen dunklen Fenstern wenig einladend aussah, ließ er Archer anhalten und kramte in der Satteltasche nach dem Geldbeutel, damit er die Unterkunft anmieten konnte. Er tastete blind mit den Händen in dem Beutel herum, schob zur Seite, was er identifiziert hatte: Waschbeutel, die Reste des Proviants, Wasserflasche, Wechselwäsche, die zusammengerollten Landkarten … Seine Bewegungen wurden immer fahriger. Jetzt konnte er schon den Boden der Tasche spüren, doch das

Lederetui mit den Münzen hatte er immer noch nicht gefunden. Dabei hätte er schwören können, dass er es in die linke Satteltasche gepackt hatte!

Und wenn es nun doch die rechte gewesen war? Ray umrundete Archer, der ihn argwöhnisch dabei beobachtete, und wiederholte die Prozedur des Suchens auf der anderen Seite: Hufauskratzer, Striegel, die Salbe, mit der er jeden Abend Archers Hufe einreiben sollte ... aber kein Lederbeutel!

Ray trat einen Schritt zurück und kratzte sich am Kopf. Er versuchte sich daran zu erinnern, wie er die Satteltaschen gepackt hatte. Aber stets stieg nur das Bild vor seinem inneren Auge auf, wie er den Beutel zwischen seine anderen Habseligkeiten steckte.

Sein Blick fiel auf die zusammengerollte Zeltplane und den Schlafsack, die er hinter dem Sattel befestigt hatte. Auch wenn er selbst nicht daran glaubte, so wollte er doch noch die letzte der Möglichkeiten überprüfen, und tastete mit den Fingern zwischen den Stoffbahnen.

Nichts.

Ganz allmählich setzte sich die Erkenntnis in seinem Kopf fest, dass er sich ohne einen einzigen Sovereign in der Tasche auf dem Weg 500 Meilen quer durch Australien befand. Und er spürte, wie ihn der Mut verließ, dass diese Reise ein glückliches Ende nehmen würde.

Nachdem Ray nun klar war, dass er diese Nacht nicht im Schutz der Mauern des Gasthauses verbringen würde, erschien ihm das abweisende Gebäude auf einmal gar nicht mehr so unfreundlich. Mit der Aussicht auf ein

Nachtlager im Freien verstand er nicht mehr, was ihn zuvor an dem Haus gestört hatte. Wenn er ehrlich mit sich war, musste er zugeben, dass er nur deshalb einen Abbruch seiner Reise nicht in Erwägung zog, weil die Strecke von 30 Meilen, die er und Archer bereits hinter sich gebracht hatten, zu lang war, um jetzt noch umzukehren. Außerdem wollte er Nick den Triumph nicht gönnen, dass er aufgab.

Bei dem Gedanken an Nick regte sich ein unangenehmer Verdacht in Ray. Er erinnerte sich, wie er am Abend vor seinem Aufbruch den Schlafboden betreten hatte und sich sicher gewesen war, dass Nick nur vortäuschte, bereits zu schlafen. Schließlich hatte er beim Hineingehen noch einen sanften Lichtschein gesehen, der aber augenblicklich erlosch, als er die Scheune betrat. Und er erinnerte sich, wie er zum letzten Mal den Inhalt seiner Packtasche überprüft und den Beutel mit dem Geld in der Hand gehalten hatte. Konnte es tatsächlich sein, dass Nick ihn beraubt hatte, während er schlief?

Ray spürte Wut in sich aufsteigen, während er diese Möglichkeit im Geiste abwog. Konnte es tatsächlich wahr sein, dass Nicks Abneigung gegen ihn so groß war, dass er zu so einer Tat fähig war? Je länger er darüber nachdachte, desto sicherer wurde sich Ray, dass es gar nicht anders sein konnte. Wieso sollte er ausgerechnet den Lederbeutel während seiner Reise aus der Tasche verloren haben, während alles andere noch an Ort und Stelle war?

Archer dauerten Rays Überlegungen eindeutig zu lange. Er schnaubte und scharrte ungeduldig mit dem Huf.

Ray schaute sich um. Er musste einen Ort suchen, an dem sie übernachten konnten. Aber wo sollte er einen geeigneten Platz finden?

»Na, mein Junge? Suchst du was?« Die Stimme klang tief und drohend, trotz der freundlich formulierten Frage.

Ray wandte sich um und blickte einem Mann ins Gesicht, der sich ihm unbemerkt genähert hatte und ihm jetzt genau gegenüberstand. Der Fremde lächelte freundlich, aber Ray entging der abschätzende Blick, den er Archer zuwarf, nicht.

»Nein, Sir«, erwiderte Ray und setzte bereits einen Fuß in den Steigbügel. »Ich wollte gerade aufbrechen.«

»Aufbrechen? Suchst du keinen Platz zum Übernachten?«

Ray schüttelte den Kopf. Der Mann gefiel ihm nicht, ohne dass er sagen konnte, warum. Aber er hatte bemerkt, wie der Fremde Archer taxiert hatte.

»Und ich dachte, du suchst etwas, wo du und dein Pferd die Nacht verbringen können.«

»Tut mir leid, Sir, Sie irren sich. Ich habe nur noch ein kurzes Wegstück vor mir. Wir werden erwartet«, fügte er dann sicherheitshalber noch hinzu.

»Erwartet? Wo geht es denn hin? Hier ist doch weit und breit nichts außer dieser Herberge …«

Ray blieb die Antwort schuldig. Er wendete Archer und stieß ihm die Fersen in die Flanken.

»Hübsches Pferd, Junge!«, rief ihm der Fremde nach. »Pass gut drauf auf!«

Ray ließ Archer galoppieren, bis er die Herberge nicht mehr sehen konnte, wenn er sich umwandte. Erst dann ließ er den Hengst in eine langsamere Gangart fallen und schnappte nach Luft. Er hatte die ganze Zeit den Atem angehalten. Noch einmal blickte er über die Schulter zurück. Der Weg lag in der hereinbrechenden Dunkelheit leer hinter ihm. Niemand war ihm gefolgt.

Ray klopfte Archer zärtlich auf den Hals. Er hatte das Gefühl, soeben einer ernsthaften Gefahr gerade noch einmal entkommen zu sein. Aber hatte der Mann es wirklich auf Archer abgesehen gehabt? Vielleicht waren seine Fragen und sein Rat, auf das Pferd zu achten, tatsächlich wohlwollend gemeint gewesen. Doch lieber blieb er im Ungewissen über die wahren Absichten des Fremden als eine unangenehme Wahrheit herauszufinden.

Hinter der nächsten Wegbiegung gelangte er an einen kleinen Bachlauf, der im Sommer wahrscheinlich ausgetrocknet sein würde, jetzt im Frühjahr aber noch Wasser führte. Er ließ sich aus dem Sattel gleiten und nahm Archer am Halfter, während er sich einen Weg abseits der Straße durch die Büsche bahnte. Niemand, der auf der Straße entlangkam, sollte ihn sehen können.

Schließlich hatte er einen geeigneten Platz gefunden. Drei noch junge Bäume standen so zueinander, dass sie ein Dreieck bildeten. Ray befreite Archer vom Sattel und spannte seine Zeltplane zwischen den Bäumen auf, damit sie ihm ein wenig Schutz vor der Witterung bot. Er ließ Archer grasen und war froh, dass er einen Rest von Elizabeths Sandwichs aufbewahrt hatte. Die dicke Köchin hatte ihm mehr mitgeben wollen, doch mit dem Hinweis darauf, dass er ja unterwegs in Gasthäusern rasten würde, hatte er ihr Angebot abgelehnt. Jetzt ärgerte er sich darüber.

Kurz bevor es so dunkel wurde, dass er seine Hände nicht mehr sehen konnte, band er Archer mithilfe eines langen Seils am Baum fest und schlüpfte in seinen Schlafsack. Er glaubte zwar nicht, dass Archer weglaufen würde, wollte aber auch kein unnötiges Risiko eingehen.

Still lag Ray unter der Plane und lauschte den Geräuschen der hereinbrechenden Nacht. Ein Rascheln ließ ihn aufhorchen. Zwar hatte er vor Schlangen weniger Angst als vor Spinnen – und das auch nicht ganz zu unrecht, schließlich starben weitaus weniger Menschen an Schlangenbissen als am Gift einer Spinne. Trotzdem legte er keinen gesteigerten Wert darauf, jetzt einer zu begegnen. Er wusste, dass die Brown Snake, mit ihrem schlanken, bis zu zwei Meter langen Körper, relativ häufig vorkam. Braunschlangen bissen mehrmals zu und ihr Gift konnte tödlich wirken.

Ray blieb still liegen und lauschte. Das Rascheln wurde leiser. Was auch immer es gewesen war, vielleicht ja auch nur eine kleine Maus, es entfernte sich von ihm.

Schlafen konnte Ray dennoch nicht. Er wusste nicht, wie er es ganz ohne Geld bis nach Melbourne schaffen sollte. Noch fand Archer genügend Gras. Das war zwar nicht gerade optimal und Mr de Mestre hatte ihm eingeschärft, regelmäßig Kraftfutter für Archer zu besorgen, doch das Pferd würde wenigstens nicht verhungern! Aber was sollte er tun, wenn sie in die Berge kamen? Dort würde Archer wahrscheinlich nicht mehr genügend Gras finden und er selbst musste ja schließlich auch etwas essen!

Ray verfluchte Nick. Es war eine Sache, jemanden mit seiner Spinnenphobie aufzuziehen, indem man ihm tote Spinnen unter die Decke legte, und eine andere, jemanden zu berauben und dadurch in Gefahr zu bringen. Er konnte sich kaum vorstellen, dass Nick darüber nachgedacht hatte, was er mit seinem Diebstahl bewirkte. Sicher war es dem Stalljungen nicht darum gegangen, sich selbst zu bereichern. Er wollte Ray eins auswischen, ihn vielleicht dazu zwingen, seinen Plan aufzugeben. Aber Ray gönnte ihm die Genugtuung nicht, dass er mit seinem gemeinen Plan Erfolg hatte. Er würde schon einen Weg finden, sich selbst und Archer nach Melbourne zu bringen.

Zumindest hoffte er das.

Keira träumte. Er träumte von Geistern aus dem Dunkeln, die tief unten, im Schoß der Erde in einer ungeheuren Höhle verborgen, hausen. Die unheimlichen Wesen waren von unterschiedlicher Gestalt und hatten unterschiedliche Namen. Und doch war ihnen eines gleich: Sie alle brachten Tod und Verderben über die Menschen. Die Kokolura *etwa, die riesigen Hunden gleichen, aber Menschenkörper und Kängurubeine haben. Sie lauern einsamen Menschen auf, reißen sie mit ihren furchterregenden, messerscharfen Zähnen in Stücke und fressen anschließend ihre Seelen auf.*

Oder die Imararinja, *groß wie Fledermäuse, nagen sich ihren Weg bis zum Herzen des Opfers. Helfen kann hier nur der* Wirrinun, *der die* Imararinja *aus dem Leib des Kranken heraussaugt, sie in Stücke reißt und verzehrt.*

Und die Imbarka, *riesenhafte Tausendfüßer, lassen sich vom heulenden Südsturm herantreiben. Mit ihren zangenförmigen Zehen klammern sie sich an ihrem Opfer fest und stoßen ihm ihre scharfen, spitzen Zähne ins Fleisch. Der Körper des Menschen schwillt daraufhin unförmig an und ohne Hilfe stirbt der Gebissene innerhalb weniger Tage.*

Keira erwachte, als er soeben im Traum gegen einen Imbarka *kämpfte, der sich an seinem Bein festgeklammert hatte. Er hatte sich durch ineinander verschlungene Baumwurzeln in das Innere einer Höhle vorgekämpft und war dort von den Geistern angegriffen worden.*

Jetzt stand Yalla, sein Walaku, *über ihm und leckte ihm winselnd das Gesicht. Vermutlich hatte er im Traum Geräusche von sich gegeben, die die Hündin verschreckten.*

Keira streichelte Yalla und schob sie sanft von sich. »Es ist gut, Yalla, es ist nichts«, sagte er beruhigend.

Yalla rollte sich dicht neben ihm zusammen und leckte seine Hand.

Keira strich weiter über Yallas Fell. Es stimmte nicht, dass nichts war. Das hatte er nur gesagt, um die Dingohündin zu beruhigen. Er wusste genau, dass Träume niemals unbedeutend sind. Jeder Traum hat seine Bedeutung. Und nichts träumt man ohne Grund. Oft genug nur versteht man den Grund nicht auf Anhieb.

Keira erkannte die Gestalten aus seinem Traum wieder. Sie stammten aus den Geschichten, die seine Mutter ihm früher erzählt hatte. Er wusste, dass die Geister Sinnbilder für Krankheiten sind, die den Menschen heimsuchen. Möglicherweise brütete er eine Krankheit aus, die sein Körper bereits spürte, sein Geist aber noch nicht erkannte. Doch der Traum konnte auch eine ganz andere Bedeutung haben. Vielleicht hatte er mit seiner Mutter zu tun, die ihm die Geschichten erzählt hatte. Oder der Traum wollte ihn warnen. Möglicherweise war er kein Rückblick in die Vergangenheit, sondern ein Ausblick auf die Zukunft, die vor ihm lag. Denn auch das vermögen Träume. Davon war Keira überzeugt. Und wenn es so war, dann würde er erst zu einem späteren Zeitpunkt verstehen, was der Traum zu bedeuten gehabt hatte.

Doch Keira hatte keine Eile.

Nachdem sie die ganze Erde bereist hatte,
kehrte sie dorthin zurück,
wo sie zum Vorschein gekommen war …
Oodgeroo

RAY erwachte durch das Knurren seines Magens. Er streckte sich und spürte dem Schmerz nach, der durch seinen Körper schoss. Er konnte jeden einzelnen Muskel fühlen und fragte sich, ob das mit der unbequemen Bettstatt oder mit dem gestrigen Gewaltmarsch zu tun hatte. Oder vielleicht mit beidem.

Egal, die Muskeln würden sich von selbst erholen, sobald er sich bewegte, doch an dem Knurren seines Magens musste er dringend etwas ändern.

Archer schnaubte und rieb die Nüstern an seinen Ärmeln, als Ray ihn begrüßte.

»Guten Morgen, mein Junge«, sagte Ray und strich über Archers Mähne. »Leider verläuft nicht alles ganz nach Plan«, fuhr er fort. »Wir müssen was zu essen auftreiben, bevor es weitergehen kann.«

Archer nickte, als hätte er Ray verstanden und wollte ihm zustimmen.

Ray wusch sich mit dem kalten Bachwasser und packte seine Sachen. Dann warf er einen letzten Blick auf die Karte, bevor er alles zusammen in der Satteltasche verstaute. Für den zweiten Tag seiner Reise hatte er sich eine Strecke von 25 Meilen vorgenommen. Doch wenn er dem vorgeschlagenen Weg folgte, dann würde er die einzige Ansiedlung von Häusern, die es in dieser Gegend gab, um einige Meilen verfehlen. Das wäre nicht weiter schlimm gewesen, wenn er – wie es der ursprüngliche Plan vorgesehen hatte – sich im Gasthaus mit Proviant für den Tag hätte versorgen können. Nun aber musste er sehen, wo er für sich und Archer Nahrung auftreiben konnte. Deswegen wollte er die Route ein wenig verändern und versuchen, bei einem der Bauern etwas Getreide für Archer und für sich selbst ein Stückchen altes Brot zu erbetteln. Wohl war ihm bei dem Gedanken, dass er von dem von Mr de Mestre vorgegebenen Weg abwich, jedoch nicht.

Archer schien Rays Nervosität zu spüren. Er folgte ihm, wie schon am Tag zuvor, wie ein wohlerzogener Hund und stupste ihn ab und zu mit seinem weichen Maul an, als wollte er sagen: »Komm schon, ist alles nicht so schlimm. Wir zwei schaffen das schon.«

Als sie die Wegkreuzung erreichten, an der er sich entscheiden musste, zögerte Ray. War es wirklich richtig, den Umweg von etwa fünf Meilen in Kauf zu nehmen, nur um an Lebensmittel zu kommen? Wenn er seinen Zeitplan bereits am zweiten Tag über den Haufen warf – würde er Melbourne dann überhaupt noch rechtzeitig erreichen?

Aber das Knurren seines Magens, das in diesem Augenblick wieder lauter wurde, überzeugte ihn, dass er gar keine Wahl hatte. Er warf einen sehnsüchtigen Blick auf den nach links führenden Weg, seufzte, und bog auf den Weg ab, der nach rechts führte und an dessen Horizont die erste Bergkette vor ihm auftauchte.

Als Erstes sah Ray drei Kinder, die auf ihn zustürmten, ihn umringten, Archer streichelten und ihn mit Fragen überhäuften, als sei er der erste fremde Mensch, den sie seit Wochen oder gar Monaten zu Gesicht bekamen. Und womöglich war es ja auch so.

Angelockt durch den Lärm trat eine Frau aus der Türe des reparaturbedürftig aussehenden Hauses und wischte sich die Hände an einer Schürze ab, die sie sich um den Leib gebunden hatte.

»Riley! Raymond! Ella! Was soll dieser Lärm?«

Ray zuckte zunächst zusammen, als er seinen Namen hörte, dann begann er zu lächeln. »Du heißt Raymond?«, fragte er den Jungen, der neben ihm stand und bekam ein Nicken zur Antwort.

»Hey, ich auch!«

Der Junge strahlte.

»Verzeihen Sie, Mam«, wandte sich Ray an die Frau, »ich bin auf der Durchreise, benötige aber dringend ein wenig Getreide für mein Pferd und ein Stück Brot für mich …« Er merkte am Gesichtsausdruck der Frau, dass er es falsch angefangen hatte und verfluchte sich im Stillen dafür.

»Wir haben nichts zu verschenken«, antwortete die Frau prompt wie erwartet.

»Ich möchte nichts geschenkt bekommen, Mam«, erwiderte Ray. »Und es tut mir leid, dass ich überhaupt eine solche Bitte stellen muss, aber ich habe mein Geld verloren und bin dadurch in einer sehr unangenehmen Situation.«

Der Gesichtsausdruck der Frau wurde ein wenig milder.

»Vielleicht haben Sie Arbeit für mich, die ich erledigen kann, um mir eine Mahlzeit zu verdienen?«

»Arbeit gibt es hier mehr als genug«, antwortete die Frau und musterte Ray, als wollte sie sich von seiner Anständigkeit überzeugen. »Na, dann kommen Sie mal rein«, sagte sie schließlich und öffnete Ray die Tür.

»Danke, Mam, danke«, sagte Ray und folgte ihr.

»Mein Name ist Elisabeth«, sagte die Frau, während sie Ray am Küchentisch einen großen Becher mit heißem Kaffee füllte.

Ray lächelte. Abgesehen von ihrem Namen und dem heißen Kaffee hatte die Frau nicht das Geringste mit der dicken Köchin bei Mr de Mestre gemeinsam. Im Gegenteil – sie war sehr schlank und Ray fand sie ausgesprochen attraktiv, obwohl sie sicherlich mindestens 10 oder gar 15 Jahre älter war als er.

Über der Lehne eines Stuhles hing die Jacke eines Mannes und als Elisabeth merkte, dass Rays Blick daran hängen blieb, erklärte sie: »Mein Mann ist zur Arbeit gegangen. Er kommt erst am Abend wieder. Jeden Tag ist er vom Morgengrauen bis zum Einbruch der Nacht unterwegs. Deswegen bleibt hier auch so vieles liegen.«

Ray nickte verständnisvoll.

»Die Fensterläden hängen schief in den Angeln und die Dachrinne ist verstopft.«

»Das kann ich gerne reparieren, Mam.«

Elisabeth nickte. »Ich habe Kraftfutter für unsere zwei Pferde in der Scheune, davon kann ich etwas für Sie abfüllen.«

»Das wäre sehr nett von Ihnen, Mam.«

»Ich koche gerade Gulasch für heute Mittag ... wenn Sie mitessen möchten?«

Ray nickte. »Gerne.« Er stand auf. »Wo finde ich Werkzeug?«

»Ich zeige es Ihnen.« Wieder wischte sich Elisabeth die Hände an der Schürze ab und führte Ray in einen angrenzenden Raum, der mit allerlei Gerümpel gefüllt war. »Hier.« Sie deutete auf ein Regal. »Nehmen Sie sich, was Sie brauchen.«

Etwa drei Stunden später klopfte Ray den letzten Nagel fest und wischte sich anschließend den Schweiß von der Stirn, als Elisabeth ihn und die Kinder zum Essen rief.

In Ray wuchs die Anspannung, während er das Känguru-Gulasch aß, das Elisabeth zubereitet hatte. Es schmeckte hervorragend und doch konnte Ray es nicht gebührend genießen, da es ihn jetzt, nachdem die Sonne bereits hoch am Himmel stand, zum Aufbruch drängte.

»Es gibt Bananenkuchen zum Nachtisch«, sagte Elisabeth, während sie die Teller abräumte und Rays Kaffeebecher noch einmal füllte.

»Das ist sehr freundlich, Mam«, sagte Ray, »aber ich muss leider los. Sonst schaffe ich es nicht mehr bis zum Einbruch der Dunkelheit.«

»Dann packe ich Ihnen etwas davon ein«, antwortete Elisabeth und Ray widersprach nicht.

Keine halbe Stunde später schnürte er zwei große Pakete, gefüllt mit Getreide für Archer und jeder Menge Sandwichs und Bananenkuchen für ihn, am Sattel fest. Elisabeth hatte ihm so viel mitgegeben, dass es für mindestens zwei Tage reichte. Wenn er den Vorrat ein wenig rationierte, auch für drei.

Raymond, Riley und Ella hüpften um ihn herum, als würden sie einen guten Freund verabschieden, und Ray freute sich, als sie ihm noch eine Weile hinterherliefen und eifrig winkten, während er den staubigen Weg, den er gekommen war, zurückritt.

Als er die Kreuzung erreichte, die ihn wieder auf den richtigen Weg führen sollte, hatte die Sonne ihren Zenit bereits deutlich überschritten. In vier Stunden würde sie untergehen und er hatte noch eine Strecke von zwanzig Meilen vor sich, bis er sein Etappenziel erreichte. Mr de Mestre hatte ihm die Adresse eines Bekannten notiert, der ihm Unterschlupf gewähren sollte. Wenn er gut durchkam, dann konnte er es schaffen.

Ray hatte diese Rechnung bereits angestellt, als er noch bei Elisabeth am Küchentisch gesessen und sich dafür entschieden hatte, den Weg zurückzugehen, auf dem er gekommen war, damit er auf der von Mr de Mestre erarbeiteten Route bleiben konnte. Jetzt freute er sich, dass er offensichtlich die richtige Entscheidung getroffen hatte. Mit den Taschen voller Proviant konnte eigentlich nichts mehr schiefgehen. Und möglicherweise konnte er sich von Mr de Mestres Bekanntem etwas Geld leihen, damit er nicht völlig mittellos unterwegs war.

Die Sonne brannte vom wolkenlosen Himmel, Archer hatte wieder Lust am Laufen und Ray genoss die sich allmählich verändernde Umgebung. Die Landschaft wurde rauer und der Stalljunge wunderte sich, dass die Berge bereits näher kamen. Laut der Wegbeschreibung sollte er die Snowy Mountains erst am dritten Tag seiner Reise streifen. Aber waren das überhaupt die Snowy Mountains? Ray hatte sich das Gebirge weitaus imposanter vorgestellt. Immerhin hatten die höchsten Berge, der Mount Kosciuszko und der Mount Townsend, etwa 7.300 Fuß!

Also waren das vielleicht gar nicht die Snowy Mountains? Aber welche Berge sollten es dann sein?

Ray genoss den rasch auffrischenden Wind, der für ein wenig Abkühlung sorgte. Mit 89 Grad Fahrenheit war es für einen Frühlingstag im Oktober bereits erstaunlich heiß. Und nachdem sie mittlerweile schon wieder etliche Meilen zurückgelegt hatten, machte sich zusehends Erschöpfung breit, gegen die der Wind ein gutes Mittel zu sein schien.

Archer jedoch schien der plötzliche Wind nervös zu machen. Er schlug mit dem Kopf und versuchte mehrmals auszubrechen. Ray zog die Zügel an, um den Hengst zu beruhigen. Nach seiner Berechnung mussten sie den Hof von Mr Bell in spätestens zwei Stunden erreichen. Aber ein Blick in den Himmel, wo sich mit einem Mal etliche tiefschwarze Wolken auftürmten, machte seine Hoffnung darauf schlagartig zunichte.

Als hätte der Himmel seine Gedanken gelesen, öffneten sich plötzlich alle Schleusen und innerhalb weniger Minuten war Ray bis auf die Knochen nass. Hatte er sich vorher sehnlich eine Abkühlung gewünscht, so zitterte er nun vor Kälte. An ein Weiterreiten war bei diesem Wetter nicht zu denken. Und als es nun auch noch so laut donnerte, dass Archer erschrocken einen Ausfallschritt zur Seite machte und Ray beinahe aus dem Sattel rutschte, war klar, dass er so schnell wie möglich einen Unterschlupf finden musste.

Er ließ sich aus dem Sattel gleiten und landete mit beiden Füßen mitten in einer Pfütze, die sich in Sekundenbruchteilen auf dem matschigen Pfad gesammelt hatte. Jeder seiner Schritte wurde von einem schmatzenden Geräusch begleitet und mehr als einmal wäre er beinahe mit dem Schuh im Schlamm stecken geblieben.

Eben noch hatte die Sonne am blauen Himmel gestanden und nun war es mit einem Mal so finster, als wäre die Nacht ohne jegliche Vorankündigung über sie hereingebrochen.

Archer zog und zerrte bei jedem Donnergrollen am Halfter und Rays Herz raste vor Angst und Anstrengung, das Pferd am Durchgehen zu hindern. Doch wohin er auch blickte – nirgends konnte er einen Unterschlupf entdecken, der ihnen auch nur ein wenig Schutz vor dieser Naturgewalt bot.

Endlich bemerkte er etwa 4.000 Fuß voraus eine Ansammlung von Bäumen, einen kleinen Wald. Blitz und Donner folgten mittlerweile in kürzeren Abständen. Das Gewitter kam näher! Beim nächsten Blitz zählte Ray die Sekunden. Er war gerade bei 12 angelangt, da donnerte es so ohrenbetäubend laut, dass Archer erschreckt wieherte. Ray wusste jetzt, dass das Gewitter noch etwa 2,5 Meilen von ihm entfernt war. Doch es näherte sich immer noch! Beim nächsten Blitz schaffte er es gerade noch bis 9, dann donnerte es erneut. Noch knapp 2 Meilen! Es blitzte und Ray zählte: 1, 2, 3, 4, 5, 6 … Donner. Noch gut eine Meile.

Ray fluchte. Das Gewitter hielt genau auf sie zu. Und zwar rasend schnell.

Hastig schwang er sich auf Archers Rücken und stieß dem Hengst die Fersen in die Flanken. Sie mussten den Schutz der Bäume erreichen, bevor das Gewitter genau über ihnen war. Hier auf der ebenen Fläche waren sie in größter Gefahr, vom Blitz getroffen zu werden. Zwischen den Bäumen waren sie zwar auch nicht in Sicherheit, aber die Gefahr war doch zumindest erheblich kleiner.

Archer schlug widerwillig mit dem Kopf. Der Boden war aufgeweicht und matschig und das Pferd fand mit seinen Hufen kaum Halt. Es rutschte mehr, als dass es lief!

Der Blitz bahnte sich seinen Weg vom Himmel zur Erde und Ray konnte seinen Weg genau verfolgen.

1, 2, 3, 4 …

Es krachte und Archer bäumte sich auf. Ray spannte alle Muskeln an und schaffte es, sich auf dem Pferderücken zu halten.

Eine halbe Meile!

Äste peitschten Ray ins Gesicht, als Archer zwischen den ersten Baumreihen hindurchpreschte. Er schien jetzt gar nicht mehr anhalten zu wollen, doch Ray riss hart am Zügel und Archer kam widerwillig zum Stehen. Ray beeilte sich, aus dem Sattel zu kommen, und führte Archer so tief in den kleinen Hain hinein, bis er meinte, dessen Mitte gefunden zu haben. Es blitzte und donnerte nahezu gleichzeitig. Das Gewitter hatte sie erreicht. Es war höchstens 300 Fuß entfernt.

Auf einmal war es dicht vor ihm taghell. Ray duckte sich und schloss intuitiv die Augen. Er spürte den Ruck am Halfter, als Archer sich losriss.

»Archer!« Rays Stimme überschlug sich beinahe. »Archer, bleib stehen!«

Doch der Hengst war von wilder Panik erfüllt und rannte um sein Leben.

»Archer!«

Ray lief Archer hinterher, versuchte ihn durch die dicht stehenden Bäume zu verfolgen. Doch schon nach wenigen Schritten war das Pferd in der Dunkelheit vor ihm verschwunden.

»Archer!« Ray stolperte über eine Baumwurzel und landete mit dem Gesicht mitten auf dem nassen Waldboden, als es erneut blitzte. Diesmal jedoch dauerte es schon wieder etwas länger, bis der dazugehörende Donner ertönte.

Das Gewitter war über sie hinweggezogen. Und doch hatte Ray verloren. Erschöpft und vom Schrecken erfasst blieb er auf dem Waldboden liegen und vergrub das Gesicht in seinen Armen.

Was um alles in der Welt sollte er jetzt tun?

Was sollte er tun?

Was?

Archer rannte und rannte. Weg von dem gleißenden Licht und diesem ohrenbetäubenden Lärm. Äste schlugen gegen seine Flanken und seine Kruppe und sorgten dafür, dass er nur noch schneller lief. Er rannte, bis er die Bäume hinter sich gelassen hatte und auf dem freien Feld stand. Zitternd blieb er stehen. Aus seinen Nüstern und seinem Maul tropfte Schaum. Er atmete schwer.

Der Hengst wandte den Kopf und blickte zurück auf die unheilvollen Bäume. Hier, inmitten der Steppe, wo er alles im Blick haben konnte, fühlte er sich wohler. Regen prasselte auf seine Haut und lief in seine Ohren. Archer schüttelte den Kopf wie ein nasser Hund. Dann lief er weiter, nur wenige Schritte, bis er erneut stehen blieb. Er wusste nicht wohin, wusste nur, dass etwas fehlte. Jemand fehlte. Dass der Junge nicht da war, der ihn begleitete. Aber zurück – das wollte Archer auch nicht. Denn dort, wo er herkam, hatte es ihm nicht gefallen. Also blieb er einfach stehen, wo er war. Den Blick unverwandt auf die Ansammlung von Bäumen gerichtet. Dort war der Junge. Aber dort war auch das Böse. Archer wusste nicht, was er tun sollte. Er wartete.

Ray hätte nicht zu sagen vermocht, wie lange er auf dem nassen und kalten Waldboden gelegen hatte. Wenn es nach ihm gegangen wäre, hätte er nie wieder aufstehen wollen.

Das Gewitter hatte sich verzogen. Ab und zu fielen noch dicke, schwere Tropfen aus den Blättern der Bäume auf Rays Kopf oder platschten neben ihm auf den Boden.

Ray schob sich auf die Knie. Seine Hose war nass und schlammverschmiert. Seine Haare hingen ihm wirr in die Stirn. Über seine Wangen liefen Tränen. Wo war Archer?

Es gehörte nicht viel Fantasie dazu, sich auszumalen, was dem in Panik fliehenden Pferd alles zustoßen konnte. Ray sah ihn vor seinem geistigen Auge bereits mit gebrochenen Läufen am Wegesrand liegen und hilflos verenden. Vielleicht war er auch in letzter Sekunde doch noch vom Blitz getroffen worden. Oder Dieben in die Hände gefallen … Die Möglichkeiten schienen schier grenzenlos.

Mittlerweile hatte die Nacht Einzug gehalten. Ray dachte sehnsüchtig an die Zeltplane und den Proviant in Archers Satteltaschen. Sie waren zusammen mit dem Pferd verschwunden und Ray saß mit nichts anderem als dem, was er am Leib trug, mutterseelenallein in einer ihm völlig unbekannten Gegend.

Durch die Wipfel der Bäume konnte Ray jetzt den Mond sehen. Es war eine recht helle Nacht, der Mond annähernd rund, und Ray überlegte, was sinnvoller war: Sollte er nach Archer suchen? Oder war es besser hierzubleiben, in der Hoffnung, dass Archer zurückkehrte?

Ray stand auf und tastete sich durch die Baumstämme voran. In welche Richtung war Archer gelaufen? Er wusste es nicht und konnte in der Dunkelheit auch keinerlei Spuren erkennen, die ihm den Weg gewiesen hätten. Hufabdrucke, abgeknickte Zweige … Es war zu dunkel, um irgendetwas zu sehen. Vielleicht mochte es eine helle Nacht sein – außerhalb des kleinen Waldes –, aber hier, wo die Bäume jegliches Licht schluckten, war alles finster. Wenn er eine Chance haben wollte, Spuren von Archer zu entdecken, dann musste er warten, bis der Tag anbrach.

Seufzend lehnte sich Ray gegen den nächsten Baum und ließ sich am Stamm entlang nach unten gleiten. Er schlug die Arme um die Beine und lehnte die Stirn gegen seine Knie. Es dauerte nur wenige Minuten, bis er vor Erschöpfung einschlief.

Er wurde von einem leisen Schnauben geweckt. Als er mühsam die Augen öffnete, sah er als Erstes das Tanzen der Sonnenstrahlen auf dem Waldboden. Die Vögel zwitscherten und nichts erinnerte mehr an die Weltuntergangsstimmung der vergangenen Nacht.

Archer stand dicht vor ihm und stupste ihn mit seinem weichen Maul an, als er merkte, dass Ray die Augen geöffnet hatte. Mit einem Schlag war Ray hellwach und sprang auf die Füße.

»Archer!« Er schlang die Arme um den Hals des Braunen und vergrub sein Gesicht in der Pferdemähne. »Archer!« Die Anspannung der letzten Stunden verschaffte sich in einem heißen Strom von Tränen Erleichterung und Ray schämte sich nicht dafür. Zu groß war seine Sorge um das ihm anvertraute Pferd gewesen.

Schließlich wurde Archer die Umarmung lästig und er entwand sich Ray, der ihn jetzt umrundete und den Körper des Tieres nach Verletzungen absuchte. Er befühlte die Beine und hielt erschreckt die Luft an, als er spürte, wie heiß Archers linkes Fesselgelenk war.

Es war derselbe Huf, in den sich Archer am gestrigen Tag den Stein eingetreten hatte. Konnte es sein, dass er eine geringfügige Verletzung übersehen hatte, die sich nun entzündete?

Ray zog seine Wechselsocken aus der Satteltasche – zum Glück hatte Archer auf seiner Flucht nichts verloren –, tränkte einen mit Wasser aus seinem Trinkbeutel und reinigte sorgfältig den Huf damit. Aber selbst jetzt konnte er keinen Kratzer oder Schnitt erkennen. Schließlich riss er kurz entschlossen ein Loch in den Strumpf, benässte ihn großzügig und zog ihn zur Kühlung um Archers Fessel. Mehr konnte er im Augenblick nicht tun.

Zum Schluss holte er für sich und Archer jeweils eine Ration des Proviants hervor, den Elisabeth ihnen mitgegeben hatte. Er lächelte freudig, während er das dünne Papier abwickelte, in das Elisabeth ihm die köstlichsten Überraschungen eingepackt hatte: Er fand die Reste einer Fleischpastete aus Hühnchen und Pilzen, ein großes Stück Brot, geräuchertes Lammfleisch und Beef Jerky, Bananenkuchen, einen mittelgroßen Berg Sandwichs, Trockenfrüchte und Macadamianüsse. Für Archer hatte Elisabeth ihm eine Getreidemischung als Kraftfutter eingepackt.

Ray fütterte erst Archer aus der Hand, bevor er sich selbst für die Fleischpastete und ein Sandwich entschied. Er verpackte die Reste wieder sorgfältig in den Satteltaschen und führte Archer aus dem Hain hinaus.

Als sie die erste Baumreihe passierten, blieb Ray so ruckartig stehen, dass Archer beinahe in ihn hineingelaufen wäre. Er erinnerte sich an das gleißende Licht und den Blitz, der Archer am Abend zuvor derart erschreckt hatte, dass er sich losriss. In der Aufregung, die darauf folgte, hatte Ray ganz vergessen, was eigentlich der Auslöser für Archers panische Flucht gewesen war. Doch jetzt wurde er mit aller Gewalt daran erinnert: Der Baum vor ihm war regelrecht vom Blitz gespalten worden. Die dunkle Rinde von geisterhafter Kraft abgerissen und mehrere Fuß weit vom Baum weggeschleudert. Der Verlauf des Blitzes, der sich von der Krone des Baumes bis zu seiner Wurzel einen Weg gebahnt hatte, war genau zu erkennen. Der Tod war nur etwa 200 Fuß von ihnen entfernt gewesen. Ray schauderte bei diesem Gedanken.

Doch nun erwärmte die Sonne den noch feuchten Boden und ließ geheimnisvolle Nebelfelder aufsteigen. Archer lahmte nur leicht und Ray zauderte mit seiner Entscheidung, ob er aufsitzen sollte. Sie hatten einen Rückstand von etwa zehn Meilen aufzuholen und er konnte es sich eigentlich nicht leisten, weiterhin Zeit zu verschwenden. Andererseits wollte er das Pferd auch nicht überstrapazieren. Was würde es ihm nutzen, ein lahmendes Pferd nach Melbourne zu bringen, das keinesfalls bei einem Rennen starten konnte?

Ray seufzte und zog die Zügel über Archers Hals nach vorne. Zumindest vorerst wollte er ihn führen. Vielleicht ließ das Lahmen ja nach, dann konnte er immer noch aufsitzen.

Es war ein gutes Gefühl, den kleinen Wald hinter sich zu lassen. Er hatte ihnen Schutz geboten, und doch wollte er die vergangene Nacht mit all ihren Ängsten und Sorgen am liebsten so schnell wie möglich vergessen.

Ein weniger gutes Gefühl war es festzustellen, dass

er keine Ahnung hatte, wo er sich befand. Das, was er sah, passte nicht im Mindesten zu dem, was er laut Karte sehen sollte. Am Horizont türmte sich eine Bergkette auf, die da nicht hingehörte, und nachdem er gestern während des Gewitters die Straße verlassen hatte, um nach einem geeigneten Unterschlupf zu suchen, hatte sie sich offenbar in Luft aufgelöst. Er lief mit Archer über Sand, Gras und Geröll inmitten einer von niedrigem Pflanzenwuchs gezeichneten Landschaft. Es war noch früh am Morgen und die Sonne bahnte sich soeben ihren Weg am Himmel. Er musste also darauf achten, die Sonne im Rücken zu haben, dann würde er zumindest in die richtige Richtung gehen.

Je höher die Sonne stand, desto heißer wurde es. Nach der Abkühlung, die das Gewitter gebracht hatte, heizte sich die Luft jetzt umso schneller wieder auf und flirrte vor Rays Augen.

Er versuchte seine Richtung zu korrigieren, in dem Wissen, dass die Sonne nun im Norden stand und er sich nach Südwesten begeben musste. Auf diese Weise würde er früher oder später wieder auf die alte Route zurückkehren. Zumindest hoffte er das.

Zwischendurch befeuchtete er immer wieder den Wickel um Archers Fessel. Er meinte zu sehen, dass Archers Lahmen nachließ, aber vielleicht war das auch nur sein sehnlichster Wunsch, sodass er es sich einbildete.

Wäre da nicht dieses Gefühl, dass er sich gerade ganz gewaltig verlief – Ray wäre mit seinem momentanen Leben recht zufrieden gewesen. Es war schon erstaunlich. In den letzten Wochen seit Vaters Tod und Emilys Umzug nach Melbourne hatte er sich die ganze Zeit über sehr einsam gefühlt, obwohl doch immer Leute um ihn herum gewesen waren: Der Reverend, der sich hingebungsvoll um ihn kümmerte, Tante Amy, die aus Melbourne angereist war, die Nachbarinnen, die ihn mit dem Nötigsten versorgten, und schließlich Mr de Mestre, Tom, Elizabeth und Nick … Und doch hatte er sich unter all diesen Menschen einsamer gefühlt als jetzt, wo er tatsächlich allein war und mit keiner Menschenseele reden konnte.

Aber er fühlte sich nicht einsam. Allein, ja, aber einsam? Nein. Vielleicht spürte man umso deutlicher, wie allein man war, wenn man mitten unter Menschen niemanden hatte, mit dem man reden konnte?

Wen er wirklich vermisste, war seine kleine Schwester Emily. Sein Herz wurde schwer vor Sehnsucht, wenn er an sie dachte. Ob es ihr gut ging? Ob Tante Amy nett zu ihr war und Verständnis für sie hatte? Er hoffte, dass sie ihn nicht ebenso sehr vermisste wie er sie. Und dass sie in der großen Stadt Melbourne vielleicht schon eine Freundin gefunden hatte.

Er hätte selbst gut einen Freund gebrauchen können. Jemand, mit dem er gerne redete und in dessen Gesellschaft er sich wohlfühlte. Jemand, mit dem er gemeinsam schweigen konnte, ohne sich dabei einsam zu fühlen. Der sich anhörte, was er zu sagen hatte. Jemand, der sich ihm anvertraute und dem er gerne zuhörte. Jemand, mit dem er lachen konnte. War es nicht all das, was einen Freund ausmachte?

Ray wandte sich zu Archer um und klopfte ihm liebevoll auf den Hals. Archer war der beste Freund, den er im Augenblick hatte. Gut, das mit dem Reden war schwierig. Aber Archer würde ihm zuhören und vermutlich sogar mit dem Kopf nicken, wenn er ihm etwas erzählte. Und er fühlte sich in seiner Gesellschaft wohl, konnte mit ihm schweigen, ohne sich dabei einsam zu fühlen. Er wusste, dass Archer ihm blind vertraute, ebenso wie er dem Pferd vertraute. Waren das nicht schon wesentliche Merkmale einer Freundschaft?

Im Schatten eines Hügels ließ Ray Archer anhalten. Brüderlich teilten sie den letzten Rest Wasser, den sie bei sich hatten. Nun musste Ray nicht nur den richtigen Weg wiederfinden, sondern auch so schnell wie möglich die Wasservorräte auffüllen.

Er nahm sich ein Sandwich mit gebratenem Huhn und ließ Archer grasen. Es war hartes, trockenes Gras, etwas anderes konnte er seinem Freund im Augenblick nicht bieten. Ray wusste aber, dass die Landschaft sich schnell änderte. Archer würde genügend Nahrung finden. Das war eins der wenigen Dinge, um die er sich keine Sorgen zu machen brauchte.

Ray schob sich den letzten Bissen in den Mund und streckte sich mit hinter dem Kopf verschränkten Armen auf dem warmen Boden aus. Der Himmel war wolkenlos blau. Nichts erinnerte mehr an das überstandene Unwetter. Die Frühlingssonne hatte so viel Kraft, dass der Boden bereits wieder vollständig trocken war.

Nach einer Weile seufzte Ray und erhob sich schwerfällig. Die Nächte auf dem harten Boden und die Fußmärsche der vergangenen Tage forderten ihren Tribut.

Er tastete Archers Vorderbein ab und stellte erfreut fest, dass es weder geschwollen noch warm war.

»Also gut, mein Junge, dann geht es weiter.«

Er verstaute den leeren Wasserbeutel, zog den Sattelgurt nach, schwang sich auf Archers Rücken und schnalzte mit der Zunge. Archer verfiel in einen leichten Trab.

Ray konnte sein Glück kaum fassen, als sie wenig später auf einen kleinen Bachlauf trafen, an dem er die Wasservorräte auffüllen konnte.

»Das ist ein Zeichen, Archer«, sagte er zu dem Hengst, als er die Wasserbeutel wieder zurück in die Packtasche steckte. »Ab jetzt ist das Glück auf unserer Seite, du wirst sehen.«

Archer schnaubte und Ray wusste nicht, ob das Pferd damit seine Zustimmung oder seine Zweifel an Rays Aussage kundtun wollte.

Zunächst waren es nur kleine schwarze Punkte in der Ferne. Ray dachte sich nichts weiter dabei. Vielleicht waren es Kängurus, Dingos oder Aborigines. Was auch immer es war, es war weit weg und würde verschwunden sein, bevor sie die Stelle erreichten.

Langsam kamen die schwarzen Punkte näher und jetzt erkannte Ray, dass es drei Männer auf Pferden waren. Er wusste nicht warum, aber bei ihrem Anblick hatte er kein gutes Gefühl. Am liebsten wäre er ihnen aus dem Weg gegangen, aber das war jetzt nicht mehr möglich, denn auch die Männer hatten ihn entdeckt und hielten geradewegs auf ihn zu.

Ray ermahnte sich selbst, Ruhe zu bewahren. Es gab

keinen Grund anzunehmen, dass die Fremden etwas Böses im Schilde führten. Natürlich bestand immer die Möglichkeit, hier, im Outback, meilenweit von der nächsten Ansiedlung entfernt, Schurken in die Hände zu fallen. Aber musste man deswegen gleich jedem Fremden mit Argwohn begegnen?

Die Männer nickten Ray freundlich zu und Ray erwiderte den Gruß. Sein Herz klopfte, doch versuchte er, seine Aufregung zu ignorieren.

»Ganz allein unterwegs, junger Mann?«

Ray nickte wieder.

Die Männer hatten jetzt angehalten. Einer stand links neben ihm, der andere rechts und der dritte stoppte sein Pferd genau vor ihm.

Ray fühlte sich unwohl. Sein Blick fiel auf den Revolver, den der Mann, der mit seinem Pferd genau vor ihm stand, am Gürtel trug.

»Allein unterwegs, ja, aber ich werde erwartet«, antwortete er und versuchte seiner Stimme Festigkeit zu verleihen.

Über die Gesichter der Männer huschte zeitgleich ein Lächeln, als hätten sie sich abgesprochen. Überhaupt sahen sie einander sehr ähnlich mit ihrer schwarzen Kleidung, den dunklen Augen unter den starken Augenbrauen und den Bärten um die zusammengepressten Münder.

»Schönes Pferd hast du da«, sagte der Mann, der links von Ray stand, und spuckte eine braune Kautabakpfütze vor ihm auf den Boden.

»Ja, Sir«, antwortete Ray, »aber es gehört nicht mir. Sein Besitzer erwartet uns.«

»Ist bestimmt was wert, oder?«

Ray wandte sich um und sah dem Mann ins Gesicht, der auf der anderen Seite neben ihm stand.

»Ich weiß nicht, Sir.«

Archer schien Rays Anspannung zu spüren. Er scharrte mit dem Huf und wieherte leise.

»Entschuldigen Sie, meine Herren, aber ich muss weiter«, sagte Ray, verstärkte den Druck seiner Waden an Archers Flanken und versuchte, das Pferd zwischen den Männern hindurchzuführen.

Doch wie unbeabsichtigt stellte sich der Mann mit dem Revolver Archer in den Weg. »Nicht so eilig.«

»Sir?«

»Was hältst du davon, wenn du mich das Pferd mal ausprobieren lässt? Vielleicht werden wir handelseinig?«

»Handelseinig, Sir? Das Pferd steht nicht zum Verkauf.«

»Wer redet denn von kaufen?«

Die Männer lachten hämisch.

Ray suchte verzweifelt nach einem Ausweg. Aber nicht zuletzt der Revolver, auf den immer wieder sein Blick fiel, machte es ihm unmöglich, einen klaren Gedanken zu fassen.

Jetzt beugte sich einer der Männer vor und versuchte Archers Halfter zu fassen, doch der Hengst schlug mit dem Kopf und der Mann griff ins Leere.

Ray vergeudete keine Zeit. Er stieß Archer die Fersen in die Flanken und der Hengst preschte durch die zwei Pferde, die ihm den Weg versperrten, stieß sie zur Seite und verfiel augenblicklich in einen gestreckten Galopp, als hätte er ebenso wie Ray die bösen Absichten der Männer erkannt.

»Lauf, Archer, um Himmels willen, lauf!«, schrie Ray auf dem Rücken des Hengstes und duckte sich, als er hinter sich einen Schuss hörte. Doch die Kugel ging ins Leere oder der Schütze hatte nur in die Luft geschossen. Ray wusste es nicht und es spielte auch nicht die geringste Rolle.

Archer rollte an. Ray wusste, dass sein Pferd eine vergleichsweise lange Anlaufzeit brauchte. Ein schneller Starter war der Hengst nicht. Nicht umsonst hatte Nick dem Hengst den Spitznamen Dampflok gegeben. Er brauchte eine Weile, bis er seinen schweren Körper in Bewegung gebracht hatte, und Ray betete, dass das Überraschungsmoment ausreichte, um sich von seinen Verfolgern abzusetzen. Er konnte jetzt hinter sich das Getrappel der Hufe hören, als die Männer ihnen nachsetzten.

»Lauf, Archer, lauf!«, feuerte Ray den Hengst noch einmal an und ließ die Zügel locker. Was würde geschehen, wenn Archers verletzter Huf Schwierigkeiten machte? Was sollte er Mr de Mestre sagen, wenn sie es nicht schafften, den Pferdedieben zu entkommen? Denn dass die drei es auf Archer abgesehen hatten, daran bestand wohl kein Zweifel mehr. Und was würden sie mit ihm machen, wenn es ihnen gelänge, sie einzuholen? Würde er mit einer Kugel in der Brust mitten in der weiten Steppenlandschaft sterben?

Archer hatte jetzt seinen Rhythmus gefunden und seine Hufe stampften über den Untergrund, ließen eine rote Staubwolke hinter sich aufsteigen.

Ray traute sich kaum zurückzublicken, aus Angst, die Verfolger könnten ihnen dicht auf den Fersen sein. Ein zweiter Schuss gellte durch die Luft, doch Ray war sich jetzt sicher, dass der Schütze lediglich in den Himmel zielte. Immerhin wollten sie das Pferd und tot würde es ihnen nicht viel nutzen. Immer noch konnte er die Verfolger hinter sich hören, doch das Geräusch der Hufe auf dem Untergrund wurde allmählich leiser.

Jetzt wandte Ray sich doch um. Hatten die Männer vielleicht eingesehen, dass sie keine Chance hatten, Archer einzuholen? Doch hinter der Staubwolke, die Archer aufwirbelte, konnte er schemenhaft die drei Gestalten ausmachen. Sie schienen nicht die Absicht zu haben, ihn in Ruhe zu lassen.

Ray überlegte fieberhaft. Um Archers Ausdauer brauchte er sich nicht zu sorgen. Um sein Tempo auch nicht. Und doch schien es keinen Ausweg zu geben, wenn die Männer ihr Vorhaben nicht aufgaben. Sie brauchten nur immer weiter ihrer Spur zu folgen, die Archers Hufe in dem staubtrockenen Boden hinterließ, und es war lediglich eine Frage der Zeit, wann sie sie einholen würden. Schließlich konnte er Archer kaum bis Melbourne galoppieren lassen!

Noch einmal drehte Ray sich um. Die Männer waren jetzt so weit hinter ihnen zurückgeblieben, dass Ray lediglich erneut drei schwarze Punkte am Horizont ausmachen konnte. Doch er wusste, dass sie wieder näher kommen würden, sobald er Archer anhalten ließ.

Dennoch sagte er jetzt »Ho« und nahm die Zügel auf. Archer verfiel in einen leichten Trab und schließlich in Schritt. Seine Flanken waren glänzend vom

Schweiß und weißer Schaum quoll aus seinem Maul hervor.

Ray sprang aus dem Sattel und schlug Archer mit der flachen Hand auf die Kruppe. »Los, Archer, hau ab!«

Archer schien zu zögern. Doch als Ray seine Aufforderung wiederholte und ihm ein zweites Mal auf die Kruppe schlug, setzte sich der Hengst widerwillig in Bewegung.

Ray sah ihm eine Sekunde lang hinterher, dann machte er sich an die Arbeit. Er brach einen trockenen Zweig von dem struppigen Gebüsch am Wegesrand ab und verwischte damit rückwärts gehend ihre Spuren im Sand. Auch ihm rann der Schweiß von der Stirn und er zitterte vor Angst. Angst um sein Leben. Was würde geschehen, wenn die Männer ihn zu fassen bekamen? Ray hatte nicht den Eindruck gewonnen, als würden sie davor zurückschrecken, einen Menschen zu töten. Außerdem hatte er Angst um Archer. Würde seine Rechnung aufgehen und das Pferd sich in Sicherheit bringen? Und würde er Archer anschließend wiederfinden? Ohne das Pferd brauchte er Mr de Mestre nicht mehr unter die Augen zu treten. Wenn Archer etwas zustieß, dann war er so gut wie tot. Also bestand in seinem jetzigen Plan seine einzige Chance.

Ray verwischte die Spuren, so gut und so schnell es ging, bis er eine Strecke von über 300 Fuß geschafft hatte. Dann warf er den Zweig von sich und versteckte sich hinter einem großen Stein inmitten eines dornigen Gebüschs. Die Dornen blieben in seiner Kleidung und in seiner Haut hängen, aber Ray biss die Zähne zusammen. Lieber ein paar Kratzer als tot.

Er hielt die Luft an und wartete.

Es dauerte eine ganze Weile, bis er die Männer hören konnte. Auch sie führten ihre Pferde jetzt wieder im Schritttempo voran.

Ray traute sich kaum zu atmen.

»Was is' das denn? Die Spur hört plötzlich auf!«

»Wahrscheinlich hat der Gaul Flügel bekommen und is' abgehoben.«

»Würd' mich kaum wundern, so schnell wie der war.«

»Redet keinen Unsinn und sucht lieber nach den Hufspuren!«

»Tun wir ja, aber hier is' nichts.«

»Das kann nicht sein.«

Ray hörte, wie einer der Männer sich aus dem Sattel gleiten ließ und mit den Füßen auf dem Boden landete. »Vielleicht haben sie sich hier irgendwo versteckt?«

Ray schloss die Augen. Seine Hände zitterten.

»Klar, der Gaul liegt eng zusammengerollt wie 'n Schoßhündchen oder wie 'ne Miezekatze hinter dem Stein da!«

Ray hörte Schritte auf sich zukommen. Er schloss die Augen.

»Das gibt's doch gar nicht.«

»Hab ich ja gleich gesagt! Der Gaul war so schnell, das Ganze geht nicht mit rechten Dingen zu!«

»Wie vom Erdboden verschluckt!«

»Vielleicht ist's besser so.«

»Wie meinst du das?«

»Na, entweder is' der Gaul so schnell, weil was mit ihm nicht stimmt …«

»Siehst du jetzt schon Gespenster, oder was?«

»… oder, wenn er wirklich so schnell ist, erkennt ihn irgendeiner, wenn wir versuchen, ihn loszuwerden.«

»Wieso denn loswerden? Ich wollte ihn behalten!«

»Ach nee, wieso denn ausgerechnet du?«

»Ja, genau, warum nich' einer von uns?«

»Also verkaufen hätten wir ihn sowieso nich' können.«

»Genau. Und dann hätten wir uns nur gestritten, wer von uns ihn haben darf.«

»Ich kann das immer noch nich' glauben.«

»Is' aber so. Jetzt red nicht lang drum rum und steig endlich wieder auf.«

»Habt ihr jemals so'n schnelles Pferd gesehen?«

»Nee.«

Die Stimmen wurden leiser, als die Männer sich entfernten. Ray wartete, bis er sicher sein konnte, dass sie verschwunden waren, dann kroch er langsam aus dem Gebüsch hervor. Er konnte ihre schwarzen Silhouetten noch in der Ferne ausmachen, doch von Archer fehlte tatsächlich jede Spur.

Wohin war der Hengst verschwunden?

Keira band schweigend und konzentriert die Zweige neu zusammen, aus denen seine Hütte bestand, und flocht Blätter und Reisig, das er gesammelt hatte, zwischen die Hohlräume.

Yalla lag ein wenig abseits und beobachtete ihn.

Das Wetter der vergangenen Nacht hatte Keiras Schutzhütte beinahe völlig zerstört. Die Menschen in seinem Dorf hatten vom Unwetter gesprochen. Doch diesen Ausdruck wollte Keira nicht verwenden. Es gab kein Unwetter. Jedes Wetter wurde von magischen Kräften verursacht. Mythische Instan-

zen waren verantwortlich für Trockenheit und Regen, Blitz und Donner.

Seine Vorfahren kannten nicht nur vier Jahreszeiten, wie die Menschen in seinem Dorf, sie sprachen von Banggereng, Yekke, Wurggeng, Gurrung, Gunumeleng *und* Gudjeuk. *Es waren die Schöpferwesen, die Regen, Donner und Blitz hervorriefen. So wie die Regengötter* Wuluwait *und* Bunbulama. *Regen bedeutete Wasser und Wasser bedeutete Leben. Wenn* Wuluwait *und* Bunbulama *Regen brauchten, banden sie Wassergras zu Bündeln zusammen und stellten sie in einen Frischwassersumpf. So entstanden am Himmel Regenwolken.*

Blitz, Donner und Regen waren die Wondjinas, *die Kinder der Regenbogenschlange, die nach Belieben kommen und gehen konnten. Und daran war nichts Schlimmes. Manches musste man eben einfach über sich hinwegziehen lassen.*

Denn jedem Ende wohnte auch ein Anfang inne.

... und die Regenbogenschlange rief die Frösche ...
Ihre Bäuche waren voller Wasser ...
Sie kitzelte ihre Bäuche,
und als die Frösche lachten,
lief das Wasser über die ganze Erde
und füllte dabei die Spuren ... der Regenbogenschlange –
und so bildeten sich Seen und Flüsse ...
Oodgeroo

RAY ließ seine Blicke nach links und nach rechts schweifen. Nachdem Archer wegen des Blitzeinschlages von Panik erfasst durchgegangen war, war er anschließend zu Ray zurückgekehrt. Gewiss würde der Hengst auch jetzt nach ihm suchen.

Und wenn nicht? Diesen Gedanken wollte Ray lieber nicht bis zu seinem logischen Ende verfolgen. Ab und zu warf er einen Blick über die Schulter, um sich zu vergewissern, dass die Diebe nicht zurückgekehrt waren. Doch die Steppe hinter ihm war, ebenso wie die Steppe vor ihm, leer. Keine einzige Menschenseele in einem Umkreis von mehreren Meilen. Und auch keine einzige Pferdeseele, dachte Ray.

Zunächst fiel Ray nur die merkwürdige Färbung des Himmels auf. Dann der Geruch. Ein Geruch nach verbranntem Holz und Rauch. Schließlich konnte er es auch sehen: mehrere kleine Brandherde am Rand der Steppe, die er auf der Suche nach Archer durchstreifte. Hier und da stiegen in einigen Meilen Entfernung Rauchwolken in den rötlich gefärbten Himmel auf.

Kleinere Buschfeuer waren nichts Seltenes und wäre Ray nicht auf der Suche nach Archer gewesen, so hätte er sich von dem Feuer nicht weiter beunruhigen lassen. Nicht jeder Brand weitete sich zwangsläufig zu einer großen Katastrophe aus. Häufig waren es einzelne Büsche oder Unterholz, die Feuer fingen, und oftmals versiegte das Feuer von selbst, verzehrte sich, sobald es in der Steppe keine Nahrung mehr fand.

Aber nun war er auf der Suche nach Archer und konnte weder sich selbst noch sein Pferd in Sicherheit bringen. Vielleicht war Archer in diesem Augenblick in Gefahr? Befand er sich womöglich am Rand der Steppe und geriet durch das Feuer erneut in Panik? Würde er kopflos fliehen und Ray damit jeglicher Chance berauben, ihn wiederzufinden?

Ray hatte damit gerechnet, dass Archer höchstens eine halbe Meile weit laufen und sich dann irgendwo verstecken würde. Aber wenn Archer ebenso wie er von dem Feuer überrascht worden war, dann konnte er nicht ausschließen, dass der Hengst einfach weitergaloppiert war. Weiter und immer weiter, nur weg von dem Feuer und der damit verbundenen Gefahr.

Allmählich stiegen erste Zweifel in Ray auf, ob sein Plan, Archer fortzuschicken, tatsächlich so klug gewesen war. Nun stand er ohne Reittier, ohne Wasser und Nahrung, ohne Landkarten – einfach ohne alles – in dieser unwirtlichen Gegend und fühlte sich verloren.

Was war sein Antrieb für diese Reise gewesen? War es der Wunsch, Archer den *Melbourne Cup* gewinnen zu sehen? Oder war es die Absicht, über Nick zu triumphieren und ihm zu beweisen, dass er recht hatte? Suchte er den Schikanen des anderen vielleicht nur für eine Weile zu entkommen? Oder war es – Ray schämte sich ein wenig, dass er diese Möglichkeit in Betracht ziehen musste – seine Sehnsucht nach Emily? Nach dem letzten Rest seiner Familie, dem Gefühl der Geborgenheit, das ihm geblieben war? Er konnte nicht verleugnen, dass Emily bei seinen Plänen auch eine Rolle gespielt hatte. Der Gedanke, sie wiederzusehen, in Erfahrung zu bringen, ob es ihr bei Tante Amy gut ginge, war ihm sehr schnell gekommen, nachdem er von Mr de Mestre die Erlaubnis zu reisen erhalten hatte.

Ray, der ohne darüber nachzudenken einen Fuß vor den anderen setzte, den Blick stets auf die vereinzelten Brandherde in sicherer Entfernung gerichtet und die Gedanken überall, nur nicht im Hier und Jetzt, blieb mit einem Mal stehen. Plötzlich erschien ihm alles sinnlos. Sein ganzes Vorhaben idiotisch. Nichts hatte er erreicht, außer sich selbst und Archer in tödliche Gefahr zu bringen.

Ray warf den Kopf in den Nacken und schrie seinen Zorn und seine Verzweiflung in den Himmel hinauf. Egal, ob da oben jemand war, der ihn hören konnte, oder nicht. Er schrie einfach, brüllte, tobte. Er riss die Arme in die Luft, als wollte er jemandem drohen. Seine Wut war übermächtig. Er verfluchte sich und seinen Wunsch, diese Reise zu machen. Was war er doch für ein Dickkopf! Tante Amy hatte vollkommen recht, wenn sie ihm vorwarf, genauso egoistisch zu sein wie seine Mutter. Er hatte seinen Willen auf Kosten anderer durchgesetzt, ohne auch nur einen Augenblick lang darüber nachzudenken, welchen Gefahren er Archer damit aussetzte, der sich diesen Weg nicht selbst ausgesucht hatte. Mit einem Mal fühlte er sich völlig kraftlos. Das Schreien und Toben hatte den letzten Funken Überlebenswillen in ihm ausgelöscht. Erschöpft sank er auf die Knie und verbarg seinen Kopf zwischen den Händen. Sollte das Feuer doch näher kommen. Sollte es ihn umzingeln, einkreisen, vernichten. Ihm war es gleichgültig.

Ray wusste nicht, wie lange er so zusammengekauert auf dem Boden ausgeharrt hatte. Es konnten Minuten oder auch Stunden gewesen sein. Als er den Kopf hob, weil er ein Geräusch vernommen hatte, stockte ihm für einen Augenblick der Atem. Unmittelbar vor ihm stand ein Furcht einflößender Mann mit schwarzem Haar und Bart. Er stützte sich auf einen langen Stab und betrachtete ihn neugierig. Und ein bisschen sorgenvoll, dachte Ray, während er sich beeilte, auf die Füße zu kommen.

Der Mann war groß – auf jeden Fall größer als Ray – und kräftig. Seine Brust und sein Bauch ausgeprägt muskulös und er trug nichts weiter als eine Art Lendenschurz. Seine dunkle Haut war an den Schultern, an den Oberarmen und am Rücken von unzähligen Narben übersät und im Gesicht hatte er sich mit weißer Farbe ein bizarres Strichmuster aufgemalt, das ihm ein martialisches Aussehen verlieh.

Er betrachtete den fremden Weißen ebenso misstrauisch, wie Ray ihn musterte. Nachdem er jetzt stand, konnte Ray sehen, dass der Fremde nicht allein war. Ein halbes Dutzend dunkelhäutiger Männer umringten ihn und wirkten ebenso unsicher, wie Ray sich fühlte.

Jetzt sprach der Älteste mit einer tiefen, wohlklingenden Stimme in einer Sprache, die Ray nicht verstand. Es klang fremdartig, aber nicht bedrohlich, und Ray schöpfte Hoffnung, dass man ihn am Leben lassen würde.

Es war schon merkwürdig. Obwohl er im tiefen Inneren wusste, dass er eigentlich nichts zu befürchten hatte, raste sein Herz und klopfte so sehr, dass er das Pulsieren des Blutes in seinen Adern spüren konnte. Mehr noch als bei der Begegnung mit den drei Pferdedieben.

Über 150.000 Straftäter waren bis vor knapp 10 Jahren nach New South Wales und Tasmanien transportiert worden, um dort – fernab der Gesellschaft, aus der sie stammten – ihre Strafen abzusitzen. In gewisser Weise war Ostaustralien nichts weiter als ein Freiluftgefängnis für Sträflinge, die wegen wiederholter Vergehen verurteilt worden waren. Prostituierte, Schläger, Diebe, Betrüger … Menschen, die es in ihren Städten nicht geschafft hatten. Und doch fürchtete sich Ray in diesem Augenblick mehr vor dem Unbekannten, dem Fremden, dem Andersartigen, als er sich zuvor im Angesicht der kriminellen Strauchdiebe gefürchtet hatte. Es war eine ganz andere Art von Angst, ein nicht näher zu beschreibendes Unwohlsein.

Doch nichts geschah. Die Aborigines betrachteten ihn schweigend und als er sich nun abwandte, um zu gehen, ließen sie ihn unbehelligt ziehen. Ray spürte ihre Blicke auf seinem Rücken und fragte sich bereits, ob er die richtige Entscheidung getroffen hatte. Vielleicht hätten die Aborigines ihm helfen können? Vielleicht hätten sie seinen Durst und seinen Hunger gestillt? Ihn bei der

Suche nach Archer unterstützt? Aber wie hätte er sich ihnen verständlich machen sollen?

Die Sonne warf immer längere Schatten. Ray stolperte, strauchelte. Seine Beine hatten nicht mehr genug Kraft, um seinen Körper zu tragen. Er sank auf die Knie, versuchte, wieder hochzukommen, schaffte es nicht. In seinem Kopf drehte sich alles. Er glaubte, seinen Vater zu ihm sprechen zu hören, sah Emily vor sich, spürte die kühle, tröstende Hand seiner Mutter auf der Stirn und ergab sich dem Gefühl angekommen zu sein. Er brauchte nichts weiter zu tun, als sich auf den sandigen Boden zu legen und zu warten. Dann würden seine Eltern, seine Mutter und sein Vater, die Arme ausbreiten und ihn willkommen heißen.

Ray wusste jetzt, dass er einen Fehler gemacht hatte. Mindestens einen. Er hätte Archer nicht fortschicken dürfen. Und er hätte die Aborigines um Hilfe bitten müssen. Vielleicht hatte der Fremde ihm genau das angeboten? Hilfe? Und er hatte ihn einfach nur nicht verstanden?

Ray rollte sich auf dem Boden zusammen. Seine Lippen brannten. Sein Kopf schmerzte. Er versuchte die Augen offen zu halten, doch seine Lider fielen immer wieder zu.

Nick würde sich vermutlich freuen, wenn er die Nachricht hörte, dass Ray und Archer gescheitert waren. Dass man Rays toten Körper mitten in der Steppe, fernab der festgelegten Route, entdeckt hatte.

Und Archer? Würde man Archer wiederfinden? Oder lag er ebenso wie Ray irgendwo hilflos und dem Tode nahe? Würde sein Kadaver irgendwelchen Aasfressern als Nahrung dienen? War das die wahre Bestimmung des edlen Tiers?

»Archer«, flüsterte Ray. »Archer, verzeih mir.« Dann verlor er die Besinnung.

Er wurde davon wach, dass ihm jemand sacht über die Wange fuhr. Eine weiche Hand strich ihm eine Haarsträhne aus der Stirn und pustete ihm Luft zu.

»Mom ...« Ray versuchte vergeblich die Augen zu öffnen. Seine Lippen verzogen sich zu einem Lächeln. Er hatte es geschafft, er war wieder daheim.

Seine Mutter schnaubte.

Jetzt versuchte Ray noch einmal, die Augen aufzureißen. Und schaffte es. Wenn auch nur für einen winzigen Moment. Doch dieser Moment reichte, um zu sehen, dass es nicht die warme, weiche Hand seiner Mutter war, die ihn berührte. Nicht ihr Atem. Und nicht ihr Schnauben.

»Archer ...« Rays Stimme war nicht mehr als ein Krächzen. Doch das Lächeln auf seinen Lippen wurde intensiver. »Archer ...« Nicht er hatte den Hengst gefunden, sondern der Hengst ihn! Ray spürte seine Lebensgeister wiedererwachen, seinen Mut zurückkehren.

Er schaffte es, einen von Archers Steigbügeln zu umklammern und versuchte sich daran hochzuziehen. Doch auf halbem Wege gab er auf und ließ sich wieder zurücksinken.

Archer stupste ihn mit den Nüstern an und scharrte mit dem Vorderhuf im sandigen Boden, als wollte er sagen: Nun steh doch endlich auf!

Ray griff mit beiden Händen nach Archers Halfter, als der Hengst seinen massigen Kopf über ihn beugte, und Archer zog ihn hoch, blieb ruhig stehen, als Ray sich gegen ihn lehnte. Alleine hatte er nicht genügend Kraft, um sich aufrecht zu halten. Blind tastete Ray nach der Satteltasche. In seinem Kopf hämmerte nur ein einziger Gedanke: Wasser! Er brauchte dringend Wasser!

Ray wusste nicht, wie er es geschafft hatte, aber endlich hatte er den Verschluss der Tasche geöffnet und hielt sich einen Lederbeutel an die rissigen Lippen, ließ die kostbare Flüssigkeit seine Kehle entlangrinnen. Sein Durst war bei Weitem noch nicht gelöscht, als der letzte Tropfen viel zu schnell seine Zunge berührte. Aber er gab ihm genug Kraft, um sich irgendwie auf Archers Rücken zu ziehen. Den Kopf gegen die Mähne des Pferdes gelehnt, ließ er sich von Archer ins Dunkel der Nacht führen. Er wusste nicht, ob es der richtige Weg war. Ob es den richtigen Weg überhaupt gab. Also überließ er sich dem Willen des Pferdes. Wohin auch immer Archer ihn bringen würde, es konnte nicht schlimmer sein als hier inmitten von Sand, Steinen und trockenen Sträuchern. Und es dauerte auch nicht lange, bis der kleine Bruder des Todes ihn erneut übermannte.

Das Erwachen war schrecklich und schön zugleich. Ray riss den Mund auf und schnappte nach Luft, als das kalte Wasser seine Kleider durchtränkte. Es dauerte einen Augenblick, bis er begriff. Bis er erkannte, dass Archer ihn inmitten eines kleinen Flusses aus dem Sattel gekippt hatte. Mit bloßen Händen schöpfte er das kalte, frische Wasser und trank gierig, während Archer neben ihm stand und ebenfalls seinen Durst stillte.

Ray meinte, noch nie in seinem Leben so viel auf einmal getrunken zu haben, als er sich Minuten später zurücklehnte und in den sternenklaren Nachthimmel sah. Er würde wohl doch noch etwas warten müssen, bis er mit Mutter und Vater wiedervereint war.

Die Kleider trockneten an dem kleinen Feuer, das Ray entfacht hatte. Archer graste zufrieden am Ufer des Flusses und Ray betrachtete das Pferd dankbar. Noch nie zuvor war er so kurz davor gewesen, sein Leben zu verlieren. Und ohne Archer ... Diesen Gedanken ließ Ray unbeendet. Der augenblicklichen Gefahr war er noch einmal entkommen. Aber wie sollte es nun weitergehen? Er hatte nicht die geringste Ahnung, wo er sich befand. Wie er nach Melbourne kommen sollte. Sein erstes Ziel, wenn die Sonne zurückkehrte, musste es also sein, den richtigen Weg wiederzufinden. Den Weg, der ihn nach Melbourne führte.

Ray wickelte sich in seine Decke und schloss die Augen, nur um sie sofort wieder aufzureißen. Er hatte an das chinesische Mädchen gedacht, das ihm zusammen mit seiner kleinen Schwester zum Abschied gewunken hatte. Er wusste nicht, warum ausgerechnet sie ihm plötzlich eingefallen war. Doch bei der Erinnerung stahl sich ein heimliches Lächeln auf seine Lippen. Auf jeden Fall würde er eine Menge zu erzählen haben, wenn er von seiner Reise zurückkehrte. Und vielleicht hatte sie ja Lust, ihm zuzuhören. Er spürte sein Herz schneller schlagen bei dieser Vorstellung. Und bei dem

Gedanken daran, dass er jetzt überhaupt wieder eine Zukunft hatte, die noch vor so kurzer Zeit gar nicht sicher gewesen war, überkam ihn ein warmes Gefühl der Verbundenheit mit Archer, der ihm das Leben gerettet hatte. Was auch immer noch geschehen würde, ob sie Melbourne erreichten oder nicht, niemals würde er vergessen, was er dem Pferd schuldig war, was Archer für ihn getan hatte.

Als er nun endlich in den dringend benötigten Schlaf fiel, träumte er davon, wie er mit der hübschen Chinesin Hand in Hand durch die Straßen Jembaicumbenes lief und ihr von seinen überstandenen Abenteuern erzählte.

Keira stand auf der Spitze des Berges und ließ seinen Blick über die Steppe schweifen. Yalla war so dicht neben ihm, dass sie sich beinahe gegen sein Bein lehnte. Sie hielt die Nase in die Höhe und witterte.

Es war ein nahezu unheimlicher Anblick, der sich ihnen bot: Kahle, verkohlte Stämme ragten in den wolkenlosen Himmel und die bodennahe Vegetation fehlte völlig. Die Erde erschien silbrig grau. Doch bereits nach wenigen Metern erstrahlte alles wieder grün. Als wäre nie etwas gewesen. Dort hatte der Wind den Brand gestoppt.

Keira wusste, dass es nicht lange dauern würde, bis die ersten Bäume neue Lebenszeichen von sich gaben. Das Feuer hatte eine reinigende Wirkung und Keiras Vorfahren hatten sogar bisweilen selbst Feuer gelegt, um die Artenvielfalt zu erhalten.

So gab es Pflanzen, die das Feuer brauchten, um überhaupt blühen zu können! Wie der Grasbaum, dessen Fortbe-

stand von den immer wiederkehrenden Feuern abhing. Auch die Samen der Akazien und Eukalyptusbäume platzten durch die enorme Hitze des Feuers auf und begannen zu keimen, fanden im Aschebett ideale Bedingungen vor.

Keira wusste, dass auf dem gedüngten Boden alles besonders gut wachsen und gedeihen würde: Farne, Orchideen, Lilien lockten viele Tiere an. Zuerst die Insekten, dann die Vögel. Schließlich würde ein Kampf um Wasser, Licht und Nahrung beginnen. Manche Pflanzen und Tiere verloren diesen Kampf, andere gewannen ihn. Der Eukalyptus etwa, der, während er wuchs, den bodennahen Pflanzen das Licht und die Lebensenergie nahm. Dafür gediehen nun Schattenpflanzen, lockten neue Tiere an, vertrieben andere. Auf diese Weise ergab sich ein steter Kreislauf der Natur.

Jedem Ende wohnt auch ein Anfang inne, dachte Keira.

Um sein eigenes Fortbestehen musste Keira sich keine Sorgen machen, denn Schnabeligel, Wombats und Reptilien überstanden kleinere Buschfeuer, indem sie sich in Löchern und Gängen im Boden einbuddelten. Andere hatten weniger Glück: Insekten und Spinnen überlebten ein Buschfeuer normalerweise nicht. Ebenso wenig wie die Koalas, deren Zuflucht die Bäume waren, auf denen sie schließlich elendig verbrannten.

Yalla winselte und stupste Keira mit ihrer Schnauze an.

Keira betrachtete die Hündin und nickte. »Ja, Yalla, wir gehen jetzt auf die Jagd.« Und er wandte sich um und suchte sich seinen Weg durch die Felsenlandschaft. Gefolgt von seinem Walaku.

Daraufhin begann das Gras zu wachsen,
und die Bäume sprossen hervor.
Und so begann alles Leben auf der Erde.
Oodgeroo

RAY erwachte davon, dass er fror. Das Feuer war bis auf den letzten rot glühenden Rest heruntergebrannt, den Ray mit Wasser aus dem Fluss löschte.

Archer beobachtete ihn, während Ray ihren Aufbruch vorbereitete, und schien es kaum erwarten zu können, dass sie ihren gemeinsamen Weg fortsetzten. Ihre Beziehung, die auf Mr de Mestres Gestüt ihren Anfang genommen hatte, war im Verlauf der letzten Tage und besonders durch das gestrige Ereignis, als Ray, dem Tod nahe, geglaubt hatte, er würde Archer nie wiedersehen, weiter gefestigt worden. Und ein Teil von Ray fürchtete sich bereits jetzt davor, dass ihre vertraute Zweisamkeit enden würde, sobald sie ihr Ziel erreicht hatten. Vorausgesetzt, sie würden es jemals erreichen.

Ray zog den Gurt fest und überprüfte sorgfältig den Sitz des Sattels und der Satteltaschen, bevor er sich auf Archers Rücken schwang und das Pferd wendete. Er hatte versucht, anhand des Kartenmaterials, das Mr de Mestre ihm mitgegeben hatte, ihre genaue Position herauszufinden, war sich jedoch nicht sicher, ob er die richtigen Rückschlüsse gezogen hatte. Er wusste nur eins: Bevor er die Suche nach Archer begonnen hatte, die schließlich damit endete, dass Archer ihn fand und ihm das Leben rettete, war er nicht weit von dem Gebirge entfernt gewesen, das sie überqueren mussten. Und ein Gebirge sollte nicht schwer zu finden sein, dachte Ray. Der Mount Kosciuszko war immerhin die höchste Erhebung Australiens. Natürlich musste er nicht den Gipfel bezwingen, und doch dachte Ray mit Schrecken daran, wie beschwerlich diese Etappe für ihn und das Pferd werden würde.

Jetzt verfluchte er sich dafür, dass er am Tag zuvor auf Archers Rücken dem Pferd die alleinige Führung überlassen hatte. Er wusste nicht einmal, in welche Himmelsrichtung Archer ihn von der Route abgebracht hatte. Süden? Norden? Osten? Westen? Er versuchte, anhand des Sonnenstandes den Südwesten zu bestimmen und schnalzte mit der Zunge, damit Archer sich in Bewegung setzte.

Zum Glück dauerte es nicht lange, bis Ray in der Ferne die ansteigenden Berge erkennen konnte. Und bald schon hatten sie die Stelle wiedergefunden, an der Ray von den Buschbränden überrascht worden war. Es war ein merkwürdiger Anblick: Hier und da ragten kahle, verkohlte Baumstämme in den wolkenlosen Himmel. Die Erde erschien an manchen Stellen silbrig grau und nur wenige Meter weiter, wo Wind und Sandboden den Brand gestoppt hatten, erstrahlte alles in saftigem Grün, als wäre nie etwas gewesen.

Hinter der Steppenlandschaft erhob sich das Gebirge, dessen Gipfel um diese Jahreszeit vermutlich sogar noch von Schnee bedeckt waren. Aber so hoch wollte Ray gar nicht hinaus. Er hoffte, dass er diesmal den richtigen Weg nicht aus den Augen verlieren würde. Den Informationen zufolge, die er besaß, war es durchaus möglich, die Snowy Mountains auf halbwegs sicheren Pfaden zu durchqueren. Doch wer konnte das schon so genau wissen?

Der erste Anstieg war leicht zu bewältigen. Doch schon bald erschwerte Nebel die Sicht und Archer begann erneut zu lahmen. Ray ließ sich leise fluchend aus dem Sattel gleiten und führte Archer am Zügel voran. Der verletzte Huf bereitete nun dauerhaft Probleme. Wie sollte das Tier damit die noch fehlenden 400 Meilen bis Melbourne durchstehen? Und vor allem: Wie sollte es mit dem verletzten Huf ein Rennen über zwei Meilen gewinnen?

Ray merkte, dass nicht nur er des Laufens allmählich müde wurde. Auch der große Braune hatte etwas von dem Feuer verloren, das ihn am ersten Tag ihrer Reise noch ausgezeichnet hatte. Ein Lächeln huschte über Rays Lippen, als er sich jetzt daran erinnerte, wie er beinahe mit der Kutsche der Goldgräberfamilie zusammengestoßen war, weil Archer um jeden Preis galoppieren wollte. Jetzt trottete der Hengst gelangweilt neben ihm her, als wäre er ein anderer.

Je höher Ray und Archer kamen, desto kühler wurde es. Obwohl Ray mittlerweile jedes Kleidungsstück, das er mitgenommen hatte, am Körper trug und der Weg sie stetig bergauf führte und dadurch nicht leicht zu bewältigen war, fror er. Archer war ebenfalls durch eine Decke vor der Kälte geschützt, doch Ray bezweifelte, dass sie ausreichend Wärme bieten würde, wenn sie rasteten.

Mittlerweile war der Nebel so dicht, dass Ray nur noch etwa vier Schritte weit vorausblicken konnte. Er schüttelte den Kopf, während er sich eingestand, dass es keinen Sinn machte, weiterzureiten, wenn er nicht das Risiko eingehen wollte, erneut vom Weg abzukommen. Ohnehin befand er sich bereits nicht mehr auf der Route, die Mr de Mestre für ihn erarbeitet hatte. Sein Boss wartete vermutlich schon verzweifelt auf ein Lebenszeichen von ihm. Nun – er würde noch länger darauf warten müssen.

Als Ray in diesem Augenblick einen Einschnitt im Felsen bemerkte, der ihm und Archer zumindest ausreichend Schutz vor Niederschlag und Wind bot, zögerte er nicht lange. Fast kam es ihm wie ein Fingerzeig Gottes vor, dass er in dieser einsamen Gegend und trotz der schlechten Sichtbedingungen diese höhlenartige Vertiefung gefunden hatte. Und obwohl er eigentlich noch mit ein bis zwei Stunden Tageslicht gerechnet hatte, beschloss er, die heutige Etappe hiermit vorzeitig zu beenden.

Auch Archer schien froh zu sein, als Ray ihn von Sattel und Gepäck befreite. Er schubberte seinen Rücken an der Felswand und gab dazu grunzende Geräusche von sich.

Ray musste lachen, als er das Pferd beobachtete, doch das Lachen verging ihm, nachdem er Archers Vorderbein untersucht hatte. Die Fessel des Pferdes war warm und leicht geschwollen. Archer hatte eine Entzündung. Ray fluchte leise vor sich hin.

Noch drang ein wenig Tageslicht in die Höhle. Nicht viel, doch nachdem sich Rays Augen an das Halbdunkel gewöhnt hatten, konnte er alle Umrisse erkennen. Aber er wusste, dass es nicht mehr lange dauern würde, bis die Dunkelheit einsetzte und alles verschlang.

Er hatte sich einen Kerzenstummel für Notfälle eingesteckt, und jetzt – so entschied Ray – war dieser Notfall eingetreten. Denn die Vorstellung, bei vollkommener Finsternis in der Höhle festzusitzen, hatte etwas überaus Beunruhigendes an sich. Ray holte Zunderbüchse und Kerze aus der Satteltasche hervor, entzündete den Docht, ließ ein wenig Wachs auf einen Felsvorsprung tropfen und setzte die Kerze anschließend darauf.

Jetzt hatte er genügend Licht, um die Reste ihres Proviants hervorzusuchen. Viel war nicht übrig geblieben und Ray dachte mit Schrecken daran, dass er nichts mehr hatte, was er an Archer verfüttern konnte und dass es im Gebirge schwer werden würde, etwas zu finden.

Archer machte sich über die Zukunft weniger Sorgen und zermalmte zufrieden die letzte Ration der Getreidemischung, die die dünne Elisabeth Ray für ihn mitgegeben hatte.

Aus Rays Mund entwichen kleine weiße Wolken. Seine Arme und Beine zitterten ohne sein Zutun und seine Kiefer schlugen klappernd aufeinander. Er war überrascht von dieser klirrenden Kälte, mit der er so nicht gerechnet hatte. Ende Oktober waren die kalten Tage und Nächte eigentlich vorbei und das Land sah dem Frühling entgegen. Doch in dieser Höhle, auf dem kalten Felsboden, schien sich der Winter hartnäckig zu halten.

Auch aus Archers Nüstern quollen weiße Wölkchen hervor. Besorgt betrachtete Ray den Hengst, der seinen verletzten Vorderlauf in Schonhaltung angehoben hatte und im Stehen schlief.

Das unruhige Flackern der Kerze zog Rays Aufmerksamkeit auf sich und er schaute gerade in dem Augenblick hin, als der Docht den letzten Rest Wachs verzehrte, erlosch und Ray in absoluter Finsternis zurückließ.

Jetzt, nachdem er der Fähigkeit des Sehens beraubt war, erschien ihm das Pfeifen des Windes umso lauter. Ein stetiges Heulen und Zischen drang an seine Ohren, während der Wind sich durch schmale Ritzen zwängte und um Ecken fegte.

Ray versuchte zu schlafen. Doch er fand keine Ruhe, wälzte sich auf dem harten Untergrund von einer Seite auf die andere. Seine Gedanken drehten sich unablässig im Kreis: Würde er Melbourne rechtzeitig erreichen? Was würde Emily sagen, wenn sie ihn sähe? Und Tante Amy? Konnte Archer an dem Rennen teilnehmen? Oder würde er von der langen Reise zu erschöpft sein? Und hatte er tatsächlich Aussichten auf den Sieg in diesem Wettstreit, in dem die besten und schnellsten Pferde Australiens gegeneinander antreten sollten? Was sollte er tun, wenn die Entzündung in Archers Vorderlauf nicht rechtzeitig abheilte?

Ray hatte von den unglaublichen Erfolgen des Hengstes Mormon gehört, der auch als Favorit für den neu ausgerufenen *Melbourne Cup* gehandelt wurde und als unbesiegbar galt. Hatte Archer eine Chance gegen Mormon? Er – der Außenseiter aus New South Wales? In einem Feld von preisgekrönten Rennpferden? Es gehörte nicht viel Fantasie dazu sich auszumalen, dass ein Pferd, das nicht aus Victoria selbst stammte, bei diesem Lokalderby nicht gerne gesehen sein würde. Bestimmt wollten die ortsansässigen Gestütsbesitzer das Rennen unter sich austragen. Würde Archer es schaffen, ihnen einen Strich durch die Rechnung zu machen?

Eigentlich war Ray von Archers Siegeschancen überzeugt gewesen, als er mit dem Hengst zusammen zu dieser Reise aufgebrochen war. Doch die Ereignisse der letzten Tage hatten seinen starken Glauben an den Erfolg ins Wanken gebracht. Vielleicht hatte er sich und Archer eine zu große Last aufgebürdet. Vielleicht war Nicks Behauptung, Archer sei nicht gut genug, um sich in einem so bedeutenden Rennen gegen die starke Konkurrenz durchzusetzen, doch richtig gewesen.

Wie eine übergroße Spinne, die in ihrem Netz auf Beute lauert, hing die Angst zu versagen mit einem Mal über Ray. Eine Furcht einflößende Spinne mit dickem Hinterleib, handtellergroß, mit behaarten Beinen und rot glühenden Augen, die ihn gierig anstarrte. Ray konnte ihre Giftklauen sehen, die sie in diesem Moment spreizte, während sie den Vorderkörper aufrichtete und ihn drohend fixierte. Er wollte schreien, doch aus seinem weit aufgerissenen Mund kam nicht der geringste Laut. Er versuchte aufzuspringen und wegzulaufen, doch seine Beine versagten ihm den Dienst. Er konnte sie nicht einmal bewegen. Wie gelähmt musste er zusehen, als die Spinne näher und näher kam und dabei zu wachsen schien, bis sie schließlich die Größe eines Dingos hatte. Und sie hörte nicht mehr auf zu wachsen, wurde größer und immer größer, war bald fast so groß wie Ray selbst. Und jetzt endlich entwich seinen geöffneten Lippen der angestaute Angstschrei.

Ray schrie und richtete sich auf. Schweiß stand auf seiner Stirn und sein Herz pochte heftig in seiner Brust. Nur ganz langsam wurde ihm bewusst, dass er geträumt hatte. Er rieb sich die Augen und stieß erleichtert die Luft aus. Es war nur ein Traum gewesen. Nichts weiter.

Archer wieherte leise in der Dunkelheit, als wollte er sich vergewissern, dass alles in Ordnung war.

»Alles gut, mein Junge«, sagte Ray beschwichtigend, während er sich zurück unter seine Decke legte und darauf wartete, dass sein Herzschlag sich beruhigte.

Er starrte in die nachtfinstere Höhle, die plötzlich gar nicht mehr so dunkel war, nachdem der Mond mittlerweile hoch oben am Himmel stand und sein kaltes Licht durch die breite Öffnung in die Höhle hineinschien.

Überrascht stellte Ray fest, dass er einige Umrisse wahrnehmen konnte. Dass er Archer erkannte, der sich nur wenige Schritte von ihm entfernt ebenfalls hingelegt hatte. Dass er seine Hände sehen konnte, wenn er sie sich vor das Gesicht hielt. Und die Spinne, die nicht einmal zwei Ellen von ihm entfernt ihre Vorderbeine nach oben streckte, den Körper aufgerichtet und ihre Giftklauen angriffslustig gespreizt. Ihr Körper glänzte, vom Mondlicht beschienen, metallisch. Sie war etwa vier Zentimeter groß, sehr kompakt und hatte kräftige Beine. Und diesmal war sie kein Traumgebilde – dieses Mal war sie echt!

Ray vergaß beinahe zu atmen. Es kam ihm vor wie eine Ewigkeit, bis er es endlich schaffte, sich zu bewegen und von der ihn bedrohenden Spinne wegzurücken.

Den Blick starr auf das Tier gerichtet, rutschte er mit dem Gesäß rückwärts über den kalten, harten Boden, bis er an eine Felswand stieß, die seine Flucht abrupt stoppte.

Doch er war nicht weit genug gekommen. Die Spinne schnellte vor und Ray schrie vor Entsetzen und Schmerz laut auf, als sich ihre Giftklauen in seine Wade bohrten.

Archer sprang erschrocken hoch, wieherte und versuchte zu steigen, während die Spinne in der Dunkelheit der Höhle verschwand.

Schwer atmend lehnte Ray am kühlen Felsen und wartete darauf, was nun mit ihm geschah. Wartete, dass das Gift der Spinne zu wirken begann. Wie viel hatte er abbekommen? War die Dosis tödlich? Würde dies nun das Ende sein?

Keira erwachte von Yallas Winseln. Der Mond stand hoch oben am Himmel und tauchte alles in ein silbriges Licht. Schlaftrunken wandte Keira sich seinem Walaku *zu.*

»Was ist?«, fragte er leise. »Was hast du gehört?« Er lauschte in die nächtliche Stille, konnte aber nichts Beunruhigendes wahrnehmen.

Yalla wedelte mit dem Schwanz und drängte sich dicht an ihren Herrn.

»Schlaf weiter«, forderte Keira die Hündin auf. »Es ist nichts. Nur ein Possum oder ein Wombat, der durch die Nacht schleicht.« Er streichelte Yallas warmes, weiches Fell und bald darauf gab das Tier im Schlaf Geräusche von sich.

Doch nun lag Keira wach und dachte über all das nach, was ihn hierher, in die Einsamkeit der Berge, geführt hatte, zurück zu den Wurzeln seiner Vorfahren: Den Tod der Mutter. Den Tod des Vaters. Das Misstrauen der Dorfgemeinschaft gegen ihn, der anders war. Die Angst vor ihm, dem Fremdartigen, der niemanden hatte, den er einen Freund nennen konnte. Die jungen Männer in seinem Alter waren anders als er. Sie sahen anders aus, sie benahmen sich anders, machten sich über andere Dinge Gedanken. Wenn sie sich überhaupt Gedanken machten. Einer wie er hatte nirgends einen Platz. Nicht in der Gemeinschaft, aus der sein Vater gekommen war, und auch nicht in der Gemeinschaft, aus der seine Mutter stammte. Für die einen war er genauso fremd wie für die anderen.

Wenn er einen Bruder oder eine Schwester gehabt hätte, dann wäre er vielleicht nicht so allein gewesen. Dann hätte es im Land der Regenbogenschlange noch jemanden gegeben, der so war wie er. Aber er hatte keinen Bruder. Und auch keine Schwester. Er hatte niemanden. Niemanden außer Yalla, die ihn so annahm, wie er war. Die sich keine Gedanken über seine Herkunft, seine Abstammung machte. Für die nur eins zählte: dass er gerecht zu ihr war wie ein Freund. Ja, Yalla war sein Freund. Der beste, den er je gehabt hatte. Ihr konnte er vertrauen.

Und sie vertraute ihm.

Alle Tiere … wachten auf
und folgten der Regenbogenschlange,
der Mutter des Lebens, durchs Land.
Oodgeroo

Es ging schnell. Schneller, als er gedacht hatte. Die Stelle, an der die Spinne ihn gebissen hatte, schmerzte und Ray spürte, wie die Haut an seiner Wade anschwoll. Er schwitzte und konnte kaum atmen, sog gierig und mit offenem Mund die Luft ein. Seine rechte Wange begann zu zucken und er tastete mit einer Hand danach, konnte die Muskeln arbeiten spüren, ohne ihnen den Befehl dazu gegeben zu haben. Es war beängstigend.

Seine Augen tränten und er merkte, dass ihm Speichel aus den Mundwinkeln lief und er seine Zunge nicht mehr kontrollieren konnte. Sie lag wie ein unnützer nasser Lappen in seinem Mund. Ohne die geringste Funktion. Ein Fremdkörper. Seine Brust schmerzte und er drückte mit beiden Händen fest gegen seine Rippen, als könnte ihm das in irgendeiner Weise Linderung verschaffen. Doch vergebens.

Ray versuchte, sein Bein zu sich heranzuziehen, aber er wusste nicht wie. Seine Glieder schienen nicht mehr zu ihm zu gehören. Dann wurde ihm übel. Während er sich übergab, fürchtete er zu ersticken, denn er hatte über keine einzige seiner Körperfunktionen mehr Kontrolle.

Er hatte über gar nichts mehr Kontrolle und während sein Geist ihn allmählich verließ, galten seine letzten klaren Gedanken Archer. Was würde mit dem Hengst geschehen? Würde Archer neben seinem, Rays, totem Körper ausharren? Oder würde er einen Weg finden, sich zu retten? Würde er nun doch den Pferdedieben in die Hände fallen? Von einem Buschbrand getötet werden? Vom Blitz getroffen? Verhungern? Verdursten?

Rays Oberkörper sank auf den Boden und Dunkelheit legte sich über ihn.

Archer stand regungslos in der Finsternis und blickte auf Ray. Der Mensch rührte sich nicht und der Hengst wusste genau, dass irgendetwas nicht stimmte. Ganz und gar nicht stimmte. Er schnaubte, dann machte er einige Schritte auf Ray zu und stupste ihn mit der Nase an. Doch auch jetzt blieb alles still. Zu still. Archer schlug mit dem Kopf und wieherte leise. Dann legte er sich nah an Rays bewegungslosen Körper, als wollte er ihn wärmen, und wartete.

Die Bergspitzen färbten sich allmählich orange. Keira lag noch immer mit offenen Augen auf seinem Nachtlager und beobachtete den Sonnenaufgang. Ein neuer Tag brach an und musste gefüllt werden.

Keira hatte nie viel Gesellschaft gebraucht. Auch nicht, als er noch mit seinem Vater zusammen in der Dorfgemeinschaft gelebt hatte. Er war sich selbst genug. Und in der ersten Zeit in den Bergen hatte er das Alleinsein regelrecht genossen. Nur selten hatte er sich nach Menschen gesehnt. Doch je länger die Einsamkeit anhielt, desto stärker spürte Keira das Verlangen, sich mit jemandem auszutauschen. Mit jemandem, der nicht Yalla war, die jetzt neben ihm lag und ihn aus ihren braunen Augen aufmerksam beobachtete, auf jede Regung von ihm wartete. Und sei sie auch noch so klein und unbedeutend. Die Hündin wusste stets, wie er sich fühlte. Und so spürte sie auch jetzt, dass er traurig war.

Keira strich dem Dingo zärtlich über das rotbraune Fell und Yalla leckte ihm tröstend die Hand. »Lust auf Kaninchenbraten?«, fragte er und die Hündin sprang auf, wedelte mit dem Schwanz, als hätte sie seine Worte verstanden. Keira lachte und die Traurigkeit verschwand aus seinem Herzen. Nachdem er nun wusste, womit er diesen Tag füllen wollte, konnte er wieder frohen Mutes nach vorne blicken. Es versprach ein sonniger Tag zu werden und wenn sie bald aufbrachen, würden sie gewiss ein oder zwei Wildkaninchen finden, die die ersten wärmenden Sonnenstrahlen genossen und dabei unaufmerksam genug waren, um sich fangen zu lassen.

Yalla lief voraus. Die Nase dicht über dem Boden, versuchte sie eine verheißungsvolle Spur zu finden. Keira folgte der Hündin und beobachtete sie aufmerksam. Wurden ihre Schritte schneller, eilte sie in geduckter Haltung voran, dann wusste er, dass sie eine Fährte hatte.

Und er brauchte nicht lange zu warten. Yalla wirkte gehetzt und Keira hatte Mühe, ihr zu folgen. Sosehr der Dingo normalerweise auf seinen Menschen achtete – wenn es ums Jagen ging, schien er Keiras Anwesenheit zu vergessen. Die Welt der Menschen verschwand und die Hündin hatte nur noch Augen und Ohren für ihre Beute.

Keira runzelte die Stirn, während er Yalla folgte, die den Berg immer weiter erklomm, anstatt auf den flachen und mit Gras bewachsenen Ebenen zwischen den einzelnen Hügeln zu bleiben, wo die Aussicht darauf, ein Kaninchen zu finden, zweifelsohne am größten war.

Welchen Geruch hatte der Hund in der Nase? Welches Tier verfolgte der Dingo? Keiras Zweifel, dass es ein Kaninchen war, wurden von Schritt zu Schritt größer. Doch irgendetwas hatte Yalla gefunden und sie blieb zielstrebig auf seiner Fährte.

An einem Höhleneingang blieb Yalla schließlich stehen. Ihr Nackenfell sträubte sich und so schnell sie bisher vorangeeilt war, so langsam und behutsam setzte sie nun eine Pfote vor die andere.

Keira folgte der Hündin argwöhnisch. Ein Kaninchen würde er hier ganz gewiss nicht finden. Aber was erwartete ihn dann im Dämmerlicht der Höhle? Irgendeine Spur hatte Yalla bis hierhin verfolgt. Wessen Spur? Ein Blick auf Yalla zeigte Keira, dass die Hündin ängstlich war und er fasste seinen Speer fester, um einem Angreifer gegebenenfalls gewappnet entgegentreten zu können.

Keira trat vom Hellen ins Dunkle und einen Augenblick lang konnte er nicht das Geringste erkennen. Doch er hörte Yalla bedrohlich knurren und spürte, wie sich seine Haare an den Armen aufstellten. Dann hatten sich seine Augen an das Dämmerlicht gewöhnt und er erschrak, als sich nur wenige Schritte von ihm entfernt ein gewaltiger Hengst auf die Hinterbeine stellte und laut wieherte.

Yalla begann zu bellen und wich zurück. Jetzt konnte Keira auch die menschliche Gestalt sehen, die zusammengekauert auf dem Boden lag, dicht vor den Hufen des Pferdes. Im ersten Augenblick glaubte er, das Pferd wolle die leblose Gestalt vor sich mit seinen Hufen attackieren, doch dann wurde ihm klar, dass das Tier den Menschen beschützte. Vor ihnen beschützte.

»Yalla!« Keira rief den *Walaku* zurück. Der Dingo gehorchte augenblicklich und legte sich dicht neben Keira flach auf den Boden. »Ruhig«, sprach Keira auf den Hengst ein. »Ganz ruhig.« Keiras Gedanken überschlugen sich. Das Pferd trug Zaumzeug. Sattel und Satteltaschen lagen in einem Winkel der Höhle. Es war nicht schwer, eins und eins zusammenzuzählen: Pferd und Reiter gehörten zusammen. Doch mit der immer noch regungslosen Gestalt auf dem Boden stimmte eindeutig etwas nicht. Dieser Mensch brauchte Hilfe! Und zwar seine Hilfe! Aber wie sollte er an ihn herankommen?

Es war ein junger Mann, so viel konnte Keira erkennen. War er tot? Dann kam jede Hilfe zu spät. Oder war er bewusstlos? Vorsichtig bewegte sich Keira auf den Hengst und den Menschen zu. Immerfort sprach er besänftigend auf das aufgebrachte Tier ein und tatsächlich schien sich das Pferd beim Klang seiner Stimme etwas zu beruhigen. Vielleicht spürte es, dass Keira keine bösen Absichten hatte. Oder es wusste sogar, dass dieser Mensch dem anderen helfen konnte. Auf jeden Fall wich es zurück und Keira kniete neben der reglosen Gestalt nieder.

Er legte eine Hand auf die Brust des Fremden, hielt den Atem an und stieß ihn erleichtert wieder aus, als er das Heben und Senken des Brustkorbs spürte. Der junge Mann lebte – noch! Aber sein Puls war schwach. Keira wusste um die Gefahren in der Wildnis und mit geübten Blicken fand er schnell, wonach er suchte. Die Wade war hart und geschwollen. Ob es eine Rötung gab, konnte Keira bei dem schwachen Licht nicht feststellen, aber er war sich seiner Sache dennoch sicher. Auch wenn er nicht genau wissen konnte, wie alt der Spinnenbiss war, band er den Unterschenkel mithilfe eines Lederriemens, den er in der Satteltasche des Fremden fand, ab, damit das Gift keine Chance mehr hatte, sich weiter auszubreiten. Doch wenn er dem jungen Mann wirklich helfen wollte, dann musste er einen Weg finden, ihn hier wegzuschaffen. In Gedanken ging Keira bereits die Liste der Kräuter durch, die er brauchen würde, um das Gift aus dem Körper zu befördern. Sein Blick fiel auf das Pferd, das sich mittlerweile beruhigt hatte. Es beobachtete ihn aufmerksam und neugierig. Als hätte es verstanden, dass Keira seinem Reiter helfen wollte.

Keira taxierte das Gewicht des Fremden, dann schob er beide Arme unter den Körper des Bewusstlosen und hob ihn hoch. Er war leichter, als er gedacht hatte. Das Pferd blieb ruhig stehen, als Keira den bewegungslosen Körper auf seinen Rücken hievte, als wüsste es, worum es ging.

»Braves Pferd«, sagte Keira ein wenig atemlos, dann pfiff er nach Yalla, die ebenfalls zu spüren schien, dass jetzt nicht der Moment für Spielereien war, und augenblicklich gehorchte. Keira griff nach dem Halfter des Hengstes und führte ihn aus der Höhle hinaus.

Das Tier folgte ihm, als hätte es sein Lebtag nichts anderes getan.

Der Fremde stöhnte und warf sich im Fieberwahn unruhig hin und her. Geduldig versuchte Keira wieder und wieder, ihm kleine Schlucke des Tees einzuflößen, der dem Körper helfen sollte, mit dem Gift fertigzuwerden. Aber er wusste nicht, ob seine Hilfe noch rechtzeitig kam, und fürchtete das Schlimmste. Nachdenklich betrachtete er das Gesicht des Jungen, das sich in unregelmäßigen Abständen schmerzvoll verzerrte. Es war ein junges Gesicht. Gewiss nicht älter als sein eigenes. Schmal, mit über den Wangenknochen gespannter Haut und tief liegenden Augen. Am Kinn wuchsen die ersten spärlichen Bartstoppeln und das dunkelblonde Haar war glatt.

Ein Schnauben ließ Keira aufsehen. Es war das Pferd, das einige Schritte entfernt stand und ab und zu hinüberschaute, wenn die Schmerzlaute des jungen Mannes übermächtig wurden. Dem Hengst hatte Keira schneller helfen können und die Entzündung im Vorderbein schien bereits abzuschwellen. Es war ein edles Tier, das hatte Keira schnell erkannt. Und er fragte sich, was den Jungen und das Pferd wohl zu ihm in die Berge geführt hatte. Woher kamen sie? Und was war ihr Ziel? Worauf hatte er sich eingelassen, als er, ohne zu zögern, geholfen hatte? Wer war der Fremde, der in diesem Augenblick wieder unzusammenhängende Worte ausstieß? Womöglich war er ein Pferdedieb? Ein Schurke, der bereits steckbrieflich gesucht wurde?

Bei diesem Gedanken fühlte Keira sich äußerst unwohl. Er hatte bereits mit genügend Scherereien zu kämpfen. Weitere konnte er wahrlich nicht gebrauchen.

Aber was wäre die Alternative gewesen? Er hätte den Fremden hilflos in der Höhle seinem Schicksal überlassen können. Und in diesem Fall wäre sein Schicksal der sichere Tod gewesen.

Nein, entschied Keira. Wer auch immer der Fremde war, was auch immer ihn in die Einsamkeit der Berge geführt hatte – er hätte nicht mit dem Wissen weiterleben können, dass er einem Menschen, der seine Hilfe dringend brauchte, diese verweigert hatte.

»Emily, nein!«

In der Stimme des Fremden lag pure Verzweiflung. Immer und immer wieder rief er ängstlich den Namen Emily und Keira hoffte, dass er noch Gelegenheit bekommen würde zu erfahren, wer Emily war und was sie mit dem Menschen, der hier auf seinem Lager um sein Leben kämpfte, verband oder verbunden hatte.

Ray saß auf Archers Rücken und galoppierte mit ihm durch eine schier endlos scheinende Wüste. Mal war es Sand unter den Hufen des Pferdes, mal verwandelte sich der Sand in Wasser und Archer flog über die Wellen. Dann wurde der Untergrund plötzlich zu Stein und anschließend zu einer Steppenlandschaft. Mit einem Mal waren überall Brandherde und Archer musste wieder und wieder über Feuer springen, das manchmal fontänengleich in einer Stichflamme bis hinauf in den Himmel schoss.

Ray hatte sich gerade von dem Schrecken erholt, als sie mit knapper Not einer solchen Stichflamme entkommen waren, da bemerkte er, dass sich die Gestalt des Hengstes veränderte. Er saß nicht mehr länger auf dem Rücken eines Pferdes – er ritt mit einem Mal auf einer gigantischen Spinne, die mit ihren acht Beinen pfeilschnell voraneilte. Er wollte schreien, aber er bekam keinen Ton heraus. Dann blickte er nach vorn und sah, dass das Tier einem kleinen Mädchen hinterherjagte, das angstvoll weinend vor ihnen weglief. Das Mädchen drehte sich wieder und wieder nach ihnen um, ihr Gesicht verzerrt vor Panik, und Ray erkannte, dass es Emily war. Er riss an den Zügeln, mit denen er die Spinne führte, doch das Tier rannte einfach weiter.

»Emily! Emily!«, schrie Ray, doch Emily reagierte ebenso wenig wie die Spinne, auf der er ritt. Plötzlich stand wie aus dem Boden gewachsen ein Mann vor ihm. Er hatte dunkles Haar, schwarze Augen, trug einen dichten Bart und Ray erkannte, dass es einer der Pferdediebe war. Der Fremde grinste ihn an und spielte mit dem Revolver in seiner Hand. Doch plötzlich veränderte sich das Aussehen des Mannes und Ray blickte in das Antlitz seines Vaters, der ihm mit erhobener Hand Einhalt gebot. Schlagartig blieb das Tier stehen und schrumpfte. Schrumpfte so schnell und so unerwartet, dass Ray auf den Boden knallte, als wäre er von etwas heruntergefallen. Dann spürte er einen schier unerträglichen Schmerz an seinem Bein und merkte, dass die Spinne ihn gebissen hatte.

Sein Vater war ebenso verschwunden wie Emily und er saß ganz allein in einer finsteren Höhle, als er die

Augen aufschlug und sie – von dem hellen Sonnenlicht geblendet – augenblicklich wieder schloss. Doch der eine Wimpernschlag hatte ausgereicht, um das Gesicht wahrzunehmen, das sich über ihn beugte und ihn betrachtete. Ein dunkles, fremdartiges Gesicht mit geheimnisvollen Zügen: schmal, mit geschwungenen Lippen und strahlenden tiefbraunen Augen unter dichten Augenbrauen, das von langem, fast schwarzem, lockigem Haar umrahmt wurde.

Fast erwartete Ray, dass sich das Gesicht verändert haben würde, wenn er die Lider erneut aufschlug. Vielleicht würde er dann in die Fratze eines Dämons schauen oder Leere erblicken. Aber als er zwinkerte, war das Gesicht unverändert da. Erschrocken versuchte Ray sich aufzurichten, doch die Hand auf seiner Schulter hielt ihn mit sanfter Gewalt zurück.

»Bleib liegen«, sagte das Gesicht, das Ray losgelöst von irgendeinem Körper erschien, als schwebte es mitten in der Luft. »Je weniger du dich bewegst, desto besser.«

»Wo bin ich?«, wollte Ray sagen, doch heraus kam nur »... bin ich?«

Das Gesicht schien ihn trotzdem verstanden zu haben, denn es antwortete: »Eine Spinne hat dich gebissen. Ich habe dich und dein Pferd in einer Höhle, nicht weit von hier, gefunden und hierher gebracht.«

Mit einem Mal fiel Ray alles wieder ein. Erneut versuchte er sich aufzurichten, doch noch immer hielt der Fremde ihn zurück.

»Keine Sorge«, sagte er. »Ich habe auch deine Satteltaschen geholt. Es ist alles hier. Du musst nur erst einmal gesund werden.«

»Archer!«, presste Ray angestrengt hervor. »Wo ist Archer?«

Das Pferd hob beim Klang des Namens den Kopf und Keira sah für einen Moment zu ihm hinüber. »Es geht ihm gut«, antwortete er. »Er hatte eine Entzündung am Vorderbein, die ich behandelt habe. Es geht ihm gut.«

Jetzt ließ sich Ray erleichtert zurück auf das Lager sinken. Und als hätte er auf nichts anderes als diese Antwort gewartet, schloss er seine Augen wieder und sank in einen diesmal traumlosen Schlaf.

Keira stieß erleichtert die Luft aus. Es sah ganz so aus, als würde er noch erfahren, wer Emily war.

Doch in der folgenden Nacht verschlechterte sich Rays Zustand wieder. Seine Stirn glühte und Keira kam mit den kühlenden Umschlägen, die er dem Fremden um Waden und Arme wickelte, gar nicht mehr nach. Dies war der Wendepunkt, das wusste Keira. Wenn der Körper des Jungen es jetzt schaffte, dann war die Gefahr gebannt. Wenn nicht … Dann hatte er ein Pferd, das nicht ihm gehörte, und einen Leichnam, dessen Namen er nicht einmal kannte.

Archer und Yalla verhielten sich auffallend ruhig. Als würden sie spüren, dass es um Leben und Tod ging. Keira lächelte bei diesem Gedanken. Wie kam es nur, dass Tiere ein so treffsicheres Gespür für Stimmungen hatten, das vielen Menschen – vor allem den hellhäutigen – fehlte?

Als die ersten Sonnenstrahlen die Berggipfel streiften und der Atem des Fremden allmählich wieder gleichmäßiger wurde, sank Keira in einen erschöpften Schlaf.

Er hatte getan, was er konnte, um diesem Weißen das Leben zu retten. Ungeachtet der grausamen Geschichten, die er von seiner Mutter über die weißen Siedler gehört hatte, und der Erfahrungen, die er selbst mit ihnen gemacht hatte. Nun lag das Schicksal des Fremden nicht länger in seinen Händen.

Ray fühlte sich, als wäre er von einem Dutzend Hufschläge getroffen worden. Jeder Körperteil schmerzte. Und doch war er froh, den Schmerz zu spüren, der ihm deutlich zeigte, dass er noch am Leben war. Er wandte den Kopf und betrachtete das Gesicht des Fremden, der neben ihm lag. Es kam ihm merkwürdig vertraut vor, als hätte er es schon einmal irgendwo gesehen. Aber er konnte sich nicht erinnern, wann und wo das gewesen sein sollte.

Archer merkte, dass Ray erwacht war, und kam leise wiehernd näher, schnupperte an ihm, als wollte er sich vergewissern, dass er sich nicht verändert hatte und zwischen ihnen alles beim Alten war.

Ray schob den Hengst sacht zur Seite und richtete sich auf. Sein Blick fiel auf einen roten Dingo, der ihn aufmerksam beobachtete, die Ohren zuckten in einem Wechselspiel aus Neugierde und Angst. Ray blickte sich um. Er lag auf einem Lager vor einer einfachen Hütte aus Zweigen und Gräsern, die mehr an ein Zelt als an ein Haus erinnerte. Die Reste eines Feuers glommen in der Morgendämmerung. Jetzt erst blickte Ray an sich herab und entdeckte die Wickel an seinen Waden.

»Ich glaube, du hast es geschafft.«

Die Stimme kam überraschend und Ray wandte sich

ein wenig erschrocken um. Der Fremde war erwacht, stützte sich auf einen Ellenbogen und musterte ihn freundlich.

»Warst du das?«, fragte Ray und deutete mit dem Kopf auf seine umwickelten Beine.

Der andere nickte. »Hast Glück gehabt, die Menge, die du bei dem Spinnenbiss abbekommen hast, war nicht tödlich.«

»Und was hast du getan?«

Der merkwürdige Fremde richtete sich auf und streckte sich. »Ich hab dich hergebracht und dir beim Entgiften geholfen.« Er deutete auf einen Kessel, in dem die Reste einer trüb aussehenden Flüssigkeit schwammen.

»Was ist das?«

»Ein Trunk aus verschiedenen Kräutern.«

»Und wer bist du?«

»Mein Name ist Keira.«

»Keira? Ein merkwürdiger Name.«

»Meine Mutter gab ihn mir. In der Sprache meines Volkes bedeutet er *hoher Berg*. Der Berg ist mein Totem.«

»Totem? Die Sprache deines Volks? Du bist ein Aborigine?«

»So nennt ihr Weißen uns. Aber wir sind nicht einfach Aborigines. Es gibt viele verschiedene Stämme.«

»Aber du bist einer?« Ray versuchte, dem anderen offen in die Augen zu sehen. Dabei glitt sein Blick immer wieder weg von dem Gesicht des anderen und blieb an den Narben auf Schultern und Brust hängen. Die Narben befanden sich in gleichem Abstand zueinander. Als hätte jemand mit einem Messer ein Muster in Keiras Haut geritzt.

Keira lächelte. »Meine Mutter war eine Aborigine, ja, aber mein Vater war so weiß wie du.«

»Keira«, sagte Ray und blickte nachdenklich in die Ferne, während er dem Klang das Namens nachhörte. »Klingt zwar merkwürdig, aber gut.«

»Wir glauben daran, dass unser Totem uns beschützt. Es ist oftmals wichtiger als Vater und Mutter. Unser Totem ist das Tier oder der Gegenstand, der in der Nähe war, als unsere Mutter uns das erste Mal in sich spürte. Meine Mutter saß auf einem Berg, als sie das erste Mal fühlen konnte, dass ich mich in ihr regte. Und so gab sie mir den Namen Keira.«

Ray nickte. »Das gefällt mir«, sagte er. »Wie ich wohl hieße, wenn ich ein Aborigine wäre?« Sofort fiel ihm ein, was seine Mutter ihm einmal über die Zeit ihrer Schwangerschaft erzählt hatte. »Ich erinnere mich an einen Bericht meiner Mutter, dass sie an einem wunderschönen Bach saß, als sie mich in ihrem Bauch trug. Sie hat dem Rauschen des Wassers gelauscht und sich auf die bevorstehende Geburt gefreut.«

»Yinnell«, sagte Keira. »Dein Totem ist Yinnell. Der Bach. Jeder Mensch nimmt den Charakter des Totems an, in das er hineingeboren wurde.«

Bei dieser Vorstellung lächelte Ray. »Wie ist denn der Charakter eines Baches?«

Keira zuckte mit den Schultern. »Vielleicht nachgiebig und zugleich kraftvoll? Ein Bach schlängelt sich durch die Landschaft. Er hat genügend Kraft, seine Umgebung zu formen. Er kann Steine rund schleifen und Felsen ausspülen, sogar seinen Weg verändern. Und doch ist das Wasser selbst weich und nachgiebig.«

Ray nickte. Diese Beschreibung von sich gefiel ihm. Er wäre gerne so gewesen, wie Keira ihn dargestellt hatte. Weich und zugleich kraftvoll. »Also heiße ich in der Sprache deines Volkes Yinnell?« Er lachte. »Yinnell, das klingt schön.«

»In unserem Glauben hat die Regenbogenschlange während ihrer Wanderung über die Erde die Flussläufe entstehen lassen. Dann hat sie die Frösche herbeigerufen und sie so lange gekitzelt, bis sie ihr gespeichertes Wasser in die Flussbetten laufen ließen. So entstanden die Flüsse und Seen.« Keira schwieg einen Augenblick. »Und wie heißt du sonst noch, Yinnell? Ich meine, in der Sprache deines Volkes?«

»Man nennt mich Ray. Raymond, aber alle sagen nur Ray zu mir.«

Keira nickte. »Und wer ist Emily, Ray?«

Ray sah Keira mit offenem Mund an. »Emily? Woher weißt du von ihr?« In seine Stimme schlich sich Misstrauen.

»Du hast von ihr gesprochen«, erklärte Keira. »Wieder und wieder hast du ihren Namen gerufen.«

Ray spürte seine Wangen rot werden. Vielleicht war ihm selbst nicht einmal bewusst gewesen, wie sehr er seine kleine Schwester vermisste. Aber dass er im Fieberwahn von ihr gesprochen hatte, zeigte deutlich, dass sie ihm fehlte. »Sie ist meine Schwester«, sagte er leise. »Der einzige Mensch von meiner Familie, der mir noch geblieben ist. Und selbst sie ist nicht mehr bei mir.«

Keira hörte die Traurigkeit in Rays Stimme. Vielleicht, weil diese Art der Trauer ihm selbst nicht fremd war.

»Du vermisst sie?«

Ray nickte.

»Bist du deswegen unterwegs? Weil du sie suchst?«

Ray sah Keira schweigend an. Dieser Junge war sonderbar hellsichtig. Wie lautete die Antwort auf diese Frage? Er wusste es nicht. War er deswegen unterwegs? War er in Wahrheit auf dem Weg nach Melbourne, weil er seine Schwester vermisste? War das Rennen nichts weiter als ein Vorwand?

Sie waren glücklich auf der Erde,
und ein jedes lebte und jagte mit seinem eigenen Stamm.
Oodgeroo

RAY fühlte sich verstanden wie seit Langem nicht mehr. Es bedurfte nicht vieler Worte zwischen ihm und Keira und doch redeten sie, bis die Sonne hinter den Berggipfeln verschwunden war. Selbst wenn zwischendurch Schweigen herrschte, so war es eine einvernehmliche Stille, in der jeder seinen eigenen Gedanken nachhing, im beruhigenden Bewusstsein, dass der andere bei ihm war.

Jetzt lag Keiras Blick nachdenklich auf Archer. »Ein Rennen also, sagst du.« Er nickte. »Es ist ein kräftiges Pferd. Er ist bestimmt schnell.«

»Der Schnellste«, bestätigte Ray, nicht ohne Stolz in der Stimme.

»Ich würde ihn gerne einmal rennen sehen«, sagte Keira und es hörte sich an, als spräche er zu sich selbst.

Ray antwortete nicht.

»Seit ich das Dorf verlassen habe, bist du der erste Mensch, mit dem ich gesprochen habe. Erst jetzt merke ich, was mir gefehlt hat.«

»Seit wann lebst du hier alleine?«

Keira zuckte mit den Schultern, während er nachdachte. »Es war der zweite Winter hier oben. Der erste war mild. Ich dachte, ich könnte für immer hierbleiben. Der zweite war streng und zwischendurch war ich mir nicht sicher, ob ich das Frühjahr erleben würde.« Er schwieg einen Augenblick nachdenklich. »Aber es gibt ohnehin keinen anderen Platz für mich als diesen. Also...«

»Wieso gibt es keinen anderen Platz für dich?«

In Keiras Gesicht erschien eine unendliche Traurigkeit. Dann zuckte er mit den Schultern. »Wie gesagt, meine Mutter war eine Aborigine. Mein Vater Weißer. Sie lebten zusammen im Dorf meines Vaters. Die Menschen begegneten meiner Mutter mit Misstrauen. Doch trotz allem war mein Vater ein angesehener Bürger der Gemeinde und die Feindschaft wurde nie öffentlich ausgetragen. Ich musste hin und wieder einige Hänseleien der anderen Jungen über mich ergehen lassen, aber das hat mich nie sonderlich berührt.«

Ray dachte an seine Begegnung mit den Aborigines und daran, wie unheimlich sie ihm erschienen waren. Er hatte sich vor ihnen mehr gefürchtet als vor den Pferdedieben. Und das ohne jeden ersichtlichen Grund. Jetzt schämte er sich dafür.

»Viele Weiße fürchten sich vor den Aborigines. Sie empfinden ihre Bräuche als seltsam und verstehen sie nicht.«

Keira sah ihn wieder so an, als wüsste er, was Ray dachte: dass er selbst zu diesen Weißen gehörte.

»Ich weiß«, sagte er schließlich. »Und so war es auch in unserem Dorf. Als meine Mutter starb, kam niemand, um sie zu verabschieden. Vater und ich standen allein mit dem Reverend auf dem Friedhof.«

»Sie ist beerdigt worden?«

Keira nickte. »Sie hatte sich für meinen Vater entschieden. Sie hat mit ihm gelebt und sie hat seinen Glauben angenommen.« Er lächelte kurz. »So gut es ging, jedenfalls. In ihrem tiefsten Inneren war sie wohl bis zum Schluss eine Aborigine und sie hat mir abendelang Geschichten über unser Volk erzählt. Sie wollte, dass ich weiß, woher ich komme und meine Wurzeln kenne.«

Ray nickte. Das konnte er gut verstehen.

»Nach ihrem Tod war Vater nicht mehr derselbe. Und er merkte nichts davon, dass die Sticheleien der anderen gegen mich bedeutend schlimmer geworden waren, seit meine Mutter mich nicht mehr vor ihnen verteidigen konnte. Einmal liefen sie mir nach und bewarfen mich mit Steinen. Sie trafen mich überall. Am Rücken, an den Armen und Beinen und am Kopf. Es blutete und ich wehrte mich, so gut ich konnte, indem ich wilde Grimassen schnitt und unverständliche Laute ausstieß. Dann dachten die anderen nämlich, ich würde sie verfluchen oder sie mit irgendeinem Zauberbann belegen, und flohen.« Keira lachte. »Das hatte ich schon öfter gemacht und es funktionierte jedes Mal gut. Doch dieses Mal nicht. Sie bedrängten mich immer weiter und schließlich hielt ich es nicht mehr aus. Ich schnappte mir einen von ihnen, den Anführer, hielt ihn am Kragen fest und prophezeite ihm ein großes Unglück. Er nahm meine Worte für bare Münze. Ich weiß noch, wie blass er wurde und vor Angst nach Luft schnappte. Kaum hatte ich ihn losgelassen, rannte er davon. Die anderen folgten ihm.« Keira schüttelte den Kopf. »Keine acht Wochen später war er tot.«

»Tot?« Ray musterte Keira. »Also hast du tatsächlich etwas ... gesehen?«

Keira musste lachen. »Nein, natürlich nicht! Es war ein dummer Zufall, nichts weiter. Er ist von einem Baum gefallen. Noch nicht einmal von weit oben, aber er ist wohl so unglücklich aufgekommen, dass er sofort das Bewusstsein verlor und nie wieder erwachte. Drei Tage und drei Nächte hat er danach noch gelebt.« Keira seufzte. »Ein Dutzend Männer standen anschließend mitten in der Nacht vor unserem Haus und forderten meinen Vater auf, seine Missgeburt in die Hölle zu schicken.«

»Missgeburt?«

»Sie meinten mich. Sie behaupteten, ich hätte das zweite Gesicht und wäre imstande, sie alle mit meinen Gesängen zu vernichten. Vater wurde böse und knallte ihnen die Tür vor der Nase zu. Erstaunlicherweise herrschte danach für einige Zeit Ruhe.« Keira schwieg einen Augenblick. »Bis Vater starb«, setzte er dann hinterher.

»Dein Vater starb?«

Keira nickte. »Nach Mutters Tod hatte er angefangen zu trinken. Und eines Morgens wachte er nicht mehr auf. Er lag auf seinem Bett, die Schuhe an den Füßen. Ich weiß noch, wie ich an seinen Schultern rüttelte und ihn anschrie, er solle endlich aufwachen.« Keira verstummte. »Aber er wachte nicht auf. Zwei Tage habe ich an seinem Bett gesessen und nachgedacht. Dann habe ich meine Sachen gepackt und bin bei Nacht und Nebel verschwunden.«

»Du hast ihn nicht beerdigt?«

Keira schüttelte stumm den Kopf. »Ich wusste, was die anderen mit mir machen würden, nachdem nun niemand mehr hinter mir stand.«

Eine Weile sagte keiner von ihnen ein Wort. Keira hing seinen Erinnerungen nach und Ray versuchte, das Gehörte in all seinen Einzelheiten zu erfassen und zu verstehen. Er wusste, was es bedeutete, Mutter und Vater zu verlieren. Und das allein war bei Weitem schon schlimm genug. Aber wie musste es erst sein, nach einem solchen Verlust aus der Gemeinschaft, in der man bis dahin gelebt hatte, ausgeschlossen zu werden, ja sogar um das eigene Leben fürchten zu müssen? Niemanden, keine Schwester, keinen Bruder, nicht einmal einen Freund an seiner Seite zu wissen?

»Die Narben ...« Ray deutete mit dem Kopf auf Keiras Oberkörper. »Sind die von ... ihnen?«

Jetzt lächelte Keira. »Nein«, antwortete er. »Bei den Aborigines gibt es einen Brauch. Mit 16 wird der Junge zum Mann. Das Kind wird der Mutter entrissen und an einen heiligen Ort geführt. Dort bemalt man sein Gesicht mit weißem Lehm zum Zeichen der Trauer. Denn der Junge muss sterben, damit der Mann geboren werden kann. In der Dämmerung muss er dann auf die Jagd gehen und den Alten seine Beute bringen. Dafür lernt er ihre geheimen Zeichen und erwirbt auf diese Weise Macht. Doch die Macht ist kostbar. Sie muss mit Schmerzen bezahlt werden. Mit einem Steinmesser werden in Brust, Bauch, Arme und Schultern

Wunden geritzt. Jeweils zwei oder vier nebeneinander laufende Linien. Diese Narben zeigen an, dass man ein Mann ist.«

»Also bist du, nachdem du dein Dorf verlassen hattest, zur Familie deiner Mutter zurückgekehrt?«

Keira schüttelte den Kopf. »Dort hätte man mich genauso wenig gewollt. So wie ich für die Weißen ein Aborigine bin, so bin ich für das Volk meiner Mutter nur einer von diesen weißen Siedlern.«

In Rays Kopf überschlugen sich die Gedanken. »Aber wer hat dir dann die Narben zugefügt?«

Keira sah Ray geradeheraus an. »Das war ich selbst.«

»Du hast dir selbst mit einem Messer diese Wunden zugefügt?«

Keira nickte stumm.

Und Ray riss ungläubig die Augen auf. Vom ersten Moment an hatte er zu Keira Vertrauen gefasst. Er wusste nicht zu sagen, warum das so war. Vielleicht, weil Keira ihm das Leben gerettet hatte, vielleicht, weil sich ihre Schicksale ähnelten oder beide die gleiche Einsamkeit in sich spürten. Aber nun geriet Rays blindes Vertrauen in die Anständigkeit des anderen etwas ins Wanken. Er konnte nicht verstehen, wie jemand in der Lage dazu war, sich selbst auf eine solche Weise zu verletzen. Wozu war so jemand noch fähig?

»Auch wenn die Aborigines mich nicht als einen der Ihren ansehen«, erklärte Keira, »so wollte ich doch zeigen, dass ich zu ihnen gehöre. Auf jeden Fall mehr als zu den Menschen in meinem Dorf.«

»Und was haben die Aborigines gegen die weißen Siedler?« Ray wusste, dass das Zusammenleben mit den

Ureinwohnern nicht immer einfach war. Vor allem, weil die Aborigines regelmäßig das Weidevieh der Bauern stahlen. Aber was störte sie an den Einwanderern, die das Land doch erst zu dem gemacht hatten, was es war?

Aber Keira zog überrascht die Augenbrauen hoch. Dann zuckten seine Mundwinkel. »Merkwürdig«, sagte er. »Für einen Augenblick hatte ich ganz vergessen, dass du selbst einer bist.«

»Dass ich selbst was bin?«

»Ein Weißer.« In Keiras Stimme schwang Verachtung mit.

»Und was ist daran so schlimm?« Ray fühlte fast so etwas wie Zorn in sich aufsteigen, als er Keiras Ablehnung spürte.

»Ja, hast du denn wirklich keine Ahnung, was die Weißen mit den Ureinwohnern gemacht haben?«

»Was haben sie denn getan? Sie helfen ihnen, Ackerbau zu betreiben und weisen ihnen Land zu, das sie bewirtschaften können.«

Keira stieß harsch die Luft aus. »Von wegen. Wir Aborigines haben seit Jahrtausenden in diesem Land gelebt. Lange, bevor ihr kamt, um eure Gefangenen hier abzuladen. Wir lebten als Jäger und Sammler, kamen mit dem aus, was die Erde uns gab. Jagten Kängurus, Wombats, Schlangen und Vögel, sammelten Nüsse, Obst und Beeren. Weißt du, wir Aborigines kennen keinen Besitz. Uns gehört nur das, was wir mit uns tragen. Und wir nehmen von dem Land nur das, was wir zum Leben brauchen, ohne es zu zerstören. Wir sind die Bewahrer des Landes, pflegen und hüten es. Aber dann kamen die Weißen. Sie brachten

Krankheiten mit, die viele Aborigines das Leben kosteten. Sie töteten uns und beraubten uns unserer Rechte. Ihre Rinder und Schafe zerstörten unsere Wasserstellen und das Grasland. Sie machten das Land kaputt, das uns jahrtausendelang ernährt hatte …«

»Und ihr stahlt ihnen das Vieh«, unterbrach Ray, der sich allmählich unwohl fühlte angesichts der Auflistung von bösen Taten, derer sein Volk hier beschuldigt wurde.

»Aus Sicht eines Aborigines gehört das Vieh niemandem. Eigentum kennen wir nicht.«

»Die Regierung hat den Aborigines doch Land zugewiesen, in dem sie unbehelligt nach ihren eigenen Regeln hätten leben können.«

Keira zog die Stirn in Falten. »Wer gibt ihnen das Recht, uns von unserem eigenen Land Stücke zuzuweisen?«

Ray schwieg.

»Und außerdem leben wir nicht an einer Stelle. Wir bauen unsere Hütten aus Zweigen und Gras und ziehen weiter, wenn es nötig ist. Auf diese Weise können sich das Land und der Tierbestand immer wieder erholen. Aber den weißen Siedlern gefiel unser Leben nicht. Sie töteten uns bei jeder Gelegenheit, die sich ihnen bot. Sie behaupteten, Aborigines seien in ihre Häuser eingedrungen und hätten sie geplündert. Sie zeigten ihnen ihre Überlegenheit und vergolten ihnen ihre Versuche, sich gegen die Entmündigung zu wehren, indem sie sie vergewaltigten, vertrieben, töteten.«

Ray schüttelte den Kopf. »Das ist doch so nicht wahr!«

»Ach nein? In Portland stritten Walfänger und eine

Gruppe von Aborigines um einen gestrandeten Wal. 200 Aborigines starben. In Myall Creek wurden 28 Aborigines von Weißen getötet. Die Täter sprach man vor Gericht frei. Und in der Nähe von Wangaratta suchten weiße Siedler nach neuem Land. Dabei kampierten sie an einem Ort, dem *Kangaroo ground*, der für uns heilig ist. Wer aber einen heiligen Ort beschmutzt oder entehrt, wird nach unserem Brauch getötet. Die Aborigines haben also das Camp angegriffen, woraufhin die Weißen etwa 100 von ihnen kaltblütig ermordeten. Überall wurde mein Volk zurückgedrängt. Wir verloren unsere Fischerei-Gebiete, unsere heiligen Orte wurden zerstört und entehrt. Begehrten die Aborigines dagegen auf, wurden sie erschossen. Nicht einmal vor alten Männern, Frauen und Kindern machte man halt. Ganze Clans wurden auf diese Weise vernichtet.«

Ray stützte seinen Kopf in die Hände. Er wusste, dass Keira die Wahrheit sagte. Auch er hatte die Geschichten, die er hier erzählt bekam, schon gehört. Doch kannte er sie aus einer anderen Perspektive. In den ihm bekannten Versionen waren die Feindseligkeiten stets von den Aborigines ausgegangen und die Siedler hatten sich nur gegen die Angriffe gewehrt. Nichts war ihm davon zu Ohren gekommen, dass heilige Orte entehrt, Frauen vergewaltigt, Kinder getötet, Menschen von ihrem Land und ihren Nahrungsquellen vertrieben worden waren. Und nun musste er sich eingestehen, dass er sich nie Gedanken darüber gemacht hatte, warum die Aborigines die weißen Siedler angegriffen hatten. Ob sie vielleicht einen Grund gehabt hatten. Tief in seinem Inneren traf ihn schlagartig die Erkenntnis, dass alles, was

Keira ihm erzählt hatte, stimmte. Denn nur so ergab alles einen Sinn. Es waren die Aborigines gewesen, die sich verteidigten. Und nicht die Siedler.

»Glaubst du immer noch, die Aborigines hätten keinen Grund, den Weißen zu misstrauen?«

Ray schwieg. Er schämte sich. Schämte sich, dass er alles, was er im Lauf seines Lebens über die Ureinwohner gehört hatte, ohne es zu hinterfragen für die Wahrheit gehalten hatte. Gerne hätte er Keira widersprochen. Hätte Gründe aufgeführt, die das Verhalten der Siedler rechtfertigte. Doch ihm fielen keine ein.

Keira begann nun, eine merkwürdige, wohltönende Melodie vor sich hin zu summen, und Ray spürte einen Teil seines Unwohlseins beim Klang des Liedes von ihm abfallen. Es war, als wollte Keira ihm zeigen, dass zwischen ihnen alles im Reinen war. Trotz der Schwierigkeiten zwischen ihren Völkern. Es gab nur sie beide sowie Archer und Yalla, die friedlich neben ihnen grasten und schliefen, das wärmende Feuer und die Ruhe und Abgeschiedenheit des Berges. Dann begann Keira mit merkwürdig veränderter Stimme zu sprechen: »Am Anfang war das Land. Dann kamen die Wesen der *Tjukurpa* und durchstreiften es. So führten sie die Welt ins Leben. Denn dort, wo sie entlangkamen, entstanden die Landschaften. Im Vorbeigehen warfen sie Berge auf, prägten Wasserlöcher, gruben Flüsse, ließen Felsbrocken fallen … Sie zeugten die Menschen und gaben ihnen Gesetze: Sie sollten das Land hüten und pflegen, es gebrauchen, ohne es zu zerstören.

Und wie die Wesen der *Tjukurpa* die Erde durchstreiften, so wandern auch die Aborigines durch das

Land. Jagen und sammeln und stimmen durch ihren Gesang die Geister friedlich. Denn die Geister können die Erde schrumpfen lassen und Wege verkürzen. Lieder sind mächtig. Wer singt, handelt. Lieder können heilen, Regen bringen, Liebe erwecken, Feinde töten …«, er machte eine kurze Pause, »… und Freunde trösten.«

Ray spürte Tränen in sich aufsteigen, die er gewaltsam niederkämpfen musste. Tränen über sein eigenes Schicksal, Tränen über das Schicksal seines neu gewonnen Freundes, Tränen vor Sehnsucht nach Emily und Tränen der Reue über die Taten seines Volkes. Er schluckte einige Male und blickte in die andere Richtung, weg von Keira. Er wollte nicht, dass sein Freund ihn weinen sah.

Die Regenbogenschlange machte Gesetze ... aber einige waren streitsüchtig und wurden zu Unruhestiftern.
Oodgeroo

EINIGE Zeit später lagen Ray und Keira nebeneinander auf dem Rücken, die Arme hinter den Köpfen verschränkt, und blickten in den sternenklaren Nachthimmel. Yalla hatte sich dicht neben Keira zusammengerollt und träumte. Ihre Pfoten zuckten im Schlaf und ab und zu gab sie kurze helle Laute von sich.

Auch Archer hatte sich ganz in ihrer Nähe hingelegt, alle vier Beine von sich gestreckt und schnarchte leise. Ray lächelte zufrieden. Ebenso wie er schien Archer sich in der Gesellschaft von Keira und der Hündin wohlzufühlen. Er empfand Yallas Gegenwart offenbar nicht als Bedrohung, sondern als Unterstützung ihrer Herde, die sie stärker und damit sicherer machte. Im Lauf des Nachmittags hatten sich die beiden Tiere angefreundet. Ray hatte beobachtet, wie Yalla sich dicht vor Archer hinsetzte, dem Hengst den Rücken zugewandt, und sich von dem großen Pferd ausgiebig beschnuppern ließ. Der Dingo schien die sachten Berührungen regelrecht zu genießen und drehte sich hin und her, damit Archer ihn an allen Stellen mit seinen weichen Lippen abtasten konnte.

Auch Keira beobachtete das Treiben der beiden so unterschiedlichen Tiere und als sich Rays und Keiras Blicke trafen, brachen beide in Gelächter aus.

»Warst du schon einmal in Melbourne?«, wollte Keira jetzt wissen. Ray hatte ihm erzählt, was ihn und Archer hierher in die Berge geführt hatte: dass Archer ein gutes Rennpferd war und er ihn zu einem bedeutenden Rennen in die große Stadt brachte.

Ray schüttelte den Kopf. »Nein. Und du?«

»Ich auch nicht. Aber ich frage mich, wie es dort wohl ist …«

Ray erinnerte sich, was er über die Stadt an der Südküste gehört hatte. Etwa 140.000 Menschen sollten dort wohnen. Er konnte sich kaum vorstellen, allein zwischen so vielen fremden Menschen zu sein. Er drehte sich zur Seite um und sah Keira an. »Warum kommst du nicht einfach mit? Dann weißt du es.«

Doch Keira lachte nur und schüttelte den Kopf. »Nein«, antwortete er. »Ich gehöre hierher in die Berge.«

»Du kannst ja wieder zurückkehren!« Ray spürte mit einem Mal eine große Aufregung in sich. Er hielt es nicht mehr aus, länger auf dem Rücken zu liegen und richtete sich auf. Die Vorstellung, nicht alleine nach Melbourne zu müssen, sondern jemanden an seiner Seite zu wissen, auf den er sich verlassen konnte, gefiel ihm. »Hast du nicht gesagt, du willst Archer einmal rennen sehen?« Die Ohren des Hengstes zuckten im Schlaf, als er seinen Namen hörte. »Eine bessere Gelegenheit wirst du nicht bekommen!«

Jetzt richtete sich auch Keira auf. »Bis nach Melbourne sind es noch mindestens 350 Meilen. Ich habe kein

Pferd. Wir müssten die ganze Strecke in Schrittgeschwindigkeit zurücklegen und wären eine ganze Woche unterwegs! Ach, was sage ich, eher zehn oder zwölf Tage!«

Ray wägte das Für und Wider gegeneinander ab. Keira hatte recht. Zu zweit würden sie langsamer vorankommen. Andererseits hätte er in Keira einen erfahrenen Führer durch die Berge, die ihm alleine allmählich unüberwindbar erschienen. Gemeinsam war es sicherlich einfacher, den richtigen Weg zu finden. Und bisher hatte er die meiste Zeit dadurch verloren, dass er sich verlaufen hatte.

»Wir können uns mit dem Reiten abwechseln«, fuhr Ray fort, »so kommen wir schneller voran.«

Keira lächelte. Ray konnte sehen, dass er sich über seinen Wunsch, ihn zu begleiten, freute. Und doch schüttelte Keira nach einer Weile erneut den Kopf. »Ich glaube, das ist keine gute Idee«, sagte er schließlich. »Ich gehöre hierher und nirgendwo anders hin.«

Ray schluckte seine Enttäuschung hinunter und nickte. »Dann werde ich mich morgen früh allein auf den Weg machen.«

»Wie geht es denn deinem Bein?«

Ray zog sein Hosenbein hoch und zeigte Keira die Stelle, an der die Spinne ihn gebissen hatte. Sie war immer noch rot und geschwollen. »Geht schon«, antwortete er ausweichend.

»Hast du noch Schmerzen?«

Ray zögerte mit der Antwort. Ja, er hatte noch Schmerzen, aber wenn er Keira die Wahrheit sagte – was würde der Freund dann tun? Würde er ihn daran hindern, seinen Weg fortzusetzen? »Nicht mehr viele«, antwortete er ausweichend.

Keira sah ihn mit hochgezogenen Augenbrauen an. »Weißt du«, sagte er, legte sich zurück auf den Boden und sah wieder in den Sternenhimmel über ihren Köpfen hinauf, »ich bin auch schon einmal von einer Trichterspinne gebissen worden. Damals musste ich über zwei Wochen im Bett liegen bleiben.«

»Und was wäre geschehen, wenn du aufgestanden wärst?«

Keira drehte den Kopf zur Seite und sah Ray ernst an. »Das Gift hätte sich durch die Bewegung weiter in meinem Körper ausgebreitet und die Wunde keine Zeit gehabt, sich zu erholen.« Er machte eine kurze Pause. »Ich habe einmal einen Mann gesehen, dessen Haut sich nach dem Biss einer Spinne stellenweise abgelöst hatte. Sein Fuß war schwarz angelaufen und man konnte bis auf die Knochen sehen. Du kannst mir glauben, das war kein schöner Anblick.«

Ray schüttelte sich vor Grauen. Wenn er sich vorstellte, dass ihm das passierte … »Ich habe keine Wahl«, sagte er schließlich. »Das Rennen findet in 16 Tagen statt. Ich muss rechtzeitig in Melbourne sein, sonst ist der Spinnenbiss mein kleinstes Problem.«

Die Sonne war noch nicht aufgegangen, als Ray am nächsten Morgen die mit neuem Proviant gefüllten Taschen an Archers Sattel befestigte. Zwar war das Essen, das Keira für ihn eingepackt hatte, nicht ganz so abwechslungsreich wie das von Elisabeth, aber es würde ihn satt machen.

Keira beobachtete ihn mit sorgenvollem Gesicht und Ray musste ein Lachen unterdrücken, als er sah, dass der Dingo beinahe ebenso bekümmert aussah wie sein Herr. Das Lachen wurde ihm aber durch den steten pochenden Schmerz in seinem Bein vergällt und er wusste, dass es klüger gewesen wäre, auf Keira zu hören und sich noch einige Tage zu schonen. Doch das war leider nicht möglich. Wenigstens war die Entzündung in Archers Vorderlauf abgeklungen und er konnte ihn ohne schlechtes Gewissen reiten.

Ray überprüfte noch einmal den festen Sitz des Gurtes und wandte sich dann zu Keira um. Die Zeit des Abschieds war gekommen und Ray wurde merkwürdig schwer ums Herz. Er wusste nicht recht, was er sagen sollte. Der Gedanke, dass er Keira niemals wiedersehen würde, machte ihn traurig. Schlimmer noch, er konnte es sich gar nicht vorstellen!

»Tja«, sagte Ray unbeholfen und breitete die Arme aus.

Keira wirkte genauso unglücklich. Sie standen einander gegenüber und suchten verzweifelt nach den richtigen Worten oder Gesten. Schließlich klopfte Ray Keira sacht auf die Schulter und lächelte zaghaft.

Keira nickte. »Mach's gut«, sagte er, »und komm auf dem Rückweg vorbei und erzähl mir, wie's für Archer gelaufen ist.«

Ray lachte. »Vielleicht mach ich das wirklich.« Dann drehte er sich um und schwang sich auf Archers Rücken.

Yalla bellte und sprang vor Archer hin und her, während Ray mit der Zunge schnalzte, damit sich das Pferd in Bewegung setzte. Als würde Archer spüren, dass sein Reiter eigentlich nicht wirklich fortwollte – oder als wolle er selbst nicht – setzte der Hengst nur langsam einen Huf vor den anderen.

Ray wandte sich um und sah über die Schulter zurück zu Keira, der den Arm hob, um ihm zu winken. Ray winkte zurück.

Gerade wollte er Archer die Fersen in die Flanken stoßen, als er Keira plötzlich rufen hörte: »Ray, warte!« Ray zog an Archers Zügeln und das Pferd blieb augenblicklich stehen.

»Warte!«, rief Keira noch einmal und rannte auf ihn zu. Er hielt Archer am Halfter fest und lächelte zu Ray hinauf. »Ich hab's mir überlegt«, sagte er ein wenig atemlos, »ich komme doch mit.«

Es dauerte keine halbe Stunde, bis Keira seine Sachen gepackt hatte und zum Aufbruch bereit war. Ray lief neben seinem Freund her und führte Archer am Halfter, bis Keira ihn dazu drängte aufzusitzen, damit er sein schmerzendes Bein schonte.

»Ich habe schließlich nichts davon, neben dir herzulaufen, wenn du tot bist«, scherzte Keira. »Dann hätte ich auch zu Hause bleiben können. Das wäre genauso unterhaltsam.«

Ray lachte, doch zugleich fühlte er sich daran erinnert, dass in seinem Bein tatsächlich eine tödliche Gefahr schlummerte. Es widersprach jeglicher Vernunft, mit dem noch nicht ausgeheilten Spinnenbiss eine 350 Meilen lange Strecke zurückzulegen. Doch hatte Ray das Gefühl, keine Wahl zu haben.

Zunächst stieg der Weg weiter an. Tatsächlich waren die Snowy Mountains mehr als 7.000 Fuß hoch. Zwar mussten sie nicht die höchste Stelle überqueren und der Weg war gut begehbar, und doch wünschte sich Ray, sie hätten die Bergkette bereits hinter sich.

An manchen Stellen, die der Sonne schwer zugänglich waren, lag noch weißer, unberührter Schnee. An anderen spross bereits das erste grüne Gras. Die weitesten Strecken jedoch waren hartes, kaltes Felsgestein, auf dem Archers Hufe schwer Halt fanden.

Sie durchquerten ein Tal, das von einem lebhaft dahinplätschernden Fluss durchzogen wurde. Auf der Nordseite hielt sich hartnäckig der letzte Schnee des vergangenen Winters, doch auf der gegenüberliegenden Seite erstrahlte bereits alles in zartem Grün.

Ray saß auf Archer und Keira lief mit Yalla nebenher, als der dunkelhäutige Junge unvermittelt anhielt und Ray mit einer Geste zu verstehen gab, dass er ebenfalls stoppen sollte. Zunächst verstand Ray nicht, wieso der Freund ihn zum Anhalten aufgefordert hatte, doch dann sah er sie. Mit offenem Mund starrte Ray der Herde Wildpferde hinterher, die mit fliegenden Hufen durch das Flussbett preschte. Wasser spritzte in die Höhe und funkelte, vom Sonnenlicht beschienen, wie Diamanten. Auch Archer blickte seinen kräftigen kleinen Artgenossen neugierig hinterher. Seine Ohren zuckten, als müsse er an sich halten, um nicht mit ihnen davonzulaufen. Pferde in allen Farben, Schimmel, Füchse, Braune, Rappen und Falben stoben durch das Grasland, als wären sie vor irgendetwas auf der Flucht.

»Das sind Brumbys«, erklärte Keira.

Ray hatte bereits von den verwilderten Pferden in New South Wales gehört – aber er hatte noch keines von ihnen gesehen. Doch als er den Namen hörte, erinnerte er sich an die Geschichte von Sergeant James Brumby, einem der ersten Siedler Australiens, der vor etwa einem halben Jahrhundert nach Tasmanien ausgewandert war und seine Pferde einfach ihrem Schicksal überlassen hatte. Die Tiere waren verwildert und lebten nun frei im Gebiet der Snowy Mountains. Ray erinnerte sich auch daran, dass er von einigen Goldgräbern gehört hatte, die mit ihren Tieren dasselbe taten wie Brumby, wenn sie genügend Gold gefunden hatten und Australien den Rücken kehrten. Diese Pferde verhungerten entweder oder sie schlossen sich den bestehenden Herden an und hatten damit wenigstens eine Überlebenschance.

So schnell, wie sie gekommen waren, verschwanden die Wildpferde wieder und die anschließend eintretende Stille erschien Ray nun noch vollkommener.

»Seit 20.000 Jahren leben Aborigines im Gebiet rund um die Snowy Mountains«, erzählte Keira, während sie dem Flusslauf folgten. »Vor allem, wenn die Bogong-Falter sich im Raupenstadium befanden, kamen früher Tausende hier in die Berge. Sie sammelten die Raupen, rösteten sie in Asche oder Sand und verspeisten sie.«

Ray verzog angewidert das Gesicht. Er konnte sich nur schlecht vorstellen, eine geröstete Raupe zu essen. Und doch knurrte allmählich sein Magen. Seit dem Morgengrauen waren sie nun unterwegs und hatten bereits eine gute Wegstrecke hinter sich gebracht.

Keira schien seine Gedanken zu lesen, denn er sagte

jetzt: »Vielleicht sollten wir eine kleine Rast einlegen. Archer braucht eine Pause, und wir auch.«

Ray nickte dankbar. Als er sich vom Sattel des Hengstes gleiten ließ und zum ersten Mal seit Stunden das verletzte Bein mit seinem Gewicht belastete, schoss ihm der Schmerz mit solcher Gewalt durch den Körper, dass er zusammenzuckte und leise aufstöhnte.

Keira musterte den Freund misstrauisch. Wortlos tauchte er ein Stück Stoff in die kalte Flut des Flusses und wickelte den Lappen anschließend um Rays Wade.

Ray genoss die Fürsorge und nahm dankbar das Stück trockenen, herben Gebäcks entgegen, das Keira aus der Satteltasche holte und ihm reichte.

»Schmeckt es?«, erkundigte sich Keira und biss ebenfalls herzhaft in ein Stück.

Ray nickte mit vollem Mund. »Schmeckt ein bisschen nach Nüssen und Mais.«

Keira lächelte. »Das ist der Geschmack der Bogong-Raupen.«

Ray verharrte mit dem Stück Kuchen in der Hand. »Willst du damit sagen, dass …«

Keiras Lächeln wurde intensiver. »Ich habe die Raupen in heißer Asche geröstet und anschließend zerstampft. Aus dieser Paste kann man hervorragendes Gebäck machen, findest du nicht?«

Ray schluckte. Er hatte auf einmal gar keinen Hunger mehr.

Jetzt brach Keira in schallendes Gelächter aus. »Du kannst ruhig weiteressen«, sagte er schließlich. »Es ist noch nicht die Zeit der Bogong-Raupen. Dieser Kuchen besteht tatsächlich aus hellem Mehl und *Kindal Kindal*.«

Ray zog die Augenbrauen hoch und betrachtete argwöhnisch den Kuchen in seiner Hand. »Und was ist *Kindal Kindal?*« Vor seinem inneren Auge entstanden bereits Bilder von irgendwelchen ekelerregenden behaarten Insekten.

In Keiras Augenwinkeln glitzerte es verdächtig. Sein Körper schüttelte sich vor Lachen. Er hatte eine diebische Freude an Rays Entsetzen über die Nahrungsgewohnheiten der Aborigines. »Sag bloß, du kennst keine Macadamianüsse?«

Ray stieß erleichtert die Luft aus. »Doch, natürlich kenne ich Macadamianüsse«, sagte er und biss erleichtert in sein Backwerk.

Allmählich führte der Weg bergab. Die letzten Schneereste verschwanden und die Luft wurde wärmer. Die Landschaft veränderte sich. An die Stelle des steinigen Bodens trat Grasland und in der Ferne konnte Ray von Archers Rücken aus eine kleine Ansiedlung erkennen. Als er Keira darauf aufmerksam machte, nickte sein Freund nur stumm.

Ray warf Keira einen musternden Blick zu. Irgendetwas an der Reaktion des anderen machte ihn stutzig. »Die Sonne wird bald untergehen. Vielleicht können wir dort eine Unterkunft für die Nacht finden?«, schlug Ray vor.

Keira antwortete nicht.

»Keira?«

Keira schwieg.

Ray wunderte sich. Zum ersten Mal, seit sie einander begegnet waren, spürte er Misstrauen in sich aufsteigen.

Warum reagierte Keira so abweisend? Welche Gedanken plagten ihn und hielten ihn davon ab, mit Ray zu sprechen? Bislang hatten sie sich gegenseitig alles anvertraut. Ray hatte das Gefühl, Keira schon ewig zu kennen. Bis ins kleinste Detail hatten sie sich ihre Kindheitsgeschichten erzählt. Und nun weigerte sich Keira mit einem Mal, auf eine einfache Frage zu antworten!

Eine Meile, bevor sie die Ansammlung der vielleicht drei Dutzend einfacher Häuser erreichten, hielt Keira plötzlich an. »Wir warten hier«, erklärte er und befreite Archer bereits von den Satteltaschen, ehe Ray auch nur Gelegenheit gehabt hatte, etwas zu erwidern, geschweige denn vom Rücken des Pferdes zu springen.

Ray wunderte sich über Keira. Er hatte ihn bislang als äußerst freundlich erlebt. Stets war er bemüht, ihm alles recht zu machen. Und nun benahm er sich wie ein herrischer Despot. Hatte er sich tatsächlich so in seinem neuen Freund getäuscht? Oder war er von ihm getäuscht worden? Wer war Keira? Und was führte er im Schilde?

»Worauf warten wir?«, fragte Ray, während er sich aus dem Sattel gleiten ließ und den dabei erneut aufflammenden Schmerz in seinem Bein unterdrückte. »Wieso reiten wir nicht einfach in das Dorf hinunter und bitten jemanden um eine warme Mahlzeit und einen Platz für die Nacht? Wir können ja unsere Dienste als Gegenleistung anbieten. Ein bisschen Holz hacken, einen Stall ausmisten, etwas reparieren …« Ray dachte an die dünne Elisabeth, die ihm schließlich sogar dankbar für seine Mühe gewesen war.

Doch Keira antwortete immer noch nicht. Stattdessen holte er einen Wasserbeutel aus der Satteltasche und goss etwas von der darin enthaltenen Flüssigkeit in einen einfachen Holzbecher. »Hier«, sagte er und reichte Ray das Gefäß. »Trink das. Es hilft deinem Körper zu entgiften. Leider können wir kein Feuer machen, um es zu erwärmen. Du musst es also kalt trinken.«

Ray schüttelte den Kopf. Auf einmal war er sich nicht mehr sicher, was man ihm da zu trinken geben wollte. Woher sollte er wissen, dass Keira nicht die Absicht hatte, ihn zu vergiften? Vielleicht hatte er es ebenso wie die Pferdediebe auf Archer abgesehen und stellte es nur etwas geschickter an?

Keira schien Rays plötzliches Misstrauen zu bemerken und ließ den Becher sinken. »Ich hätte dich nicht begleiten dürfen«, sagte er resigniert. »Es war ein Fehler. Ohne mich wärst du besser dran.«

Jetzt tat der neue Freund Ray mit einem Mal wieder leid. Wie konnte er nur glauben, dass Keira ihm schaden wollte? Er hatte ihn aus der Höhle gerettet und gesund gepflegt. Wenn er es tatsächlich auf das Pferd abgesehen hatte, so hätte er es leicht an sich nehmen und Ray seinem Schicksal überlassen können. Ray griff nach dem Becher und trank ihn in einem Zug aus. Es schmeckte bitter, aber er erkannte den Geschmack wieder. Keira hatte ihm bereits mehrfach diesen Kräutersud verabreicht.

Keira lächelte zaghaft, als Ray ihm den Becher zurückgab.

»Worauf warten wir?«, wiederholte Ray seine Frage.

Keira wandte sich ab, sodass Ray sein Gesicht nicht sehen konnte, als er antwortete: »Wir warten, bis es dunkel ist. Eins der Häuser dort unten steht leer. Dort können wir die Nacht verbringen und vor Morgengrauen weiterreiten.«

»Aber wieso müssen wir uns verstecken?«

Keira hob den Kopf und schaute Ray jetzt direkt in die Augen. »Die Menschen dort unten werden nicht erfreut sein, wenn sie mich sehen.«

Ray ließ den Blick über die Häuser schweifen, die sich ein wenig unterhalb ihrer Position befanden, und schlagartig begriff er.

»Es ist das Dorf deines Vaters!«, rief er, als die Erkenntnis ihn wie ein Blitzschlag traf. »Es ist das Dorf, aus dem du vertrieben wurdest!«

Keira wandte den Kopf ab. In seinen Augenwinkeln schimmerte es verdächtig.

Ray tat so, als hätte er nichts bemerkt. »Und du glaubst, das Haus deines Vaters steht noch leer?«

Keira nickte. »Ich bin mir ziemlich sicher. Niemand wird in dem dreckigen Haus der Aboriginefamilie wohnen wollen. Hinter dem Haus ist sogar ein kleiner Stall. Dort können wir Archer verstecken.«

»Also gut.« Ray war erleichtert, nachdem er jetzt das merkwürdige Verhalten seines Freundes verstehen konnte. »Wir machen es so, wie du es sagst. Und Keira…« Er grinste, als Keira ihn erwartungsvoll ansah. »Es ist gut, dass du mich begleitest. Ohne dich hätte ich den Weg aus den Bergen heraus niemals so schnell gefunden.«

Keira lächelte dankbar.

Es wurde zunehmend kälter. Keira schlotterten die Knie und Ray klapperte mit den Zähnen. Und doch durften sie kein Feuer machen, das in dieser Landschaft gut sichtbar gewesen wäre und sie verraten hätte.

»Wie lange noch?«, erkundigte sich Ray. Er blickte nach oben in den klaren Nachthimmel, wo die Sterne leuchteten.

»Lass uns zusammenpacken. Dann können wir aufbrechen. In etwa einer halben Stunde sollte im Dorf Ruhe eingekehrt sein.«

Ray zögerte nicht und sprang auf die Füße. Ein Übermut, den er augenblicklich bereute, als der Schmerz wie ein Messerstich durch sein Bein fuhr.

In der Dunkelheit suchten sie ihre Sachen zusammen, verstauten sie in den Taschen und sattelten Archer. Sie mussten jeden Schritt mit Bedacht setzen, um sich nicht durch knackende Äste zu verraten, die in der Stille der Nacht weithin hörbar gewesen wären. Keira ließ Yalla dicht neben sich hergehen und Ray führte Archer am Halfter. So dauerte es eine Weile, bis sie die Ansiedlung schließlich erreichten. Tatsächlich lag das Dorf jetzt wie ausgestorben vor ihnen. Keira bedeutete Ray leise zu sein, indem er einen Zeigefinger auf seine Lippen legte, und Ray nickte zum Zeichen, dass er verstanden hatte.

Das Haus von Keiras Eltern lag am Ortsrand. Es sah verlassen aus und Ray gab Keira im Stillen recht. Niemand schien von dem Haus Besitz genommen zu haben. Hoch wucherndes Unkraut und eine zerbrochene Fensterscheibe zeigten deutlich, dass hier schon längere Zeit niemand mehr für Ordnung sorgte.

Ray brachte Archer in den Stall hinter dem Haus, den Keira ihm zeigte, und wartete anschließend im Schutz der Hauswand, während Keira auf die Rückseite des

Hauses schlich. Er wusste, dass er das Küchenfenster von außen aufstoßen konnte. Das hatte er auch früher bereits hin und wieder getan.

Keira spürte sein Herz heftig schlagen, als er jetzt durch die Fensteröffnung kroch. Das Bild seines tot im Bett liegenden Vaters wurde auf einmal wieder sehr lebendig. Natürlich war er immer davon ausgegangen, dass man seinen Vater beerdigt hatte, nachdem er das Dorf bei Nacht und Nebel verlassen hatte. Aber was sollte er tun, wenn man den Leichnam einfach sich selbst überlassen hatte? Wenn die sterblichen Überreste seines Vaters immer noch in diesem Haus lagen? Mittlerweile verwest und bis auf die Knochen aufgelöst?

Im Haus roch es muffig. Keira tastete sich zur Hintertür, ohne ein Licht zu entzünden, das ihn verraten hätte, und öffnete Ray.

Ray ahnte, wie Keira sich fühlen musste. Er selbst hätte das Haus seiner Familie nur mit Schwierigkeiten wieder betreten können. Zu intensiv waren die Erinnerungen an den plötzlichen und unerwarteten Tod des Vaters und die Trennung von Emily. Und er war seinem Freund dankbar, dass er diese Herausforderung seinetwegen auf sich nahm.

Sie machten kein Licht. Aber auch in dem Halbdunkel konnte Ray das schmale Bett erkennen, das an der hinteren Wand des Raumes stand, aber nur noch drei Beine hatte. Das vierte lag abgebrochen auf dem Fußboden. Sicher war dies früher Keiras Schlafstätte gewesen, nun aber war sie unbrauchbar.

Wortlos reichte Keira Ray eine alte, mottenzerfressene Decke und sie streckten sich nebeneinander in dem

Bett aus, auf dem Keira vor nicht allzu langer Zeit die Leiche seines Vaters gefunden hatte. Yalla rollte sich vor dem Bett zusammen.

»Möchtest du nicht das Grab deines Vaters besuchen?«, fragte Ray leise, nachdem sie eine Weile schweigend nebeneinandergelegen hatten und jeder seinen eigenen Gedanken nachgehangen hatte.

»Eines Tages …«, antwortete Keira. »Eines Tages werde ich das tun.«

Ray erwachte von Archers aufgeregtem Wiehern. Zuerst dachte er, sie hätten verschlafen und es wäre das helle Licht des Tages, das seine Augen traf. Erst als er die unnatürliche Wärme spürte und den Rauch in seinen Lungen wahrnahm, wurde ihm klar, was geschehen war. Das Haus brannte lichterloh.

»Keira!«, schrie Ray aufgeregt und rüttelte an den Schultern seines Freundes, »Keira, wach auf! Es brennt!«

Keira öffnete schlaftrunken ein Auge. Doch sobald auch er das flackernde Licht sah, sprang er auf. »Schnell!«, rief er. »Wir müssen hier raus!«

Sie stolperten durch die Hintertür des Hauses.

Es war gespenstisch. Die Männer des Dorfes hatten sich rund um das Haus versammelt. Einige hatten die Arme vor der Brust verschränkt, andere hielten schwere Holzknüppel in den Händen, bereit, damit zuzuschlagen. Einer hatte sogar eine Flinte dabei. Doch keiner von ihnen rührte sich, als Ray und Keira an ihnen vorbei zum Stall stolperten und Archer befreiten, der immer noch wieherte und aufgeregt auf die Hinterläufe stieg. Sie sahen den beiden jungen Männern, die sie soeben in tödliche Gefahr gebracht hatten, mit grimmigen Mienen hinterher, ohne ein Wort zu sagen.

Ray griff nach Archers Halfter und Keira schnappte sich Sattel und Satteltaschen und sie liefen zurück durch das schmale Spalier der hasserfüllten Gesichter.

Rays Herz schlug bis zum Hals. Jeden Augenblick rechnete er damit, dass die Männer sie angreifen würden. Doch nichts dergleichen geschah.

Plötzlich blieb Keira ruckartig stehen. »Yalla!«, rief er. »Yalla, wo bist du?« Panik verzerrte sein Gesicht. War Yalla noch im Haus? Er drehte sich schon um, bereit zurückzukehren, um den Dingo zu holen – auch wenn er sich dafür mit dem guten Dutzend Männer prügeln musste –, als Yalla winselnd und mit eingekniffenem Schwanz auf sie zuschoss. Sie knurrte die Männer drohend an, doch ihre Körperhaltung verriet, dass sie genauso von Angst erfüllt war wie Keira und Ray. Sie jaulte auf, als einer der Männer nach ihr trat und sie hart an der Seite traf.

»Lass dich hier nie wieder blicken!«, schrie der Mann, der Yalla getreten hatte, Keira hinterher. »Das nächste Mal lassen wir dich nicht unbehelligt ziehen! Hast du verstanden?«

»Das war die letzte Warnung!«, schrie nun auch einer der anderen und wie auf ein geheimes Kommando reckten alle wütend die Fäuste in die Luft.

Ray schüttelte fassungslos den Kopf. Er spürte kalte Wut in sich aufsteigen und am liebsten hätte er sich umgedreht und diesen Feiglingen die Meinung gesagt: dass sie dumm wie Stroh waren und Keira froh sein konnte, nicht mehr unter ihnen leben zu müssen.

Doch er spürte Keiras Hand auf seiner Schulter und als er seinen Freund anblickte, lächelte der nur traurig, während jetzt doch Tränen der Ohnmacht über seine Wangen liefen.

»Lass gut sein, Ray«, sagte Keira leise. »Sie sind es nicht wert.«

Ray schnaubte. Doch nach einer Weile nickte er zustimmend. »Du hast absolut recht«, antwortete er. »Sie sind es nicht wert.«

Und damit zogen sie in die kalte, dunkle Nacht hinaus, während hinter ihnen Keiras Elternhaus von den Flammen verzehrt wurde.

Die Regenbogenschlange schalt sie und sagte:
»Diejenigen, die meine Gesetze einhalten, will ich belohnen.
Ich werde ihnen die menschliche Form geben …
Diejenigen aber, die mein Gesetz brechen …
sollen zu Stein werden …«
Oodgeroo

KEIRA war sehr schweigsam und Ray brachte weder den Mut auf ihn anzusprechen, noch hätte er gewusst, was er sagen sollte. Die Aggression, mit der die Männer des Dorfes Keira entgegengetreten waren, hatte ihn erschreckt und verstört. Vielleicht gab es etwas, das Keira ihm verschwiegen hatte und das die Angriffslust der Männer erklärte. Doch nach der Zeit, die Ray mit Keira verbracht und in der er ihn kennengelernt hatte, konnte er sich kaum vorstellen, dass sein Freund eine so dunkle Seite an sich hatte, die ein derartiges Verhalten rechtfertigte.

»Hier ist ein guter Platz zum Rasten«, brach Keira schließlich das Schweigen, als sie einen Hain erreichten, der ihnen ein wenig Schutz vor Wind und Kälte bot.

Ray fühlte sich so erschöpft, dass er sich augenblicklich auf dem Boden niederließ. Er hätte sich auch auf den flachen Boden mitten in der Steppe hingelegt, denn der Spinnenbiss schmerzte mittlerweile wieder so stark, dass er humpelte. Und als er jetzt sein Hosenbein aufkrempelte, war er nicht überrascht, als er sah, dass die Wade wieder stärker angeschwollen war.

Keira wandte ihm den Rücken zu und befreite Archer von Sattel und Satteltaschen. Auch Yalla hatte sich bereits hingelegt, ließ ihren Herrn aber nicht eine Sekunde aus den Augen. Die Hündin spürte Keiras Traurigkeit.

»Es tut mir leid.« Endlich brachte Ray den Mut auf, Keira anzusprechen. »Das alles muss schrecklich für dich sein.«

Keira zuckte mit den Schultern. »Ich weiß nicht, woher das Misstrauen kommt, dass ihr weißen Siedler uns Aborigines entgegenbringt«, sagte er traurig. »Wenn du mich fragst, hätten die Ureinwohner sehr viel mehr Grund dazu, euch zu misstrauen.«

Ray antwortete nicht. Was sollte er auch dazu sagen? Er musste sich eingestehen, dass Keira recht hatte und er sich den Vorwurf gefallen lassen musste. »Wir sollten uns jetzt ausruhen«, sagte er schließlich. »Auch morgen liegt wieder ein weiter Weg vor uns.«

In dieser Nacht bekam Ray Besuch von seinem Vater. Zumindest empfand er es so. Denn im Schlaf wusste er, dass er träumte. Und er wusste, dass sein Vater tot war. Und doch war es so, als wäre er bei ihm und würde mit ihm sprechen. Als käme er zu Besuch aus einer anderen Welt. »Es geht mir gut«, sagte er zu Ray. »Mach dir keine Sorgen. Und vertraue deinem Gefühl. Es wird dir den richtigen Weg zeigen.«

Als Ray von den ersten Sonnenstrahlen geweckt wurde, fühlte er sich auf merkwürdige Weise getröstet. Als hätte er tatsächlich Zuspruch von seinem Vater erhalten. Und als wäre er eine Last losgeworden: Die Last, sich um seinen toten Vater zu sorgen.

»Ich hatte einen sonderbaren Traum«, erzählte Ray Keira, während sie sich am Feuer wärmten und die letzten Reste ihres Proviants verzehrten. Er berichtete dem Freund von den Worten des Vaters.

Keira lächelte, als Ray geendet hatte. »Für uns Aborigines wäre dieser Traum etwas ganz Normales«, sagte er. »Für uns bedeutet der Tod nicht das Ende, sondern den Übergang in eine andere Welt. Er ist Teil des Kreislaufs von Schöpfung und Zerstörung. Nach dem Tod ist der Geist in einem Zwiespalt. Er möchte einerseits die Nähe zu den geliebten Menschen nicht aufgeben, andererseits jedoch ins Reich der Toten zurückkehren. Deswegen suchen die Geister, kurz nachdem sie gestorben sind, ihre Verwandten im Traum auf, um ihnen Mitteilungen zu machen. Oft sind es persönliche Nachrichten wie die, die dein Vater dir überbracht hat.«

»Hat dein Vater dich auch schon einmal besucht? Nach seinem Tod, meine ich?«

Keira schüttelte den Kopf und Ray konnte sehen, dass er traurig war. »Nein, bis jetzt noch nicht. Ich wäre froh, wenn er es tun würde.«

Ray nickte, denn er verstand, was Keira meinte, ohne dass der andere es aussprechen musste. Keira wartete darauf, dass sein Vater ihm zu verstehen gab, dass er richtig gehandelt hatte, als er ihn tot auf dem Bett zurückließ, weil er um sein eigenes Wohlergehen fürchtete. Er sehnte sich nach genau der Erleichterung, die Ray im Augenblick empfand. Die Versicherung, dass alles gut so war, wie es war.

»Bei den Aborigines gibt es eine Legende über den Tod. Meine Mutter hat sie mir einmal erzählt, als sie noch lebte«, fuhr Keira fort. »Die Legende handelt von Purukupali und seiner Frau Birma. Die beiden hatten einen kleinen Sohn, den sie Djinini nannten. Beide waren sehr besorgt um Djinini und beobachteten und beschützten ihn ohne Unterlass.

Doch eines Tages, während Purukupali auf der Jagd war, bekam seine Frau Birma Besuch von einem Mann namens Japara.

Japara überredete Birma, ihren Sohn schlafend im Schatten eines Baumes allein zu lassen, um mit ihm in den Busch zu gehen.

Birma folgte Japara und vergaß ganz, auf die Zeit zu achten. Als sie zurückkam, war die Sonne weitergewandert und der Schatten des Baumes, unter dem Djinini gelegen hatte, war mit ihr gezogen. Das Kind lag in der heißen Sonne. Es war tot.

Als Purukupali von der Jagd zurückkehrte und seinen toten Sohn fand, war seine Trauer grenzenlos. In seiner Wut auf Birma, die Djinini allein gelassen hatte, schlug er wieder und wieder mit seinem Wurfstock auf sie ein. Aus Angst um ihr eigenes Leben floh Birma vor ihrem Mann in den Wald.

Als Japara sah, was er angerichtet hatte, erbot er sich, Djinini wieder zum Leben zu erwecken. Dafür sollte man ihm den Leichnam des Kindes für dreißig Tage überlassen. Doch der vor Wut und Trauer blinde und taube Purukupali hatte nur Rache im Sinn. Er stürzte sich auf Japara, ohne auf dessen Worte zu achten. Die beiden Männer kämpften um Leben und Tod miteinander und fielen letztlich beide vor Erschöpfung zu Boden.

Purukupali erhob sich als Erster wieder. Er nahm seinen toten Sohn in die Arme und ging mit ihm rückwärts, Birma und Japara nicht aus den Augen lassend, ins Meer. Dabei verfluchte er alle Lebewesen dieser Erde, die von nun an, wie sein Sohn, das Schicksal des Todes erleiden sollten. Dann verschwand er, mit Djinini im Arm, im Meer.

Und so wurden die Lebewesen sterblich. Auch Japara starb nach Purukupalis Fluch. Er stieg zum Himmel auf und wurde der Mond. An klaren Nächten kann man die vielen Wunden, die Purukupali ihm im Kampf zugefügt hat, an den schwarzen Flecken sehen. Doch jeweils nach dreißig Tagen kehrt er wieder ins Leben zurück und beginnt aufs Neue seine Wanderung am Himmel.

Birma, die untreue Ehefrau, verwandelte sich in einen Zwergbrachvogel. Jede Nacht wandert sie durch die Wälder und ihre Klagelaute hallen weithin durch die Gegend. Sie beweint ihr Versagen, den Tod ihres Sohnes und die schwere Last ihrer Schuld.«

Keira verstummte und Ray war noch so gefangen von der Erzählung, dass er ebenfalls schwieg.

»Selbst der Tod hat irgendwann einmal angefangen zu existieren«, fuhr Keira nach einer Weile fort. »Er bedeutet zwar das Ende eines bestimmten Lebens, doch ist er letztlich nur ein Ende von vielen. Denn der Geist kehrt entweder ins Reich der Toten zurück oder er sucht den Weg in ein neues irdisches Leben. Und so wohnt jedem Ende auch ein Anfang inne.«

Nachdem sie die Bergregion hinter sich gelassen hatten, kamen sie gut voran. Sie benötigten nicht viel, denn Keira verstand sich darauf, essbare Wurzeln zu finden und sie zuzubereiten. Er wusste, wo man Wasserstellen fand, und er war ein geschickter Jäger. Außerdem bereitete er Ray in regelmäßigen Abständen den Kräutersud zu, der das Spinnengift aus seinem Körper schwemmen sollte, und allmählich begann die Behandlung Wirkung zu zeigen.

Archer fand ausreichend Gras und von den wenigen Ersparnissen, die Keira besaß und die sie mitgenommen hatten, konnten sie hin und wieder Hafer für das Pferd kaufen. Der Hengst war in einer ausreichend guten Verfassung – auch wenn Ray zugeben musste, dass er seit dem Beginn ihrer Reise deutlich dünner geworden war. Ebenso wie er selbst.

»Woher hast du das Geld eigentlich?«, fragte Ray Keira einmal, als sie soeben wieder bei einem Bauern Getreide für das Pferd erstanden hatten.

Keira sah Ray von der Seite an. »Wieso willst du das wissen?«

Ray spürte, dass Keira dachte, er würde ihm erneut misstrauen. Als glaubte er, Keira sei womöglich ein Dieb. Und er fühlte sich ein wenig enttäuscht. Er hatte in seinem Leben, abgesehen von seinen Eltern und Emily, keinen aufrichtigeren Menschen als Keira kennengelernt. Ihre Freundschaft hatte, seit sie gemeinsam unterwegs waren, tatsächlich einige Prüfungen überstehen müssen. Aber letzten Endes war sie dadurch nur noch intensiver geworden.

Ray war jeden Tag mindestens einmal dankbar dafür, dass Keira sich schließlich doch noch dazu entschlossen hatte, ihn zu begleiten. Sei es, weil er fürchtete, dass er die Einsamkeit nicht ertragen hätte, weil Keira mit Leichtigkeit den Weg fand oder weil er ihnen etwas Essbares zu besorgen wusste. Jetzt schien es an der Zeit, ihm das einmal zu sagen.

»Ich bin froh, dass der Zufall uns zusammengeführt hat«, begann Ray. »Und ich bin dankbar dafür, dass ich dich zum Freund habe.«

Augenblicklich verschwand die Anspannung aus Keiras Gesicht und er lächelte. »Weißt du, was die *Nangkaris*, die Medizinmänner der Aborigines, sagen?«

Ray schüttelte den Kopf.

»Sie sagen, all deine Gedanken sind reine Energie. Wenn du diese Energie bewusst einsetzt, um dein Leben zu steuern, so wirst du selbst entscheiden, was als Nächstes geschieht.«

»Das heißt«, sagte Ray, »wenn ich gut über eine Sache denke, dann wird sie auch gut ausgehen, und wenn ich Schlechtes denke, dann enden meine Unternehmungen schlecht?«

Keira nickte. »So ungefähr, ja.«

Ray schwieg, während er nachdachte. Was wollte Keira ihm damit sagen? Dass er nicht an Zufälle glaubte? Dass er mit seinen Gedanken über Freundschaft ihn, Keira, herbeigeredet hatte? Und wenn das stimmte, konnte er dann auch einen guten Ausgang ihrer Reise herbeireden? Musste er nur fest genug daran glauben, dass alles gut enden würde?

»Bevor ich damals im Schutz der Nacht aus meinem Dorf verschwand, habe ich die letzten Ersparnisse meines Vaters mitgenommen«, antwortete Keira plötzlich auf Rays Frage, die der schon fast vergessen hatte. »Bei meinem Leben in den Bergen habe ich nichts davon verbraucht. Alles, was ich benötigte, gab mir die Natur.« Keira schwieg einen Moment und sah Ray an. »Ich habe schon geglaubt, ich würde das Geld niemals brauchen. Aber jetzt weiß ich es besser. Es ist dafür da, einem Freund zu helfen.«

Die Gegenden, die sie in den kommenden Tagen durchstreiften, waren oft nahezu menschenleer. Meistens trafen sie niemanden und blieben unter sich. Und nach ihrer letzten Begegnung mit den Männern aus Keiras Heimatdorf waren beide darüber nicht unglücklich.

Selten ritten sie durch eine Ansiedlung, aber fast jedes Mal wurden sie dabei argwöhnisch beobachtet. Hin und wieder hatten sie sogar das Gefühl, dass die Menschen sich in ihren Häusern versteckten, wenn sie sie näher kommen sahen, und verstohlen hinter ihren Gardinen hervorlugten, bis sie wieder verschwunden waren.

Der Weg zog sich immer mehr in die Länge und Ray sehnte sein Ende mittlerweile herbei, obwohl er am Anfang geglaubt hatte, es könnte immer so weitergehen. Ray, Archer, Keira und Yalla waren ein eingespieltes Team geworden. Doch auch Archer war mittlerweile am Ende seiner Kräfte angelangt. Und das machte Ray noch mehr Sorgen.

Schließlich wurden die Orte größer und mehr Menschen begegneten ihnen auf den staubigen Straßen. Doch an dem Argwohn, der ihnen entgegenschlug, änderte sich nichts. Im Gegenteil. Er wurde beinahe noch schlimmer.

Als sie an einem Wirtshaus vorbeikamen, band Ray Archer davor an und Keira befahl Yalla, auf sie zu warten. Gemeinsam betraten sie den Schankraum. Am Tresen saßen nur zwei Männer und der Wirt polierte mit einem schmutzigen Tuch ein Glas, das dadurch nicht im Geringsten sauberer wurde.

Ray und Keira stellten sich an die Theke und warteten darauf, dass sich der Wirt ihnen zuwandte, um nach ihren Wünschen zu fragen.

Doch nichts geschah.

»Entschuldigen Sie, Sir«, sprach Ray den Mann schließlich an.

Doch der reagierte nicht.

»Könnten wir bitte etwas zu trinken bestellen?«

»Ich glaub', ich hör 'nen Floh husten«, sagte der Wirt jetzt, ohne Ray oder Keira anzublicken. »Hat einer von euch Flöhe? John? Ed?«

John und Ed, die beiden anderen Männer am Tresen, schauten sich an. »Ich nicht«, erwiderte der eine. »Du, Ed?«

»Nicht dass ich wüsste.«

»Warte mal«, sagte John und tat so, als würde er etwas aus Eds Haaren klauben. »Da haben wir ihn ja!« Und er rieb Daumen und Zeigefinger aneinander, als würde er einen Floh zerquetschen, warf dann in einer übertriebenen Geste das eingebildete Tierchen auf den Boden und zerstampfte es mit seinem Fuß. »So, das hätten wir«, sagte er schließlich.

Ray spürte, dass er vor Wut rot anlief. Er öffnete bereits den Mund, um den Männern die Meinung zu sagen, als er Keiras Hand auf seiner Schulter fühlte.

»Komm, Ray«, sagte Keira. »Lass uns gehen.«

Ray zögerte. Dann wandte er sich zu seinem Freund um. »Okay, das ist wohl das Beste. In dieser Bar ist nicht nur das Bier schal.«

»Wenn nichts dazwischenkommt, werden wir morgen Melbourne erreichen«, sagte Keira abends zu Ray, während sie sich an einem kleinen Feuer wärmten, das sie neben einem Bachlauf entzündet hatten.

Yalla lag ganz in ihrer Nähe und kaute genüsslich auf den Fischgräten herum, die von ihrem Abendmahl übrig geblieben waren, während Archer zufrieden graste.

»Jetzt schon?« Ray sah überrascht auf. Er hatte geglaubt, nichts könnte ihn glücklicher machen als die Nachricht, das Ende ihrer Reise stünde bevor. Doch jetzt merkte er, dass das gar nicht stimmte. Er fürchtete sich davor, Melbourne zu erreichen, weil er nicht wusste, was ihn dort erwartete. Er hatte Angst vor den vielen Menschen und konnte sich nach den Tagen der Zweisamkeit mit Keira gar nicht mehr vorstellen, wie es anders sein würde.

Doch Keira nickte, den Kopf über die Karte gebeugt, die er auf seinen Knien ausgebreitet hatte. »Sieh mal«, sagte er, »hier sind wir.« Er deutete auf einen Punkt. »Und hier ist Melbourne. Nicht mehr als 25 Meilen, schätze ich. Morgen Nachmittag werden wir da sein.« Er sah Ray mit einem erwartungsvollen Lächeln an. Als er jedoch Rays sorgenvollen Blick bemerkte, verschwand das Lächeln von seinen Lippen. »Was ist los, mein Freund? Was bekümmert dich?«

Ray suchte nach den passenden Worten, fand sie aber

nicht. Wie sollte er Keira begreiflich machen, wovor er sich fürchtete, wenn er es selbst nicht genau wusste?

Keira überraschte ihn ein weiteres Mal, als er sagte: »Ich habe dir doch gesagt, was die *Nangkaris* über die Kraft der Gedanken sagen, oder?«

Ray nickte, während er sich an ihr Gespräch erinnerte, in dem Keira ihm erklärt hatte, dass gute Gedanken Gutes bewirken können und schlechte Gedanken Schlechtes. Sollte er sich die Ankunft in Melbourne etwa schönreden?

»Bei den Aborigines haben die *Nangkaris* große Macht. So ist es ihnen zum Beispiel möglich, Tiere zu verstehen und mit ihnen zu reden. Nur dem Wissen dieser weisen Männer verdanken die Aborigines, dass sie so viele Jahrtausende die Härte des Outbacks überlebten.«

Ray wartete gebannt darauf, dass Keira weitersprach. Die Geschichten, die der Freund ihm vom Volk seiner Mutter erzählte, faszinierten ihn jedes Mal aufs Neue. Sie steckten voller Wissen und er musste stets lange über sie nachdenken. Aber immer wieder konnte er einen gewissen Trost oder eine Bereicherung daraus ziehen.

»Seit Generationen leben die Aborigines im Einklang mit der Natur und haben daher ein enormes Wissen um ihre Heilkräfte. Die *Nangkaris* sind die Hüter dieser heiligen Gesetze. Sie kennen viele Möglichkeiten, um sich selbst, die Umgebung und die Natur wieder in Einklang zu bringen.

Um diese lebenswichtige Harmonie zwischen Mensch und Natur nicht zu stören, gibt es 10 Botschaften der *Nangkaris* an die Menschen. Eine davon lautet: ›Achtet den Augenblick und genießt ihn. Er ist das Beste, was ihr habt und das Einzige, was vergeht.‹«

Ray dachte einen kurzen Moment über die Worte nach, dann lächelte er. Es nutzte nichts, sich Gedanken über die Zukunft oder die Vergangenheit zu machen. Das Entscheidende war der Augenblick. Heute fand dieser Augenblick hier statt, morgen in Melbourne. Aber auf jeden Fall war er eines: vergänglich und nicht zuletzt deswegen kostbar.

Ja, Keira hatte seine Sorge verstanden. Auch ohne Worte und lange Erklärungen. Wieder einmal.

Mit ein wenig Ehrfurcht betrachteten Ray und Keira am nächsten Tag die Prunkbauten, nachdem sie Melbourne endlich erreicht hatten. Häuser mit mehreren Stockwerken, die bis in den Himmel zu reichen schienen. Überall Menschen, Geräusche und Pferdekutschen, die von allen Himmelsrichtungen auf sie einströmten. Ständig mussten sie aus dem Weg springen, um sich vor herannahenden Droschken in Sicherheit zu bringen.

Yalla klebte förmlich an Keiras Wade und auch Archer reagierte nervös auf all die unbekannten Geräusche, die hier auf ihn einströmten. Er zuckte mit den Ohren und mehrmals machte er einen erschreckten Satz zur Seite und riss am Halfter, wenn wieder einmal eine Droschke nur wenige Fuß entfernt an ihnen vorbeidonnerte.

Ray hatte mit vielem gerechnet, doch damit nicht. Nervös wendete er den Zettel in seinen Händen, auf dem er zwei Adressen notiert hatte: Die Adresse von Tante Amy, wo er Emily zu finden hoffte, und die Adresse von Edward Baker, die Mr de Mestre ihm genannt hatte. An Mr Baker sollte er sich wenden, wenn er Melbourne erreicht hatte, um für Archer eine Unterstellmöglichkeit bis zum Rennen zu haben. Doch wie sollte er in diesem Gewirr von Straßen und Häusern den richtigen Weg finden?

Keira war, seit sie ihr Ziel erreicht hatten, noch schweigsamer geworden. Er machte ein gequältes Gesicht, als bereiteten ihm die Enge und die Menschenmassen körperliche Schmerzen.

Rays Schuh schlappte bei jedem Schritt. Die Sohle hatte sich nach den 500 Meilen gelöst und Ray kam sich vor wie ein Hanswurst aus einer fahrenden Menagerie, der mit billigen Tricks um Lacher des Publikums heischt. Sie gaben ein merkwürdiges Quartett ab. Und die Blicke der Menschen, die ihnen auf den Straßen entgegenkamen, bestätigten dieses Gefühl.

Sie hatten die Stadt aus östlicher Richtung betreten. Ray wusste, dass Mr Baker im Westen der Stadt wohnte – ganz in der Nähe von Flemington, wo auch das große Rennen stattfinden sollte. Tante Amy wiederum wohnte im Norden, im Stadtteil Preston. Doch wie auch immer sie dorthin geraten waren, auf einmal fanden sich Ray und Keira an der Hobson's Bay wieder. Unzählige große Segelschiffe, Dreimaster wie Fünfmaster, lagen an den Piers vor Anker. Viele wirkten verwaist. Ray hatte schon davon gehört, dass die Mannschaften desertierten und dem verlockenden Ruf des Goldes folgten. Ohne ihre Besatzung waren die Schiffe oftmals jedoch nicht mehr manövrierfähig und verstopften die Hobson's Bay regelrecht. Zu den schlimmsten Zeiten sollten sich im Hafen Hunderte von Schiffen gleichzeitig gestaut haben!

Als sie Mr Bakers Gestüt endlich erreichten, verschwand die Sonne bereits hinter dem Horizont. Mr Baker sah Ray an, als wäre er ein Gespenst.

»Und du bist tatsächlich von Jembaicumbene bis hierher zu Fuß gelaufen, Junge?«

»Ja, Sir«, antwortete Ray erschöpft.

Mr Baker schüttelte den Kopf und betrachtete nacheinander Archer, der mit hängendem Kopf neben Ray stand, dann Keira und schließlich Yalla. »Ich wollte es nicht glauben, als Etienne mir deinen Besuch ankündigte. Er scheint verrückt geworden zu sein, dachte ich, als ich sein Telegramm erhielt. Aber in der Tat – du bist hier, wenn auch mit ein paar Tagen Verspätung. Doch das ist immerhin mehr, als diese Idioten Burke und Wills von sich behaupten können.«

»Was ist mit Burke und Wills?«

»Sie sind beide tot, wusstet ihr das nicht?«

Ray schüttelte den Kopf. Er hatte über die Expedition der beiden Entdecker, die von Melbourne aus zum Golf von Carpentaria aufgebrochen waren, knapp 2.000 Meilen quer durch das australische Hinterland, nur hin und wieder etwas gehört. Schließlich nahm ganz Australien Anteil an der Expedition und jede Nachricht, die darüber bekannt wurde, musste in allen Einzelheiten besprochen werden. Aber in den vergangenen drei Wochen war er von den Entwicklungen in der zivilisierten Welt vollkommen abgeschnitten gewesen und hatte nichts von dem mitbekommen, was man sich so erzählte.

»Idioten, sage ich, allesamt Idioten. Andere mögen sie ja für Helden halten, aber ich denke, wer so was macht, muss verrückt sein.« Baker sah Ray nachdenklich an.

»Noch weiß man ja nicht allzu viel, aber was man so hört, reicht mir schon.«

»Was hört man denn so?«

»Sie haben einen der Männer, John King, der als Kameltreiber die Expedition begleitet hat, bei Aborigines gefunden.« Seine Augen glitten zu Keira und er lächelte schwach. »Offensichtlich hat er es diesen Wilden zu verdanken, dass er noch lebt. Die Aborigines haben ihn mehr tot als lebendig bei irgendeinem Wasserloch gefunden und gesund gepflegt.«

Ray warf Keira einen Blick zu. Auch er verdankte dem Freund sein Leben. Das schier unerschöpfliche Wissen der Aborigines über die Tier- und Pflanzenwelt ihrer Heimat war mehr wert als jeder Goldbrocken, den man irgendwo finden konnte. Denn was nützte einem der Reichtum, wenn man tot war?

»Offensichtlich haben sie es nur bis zum Cooper Creek geschafft, statt bis zum Golf von Carpentaria. Von dort aus ist lediglich ein Teil der Männer weitergereist, nämlich Burke, Wills und noch zwei weitere. Eben dieser King und ein Mann namens Gray. Der Rest blieb im Lager am Cooper Creek zurück und wartete. 18 Wochen lang haben sie dort ausgeharrt. Vergebens.«

Ray nickte. So weit hatte er die Geschichte ebenfalls mitbekommen. Die Männer, die am Cooper Creek auf die Rückkehr ihrer Expeditionsmitglieder gewartet hatten, hatten schließlich aufgegeben und waren alleine zurückgekehrt. Das war irgendwann im April gewesen. Davon erfahren hatte man aber erst im Juni, nachdem eine vierköpfige Suchexpedition entsandt worden war, um den Verbleib der Männer zu klären.

Unter der Leitung eines gewissen Howitt fand man die Gruppe, die am Cooper Creek umgekehrt war und sich bereits auf der Rückreise befand. Von Burke und Wills, den beiden Männern, die die Expedition leiteten, und Gray und King, die sie begleiteten, fehlte jedoch jede Spur.

»Na ja, und jetzt hat man halt diesen Kameltreiber King bei den Aborigines gefunden. King hat erzählt, dass sie den Flinders River erreichten, aber sieben Meilen vor dem eigentlichen Ziel, dem Golf von Carpentaria, aufgaben und umkehrten, da ihr Proviant knapp wurde. Auf der Rückreise zum Cooper Creek wurde Gray krank und starb. Als die übrigen drei das Lager schließlich erreichten, mussten sie feststellen, dass die anderen Männer es nur wenige Stunden zuvor verlassen hatten.« Baker schlug sich mit der Hand vor die Stirn. »Was für ein Irrsinn! Wenn man sich das vorstellt! Da wartet man vier Monate und dann bricht man neun Stunden zu früh auf!« Er lachte bitter. »Aber Burke, Wills und King waren zu geschwächt, um den Versuch zu wagen, die anderen einzuholen. Also blieben sie erst einmal am Cooper Creek, um sich zu erholen. Von dort aus wollten sie zum Mount Hopeless gehen, um Hilfe zu erlangen. Das sind zwar nur 150 Meilen, die aber mitten durch die Wüste führen! Da sind sie dann zwei Monate lang umhergeirrt ...« Baker schnaubte und schüttelte den Kopf. »Burke und Wills starben an Erschöpfung. Dieser King kehrte zu irgendeinem Wasserloch zurück, wo er schließlich von den Aborigines gefunden wurde, die sich seiner annahmen.«

»Also ist dieser King der einzige Überlebende?«

Baker nickte. »Er soll irgendwann in den nächsten Tagen hier in Melbourne eintreffen.«

Ray musste bei dem Gedanken, wie knapp er selbst einem ähnlichen Schicksal entgangen war, schlucken. Es hätte nicht viel gefehlt und er wäre einsam in einer Höhle am Biss einer Spinne qualvoll verendet.

Baker schien ähnliche Gedanken zu haben. »Na ja«, sagte er und klopfte Ray auf die Schulter. »Du hast es jedenfalls geschafft.«

Ray nickte stumm.

»Selbstverständlich könnt ihr, du und dein Freund und das Pferd und der …«, Bakers Blick fiel auf Yalla, die sich neben Keira zusammengerollt hatte, »… und der Dingo hierbleiben, bis wir eine Schiffspassage für euch zurück nach Sydney buchen können. Ich werde Etienne augenblicklich telegrafieren, dass ihr … na ja, mehr oder weniger wohlbehalten … hier angekommen seid.«

»Danke, Sir, das ist sehr freundlich. Aber ›Schiffspassage‹? ›Zurück nach Sydney‹?«

»Ja, natürlich, mein Junge.«

»Mr Baker, wir sind hierhergekommen, um den *Melbourne Cup* zu gewinnen. Und nicht, um unverrichteter Dinge zurückzukehren.« Ray sprach mit viel Nachdruck. »Wir werden erst dann zurückreisen, wenn wir das Rennen hinter uns haben.«

Mr Baker lachte. »Du willst doch nicht mit diesem abgemagerten Gaul ein Rennen gegen die besten Pferde Victorias bestreiten?«

»Doch, Sir, genau das ist meine Absicht. Archer ist vielleicht ein bisschen mager, aber er ist in guter Verfassung.« Ray blickte zur Seite auf Archer, der genau in diesem Moment entkräftet zu schwanken schien und einen Ausfallschritt zur Seite machen musste.

»Du machst dich und meinen guten Freund Etienne zum Gespött der Leute! Das arme Tier kann sich vor Schwäche ja kaum auf den Beinen halten!« Baker schüttelte den Kopf, als hätte er einen guten Witz gehört. »Du glaubst doch nicht im Ernst, dass du einen Jockey findest, der bereit ist, dieses Tier zu reiten, das nach 100 Metern unter ihm zusammenbricht!«

»Ich werde es auf jeden Fall versuchen, Sir.«

Mr Baker rieb sich mit beiden Händen kraftvoll über das Gesicht, als träume er und versuche aufzuwachen. Als er die Hände wieder herunternahm, konnte Ray rote Striemen sehen, die der Druck seiner Finger auf der Haut hinterlassen hatte.

»Das ist völliger Wahnsinn!«, schimpfte Mr Baker weiter. »Das Rennen findet in vier Tagen statt! Bis dahin ist Archer kaum wieder fit!«

»Er wird allen anderen davonrennen. Glauben Sie mir, Sir.« Ray strich Archer, der immer noch neben ihm stand, über die Flanke und Archer nickte mit dem Kopf, als wollte er ihm zustimmen.

So wurden die Gesetzesbrecher …
zu Bergen und Hügeln …
Oodgeroo

ALS Ray kurze Zeit später auf dem Schlafboden lag und sich noch einmal sein Gespräch mit Mr Baker ins Gedächtnis rief, seufzte er. Vielleicht hatte der Mann ja recht und er versuchte etwas mit Gewalt zu erzwingen, das weder für Archer noch für ihn oder Mr de Mestre wünschenswert war. Er erinnerte sich daran, dass sein Vater seiner Mutter oft ähnliche Vorwürfe gemacht hatte. Er hatte behauptet, dass sie stets von allen zu viel verlangte. Vielleicht war er in dieser Hinsicht zu sehr wie sie und merkte nicht, wenn es genug war?

Er hörte Keiras gleichmäßige Atemzüge neben sich und ein Gefühl der Dankbarkeit für seinen Freund durchströmte ihn. Keira, der ihn bis hierher begleitet hatte – nein, *geführt* wäre das bessere Wort, dachte Ray.

Er hörte Archer im Stall unter sich, der sich noch immer an der Heukrippe gütlich tat, als hätte er Mr Bakers Worte ebenfalls im Ohr und wollte nun alles tun, um so schnell wie möglich an Gewicht zuzulegen.

Ray schmunzelte und machte sich zugleich Sorgen,

dass Archer übertrieb. Eine Kolik konnte er jetzt als Allerletztes gebrauchen.

Bis zum Schluss hatte er Mr Baker nicht vom Ernst seiner Absichten überzeugen können. Und doch wusste er, dass er Melbourne nicht verlassen würde, ohne dieses verdammte Rennen bestritten zu haben!

Schließlich hatten sie sich darauf geeinigt, erst einmal eine Nacht verstreichen zu lassen, bevor sie sich erneut zusammensetzten. Und Ray hoffte, dass er Mr Baker am nächsten Morgen überzeugen konnte, Archer für ihn auf die Starterliste setzen zu lassen. Die Frist für Nachnennungen lief sehr bald ab. Und dann wäre alles umsonst gewesen.

Rays letzter Gedanke, bevor er einschlief, galt Emily. Jetzt, wo er Melbourne erreicht hatte, war sie ihm so nah wie lange nicht mehr. Er versuchte sich vorzustellen, wie sie in ihrem Bett lag, keine sieben Meilen von ihm entfernt, und genauso an ihn dachte wie er an sie. Was würde sie für ein Gesicht machen, wenn sie ihn am nächsten Tag vor ihrer Tür stehen sah? Und mit dem Gedanken an ihr überraschtes und erfreutes Lächeln, das ihn erwartete und das ihn für einen Teil der Strapazen, die er in den letzten Wochen auf sich genommen hatte, entschädigen würde, schlief er endlich ein.

»Selbst wenn ich so verrückt wäre, Archer auf die Starterliste setzen zu lassen, so hast du immer noch keinen Jockey, der bereit ist, das Pferd zu reiten!« Mr Baker blickte versonnen in seinen Kaffeebecher. »Ihr seid einfach zu spät«, fuhr er fort, »alle guten Jockeys haben schon ein Engagement … meiner ja auch.«

»Also haben Sie ebenfalls ein Pferd am Start?«, erkundigte sich Ray.

Mr Baker schüttelte den Kopf. »Nein, dieses Mal nicht. Das einzige meiner Pferde, das infrage käme, ist im Augenblick nicht ganz fit«, erklärte er. »Aber mein Jockey reitet für ein anderes Gestüt. Und dieser Deal steht bereits seit Langem fest.«

»Ich werde schon noch einen finden«, antwortete Ray und biss sich trotzig auf die Unterlippe. Er saß Mr Baker gegenüber an einem wurmstichigen alten Holztisch in der großen Küche des Gestüts. Die Tischplatte bog sich noch unter den Resten des Frühstücks, das Mr Bakers Stallburschen bis vor wenigen Minuten hier zu sich genommen hatten, bevor jeder von ihnen zu seinen Aufgaben zurückgekehrt war. Jetzt war Mr Bakers Köchin bereits mit den Vorbereitungen für das Mittagessen beschäftigt. Sie rührte in ihren großen Töpfen und warf Ray dabei hin und wieder einen verstohlenen Blick zu.

So wie man jemanden anschaut, von dem man Unglaubliches gehört hat, dachte Ray. Er fühlte sich auf angenehme Weise an sein Zuhause bei Mr de Mestre erinnert, wo die dicke Elizabeth jetzt sicherlich ebenfalls in ihren Töpfen rührte, um die hungrige Meute satt zu bekommen.

Mr Baker seufzte. »Die Nennfrist ist ohnehin schon längst abgelaufen.«

»Wir können eine Nachnennung beantragen. Die Frist läuft noch bis morgen Mittag.«

Mr Baker runzelte die Stirn. »Du bist wirklich ein verdammt sturer Bock.«

Ray schwieg. Was sollte er auch dazu sagen? Er war 500 Meilen weit gelaufen, um mit Archer an diesem Rennen teilzunehmen. Und jetzt sollte er so kurz vor dem Ziel aufgeben?

»Also gut«, sagte Mr Baker schließlich. »Wir machen es so: Wenn du bis heute Abend einen Jockey gefunden hast, der bereit ist Archer zu reiten, dann melde ich das Tier morgen an. Einverstanden?«

»Das erscheint mir fair«, erwiderte Ray.

Mr Baker grinste. »Gut, dann werde ich schon mal die Schiffspassage buchen, denn ich lege meine Hand dafür ins Feuer, dass du keinen Jockey mehr bekommst.«

»Wir werden sehen«, sagte Ray und stand auf, um nach Archer zu schauen. Dabei griff er nach dem Paar Schuhe, das Mr Baker für ihn herausgesucht und ihm an diesem Morgen überreicht hatte. Es war alt und eine Nummer zu groß, aber immerhin hatten die Schuhe eine intakte Sohle. Er hob sie hoch und blickte Mr Baker an. »Danke, Sir«, sagte er. »Danke für alles.«

Mr Baker nickte ihm freundlich zu.

Archer begrüßte Ray mit einem freudigen Schnauben. Ray schlang seine Arme um Archers Hals und verbarg sein Gesicht in der Mähne des Hengstes. Stimmte es, wenn Mr Baker behauptete, Archer sei nicht in der Verfassung, ein Zwei-Meilen-Rennen zu überstehen? War er, Ray, vor Ehrgeiz blind für die Bedürfnisse des Tieres?

Ray schreckte zurück, als er ein Geräusch hinter sich vernahm. Aber es war nur Keira, der an der Boxentür lehnte.

»Und?«, fragte er.

»Wenn ich bis heute Abend einen Jockey gefunden habe, meldet er Archer an.«

»Und wo findet man einen Jockey?«

»Mr Baker hat mir eine Adresse hier in Flemington genannt. Es ist eine Rennreitervereinigung. Dort soll ich mal nachfragen.«

»Worauf warten wir dann noch?«

Ray grinste. »Auf nichts. Komm!«

Ray war dankbar, dass sein Freund ihn auch auf diesem Weg begleitete. Und noch dankbarer war er, dass Keira an seiner Seite war, als die beiden Jockeys, die sie in dem Büro antrafen, schallend lachten, nachdem sie Rays Anliegen gehört hatten.

»Du willst jetzt noch einen Jockey für dein Pferd finden, das in drei Tagen beim *Melbourne Cup* startet?« Der junge Mann, der Ray gerade mal bis zur Nasenspitze reichte, schlug sich vor Lachen auf die Oberschenkel. »Das ist wahrhaftig ein guter Witz, stimmt's, John?«

»Ich kann mal meine Großmutter fragen. Die hat, glaube ich, noch kein Engagement«, scherzte John.

»Wenn sie gut reiten kann …«, entgegnete Ray.

»Jetzt mal im Ernst«, sagte John. »Was ist das denn für ein Pferd, hä?«

»Sein Name ist Archer. Er stammt aus New South Wales. Sein Trainer ist Etienne de Mestre. Wir sind die 500 Meilen zu Fuß gelaufen und erst gestern Abend hier angekommen. Deswegen sind wir ein bisschen spät dran. Er steht im Stall von Mr Baker, wenn ihr ihn euch anschauen wollt.«

»500 Meilen zu Fuß? Seid ihr verrückt? Und du

meinst, der arme Gaul ist in drei Tagen in der Lage, ein Rennen über zwei Meilen zu bestreiten?« Die beiden Jockeys sahen sich an, als fürchteten sie, auf einen Scherz hereinzufallen.

»Wisst ihr nun einen Jockey, der noch ein Engagement sucht, oder nicht.«

Die jungen Männer schüttelten zeitgleich die Köpfe. »Die Guten sind sowieso schon alle weg«, sagte John. »Simpson reitet Mormon und Bishop soll Prince reiten. Wir beide haben auch schon unsere Pferde. Also mir fällt keiner ein.«

»Was ist mit Taylor?«, sagte der andere.

Der junge Mann, der John hieß, zuckte mit den Schultern. »Keine Ahnung, Mann. Aber wenn ich ein Pferd hätte, würde ich es nicht von Taylor reiten lassen.«

»Wer ist denn dieser Taylor?«, fragte Ray und schöpfte Hoffnung.

»Er war mal ein echt guter Jockey, aber das ist schon eine Weile her.«

»Jetzt verbringt er mehr Zeit mit seinen Whiskyflaschen als mit Pferden auf der Rennbahn.«

»Und wo kann ich ihn finden?«

»Er wohnt hinten in der Bloomfield Road. Das schäbigste Haus in der ganzen Straße. Ihr könnt es nicht verfehlen.«

»Danke«, sagte Ray. »Dann werden wir es mal bei diesem Taylor versuchen.«

»Hältst du das wirklich für eine gute Idee?«, fragte Keira, als sie wieder auf der Straße standen und den Weg zur Bloomfield Road suchten.

»Habe ich eine andere Wahl?«, entgegnete Ray. »Wenn dieser Taylor Jockey ist und noch einen Arbeitgeber für das Rennen sucht, dann ist er unser Mann.«

Keira grunzte missmutig. »Ich finde, das hörte sich nicht so an, als würde Taylor Archers Chancen auf einen Sieg vergrößern.«

»Es ist immerhin eine Chance«, antwortete Ray. »Und zwar die einzige, die wir haben.«

»Hmm«, machte Keira nachdenklich. Aber er sagte nichts mehr.

In der Tat war es nicht schwer, das Haus zu finden, das die beiden Jockeys ihnen beschrieben hatten. Kurze Zeit später standen Ray und Keira vor einer schief in den Angeln hängenden Tür, die noch das Intakteste an dem Haus zu sein schien, das sie verschließen sollte. Schmutzige Gardinen hingen vor ungeputzten Fenstern und die Fassade war bröckelig.

Erst als Ray zum dritten Mal den Türklopfer betätigte und bereits kurz davor war, unverrichteter Dinge umzukehren, wurde die Türe geöffnet und ein unrasierter, hagerer Mann mit gerötetem Gesicht stand vor ihnen, der Schwierigkeiten hatte, ihnen geradewegs in die Augen zu blicken. Als er den Mund öffnete, um zu fragen, was sie wollten, wehte Ray eine unangenehme Alkoholfahne entgegen.

»Ich kann mir dein Pferd ja mal angucken«, sagte Taylor, nachdem Ray ihm sein Anliegen vorgetragen hatte. »Wartet hier, ich komme gleich raus.«

Viel hatte sich an Taylors Aussehen nicht geändert, als er eine Viertelstunde später zu ihnen auf die Straße trat. Er hatte seinen fleckigen Morgenmantel durch eine nicht weniger schmutzige Jacke und eine dreckige Hose ersetzt. Ansonsten sah er genauso ungewaschen und ungepflegt aus wie zuvor.

Ray fühlte sich unwohl bei dem Gedanken, dass dieser Mann Archer reiten sollte, und im Stillen stimmte er Keira zu, der ihn davor gewarnt hatte, irgendeinen x-beliebigen Jockey zu engagieren. Und doch wusste er sich keinen anderen Rat.

Taylor schwankte leicht und Ray hoffte, dass ihn niemand in Begleitung dieses Mannes sah. Am wenigsten Mr Baker, der vielleicht sein Versprechen nicht halten würde, wenn er sah, wen Ray da für sein Pferd zu engagieren gedachte.

Zum Glück begegneten sie niemandem und Taylor hielt sich endlich an der Boxenklappe fest, um nicht das Gleichgewicht zu verlieren, und musterte Archer, der den fremden Mann seinerseits argwöhnisch betrachtete.

»Er sieht nicht gerade sehr kräftig aus, oder?«, fragte Taylor.

»Er ist in Ordnung«, antwortete Ray mit Nachdruck.

Taylor schüttelte den Kopf. »Er ist in keiner guten Verfassung, Junge. Der macht das Rennen nicht.«

»Sie irren sich, Sir«, behauptete Ray. »Archer wird ein hervorragendes Rennen laufen.«

Wieder schüttelte Taylor den Kopf. »Aber nicht mit mir. Ich ruiniere mir meinen Ruf, wenn ich mit einem Pferd antrete, das nach der Hälfte der Strecke vor Erschöpfung umfällt.«

Ray zog überrascht die Augenbrauen hoch und warf Keira einen fragenden Blick zu.

»Gibt es an Ihrem Ruf noch etwas zu ruinieren?«,

erkundigte sich Keira. »Ich habe eher das Gefühl, Sie können nur gewinnen, wenn Sie es schaffen, sich über die gesamte Strecke auf dem Rücken Ihres Pferdes zu halten.«

Taylor wandte sich zu Keira um und hielt ihm sein Gesicht dicht vor die Nase. Keira wich zurück, als ihm der Atem des Mannes entgegenschlug. »Vorsicht, mein Junge!«, zischte Taylor. »Treib es nicht zu weit! Meine Geduld ist nicht grenzenlos.« Er hob einen schmutzigen Zeigefinger in die Höhe und fuchtelte damit drohend vor Keiras Gesicht herum. »Erst verschwendet ihr meine Zeit, indem ihr mir einen alten Klappergaul andrehen wollt, der sich kaum noch auf den Beinen halten kann, und dann werdet ihr auch noch unverschämt!«

»Gut, vielen Dank, Mr Taylor, dass Sie sich die Zeit für uns genommen haben«, sagte Ray schnell und drängte sich zwischen die beiden Streithähne, bevor die Situation richtig brenzlig wurde. »Wir werden uns dann nach einem anderen Jockey umsehen.«

Taylor wandte sich zu Ray um. »Ihr werdet keinen finden«, sagte er. »Nicht für dieses Pferd. Für den klapprigen Gaul hättet ihr nicht mal einen anständigen Jockey gefunden, wenn ihr noch drei Wochen Zeit hättet. Geschweige denn drei Tage.«

»Wie gesagt, vielen Dank, Mr Taylor, und vergessen Sie nicht, in die Zeitung zu schauen. Sie werden dort bald den Namen dieses Hengstes lesen können. Und zwar als Gewinner des ersten *Melbourne Cups.*«

Mr Taylor grinste höhnisch und zeigte dabei eine Reihe verfaulter Zähne. Dann wandte er sich um und torkelte davon. Er hatte die Stalltür gerade hinter sich ins Schloss fallen lassen, als Ray sich erschöpft an der Boxenwand hinabgleiten ließ und seinen Kopf in die Hände stützte. Yalla ließ sich die Chance nicht entgehen, drängte sich augenblicklich dicht an Rays Bein und forderte ihn dazu auf, sie zu streicheln. Mechanisch glitten Rays Hände über das Fell des Dingos. »Wenn nicht mal dieser Mann Archer reiten will, Keira, dann werden wir keinen finden, der dazu bereit ist«, sagte er niedergeschlagen.

Keira nickte und setzte sich neben Ray ins Stroh. »Ich fürchte, da liegst du ausnahmsweise mal richtig.«

Ray seufzte. »Aber ich will wenigstens Emily noch besuchen, bevor ich Mr Baker darum bitte, uns eine Schiffspassage zurück in die Heimat zu buchen. Dann war diese Reise zumindest nicht ganz umsonst.« Ray spürte einen dicken Kloß in seinem Hals. All die Strapazen, die er erlitten hatte, wogen mit einem Mal doppelt so schwer, als seine Hoffnungen nun mit einem einzigen Schlag zunichte gemacht worden waren.

»Ich denke, diesen Weg solltest du alleine gehen«, sagte Keira. »Ich werde hier mit Yalla auf dich warten.«

Ray suchte nach den richtigen Worten. Er wusste nicht genau warum, aber er hatte das dringende Bedürfnis, Keira mit Emily bekannt zu machen. Vielleicht weil er dachte, dass Keira nun bereits so viel über Emily erfahren hatte, dass ein Zusammentreffen der beiden der einzig logische letzte Schritt war. Oder es war nur sein eigener Wunsch, die beiden Menschen, die ihm am meisten von allen bedeuteten, einander vorzustellen.

»Ich möchte aber, dass du mitkommst«, sagte er nach kurzem Schweigen und ohne weitere Erklärungen.

Keira zögerte. Er wollte sich nicht aufdrängen und hatte das Gefühl, bei dieser lang ersehnten Familienzusammenkunft nicht am richtigen Platz zu sein. Andererseits freute er sich über den Wunsch seines Freundes, der ihm zeigte, wie wichtig er für Ray geworden war. »Glaubst du wirklich, Tante Amy wird erfreut sein, einen Aborigine vor ihrer Tür zu sehen?« Ray hatte ihm so viel über seine Tante erzählt, dass er meinte, sie bereits zu kennen. Ebenso wie Emily.

»Es ist mir egal, ob Tante Amy sich freut«, antwortete Ray. »Emily wird sich freuen, deine Bekanntschaft zu machen. Und das ist es, was mir wichtig ist.«

Keira nickte. »Also gut«, willigte er schließlich ein. »Dann komme ich mit.«

Das Haus, vor dem sie kurze Zeit später standen, war vielleicht nicht gerade hochherrschaftlich, aber dennoch spürte Ray eine Woge des Glücks, wenn er sich vorstellte, dass hier Emilys neues Zuhause war. Es hatte zwei Stockwerke und sah sehr modern aus. An der Türe standen zwei Namen. Tante Amy wohnte im obersten Stockwerk, erkannte Ray.

Die Tür war nur angelehnt und das Treppenhaus sah genauso gepflegt aus wie die Fassade des Gebäudes, wenn auch vielleicht ein bisschen düster. Ray erklomm die Stufen mit zunehmend klopfendem Herzen und Keira folgte ihm.

Diesmal brauchten sie nicht lange zu warten, bis ihnen geöffnet wurde. Tante Amy erschien im Türrahmen und

Ray konnte hinter ihr einen Blick in einen langen, dunklen Flur erhaschen, von dem links und rechts mehrere Türen abgingen.

Tante Amys Gesichtsausdruck veränderte sich innerhalb weniger Wimpernschläge von freundlicher Erwartung über Überraschung bis hin zu Ablehnung.

»Ray!«, rief sie. »Was machst *du* denn hier?« Ihr Blick glitt weiter zu Keira, der hinter Ray stehen geblieben war, und sie riss fast schon ein wenig ängstlich die Augen noch weiter auf.

»Ich möchte Emily besuchen«, antwortete Ray und schluckte seine Enttäuschung über den nicht gerade herzlichen Empfang hinunter. Genau genommen hatte er mit nichts anderem gerechnet, aber deswegen war die Erkenntnis, dass Tante Amy nichts mit ihrem Neffen anfangen konnte, nicht weniger schmerzhaft. Er schien für irgendetwas geradestehen zu müssen, das weit vor seiner Geburt passiert war und eigentlich nicht ihn, sondern vielmehr seine Mutter betraf, an die Tante Amy sich bei seinem Anblick stets aufs Neue erinnert fühlte.

»Emily?« Tante Amys Stimme zitterte leicht. »Sie ... sie... ist gerade nicht da.«

»Wo ist sie denn?«

»Sie hat Unterricht.«

»Unterricht?«

Tante Amy nickte. »Schließlich soll sie eines Tages mal einen anständigen Mann heiraten, nicht wahr? Und deine Eltern haben eure Bildung arg vernachlässigt.«

Es klang so vorwurfsvoll, als sei das Rays Schuld.

»Wann kommt sie denn wieder?«

Tante Amy zuckte mit den Schultern.

»Entschuldigen Sie, Ma'am«, sagte Keira und trat einen Schritt vor. »Mein Freund Ray ist 500 Meilen hierher zu Fuß gelaufen, um seine Schwester zu sehen. Vielleicht wären Sie so freundlich ihm zu sagen, wann das möglich ist?«

Tante Amy warf Keira einen strafenden Blick zu. Dann wandte sie sich wieder an Ray: »Du bist zu Fuß hierher gekommen?«

Ray nickte. »Reverend Smith hat mir einen Job als Stallbursche besorgt, und mein Boss hat mich mit einem seiner Pferde hierher geschickt, um an dem Rennen teilzunehmen, das der *Victoria Turf Club* ausgeschrieben hat.«

Tante Amy schüttelte den Kopf. »Du bist wirklich genauso verrückt wie deine Mutter«, sagte sie und ihre Stimme war voller Abscheu. »Die hat auch immer nur getan, was sie für richtig hielt, ohne daran zu denken, was das für andere bedeutete.« Sie lachte bitter. »Gott, wie oft habe ich die Prügel für sie kassiert! Immer war ich für alles verantwortlich, was deine Mutter angestellt hat. Nur weil ich älter war als sie.« Sie schnaubte. »500 Meilen zu Fuß … und das in solcher Gesellschaft …«, fuhr sie nach einer Weile fort. Ihre Augen wanderten zu Keira hinüber, der ihren Angriff lächelnd ignorierte. »Nein, ich glaube nicht, dass es gut für Emily wäre, wenn sie dich jetzt wiedersähe. Sie ist gerade dabei, hier Fuß zu fassen und all die schrecklichen Dinge zu vergessen, die ihr in ihrem kurzen Leben schon zugestoßen sind. Du möchtest doch sicherlich auch nur das Beste für deine kleine Schwester, oder? Also lass sie in

Ruhe!« Und damit knallte Tante Amy Ray die Tür vor der Nase zu.

Ray regte sich nicht. Er starrte auf die geschlossene Tür und versuchte zu verstehen, was Tante Amy gesagt hatte. Natürlich wollte er nur das Beste für Emily. Aber war es das Beste für sie, ihn nicht zu sehen?

Er wusste, wie sehr er sich in all der Zeit nach ihr gesehnt hatte. Und er konnte sich kaum vorstellen, dass es Emily anders ging. Oder stimmte es, was Tante Amy sagte, und es war für Emily am Ende besser, ihn zu vergessen?

Erst als er Keiras Hand auf seiner Schulter spürte, drehte Ray sich um. Tränen der Enttäuschung schimmerten in seinen Augenwinkeln. Mit wie viel Hoffnung war er hier nach Melbourne gekommen. Und was war davon übrig geblieben?

Nichts.

Aber diejenigen, die die Gesetze einhielten,
verwandelte die Regenbogenschlange
in die menschliche Form,
und sie gab einem jeden das Tier … von dem sie stammten,
zu seinem Totem …
Oodgeroo

ALS sie wieder auf der Straße standen, warf Ray einen letzten Blick auf das Haus, in dem Emily jetzt wohnte. So schön und verheißungsvoll es ihm zunächst erschienen war, so abweisend und finster wirkte es jetzt auf ihn. Vor den Fenstern hingen schwere, dunkle Vorhänge, die jegliches Sonnenlicht aussperrten. Und während Ray zu den Fenstern im zweiten Stock hinaufschaute, meinte er ein leichtes Zittern der Gardinen zu sehen. Für einen kurzen Augenblick erschien ein blonder Lockenschopf, engelsgleich, am Fenster, der genauso schnell wieder verschwand, wie er gekommen war.

Ray blieb beinahe das Herz stehen. Hatte er sich das nur eingebildet oder war es wirklich Emily gewesen? Hatte Tante Amy nicht einmal davor zurückgeschreckt, ihn anzulügen, um ihn von seiner Schwester fernzuhalten? Er erinnerte sich an ihren Abschied. Und an sein Versprechen, Emily in Melbourne zu besuchen. Wie glücklich sie damals gewesen war, als er zu ihr gesagt hatte: »Ich verspreche es.« Und nun konnte er nicht einmal sein Wort halten.

Keira spürte, wie es um den Freund bestellt war. Er ließ Ray die Zeit, die er brauchte, um Abschied zu nehmen. Abschied von all den Wünschen und Hoffnungen, die ihn hierher getrieben hatten. Erst als Ray sich abwandte, fasste er den Freund leicht am Arm und zog ihn mit sich, die Straße entlang zurück zum Stall von Mr Baker.

Ray schien nichts von seiner Umgebung wahrzunehmen. Nicht den regen Droschkenverkehr, nicht die Hunderte von Menschen, die ihn und Keira misstrauisch anblickten. Als würden sie spüren, dass diese beiden jungen Männer nicht hierher gehörten. Der weiße ebenso wenig wie der dunkelhäutige.

Archer begrüßte sie mit freudigem Schnauben, als sie in den Stall zurückkehrten, und Yalla sprang aufgeregt an Keira hoch und versuchte, ihm durch das Gesicht zu lecken.

»Was willst du jetzt tun?«, erkundigte sich Keira bei Ray, während er ihm dabei zusah, wie er Archer striegelte.

Ray wandte sich nicht zu Keira um. Mit gleichmäßigem Druck führte er den Striegel weiter über Archers Fell und zuckte nur mit den Schultern. »Ich werde Mr Baker wohl sagen, dass er gewonnen hat, und darauf warten, dass wir einen Platz auf einem Schiff kriegen, um zurück nach Sydney zu fahren.« Als spüre er den taxierenden Blick seines Freundes auf seinem Körper, drehte er sich jetzt doch zu Keira um. »Und du?«, fragte er. »Kehrst du zurück in deine Berge? Oder kann ich dich überreden, mit mir nach Sydney zu kommen?

Mr de Mestre könnte bestimmt noch ein Paar helfende Hände gebrauchen.«

Doch Keira antwortete nicht. Er schien über irgendetwas nachzudenken, während er Ray von oben bis unten musterte. »Wie viel wiegst du eigentlich?«, fragte er plötzlich.

Ray zuckte mit den Achseln. »Keine Ahnung. Wieso? Vielleicht so um die 110 Pfund?«

»Wenig genug für einen Jockey?«

»Was meinst du damit?«

»Wieso reitest du Archer nicht selbst?«

Ray sah Keira an, als wäre er verrückt geworden. »Aber ich … ich habe doch gar keine Erfahrung und außerdem …«

»Du hast Archer 500 Meilen weit geritten. Niemand kennt das Pferd besser als du. Und da sagst du, du hättest keine Erfahrung?«

Ray schwieg, während er über Keiras Worte nachdachte. Der Gedanke, gegen all die erfahrenen Jockeys anzutreten, verursachte ihm Bauchschmerzen. Andererseits hatte Keira recht, wenn er sagte, dass er Archer wohl am besten kannte und wusste, wie er zu reiten war. Archer vertraute ihm und er vertraute Archer. Und wenn er es nicht selbst versuchte, musste er Mr de Mestre unverrichteter Dinge gegenübertreten und sein Scheitern eingestehen. Aber was würde Mr de Mestre dazu sagen, wenn er Archer selbst ritt? Und was Mr Baker?

»*Lasst nicht ab, der Melodie des Herzens und der Liebe zu lauschen und ihr zu folgen,* sagen die Nangkaris«, fuhr Keira fort, als Ray immer noch nicht antwortete. »Was sagt dir die Melodie deines Herzens?«

Beinahe widerwillig spürte Ray einen Funken Zuversicht zurückkehren, während er über Keiras Worte nachdachte. Er hatte schon jegliche Hoffnung aufgegeben und wehrte sich nun dagegen, noch einmal enttäuscht zu werden. Er schüttelte den Kopf. »Ich glaube kaum, dass Mr Baker dazu seine Zustimmung geben wird.«

»Dann müssen wir ihn halt überzeugen, Yinnel«, sagte Keira und grinste. »Sanft und stark zugleich wie das Wasser, das durch das Flussbett fließt und es unnachgiebig nach seinem Willen formt.«

»Auf gar keinen Fall!«, sagte Mr Baker und sein Gesicht wurde rot vor Zorn. »Du weißt ja gar nicht, was du da sagst, Junge!«

»Aber Mr Baker, ich bin Archer 500 Meilen weit geritten. Ich kenne ihn so gut wie kein anderer!«, wiederholte Ray Keiras Argumente. »Ich weiß, was er kann und wie ich ihn dazu bringe, das zu zeigen!«

Mr Baker schnaubte. »Es ist verdammt noch mal was anderes, mit einem Pferd allein über eine grüne Wiese zu hoppeln, als an einem Rennen mit den besten Vollblütern des Landes teilzunehmen. Diese Jockeys haben jahrelange Erfahrung darin, ihre Mitstreiter von der Bahn abzudrängen und ins Stolpern zu bringen. Das ist wahrhaftig kein Spaß! Weißt du überhaupt, was es bedeutet, in einem Pulk von 15 oder 20 Pferden zu reiten, wo jeder sich selbst der Nächste ist und nur an den eigenen Sieg denkt? Die Pferde und Reiter sind nervös, der aufgewirbelte Staub nimmt dir die Sicht und Erdklumpen fliegen dir um die Ohren! Alle drängen zugleich auf die engen Kurven zu, wollen den besten, kürzesten

Winkel für sich … Schlag dir das aus dem Kopf, mein Junge. Da mache ich nicht mit.«

Ray war kurz davor aufzugeben. Er konnte Mr Bakers Argumente nachvollziehen. Vermutlich wusste er wirklich nicht so genau, worauf er sich da einließ. Was würde Mr de Mestre sagen, wenn Archer sich während des Rennens verletzte, weil sein Jockey unfähig war?

Doch dann erinnerte er sich an Keiras Worte. Keira hatte ihn ermahnt, auf sein Herz zu hören. Und sein Herz sagte ihm, dass Archer an diesem Rennen teilnehmen sollte. Und hatte nicht auch sein Vater ihm in seinem Traum geraten, seinen Gefühlen zu folgen? Außerdem hatte sein Freund ihn mit seinem Aborigine-Namen angesprochen: Yinnel, der Bach. Und ihn dadurch daran erinnert, was seine Stärken waren. So konnte er Mr Baker überzeugen. Und genauso würde er auch das Rennen für sich entscheiden können, sanft und kraftvoll zugleich. Es lag jetzt nur noch an ihm.

»Geben Sie uns eine Chance, bitte, Mr Baker. Lassen Sie Archer und mich zeigen, was wir können. Lassen Sie ihn gegen das beste Pferd aus Ihrem Stall antreten. Und wenn wir gewinnen …« Ray erinnerte sich an sein Rennen gegen Nick. Er hatte schon einmal auf diese Weise eine Wette gewonnen. »Wenn wir gewinnen, dann melden Sie Archer an. Wenn er verliert, dann verspreche ich Ihnen, werde ich kein Wort mehr sagen.«

Mr Baker schüttelte den Kopf. Einen so sturen jungen Mann hatte er wahrhaftig noch nie erlebt. Doch er war sich seiner Sache sicher. Archer mochte ein gutes Pferd sein. Aber in dem Zustand, in dem er sich jetzt befand, hatte er keine Chance. Wenn man das Pferd vier Wochen lang aufpäppeln und angemessen trainieren könnte, ja, dann war Archer vielleicht eine ernst zu nehmende Konkurrenz, aber so?

»Also gut«, sagte Mr Baker. »Vielleicht ist das der einfachste Weg, dich zu überzeugen. Morgen früh lassen wir Archer gegen meinen Hengst Báron antreten. Aber nicht mehr als eineinhalb Meilen. Ich will nicht schuld daran sein, dass Etiennes Pferd kollabiert.«

»Aber Sir!« Ray wähnte sich kurz vor dem Ziel. »Archer ist kein Sprinter. Er braucht zwei Meilen, um überhaupt warm zu werden!«

Mr Baker verzog das Gesicht zu einer gequälten Grimasse. Dieser Junge trieb ihn noch in den Wahnsinn! Er kitzelte mit seiner sanften, aber unnachgiebigen Art nach und nach immer mehr Zugeständnisse aus ihm heraus, die er eigentlich nicht machen wollte. Nun aber hatte er das Gefühl, dass es auf eine halbe Meile mehr oder weniger auch nicht mehr ankam. »Also schön«, sagte er. »Zwei Meilen. Doch du trägst die Verantwortung!«

Ray strahlte. »Ja, Sir! Danke, Sir. Sie werden sehen, dass ich recht behalte!«

»Das bezweifle ich«, grunzte Mr Baker und wandte sich bereits ab. Er hoffte nur, dass er die richtige Entscheidung getroffen hatte und der Junge wusste, was er tat.

Den ganzen Nachmittag verbrachte Ray mit Archer. Er kratzte seine Hufe aus, strich sie mit Salbe ein, massierte seine Läufe, ging mit ihm spazieren und führte ihn im leichten Trab, um seine Muskulatur zu lösen. Archer wirkte entspannt und ausgeglichen und auch Ray vergaß während der Arbeit seine Trauer über das geplatzte Wiedersehen mit Emily. Er begutachtete jede Stelle von Archers Körper, damit er auch ja keine Schwachstelle übersah, die die Gesundheit des Pferdes gefährden könnte. Aber er fand nichts. Zugegeben – das Pferd war nach dem langen Marsch zu dünn. Wenn man genau hinsah, konnte man die Rippen durch die Haut schimmern sehen und die Kruppe war zu kantig. Aber Archer machte trotzdem einen gesunden Eindruck. Jeder seiner Muskeln war perfekt ausgebildet.

»Morgen musst du noch einmal zeigen, was du kannst, mein Junge«, sagte Ray. Seine Stimme war voller Zärtlichkeit. Es war verrückt, dass Archer nun schon das zweite Rennen bestreiten musste, nur um zu beweisen, dass er am *Melbourne Cup* teilnehmen konnte.

»Meinst du, er ist fit?« Keira lehnte sich gegen die Stalltür.

Ray nickte. »Auf jeden Fall«, antwortete er. »Er wird es Mr Baker morgen zeigen, nicht wahr, mein Junge?«

Archer schnaubte und schlug mit dem Kopf, als würde er nicken.

Ray und Keira lachten.

Ray war nervös. Er hatte die ganze Nacht über kaum ein Auge zugetan. Nun überprüfte er noch einmal den festen Sitz des Sattels und stellte die Steigbügel nach.

Báron, Mr Bakers Hengst, war ein stattlicher Schimmel, der Archer noch einmal um ein gutes Stück überragte. Sein Jockey, einer von Mr Bakers Angestellten, hatte alle Mühe, das temperamentvolle Tier an einem Frühstart zu hindern.

Archer hingegen stand gelassen wie ein altes Pferd da und wartete geduldig, als Ray sich in seinen Sattel schwang.

Jetzt, wo sie auf Augenhöhe waren, nickte Bárons Reiter Ray freundlich zu. »Hey«, sagte er und reichte ihm vom Pferderücken aus die Hand, »ich bin Jo.«

»Freut mich, Jo«, erwiderte Ray und ergriff die dargebotene Hand. »Mein Name ist Ray.«

»Also gut, Ray, dann zeig mal, was in dir und in deinem Pferd steckt.«

»Kann es losgehen?«, rief Mr Baker vom Zaun aus. Er wirkte recht entspannt, als wäre er sich seiner Sache sicher.

Ray nickte, nahm Archers Zügel auf und führte ihn auf seine Startposition neben Báron.

»Der Wendepunkt ist wie abgesprochen markiert!«, rief Mr Baker. »Ziel ist der Startpunkt. Alles klar?«

Ray nickte erneut und Bárons Reiter antwortete: »Alles klar, Boss!«

Ray warf einen letzten Blick auf Keira, der neben Mr Baker stand und ihm aufmunternd zunickte, dann gab Mr Baker selbst das Startzeichen.

Báron preschte davon und innerhalb weniger Sekunden hatte er sich deutlich von Archer abgesetzt. Ray ließ seinem Hengst vollkommene Zügelfreiheit. Er wusste, dass Archer eine gewisse Anlaufzeit brauchte, bis er sein maximales Tempo erreicht hatte. Doch als er Báron in der Ferne verschwinden sah, wurde er auf einmal unsicher.

»Komm schon, Archer!«, zischte er dem Hengst ins Ohr. »Komm schon, lass mich jetzt nicht im Stich!«

Und als hätte der Braune ihn verstanden, wurde er nun schneller und verringerte den Abstand zu Báron.

Dennoch lag der Schimmel deutlich vorn, als sie den Wendepunkt erreichten. Aber Archer hatte jetzt seinen Rhythmus gefunden.

Ray konnte bereits die Silhouetten von Mr Baker und Keira in der Ferne erkennen, als er endlich zu Báron aufschloss und schließlich nur noch drei Längen hinter ihm lag. Doch auch Báron bewies Ausdauer. Anders als bei dem Rennen gegen Nick, dessen Hengst Fox nach eineinhalb Meilen deutlich eingebrochen war, schien Mr Bakers Schimmel bei Weitem noch nicht erschöpft zu sein. Und so sehr Ray sich auch bemühte – er kam einfach nicht näher ran! Jetzt konnte er bereits die Ziellinie sehen und immer noch lag er hinter Báron.

Ray stieß Archer die Fersen in die Flanken. »Lauf, Archer, lauf!«, schrie er, als ginge es um Leben und Tod. Und tatsächlich wurde der Braune nun noch einmal schneller.

Bárons Reiter hörte mit einem Mal ein Schnaufen hinter sich und warf einen Blick zurück über die Schulter. Das Pferd hinter ihm galoppierte mit aus dem Maul hängender Zunge! Und es kam näher und näher! Er stieß dem Schimmel noch einmal die Fersen in die Flanken, doch Báron hatte seine maximale Geschwindigkeit bereits erreicht.

Nun trennten sie nur noch etwa 350 Fuß von der Ziellinie. Die beiden Hengste galoppierten nebeneinander her. Keiner schien dem anderen den Vortritt lassen zu wollen, doch weder Báron noch Archer schafften es, sich abzusetzen.

Ray spürte Verzweiflung in sich aufsteigen. In wenigen Sekunden war alles vorbei. Zwar lief Archer ein gutes Rennen, doch es reichte offenbar nicht zum Sieg. Er lehnte sich so weit nach vorn, wie er nur konnte, versuchte sich so leicht wie möglich zu machen, und widerstand dem Impuls, die Augen zu schließen. Da spürte er, wie Archer noch einmal beschleunigte. Seine Hufe flogen jetzt über die Erde und im allerletzten Moment ließ er Báron hinter sich. Mit einer halben Länge Vorsprung erreichte er als Erster die Zielmarkierung.

»Dieses Pferd ist anscheinend genauso stur wie sein Reiter«, bemerkte Mr Baker, als er Archer am Halfter festhielt. »Das Wort ›Aufgeben‹ kennt ihr anscheinend beide nicht – auch wenn euch schon die Zunge aus dem Maul hängt.« Er lachte leise. »Zwar ist mir unwohl dabei, Junge, aber ich muss zugeben, dass du gewonnen hast. Und ich werde mein Wort halten. Also entschuldigt mich bitte, ich mache mich auf den Weg zum Büro des *Victoria Turf Clubs,* um ein Pferd nachzunominieren.«

Keira strahlte Ray von unten her an und schüttelte den Kopf. »Es sah furchtbar aus«, sagte er und lachte dabei. »Ich dachte, jetzt kippt Archer gleich um, als er mit heraushängender Zunge an uns vorbeirannte. Aber …« Er strahlte über das ganze Gesicht. »Aber ihr habt es geschafft!«

Ray ließ sich aus dem Sattel gleiten und strich Archer liebevoll über den Hals. Das Pferd atmete zwar schneller, aber immer noch gleichmäßig. Seine Nüstern waren nur leicht geweitet und sein Schweiß war dünnflüssig und durchsichtig. Es war so, wie Ray es gesagt hatte: Der Hengst war in einer optimalen Verfassung.

Jetzt kam auch Bárons Reiter auf Ray zu und streckte ihm die Hand zur Gratulation entgegen. »Alle Achtung«, sagte er. »Ich hätte nicht gedacht, dass ihr auf dem letzten Stück noch rankommt. Aber wenn ich mir dein Pferd so anschaue, dann glaube ich, es hätte auch noch eine halbe Meile weiterlaufen können. Weißt du, wenn ich nicht schon ein Pferd fürs Rennen hätte, dann könnte mir deins glatt gefallen.« Er schlug Ray anerkennend auf die Schulter und ging, um Báron trocken zu reiten. Doch dann drehte er sich noch einmal um. »Ich wünsche euch viel Glück! Ihr werdet es brauchen.«

Ray nickte dankbar. Ja, es würde verdammt hart werden. Aber mit etwas Glück hatten sie eine Chance!

»Hier steht dein Name!« Mr Baker hielt Ray beim Frühstück die Zeitung unter die Nase. »Raymond Grayfield auf Archer.«

Ray nahm Mr Baker die Zeitung aus der Hand und las: »Mit dem nachnominierten Hengst Archer, der von dem jungen Jockey Raymond Grayfield geritten wird, stehen nun insgesamt 20 Pferde für das neue Frühlingsrennen des *Victoria Turf Clubs* auf der Starterliste, das am morgigen Donnerstag, dem 7. November 1861, erstmalig ausgetragen werden soll.

Überschattet wird das Ereignis vom Tod der beiden Expeditionsleiter Robert O'Hara Burke und William John Wills, die am 20. August des vergangenen Jahres unter den Augen von rund 15.000 Zuschauern im Royal Park Melbourne aufgebrochen waren, um Australien von Süden nach Norden zu durchqueren.

Wir werden mit Spannung verfolgen, ob der erste ausgetragene *Melbourne Cup* ähnlich viele Schaulustige anlocken wird wie das damalige Ereignis und hoffen für die Veranstalter und Teilnehmer des Rennens, dass es unter einem besseren Stern stehen möge als die gescheiterte Expedition.«

O ja, das hoffe ich auch, dachte Ray und ließ die Zeitung sinken. Ob Tante Amy ebenfalls Zeitung liest?, überlegte er dann. Was würde sie dazu sagen, dass sein Name dort stand?

»Ich habe Gerüchte gehört, dass man überlegt, das Rennen ausfallen zu lassen«, unterbrach Mr Baker Rays Gedanken.

Ray schnappte nach Luft. »Ausfallen? Wieso?«

Mr Baker zuckte mit den Schultern. »Angeblich wegen des Todes von Burke und Wills …«

»Aber … aber … das können die doch nicht machen!« Ray spürte, wie er blass wurde. Er hatte sein Leben riskiert. Seins und Archers, um an diesem Rennen teilzunehmen. Und nun sollte es einfach so ausfallen?

Mr Baker lächelte. »Ich glaube nicht, dass sie es tatsächlich wahr machen, Junge«, beruhigte er Ray. »Wir werden jedenfalls alles tun, um uns so gut wie möglich darauf vorzubereiten. Mein Hufschmied wird heute noch einmal nach Archer schauen.«

»Danke, Sir, das ist sehr freundlich von Ihnen.« Ray versuchte sich seine Aufregung nicht anmerken zu lassen. Wenn Mr Baker meinte, das Rennen würde stattfinden, dann war es vermutlich auch so.

Mr Baker nickte zuerst gedankenverloren, dann schüttelte er mit einem Mal den Kopf. »Na, wenn das bloß alles gut geht«, sagte er und stand schwerfällig auf, indem er sich mit den flachen Händen auf der Tischplatte abstützte wie ein alter Mann.

So lebten die Stämme miteinander in dem Land,
das ihnen von … der Regenbogenschlange gegeben wurde;
und sie wussten, dass das Land immer ihnen gehören würde
und … niemand es ihnen jemals nehmen sollte.
Oodgeroo

RAY striegelte Archer, bis er glänzte. Er kämmte Mähne und Schweif und als Mr Baker am Nachmittag mit dem Hufschmied zusammen den Stall betrat, war Archer kaum wiederzuerkennen. Zumindest behauptete Mr Baker das.

Auch der Hufschmied hatte bei seiner Kontrolle nichts zu beanstanden. Von der Verletzung durch den Stein, den Archer sich auf dem Weg nach Melbourne eingetreten hatte, war nichts mehr zu sehen, nachdem er das alte Hufeisen und die Nägel entfernt hatte. Sorgfältig schnitt der Mann, der bei seiner Arbeit schnaufte wie ein Walross, den Huf zurecht, feilte kleinere Unebenheiten mit einer Raspel ab und legte das Hufeisen neu an. Er überprüfte den korrekten Sitz der Nagellöcher auf der weißen Linie des Hufes und nagelte es neu auf.

»Und?«, erkundigte sich Mr Baker, als der Hufschmied fertig war.

»Die Hufe sind in einem ausreichend guten Zustand«, sagte der Schmied. »Ich sehe keine Probleme für das Pferd.«

Mr Baker nickte zufrieden und Ray, der bis jetzt vor Anspannung die Luft angehalten hatte, atmete erleichtert aus.

Als Mr Baker und der Hufschmied wieder gegangen waren, flocht Ray Archers Mähne in mehrere gleich dicke Zöpfe ein, bis Archer zeigte, dass ihm die Prozedur jetzt lange genug gedauert hatte. Doch Ray trat zurück und betrachtete stolz sein Werk: Archer sah toll aus! Hoffentlich fand das Rennen morgen auch statt und er hatte sich die Arbeit nicht umsonst gemacht.

»Du siehst gut aus«, sagte Keira am nächsten Morgen anerkennend.

Ray strich sich die Jacke glatt und rückte den Helm zurecht. »Findest du wirklich?«

Keira grinste schief. »Vielleicht solltest du das immer tragen«, scherzte er

Ray zog eine Grimasse und blickte an sich hinunter. Mr Baker hatte ihm für das Rennen eine weiße Hose, schwarze Stiefel, eine schwarze Jacke und einen schwarzen Helm besorgt. Und damit sah er nun wirklich aus wie ein Berufsreiter.

Er hatte in der Nacht geschlafen wie ein Baby, nachdem Mr Baker Entwarnung gegeben hatte: Es stand nun endgültig fest, dass das Rennen stattfinden würde.

Trotzdem wunderte sich Ray über seine Gelassenheit. Musste er nicht aufgeregter sein? Wochenlang hatte er auf diesen Tag hingefiebert. Und nun war er plötzlich da! Andererseits hatte er das beruhigende Gefühl, dass nun nichts mehr schiefgehen konnte. Sein Ziel, die Teilnahme am *Melbourne Cup*, hatte er erreicht und auf diesem

Weg so viele Hürden gemeistert, dass das Rennen selbst ihm nun eher wie der Lohn für alle Mühen erschien. Als hätten sie den schwersten Teil bereits hinter sich.

Mr Baker jedoch war so aufgeregt, als müsste er das Rennen selbst bestreiten. Alle fünf Minuten sah er nach Ray und Archer und verkündete, jetzt wäre es bald Zeit loszugehen.

Und endlich brachen sie wirklich auf.

Ray führte Archer durch die Straßen. Es war nicht weit von Mr Bakers Stallungen bis zur Rennbahn. Aber weit genug, um zu sehen, dass Melbourne Trauer trug: An allen öffentlichen Gebäuden hingen die Fahnen auf Halbmast. Das Land betrauerte den Tod seiner beiden Helden Burke und Wills.

Bald wird es einen neuen Helden geben, dachte Ray. Und sein Name lautet Archer. Ein bisschen schämte er sich dafür, dass er die Trauer der anderen nicht teilen konnte. Aber er war so in sein eigenes Leben verstrickt, dass alles andere nicht an ihn herankam und ihn im Augenblick nicht belasten konnte. Nicht einmal der Gedanke an Emily war so schmerzhaft wie sonst.

Je näher sie der Rennbahn kamen, desto mehr Menschen sahen sie. Frauen, Kinder und Männer hatten es sich auf Decken unter dem blauen Himmel gemütlich gemacht und picknickten. Manche blickten ihnen hinterher, als sie mit Archer das Rennbahngelände betraten und das Pferd zu seiner Box führten, in der es bis zum Rennbeginn bleiben sollte.

Ray zog sich in der Umkleide für Jockeys um. Als er fertig war, spürte er doch allmählich wieder eine gewisse Aufregung. Er versuchte die Blicke der anderen Jockeys zu ignorieren, die spöttisch lächelten, als sie ihn sahen. Nur Mr Bakers Jockey Jo, der das Rennen auf Báron gegen ihn bestritten hatte, nickte ihm knapp zu.

Mr Baker wartete bereits ungeduldig auf ihn, als er zu Archers Box zurückkehrte. »Na endlich!«, sagte er. Dabei war Ray höchstens eine Viertelstunde weg gewesen. Er hatte sich beeilt, obwohl er auf dem Rückweg an einer fahrenden Menagerie vorbeigekommen war, die mit ihren Attraktionen, tanzenden Bären, bärtigen Frauen, Riesen und Zwergen, für Unterhaltung sorgte.

»Drei Pferde sind gestrichen worden«, erzählte Mr Baker, was er in der Zwischenzeit in Erfahrung gebracht hatte. »Dadurch hat sich Archers Wettquote verschlechtert. Sie liegt aber immer noch bei acht zu eins.«

Ray nickte. Im Grunde genommen war ihm das alles egal. Er besaß sowieso kein Geld, das er auf Archers Sieg setzen konnte.

»Es sind nur 4.000 Zuschauer gekommen«, fuhr Mr Baker ungerührt fort. »Man nimmt an, dass auch das mit dem Tod von Burke und Wills zusammenhängt.«

Wieder nickte Ray. 4.000 Menschen, die ihm und Archer zusehen würden, waren für seinen Geschmack mehr als genug.

»Das Hauptrennen, der *Melbourne Cup*, startet um fünfzehn Uhr. Wir haben also nicht mehr allzu viel Zeit.«

Ray sah einer jungen Frau hinterher, die an den Boxen entlangging und die Pferde musterte. Vermutlich überlegte sie, auf welches Tier sie setzen sollte. Ray fand sie hübsch: Sie trug einen großen Hut und ein helles Kleid. Ihre gelockten Haare schauten ein wenig widerspenstig unter dem Hut hervor und Ray überlegte, ob Emily auch eines Tages so hübsch aussehen würde und ein so kostbares Kleid trüge.

Die Frau bemerkte Rays Blick und lächelte ihm schüchtern zu, bevor sie die Augen senkte.

Keira stieß Ray in die Seite und grinste.

»Sag mal, hörst du mir überhaupt zu?«, ereiferte sich Mr Baker.

»O ja, Sir!«

»Gut. Der Favorit des Rennens ist ein Hengst namens Mormon. Seine Wettquote liegt bei drei zu eins. Er gilt zurzeit hier in Victoria als unschlagbar. Aber es sind noch einige andere gute Pferde im Rennen: Twilight darfst du auch nicht unterschätzen. Ebenso wenig Toryboy.«

»Ja, Sir.«

»Am besten hältst du Archer draußen. Gib acht, dass du nicht mit ihm in den Pulk am Start oder in den Kurven gerätst. Vor allem die erste Kurve ist tückisch und er wäre nicht das erste Pferd, das im Gedränge stürzt.«

»Ja, Sir.« Ray hörte nur mit einem Ohr zu. Er wusste schon, wie er Archer reiten würde. Er kannte das Pferd, seine Stärken und Schwächen. Und er wusste auch, dass er kaum siegen konnte, wenn er nur die Außenbahn wählte. Aber er dachte nicht im Geringsten daran, Mr Baker das auf die Nase zu binden. Denn er wollte nicht, dass sich Mr Baker noch mehr Sorgen um ihn machte, als er es ohnehin schon tat.

Mr Baker seufzte. Er merkte wohl, dass Ray nicht ganz bei der Sache war.

»Wir werden gleich zum Start gerufen. Gibt es vorher noch irgendetwas, das du wissen möchtest?«

Ray schüttelte stumm den Kopf. Er blickte hinüber zu Archer, der in seiner Box stand und so aussah, als würde ihn das ganze Brimborium um ihn herum nicht im Mindesten interessieren.

Kaum hatte Mr Baker den letzten Satz ausgesprochen, als ein Mann auf sie zutrat und sie bat, im Startbereich Aufstellung zu nehmen.

»Viel Glück«, sagte Keira und drückte Ray die Hand. »Und denk dran, Yinnel, stark und sanft zugleich findet der Bach seinen Weg.«

Ray lächelte.

»Alles Gute, Junge«, sagte auch Mr Baker und Ray bemerkte gerührt, wie aufgeregt und stolz er war. Als wäre es sein Pferd, das Ray an den Start führte.

»Danke, Sir, danke für alles«, antwortete er. Dann wandte er sich zu Archer um und strich ihm über den Hals. »So, mein Junge. Wir können das hier schaffen, meinst du nicht auch?«

Archer schlug mit dem Kopf und schnaubte.

Der Starter in der gestreiften Jacke wartete geduldig darauf, dass alle Pferde ihre Positionen einnahmen. Doch hinter der Linie herrschte ein wildes Durcheinander, von dem auch Archer mittlerweile nicht mehr ganz unberührt blieb. Die Pferde tänzelten und wieherten. Sie stießen sich gegenseitig an und jeder Reiter versuchte so weit wie möglich nach vorn zu kommen, um sich schnell abzusetzen und sein Pferd aus der Gefahrenzone zu bringen.

Ray sprach beruhigend auf Archer ein, der unruhig mit dem Kopf schlug, als plötzlich eins der Pferde stieg und davonschoss.

Ray blickte sich nach links und nach rechts um. Hatte er den Start etwa verpasst? Aber die anderen Jockeys verharrten ebenso wie er und hielten ihre Pferde straff am Zügel, damit sie nicht ebenfalls lospreschten.

Endlich hatte man den Frühstarter eingefangen und brachte ihn zurück hinter die Linie.

Und dann ertönte der Startschuss und die Pferde stoben davon. Ray hielt Archer ein wenig zurück. Tatsächlich erschien ihm das Gedränge, wie Mr Baker es gesagt hatte, mit einem Mal sehr gefährlich. Pferde und Reiter standen unter enormer Spannung und Ray fürchtete, zwischen all den schweren Leibern zerquetscht zu werden. Doch nun waren alle anderen vor ihm: Mormon, Toryboy, Flatcatcher, der Frühstarter Twilight und Prince.

Archer galoppierte gemütlich hinter dem Feld der Führenden her. Einige Pferde blieben hinter ihm zurück, doch die Konkurrenz hatte sich bereits deutlich abgesetzt.

Ray versuchte Archers Signale aufzufangen. Er wusste, dass sein Pferd keins war, das vom Start weg führte. Aber es hatte eine hervorragende Kondition. Und es konnte einen guten Sprint einlegen. Die Frage war nur, wann Archer beschleunigen sollte! Die Gefahr, abgedrängt zu werden oder zu stürzen war größer, wenn Archer zum Feld der Führenden aufschloss. Aber wie viel Vorsprung durften sie den anderen lassen?

Plötzlich fragte sich Ray, ob er sich nicht doch eine zu

große Aufgabe auferlegt hatte. Es galt, binnen Bruchteilen von Sekunden unzählige Entscheidungen zu treffen. Ein einziger falscher Entschluss – und das Rennen war verloren.

Jetzt sah Ray aus dem Augenwinkel ein weiteres Pferd neben sich auftauchen. Es war Medora, dicht gefolgt von Dispatch. Sollte er sie auch vorbeiziehen lassen? Sollte er sich dranhängen? Oder sollte er gar jetzt bereits beschleunigen und sich absetzen?

Man sagte, fiel Ray ein, dass ein Pferd nur einmal während eines Rennens seine Höchstgeschwindigkeit erreicht. Eine einmal eingeschlagene Taktik konnte man nicht mal eben wieder ändern. War jetzt der richtige Zeitpunkt?

Ray stieß Archer die Fersen in die Flanken und der Braune zog an. Ray spürte, dass Archer immer noch Reserven hatte. Doch noch war Medora neben ihm und beschleunigte ebenfalls.

Und dann verschlug es Ray fast den Atem: Aus dem Augenwinkel sah er, wie Medora stürzte. Sie begrub ihren Reiter unter sich. Das nachfolgende Pferd, Dispatch, schaffte es nicht mehr rechtzeitig auszuweichen und lief geradewegs in das auf dem Boden liegende Tier hinein. Ein Aufschrei ging durch die Menge der Zuschauer.

Ray warf einen Blick zurück. Dispatch rappelte sich soeben wieder auf, aber sowohl Medora als auch die beiden Reiter blieben auf dem Boden liegen und rührten sich nicht. Einer von ihnen war Jo, der junge Mann, der Báron geritten hatte, und Ray hoffte inständig, er habe sich bei dem Sturz nicht ernsthaft verletzt.

Schon stürzten Helfer auf die Bahn. Ray zwang sich, nach vorn zu blicken und die Gedanken an das grauenvolle Unglück zur Seite zu schieben. Vor ihm machten gerade andere das Rennen. Und er durfte den Anschluss nicht verlieren.

»Komm schon, Archer, *jetzt!*«, flüsterte er und als hätte der Braune ihn verstanden, beschleunigte er.

Schon war der Abstand zu den anderen nicht mehr so groß. Archers Ohren waren nach vorne gerichtet. Er warf die Beine hoch und seine Zunge hing aus dem Maul. Nun hatte die Dampflok genügend Kraft entwickelt. Jetzt schlossen sie zu Twilight auf, der mit einem Mal ebenfalls ins Straucheln geriet. Doch in letzter Sekunde konnte er sich fangen. Sein Reiter versuchte ihn ins Rennen zurückzubringen, doch Twilight brach aus und rannte quer über die Bahn, beinahe in Archer hinein, der im letzten Moment ausweichen konnte.

Rays Herz raste. Er ließ Archers Zügel locker und der Hengst preschte davon. Vorbei an Flatcatcher, der sichtbar eingebrochen war, vorbei an Toryboy.

»Lauf, Archer, lauf«, flüsterte Ray seinem Hengst ins Ohr. Und Archer lief. Seine Hufe wirbelten über den Untergrund und er schnaufte. Ray meinte, so schnell sei Archer noch nie zuvor gelaufen. Es war, als wüsste der Hengst, worum es ging und als würden ihn die anderen Pferde, die es zu überholen galt, ebenso anspornen wie die Zurufe des Publikums.

Vor ihnen waren jetzt nur noch Prince und Mormon. Doch Prince hatte keine Kraft mehr und Archer schoss pfeilschnell an ihm vorüber. Eine Weile galoppierte er mit Mormon Seite an Seite. Ray riskierte einen Blick auf den anderen Jockey, doch sein Kontrahent blickte stur geradeaus und hieb mit seiner kurzen Reitgerte wieder und wieder auf die Kruppe seines Pferdes ein. Dann entschied auch dieses Duell die bessere Ausdauer und Archer ließ den Konkurrenten hinter sich. Ray hörte die aufgeregten Schreie der Zuschauer, während er auf die Ziellinie zuraste. Er warf einen schnellen Blick zurück über die Schulter, aber er konnte Mormon nicht mehr sehen. Er war hinter einer Staubwolke verschwunden.

Der Jubel, der ihm entgegenschallte, war atemberaubend. Kaum stand Archer still, da stürmten von überall her Menschen auf Ray zu. Sie rissen ihn förmlich vom Rücken des Pferdes, klopften ihm auf die Schultern, brüllten seinen und Archers Namen. Auch Keira und Mr Baker liefen nun auf Ray zu und umarmten ihn.

»Ein tolles Rennen, Junge«, sagte Mr Baker. »Wahrhaftig ein tolles Rennen! Du hast mit sechs Längen Vorsprung vor Mormon gewonnen! Wer hätte das gedacht!« Und er wischte sich verstohlen eine Freudenträne aus dem Augenwinkel. Zumindest dachte Ray, dass es sich um eine Freudenträne handeln musste.

»Aus dem Bach ist ein reißender Fluss geworden«, sagte Keira und klopfte dem Freund auf die Schulter.

Ray fühlte sich schwindelig vor Glück. All die Glückwünsche, all der Zuspruch waren der verdiente Lohn. Und auch Archer schien die Aufmerksamkeit, die ihm zuteil wurde, zu genießen. Ray hätte schwören können, dass der Hengst zufrieden über seinen Sieg grinste. Und doch mischte sich Sorge in das Gefühl des Triumphes. »Was ist mit Jo?«, wollte er wissen. »Hat er sich bei seinem Sturz verletzt?«

Mr Bakers Gesicht verfinsterte sich. »Es war ein schwerer Sturz«, sagte er. »Die Helfer kümmern sich noch um die beiden Reiter und lassen niemanden zu ihnen. Ich hab's schon versucht. Aber …« Er brach abrupt ab.

»Aber was? Warum sagen Sie nichts!«

»Es sieht nicht gut aus, Ray«, antwortete Mr Baker leise.

Ray fühlte sich, als hätte ihm jemand mit der flachen Hand ins Gesicht geschlagen. Während er um den Sieg gekämpft hatte, kämpften andere um ihr Leben. Wie nah lagen doch Sieg und Niederlage beieinander. Und auf einmal fragte sich Ray, ob es das alles wert war. War es richtig, was er hier tat?

Ray sah sich um und bemerkte jetzt auch auf den Gesichtern der anderen das Wechselspiel der Gefühle aus Freude, Trauer und Entsetzen, das ihm zuvor entgangen war.

Auf einmal hatte er das merkwürdige Gefühl, jemand würde ihn aus der Ferne beobachten. Er meinte regelrecht körperlich zu spüren, dass jemand ohne Unterlass den Blick auf ihn gerichtet hielt. Mitten in dem Pulk Menschen, die sich um ihn herum drängten, sah er ein kleines Mädchen an der Hand einer etwas älteren Frau stehen. Ein Mädchen mit langen, blonden Locken, das ihn aus seinen blauen Augen heraus unverwandt anblickte. Ein glückliches Lächeln im Gesicht. Es trug ein hübsches, helles Kleidchen und einen Hut auf dem Kopf, der ihn vor der Sonne schützte.

»Emily«, sagte Ray leise und ging auf das Mädchen zu, das sich jetzt von der Hand der Frau löste und ebenfalls auf ihn zukam. Die Gesichter der Menschen um Ray herum verschwammen zu einem unbedeutenden Meer von Fremden. Jetzt war Emily nur noch wenige Schritte von ihm entfernt. Ray breitete die Arme aus und das Mädchen stürzte sich hinein, verbarg sein kleines Gesicht an seiner Schulter und schluchzte. Ray drückte den zarten Körper fest an sich und genoss das Gefühl vollkommenen Glücks, das ihn durchströmte. Das war es, was zählte. Das und nichts anderes.

»Du bist gekommen«, flüsterte Emily. »Du hast dein Versprechen gehalten.«

»Natürlich, mein kleiner Engel«, sagte Ray, hob Emily hoch und küsste sie. »Ich halte immer mein Wort, das weißt du doch.«

Emily lehnte sich in seinem Arm zurück und hielt sein Gesicht mit ihren kleinen Händen fest, während sie ihn ernst anblickte. »Und du hast gewonnen«, stellte sie fest.

Jetzt lächelte Ray wieder. »Ja«, sagte er, »sieht so aus. Ich habe gewonnen.« Und er wusste selbst am besten, dass er nicht nur das Rennen damit meinte.

Ray wandte sich um, als er eine Hand auf seinem Arm spürte, und blickte geradewegs in Tante Amys Gesicht.

»Hallo, Ray«, sagte sie.

»Hi, Tante Amy.«

Seine Tante tupfte sich mit einem Taschentuch ein paar Tränen aus den Augenwinkeln und zum ersten Mal fiel Ray die Ähnlichkeit mit seiner Mutter auf.

»Deine Eltern wären sehr stolz auf dich gewesen«, sagte Tante Amy leise. »Sehr stolz.«

Ray musste unwillkürlich lächeln. War das Tante Amys Art, sich zu entschuldigen und zuzugeben, dass sie sich in ihm geirrt hatte? Nun, mehr würde er vermutlich nicht kriegen, dachte Ray und beschloss, damit zufrieden zu sein, dass Tante Amy ihre Meinung geändert und Emily zu ihm gebracht hatte. Das war doch immerhin ein Anfang!

Ray blickte über Tante Amys Schulter hinweg und nahm jetzt wieder wahr, wie viele Menschen sich immer noch um ihn scharten und an seinem Erfolg teilhaben wollten. Darunter Keira, der treu an seiner Seite stand. Doch ein Gesicht sah er nicht mehr in der Menge: Mr Baker. Vermutlich versuchte er noch einmal sich nach Jos Gesundheitszustand zu erkundigen. Ray hoffte inständig, dass er mit guten Nachrichten zurückkehrte.

Eine hübsche junge Chinesin winkte Ray begeistert zu, als sie merkte, dass er sie anschaute. Bei ihrem Anblick freute sich Ray zum ersten Mal darauf, nach Hause zurückzukehren. Nach Hause, dachte er, was für ein wundervoller Ausdruck. Zurück zu Mr de Mestre, zu Tom und der dicken Elizabeth. Ja, er freute sich irgendwie sogar ein wenig auf Nick – vor allem aber freute er sich auf das chinesische Mädchen, das er in der langen Zeit seiner Reise nicht vergessen hatte. Er würde die positive Energie seiner Gedanken nutzen und sie ansprechen, sobald er das nächste Mal die Gelegenheit dazu hatte.

Ja, er freute sich tatsächlich auf das Ende seiner Reise. Denn jedem Ende wohnt auch ein Anfang inne, dachte Ray und lächelte Emily an. Vorher wollte er nämlich noch diesen Augenblick auskosten und genießen, so lange er dauerte.

NACHWORT

Das Pferd Archer hat es tatsächlich gegeben. Es wurde 1856 in Jembaicumbene in New South Wales geboren und starb 1872. Ein junger Mann namens Etienne de Mestre war sein Trainer. Der Hengst mit dem rotbraunen Fell gewann 1861 und 1862 die beiden ersten jemals ausgetragenen *Melbourne Cups* und ließ den Favoriten Mormon beide Male regelrecht stehen. Nachdem er das erste Rennen mit 6 Längen Vorsprung gewonnen hatte, siegte er 1862 sogar mit 9 Längen Vorsprung! 1863 durfte Archer aufgrund eines Formfehlers bei der Anmeldung nicht am Rennen teilnehmen.

Um Archers Sieg im ersten *Melbourne Cup* ranken sich zwei Legenden, die jeder Pferdefreund in Australien und auf der ganzen Welt kennt: Die erste besagt, das Pferd sei mit seinem Stallburschen die 500 Meilen von seinem Gestüt, der Exeter Farm in New South Wales, bis nach Melbourne quer durchs Outback gelaufen. In der zweiten Legende wird behauptet, der Jockey, der Archer zum Sieg führte – sein Name war John Cutts – sei ein Aborigine gewesen.

Unbestritten hingegen ist, dass der erste *Melbourne Cup* einen spektakulären Verlauf nahm, als ein Pferd vor dem Start durchging und drei Reiter während des Rennens stürzten, von denen zwei im Anschluss ihren schweren Verletzungen erlagen.

In der Mitte des 19. Jahrhunderts prägte der Aufschwung durch den Goldrausch Australien. Zwischen den australischen Ureinwohnern, den Aborigines, und den zumeist englischen Siedlern, die Australien für sich beanspruchten, herrschte Unfrieden, der zur fast vollständigen Ausrottung der Aborigines führte: Von 1788 bis 1920 sank die Zahl der Aborigines von geschätzten 300.000 bis 1 Million Einwohner auf 60.000 im Jahr 1920. Viele der Ureinwohner wurden Opfer eingeschleppter Krankheiten, aber auch die geschilderten Massaker sind leider bittere Realität. Erst 2008 entschuldigte sich die Regierung bei den Aborigines für das Unrecht und das Leid, das sie diesem Volk zugefügt hat.

Danksagung

Danken möchte ich dieses Mal ganz besonders meinem Sohn Finn, dem geistigen Vater von Keira, der überraschend zu einem sehr wichtigen Teil dieser Geschichte geworden ist.

Literatur und Quellen

Brosig, Dr. Stefan: *Galopptraining für Renn- und Freizeitpferde.* BoD, Norderstedt 1996/2008, S. 78 (Zitat von Federico Tesio)

Der mit der Sonne kam. Erzählungen und Gedichte von Aborigines. Herausgegeben und ins Deutsche übersetzt von Gabriele Yin. dtv, München 1995 (Zitate Oodgeroo)

Farrer, Vashti: *My Australian Story.* Archer's Melbourne Cup. The Diary of Robby Jenkins. Scholastic, Australia 2007

GEO Epoche 36/2009: *Australien:* Von Aborigines und Traumpfaden, von Sträflingen und Kolonisten: Die Geschichte des Fünften Kontinents. Gruner + Jahr 2009

Märchen der australischen Ureinwohner. Märchen der Welt. Herausgegeben und übersetzt von Herbert Boltz. Unter Mitarbeit von Heidrun Vollmer. Fischer Taschenbuch Verlag, Frankfurt am Main 1996

Frank, Astrid:
Wilde Gefährten – 2 Romane in einem Band
ISBN 978 3 522 20229 9

Einbandgestaltung: bürosüd° GmbH, München
Innentypografie: Kadja Gericke
Reproduktion: Medienfabrik GmbH, Stuttgart
Druck und Bindung: CPI Books GmbH, Leck

FSC
www.fsc.org
MIX
Papier aus verantwortungsvollen Quellen
FSC® C083411